U0448529

WENTI XINGTAI WENREN XINTAI
YU WENXUE SHENGTAI
MINGQING WENXUE YANJIU XINGSILU

文体形态、文人心态与文学生态

明清文学研究行思录

杜桂萍 著

商务印书馆
The Commercial Press

2019年·北京

图书在版编目(CIP)数据

文体形态、文人心态与文学生态：明清文学研究行思录 / 杜桂萍著. — 北京：商务印书馆，2019
ISBN 978-7-100-17747-4

Ⅰ. ①文… Ⅱ. ①杜… Ⅲ. ①中国文学－古典文学研究－明清时代 Ⅳ. ①I206.4

中国版本图书馆CIP数据核字(2019)第163226号

权利保留，侵权必究。

文体形态、文人心态与文学生态
——明清文学研究行思录
杜桂萍 著

商务印书馆出版
（北京王府井大街36号 邮政编码100710）
商务印书馆发行
艺堂印刷（天津）有限公司印刷
ISBN 978-7-100-17747-4

2019年12月第1版　　开本 710×1000　1/16
2019年12月第1次印刷　印张 22½
定价：60.00元

目　录

明清戏曲"宗元"观念及相关问题探赜 …………………………… 1
抒情原则之确立与明清杂剧的文体嬗变 …………………………… 42
徐燨《写心杂剧》的转型特征及其戏曲史意义 …………………… 63
论"短剧完成"与《吟风阁杂剧》的艺术创获 …………………… 80
"奇"与"畸"：徐渭从事杂剧创作的心理机制 ………………… 95
从汤显祖"临川四梦"到蒋士铨《临川梦》
　　——汤显祖与蒋士铨的精神映照和戏曲追求 ………………… 126
清初遗民心态与遗民杂剧创作 …………………………………… 155
遗民心态与吴伟业戏曲创作 ……………………………………… 169
明末才子汤传楹与尤侗《钧天乐》传奇 ………………………… 201
诗性人格与桂馥《后四声猿》杂剧 ……………………………… 231
从"佣书养母"到"名士牙行"
　　——袁骏《霜哺篇》与清初文学生态 ………………………… 250
"名士牙行"与孙默归黄山诗文之征集 …………………………… 274
诗性建构与文学想象的达成
　　——论叶小鸾形象生成演变的文学史意义 …………………… 305
论袁枚与乾嘉时期戏曲作家的交往 ……………………………… 326

后　记 ……………………………………………………………… 352

明清戏曲"宗元"观念及相关问题探赜

　　以元代戏曲为戏曲文体的最高标准和典范形态建构戏曲话语范式，进而指导当代戏曲创作，是明清时期戏曲创作和研究领域普遍存在的一种观念与形态；笔者将这种以元代戏曲为矩范的尊体意识与皈依心态统称为"宗元"，并以之含括戏曲史曾出现的"尚元""崇元""尊元""趋元""佞元""遵北"等提法。与诗文领域鼓吹"文必秦汉，诗必盛唐"相仿，明清两代的戏曲创作与批评总是以"元曲"为标榜，如李开先所揭示："传奇戏文，虽分南北，套词小令，虽有短长，其微妙则一而已。……俱以金、元为准，犹之诗以唐为极也。"① "颇得元人三昧""彻元人之髓""可追元人步武"等话语往往是对当代作家或戏曲优秀之作的最高褒奖。同时，"抑元""反元""去元""黜元"等以类似复调的形式发挥作用，形成与"宗元"相反相成、交相为用的结构关系，在对元曲的重新阐释和批判性理解中，助力于新的戏曲文体认知理念和创作轨则的构建，推进了明清戏曲创作的繁荣和理论的发展，并确立了以北曲杂剧和南曲戏文为代表的"元曲"在戏曲史上的经典地位。本文认为，明清戏曲"宗元"，类同于诗、词、文领域的"宗唐""宗宋""宗汉"等，是体现在戏曲创作与批评领域的一种具有复古倾向的观念、思想与风尚，其以复古为策略，以创新为诉求，完成了明清时期传奇戏曲的文体建构；同时，"元曲"本身也在这一过程中获得了再生性，与汉文、唐诗、宋词一样具有了难以企及、垂范后世的经典价值。

---

① （明）李开先:《西野春游词序》，俞为民、孙蓉蓉编:《历代曲话汇编·明代编》(第一集)，合肥：黄山书社，2009年，第412页。

一、戏曲"宗元":作为一种文学史观念与现象

戏曲"宗元"倾向在元代已然发生,时人有关文章或著述中的推崇话语足可为证。胡祗遹《赠宋氏序》赞赏杂剧:"上则朝廷君臣,政治之得失,下则闾里市井,父子、兄弟、夫妇、朋友之厚薄,以至医药、卜筮、释道、商贾之人情物理,殊方异域风俗语言之不同,无一物不得其情,不穷其态。"① 周德清《中原音韵自序》更为明确:"乐府之盛,之备,之难,莫如今时。……其备,则自关、郑、白、马一新制作,韵共守自然之音,字能通天下之语,字畅语俊,韵促音调;观其所述,曰忠,曰孝,有补于世。"② 罗宗信《中原音韵序》进一步表示:"世之共称唐诗、宋词、大元乐府,诚哉。学唐诗者,为其中律也;学宋词者,止依其字数而填之耳;学今之乐府,则不然。儒者每薄之,愚谓:迂阔庸腐之资无能也,非薄之也;必若通儒俊才,乃能造其妙也。"③ 元末明初人叶子奇《草木子》则云:"传世之盛,汉以文,晋以字,唐以诗,宋以理学。元之可传,独北乐府耳。"④ 此言出自入明以后,具有反观一个时代文学史的意义,更见说服力。凡此,构成了明清戏曲"宗元"观念展开的前提与演进的基础。

元代人非常注意通过对杂剧教化功能的强调以提升戏曲的地位、突出其价值,显示出对主流文统表述的策略性趋同。"厚人伦,美风化"⑤ 的特质不断被有意撷出,表现了他们更乐于借助君臣、父子、夫妇、兄弟、朋友之戏曲题材诠释人的社会关系,强调教化之于现实文化建构中担负的重要使命;正是由于这一类佳作的艺术性呈现,元曲之盛、之备的局面方能真正形成,并达到高峰状态。致力于将杂剧文体之源追溯到《诗经》,并通过与《诗经》等经典文本的比对提升其地位,是一种独特的叙事方略,也是元人最为明清戏曲家所认可的一个方面。邓子晋《太平乐府序》言:

---

① (元)胡祗遹:《赠宋氏序》,俞为民、孙蓉蓉编:《历代曲话汇编·唐宋元编》,合肥:黄山书社,2006年,第217页。
② (元)周德清:《中原音韵自序》,中国戏曲研究院编:《中国古典戏曲论著集成》(第一集),北京:中国戏剧出版社,1959年,第175页。
③ (元)罗宗信:《中原音韵序》,中国戏曲研究院编:《中国古典戏曲论著集成》(第一集),北京:中国戏剧出版社,1959年,第177页。
④ 叶子奇:《草木子》,北京:中华书局,1959年,第70页。
⑤ (元)夏庭芝:《青楼集志》,中国戏曲研究院编:《中国古典戏曲论著集成》(第二集),北京:中国戏剧出版社,1959年,第7页。

"乐府本乎诗也。三百篇之变、至于五言。有乐府、有五言、有歌、有曲，为诗之别名矣。"①虽然主要就散曲而论，但考虑到元人并不严格区分剧曲与散曲的实际，多表现为概括性的曲学观念，以之蠡测同为元曲的杂剧同样被置放于经典文体链条上的用意，应该是合适的；罗宗信"世之共称唐诗、宋词、大元乐府，诚哉"②的表述可以证实这一点，即元人眼中的元曲与诗歌的同源关系是包含了杂剧的。也就是说，他们刻意从溯源的角度，主动将关于元曲文体的认知与唐诗、宋词并列提起，自然地提升其地位至雅文学的行列中，使元曲在一定程度上享有与唐诗、宋词同等的待遇，突出其作为元代文学代表性文体的合理性与必然性。尤其是，罗宗信还特别阐明需"通儒俊才"方能尽曲之妙，借助对曲家特殊才能的强调凸显戏曲这一文体的不同于寻常，抬举其地位高于诗词之用意十分明显。不仅如此，钟嗣成《录鬼簿》、夏庭芝《青楼集》通过记录戏曲作者、艺人的名字、事迹等，强调他们作为"不死之鬼"的文化价值和历史地位，有意识地改善正统观念中鄙薄和轻视这一群体及其创作的现实，同样是对元曲地位的刻意提升。事实上，只有戏曲创作和演出高度繁荣的局面形成后，才会出现如此标准统一、分类细致、品评翔实的专门性著录，这从另一维度反映了元人对当代戏曲地位与价值的认可，以及"宗元"观念发生的必然性及雄厚基础。后来王国维"一代有一代之文学"③思想的成熟表达，实际上是对与"宗元"观念伴随而生的一种经典性认知的综合性论定。

明初，元曲的地位已初步具有文化结构上的权威性。朱权、朱有燉等以藩王身份大力提倡元曲，这对其地位的日益稳定与价值的不断确认具有特殊意义。朱权《太和正音谱》"采摭当代群英词章，及元之老儒所作，依声定调，按名分谱，集为二卷……为乐府楷式"④，以"乐府楷式"凸显"宗元"之趣尚。朱有燉因创作大量杂剧作品以及超越一般作家的影响力而著称于戏曲史，相关行为本身亦彰显了对戏曲文体的弘扬。他十分倾慕元人

---

① （元）邓子晋：《太平乐府序》，杨朝英选《朝野新声太平乐府》，隋树森校订，北京：中华书局，1958年，第3页。
② （元）罗宗信：《中原音韵序》，中国戏曲研究院编：《中国古典戏曲论著集成》（第一集），北京：中国戏剧出版社，1959年，第177页。
③ 王国维：《宋元戏曲史》，《王国维全集》（第三卷），杭州：浙江教育出版社，2009年，第3页。
④ （明）朱权：《太和正音谱序》，中国戏曲研究院编：《中国古典戏曲论著集成》（第三集），北京：中国戏剧出版社，1959年，第11页。

创作，表示："予观近代文人才士，若乔梦符、马致远、宫大用、王实甫之辈，皆其天材俊逸，文学富赡，故作传奇清新可喜，又其关目详细，用韵稳当，音律和畅，对偶整齐，韵少重复，为识者珍。国朝惟谷子敬所作传奇尤为精妙，诚可望而不可及也。"①关于元曲的地位，他如是理解："古诗亦曲也，今曲亦诗也，但不流入于秾丽淫伤之义，又何损于诗曲之道哉！"②承继元代以来戏曲与《诗经》同源的看法，继续推动其向雅文学靠拢，还突出戏曲为《诗经》中之"正音"，认为戏曲尤其是杂剧与《诗经》具有同样的社会功用。朱氏叔侄有关元杂剧的认知促成了"宗元"理念的形成与进一步传播。

明中期开始至明末，随着诗文领域诸复古流派的此消彼长，复古与反复古的思潮相互激荡，明代文学的主流形态呈现为以复古为创新的纷繁表达。戏曲作家亦涉入其中，有关复古的观念、知识乃至思维方式都反射到关于元曲的多元理解中，"宗元"观念也呈现出复杂性。构成一种集体无意识特征的行为是，人们在积极介绍、评定元代作家及作品时，首先表现出对"元"的充分认可，李开先《词谑》、何良俊《曲论》、王世贞《曲藻》、吕天成《曲品》论及元代戏曲及其作者的评论多是如此；谈论当代戏曲作家作品，也往往以元曲名家、名作为参照或依归。如王骥德评徐渭《四声猿》"高华爽俊，秾丽奇伟，无所不有，称词人极则，追躅元人"③；沈德符赞扬王衡杂剧"大得金、元本色，可称一时独步"④；孟称舜评王子一《误入桃源》则云："元人高处，在佳语、秀语、雕刻语络绎间出，而不伤浑厚之意。王系国初人，所以风气相类，若后则俊而薄矣，虽汤若士未免此病也。"⑤"宗元"复古的表达在在皆是，不胜枚举。有关当代戏曲名作和成绩

---

① （明）朱有燉：《清河县继母大贤引》，俞为民、孙蓉蓉编：《历代曲话汇编·明代编》（第一集），合肥：黄山书社，2009年，第199—200页。
② （明）朱有燉：【北正宫白鹤子】《咏秋景有引》，谢伯阳：《全明散曲》（第一卷），济南：齐鲁书社，1994年，第278页。
③ （明）王骥德：《曲律》，中国戏曲研究院编：《中国古典戏曲论著集成》（第四集），北京：中国戏剧出版社，1959年，第167页。
④ （明）沈德符：《顾曲杂言》，中国戏曲研究院编：《中国古典戏曲论著集成》（第四集），北京：中国戏剧出版社，1959年，第214页。
⑤ （明）孟称舜：《古今名剧合选评语（辑录）》，俞为民、孙蓉蓉编：《历代曲话汇编·明代编》（第三集），合肥：黄山书社，2009年，第484页。

的总结，也多归功于元代作品的滋养，乃"熟拈元剧"①的结果："近惟《还魂》二梦之引，时有最俏而最当行者，以从元人剧中打勘出来故也。"②祁彪佳也有同样的认知："先生（汤义仍）手笔超异，即元人后尘。"③作为有明一代戏曲的杰出代表，时人不仅认为《牡丹亭》的成就得益于汤显祖对元人戏曲艺术的汲取，还以此为立足点阐释其他戏曲作品的重要性和独特价值，如祁彪佳认为孟称舜《花前一笑》乃"得气"于《牡丹亭》，陈情表《钝秀才》"天才豪放，不一语入人牙慧，当是临川后身"④；在表达对元杂剧《倩女离魂》的喜爱时，又指出"此剧余所极喜……酸楚哀怨，令人肠断。昔时《西厢记》，近日《牡丹亭》，皆为传情绝调。兼之者其此剧乎！《牡丹亭》格调祖此，读者当自见也"⑤。正是在与《西厢记》等元代杂剧名作的反复比照中，《牡丹亭》传奇的经典地位得以有效确立。

此际，对元杂剧进行反思和质疑的声音已经出现并不断增强，其旨归则主要是借助对元的批评甚至否定来审视、指导当代戏曲创作，戏曲文体的形态及相关理念、创作方法亦因之获得新的认知与讨论。类似的话语并不少，如李开先："《梧桐雨》中【中吕】，白仁甫所制也，亦甚合调；但其间有数字误入先天、桓欢、监减等韵，悉为改之。"⑥何良俊："《西厢》内如'魂灵儿飞在半天'，'我将你做心肝儿看待'……语意皆露，殊无蕴藉。如'太行山高仰望，东洋海深思渴'，则全不成语。此真务多之病。"⑦尽管着眼点多在于对音韵、语词等的纠正，但这种基于个别、技术层面的批评其实正是批评家对戏曲韵律、语言一类问题格外重视的反映，而题材、文体乃至观念层面的讨论也是以此为路径不断深入或借此为端的而逐渐展开

---

① 吕天成：《曲品》，中国戏曲研究院编：《中国古典戏曲论著集成》（第六集），北京：中国戏剧出版社，1959年，第213页。
② （明）王骥德：《曲律》，中国戏曲研究院编：《中国古典戏曲论著集成》（第四集），北京：中国戏剧出版社，1959年，第138页。
③ （明）祁彪佳：《远山堂曲品》，中国戏曲研究院编：《中国古典戏曲论著集成》（第六集），北京：中国戏剧出版社，1959年，第17页。
④ （明）祁彪佳：《远山堂剧品》，中国戏曲研究院编：《中国古典戏曲论著集成》（第六集），北京：中国戏剧出版社，1959年，第173页。
⑤ （明）孟称舜：《古今名剧合选评语（辑录）》，俞为民、孙蓉蓉编：《历代曲话汇编·明代编》（第三集），合肥：黄山书社，2009年，第468页。
⑥ （明）李开先：《词谑》，中国戏曲研究院编：《中国古典戏曲论著集成》（第三集），北京：中国戏剧出版社，1959年，第337页。
⑦ （明）何良俊：《曲论》，中国戏曲研究院编：《中国古典戏曲论著集成》（第四集），北京：中国戏剧出版社，1959年，第8页。

的。如王骥德的结论："元人杂剧,其体变幻者固多,一涉丽情,便关节大略相同,亦是一短。"① 又云："元人作剧,曲中用事,每不拘时代先后。"② 借助对元代杂剧之"短"的批评,探讨戏曲艺术"关节"诸问题,以"复古"为创新的深层用意十分明显。对于一味"沉酣于古",沈自晋也颇为不满,认为尤其应该重视当代"名流",指出："如范如王,以巧笔出新裁,纵横百变,而无逾先词隐之三尺,固当多取芳模,为词坛鼓吹。"③ 抛去对"先词隐"即沈璟作为"名流"的有意识塑造,可以理解这其实是普遍存在之"宗元"的另一面向。进入清代后,这一理念宣示得更为清晰。最具代表性的是李渔《闲情偶寄》中的有关论述。如就戏曲文本构成的分析,李渔认为："传奇,一事也,其中义理,分为三项:曲也,白也,穿插联络之关目也。元人所长者,止居其一,曲是也,白与关目,皆其所短。吾于元人,但守其词中绳墨而已矣。"④ 将来自元杂剧文本的经验认知,与对当代戏曲创作的判断结合起来,理性地分析了古今之优劣不同,这种因循基础上的反拨与创造,其实是促成"宗元"思想丰富性的主要路径。李渔"立主脑"的著名论点同样来自对元杂剧的关切："一部《西厢》止为张君瑞一人,而张君瑞一人,又止为'白马解围'一事,其余枝节,皆从此一事而生。"⑤ 如是,他反对"事事当法元人",更看重戏曲之"变"："变则新,不变则腐。变则活,不变则板。至于传奇一道,尤是新人耳目之事,与玩花、赏月,同一致也。"⑥ 只有在新变的前提下,传奇戏曲才能形成独立的文体特性与功能属性,具有自己的发展空间,而"元"也应当以这样一种话语形式参与到有关的文体建设之中。也就是说,在明清两代戏曲文化的建设中,元代戏曲始终以"当下的"状态存在着,并作为一种特殊的戏剧遗产供明清文人取资和利用。同时,也正是在这一维度,明清文人更容易表现出"宗元"视野下的超迈意识。何良俊评王九思《杜甫游春》"虽金、元人

---

① (明)王骥德:《曲律》,中国戏曲研究院编:《中国古典戏曲论著集成》(第四集),北京:中国戏剧出版社,1959年,第148页。
② 同上书,第147页。
③ (明)沈自晋:《重定南词全谱凡例续纪》,《南词新谱》卷首,北京:中国书店,1985年。
④ (清)李渔:《闲情偶寄》,中国戏曲研究院编:《中国古典戏曲论著集成》(第七集),北京:中国戏剧出版社,1959年,第17页。
⑤ 同上书,第14页。
⑥ 同上书,第76页。

犹当北面，何况近代"①，沈璟赞吕天成《二淫记》"足压王、关"②等，均表现出对当代创作的极大自信，这是促成大量文人染翰戏曲创作并取得成就的重要因素。当时最为著名的论曲话语之一："汤义仍《牡丹亭梦》一出，家传户诵，几令《西厢》减价。"③以之与清初时的类似表达加以比对："今玉茗《还魂记》，其禅理文诀，远驾《西厢》之上，而奇文隽味，真足益人神智，风雅之俦，所当耽玩，此可以毁元稹、董、王之作者也。"④足可见出明末至清初时期，时人对《牡丹亭》与《西厢记》关系认识的递变过程，其创作自信于此更可昭示一斑。也正是在这一过程中，《西厢记》《琵琶记》高下之争、"元曲四大家"排序之争、戏曲文辞与音律之争等，皆因之而被唤起，文体意识日益明晰的文人于相关讨论乐此不疲，明清戏曲史的繁复多姿以及文体、雅俗等理念也在一次次往复回旋的话语波荡中趋向成熟。

有清一代，追慕汉唐、返诸六经的复古风尚继续表现为当代文化建设与文学观念、形态之主导，具有经学意义的理论性思考也更为文人所青睐。于戏曲创作与研究而言，"不废元人绳墨"⑤依旧是多数作家孜孜以求的理念。《西厢记》《琵琶记》作为元代戏曲的代表，仍有不同声音的喧嚣争论，但经典之地位基本获得确立："自古迄今，凡填词家咸以《琵琶》为祖，《西厢》为宗，更无有等而上之者。"⑥或进一步云："《琵琶》为南曲之宗，《西厢》乃北调之祖，调高辞美，各极其妙。"⑦评价戏曲作品，二者往往成为参照之首选。借重于元代戏曲来评价当代戏曲作家及其创作更是成为常

---

① （明）何良俊：《曲论》，中国戏曲研究院编：《中国古典戏曲论著集成》（第四集），北京：中国戏剧出版社，1959年，第10页。
② （明）沈璟：《致郁蓝生书》，俞为民、孙蓉蓉编：《历代曲话汇编·明代编》（第一集），合肥：黄山书社，2009年，第727页。
③ （明）沈德符：《顾曲杂言》，中国戏曲研究院编：《中国古典戏曲论著集成》，北京：中国戏剧出版社，1959年，第206页。
④ （清）林以宁：《牡丹亭还魂记题序》，《吴吴山三妇合评牡丹亭》，汤显祖著，陈同、谈则、钱宜合评，夏勇点校，杭州：浙江古籍出版社，2016年，第6页。
⑤ （清）凌廷堪：《与程时斋论曲书》，俞为民、孙蓉蓉编：《历代曲话汇编·清代编》（第三集），合肥：黄山书社，2008年，第241页。
⑥ （清）刘廷玑：《在园杂志（辑录）》，俞为民、孙蓉蓉编：《历代曲话汇编·清代编》（第一集），合肥：黄山书社，2008年，第728页。
⑦ （清）黄图珌：《看山阁集闲笔（辑录）》，俞为民、孙蓉蓉编：《历代曲话汇编·清代编》（第二集），合肥：黄山书社，2008年，第94页。

态,如凌廷堪评价洪昇:"元人妙处谁传得?只有晓人洪稗畦。"①梁廷楠评价万树:"阳羡万红友树寝食元人,深入堂奥,得其神髓,故其曲音节嘹亮,正衬分明。"②在梳理明代戏曲与元代戏曲关系时,汤显祖及其创作成就的探讨也是清人反观元曲时非常感兴趣的一个话题,如张大复:"论前明作家,首推汤临川,临川多读元曲,一力规模,尽有佳处。"③叶堂:"临川汤若士先生,天才横逸,出其余技为院本,瑰姿妍骨,斫巧斩新,直夺元人之席。"④作为连接元代和清代戏曲的血脉和桥梁,《牡丹亭》的经典地位也借助其对清代戏曲的浸淫获得了确认:"《长生殿》传奇,非但藻思妍辞,远接实甫,近追义仍。而宾白科目,具入元人阃奥。"⑤而被称为"一部闹热《牡丹亭》"⑥的《长生殿》,正是在与这些前代戏曲佳什的比参中,迅速成长为一部当代戏曲名著。只不过梳理有关文献,可以发现,对明人一贯看重的"才情""文采"一类关键词,清人并没有表现出太多的兴趣,关乎"学问"以及由此彰显出的才学修养、文章功力等更被看重,且日渐演进为与元人比较过程中的话语兴奋点。如俞樾《读元人杂剧》诗之二十附注云:"洪昉思《长生殿》小宴剧中'天淡云闲'一曲脍炙人口,今读元人马仁甫《秋夜梧桐雨》杂剧,有【粉蝶儿】曲,与此正同,但字句有小异耳,乃知其袭元人之旧也。"⑦对元人的模仿不仅是单纯的文本发现,更是一种知识、趣味尤其是判断能力的表达,以剧为学问之意图因之而被刻意彰显。

在反观前代的理念下祛除浮躁、深入肌理、发掘根源、尚好归纳总结等,几乎是清代文人较为普泛性的思维方式,于戏曲批评领域则不仅表现为将"元"作为汲取精神资源和创作经验之首选,且更加注意梳理和甄别

---

① (清)凌廷堪:《论曲绝句三十二首》,俞为民、孙蓉蓉编:《历代曲话汇编·清代编》(第三集),合肥:黄山书社,2008年,第247页。
② (清)梁廷楠:《曲话》,中国戏曲研究院编:《中国古典戏曲论著集成》(第八集),北京:中国戏剧出版社,1959年,第271页。
③ (清)张大复:《寒山堂曲话》,《寒山堂新定九宫十三摄南曲谱》,《续修四库全书》(集部第1750册),上海:上海古籍出版社,2002年,第638页。
④ (清)叶堂:《纳书楹〈四梦〉全谱·自序》,蔡毅编著:《中国古典戏曲序跋汇编》,济南:齐鲁书社,1989年,第157页。
⑤ (清)王晫:《长生殿跋》,蔡毅编著:《中国古典戏曲序跋汇编》,济南:齐鲁书社,1989年,第1593页。
⑥ (清)洪昇:《长生殿例言》,俞为民、孙蓉蓉编:《历代曲话汇编·清代编》(第一集),合肥:黄山书社,2008年,第57页。
⑦ (清)俞樾:《春在堂诗编》卷二十一,《春在堂全书》,南京:凤凰出版社,2010年,影印光绪末增订重刊本。

戏曲的题材、本事，考辨及校正戏曲的韵律、宫调，审视作品的体制、人物，乃至于对编选、评点、创作等范式格外在意，"元"之于清代戏曲创作与批评的介入方式和深浅影响已与此前有明显不同。而以著录和考略为中心内容的"曲目""曲话"类专书之多成了清代戏曲研究领域的一个重心，也是"以学问为剧"和"以剧为学问"之于清代戏曲创作的一个鲜明特色。这当然也得益于乾嘉学派的深刻影响，还原经典的诉求、"凡古必真"的思想逻辑，促使他们始终目光回溯，"元"的价值也因之得以进一步凸显，进而再次证明了元代戏曲作为戏曲文体辉煌期之代表的经典价值。史实之真伪、故事之渊源、词语之音义等，都在严谨的释读、勘误和校正中成为关注的重点，这自然有利于对剧本思想乃至艺术特色的深入理解，诸多戏曲史问题或因之有了进一步讨论的空间，如题材的演变轨迹及其所导致的主题嬗变问题、艺术真实和历史真实的处理方略及与史传文学传统的关系问题等。然此种探索也如一把双刃剑，一定程度上形成了对戏曲艺术研究的伤害。如王昭君题材，焦循指责马致远《汉宫秋》的艺术处理有乖史实，第四折"以元帝一梦作结"[1]实为败笔，进而肯定明代陈与郊《昭君出塞》的结局安排："写至出玉门关即止，最为高妙。"[2]就如何处理史实立论，看重叙事的虚实关系时，以"实"为高，追求"有所本"，并感叹："始知元人杂剧，无一字无来处也。"[3]对作家的艺术提炼、加工等则多给予否定，忽略了戏曲叙事的虚构特征。实际上，这关涉到明清杂剧文体变迁的诸多思考。《昭君出塞》作为一个历史片段的白描式书写，体制短小，情节简单，抒情性强，看起来更贴近历史，实际上更看重抒情性原则，其实已经疏离了作为戏剧艺术应该具有的叙事诉求[4]。元代戏曲叙事艺术不断被悬置乃至忽略的现实，是"宗元"过程中最应该解决而未能解决的问题，而戏曲本质日益被消解的现实，恰恰昭示了明清戏曲最终走向衰落的必然。

由此观之，可以看出清代戏曲家对"元曲"反思与批判的方式，已经不再富有明人的论辩激情，不再对高下、先后、优劣一类问题纠缠不休，具体的话语兴奋点乃至格局与气度等亦有新的特点。对题材之本事汲汲考

---

[1] （清）焦循：《剧说》，中国戏曲研究院编：《中国古典戏曲论著集成》（第八集），北京：中国戏剧出版社，1959年，第190页。
[2] 同上。
[3] 同上书，第158页。
[4] 杜桂萍：《抒情原则之确立与明清杂剧的文体嬗变》，《文学遗产》2014年第6期。

究，对术语类文献格外关注，对涉及情节结构、宾白与曲词关系等的分析尤感兴趣，而这正好与明人有关戏曲文体认知的理性反思接续，契合于善于析义与省思的时代风尚。如梁廷楠评关汉卿《玉镜台》杂剧："温峤上场，自【点绛唇】接下七曲，只将古今得志不得志两种人铺叙繁衍，与本事没半点关照，徒觉满纸浮词，令人生厌耳。律以曲法，则入手处须于泛叙之中，略露求凰之意，下文情欸彼美，计赚婚姻，文义方成一串；否则突如其来，阅之者又增一番错愕也。"① 尤其是，很多评论往往带有总结性特征，如焦循评明代戏曲："明人南曲，多本元人杂剧，如《杀狗》《八义》之类，则直用其事；玉茗之《还魂记》，亦本《碧桃花》《倩女离魂》而为之者也。"② 梁廷楠评乔吉《金钱记》杂剧："以白引起曲文，曲所未尽，以白补之，此作曲圆密处，元人百种多未见及。《金钱记》第三折韩飞卿占卦白中，连篇累牍，接下《红绣鞋》一曲，并未照应一字。后人每事胜前人，即此一节已然矣。"③ 由此出发，清人对当代戏曲作家作品的认知也往往更为理性，更能从历史的、逻辑性的角度发表见解。如杨恩寿评价李渔作品："《笠翁十种曲》，鄙俚无文，直拙可笑。意在通俗，故命意、遣辞力求浅显。流布梨园者在此，贻笑大雅者亦在此。究之：位置、脚色之工，开合、排场之妙，科白、打诨之宛转入神，不独时贤罕与颉颃，即元、明人亦所不及，宜其享重名也。"④ 所谓的"流布梨园者在此，贻笑大雅者亦在此"，客观、准确地评价了李渔戏曲艺术探索的得失，正确地认定了其文学史、戏曲史地位。

  至于清代戏曲家普遍表现出的对"风教"的关注，所谓"文字无关风教者，虽炳耀艺林，脍炙人口，皆为苟作"⑤，亦达到了前所未有的程度。这与其时社会文化的总体走向最为相关，也得益于考据学兴盛所带来的宗经传统，又恰恰契合了戏曲雅化过程中不得不以功能论阐释见长的基本原

---

① （清）梁廷楠：《曲话》，中国戏曲研究院编：《中国古典戏曲论著集成》（第八集），北京：中国戏剧出版社，1959年，第257页。
② （清）焦循：《剧说》，中国戏曲研究院编：《中国古典戏曲论著集成》（第八集），北京：中国戏剧出版社，1959年，第113页。
③ （清）梁廷楠：《曲话》，中国戏曲研究院编：《中国古典戏曲论著集成》（第八集），北京：中国戏剧出版社，1959年，第256页。
④ （清）杨恩寿：《词余丛话》，中国戏曲研究院编：《中国古典戏曲论著集成》（第九集），北京：中国戏剧出版社，1959年，第265页。
⑤ （清）张三礼：《〈空谷香〉序》，《蒋士铨戏曲集》，周妙中点校，北京：中华书局，1993年，第433页。

则。溯源之话语依然以关联到元代戏曲最为权威。如俞樾评余治戏曲作品时指出:"盖君之为教,皆在因势而利导之,其后遂有劝善杂剧之作,大意以俳优侏儒最害风俗,然由来久远,既不能废,则莫如因而用之。乃仿元人杂剧,采取近事,被之管弦,使善者可以为法,恶者可以为戒。"①李调元反观《琵琶记》时亦表示:"此曲体贴人情,描写物态,皆有生气,且有裨风教,宜乎冠绝诸南曲,为元美之亟赞也。"②如此渊源有自,得益于正宗,固然为戏曲致力于"风教"之诠释提供了文体传统的依据,其实也是对元人宗尚自我策略的一种自觉呼应,非常有力地指向了戏曲地位的继续攀升。只不过实际效果甚微,戏曲文体走向消解的历史命运并未因之而有所缓解。

二、"元曲"内涵变迁与明清戏曲文本的结构形态

"以歌舞演故事"③是中国古典戏曲的独特演述方式,这决定了戏曲文本形态的特殊性,既包含了以曲词和宾白为主体的文学结构,以及因之而形成的一本四折的基本结构方式;又具有以宫调和曲牌为一般表征的独特音律结构,及以唱为主的舞台展演形态,这在一定程度上也能动地制约了演员对相关故事的体验性阐释。如是之文本结构形态,对作家而言也有较高的要求,必须所谓的"通儒俊才,乃能造其妙也"④,即达成以文学结构为表征的文学性和以音律结构为表征的舞台性之相得益彰。由是而反观明清时期流传的元代戏曲文本,发现彼时的"通儒俊才"对"元曲"的理解已与元人多有不同。一方面,发现与还原"元曲"成为复古思潮下很多文人乐此不疲的当代文化建设工作,"杂剧"与"南戏"合璧以及与传奇戏曲的互动关系已然成为理解"元曲"的一个历史维度,内涵得以拓展且更具丰富性;另一方面,元曲乃至传奇戏曲的文本构成,彼此以一种类似"互

---

① (清)俞樾:《余莲村墓志铭》,《春在堂杂文》续编卷四,《春在堂全书》,南京:凤凰出版社,2010年,影印光绪末增订重刊本。
② (清)李调元:《雨村曲话》,中国戏曲研究院编:《中国古典戏曲论著集成》(第八集),北京:中国戏剧出版社,1959年,第16页。
③ 王国维:《戏曲考原》,《王国维全集》(第一卷),杭州:浙江教育出版社,2009年,第613页。
④ (元)罗宗信:《中原音韵序》,中国戏曲研究院编:《中国古典戏曲论著集成》(第一集),北京:中国戏剧出版社,1959年,第177页。

文"的方式共同彰显了文人作家之于文学结构的刻意营建,以曲词为中心的文学性的旁逸横出日益成为文人戏曲的显性特征,而对需借助舞台性彰显的音律结构则逐渐失去兴趣,以致"案头化""雅化"竞相发展,民间戏曲创作只能与其分道扬镳,走上了另外一条以舞台性为表征的发展路径。凡此,也促成了关于"元曲"内涵的变迁,即更多来自元曲文本文学结构的信息被积极选择和接受,并指向一种越来越浓郁的诗性理解,而如何成为"合律"的文本、文学结构与音律结构如何契合、音律系统怎样适应"可唱"的表演要求并为观众认可等同样应该借鉴的戏剧遗产,则受到忽视并逐渐淡出了元曲概念的逻辑视野。如是,本来集聚了诸多艺术要素并以综合性为基本特征的元曲被片面地理解为具有文章学意义的文学文体,其以彰显舞台性为旨归的音律结构则只能作为一种有意味的文学"形式"而存在着;古典戏曲的戏剧性及相关诸问题也被逐渐放弃,而这一点恰恰是中国戏曲有别于西方戏剧的一个不可或缺的审视维度。

  元曲的最初文本显然是朴拙的、粗陋的、简单的,从侥幸存世的《元刊杂剧三十种》足以推断出这一结论。郑骞评价这部大约元末问世之刊本时即指出:"这部书是元代书坊所印的'小唱本',刻工非常草率拙劣,错字、掉字、同音假借字、简体俗字,满纸都是,有时简直刻得不成字形。讲到行款格式,则宾白与曲文常是混在一起,分不出来,曲调牌名也常有误刻或漏刻。此外还有一种毛病,就是宾白不全,只有正末或正旦的简单说白,或竟全无宾白。于是,别无他本诸剧的情节常是弄不清楚。有了这两个缺点,对于元剧修养有素的人,读此书也有时颇感吃力,更不必说初学。"[1]元曲剧本自身的粗糙、不易阅读,影响了后来者的了解与认可,这显然是其存世较少的原因之一;不过更重要的可能还要归结为戏曲"无关经史"[2]的社会地位,以及相应而来的以演出为主的戏剧观念、刊刻水平的低下等。随着明清两代传奇戏曲创作和演出的繁荣,早熟的元曲作为中国古典戏曲发展的第一个高峰,必须担当"戏剧典范"与"文学遗产"的双重功能,为当代戏曲创作提供经验和标本,于是发现与还原元曲成为彼时文人乐此不疲的一个文化活动。而明代复古运动的此起彼伏、不断激荡,不仅为元曲的发现提供了观念上的依据,也为其助力于传奇戏曲的文体建构

---

[1] 郑骞:《校订元刊杂剧三十种序》,台北:世界书局,1962年,第2页。
[2] (清)陈栋:《北泾草堂曲论》,俞为民、孙蓉蓉编:《历代曲话汇编·清代编》(第三集),合肥:黄山书社,2008年,第535页。

与观念认知拓展了话语空间，有关元代戏曲的概念、思想乃至观念都在这一过程中得到了重新理解和有意识的认定；其结果，不仅元曲的权威性地位得到了认可和加强，元曲之概念也得到了丰富、拓展，甚至发生了变迁。

明中叶前，"宗元"多指戏曲对元代杂剧的宗尚，曲调上认可北曲，体制上为一本四折，语言上追求本色，审美属性则偏于俚俗，并不包含以南曲为主的长篇戏曲形式南戏。南戏亦最后完成于元代，因嫌其鄙陋，时人不以之为尊，当然也不认可其为一代文学之代表；虞集"自是北乐府出，一洗东南习俗之陋"①之言，正道出了元人以南方戏曲为"习俗之陋"的排斥心理。入明以后，朱元璋赞美《琵琶记》"如山珍、海错，贵富家不可无"②，但又令其"入弦索"③，抑南戏而扬杂剧的思路依然在在可表，元杂剧作为一代文学之代表的地位并未动摇；而洪武八年（1375）初步编订的《洪武正韵》，以中原雅音为正的编纂原则也给定了一个无可辩驳的遵北信号，"酷信北曲，至以伎女南歌为犯禁"④实际上是徐渭《南词叙录》之前一个相对普泛的现实。显然，在明初有关"宗元"的思想观念中，同样完成于元代的"南戏"其实处于一个相当尴尬的境况。

伴随着以南曲戏文为基础的传奇戏曲的蓬勃展开，有关戏曲文体、南北曲调、"本色"、"当行"等讨论不断被唤起，并日趋深入，南戏也在这一过程中逐渐进入批评家的视野；而以邵灿《香囊记》为代表的时文风和骈俪化创作所造成的"南戏之厄"⑤，反而促使人们对早期南戏进行反观和历史性认可，其逐渐获得了与北曲杂剧相提并论的境遇和机缘。至明代后期，二者不分轩轾的话语已经比比皆是，如王骥德："曲之始，止本色一家，观元剧及《琵琶》《拜月》二记可见。"⑥又如："剧之于戏，南北故自异体。北剧仅一人唱，南戏则各唱。一人唱则意可舒展，而有才者得尽其春容之致。"⑦再如："作北曲者，如王、马、关、郑辈，创法甚严。终元之

---

① （元）虞集：《中原音韵序》，中国戏曲研究院编：《中国古典戏曲论著集成》（第一集），北京：中国戏剧出版社，1959年，第173页。
② （明）徐渭：《南词叙录》，中国戏曲研究院编：《中国古典戏曲论著集成》（第三集），北京：中国戏剧出版社，1959年，第240页。
③ 同上书，第240页。
④ 同上书，第241页。
⑤ 同上书，第243页。
⑥ （明）王骥德：《曲律》，中国戏曲研究院编：《中国古典戏曲论著集成》（第四集），北京：中国戏剧出版社，1959年，第121页。
⑦ 同上书，第137页。

世,沿守惟谨,无敢逾越。而作南曲者,如高如施,平仄声韵,往往离错。作法于凉,驯至今日,荡然无复底止,则两君不得辞作俑之罪,真有幸不幸也。"① 可见,南戏已经取得了与杂剧并驾齐驱的地位,不断在比较中发生相生互文的关系,并形成了有关当代戏曲的诸种认知。也正是在这个时期,借助于整个文化现实中的复古思潮及话语策略,南戏代表性作品《琵琶记》在与《西厢记》的高下优劣比对中脱颖而出,拥有了更为广泛的声誉,并被认定为传奇戏曲的源头,获得了"南曲之祖"的资格。魏良辅肯定其"自为曲祖,词意高古,音韵精绝"②;王世贞赞赏其"体贴人情,委曲必尽;描写物态,仿佛如生;问答之际,了不见扭造:所以佳耳"③;毛纶父子推举其为"第七才子书",基于"文章之妙"的评点使之更加名重文坛,以致"凡从事倚声者,几奉为不祧之祖"④,其作为元曲文本典范的地位也得以确立。正是在这一过程中,"元曲"概念也发生了结构性变化,"南戏"作为"元曲"的有机构成,与"杂剧"一道构成了"元曲"的两种体式,"元曲"概念也在内涵获得有效修复的基础上,有了外延方面的实际拓展,更加丰富,兼具了历史与逻辑相统一的特征。而这一点,其实也还原了作为大一统国家表征的元代戏曲的实际,具有对元代戏曲创作和演出的总体状况进行总结的特殊意义。

明清两代,剧本的发现是认知元曲的主要和重要方式,尤其是对于一种曾以"舞台性"为繁盛方式的艺术形态而言,这几乎成了当时最为重要的认知途径;而作为文人世界的话语增长点,"剧本"的文学性标识似乎更得文人之心,有关文体种种问题的思考多以此为门径。实际上,伴随着传奇戏曲的繁荣及相关意识的强化,"元曲"的日渐淡出曾经是很多文人非常忧虑的一个现实。如何良俊:"近日多尚海盐南曲,士夫禀心房之精,从婉娈之习者,风靡如一,甚者北土亦移而耽之,更数世后,北曲亦失传

---

① (明)王骥德:《曲律》,中国戏曲研究院编:《中国古典戏曲论著集成》(第四集),北京:中国戏剧出版社,1959年,第151页。
② (明)魏良辅:《曲律》,中国戏曲研究院编:《中国古典戏曲论著集成》(第五集),北京:中国戏剧出版社,1959年,第6页。
③ (明)王世贞:《曲藻》,中国戏曲研究院编:《中国古典戏曲论著集成》(第四集),北京:中国戏剧出版社,1959年,第33页。
④ (清)杨恩寿:《续词余丛话》,中国戏曲研究院编:《古典戏曲论著集成》(第九集),北京:中国戏剧出版社,1959年,第308页。

矣。"① 这一切，当然与欣赏趣味的变迁有关，剧本保存主要为民间形式也是一个不可忽视的因素②。从明人的有关记载可以发现，所谓的元杂剧"古本"在当时一直处于"被发现"的地位，嘉靖年间李开先编辑《改定元贤传奇》时已感叹"元词鲜有见之者"③，其《张小山小令后序》又云："人言宪庙好听杂剧及散词，搜罗海内词本殆尽。又武宗亦好之，有进者，即蒙厚赏。如杨循吉、徐霖、陈符所进，不止数千本。"④ 可见，宫廷与民间存在着同样的问题。如是，借助选本的编纂保存、还原元曲的面貌，就成了新时代思潮下那些拥有先进观念和刊刻能力的文人的主要行动方略。这其实是此后元杂剧的整理及选本编纂日益繁荣的主要原因。

在众多选本中，后出之《元曲选》所占地位最为特殊，在重塑"元曲"内涵方面起到了决定性作用。关于《元曲选》的编纂目的，编者臧懋循曾表示："予故选杂剧百种，以尽元曲之妙，且使今之为南者，知有所取则云尔。"⑤ 明确其是为了展示"元曲之妙"，让当代作者"知有所取则"，更好地进行传奇戏曲的创作。那么，他是如何彰显"元曲之妙"呢？对比《元刊杂剧三十种》及《元曲选》之前的重要戏曲选本如《改定元贤传奇》《古名家杂剧》《元人杂剧选》《古杂剧》等，可以发现，在曲词、宾白、科范、题目、脚色、结构乃至内容等诸多方面，臧懋循多参考了《改定元贤传奇》等选本的"修改"，又进行了一定程度的以文学性追求为目的的细致改动，所谓"删抹繁芜"⑥也。如规范了杂剧的文本体制形态，更正了文本题材内容和主题表达等方面的"错误"，加强了语言的修辞性和叙事的戏剧性，甚至对戏曲的文化功能和舞台演出的实际效果也基于自己的理解给予了充分关注。如《汗衫记》杂剧，张文秀夫妇见到失散多年的儿子时，元刊本

---

① （明）何良俊：《曲论》，中国戏曲研究院编：《中国古典戏曲论著集成》（第四集），北京：中国戏剧出版社，1959年，第6页。
② 从《永乐大典》等有关文献看，明初宫廷保存杂剧不少，但其秘不示人的方式也致普通人不易看到。
③ （明）李开先：《改定元贤传奇序》，俞为民、孙蓉蓉编：《历代曲话汇编·明代编》（第一集），合肥：黄山书社，2009年，第406页。
④ （明）李开先：《张小山小令后序》，《李开先全集》（修订版），卜键笺校，上海：上海古籍出版社，2014年，第644页。
⑤ （明）臧懋循：《〈元曲选〉自序二》，《元曲选》，北京：中华书局，1958年，第4页。
⑥ （明）臧懋循：《寄谢在杭书》，俞为民、孙蓉蓉编：《历代曲话汇编·明代编》（第一集），合肥：黄山书社，2009年，第624页。

之科范为："正末叫有鬼科。"①《元曲选》本改为："(卜儿云：)哎哟！有鬼也！有鬼也！"②将喊"有鬼"者改为张妻，更符合人物性格与逻辑，而将"叫有鬼科"改为宾白，也更贴合科范表现动作神态的要求。凡此，让本来粗糙、简陋的元杂剧文本呈现出规范、统一、生动的面貌，彰显出作为文学文本的定型状态。臧懋循对元曲的"还原"赢得了时人的认可，《元曲选》后来居上，很快超越其他戏曲选本而成为一时之翘楚，担负了关于元杂剧的想象与认知；进入清代，其一枝独秀的局面更为突出，彼时曲家对元杂剧的了解和批评主要是通过《元曲选》实现的。清初问世的《奕庆藏书楼书目》(祁理孙编)中元杂剧的著录主要即是《元剧百种》(臧懋循《元曲选》)、《古今名剧选》(孟称舜《古今名剧合选》)，而黄文旸编《曲海总目》之"元人杂剧"部分所录剧目一百种，也直接来自臧懋循的《元曲选》。李渔首肯《牡丹亭》传奇的部分曲词时表示："此等曲则纯乎元人，置之《百种》前后，几不能辨。以其意深词浅，全无一毫书本气也。"③其后的戏曲家李斗则云："元人唱口，元气淋漓，直与唐诗宋词争衡；今惟臧晋叔编《百种》行于世。"④梁廷楠有关元曲的批评："以白引起曲文，曲所未尽，以白补之，此作曲圆密处，元人百种多未见及。《金钱记》第三折韩飞卿占卦白中，连篇累牍，接下《红绣鞋》一曲，并未照应一字。"⑤至晚清，俞樾《读元人杂剧》之一亦云："乔马关王各擅长，须知杂剧即文章。流传百种元人曲，抵得明时十八房。"⑥可见，有清一代，人们有关"元曲"的认知基本上得自《元曲选》的深刻影响。

相应地，"元曲"的内涵也实际地融入了以臧懋循为代表的明代戏曲家的多维建构，其丰富性增加的同时，与"元"的本质也渐行渐远。一如戏曲语言，元刊本曲辞相对俚俗，口语、俗语的使用非常广泛，具有浓郁的

---

① 徐沁君：《新校元刊杂剧三十种》，北京：中华书局，1980年，第380页。
② (明)臧懋循：《元曲选校注》，王学奇编，石家庄：河北教育出版社，1994年，第509页。
③ (清)李渔：《闲情偶寄》，中国戏曲研究院编：《中国古典戏曲论著集成》(第七集)，北京：中国戏剧出版社，1959年，第24页。
④ (清)李斗：《扬州画舫录(辑录)》，俞为民、孙蓉蓉编：《历代曲话汇编·清代编》(第三集)，合肥：黄山书社，2009年，第687页。
⑤ (清)梁廷楠：《曲话》，中国戏曲研究院编：《中国古典戏曲论著集成》(第八集)，北京：中国戏剧出版社，1959年，第256页。
⑥ (清)俞樾：《春在堂诗编》卷二十一，《春在堂全书》，南京：凤凰出版社，2010年，影印光绪末增订重刊本。

生活气息和时代特征；李开先时尚侧重于"句句用俗而不失其为文"①，臧懋循则认为"元曲妙在不工而工，其精者采之乐府，而粗者杂以方言"②，主张戏曲创作应摒除"靡""鄙""疏"等特点，并据此标准进行了曲文的修改，"雅俗兼收，串合无痕"③逐渐成为元杂剧文本的基本艺术风貌。二如文本形态，元刊本之粗率、杂乱非常明显：宾白较少，有的杂剧甚至没有；脚色安排不够规范，个别剧本没有脚色；科范混杂，数量不多，往往于重要关节处才有简单提示等；这一切，经《改定元贤传奇》到《元曲选》日趋规范、有序、圆熟，进而成为元杂剧文本的必要构成元素，元曲原初形态的"杂乱无章"日渐淡出人们的视野。三如杂剧结构，元刊本多不分折，至朱有燉《诚斋乐府》依然如故；也并非每个剧本都有题目正名，且题目正名的使用亦不规范；然到《元曲选》时已基本形成了一本四折一楔子的标准状态。郑振铎等学者认为杂剧的这一结构体制当起于明代中叶④，实际上，真正将其固定下来的应该是《元曲选》。晚明戏曲开始出现追求"短"的创作诉求或者也与《元曲选》的风行有关，邹式金《杂剧三集》非常在意"杂剧足以极一时之致。辟之狭巷短兵，杀人如草"⑤的功能和效果；李渔又参照舞台演出的实际提出了传奇"缩长为短"的问题："全本太长，零龃太短。酌乎二者之间，当仿《元人百种》之意，而稍稍扩充之，另编十折一本，或十二折一本之新剧，以备应付忙人之用。"⑥很多作家以具体作品响应了这一号召，短剧创作一时蔚然大观。这种"缩长为短"的体制"标志着文人传奇文学体制的杂剧化倾向"⑦，无疑也体现了戏曲宗元的思想

---

① （明）李开先：《乔梦符小令序》，俞为民、孙蓉蓉编：《历代曲话汇编·明代编》（第一集），合肥：黄山书社，2009年，第404页。
② （明）臧懋循：《元曲选序》，王学奇编：《元曲选校注》，石家庄：河北教育出版社，1994年，第3页。
③ （明）臧懋循：《元曲选序二》，王学奇编：《元曲选校注》，石家庄：河北教育出版社，1994年，第4页。
④ 郑振铎《西厢记的本来面目是怎样的？》认为："杂剧的分折人，约是始于万历时代，至早也不能过嘉靖的晚年。"见《中国文学研究》（上册），北京：人民文学出版社，2000年，第544页。钱南扬也认为"分出、折的事，大概是起于明朝中叶"。见《戏文概论·谜史》，北京：中华书局，2009年，第153页。
⑤ （清）邹式金：《杂剧三集·小引》，《杂剧三集》卷首，北京：中国戏剧出版社，1958年。
⑥ （清）李渔：《闲情偶寄》，中国戏曲研究院编：《中国古典戏曲论著集成》（第七集），北京：中国戏剧出版社，1959年，第78页。
⑦ 郭英德：《明清传奇史》，北京：人民文学出版社，2012年，第661页。

旨趣。四如杂剧文本音律结构的完备，也有"知律当行在沈伯英之上"[1]的臧懋循的功劳。就牌调的造语、选字、用韵、阴阳、平仄、典事、对仗等文辞、格律问题，他往往依《中原音韵》之规则给予改正，借以干预当时戏曲创作"音韵少谐"的普遍现实；尤其是补足、校正了宫调、曲牌的不完备，而元刊本杂剧并非都有相应的标识。故张大复赞赏曰："晋叔精通律吕，妙解音声，尝梓《元人百种曲》，无一调不谐，无一字不叶，是诚元人功臣也哉！"[2]总之，《元曲选》中的杂剧作品并未能如实地还原元刊本原始、朴拙、本色的形态，反而处处显现出明清戏曲发展高峰时期文本的雅化特征，促成了有关"元杂剧"作为一代文学之完整、成熟的认知。也就是说，明清戏曲所宗之"元"一定程度上已疏离了"元"之本义，元曲俗、真、本色、当行的艺术传统在不断减损，雅化的内涵则日益丰富多元，当代性和时尚价值十分突出。

立足于戏曲的文本结构，问题的发生则应该从与文学结构彼此依存、互相契合的音律结构谈起。梳理有关文献，与音律结构最为相关的知识与理念主要来自曲谱。明清格律谱的编纂既得益于"宗元"视野下对前代格律文献的梳理和认知，更有基于传奇戏曲蓬勃发展而带来的趋新与求旧矛盾的思考；其投射于戏曲文本音律结构上的经验及其理论性总结，则与最为作家们看重的《中原音韵》密切相关。彼时，戏曲创作多以周德清《中原音韵》为楷范，借以表达对北曲音韵的认可，宣示一种"宗元"的态度，所谓"德清之韵，不独中原，乃天下之正音也"[3]。朱有燉杂剧创作以《中原音韵》为尚，"调入弦索，稳叶流丽，犹有金、元风范"[4]，对后世作家影响很大；朱权《太和正音谱》照抄《中原音韵》的宫调曲牌系统而不进行任何辨正，呈现的也是一种"宗元"的态度。于音律要求最为谨严的沈

---

[1] （明）凌濛初：《谭曲杂札》，中国戏曲研究院编：《中国古典戏曲论著集成》（第四集），北京：中国戏剧出版社，1959年，第260页。

[2] （清）张大复：《寒山堂曲话》，《寒山堂新定九宫十三摄南曲谱》，《续修四库全书》（集部第1750册），上海：上海古籍出版社，2002年，第638页。

[3] （元）琐非复初：《中原音韵序》，中国戏曲研究院编：《中国古典戏曲论著集成》（第一集），北京：中国戏剧出版社，1959年，第179页。

[4] （明）沈德符：《顾曲杂言》，中国戏曲研究院编：《中国古典戏曲论著集成》（第四集），北京：中国戏剧出版社，1959年，第206页。后来王国维认为："其词虽谐稳，然元人生气至是顿尽，且中颇杂以南曲，且每折唱者不限一人，已失元人法度矣。"见《宋元戏曲史》，《王国维全集》（第三卷），杭州：浙江教育出版社，2009年，第145页。可见，所谓"宗元"，在彼此的理解中是不一样的内涵。

璟,更是"每制曲必遵《中原音韵》《太和正音》诸书,欲与金、元名家争长"①。围绕着宫调的分合标准、曲牌的组织规则、曲韵的使用规范等,音律家们总是以元为标的、依托,不断进行建构与拆解。北曲谱之编纂,多"采元人各种传奇、散套,及明初诸名人所著中之北词,依宫按调,汇为全书"②,本是应有之义;蒋孝、魏良辅等对南曲音律系统的初步构建,也完全袭用了元代的宫调系统,沈璟编纂《南曲全谱》时尽量选择"古剧""古本"为谱例,亦时时不忘以"北"为依据。伴随着南曲的流行以及传奇戏曲中"南北合套"类音乐模式的生成,北曲的昆腔化日益成为时尚认可的现实,为改善弦索北曲演唱的诸种弊端,沈宠绥甚至专门就北曲的字音、口法等问题进行"辨讹":"取《中原韵》为楷,凡弦索诸曲,详加厘考,细辨音切,字必求其正声,声必求其本义,庶不失胜国元音而止。"③也就是说,对《中原音韵》的崇尚从来没有被放弃,即便到了已经颇为通达开放的明清之际,李渔的类似理念依然坚定:"既有《中原音韵》一书,则犹畛域画定,寸步不容越矣。"④以致曲牌体行将没落的乾嘉时期,四库馆臣们还一致认定其"所定之谱则至今为北曲之准绳",堪称"一代之学"⑤。

明清格律谱著述之于《中原音韵》的刻意借鉴与模仿,强化了以北曲音律为创作典范的话语方式,"遵北"一度成为曲家创作的不二法则。但随着以早期南戏为代表的南曲音乐风行于世并逐渐汇入"元曲"系统,南曲与北曲的关系首先成为一个必须正视的问题,而如何看待北曲并以之作为"典范"与"遗产"建构新的南曲音律系统的困扰也日渐突出。在这方面,明清人的睿智之举是首先将有关认知与对文学统绪的理解联系起来,承认南曲为北曲之变;这不仅来自一种基于"宗元"观念的思维惯性,其实也得益于大一统的国家观念与文化共同体的建设诉求。相关论述并不少。如王骥德说:"金章宗时,渐更为北词,如世所传董解元《西厢记》者,其声

---

① (明)沈德符:《顾曲杂言》,中国戏曲研究院编:《中国古典戏曲论著集成》(第四集),北京:中国戏剧出版社,1959年,第208页。
② (清)李玉:《北词广正谱》,《善本戏曲丛刊》第六辑,台北:台湾学生书局,1987年,第10页。
③ (明)沈宠绥:《弦索辨讹序》,中国戏曲研究院编:《中国古典戏曲论著集成》(第五集),北京:中国戏剧出版社,1959年,第19页。
④ (清)李渔:《闲情偶寄》,中国戏曲研究院编:《中国古典戏曲论著集成》(第七集),北京:中国戏剧出版社,1959年,第37页。
⑤ (清)永瑢等:《四库全书总目提要》卷一百九十九,《词曲类二》,石家庄:河北人民出版社,2000年,第5507页。

犹未纯也。入元而益漫衍其制，栉调比声，北曲遂擅盛一代；顾未免滞于弦索，且多染胡语，其声近噍以杀，南人不习也。迨季世入我明，又变而为南曲，婉丽妩媚，一唱三叹，于是美善兼至，极声调之致。始犹南北画地相角，迩年以来，燕、赵之歌童、舞女，咸弃其捍拨，尽效南声，而北词几废。"①"后七子"领袖王世贞的相关言论影响更为深远："三百篇亡而后有骚、赋，骚、赋难入乐而后有古乐府，古乐府不入俗而后以唐绝句为乐府，绝句少宛转而后有词，词不快北耳而后有北曲，北曲不谐南耳而后有南曲。"②通过北曲—南曲的谱系梳理来确认传奇戏曲为当代文学之正声的地位，"美善兼至，极声调之致"③的南曲也顺理成章地被阐释为一代之正、中原雅音的承继者；所谓的"亡国之音"④一类的话语因之而被逐渐淘汰，同时，其必须接受以北曲为宗的诸多改造也就成了历史的必然选择。后来徐复祚、张琦、吴伟业、尤侗等皆沿袭王世贞之语意，话语方式略有不同，意义指向则大体相近，南曲作为传奇戏曲的主体因之获得了文体地位和文化价值的双重确认，北曲则作为"元"的表征以一种互文式的存在发挥着指导与建构的作用。如是，理论上与元杂剧本色、当行之义高度契合的早期南曲，一方面在与北曲雄健、高亢、粗犷的积极互动中建构了以柔媚、工丽、雅致为特色的传奇戏曲音乐风格，又以"南北合套"的艺术形式、"南北词韵脚，当共押周韵"⑤的音韵追求彰显了"元曲"始终在场的文学史意义；而北曲的南化也自然呈现为一种符合艺术规律的现实选择，成为明清传奇戏曲音律结构的必要构成。进而，已在潜移默化中悄然发生变异的杂剧也积极接受了这一现实，以"南杂剧"⑥的文本形态呈现为明清杂剧创作的主体；在与传奇戏曲的互动融合中，"南杂剧"日渐疏离了元杂

---

① （明）王骥德：《曲律》，中国戏曲研究院编：《中国古典戏曲论著集成》（第四集），北京：中国戏剧出版社，1959年，第55—56页。
② （明）王世贞：《曲藻》，中国戏曲研究院编：《中国古典戏曲论著集成》（第四集），北京：中国戏剧出版社，1959年，第27页。
③ （明）王骥德：《曲律》，中国戏曲研究院编：《中国古典戏曲论著集成》（第四集），北京：中国戏剧出版社，1959年，第55页。
④ （元）周德清：《中原音韵》，中国戏曲研究院编：《中国古典戏曲论著集成》（第一集），北京：中国戏剧出版社，1959年，第219页。
⑤ （明）沈宠绥：《度曲须知》，中国戏曲研究院编：《中国古典戏曲论著集成》（第五集），北京：中国戏剧出版社，1959年，第235页。
⑥ 即以南曲或南北曲并用创作的短篇戏曲作品，或称为"短剧""小剧"，也有"案头剧"之谓。

剧的文体规范，文人化、雅化跃然成为其文本的标志性特征。很多作家已不再刻意强调音律结构的重要意义，对于戏曲应借助演出完成的文体规定性表现为一种有意无意的忽略，清初尤侗甚至直言自己的杂剧作品"只藏箧中，与二三知己，浮白歌呼"①，并非为了登场演出。这种彰显自我的高调姿态背后，其实是"以作文之法作曲"②的创作理念在发生作用，如后来梁廷楠所云："盖自明中叶以后，作者按谱填字，各逞新词，此道遂变为文章之事，不复知为律吕之旧矣。"③其反射到"元曲"的理解，则多为关乎文本的词采、曲意、结构等的讨论，多看重从抒情、形象、教化等文学性或功能性视角的切入，与之相关的音律结构乃至舞台性实现方式等不再作为题中应有之义；这当然与北曲演出的极度衰落有关④，更得自戏曲文人化风尚的持续浸染⑤，明清杂剧文本的"南"化，即是这一风尚影响创作的必然结果。

对于传奇戏曲文本的音律结构而言，戏曲文人化所施之作用同样不可小觑，二者之关系或可理解为传奇文体建构过程中的一个正反合运动。事实上，缘于对南北音韵的不同理论思考和实践选择，南曲音律系统的构造与被认同并非一帆风顺。《中原音韵》之巨大影响，让"作北曲者守之，兢兢无敢出入"⑥，相当谨严的用韵规则一定程度上规限了杂剧的创作；对于"既无定则可依，而以意弹出"⑦的南曲而言，如何遵守并借鉴"中原"音韵及其相关规则，并在南曲宫调系统内进行具体的创造性的运用，当时人的看法也不一致，相关争论几乎持续了整个明清时期，带动了有关戏曲文体音律构成的诸多认知。王骥德认为《中原音韵》是"为北词设也"，"南

---

① （清）尤侗：《西堂乐府自序》，郑振铎编：《清人杂剧初集》，民国二十年（1931）影印本。
② 吴梅：《郑西谛辑〈清人杂剧〉（二集）叙》，《吴梅戏曲论文集》，王卫民编，北京：中国戏剧出版社，1983年，第484页。
③ （清）梁廷楠：《曲话》，中国戏曲研究院编：《中国古典戏曲论著集成》（第八集），北京：中国戏剧出版社，1959年，第278页。
④ 如沈宠绥云："惟是北曲元音，则沉阁既久，古律弥湮，有牌名而谱或莫考，有曲谱而板或无征，抑或有板有谱，而原来腔格，若务头、颠落，种种关捩子，应作如何摆放，绝无理会其说者。"见《度曲须知》，中国戏曲研究院编：《中国古典戏曲论著集成》（第五集），北京：中国戏剧出版社，1959年，第198页。
⑤ 郭英德：《明清传奇史》，北京：人民文学出版社，2012年，第48页。
⑥ （明）王骥德：《曲律》，中国戏曲研究院编：《中国古典戏曲论著集成》（第四集），北京：中国戏剧出版社，1959年，第110页。
⑦ （明）何良俊：《四友斋丛说》，中国戏曲研究院编：《中国古典戏曲论著集成》（第四集），北京：中国戏剧出版社，1959年，第11页。

曲当用南韵"①，冯梦龙也表示"南韵又当与北稍异"②，一味地遵从《中原音韵》并非得当；而另外一些文人则质疑："曲有南北，韵亦有南北乎？"③沈自晋甚至表示："夫曲也，有不奉《中原》为指南者哉！"④最具代表性的当然还是沈璟，认为传奇戏曲创作必须遵守周韵，在造语、用事、选字等方面以元曲名作为典范，努力以字定声腔，通过对句数、字数、韵位、板式等的确定和强调来规范曲调的旋律、节奏，进而影响曲子的落音以及音乐内在的调性调式等，借以为昆山腔建立律度，助力于传奇戏曲的创作和演出。凡此，与沈璟为改造南曲"也不寻宫数调"⑤的历史而尽力完善南曲宫调曲牌体制一样，都属于"宗元"理念下的传奇戏曲文体建构工作。应该说，这种艺术实践顺应了传奇戏曲蓬勃发展的现实，之于晚明以后戏曲创作和演出的繁荣而言确实有"中兴之功，良不可没"⑥的贡献；尤其是，沈璟力求借助音韵的沟通寻找一种与曲牌格律相配的最佳文辞样式，有意呼应《中原音韵》所彰显的"文律兼美"的创作诉求，是对以元曲为代表体式的中国古典戏曲之戏剧性的一种认同与强调。

一般认为，传奇戏曲的音律建设借力于《中原音韵》之处，主要在于改变"不遵其律"⑦的艺术现实；实际上，达成曲词和音节彼此契合、协调统一的文本状态，是周德清编撰《中原音韵》的具体目标，也是魏良辅、沈璟等刻意"宗元"所追求的最终目标。所以，如同周德清有意精选带有"协音俊语"⑧特征的曲子入谱一样，沈璟对文理清晰、文意顺畅、文采适度的曲文也非常看重，偏爱早期戏文《琵琶记》《拜月亭》即有这方面的因

---

① （明）王骥德：《曲律》，中国戏曲研究院编：《中国古典戏曲论著集成》（第四集），北京：中国戏剧出版社，1959年，第112页。
② （明）冯梦龙：《太霞新奏发凡》，俞为民、孙蓉蓉编：《历代曲话汇编·明代编》（第三集），合肥：黄山书社，2009年，第9页。
③ （明）徐复祚：《王骥德〈题红记〉》，俞为民、孙蓉蓉编：《历代曲话汇编·明代编》（第二集），合肥：黄山书社，2009年，第260页。
④ （明）沈自晋：《重定南词全谱凡例》，《南词新谱》卷首，北京：中国书店，1985年。
⑤ （明）高明、汤显祖：《元本琵琶记校注·南柯梦记校注》，钱南扬校注，北京：中华书局，2009年，第1页。
⑥ （明）王骥德：《曲律》，中国戏曲研究院编：《中国古典戏曲论著集成》（第四集），北京：中国戏剧出版社，1959年，第163—164页。
⑦ （元）罗宗信：《中原音韵序》，中国戏曲研究院编：《中国古典戏曲论著集成》（第一集），北京：中国戏剧出版社，1959年，第177页。
⑧ （元）周德清：《中原音韵自序》，中国戏曲研究院编：《中国古典戏曲论著集成》（第一集），北京：中国戏剧出版社，1959年，第176页。

素；初步统计，《南曲全谱》选入其中的相关例曲数量高达 233 曲，远超其他南戏作品。显然，在看重"古意""古雅""本色"的同时，文采可观的"佳词"也是沈璟选曲的重要标准。不仅如此，沈璟还选录了 30 支唐宋词名家如冯延巳、柳永、苏轼、张先、贺铸等人的词作入谱，具体理由则是相关曲例"句字不美，录此易之"①；这与他在给吕天成的信中言"音律精严，才情秀爽，真不佞所心服而不能及者"②，显然是一致的。只是在涉及曲词与格律的关系时，这位本多"藻语"后又"专尚本色"的"词林之哲匠"③，过分执念于"宗元"的认知而呆板地理解"按字模声"④，不免以"文从格律"的严苛要求规范曲词，一定程度上忽视了作为"乐"的戏曲格律还有"文从乐"乃至文乐互生等适应性问题，尽管这与演员表演时声音演绎的"自然"原则也密不可分。细究相关的话语，沈璟、汤显祖的认知应该没有本质上的不同，只是当词、乐发生矛盾时，过于迷恋格律视野下"依字行腔"的沈璟往往绌词从律，汤显祖则更看重文乐互生前提下的灵活通变，故其高调表示《牡丹亭》之演唱并不会"拗折天下人嗓子"⑤。多年以后，著名音乐家叶堂确认了这一事实，指出："'吾不顾捩尽天下人嗓子。'此微言也，若士岂真以捩嗓为能事？嗤世之盲于音者众耳。"⑥ 因之，汤显祖的愤激之语应包含了对沈璟的固执不通即所谓"安知曲意"⑦的讥讽，是一位真正"知音者"的自信表现。而沈璟所谓"宁使时人不鉴赏，无使人挠喉捩嗓"⑧之言也是另一种带有愤激情绪的极端性表达，也不足以

---

① （明）沈璟：《增定南九宫曲谱》，王桂秋主编：《善本戏曲丛刊》（27—28），台北：台湾学生书局，1984 年，第 95 页。
② （明）沈璟：《致郁蓝生书》，俞为民、孙蓉蓉编：《历代曲话汇编·明代编》（第一集），合肥：黄山书社，2009 年，第 727 页。
③ （明）王骥德：《曲律》，中国戏曲研究院编：《中国古典戏曲论著集成》（第四集），北京：中国戏剧出版社，1959 年，第 124 页。
④ （明）汤显祖：《答吕姜山》，《汤显祖全集》，徐朔方笺校，北京：北京古籍出版社，1999 年，第 1302 页。
⑤ （明）汤显祖：《答孙俟居》，《汤显祖全集》，徐朔方笺校，北京：北京古籍出版社，1999 年，第 1392 页。
⑥ （明）叶堂：《纳书楹〈四梦〉全谱·自序》，蔡毅编著：《中国古典戏曲序跋汇编》，济南：齐鲁书社，1989 年，第 157 页。
⑦ （明）汤显祖：《答孙俟居》，《汤显祖全集》，徐朔方笺校，北京：北京古籍出版社，1999 年，第 1392 页。
⑧ （明）沈璟：【商调·二郎神】《论曲》，俞为民、孙蓉蓉编：《历代曲话汇编·明代编》（第一集），合肥：黄山书社，2009 年，第 726 页。

说明他对富有一定文采的曲词有意排斥。

事实上,彼时与沈璟观点类似者大有其人,何良俊即有"夫既谓之辞,宁声叶而辞不工,无宁辞工而声不叶"[1]的话语,在谈论《拜月亭》等南曲戏文时曾表示:"此九种,即所谓戏文,金、元人之笔也,词虽不能尽工,然皆入律,正以其声之和也。"[2]所谓"词虽不能尽工",表达了对曲词未能达成"尽工"之境界的遗憾,并非否定其"工",而"正以其声之和",也不应简单理解为仅仅关乎"声则平、上、去、入之婉协,字则头腹尾音之毕匀"[3]的格律要求,更是"宗元"视野下一种理想性文、律形态的描述,具体所指则应包括了"意"与"调"即曲意与曲律的平衡和谐,与沈璟"合律依腔"其实也包含了对"文理"即曲意重视之内涵大体是一致的。绾结而言,为了强调音律结构之于戏曲文体的重要性,突出"名为乐府,须教合律依腔"[4]的文体特性,何良俊、沈璟等的言论多数时候都含有扭转过于偏重文辞风尚的具体旨趣,其时愈演愈烈的藻丽之风是促成他们这一类"矫枉过正"言论的时代背景。只不过,习惯于借助文辞率意表达的文人们往往更愿意超越格律结构所形成的"镣铐",为任性驰骋争取空间,为高标自许彰显姿态,并不在意沈璟等的良苦用心。从传奇戏曲的发展而言,南曲格律谱的编纂规范确立了其文体音韵、格律,也为文人作家进入创作提供了施展才华的机遇、空间、权利,不过,他们怎么愿意在获得了一种权利的同时又丢失了另外一种权利呢?所以,因音律结构之束缚所带来的文律分离其实在传奇戏曲这一话语权利进入文人之手时已经开始,曲词与音律的互动关系构成了明清戏曲史演进过程中一个深隐其中的矛盾运动。如讨论较多的本色当行之论,始终不仅仅是语言层面的问题,还有格律之于曲词是否契合、如何对应、怎样适应演出等一系列问题,这关涉到戏曲舞台性功能的实现,而这一点恰恰是元曲最为本质的属性之一。可惜多数文人作家并未理解这种从格律、语言入手所进行的回归元曲艺术传统的努力,对借助于"意趣神色"的曲词表达自我往往更为心仪,所谓的"文辞

---

[1] (明)何良俊:《曲论》,中国戏曲研究院编:《中国古典戏曲论著集成》(第四集),北京:中国戏剧出版社,1959年,第12页。

[2] 同上。

[3] (明)沈宠绥:《度曲须知》,中国戏曲研究院编:《中国古典戏曲论著集成》(第五集),北京:中国戏剧出版社,1959年,第198页。

[4] (明)沈璟:【商调·二郎神】《论曲》,俞为民、孙蓉蓉编:《历代曲话汇编·明代编》(第一集),合肥:黄山书社,2009年,第726页。

派"作家一直是晚明以后戏曲创作的主力军足以说明这一点。

于此再来反观"元曲"之内涵,变迁之路径、走向皆十分明晰。晚明时期,其文学性与舞台性兼擅的文体属性已经似是而非,二者失衡所促成的结构性缺损在入清以后的创作实践与批评话语中彰显得日益清晰。与此同时,对曲词以及相关问题的关切成为非常普遍的内容,以致在戏曲文本的结构、语言、人物塑造乃至题材本事诸方面都形成了较为系统、精深的论述体系;有关戏曲文体音律结构的关注则日益转向字音的正讹、曲牌的纠偏等的实用性、技术性分析,与文学结构的互动性关系则很少置词,遑论创造性论述。许多文人有意无意忽略音律结构之重要意义,廖燕甚至表示:"文人唱曲,岂效优人伎俩,把手拍着桌子,应应腔就是了。"[1] 以戏曲表演行家里手著称的李渔也认为"遵守成法"即可:"至于引商、刻羽、戛玉、敲金,虽曰神而明之,匪可言喻,亦由勉强而臻自然,盖遵守成法之化境也。"[2] 因循、守成的态度非常具有代表性,以至于在许多作家的笔下,音律结构与文学结构之间形成了一种皮毛疏离的状态。晚清时期的王国维,更是越过了格律而仅仅青目于元曲的"文章之妙":"元剧最佳之处,不在其思想结构,而在其文章。其文章之妙,亦一言以蔽之,曰有意境而已矣。何以谓之有意境?曰写情则沁人心脾,写景则在人耳目,述事则如其口出是也。古诗词之佳者,无不如是,元曲亦然。"[3] 视"元曲"为"古诗词之佳者",定位不可谓不高,然其作为戏剧的本质属性已被忽略到了极致,以孤傲之姿突然存在的"文学性"无力打造以叙事为目的的代言体话语方式,日渐萎弱的舞台性也无力完成本来需要与"文学性"联袂支撑的"戏剧性"。概括而言,中国文学根深蒂固的抒情传统的持续发力、反复打造,"元曲"的核心性特征不断殒失、异化,"本来"面目被日益遮蔽,并带动古典戏曲文体最终衍变为一种抒情言志之载体"拟剧本"[4]。

以戏曲与复古的结构关系维度来考察,"宗元"实际上还含纳了对金乃至宋的历史性追述。这是审视戏曲缘起时不能忽视的内容。中国古典戏曲

---

[1] (清)廖燕:《柴舟别集自序》,郑振铎编:《清人杂剧二集》,民国二十三年(1934)影印本。
[2] (清)李渔:《闲情偶寄》,中国戏曲研究院编:《中国古典戏曲论著集成》(第七集),北京:中国戏剧出版社,1959年,第10页。
[3] 王国维:《宋元戏曲史》,《王国维全集》(第三卷),杭州:浙江教育出版社,2009年,第114页。
[4] 许祥麟:《拟剧本:未走通的文体演变之路——兼评廖燕柴舟别集杂剧四种》,《文学评论》1998年第6期。

在宋金时期的辉煌成就虽因少有文本留存而未能形成有效的历史结点（聚焦点），但宋之"杂剧"、金之"院本"乃至诸宫调、唱赚、影戏、词等艺术形态在有关"元"的文体建构中具有的特殊意义，已无可置疑；而宋、金历史进程的重合期几近二百年的现实也构成了一种潜在的心理认同。至于"金元"，二者共属北方的地域沿革、政权沿袭、文化语境承继等因素，本身已经构成了一种"共名"，尤其是明初统治者的金元—北宋的统绪认可；通行所谓第一时期（1280年前）之杂剧作者最盛、成就最高之现实，更隐含着其作为共同先导的历史指向，如是，"宋金""宋元""金元"乃至汉唐等，往往与"元"同置于一条历史链环中，有时还因为其重要性而被有意凸显。如生长于金的董解元，因被看成是北曲的创始者而名列《录鬼簿》之首："以其创始，故列诸首。"① 所作《董西厢》诸宫调亦被视为"后世北曲之祖"②。沈德符推崇朱有燉所作杂剧，以"调入弦索，稳叶流丽，犹有金、元风范"加以强调；李开先提出的"（曲）以金元为准，犹之诗以唐为极也"③，被认为是具有标志性的论断，正式开启了明清戏曲"宗元"的进程。王世贞谈论北曲之来源，指出："曲者，词之变。自金、元入主中国，所用胡乐，嘈杂凄紧，缓急之间，词不能按，乃更为新声以媚之。"④ 徐渭思考南曲之出处，认为"南不逮北"的原因，主要缘于其出自"宋人词而益以里巷歌谣"⑤，以至于"惟南曲绝少名家"⑥，缺乏竞争力。而沈璟从语言本色的角度大力提倡宋元戏文的俚俗语言；被归为文辞派的汤显祖也有类似言论，如认为《董西厢》"独以俚俗口语谱入弦索，是词家所谓本色当行之祖"⑦；胡应麟说的最为明确："今世俗搬演戏文，盖元人杂剧之变；

---

① （元）钟嗣成：《录鬼簿》，俞为民、孙蓉蓉编：《历代曲话汇编·唐宋元编》，合肥：黄山书社，2006年，第316页。
② （明）张羽：《古本董解元西厢记》，上海：上海古籍出版社1984年版，第2页。
③ （明）李开先：《西野春游词序》，俞为民、孙蓉蓉编：《历代曲话汇编·明代编》（第一集），合肥：黄山书社，2009年，第412页。
④ （明）王世贞：《曲藻》，中国戏曲研究院编：《中国古典戏曲论著集成》（第四集），北京：中国戏剧出版社，1959年，第25页。
⑤ （明）徐渭：《南词叙录》，中国戏曲研究院编：《中国古典戏曲论著集成》（第三集），北京：中国戏剧出版社，1959年，第239页。
⑥ 同上书，第244页。
⑦ （明）王骥德：《新校注古本西厢记自序》《新校注古本西厢记评语》，俞为民、孙蓉蓉编：《历代曲话汇编·明代编》（第二集），合肥：黄山书社，2009年，第150、161页。

而元人杂剧之类戏文者,又金人词说之变也。"①等等。作为一种受制于复古心理的话语方式,类似记载充满了明清时期的戏曲文献。黄正位编选杂剧选集《阳春奏》:"是编也,俱选金、元名家,镌之梨枣。"②孟称舜评王实甫《丽堂春》:"王实甫在元诸大家中未称第一,而《西厢》独绝者,以有董解元词为蓝本。"③任鉴《离骚影》题辞云:"填词之学,始于宋,盛于元,滥觞于明,而事非忠孝节义,其词不足以正人心、厉风俗、端教化者,虽工弗贵。"④而被誉为"曲谱之祖"的"汉唐古谱"《骷髅格》竟然被作为一个可以追溯到汉唐的个案,其实际不过是明人的伪托之作⑤。将曲的起源回溯至宋金乃至上延至更早的汉唐,与"诗必盛唐"即是"诗必汉魏盛唐"或"诗必盛唐以上"的思路一样,既表达了对先出之艺术形式的典范意义的尊崇与向往,又在在凸显了"元"被不断建构的过程,以及其实际上处于流动中、发展中、变化中的特征。最为根本的,则还在于不断需要厘清的戏曲与元代的深厚关系:此前的历史或所谓前历史同样值得复兴,只不过对以成熟的文体形态展示戏曲魅力的元代戏曲而言,他们更多地担负了以古言古的价值和意义。而进行类似之强调,更为看重的不是彼此的区别,不是时代之不同,而是表述的权威性,借诗文"宗唐宋""宗秦汉"的思路和理念强调戏曲"宗元"之必要,进而达成"宗经""载道"的文统诉求,如是,戏曲与诗文同源而异流之文体地位才能得到有意凸显、有效巩固。古典戏曲在 20 世纪初终于确立了其"一代之文学"的崇高地位,与明清人面对戏曲文体时的这种路径选择关系极其密切。

三、戏曲"宗元"观念与明清时期的文学复古

"贵远贱近,慕古薄今,天下之通情也。"⑥李渔之语,道出了中国人业

---

① (明)胡应麟:《庄岳委谈》下,《少室山房笔丛》卷四一,上海:上海书店出版社,2001年,第 424、425 页。
② (明)黄正位:《新刻阳春奏凡例》,俞为民、孙蓉蓉编:《历代曲话汇编·明代编》(第二集),合肥:黄山书社,2009 年,第 439 页。
③ (明)孟称舜:《孟称舜集》,朱颖辉辑校,北京:中华书局,2005 年,第 585 页。
④ (清)任鉴:《离骚影题辞》,蔡毅编著:《中国古典戏曲序跋汇编》,济南:齐鲁书社,1989 年,第 1882 页。
⑤ 魏洪洲:《"汉唐古谱"〈骷髅格〉真伪考》,《文艺评论》2015 年第 2 期。
⑥ (清)李渔:《闲情偶寄》,中国戏曲研究院编:《中国古典戏曲论著集成》(第七集),北京:中国戏剧出版社,1959 年,第 35 页。

已形成的"贵古贱今"的文化情结，也揭示了文学创作与批评一向讲究借复古而创新的合理性。文学史上，诗文领域不断以宗汉、宗唐、宗宋等相号召，后出之戏曲则主要体现为以"元"为宗，这来自对元曲成绩及其高峰地位的认可，又得到明清两代文学复古思潮的有力激发，所促成的经验总结与纷繁的理论认知皆因之更具逻辑的力量，深刻影响了传奇戏曲乃至南杂剧的创作及相关的理论建构。梳理相关文献可知，如果没有率先兴起的明代诗文复古运动之汪洋恣肆，以及其于戏曲创作的浸染、催化、完善乃至整合，帮助传奇戏曲创作提取可资借鉴的经验、选择符合审美特征的范本，促成其以概念的方式审视、评价戏曲史现象，明清时期的戏曲创作不会取得如此优秀的成绩，也不会形成如此丰沛的理论资源；而戏曲家以创作、评点、选本编纂、格律谱制作等形式表达出的经验认同与观念呼应，也在一定程度上助益于诗文复古运动的视界拓展与理论深化。具体论之，"宗元"思想的普及与观念确立是复古运动持久展开影响下的必然文化选择，而彼此的同构互动关系为戏曲文体建构提供了经验、经典和方法，也为晚明至清代戏曲各种题材体式的繁荣及古典戏曲趋向文人化的发展路向提供了理论准备和思考维度。

　　文学上的"复古"往往将尊崇对象溯源至文体的鼎盛期乃至发生期。与"文必秦汉，诗必盛唐"的思路一样，刚刚由高峰期延绵而来的明代戏曲很自然地向元曲表达尊敬、崇尚之意。元代既是戏曲文体的成熟期，又是杂剧创作的鼎盛期，拥有丰富的艺术经验以及声誉甚高的名家名作，理所当然地为后人青睐、膜拜，何况明代初期的戏曲史对这一点有过明晰且有力的确认。最为有名者当然是朱权、朱有燉叔侄，他们的创作、批评均从元代戏曲创作实践入眼，综合元代曲家开辟的批评领域而形成。朱有燉的戏曲创作已自觉融入来自诗文一道的"雅"意，如对改编元杂剧《继母大贤》目的的解释："虽不能追踪前人之盛，亦可以少涤其张打油之语耳。"[1]"涤"的理念和具体手段显然借取于诗文领域。朱权《太和正音谱》以"乐府十五体"指称杂剧的行文策略，虽有"将剧曲纳入'乐府'，改变了'乐府'概念的内涵"[2]的嫌疑，却实际地开启了以诗论思维审视戏曲之端，理论意义非比寻常；历来有关其"乐府格势"的品评褒贬不一，不

---

[1] （明）朱有燉：《清河县继母大贤引》，俞为民、孙蓉蓉编：《历代曲话汇编·明代编》（第一集），合肥：黄山书社，2009年，第200页。
[2] 姚品文：《宁王朱权》，北京：艺术与人文科学出版社，2002年，第262页。

过"格""势"概念的引入以及用华美的四字语评点戏曲作品的方法一如诗评,对后来曲话的形态及其诗化特征的形成影响深远①,也是不争的事实。换句话说,朱权模仿诗学分体的戏曲品评拓展了明清曲学的视野,为"宗元"复古语境中的戏曲批评寻找了一个便于操作的路径。

  诗文与戏曲从来都不是两条完全平行的轨道,文人染指戏曲创作以后,彼此纠结重合之处更多;也正是这一类历史节点的选择,让诗文复古运动与戏曲"宗元"的理念蓦然而合,走上了一条互文相生的道路。明代初年,以"三杨"为代表的台阁体雄踞文坛,性理之作一时成为风尚,戏曲创作亦转而偏爱文辞与理学,邱濬《伍伦全备记》、邵灿《香囊记》先后应时而生,因曲文多套用《诗经》、杜诗等,专求华丽,"宾白亦是文语"②而饱受讥议。与复古派的横空出世几乎同时,戏曲批评家也注意到这一现实并起而驳之,较为重要的曲论家李开先、何良俊、徐渭等多具有或深或浅的复古思想,都在此际或之后参与其中。李开先首倡戏曲创作应"以金、元为准"③,何良俊认为"既谓之曲,须要有蒜酪"④,均以金元杂剧与旧南戏的质朴通俗之作为标的,批判戏曲创作中的绮丽藻绘之气。徐渭鄙弃时文风的甚嚣尘上,指责"效颦《香囊》而作者,一味孜孜汲汲,无一句非前场语,无一处无故事,无复毛发宋、元之旧"⑤。徐复祚则表示:"《香囊》以诗语作曲,处处如烟花风柳。……丽语藻句,刺眼夺魄。然愈藻丽,愈远本色。"⑥他们前后相继,起而和之,既为以"本色"开其端的"宗元"观念之确立做出了贡献,同时也有意无意彰显了诗学思维在建构戏曲批评话语时的强势介入。

---

① 学界较早关注了《诗品》对他的影响,认为"朱权的品题方式不是凭空结撰,而是对中国民族诗歌批评方法的继承"。见姚品文:《朱权"群英乐府格势"得失论》,《江西师范大学学报》1993年第2期。
② (明)徐渭:《南词叙录》,中国戏曲研究院编:《中国古典戏曲论著集成》(第三集),北京:中国戏剧出版社,1959年,第243页。
③ (明)李开先:《西野春游词序》,俞为民、孙蓉蓉编:《历代曲话汇编·明代编》(第一集),合肥:黄山书社,2009年,第412页。
④ (明)何良俊:《曲论》,中国戏曲研究院编:《中国古典戏曲论著集成》(第四集),北京:中国戏剧出版社,1959年,第11页。
⑤ (明)徐渭:《南词叙录》,中国戏曲研究院编:《中国古典戏曲论著集成》(第三集),北京:中国戏剧出版社,1959年,第243页。
⑥ (明)徐复祚:《曲论》,中国戏曲研究院编:《中国古典戏曲论著集成》(第四集),北京:中国戏剧出版社,1959年,第236页。

明代复古运动的领军人物前后"七子"及其追随者,对戏曲多持肯定态度,不少人在致力于诗文创作的同时推出了引起广泛关注的戏曲作品。康海《中山狼》、王九思《杜甫游春》杂剧为一时之翘楚,后被收入《盛明杂剧》,影响深远;"后五子"之一汪道昆所作《大雅堂乐府》四种,为其后的杂剧创作提供了一种典范性体式,论及所谓"南杂剧"形态之确立,难以忽略其所进行的艺术尝试;"末五子"之一屠隆亦是戏曲名家,所作传奇《昙花记》《修文记》《彩毫记》三种,诗性气质浓郁,当时大行于世。他们均表达过对元代戏曲的崇尚之意,如屠隆认为,元人戏曲"以其雄俊鹘爽之气,发而为缠绵婉丽之音。故泛赏则尽境,描写则尽态,体物则尽形,发响则尽节,骋丽则尽藻,谐俗则尽情。故余断以为元人传奇,无论才致,即其语之当家,斯亦千秋之绝技乎"①!前后"七子"的领袖人物李梦阳、何景明、李攀龙皆不善戏曲,王世贞更被讥"于词曲不甚当行"②,然其"主持海内风雅之柄者四十余年"③,"片言褒赏,声价骤起"④,审美趣味及价值取向对曲坛发生了不容忽视的影响。《西厢记》在出于不同目的的激烈论争后终于胜出,获得"北曲故当以《西厢》压卷"⑤的地位,与这句话出自王世贞之口不无关系;梁辰鱼之所以凭《浣纱记》而"一时词名赫然",与王世贞"以维桑之谊,盛为吹嘘"⑥也因缘颇深;"吴间白面冶游儿,争唱梁郎雪艳词"⑦之诗语对当时盛况的夸饰足可见出明人式吹捧的效应,昆山腔传奇也借势蔓延,推衍至全国。因此,无论凌蒙初怎样讥《浣纱记》"为工丽之滥觞","以藻绘为曲,譬如以排律诸联入《陌上桑》《董妖娆》乐府诸题下,多见其不类"⑧,均未能影响其成为昆腔创始期定鼎之作

---

① (明)屠隆:《章台柳玉合记叙(节录)》,俞为民、孙蓉蓉编:《历代曲话汇编·明代编》(第一集),合肥:黄山书社,2009年,第589页。
② (明)徐复祚:《曲论》,中国戏曲研究院编:《中国古典戏曲论著集成》(第四集),北京:中国戏剧出版社,1959年,第235页。
③ (清)陈田:《明诗纪事》,上海:上海古籍出版社,1993年,第1867页。
④ (清)张廷玉等:《明史·王世贞传》,北京:中华书局,1974年,第7381页。
⑤ (明)王世贞:《曲藻》,中国戏曲研究院编:《中国古典戏曲论著集成》(第四集),北京:中国戏剧出版社,1959年,第29页。
⑥ (明)凌濛初:《谭曲杂札》,中国戏曲研究院编:《中国古典戏曲论著集成》(第四集),北京:中国戏剧出版社,1959年,第253页。
⑦ (明)王世贞:《嘲梁伯龙》,朱彝尊:《静志居诗话》卷一四,康熙间刻本。
⑧ (明)凌濛初:《谭曲杂札》,中国戏曲研究院编:《中国古典戏曲论著集成》(第四集),北京:中国戏剧出版社,1959年,第253、255页。

的历史地位。而王世贞所赞誉的郑若庸、张凤翼、屠隆等也都以曲词典丽见长，昭示出不久后发生的戏曲作品本色与藻丽之争此际已埋下伏笔。具体言之，即王世贞等复古派诗文作家之"宗元"，本包含着对元曲以朴拙本色为主体的审美风貌的认可，却又于言语间表现出对富有情采的戏曲作品《西厢记》《浣纱记》等的格外欣赏，观念与言论的这种龃龉，显然根源于他们对诗文领域重伦理轻情感、重说理轻文采的批判；以得自诗文领域的复古主张评判戏曲领域的诸多现象，理论与实践不免会发生错位乃至矛盾，让甚为在意"辨体"的复古派阵营内部已出现本色与藻丽的分歧，又怎能不引发反复古派的强力批驳？如徐复祚表示："王弇州取《西厢》'雪浪拍长空'诸语，亦直取其华艳耳，神髓不在是也。语其神，则字字当行，言言本色。"① 王骥德更为直白："世无论作曲者难其人，即识曲人亦未易得。《艺苑卮言》谈诗谈文，具有可采，而谈曲多不中窾。"② 值得注意的是，类似批评多基于"宗元"的立场，无论怎样的表达指向都不能达成消弭复古影响的目的。尤其是，在相关表述中，复古派们的理论话语与其行为实践的龃龉之处，还不限于认知上的不成熟，也有出于人事关系上的私心萌动、门户之争："各分町畦，互相攻击，虽文人相轻，亦小人党习也。"③ 这又与明代政治文化领域公共话语的匮乏息息相关。

复古思潮的持久与深入，促使很多戏曲家或深或浅地卷入其中，有意识地效法诗文"复古"，寻找戏曲之源，以期通过"古"的观照探讨戏曲之本、形成新的法度要求，打造标志性范本，解决当代戏曲理论与创作中存在的诸多弊端。复古首先体现为一种因循与模仿，这是彼时文人言说中的常见言说；最有创意的策略则是从前代经典中寻求论述之依据，创造一种话语方式，这也是明人十分擅长的手段。相比于"文必秦汉，诗必盛唐"，对于以杂剧与早期南戏为代表体式的元曲的宗尚似乎没有产生多少异议，但以元曲哪一家为宗却见仁见智。《西厢记》《琵琶记》高下之争持续最久，一方面反映了相比于杂剧，南戏在"元"的概念构成中的地位波

---

① （明）徐复祚：《曲论》，中国戏曲研究院编：《中国古典戏曲论著集成》（第四集），北京：中国戏剧出版社，1959年，第242页。
② （明）王骥德：《曲律》，中国戏曲研究院编：《中国古典戏曲论著集成》（第四集），北京：中国戏剧出版社，1959年，第178页。
③ （清）李调元：《雨村曲话》，中国戏曲研究院编：《中国古典戏曲论著集成》（第八集），北京：中国戏剧出版社，1959年，第20页。

荡，更多的时候是谁为"祖"或"宗"的源流判断、何为"高"或"下"的优劣衡量，以及连带而来的关于"本色""文辞""声律""才情"等的体制之辨。明万历时胡应麟已经确认了"今世盛行元曲，仅《西厢》《琵琶》而已"①的名家典范，但直到康熙时刘廷玑云"自古迄今，凡填词家咸以《琵琶》为祖，《西厢》为宗，更无有等而上之者"②，这一争论的终结式认知才算基本完成。期间始终不乏另外一种声音，何良俊认为"《西厢》全带脂粉，《琵琶》专弄学问，其本色语少。盖填词须用本色语，方是作家"③，只有《拜月亭》才"终是当行"④，复古派阵营的中坚胡应麟起而辩之："《西厢》主韵度风神，太白之诗也；《琵琶》主名理伦教，少陵之作也。"⑤王骥德则认为二者并无轩轾："《西厢》，风之遗也；《琵琶》，雅之遗也。《西厢》似李，《琵琶》似杜，二家无大轩轾。然《琵琶》工处可指，《西厢》无所不工。《琵琶》宫调不论，平仄多舛；《西厢》绳削甚严，旗色不乱。《琵琶》之妙，以情以理；《西厢》之妙，以神以韵。《琵琶》以大，《西厢》以化，此二传三尺。"⑥以李白和杜甫来比附、评价《西厢记》《琵琶记》，之前何良俊也有类似话语："近代人杂剧以王实甫之《西厢记》，戏文以高则诚之《琵琶记》为绝唱，大不然。夫诗变而为词，词变而为歌曲，则歌曲乃诗之流别；今二家之辞，即譬之李、杜，若谓李、杜之诗为不工，固不可；苟以为诗必以李、杜为极致，亦岂然哉。"⑦凡此，不仅包蕴了"元"相当于"唐"的高峰地位，"宗元"复古之思路径迹可辨，其中出自审视诗词经验的发展和辩证态度也透视出之于复古派标立门户的极大反感，言在曲坛而意指诗坛的用心一目了然，正是借助这样一种逻辑力量的推动，许

---

① （明）胡应麟：《少室山房笔丛（辑录）》，俞为民、孙蓉蓉编：《历代曲话汇编·明代编》（第一集），合肥：黄山书社，2009年，第645页。
② （清）刘廷玑：《在园杂志（辑录）》，俞为民、孙蓉蓉编：《历代曲话汇编·清代编》（第一集），合肥：黄山书社，2009年，第728页。
③ （明）何良俊：《曲论》，中国戏曲研究院编：《中国古典戏曲论著集成》（第四集），北京：中国戏剧出版社，1959年，第6页。
④ 同上书，第12页。
⑤ （明）胡应麟：《少室山房曲考》，秦学人、侯作卿编：《中国古典编剧理论资料汇辑》，北京：中国戏剧出版社，1984年，第101页。
⑥ 《新校注古本西厢记》卷六评语十六则。俞为民、孙蓉蓉编：《历代曲话汇编·明代编》（第二集），合肥：黄山书社，2009年，第160页。
⑦ （明）何良俊：《曲论》，中国戏曲研究院编：《中国古典戏曲论著集成》（第四集），北京：中国戏剧出版社，1959年，第6页。

多戏曲作家有意无意地介入了泾渭分明的文学流派纷争。

在阐述具体戏曲观点时，无论是复古派还是非复古派文人，普遍表现出对诗学逻辑驾轻就熟的借用和概念移植。王骥德论及戏曲文体优长时曾表示："晋人言：'丝不如竹，竹不如肉。'以为渐近自然。吾谓：诗不如词，词不如曲，故是渐近人情。夫诗之限于律与绝也，即不尽于意，欲为一字之益，不可得也。词之限于调也，即不尽于物，欲为一语之益，不可得也。若曲，则调可累用，字可衬增。诗与词，不得以谐语方言入，而曲则惟吾意之欲至，口之欲宣，纵横出入，无之而无不可也。故吾谓：快人情者，要毋过于曲也。"①从"渐近人情"的维度肯定戏曲创作的必要性，用以校正一般文人之于戏曲的态度偏执，所依凭者其实是他最为得心应手的诗词创作经验。胡应麟反驳何良俊之推许郑光祖时说："郑德辉杂剧尚传，神俊不若王，高古弗如董也。"②"高古""神俊"乃至上文提及的"韵度""风神""风雅"等范畴，显然均来自于诗文领域的探取和移用，暗含着将戏曲史之董、王等同于诗歌史之汉魏、盛唐的逻辑，进一步申明了复古派文人思考诗文与戏曲关系时的常见推理。类似之溯源话语还有很多，如凌濛初说："曲之有《中原韵》，犹诗之有沈约韵也。"③沈泰评点朱有燉《香囊怨》杂剧云："大约国初风致，仿佛元人手笔，犹初唐诸家，不失汉魏遗意。"④孟称舜评价元代戏曲发展时指出："元设十二科取士，其所习尚在此。故百年中，作者云涌，至与唐诗、宋词比类同工。"⑤李渔宣称："填词非末技，乃与史传诗文同源而异派者也。"⑥等等。在曲本的编选中，李开先阐说《改定元贤传奇》之目的是："夫汉、唐诗文，布满天下，宋之理学诸书，亦已沛然传世，而元词鲜有见之者"，"欲世之人得见元词，并知元词之所

---

① （明）王骥德：《曲律》，中国戏曲研究院编：《中国古典戏曲论著集成》（第四集），北京：中国戏剧出版社，1959年，第160页。
② （明）胡应麟：《庄岳委谈》下，《少室山房笔丛》卷四一，上海：上海书店出版社，2001年，第429页。
③ （明）凌濛初：《南音三籁凡例》，俞为民、孙蓉蓉编：《历代曲话汇编·明代编》（第三集），合肥：黄山书社，2009年，第200页。
④ （明）沈泰：《香囊怨·总批》，《盛明杂剧》，崇祯刊本。
⑤ （明）孟称舜：《古今名剧合选自序》，蔡毅编著：《中国古典戏曲序跋汇编》，济南：齐鲁书社，1989年，第445页。
⑥ （清）李渔：《闲情偶寄》，中国戏曲研究院编：《中国古典戏曲论著集成》（第七集），北京：中国戏剧出版社，1959年，第8页。

以得名也"①。与他多次将元曲地位与唐诗同观十分契合:"诗须唐调,词必元声,然后为至。如水之源,射之的,修养家之玄关妙窍也。"②邹式金父子编选《杂剧三集》,也有类似表达:"余既有《百名家诗选》,力追盛唐之响,兹复有三十种杂剧,可夺元人之席,庶几诗乐合一,或有当于吾夫子目(自)卫反鲁之意乎。"③相距不过百年,两位选家一以贯之地强调元曲与唐诗相提并论的必要性,足可见出"诗必盛唐"之于戏曲编选的重要指导意义;而为了进一步说明《杂剧三集》的特殊性,邹漪又不惜用"可夺元人之席"这样的评价来提高其地位,"唐"与"元"在复古的逻辑接榫中获得了同等的价值期待,其理想与号召力可想而知。词语的援引和转用如此普泛、高频且熟稔,足以证明诗文话语对戏曲创作及批评领域的强势入侵,其作用和影响则是这一类概念堂而皇之进入戏曲批评领域,促成晚熟的中国戏曲早早地完成了富有诗学特色的理论建构,因之而形成诸多缠绕不清的问题也在一定程度上遮蔽了有关曲体本质的探求。一方面,"论真正之戏曲,不能不从元杂剧始也"④;另一方面,又囿于诗学传统的视野和目光,不断以唐诗宋词作者与元曲名家相比拟:"以唐诗喻之,则汉卿似白乐天,仁甫似刘梦得,东篱似李义山,德辉似温飞卿,而大用则似韩昌黎。以宋词喻之,则汉卿似柳耆卿,仁甫似苏东坡,东篱似欧阳永叔,德辉似秦少游,大用似张子野。虽地位不必同,而品格则略相似也。"结论则是:"虽地位不必同,而品格则略相似也。"⑤这与王国维更信服"元剧自文章上言之,犹足以当一代之文学"⑥之语勾连映照,说明诗学思维之于戏曲的影响已深入骨髓,古典戏曲走上雅化的道路与明代复古运动之于"元曲"的塑造有相当深厚而复杂的渊源关系。

戏曲批评领域对诗文批评范式的吸纳也十分自觉,且日见昭彰。"品评"是明代文人介入诗文批评最为得心应手的方式之一,高棅《唐诗品

---

① (明)李开先:《改定元贤传奇序》,俞为民、孙蓉蓉编:《历代曲话汇编·明代编》(第一集),合肥:黄山书社,2009年,第405—406页。
② (明)李开先:《题高秋怅离卷》,《李开先集》,路工辑,北京:中华书局,1959年,第123页。
③ (清)邹漪:《杂剧三集跋》,《杂剧三集》卷首,北京:中国戏剧出版社,1958年。
④ 王国维:《宋元戏曲史》,《王国维全集》(第三卷),杭州:浙江教育出版社,2009年,第74页。
⑤ 同上书,第120页。
⑥ 同上。

汇》、杨慎《词品》、何良俊《四友斋丛说》等都是《诗品》范式的模仿者，戏曲品评则由朱权《太和正音谱》开其端后亦连绵不绝，杰出代表有吕天成《曲品》、祁彪佳《远山堂曲品》和《远山堂剧品》。《曲品》"仿钟嵘《诗品》、庾肩吾《书品》、谢赫《画品》例，各著论评，析为上、下二卷"①，《远山堂曲品》亦是"见吕郁蓝《曲品》而会心焉"②，品鉴作品的等第则以"妙""雅""逸""艳""能""具"区分，在吕天成四品（"神""妙""能""具"）的基础上去除"神品"，另增"雅""逸""艳"三品，保留了"妙""能""具"三品，显示出对诗学批评的借鉴和认同的日益深入。也就是说，诗文品评的范式、形态也已堂而皇之地进入戏曲批评领域，丰富了其外在形式和理论内涵；溯源得委的流派意识、品第高下的比较意识、意象譬喻的审美意识、论说得失的史家意识等，均借助对戏曲作品、作家的观照而获得了透彻利用、纵横论说，明代戏曲理论也因这一类诗学批评方式的激荡而更加深入、精细、完善。至于具体的讨论内容，"宗元"话语策略的运用可谓得心应手。《远山堂剧品》中，仅"妙品"目下就有类似评语十余处之多，评朱有燉《风月姻缘》："酷似元剧中语，恐亦未免蹈元人之豁径。惟其气韵高爽，胸有成竹，便能自我作古，即以元人拟之，作者不屑也。"③评徐渭《翠乡梦》："迩来词人依傍元曲，便夸胜场。文长一笔扫尽，直自我作祖，便觉元曲反落蹊径。"④评陈继儒《真傀儡》："境界妙，意致妙，词曲更妙。正恨元人不见此曲耳。"⑤评苏濬《独乐园》："即在元曲，亦称上乘。"⑥等等。声口略有不同，心态则大致趋同，在与"元"的比较衡估中研判当代戏曲作品的价值、特征乃至优劣，所持之标准则不越"韵""调""词""事"之类范畴，而这正是诗学思维统御下祁彪佳等最为看重的戏曲品鉴原则。

  不断涌起的诗学论争之于戏曲领域的深刻影响，还可从"本色""真

---

① （明）吕天成：《曲品自序》，《曲品》，中国戏曲研究院编：《中国古典戏曲论著集成》（第六集），北京：中国戏剧出版社，1959年，第207页。
② （明）祁彪佳：《曲品序》，《远山堂曲品》，中国戏曲研究院编：《中国古典戏曲论著集成》（第六集），北京：中国戏剧出版社，1959年，第5页。
③ （明）祁彪佳：《远山堂剧品》，中国戏曲研究院编：《中国古典戏曲论著集成》（第六集），北京：中国戏剧出版社，1959年，第141页。
④ 同上。
⑤ 同上书，第143页。
⑥ 同上书，第145页。

情"一类戏曲论著的关键词入眼,这也是《古今名剧合选》等选本评点中习见迭出的词汇。"本色论"应是明代曲学讨论最为充分的话题,重要的戏曲批评家李开先、何良俊、徐渭、沈璟、徐复祚、冯梦龙、凌濛初等几无回避。无论是关于戏曲语言的朴拙自然,还是与本色相连的声律合调、当行搬演,抑或是就审美风格、理想的相关论述,各家对于本色内涵的理解多有不同,其实皆来自关于"体"的认知及其规定之语言、宫调、曲牌、关目、人物等要素的"乃为得体"①。这一规定性当然与明人强烈的辨体意识相关,根本却是宗尚元曲的观念基础,以语言的俚俗不文为表征的所谓"金元风范"始终是本色论的核心题旨。晚明张岱认为应创作出如《琵琶记》《西厢记》一样的作品,于"布帛菽粟之中,自有许多滋味,咀嚼不尽,传之久远"②,表达的就是这样的意思;明初以来复古运动对主流文化语境的自觉掌控也强化了这一点。前后"七子"所倡导的秦汉之文、盛唐之诗都是以朴实无华、不事雕琢、反映现实、感情充沛见长,与元代戏曲以"蛤蜊味""蒜酪味"为基准的质朴通俗存在着一般层面的诸多契合;诗文理论足以为这一尚有些陌生的讨论提供理论资源,戏曲家们的自觉配合则彰显了一种基于时代语境的"天作之合"。如王骥德表示:"当行本色之说,非始于元,亦非始于曲,盖本宋严沧浪之说诗。"又云:"夫曲以模写物情,体贴人理,所取委曲宛转,以代说词,一涉藻绘,便蔽本来。然文人学士,积习未忘,不胜其靡,此体遂不能废,犹古文六朝之于秦、汉也。"③"犹古文、六朝之于秦、汉"的思维惯性让戏曲可以毫无障碍地与诗文接榫,自如地取用诗文评价的话语方式和择取标准,并由此开始本色论的建构。事实也的确如此。明清时期的许多戏曲理论问题都可借助本色问题的多维度切入找到门径,并可以渐入佳境。吕天成谈论"传奇之派,遂判而为二:一则工藻绘少拟当行,一则袭朴澹以充本色"④,揭示了引发流派纷争的内在原因还与文人传统相关,所谓"积习未忘"也;著名的汤沈

---

① (明)徐渭:《南词叙录》,中国戏曲研究院编:《中国古典戏曲论著集成》(第三集),北京:中国戏剧出版社,1959年,第243页。
② (明)张岱:《答袁箨庵》,于民编:《中国美学史资料选编》,上海:复旦大学出版社,2008年,第402页。
③ (明)王骥德:《曲律》,中国戏曲研究院编:《中国古典戏曲论著集成》(第四集),北京:中国戏剧出版社,1959年,第122、152页。
④ (明)吕天成:《曲品》,中国戏曲研究院编:《中国古典戏曲论著集成》(第六集),北京:中国戏剧出版社,1959年,第211页。

之争迁延时间之长、辐射空间之广，以及借助本色讨论所呈现出的诸多戏曲本体问题，揭示出"宗元"视野下的文体建设还来自逆向性思考中的创新诉求。戏曲批评家一贯关注名家名作，并好为"求疵"之论，也与这样的风尚密切相关。不过，或许因为戏曲领域"宗元"复古权威的相对空缺，为众声喧哗提供了空间，晚明时期王骥德、吕天成、祁彪佳、李渔等呈现的是"你方唱罢我登场"的态势，谈诗论曲，畅所欲言，形成一种势力相对均衡的论争局面，为许多戏曲理论问题的最后"和解"提供了平台；清代戏曲以总结与守成的姿态给予继承，正是因为承继了后论争时代所形成的创作局面及所依凭的思想资源。

与复古派理念息息相关的"情"，是戏曲创作和批评领域持续最久的热门话语。李攀龙、王世贞等虽多以"格调"论诗，最为看重的其实还是作为诗歌根本特征的"情"，李梦阳说："天下无不根之萌，君子无不根之情，忧乐潜之中而后感触应之外，故遇者因乎情，诗者行乎遇。"[①] 尽管"情"与"格调"之龃龉最终成了复古派为人诟病之端口，"情"的真正表达并没有达成被普遍认可的境地，却丝毫不影响他们之于"情"的阐释热情，直至晚明，陈子龙还在强调："夫风骚之旨，皆本言情。"[②] 此"情"与"心学"思维塑造下出自"最初一念之本心"的"情"固然有内涵外延的种种不同，但皆能与戏曲创作"渐近人情"[③]一类诉求发生某种层面上的同构，"近情动俗"[④]成为戏曲文体为各类文人认可的原因之一，所谓"夫曲者，谓其曲尽人情也"[⑤]。只不过个人理解之"情"及其所形成的丰富性结构，都在戏曲史这棵枝繁叶茂的大树结出了硕果而已。在这一点上，复古派与反对者之间并没有什么根本的分歧。李梦阳由"情真说"而倡导"真诗乃在民间"，彰显了复古派对于文体趋"俗"并不反感的真正原因是"音之发而情之原也"[⑥]，这是他们认可戏曲创作并有所偏爱的深层动因，并在

[①] （明）李梦阳：《梅月先生诗序》，《空同集》卷五十一，《四库明人文集丛刊》本。
[②] （明）陈子龙：《三子诗余序》，《安雅堂稿》卷三，《续修四库全书》（集部第1387册），上海：上海古籍出版社，2002年，第704页。
[③] （明）王骥德：《曲律》，中国戏曲研究院编：《中国古典戏曲论著集成》（第四集），北京：中国戏剧出版社，1959年，第160页。
[④] （清）高奕：《新传奇品序》，中国戏曲研究院编：《中国古典戏曲论著集成》（第六集），北京：中国戏剧出版社，1959年，第269页。
[⑤] （明）陈继儒：《秋水庵花影集叙》，俞为民、孙蓉蓉编：《历代曲话汇编·明代编》（第二集），合肥：黄山书社，2009年，第239页。
[⑥] （明）李梦阳：《诗集自序》，《空同先生集》卷五十，明刊本。

这一层面与心学对情的倡导发生同构，以不同的方式和言说策略影响到戏曲文体言情特征的建构。徐祯卿说："情能动物，故诗足以感人。"① 孟称舜则表白："盖词与诗曲，体格虽异，而本于作者之情。"② 都是对这一思想来源不同维度的阐释。而他们有关"情"的发现也借助了元代的戏曲作品。毛奇龄在评点《西厢记》"愿普天下有情的都成了眷属"时表示："《墙头马上》剧，亦有'愿普天下姻眷皆完聚'类，但此称'有情的'，此是眼目，盖概括《西厢》全书也。"③ 只是戏曲更重视对本体之情的表达，其所秉有的角色制不仅为才子佳人的登场"言情"提供了文体支持，也为一向以发抒胸臆为尚的文人话语保障了"代言"策略，以"情"抗"理"甚至演为他们对抗现实的一种话语范式；"演奇事，畅奇情"④ 则发展成为传奇戏曲的曲体标志之一，甚至造成了戏曲创作中"情"的一度泛滥，不仅与心学的倡导旨趣大为舛异，与复古派的初衷也极为疏离。入清以后，孔尚任、洪昇、蒋士铨等戏曲家继续了"情"的主题，但同时也开始了有关的纠偏工作，基本指导思想则依旧来自"宗经复古"⑤的文化理路。明末张溥的这一提法当然是对"宗经"文学传统的强调，近师前后"七子"的旨趣更为明显；复古从来也摆脱不了"经"的文化渊源，"宗元"成为明清戏曲领域的重要问题也可作如是解。

　　复古派的论争阵营历来都不仅仅来自内部，反动者的声音亦汇聚为众声喧哗之有力构成，形成强有力的复调。李贽、公安派、竟陵派等一贯被视为反复古的人群，但在涉及戏曲"宗元"及其相关问题理解时，有时与复古派并无冲突。如他们同样将元曲置于一个经典的位置，只不过其目的既不是简单的"宗元"得"元"，也不仅仅是复杂的"宗元"得"诗"，往往上升到"宗元"得"心"的层面。譬如同样关注"情"，李贽等认为表

---

① （明）徐祯卿：《谈艺录》，何文焕辑：《历代诗话》（下册），北京：中华书局，1981年，第766页。
② （明）孟称舜：《古今词统序》，卓人月：《古今词统》卷首，沈阳：辽宁教育出版社，2000年。
③ （清）毛奇龄：《毛西河论定〈西厢记〉》，秦学人、侯作卿编：《中国古典编剧理论资料汇辑》，北京：中国戏剧出版社，1984年，第281页。
④ （清）削仙口：《鹦鹉洲小序》，吴毓华编著：《中国古代戏曲序跋集》，北京：中国戏剧出版社，1990年，第157页。
⑤ （明）张溥：《五经征文序》，《七录斋诗文合集》之《存稿》卷三，《续修四库全书》（集部第1387册），上海：上海古籍出版社，2002年，第473页。

现"绝假纯真"的"童心"之作才是值得提倡的,正是通过"达性情"[1]的路径,戏曲才具有了与《诗经》一样的地位和价值:"《西厢记》所写事,便全是《国风》所写事。"[2]具体到元代作品,如他对《拜月亭记》的评论:"此记关目极好,说得好,曲亦好,真元人手笔也。首似散漫,终致奇绝,以配《西厢》,不妨相追逐也。自当与天地相终始,有此世界,即离不得此传奇。"[3]从情感的自然无伪与表达的流畅顺达入眼,推崇《西厢记》《拜月亭记》为"不见斧凿痕,笔墨迹"[4]的"化工"之作,"直如家常茶饭,绝无一点文人伎俩"[5];而《琵琶记》之所以为"画工"之作,则在"穷巧极工,不遗余力"[6],"正中带谑,光景不真"[7]。如此,基于对富有"童心"之天下至文的推崇而介入戏曲名著的高下之争。论及戏曲文体的演进时,李贽又指出:"诗何必古《选》,文何必先秦。降而为六朝,变而为近体;又变而为传奇,变而为院本,为杂剧,为《西厢》曲,为《水浒传》,为今之举子业,大贤言圣人之道皆古今至文,不可得而时势先后论也。"[8]从"尊体"入手肯定戏曲的发展及其具有历史必然性的社会地位,又几乎与复古派殊途同归。也就是说,无论复古与否和如何复古,明人对许多戏曲理论问题的深度辨正,都建立在以元为尊的前提下,借助对元杂剧传统的倡导和认知探讨戏曲艺术的本质,进而确立戏曲发展的新方向。以"复古"为创新,为元曲经典化提供了机遇,也是元曲文学史序位得以稳定的理论保障和美学背景。

---

[1] (明)冯梦龙:《太霞新奏序》,俞为民、孙蓉蓉编:《历代曲话汇编·明代编》(第三集),合肥:黄山书社,2009年,第7页。
[2] (清)金圣叹:《贯华堂第六才子书西厢记记法》,陆林辑校:《金圣叹全集》(二),南京:凤凰出版社,2008年,第856页。
[3] (明)李贽:《李氏焚书·拜月》,俞为民、孙蓉蓉编:《历代曲话汇编·明代编》(第一集),合肥:黄山书社,2009年,第541—542页。
[4] (明)李贽:《李卓吾先生读〈西厢记〉类语》,俞为民、孙蓉蓉编:《历代曲话汇编·明代编》(第一集),合肥:黄山书社,2009年,第543页。
[5] (明)李贽:《荆钗记总评》,俞为民、孙蓉蓉编:《历代曲话汇编·明代编》(第一集),合肥:黄山书社,2009年,第544页。
[6] (明)李贽:《杂说》,俞为民、孙蓉蓉编:《历代曲话汇编·明代编》(第一集),合肥:黄山书社,2009年,第535页。
[7] (明)李贽:《琵琶记卷末评》,俞为民、孙蓉蓉编:《历代曲话汇编·明代编》(第一集),合肥:黄山书社,2009年,第548页。
[8] (明)李贽:《童心说》,俞为民、孙蓉蓉编:《历代曲话汇编·明代编》(第一集),合肥:黄山书社,2009年,第538页。

结　语

在"宗元"的历史上，关于文本气质与艺术精神的追摹即所谓遗貌取神式的宗尚亦绵延不绝，且往往与人格、时代契合而立足于一种文化诉求的表达。这当然与中国古代关于"气""神"的认知传统有关，也来自元代文人之于"大元乐府"的高度自信[①]。虞集说："乐府作而声律盛，自汉以来然矣。……我朝混一以来，朔南暨声教，士大夫歌咏，必求正声，凡所制作，皆足以鸣国家气化之盛，自是北乐府出，一洗东南习俗之陋。"[②] "我朝混一"的背景、"鸣国家气化之盛"的功用，与在明初获得的金元—北宋的统绪认可前后呼应，使元曲作为大一统国家音律之正的地位获得了上下普遍的认可；以"北"为节点的音乐、声韵、曲词等地域性文化想象的介入，进一步凸显了元杂剧慷慨豪壮的主体风格以及作为"正声"的特殊地位。"元"不仅具有一代文体的标志性特征，还日益凝结为一种富有文化精神内涵的载体，并在"北"与"南"的潜在对话中成为复古的首要对象。明代复古运动有关格调、精神的论述无疑促成了这一表达的更加深入，尤其是在涉及南北曲的思考时，相关论述往往上升为这一层面的探讨。如徐渭评价南北曲之不同时说："听北曲使人神气鹰扬，毛发洒淅，足以作人勇往之志，信胡人之善于鼓怒也，所谓'其声噍杀以立怨'是已。"[③] 徐翙后来又从创作本体的维度予以补充："今之所谓南者，皆风流自赏者之所为也；今之所谓北者，皆牢骚肮脏、不得于时者之所为也。"[④] 曲之南北竟然成为评价文人精神向度的重要标尺。王骥德则从内在风神的维度肯定元杂剧的外在气质："夫元之曲，以摹绘神理，殚极才情，足抉宇壤之秘。"[⑤] 清初周亮工评嵇永仁《扬州梦》传奇也有类似表达："至其填词，规抚元人处，在神

[①]（元）罗宗信：《中原音韵序》，中国戏曲研究院编：《中国古典戏曲论著集成》（第一集），北京：中国戏剧出版社，1959年，第177页。

[②]（元）虞集：《中原音韵序》，中国戏曲研究院编：《中国古典戏曲论著集成》（第一集），北京：中国戏剧出版社，1959年，第173页。

[③]（明）徐渭：《南词叙录》，中国戏曲研究院编：《中国古典戏曲论著集成》（第三集），北京：中国戏剧出版社，1959年，第245页。

[④]（明）徐翙：《盛明杂剧序》，蔡毅编著：《中国古典戏曲序跋汇编》，济南：齐鲁书社，1989年，第460页。

[⑤]（明）王骥德：《古杂剧序》，吴毓华编著：《中国古代戏曲序跋集》，北京：中国戏剧出版社，1990年，第137页。

采而不在形迹。"① 落脚点也在于元曲精神质素之于当代戏曲创作的精神涵泳。也就是说，作为一种对前代的追慕与幻想，"元"在明清戏曲作家心理结构中不仅占据着规范性的中心地位，其曾作为一代之正的文化内涵及迈今越古的历史向往也常常被提炼为一种精神自由和生命存在状态的表征，隐示着一种对自由灵性与人格价值的认可，并在特殊时期上升为一种国家想象。明清易代之际，北曲的强势复归之态十分明显，"宗元"观念在此际突出表达为有关家国的现实理想和反清复明的感伤情绪。有更多的杂剧用北曲创作，刻意选用北曲，宫调、曲牌的连缀也大致依循元杂剧的规范，如王夫之的《龙舟会》杂剧②，其目的皆在于对北曲正宗地位的强调，凸显其所担负的政治功能和文化意义。邹式金编辑《杂剧三集》的目的是："迩来世变沧桑，人多怀感，或抑郁幽忧，抒其禾黍铜驼之怨；或愤懑激烈，写其击壶弹铗之思；或月露风云，寄其饮醇近妇之情，或蛇神牛鬼，发其问天游仙之梦。云璈叠奏，玉屑纷飞，以至字忌重押，韵黜互犯，固足踵元人之音，夺前辈之席矣。"③ 在非正统民族入侵并建立政权之际编选《杂剧三集》，借对杂剧正宗地位的认知表达"天地元音，亦借此复振"④的旨趣，"宗元"之思想内涵被注入了强烈的故国之思及恢复之志；尤其是前有《盛明杂剧》彰显盛明气象之号召，《杂剧三集》接续初集、二集而承继文脉、因元而明的思路就更为明晰。借助精神追摹而来的文化意义为"宗元"注入了"文学经世"的复古内涵，也又一次显示了戏曲与诗歌的合璧已指日可期。换句话说，无论从哪个维度"宗元"，明清戏曲都没能摆脱抒情言志观念的强力吸附，以诗骚传统为灵魂的言志抒情最终消磨了"元"的本色当行诉求，驱使中国古典戏曲成为类似于诗文的以逞才写心、率意表达为主的"拟剧本"。这是一种戏曲文体无法摆脱的宿命。

（载《中国社会科学》2018 年第 3 期，原题为《明清戏曲"宗元"观念及相关问题》）

---

① （清）周亮工：《〈扬州梦〉传奇引》，蔡毅编著：《中国古典戏曲序跋汇编》，济南：齐鲁书社，1989 年，第 1546 页。
② 杜桂萍：《遗民品格与王夫之〈龙舟会〉杂剧》，《社会科学辑刊》2006 年第 6 期。
③ （清）邹式金：《杂剧三集·小引》，《杂剧三集》卷首，北京：中国戏剧出版社，1958 年。
④ （清）邹漪：《杂剧三集·跋》，《杂剧三集》卷首，北京：中国戏剧出版社，1958 年。

抒情原则之确立与明清杂剧的
文体嬗变

作为中国古代最早成熟的戏曲形式之一,杂剧在经过元代的繁荣以后,"一代之文学"的地位即初步确立。明清两代,经历了与新兴的戏曲形式传奇、折子戏等的交流与对话,杂剧获得了再次繁荣的机缘和成就,所谓"南杂剧"是对这一时期杂剧文体形态的总体描述。杂剧的"北""南"之分及其变迁之表征,不仅来自音乐体制上的分别,也不仅昭示了风行地域或繁荣中心区的变迁,究其根本,还缘于中国古代文学抒情言志观念的强力吸附:因之所致的戏剧本体特征的逐渐消解,促使明清杂剧表面上呈现为"拟剧本"[①]的形态,实质上日益趋近一种以诗骚传统为灵魂的抒情文体。在从叙事向抒情的漫长转型过程中,杂剧创作从代人立言到自我写心的演绎方式,为抒情原则的凸起提供了角色体制上的便利,短小灵便的文本体制则带来了创作主体抒情写心的自在与随性,而由南北曲作为基本构成的音乐体制的日趋形式化,不但未能束缚文人挥洒自我的情志和审美创造力,反而给定了一个宣泄私人情感、挣脱雅俗羁绊的绝好空间,促使杂剧最终疏离剧场而走上案头。明清杂剧是文人逞才写心、率意表达的重要载体,其创作数量之大、文体形态之特殊以及审美品格之雅俗兼具等,为反观中国古代文体的丰富性、多义性及嬗变规律之种种提供了新的思考元素和审视维度。

[①] 许祥麟:《拟剧本:未走通的文体演变之路——兼评廖燕柴舟别集杂剧四种》,《文学评论》1998年第6期。

一、一人主唱：从代人立言到自我写心

一人主唱，是元杂剧文体的标志性特征之一。当后人以"旦本""末本"称呼那些独霸戏曲舞台的优秀作品时，也记住了因之管领风骚的一代伶人如珠帘秀、顺时秀等，而这样的剧本结撰和演出方式还为关汉卿等书会才人塑造心目中的男女英雄提供了合适的载体，窦娥、关羽、李逵、谭记儿等对自我内在世界的展示正是借助了这样的机缘，"主角"于杂剧文体结构的中心地位因之而不可动摇。尤其是代人立言的演述方式，促使对人的关注始终成为杂剧作品构思的起点，充分展示个体的人生际遇、表达有关生命的种种思考乃题中应有之义。然而，难以避免的主体趣尚在发生之初已悄然探出无数触角，干预了杂剧作为叙事文学本应具有的客观性。同时，杂剧文体与诗体的天然关系也促使其与抒情难解难分，以曲词而不是宾白为主的话语载体，导致叙事往往通过抒情而实现，"抒情"每一次不小心的膨胀都会有意无意地消解叙事于艺术结构中的地位。只不过对于元代的杂剧作家而言，"代人立言"的角色规则始终受到特殊的尊重，"我"作为隐含的主人公，总要千方百计躲在作品主人公的身后，即便偶尔泄露与自我有关的信息，也是一切尽在戏剧之外，宏大叙事以绝对优势笼住了抒情的旁逸斜出。

后来出现了"自喻"性表达，即借助与剧中人物、事件的某种对应关系，暗示或者映照作家自我的生活经历或某种私人性情感。杂剧的自喻性表达依然以一人主唱的方式为主，但轮唱、对唱等开始介入，形成了"代人立言"的多个声部，这对于杂剧文体并没有造成结构性的影响，反而有助于其丰富性的形成。王九思（1468—1551）的《曲江春》杂剧是首创者。其写岑参邀请杜甫到鄠县渼陂庄游赏，"渼陂"乃王九思故乡之名胜，王氏又取之为号，以杜甫为作者自喻之意图一望可知。晚明叶小纨（1613—1657）的《鸳鸯梦》杂剧以昭綦成、琼龙雕二位剧中人指代已经去世的姊妹叶纨纨（字昭齐）、叶小鸾（字琼章），以第一主人公惠百芳指代作者自己（叶小纨字惠绸），描写三姐妹生死相随的情感、遗世独立的品格，对应性特征更为突出。入清以后，尤侗（1618—1704）于顺治十四年（1657）创作《钧天乐》传奇，以沈白喻自己，以寒簧喻明末才女叶小鸾，在揭露科举不公导致的才子受挫、世风日下的同时，抒发了才子佳人的白日梦想。至于借助摹写剧中人的个性、气质、经历用以照应作家自我

的现象,在明清戏曲史上比比皆是,如徐渭《狂鼓史》以祢衡自比、沈自徵《霸亭秋》以杜默自比、吴伟业《通天台》以沈炯自比、尤侗《清平调》以李白自比、桂馥《谒府帅》以苏轼自比,等等。作家刻意选择那些与自己的经历、境遇乃至个性相似的人物、事件,通过题材的建构与自我勾连,达成表达创作主体的用意;在表达方式上,则往往预先进入模仿进而代言的状态,通过对人物形象所感所思的摹写,努力建构自我与艺术形象的对应关系。

清初廖燕(1644—1705)《柴舟杂剧》的问世,打破了代言体难以超越的抒情阻隔,由自我登场替换了代人立言,杂剧创作出现了自传性特征。郑振铎说:"以作者自身为剧中人,殆初见于此。"[1] 廖燕公开宣称杂剧主人公就是自己,亲自登场,诉说高标自许又知音难求的现实苦闷:

> 小生姓廖名燕,别号柴舟,本韶州曲江人也。性喜清狂,情憎浊俗。棱棱傲骨,于山林廊庙之外,别寄孤踪;矫矫文心,于班马韩苏之间,独开生面。生成豪怀旷识,不必学穷子史,自然暗合古人;炼就野性顽情,任教踏遍天涯。到底谁为知己?

这里,"作者廖燕"化身为角色"小生廖燕",冠带出演,自在抒情,较以往因代言的阻隔而不得不借助于自喻的表达方式迥然有别,杂剧之境界、体格亦为之一变。曾影靖说:"柴舟的杂剧,只是抒愤泄怨之作,仅供案头吟咏,非图梨园搬演,但其中所用的自传方式,却为后人开一新风气。"[2]

廖燕之后,清中叶徐爔(1732—1807)的《写心杂剧》最具范式意义。与廖燕的率意而作不同,徐爔自我登场的意识更为自觉,始终以真实之我现身,"随心所触,自写鄙怀"[3],抒情之旨趣非常鲜明。在《写心杂剧》自序中,他如是强调:"写心剧者,原以写我心也。心有所触则有所感,有所感则必有所言,言之不足,则手之舞之、足之蹈之而不能自已者,此予剧之所由作也。"视杂剧如同诗词,以抒情言志为圭臬,此际已约成共识。他还以个体生命之境况给予形象论说:"即余一身观之,椿萱茂而荆树

---

[1] 郑振铎:《清人杂剧二集题记》,《中国文学研究》,北京:人民文学出版社,2000年,第715页。
[2] 曾影靖:《清人杂剧论略》,台北:台湾学生书局,1995年,第301—302页。
[3] (清)徐爔:《写心杂剧·目录》(16折本)后附语,乾隆刻本。

荣者,少时之剧也;琴瑟和而瓜瓞绵者,壮岁之剧也;精力衰而须发苍者,目前之剧也。而今而后,亦不自知其更演何剧已也!"① 指出:人生本来就是一场戏剧,每个人都是表演者,"欲逃之而必不可得",何如"更登场而演之"?为此,他亲自登场,主要演绎"目前之剧"中的徐爔,生活状态借以揭示,思想感情得到抒发,"当场"之意义指向清晰而明确。同时或稍后,唐英(1682—1756)《虞兮梦》、曾衍东(1751—1830后)《述意》、汤贻汾(1778—1853)《逍遥巾》、周实(1885—1911)《清明梦》等亦现身说"我",倾诉性情爱好,抒发志趣理想,明清杂剧以自传性为特征的抒情原则获得了确立。

从代人立言到自我登场方式的转变,缘于文人作家染指杂剧后表现出的日益强烈的抒情诉求。尤其李贽"童心说"以后,作为真实个性与自由情感之表现,抒写自我逐渐演变为一股汪洋恣肆、生生不息的艺术潮流,启迪了晚明以后绵延不绝的性灵式创作,在戏曲创作领域甚至凸显为一种标榜:"言者,心之声也,欲代此一人立言,先宜代此一人立心。"② 于是,在杂剧文体渐为文人青睐而又难入正统雅文化法眼的文化境遇中,其先天秉有的抒情元素为文人准确捕捉并巧妙展开,逐渐演变为具有本体性意义的杂剧体式的显在特征。作家始终认为戏曲是最贴近性情的艺术形式,指出:"今天下之可兴、可观、可群、可怨者,其孰过于曲者哉!盖诗以道性情,而能道性情者莫如曲。"③ 在他们的理解中,代人立言的角色传统、诗词化的剧曲演述、宫调叙事的结构模式,乃至形象塑造的自喻性表达等,最便利于表达人的真实自我,构筑抒写内在世界的最佳路径;而那些刻意选取的历史或传说中的人物,总能在性情或境遇上与之发生呼应,最大程度地照应自我的个性与情怀,并展现其精神世界的丰富多彩,如后来吴梅所言:"我欲为帝王,则垂衣端冕,俨然纶𫄧𬘓之音;我欲为神仙,则霞佩云裾,如带朝真之驾。推之万事万物,莫不称心所愿,屠门大嚼,聊且快意。士大夫伏处蓬庐,送穷无术,惟此一种文字,足泄其抑塞磊落不平之

---

① (清)徐爔:《写心杂剧·自序》,乾隆刻本。
② (清)李渔:《闲情偶寄》,中国戏曲研究院编:《中国古典戏曲论著集成》(第七集),北京:中国戏剧出版社,1959年,第54页。
③ 《贞文记序》,孟称舜《张玉娘闺房三清鹦鹉墓贞文记》卷首,顺治间刻本。黄仕忠教授认为可能为作者自撰,参见其《孟称舜〈贞文记〉传奇的创作时间及其他》文,《浙江大学学报》2009年第1期。

气,借彼笔底之烟霞,吐我胸中之云梦,不亦荒唐可乐乎?"[①] 在这样的理念与创作中,"我"日益凸显为杂剧主题的主要兴奋点,与古人的精神对话亦上升为一种主要情节模式。当被制度与环境异化了的情感在历史叙事中展开时,作家早已不是借古喻今,而是借古写心,通过主体的思想意志将历史故事、历史人物强化为个体的情志或情绪诉出,"我"不仅超越了历史,"我"亦能动于现实,一种历史为我所化用的崭新观念亦渐次生成,即所谓"历史心灵化"。作家化物理时间为心灵时间,任意表达自己的情怀,发泄内心的苦闷,从而使感性与理性、主体与客体、个人与社会、现实与历史达到了审美层面的本质和谐。杂剧在这一意义上成为真正自由的审美艺术创造。

历史心灵化使杂剧文体获得了更加自由裕如的抒情空间,剧曲文体较诗词文体开放自由的特征,也给予率意抒写自我者更大的吸引力。何况杂剧文体与生俱来的抒情元素,也呼应着文人们徜徉于胸臆的抒情诉求。彼时,无论是代人立言还是自我言说,都准确地昭示了作家之于剧曲更加明确的诗词化追求。也就是说,明清杂剧作家准确地利用了杂剧文体的特殊禀赋,于曲词的经营不遗余力。他们多是学养深厚、才气纵横的诗词高手,娴于清词丽句的选取,乐于情韵意境的营造,反复锤炼,刻意求精,借杂剧创作彰显学识,呈示才情,抒发自我,建构了明清杂剧文人化最为有力的表征。如吴伟业(1609—1672)《通天台》杂剧之【赚煞尾】:

> 则想那山绕故宫寒,潮向空城打,杜鹃血拣南枝直下。偏是俺立尽西风搔白发,只落得哭向天涯。伤心地,付与啼鸦,谁向江头问荻花?难道我的眼呵,盼不到石头车驾,我的泪呵,洒不上修陵松槚,只是年年秋月听悲笳。

曲词优美,情景交融,意境鲜明,随处可见古典诗词常用的意象、术语,即便有衬字和宾白的插入,亦俨然一篇情景交融的诗词作品,形象地揭示出抒情主人公沈炯沉郁感伤、悲凉苦痛的内心情愫。典雅工丽是明清两代杂剧作家普泛性的审美追求,或来自改善戏曲为"小道""末技"的观念诉

[①] 吴梅:《顾曲麈言》,《吴梅戏曲论文集》,王卫民编,北京:中国戏剧出版社,1983年,第6页。

求，以利于有效提升戏曲的文学地位；或缘自对戏曲融诗词歌赋白为一体的文体属性的激赏，希冀借之呈示自我之高才雅趣。故具体创作时往往忽略对关乎戏曲创作三昧之种种的体会咀嚼，一力以诗词之道构思之，轻叙事而重抒情；何况选材上属意那些青史有名的文人学士，不免要顾及笔下人物的身份。许多杂剧不能当场，与文人作家的这份复杂观念密切相关。

如是之创作观念，也导致很多作家从前代诗文作品中寻找灵感，或直接敷衍诗文作品，在杂剧中重现其旨趣、意境，借阐释创作主体对经典作品之理解表达自我。这一类作品可称为"隐括戏曲"。如清初叶承宗《孔方兄》杂剧，系敷衍鲁褒之《钱神论》而成："昨日偶读《晋书·列传》，见南阳鲁褒所著《钱神论》，字曰孔方，亲为家兄，甚惬鄙意。今日闲暇无事，将《钱神论》推广敷衍，称颂功德，也见区区微意。"[①] 魏荔彤的杂剧《归去来辞》敷衍陶渊明的诗赋作品，情趣盎然，文辞至为典雅，亦甚得五柳先生原意。最为典型的当数尤侗（1618—1704）的杂剧作品，其《读离骚》将屈原《天问》《卜居》《九歌》《渔父》乃至宋玉的《神女》《高唐》等隐括为一剧，悲情往复，哀怨缠绵，情调、意趣与诗文略无二致。尤其以宋玉招魂作为结尾，刻意昭示千古文人的惺惺相惜之情，于"重写"过程中注入了丰沛丰满丰富且清晰的个性化情绪。

借助于诗词化的曲词，杂剧也在一定程度上打开了人类生活中本来不易把握的精神世界，许多幽深婉曲甚至带有私密性的个人情感，在杂剧文体"小道""末技"观念的掩护下反而赢得了真实裕如的呈示空间。如著名文人吴伟业入仕清廷前徘徊往复的心路历程，借助其诗词作品很难准确把握，同时期创作的两部杂剧作品则提供了真切而有价值的信息。如果说《临春阁》杂剧更多的是关于明朝覆亡的历史反思和情感抒发，《通天台》杂剧则主要致力于自我出处的价值观照，忧思徘徊、试图履新的用意昭然可见。一代英主汉武帝通过赠美、封官、饯行、送关等行为表达了对易代文人沈炯的眷顾和青睐，其有关世道轮回与人生哲理的阐释，使沈炯幡然醒悟，不仅缓解了国破家亡中的颓丧悲苦、彷徨无措，且契合了他于沦落徘徊之际试图超越的心理期待。吴伟业情不自禁中泄露的有关"出"与"处"的超越思想，恰与晚明文人偏爱个体生命的解脱、过于追求自适等生命观念形成互文。联系两部杂剧作品均创作于吴伟业出仕之前的特殊时间

[①] （清）叶承宗：《孔方兄》，郑振铎编：《清人杂剧二集》，民国二十三年（1934）影印本。

节点，说明依然作为遗民的吴伟业其实已部分褪去了传统遗民刀枪不入的外衣，为其出于现实需求所进行的人生选择提供了观念上的证据："'诏举'和'拒仕'的矛盾过早地展示于其戏剧作品中，也反映了他艰于选择的长期思考和感情徘徊。"[①] 也就是说，吴伟业不顾自己身份的文化意义及个人选择对江南士气的打击而应诏，外在的迫力固然是一个方面，内心的"过早"动摇才是最根本的原因。

杂剧自喻性的不断强化，促成了创作主体之"情"在杂剧艺术结构中的核心地位和价值诉求。作家更加属意于自我精神世界之建构，往往通过主体情感之对立或者矛盾冲突构造戏曲文本之内容，情节的展开亦服从抒情的需要。杂剧之体式因之逐渐转型，一些传统的写法开始被打破。自明初朱有燉以来，"一人主唱"的主角制已突破了"末"或"旦"的拘囿，各类角色均具有了歌唱权。嵇永仁的《笑布袋》以"净"为主唱，南山逸史《半臂寒》出现了扮演院子的"杂"演唱的情况。其次是角色简化，符号化倾向日益明显。许多杂剧作品为了突出主要人物的情感世界，将其他角色驱赶净尽，一两个角色当场的现象十分普遍。郑瑜《鹦鹉洲》只有主角祢衡与一只鹦鹉出场，廖燕《醉画图》则通篇仅一个人物，并且这个角色就是作者自己。与此相关，剧本中有关角色的动作、表情，或舞台效果的提示，亦淡化甚至不再具有叙事功能。如应受到重视的科范（也称"科泛""格范"），或相对简化，或干脆删除。《孔方兄》通篇只有一个"看科"，借以引出作家通过"阅读"所获得的感慨；蒲松龄的杂剧甚至没有科范，完全通过曲词和宾白来表现人物的动作表情。此外，关目、排场等全凭主人公情感抒发之便利，不再考虑排场的动静、冷热及文场与武场的搭配等；对于时空关系、人物关系等亦不再措意，乃至不同时代人共同当场、后代人说前代话之类的"穿越"现象比比皆是。

自我登场的角色方式，则促使杂剧俨然为某一个体自我精神历程的写真，从体制上完成了从自喻性到自传式的转型。徐爔《写心杂剧》共包括19个一折杂剧，并没有刻意编年，但从《青楼济困》揭示的"今已年将半百"（约1780年前）到《覆墓》标明的"嘉庆十年四月十二日"（1805年5月10日），创作时间至少持续了26年，大致描述了徐爔49岁到74岁的

[①] 杜桂萍：《论吴伟业对戏曲文体的选择》，《文献与文心：元明清文学论考》，北京：中华书局，2005年，第155页。

生活、心态。园中花开，他无限感慨："花吓，我只愧自己一无所长，又无所欲，年逾半百，依然故我。现已精力日衰，与你相去无几了。若不及早回头，真与草木同朽矣。"(《悼花》)牙齿脱落，他百般喟叹："须知道天地无私万类同承受。我和你都是劫缘遇合，甚人称人称兽。俺功不成名不就，三魂颠倒，一世耽忧。咬破牙关，骨肉离应骤。狗牙，狗牙，你是不为花愁，不为病酒，甚的也染了落牙症候，与我一般儿并做骷髅。"(《祭牙》)镜中自照，又苦苦追问：

【后庭花】早难道你是何人我是谁？忍见你苦海扬帆头不回。徐种缘，你还恋着什么来？你不妨告诉与我。休得是荏般装聋作哑，当真的做了镜里行为。俺对你长嘘气，恐怕你恋着眼前假热闹，忘却死后的实悲凄。(《醒镜》)

总之，生活中的每一种行为、每一个景象都能触发他关于人生、生命的种种思考，通过个体生命的真实体验表达出来，伴随着对自我的追问、对本我的追寻，最终以心灵解脱与理性认知的精神过程体现出来。如是，人类活动中那些最具个性化的风景、人的情感中最具生动性的内核，也借助杂剧文体的抒情性、开放性获得了可贵的展演。杂剧与诗词赋、小品文、史传文等传统"上位"文体的深度对话及前者向后者不断回归的运行轨迹，也在这样的过程中逐渐实现，最终在雅俗之间的转掖地带获得了历史定位[①]。

二、小品之格：从单折叙事到短剧之完成

明清时期，杂剧在文本体制上呈现出与元杂剧迥然不同的形态，真正遵守一本四折一楔子体制的作品已经很少，更多的杂剧表现为以下三种类型：（1）一本为一折、二折，或称为短剧；（2）四折或多折为一本，演述四个题材各自独立的故事；（3）一本三折、四折乃至五折、六折以上，或演述一个故事，形似一部小的传奇，或演述若干个故事，乃多个一折短剧的拼合，可称为多折联套体。第一类杂剧之数量最多且特点明确，故有"一

---

① 杜桂萍：《雅正之美与清初杂剧的艺术构成》，《社会科学辑刊》2005年第1期。

折之短剧在清代最为发达"①之普遍认知。之所以"最为发达",则与抒情之旨趣关系密切。从作家创作的发生角度考察,很多杂剧起于一时之兴会,或完成于去位之时,或构思于失意之际,多发议论,多兴感慨,随意自然,抒发一己之情,彰显了私人化特征,呈现出与高文典章迥然不同的审美格调与艺术趣味。刘大杰说:"一折之短剧,因其形式之方便,最利于文人之抒写怀抱,故自徐文长、汪道昆以来,作者颇多,至于清朝,流行益盛。"②第二类作品来自明代中晚期徐渭(《四声猿》)、汪道昆(《大雅堂乐府》)所进行的艺术创构,每本四剧,每剧折数不定,皆可单行独立,通过主体精神的贯通勾连为一个有机整体,并进而达成自我抒情的多元表达。表面上,这是对元杂剧一本四折文本体制的继承,然于剧情组织、人物设计、宫调安排诸方面,已日渐疏离元杂剧的体式规范和艺术传统,体制灵动自由,南北交融的特点十分突出。第三类作品情况最为复杂,其中演述一个故事且多折联为一剧者类似于传奇,篇幅既逊于以长篇巨制见长的传奇戏曲,写法上又掺杂了杂剧创作的诸多特点,与传奇乃至杂剧文体的边界究竟如何区分,至今未形成定论;另一类以不同故事结撰且皆为一折者,一般称为多折联套体,可理解为短剧类型之一种。作家往往根据抒情的需要设计作品的长度,借他人之酒杯浇自己心中之块垒,通过多种艺术元素的整合互动,为创作主体的集中抒情提供了具有延展性的内容与开放性的结构,饱受外在压力的内在情感因之得以自由挥洒,杂剧亦发展成为"称心而出,如题而止"③的艺术创造,并在题材、体式与艺术精神诸方面,表现出对晚明小品文文体的审美呼应④。

  杂剧的"小品"化特征,首先反映在体制的尚"短"方面。卢前说杂剧"简短精悍,如齐梁之小乐府,唐诗之绝句,出岫无心,回甘有味,别开戏曲之一途"⑤,是为知言。作为明清杂剧的主要形式,短剧一直畅行至清末民初,以丰富之作品提供了有关戏曲文体形态的种种思考。因体制之短小自由,作为元杂剧文体构成的许多元素此际已逐渐淡出,如曾经使用

---

① 曾永义:《明杂剧概论》,台北:学海出版社,1979年,第88页。
② 刘大杰:《中国文学发展史》,天津:百花文艺出版社,2007年,第589页。
③ 吴梅:《郑西谛辑〈清人杂剧〉(二集)叙》,《吴梅戏曲论文集》,王卫民编,北京:中国戏剧出版社,1983年,第484页。
④ 杜桂萍:《写心之旨·自传之意·小品之格——徐燨〈写心杂剧〉的转型特征及戏曲史意义》,《南京师大学报》2006年第6期。
⑤ 卢前:《明清戏曲史》,《卢前曲学四种》,北京:中华书局,2006年,第6页。

相当普遍的楔子已很少出现，少数留有楔子的作品如叶小纨《鸳鸯梦》、尤侗《吊琵琶》和《桃花源》、叶承宗《狗咬吕洞宾》等，亦刻意创新，借楔子安放位置之特殊表达与众不同的抒情诉求。题目正名的运用更加自由化。首先，多数杂剧文本已不再设置题目正名，有的干脆由主人公上场时自己交代，裘琏《中郎女》甚至以十一言诗句题作"正名"，显示出不拘一格的艺术追求。其次，题目正名的功能也发生了变异。因没有了演出的实际需要，不再具有广告宣传的作用；甚至也不需介绍剧情，而只是集中表达处于创作情境中作者的思想感情。第三，与传奇副末开场类似。如南山逸史的杂剧作品，均有"末"角上场介绍创作缘起，其曲或为【临江仙】，或为【踏莎行】，或为【菩萨蛮】，或为【西江月】，之后是"正名"概括剧情大意，既不同于传奇的副末开场，也迥然有别于杂剧的题目正名，并且也不能归之为楔子，显然是传奇与杂剧嫁接的直接结果。

　　短剧之盛行，与杂剧情节的简要单纯互为因果。如是，对元人而言非常重要的关目营建也退居到次要层面；有些作品甚至放弃了对关目的追求，完全按主体情志抒发的需求来组织情节。如廖燕的《醉画图》，作者即为主人公，上场自我介绍后，首先言明当下的困境及需求，抒发因之产生的感慨；当思想上达成了自我圆通，精神即获得了暂时的超越，剧情亦趋近了尾声，形神皆似抒情小品，几无关目可言。因不措意于关目的建构，很多杂剧如小品文创作一样，追求随兴而记，有感而发，并不刻意追求故事情节的完整。这些杂剧题材取自已经发生的一些富有意义的历史片断，借以表达一份情趣、一段思考、一种观念。因缺乏复杂的情节，人物关系也相对单纯，往往只能通过情感或观念的矛盾对立建构有效的戏剧冲突。也就是说，因重在议论、感发，创作者对于引出这一状态的"事"其实并不真正关切，"事"只是提起抒情或议论的一个起点，一旦进入自我表达的自在境界，"事"便逐渐退出，演变成为抒情的背景，带有自喻或自传性质的抒情主体便掌控全场，左右一切。譬如桂馥（1736—1805）《后四声猿》之《放杨枝》杂剧，缘于友人劝其纳姬以改善晚年孤寂的生活。这引发了作家年近七十尚且天涯沦落的辛酸和感慨，情不自禁地联想到了同样齿发衰白的白居易，及其遣走爱姬骆马的情感心绪。他惆怅万端，借之抒发远官天末之无奈，喟叹生命无常之悲苦，渐次脱离了白居易故事提供的背景，突显为抒情主人公的全部自我。作品并无动作性很强的细节，戏剧冲突亦依靠主人公内心世界的矛盾纠结蓄势，情感的徘徊对立消失了，冲突也就得到了解决。借助情感而非动作结构戏剧冲突，是杂剧作为戏剧之一种受到现代人质疑乃至诟病的重要原因，这一点其实正是明清杂剧生存发展的核心动力；其选择了拥有抒情传统的诗文辞赋等文体的指引，并未按照今人所云之戏剧轨迹运行。这与多年以后得益于现代戏剧小说观念建构起来的作为叙事文学的戏剧具有本质的区别。这是文体的权力，本无可厚非。

情节的淡化及叙事的弱化，避免了明清杂剧为适应一本四折的体制而强行作戏的尴尬，亦为凸显创作主体的抒情诉求提供了绝佳的机缘。可以说，是文人表达自我的实际需要促成了杂剧尚"小"的价值优势。陈继儒强调小品应"短而隽异"①，袁于令亦欣赏杂剧"词场之短兵"②的特殊效果，这种不约而同的认知，反映了特定时代里杂剧和小品在审美追求方面的一致性。正是在这一层面上，杂剧与小品"以文自娱"的文体追求发生了精神契合，并支持了其主题的多元走向及风格变迁。很多杂剧表达的尚"小"之情，表面上是与传统载道之"大"情背道而驰的另类情绪，实际上并非如此。以"闲情"为例，多有日常生活中的赏花斗草、品酒烹茶之趣，亦不乏文人的思古怀今、儿女情长，其不直接关涉经国之大事，但有诗意，富于哲理，贴近人生的本然状态。作家们随心而写，信笔抒情，对某些大价值、大道理似乎视而不见，听而不闻，任情任意表达自己的喜怒哀乐、牢骚愤懑，进而获得一种对利害得失的超脱以及审美的愉悦。如徐燨的《写心杂剧》，或写牙痛引发的生命感慨，或写花落促成的时光无奈等，皆缘自琐碎的日常小事的触动，却真实地呈示了个体的内在世界，实际上是一种对天地之小我的高扬，或者人间之大我的写真，与晚明小品文作品一再标举的"写心"之旨一样，有意表达一种与"大"相迥乃至格格不入的艺术追求，借以展扬自我高标傲世的生存策略以及洒脱不羁的人格风貌。其表面上似与"载道"无涉，非关宏大叙事，却于另一路径上与之殊途同归，指向人生、生命的重要主题，昭示创作主体理解历史的独特方式，实乃以"小"见"大"之真意也。也是在这一维度上，一些杂剧作品突破了单纯抒写自我之心的感性羁绊，具有了抒写一代人之"心"的宏大意旨。

卢前说："'短剧'者云，指单折之杂剧言。"③梳理明清杂剧创作的实

---

① （明）陈继儒：《苏长公小品·序》，《苏长公小品》，明万历刊本。

② （明）袁于令：《为林宗词兄叙明剧》，《盛明杂剧》（二），北京：中国戏剧出版社，1958年影印本。

③ 卢前：《明清戏曲史》，《卢前曲学四种》，北京：中华书局，2006年，第61页。

际，其实那些以一折之形态构成之联套体杂剧亦应含纳其中。郑振铎认为清代乾嘉时期乃短剧创作的高峰时期，表示："短剧完成，应属此时。"① 所指认的三位代表性作家杨潮观、蒋士铨、桂馥皆以这类作品见长，其中杨潮观（1710—1788）于短剧艺术建构方面有最大之功。他的《吟风阁杂剧》三十二出，始终以一折为限，呈现为整齐划一的艺术体制，最短者《鲁仲连单鞭蹈海》约1150字，最长者《诸葛亮夜祭泸江》也不过4100字。借助对短剧艺术各要素尤其是"小中见大"功能的独特理解，杨潮观在短小的篇幅内，选择合适的叙事话语，运用精当的艺术技巧，建构了相对优化的文本结构关系，表达出全力创作短剧的自觉意识。吴梅说："短剧之难，有非人所尽知者。一剧之作，必有所寄，传奇反覆详审，可逐折求其言外之意。短剧止千言左右耳，作者之旨，辄郁而未宣，其难一也。王宰之作画也，纳千里于尺幅。短剧虽短，而波澜曲折，尤必盘旋起伏，动人心目。十日画山、五日画石之说，正可为短剧喻也，其难二也。"② 显然，是因为领悟了"纳千里于尺幅"的美学真谛，他才能在短小的体制形态中，借重"悬念"的设置，通过场景、对话、细节等促成富有动作性的戏剧冲突，达成"借端节取，实实虚虚，期于言归典据"③ 的创作理念。杨潮观似乎并不青睐"一剧之作，必有所寄"式的杂剧叙事，这与徐渭、尤侗以来专注自我、抒怀写愤的创作模式迥然不同，与同时期徐爔《写心杂剧》亲为主角、自称主人公，倾力于自我写心的艺术趣尚亦区别甚大，真正体现了"别开一途"的艺术探求。即"与徐爔《写心杂剧》一类尚'小'的审美追求恰恰相反，《吟风阁杂剧》更乐于在'小'的情节片断中，涉及对国家、社会和伦理风貌的批判性思考，进而表达一种渗透了鲜明循吏理念的载道之'大'情"④。如果说徐爔的创作更属意于私人式表达，杨潮观关于君臣遇合、政体兴衰的种种思考，则十分注意立足于乾隆时期的社会现实，应归属于一种宏大叙事。同样是借助短杂剧的艺术体制，杨潮观转益多师，取径独宽，显示了对杂剧文体发展空间的另一维度的拓展，使杂剧在一定程度上挣脱了抒情的羁绊，为戏剧以动作性为追求要义的叙事模式探索提

---

① 郑振铎：《清人杂剧初集序》，《中国文学研究》，北京：作家出版社，1957年，第702页。
② 吴梅：《郑西谛辑〈清人杂剧〉（二集）叙》，《吴梅戏曲论文集》，王卫民编，北京：中国戏剧出版社，1983年，第484页。
③ （清）金德瑛：《观剧绝句三十首·小序》，《桧门诗存》，乾隆刻本。
④ 杜桂萍：《论"短剧完成"与〈吟风阁杂剧〉的艺术创获》，《文艺研究》2008年第9期。

供了经验和范本。朱湘说:"杨氏短剧的佳妙真是前无古人,后无来者,他无疑是短剧中最大的技术家。"[1]应该是捕捉到了这方面艺术成绩的一种表达。

可惜的是,《吟风阁杂剧》所进行的艺术探索并未能引领古典戏曲顺畅地进入现代化进程。今人在比较短剧与西方独幕剧的异同时,常在彼此的似是而非及高下不同方面争论不已;如果实际考察文本构成中叙事与抒情不同的价值担当,及因之所形成的张力之于戏曲文体的影响,一定会认可古典文化以诗骚为主体的观念影响及其巨大的消解与建构力量,其使抒情原则所向披靡,具有叙事因素的短剧自然不能例外。如是,杨潮观的杂剧创作实践仅仅带来了戏剧发展生机的稍纵即逝,其别开生面的艺术探索响应者甚稀,按嘉道时文人宋翔凤的说法,只有舒位、毕华珍"皆精音律,取古人逸事,撰为杂剧,如杨笠湖《吟风阁》例"[2],且彼时古典戏曲已明显倾向于折子戏的发展模式,对唱念做打情有独钟,开始进入以"技术"为艺术的娱乐化审美进程。何况他本人也未能挣脱抒情原则的羁绊,《大江西小姑送风》《西塞山渔翁封拜》等作品便较多地泄露出创作主体的抒情诉求,无法转变风尚亦属必然。

短小的篇幅提供了文本体制上的灵动,为自如的写作提供了诸多便利;一本多折、连缀成篇的体制形式则改善了一本一折的单调,从题材、主题、风格诸多方面看,极易促成文学丰富性的形成。杨潮观《吟风阁杂剧》如此,徐燨的《写心杂剧》亦是如此。《写心杂剧》便力图以独特的内容顺序和结构关系呈现抒情文本的丰富形态。细读其所含纳的19个杂剧文本,基本上按照创作时间来编排顺序,只有个别作品基于心态史的逻辑运行给予了微调。在试图表达一种个体的精神脉动时,徐燨有意照应了抑扬开阖、起伏照应的文章结构法则,尽量做到精神或情绪在逻辑层面上的首尾呼应、气脉贯通。这实际上来自作者对作文之法的熟谙运用。另一方面,由于每一折作品又具有内容独立和情感自足的特征,彼此之间并不容易形成对情感表现空间的挤压,反而因出自一人一生的各个时间节点而情绪贯通,充满张力。究其原因,当在于每一折作品都缘性而发,缘情而感,作者既淋漓尽致地袒露自我,又体现了思考的连贯性、人生追求的统一性,其构成

---

[1] 朱湘:《朱湘作品集》,郑州:河南大学出版社,2004年,第129页。
[2] (清)叶廷琯:《鸥陂渔话》卷一,同治刻本。

"写心"整体时仍能让作品的整体结构呈现出自然舒展之态，通过个体精神历程的线性呈现，促成《写心杂剧》文本结构的丰富性呈现。从这一维度，也可以理解为什么对于明清时期的杂剧作家而言，题材的创新意识永远不是它的本身，而是具有心灵投影意义的"人情物理"。因为从抒情的原则出发，他们更乐于借助对前代题材的咀嚼，推陈情为新情，阐释人生的历史经验和现实感悟，洞察生命的本质及存在方式，超越日常生活的局限性，收获心灵的自由。

与小品的终极理念在于沟通雅俗一样，杂剧来自另一个方向的运行也是为了趋近这一目标。作为俗文学的杂剧在向雅文学靠拢的同时，极力趋奉雅文化的思想、趣味与艺术技巧，又因了俗文学的体式和地位拥有了相对裕如的写作空间，使那些不为正统伦理容纳、难被公共价值认可的私人情感获得了超限度多维度的艺术表达，个体的精神脉动因之凸显为历史空间里最为生动的浮标。凡此，充分体现了杂剧文体在向诗骚传统回归的过程中，徘徊于雅俗之间的文体优势，及为文人开辟私人话语空间的特殊文学史价值。

三、南北合套：从舞台搬演到案头阅读

元杂剧拥有较为严格的音乐体制，以"套"为基本音乐单位，一套是一个音乐单元，由几支曲子或十几支曲子组成；曲牌的排列也有大致固定的模式，起止亦有一定的规则。通常一套曲子服务于一段戏剧情节，四折套曲规定着剧情起、承、转、合的发展过程，也关涉了情节、剧本、人物塑造乃至风格的连贯性、统一性，无论对于场上演出抑或"摘调"欣赏，都具有重要意义。

明清时期，尽管表现为一种"拟剧本"的形态，元代以来的曲牌联套规则依然存在，音乐体制仍实际地控制着杂剧文体的基本形态。尤其是文人的全方位介入，提高了"倚声填词"的难度，也给予他们整合文体各要素的权力。最为突出的变化来自南曲的进入。元代中期开始，已有文人开始创造性地吸收南曲艺术的长处，探索南北曲合套的音乐构成；明初贾仲明、朱有燉等将南曲大力引入北曲的音乐结构中，对唱、合唱、轮唱等形式的出现，促使杂剧的音乐唱腔多了些婉转妩媚，风格上亦繁复多姿，率先为杂剧文体的转型提供了艺术经验和观念引导。当然，这一切主要是指

向演出的，譬如男女主角都可以演唱，既便利于剧中人物思想感情的表达与交流，也可以活跃舞台演出的气氛，对一人主唱所造成的主要演员劳动量过大亦是一种有效的缓解。昆山腔兴起并独领剧坛风骚，施之于北曲的影响多元且深入，更多的南曲参与了杂剧的体制变迁，并与北曲共同结撰情节，塑造形象，表达情感，抒情效果也更加突出，完全以南曲写作的杂剧作品即在此际出现。王骥德云："余昔谱《男后》剧，曲用北调，而白不纯用北体，为南人设也。已为《离魂》，并用南调。郁蓝生谓：自尔作祖，当一变剧体。既遂有相继以南词作剧者。"① 晚明时期，"南杂剧"已发展为明清戏曲艺术中的新形式，构成了杂剧创作之主流。

南杂剧与北杂剧的区别首先来自音乐结构形态之不同。南北合套曾是南北曲对话初期的音乐形式，在明清时期则发展成为最得作家之意的文本结撰方式。在一个宫调下，南北曲牌的轮流使用其实标志了一种对话关系的建构，本身带有叙事的喻义。开始时是规范的一南曲、一北曲，交替出现在一个宫调中，后来形态逐渐变得复杂，南腔北调因角色之身份、性别、地域、个性乃至其他象征意义之不同而各有分别。以性别言，在男女对唱时，男唱阳刚的北曲，女唱柔婉的南曲；以性格言，男性同时当场时，性格粗豪者唱北曲，性格柔和者唱南曲；以地域言，北人唱北曲，南人唱南曲；以人品言，卑鄙小人唱细弱的南曲，英雄人物唱遒劲的北曲；一些弘扬女性人格的作品，甚至让女性唱高亢的北曲，无所作为的男性唱柔媚的南曲，借之贬斥其才品人格之低劣。如南山逸史《中郎女》第四折，通过北曲的激越雄健表达蔡文姬的英雄情怀，借助南曲的婉约柔弱凸显男性的昏庸无能。陆世廉《西台记》杂剧是另一种情形。其总共四出，第二出为了突出文天祥与敌人的较量过程及其崇高志节选用了北曲，其他各出皆为南曲，用以表现谢翱等南方文士对故国的悲悼、对故人的怀念，哀婉悠长，恰如其分。当此之际，北曲、南曲之音乐内涵被赋予了象征性的文化意义，即便未曾登上氍毹，也是不可或缺的文本结构性元素，且具有较为明确的叙事意义。

清初时期，戏曲史上出现了一个被称为"遗民作家"的特殊创作群体②。在他们存世不多的杂剧作品中，北曲获得了更多的青睐；有些作品

---

① （明）王骥德：《曲律》卷四，中国戏曲研究院编：《中国古典戏曲论著集成》（第四集），北京：中国戏剧出版社，1959年，第179页。
② 杜桂萍：《遗民心态与遗民杂剧创作》，《文学遗产》2006年第3期。

纯以北曲完成，用以彰显其"善于鼓怒"①的美学蕴涵，不仅象征着对某种正宗地位的确认，还适宜倾诉他们义愤填膺的家国之悲、慷慨激昂的恢复之志。最有代表性的是王夫之《龙舟会》杂剧。这位体羸多病、窜伏山野四十余载的大学者，不但有意选择复仇类唐传奇《谢小娥传》给予改编，通过奇女子谢小娥的超常行事进行一种有意味的表达，以彰显悼国思君、抗清复明的悲怆主题；且刻意选用北曲，宫调、曲牌的连缀也大致依循元杂剧的规例。《龙舟会》末尾关于角色使用的标注可谓意味深长："末泥孤，番语，此云官人。凡北曲之末，即南曲之生。卜儿，本女脚，但与南丑角同，故可借作男扮。孛儿，即南曲之净。茶旦，南曲小旦，宫词所谓'十三娇小唤茶茶'也。"②在一个南曲文化盛行的文化语境下选择杂剧文体，并借助标注来缓解接受者对北曲杂剧的隔膜，其兴奋点显然在于北曲的正宗地位及其所担负的政治功能和文化意义。在王夫之的意念里，相较于心中那份怀念故国的情感、力图恢复的志向，文体本身与其负载的内容同时指向深沉与深挚的人生选择，担负着重要而宏大的现实使命。

周亮工说："元人作剧，专尚规格，长短既有定数，牌名亦有次第。今人任意增加，前后互换；多则连篇，少惟数阕，古法荡然矣。"③的确，随着案头化倾向的日益加强，明清杂剧的曲牌连缀方式也复杂多变。原来相对稳定的连套规则被打破，独用的曲牌可以连用，连用的曲牌有时又单独出现，曲牌的联接次序亦发生了不拘一格的变化。如陆世廉《西台记》杂剧，第一出选用商调表达天崩地坼的凄苦情绪，但未按惯例选择常用的首曲【集贤宾】，次曲也并非广为认可的【逍遥乐】，而是将并不习用的【高阳台】连用六次，有意突破商调曲牌的一般连缀模式。如果说，作者对【集贤宾】【逍遥乐】两个引导曲段的弃置不用是为了强调突兀而来的家国败亡之感，【高阳台】曲牌的六曲连用则有力配合了文天祥等人"千秋共表"的遗民情感的抒发，打造了一个充分表达国变之际忠贞不屈情怀的平台；对于曲词而言，则通过音乐结构的多次重复强化其抒情性，促成了叙事因素的进一步剥离。此际，曲牌之于情节、人物的关系已发生变异，抒

---

① （明）徐渭：《南词叙录》，中国戏曲研究院编：《中国古典戏曲论著集成》（第三集），北京：中国戏剧出版社，1959年，第245页。
② （清）王夫之：《龙舟会》，郑振铎编：《清人杂剧二集》，民国二十三年（1934）影印本。
③ （清）周亮工：《书影》卷一，上海：上海古籍出版社，1981年，第22页。

情原则使之逐渐蜕变为"形象代言者",或曰一种凝结了内容的格律形式。

当然,作为音乐体制的表征,宫调的联套方式也出现了新的变化。首先,一部杂剧不再限定四个套数,可以根据故事的长短需要自由设置,且依从所表达感情的特征选择对应的宫调。如徐爔《写心杂剧》各剧,创作于不同的时间节点,宫调的选择全以作者当下之情感诉求为圭臬,南吕、中吕和双调为多,偶用仙吕、正宫、黄钟,其组构完全超越了元杂剧之于宫调组合的一般原则,既适应了其清唱登场的表演需要,也能较为准确地表达作者之于人生、生命的当下思考与多元价值指向。其次,因不需刻意照应情节的起承转合,宫调与情节的对应关系相对自由,多遵从的是文本结构的自足性,而少有音乐性的照应。南山逸史的《中郎女》杂剧共四出,对应选用了南吕、越调、仙吕和南北合套,第一出用仙吕、第四出用双调与元杂剧约定俗成的规则已明显不符,第三出用仙吕宫在元杂剧中绝无仅有,或为有意突破所谓起承转合的情节之于宫调的呆板照应,但更大的可能来自情感抒发与文章结构上的考虑,这是明清杂剧案头化的必然表现之一。至于那些由不同故事组构而成的杂剧作品,宫调作为一个结构剧情的模板,所担负的文体结构的意义得到了更为有力的凸显,代表着一类风格,也是一种包含了独特的形式意味的叙事。如以南、北宫调的轮流使用凸显参差之美,在二、四折杂剧作品中最受青睐。桂馥《后四声猿》杂剧以四个一折杂剧结构四个故事,有意根据剧情需要选择南北宫调,《放杨枝》《题园壁》二剧题材风格相似,《谒府帅》和《投溷中》二剧多共同点,却都以南北宫调区分之,《放杨枝》以北调,《题园壁》则以南宫,《谒府帅》以北调,《投溷中》则以南宫,专力突出北调的豪放激昂、南宫的婉柔细腻。取不同风格的宫调写作风格相类似的作品,促成《后四声猿》文本南北参差,剧曲般配,体现为一种音乐风格的匀称均衡之美,指向叙事的意义亦十分明确。

音乐体制的规定性关涉了杂剧的情节、剧本、人物塑造乃至叙事风格的连贯性、统一性,这在戏曲发展的初级阶段具有独特的优越性,对于明清杂剧多以一折或二折演述一个故事的现实而言,则极易造成情节的起伏、转折、照应等与宫调、曲牌难以对应。如在元人眼里,作为杂剧结构表达的排场,与曲牌宫调的对应非常重要;借助宫调的转换促成排场的变化,使剧情丰富而自然,充满变化,几乎是元杂剧优秀作家的拿手好戏。明清人亦在意这一点。洪昇《四婵娟》之一《簪花》杂剧即分别由引场、主场构成，两个排场的转移通过套曲的变换实现，引场采用【仙吕宫】的套曲，主场则改用【中吕宫】的套曲，并通过借宫等形式将剧中人物之间的微妙关系表达得惟妙惟肖。不过，随着杂剧作家对舞台的日益疏离，排场与曲牌套数的搭配也更加自由随意，文武、冷热、粗细、繁简、缓急、悲欢与音乐的照应多有不如意处，古典戏曲的优势和美感亦因此大打折扣。如明末清初张源所作《樱桃宴》杂剧，第一折描写窦桂娘拒绝入宫、以死抗拒并为人所救的过程，以一个过场（李希烈诉说心事）和两个主场（窦桂娘拒贼自尽、窦桂娘遇救）构成，接连出现的主场，导致人物频繁地上下场，关目连绵而来，来不及改宫易调，也无法借重变换曲牌的联套次序进行排场转移，不免有纷杂之感，实乃"不知排场之奥窍故也"①。进入清代后，只重曲词而不顾其他音乐元素的现象实际上相当普遍，作家们过于挥洒不羁的表现，一再招致后人的"不通声律"之讥。吴梅说："清代词人，多不能歌，如桂馥、梁廷柟、许鸿磐、裘琏等，时有舛律，盖以作文之法作曲，未有不误者也。"② 批评的即是这一类问题。

有意思的是，被指为"多不能歌"的清代文人似乎从未淡化戏曲创作的兴趣，杂剧创作数量之大，文体形态之复杂，都是今人涉入这一领域无法规避的困扰。很多作者根本不介意合律与乖律的问题，廖燕即说过一句颇具代表性的话："文人唱曲，岂效优人伎俩，把手拍桌子应腔就是了。"③ 他们的潜意识里，或许很在意自己作品的登场与否，从有关杂剧演出的记录其实并不少见便可见端倪；然而，并非人人精通音律的现实与努力挣脱宫调束缚的渴望，让他们在理论和实践上同时完成了扬弃元杂剧以来音律规则束缚的冲动，以作文之法作杂剧因之成为明清时期较为普遍的创作现实，曲牌、曲律、宫调乃至排场、关目等往往被故意悬置，更多时只担负"有意味的形式"的价值和意义。继续讨论其对排场设计的波及，不难发现，因刻意于情感结构的营造，许多作家以"情"为出发点，过多地推重主场以适应抒情的需要，对构成"起伏有致"功能不可或缺的过场往往关注过少，导致主场过长、过多，一定程度上损害了戏曲关目应劳逸、冷热、

---

① 许之衡：《曲律易知》卷上《概论》，民国十一年（1922）刻本。
② 吴梅：《郑西谛辑〈清人杂剧〉（二集）叙》，《吴梅戏曲论文集》，王卫民编，北京：中国戏剧出版社，1983年，第484页。
③ （清）廖燕：《柴舟别集自序》，郑振铎编：《清人杂剧二集》，民国二十三年（1934）影印本。

动静、主次兼得的叙事原则。而曲牌套数与排场关系的日渐疏离,又进一步助长了只重曲词而不顾曲牌、曲律现象的发生,如洪昇《四婵娟》之《斗茗》杂剧,写李清照闺中斗茗的闲适、优雅,选用一般用来表现"陶写冷笑"情绪的北曲越调作为音乐结构,显然不太合适;或者可以理解为作者之于曲律的不精,《桃花扇》之曲律即经过解人把关,但文人的超越心态及其视杂剧音律为形式的观念,也许才是这种不拘一格选择的内在动因。梳理清代戏曲史也可发现,明代曲家关于"文辞"与"音律"的激烈争论此际已不再是作家关注的主要问题,文辞的反复锤炼、刻意求精才是他们的兴奋点所在,他们的情绪、情志、情趣均借助曲词的力量,由所谓的音乐体制给定的空间获得了率意表达的机缘,雕琢堆砌、藻饰曲词、炫博奏雅等弱点因之而衍生,也使清代杂剧饱受讥议。杂剧逐渐疏离剧场而走上案头,清初时即以"拟剧本"形态正式登场,正是这一现象的过早反映。

音乐结构的变迁为杂剧的发展和再度繁盛提供了契机,也为后人评价杂剧的文体状态提供了一些特殊的视角。譬如,北杂剧之衰落首先是音乐体制的衰落,今人关注的要点却多着眼于文本体制,缺乏对构成其体制另一个重要维度的切实关照。其实,只有当如何选择南北曲不再成为难以逾越的困扰后,音乐体制才真正退居到次要层面,杂剧作家才能真正不在意自己是否精通音律,而将关注点更多地放在题材的选择、曲词的经营和自我表达的顺畅方面。晚明时期北杂剧被称为"广陵散"显然是就音乐而言。万历末年王骥德说:"迩年以来,燕、赵之歌童、舞女,咸弃其捍拨,尽效南声,而北词几废。"① 也是针对音乐而言。音乐的衰落波及了文体,才使以歌舞演故事的杂剧不可避免地发生了文体的崩裂,顺时而动,最终完成了文本体制的整体变迁。以昆腔系统为首的南方戏曲的不断侵淫,文人作家日益强烈的逞才诉求所导致的对音乐结构的不断超越,即便是北曲音乐保持了曲牌、宫调的本来规则、形态,也在声腔、语音、精神等方面都被"南曲化",发生了实质性变化。此际,南曲抑或北曲担负了更多的文体意义,舞台价值的高下与否已不在一般作家的考虑范围之内。如是,杂剧曲本体观念的日渐弱化,诗本体的意识日益强化,为文人借之抒写自我提供了开阔的空间,文人趣味获得了极大的阐扬。

---

① (明)王骥德:《曲律》卷一,中国戏曲研究院编:《中国古典戏曲论著集成》(第四集),北京:中国戏剧出版社,1959年,第56页。

明清杂剧对音乐体制的逐渐扬弃，促使杂剧悄然走上了与传奇迥然不同的发展路径，逐渐充当了文人的案头之物。即便也有家乐戏班演出，文人雅唱即清唱也一定程度上存在，但其以作文之法创作的理念，带给接受者更多"阅"的审美愉悦，与"观"接受快感究竟是有很多不同的。"观"必须将自我置身于一个开放的空间环境，与演员乃至观众建构一种对话关系；而"阅"多限于书斋案头，自我观照乃至"私聊"的成分居多，所收获的审美愉悦更多地带有一定的私密性，只能为作者自己或少数知己分享。吴伟业曾云："盖士之不遇者，郁积其无聊不平之概于胸中，无所发抒，因借古人之歌呼笑骂，以陶写我之抑郁牢骚；而我之性情，爰借古人之性情而盘旋于纸上，宛转于当场。于是乎热腔骂世，冷板敲人，令阅者不自觉其喜怒悲欢之随所触而生；而亦于是乎歌呼笑骂之不自已。则感人之深，与乐之歌舞所以陶淑斯人而归于中正和平者，其致一也。"[①]这里所谓的"阅者"透射出吴伟业少有播之于场上的戏剧意识，最重要的，反映了一般杂剧作家将这种行将告别舞台的文体看作为文士独享的工具意识。案头阅读的基本诉求，不但使曲词宾白等成为进一步对应文人心理过程的材料，也使体制形式和标目等叙事元素更多地担负了抒情表意的重要功能，并上升为文人趣味之凝结。杂剧的文人化即在这种作家与文本的互动中最终建构完成。

英国美学家克莱夫·贝尔（Clive Bell）指出："凡是用来恰如其分地表现、传达或寄托艺术家主体内在生命并富于创造的形式即为有意味的形式。"[②]明清杂剧特殊的文学史价值，即在于其作为一种"有意味的形式"，细致呈现了彼时文人对个体生命价值的格外重视、对感性存在的真切关注以及对某些公众性话语的私人表达。人的活动、人在社会结构中的作用，以及人的性格与命运等，构成了明清杂剧最富于魅力的景观，也为其抒情原则的凸起及确立提供了生动的依凭。凡此，加速了杂剧在明中叶以后的文体蜕变。在南曲的同化过程中，已然存在的北曲亦从声腔、语音、精神等方面都发生了变化，晚明及清代的杂剧作品实际上都属于广义的南杂剧。文本体制的开放性是南杂剧的基本特征，专制政体下对自由的想望、对才

[①] （清）吴伟业：《北词广正谱序》，李玉：《李玉戏曲集》，陈古虞、陈多、马圣贵点校，上海：上海古籍出版社，2004年，第1786页。

[②] （英）克莱夫·贝尔：《艺术》，南京：江苏教育出版社，2005年，第37页。

学的确证要求，以及主体情愫抒发的内在需要，都借助这种开放性体制获得了展演的平台。无论是代人立言还是自我登场，借助历史性题材的重写，明清文人无比钟情这种"以他人之酒杯，浇自己胸中之块垒"的表情范式。在他们的率意掌控下，明清杂剧的叙事时间、节奏和空间结构、场域等皆依从抒情的实际需要而运动；这给看似松散的文本结构带来了自由多维的向度，为情感的自由开合留下了更加充裕的空间。而杂剧叙述观念的进一步弱化，促使其逐渐背离俗文学的传统，回归到以诗词为代表的雅文学的怀抱。杂剧文体之消解形态是晚清杂剧研究最为尖锐且尴尬的问题。明清杂剧的发展理路和演变态势在一定程度上显示了中国古代文体的多义性，以及与时俱进的开放性特征，为后人选择杂剧视角考察文体的古今之变与观念因袭的诸多特点提供了独特的参照。

（载《文学遗产》2014 年第 6 期）

徐爔《写心杂剧》的转型特征及其戏曲史意义

作为一种代言体的艺术形式，杂剧在入清以后的发展并没有促成现代意义的戏剧的生成。相反，在中国古代文学观念强大力量的作用下，古典杂剧逐渐迷失了自己的本体特征，表面上呈现为"拟剧本"[①]的文本形态，实质上却构建成为一种以诗骚传统为灵魂的抒情文体，终因本质的异化而彻底消解。在这漫长的转型变革过程中，以清代乾嘉年间徐爔（1732—1807）《写心杂剧》为标志的杂剧文本，则体现为一种范式的意义。其体制形态上由"代人立言"到"自我登场"的转变，改变了以往杂剧创作追求"自喻"的表达方式，而通过抒情言志以及高扬主体精神的自我"写心"、因自传性艺术演述凸显出来的特殊意味，以及与晚明小品灵动自然、清新隽永之艺术格调的同构对应等，都充分显示出《写心杂剧》既徘徊于雅俗之间，同时又为普通文人提供特殊的话语空间的艺术价值。今以"写心之旨""自传之意""小品之格"概言之。

一、写心之旨

《写心杂剧》，包括19个一折短剧。这些短剧并没有刻意编年，但从《青楼济困》揭示的"今已年将半百"（1781年前）到《覆墓》所标明的"嘉庆十年四月十二日"（1805年5月10日），创作时间至少持续了25年之久，可以据此大致描述出徐爔从49岁到74岁的情感心态；期间《写心杂剧》曾多次结集，乾隆五十四年（1789），58岁的徐爔首次将初次完成

---

① 许祥麟：《拟剧本：未走通的文体演变之路——兼评廖燕柴舟别集杂剧四种》，《文学评论》1998年第6期。

之八折杂剧汇集刻印，《写心剧》之名可能就在这时确立。嘉庆初年，十六折本问世后，徐爔在《写心剧目录》后附语云："独处荒山，随心所触，自写鄙怀。"明确强调了"写心"的意趣；而《入山》之"下场诗"则揭示："《写心》演幻终非幻，自分形骸实戏场。从此不嫌世味淡，画眉泉水胜琼浆。"进一步张扬了自我登场"自写鄙怀"即"写心"的创作宗旨。

通过文学创作"写心"并非徐爔的独创，中国古代文学的言志传统早已为通过文学创作表达自我奠定了观念基础；而从晚明李贽开始，文学作为真实的个性与自由的情感之表现，逐渐演变为一股汪洋恣肆、生生不息的艺术潮流，直接启迪了晚明至清中期绵延不绝的性灵派创作。性灵来自于"心"，故刘熙载说文章乃"心学也"①。在一个充斥着压抑之感的历史空间里，能够真实地表达自我已属不易，自觉地而不是标榜式地借助文学创作张扬"写心"之旨更属凤毛麟角。在徐爔前后，直接以"写心"为作品题名者时有其人，如清初陈枚②的《写心集》《写心二集》，雍乾时期吴梦旭③的《写心草》，道咸时期张燮承④的《写心偶存》《写心续存》《写心再存》，以及潘锦⑤的《写心诗集》等，他们打出"写心"的旗帜，通过各类体式的文学创作高扬主体精神，表达出对羁绊身心之现实的自觉挣脱，毫无疑问是对审美化人生状态的真切期冀和艺术表达。

在戏曲创作领域，将"心"作为创作之圭臬的思想亦应说是渊源有自。文人作家始终将戏曲作为贴近性情之艺术形式，明末祁彪佳即言：

> 今天下之可兴、可观、可群、可怨者，其孰过于曲者哉。盖诗以道性情，而能道性情者莫如曲。⑥

在他们的理解中，性情即"心"，而"心之精微，人不可知，灵窍隐深，忽

---

① （清）刘熙载《游艺约言》："文，心学也。"《艺概·文概》亦云："《易·系传》谓'易其心而后语'，扬子云谓'言为心声'，可知言语亦心学也。况文之为物，尤言语之精者乎！"见《刘熙载文集》，南京：江苏古籍出版社，2001年，第751、83页。
② （清）陈枚，字简侯，浙江杭州人。康熙年间在世。
③ （清）吴梦旭，字寅齐，贵州广顺州人。雍正元年（1723）举人，官蒙自知县。
④ （清）张燮承（1810—？），字师筼，安徽含山人。诸生。
⑤ （清）潘锦，字昼堂，江苏无锡人。诸生。
⑥ （明）祁彪佳：《孟子塞五种曲序》，吴毓华编著：《中国古代戏曲序跋集》，北京：中国戏剧出版社，1990年，第290页。

忽欲动,名曰心曲。曲也者,达其心而为言者也"①。故清初李渔明确宣称:"言者,心之声也,欲代此一人立言,先宜代此一人立心。"②应该说,在诸多关于"写心"的话语中,文人们本能地尊重了剧曲创作的代言规则,即所谓:

> 我欲为帝王,则垂衣端冕,俨然纶绰之音;我欲为神仙,则霞佩云裙,如带朝真之驾。推之万事万物,莫不称心所愿,屠门大嚼,聊且快意。士大夫伏处蓬庐,送穷无术,惟此一种文字,足泄其抑塞磊落不平之气,借彼笔底之烟霞,吐我胸中之云梦,不亦荒唐可乐乎?③

在他们的创作中,代言的手段加之形象塑造的自喻性,已足以通达写心的彼岸;而那些刻意选取的历史或传说中的人物,总能在性情或境遇上与之彼此呼应,最大程度地照应他们的个性与情怀,借以展现其精神世界的丰富多彩。他们少有生出自我登场奇想者,始终心甘情愿、含情脉脉地作为暗含的主人公而存在着,直到清初廖燕的杂剧作品问世。

出生于岭南的廖燕(1644—1705)性情简傲,"卓荦奇伟,矫矫绝依傍,议论发前人所未发"④,其杂剧《柴舟别集》四种(包括《醉画图》《诉琵琶》《续诉琵琶》《镜花亭》)自创一格,通过作家自我登场为主人公,诉说高标自许而又知音难求的士子苦闷,为演绎写心之题旨架构了一个真正的平台:

> 小生姓廖名燕,别号柴舟,本韶州曲江人也。性喜清狂,情憎浊俗。棱棱傲骨,于山林廊庙之外,别寄孤踪;矫矫文心,于班马韩苏之间,独开生面。生成豪怀旷识,不必学穷子史,自然暗合古人;炼就野性顽情,任教踏遍天涯,到底谁为知己?

---

① (明)张琦:《衡曲麈谭》,中国戏曲研究院编:《中国古典戏曲论著集成》(第四集),北京:中国戏剧出版社,1959年,第267页。
② (清)李渔:《闲情偶寄》,中国戏曲研究院编:《中国古典戏曲论著集成》(第七集),北京:中国戏剧出版社,1959年,第54页。
③ 吴梅:《顾曲麈言》,《吴梅戏曲论文集》,王卫民编,北京:中国戏剧出版社,1983年,第6页。
④ (清)王源:《廖处士墓志铭》,《居业堂文集》卷十七,道光十一年(1831)金陵读雪山房刻本。

这里,"作者廖燕"化身为角色"小生廖燕"冠带登场,演述着现实生活中的悲悲喜喜,较之以往因代言的阻隔而不得不借助于自喻的形象塑造方式迥然有别,境界亦为之一变。

廖燕的杂剧创作曾对徐爔发生过怎样的影响尚不能论定,但徐爔有意秉承"写心"之旨进行创作的精神意趣则是一脉相通的,这不仅因其"写心剧"之冠名,且缘于他明确表达的对"元明词曲演剧,皆托于古人以发己怀"的反动,他说:

> 《写心剧》者,原以写我心也。心有所触则有所感,有所感则必有所言;言之不足,则手之舞之足之蹈之而不能自已者,此予剧之所由作也。

既然是写"我"之"心","我"之登场自为主人公其实并不突兀:"予日处乎剧中,而未尝片刻超乎剧之外,则何如更登场而演之?"①应该说,徐爔的"写心"意识较廖燕更为明确,其有意"僻乎前人""独开生面"的主张也非廖燕所能比并。尤其是,其创作并非一触即发式的激情制作,而是有感而发,从容写来,有如一篇篇的私人日记,真实、具体,多有娓娓动人之处。在《写心杂剧》作品中,始终凸现出的是一个真实并且鲜活的徐爔之自我。这个真情真性的自我,勤于思考,乐于感发,没有一丝一毫的矫揉造作。园中花开,他生发感慨:

> 花吓,我只愧自己一无所长,又无所欲,年逾半百,依然故我。现已精力日衰,与你相去无几了。若不及早回头,真与草木同朽矣。(《悼花》)

牙齿脱落,他百般喟叹:

> 须知道天地无私,万类同承受。我和你都是劫缘遇合,甚人称人称兽。俺功不成名不就,三魂颠倒,一世耽忧。咬破牙关,骨肉离应骤。狗牙,狗牙,你是不为花愁,不为病酒,甚的也染了落牙症候,与我一般儿并做骷髅。(《祭牙》)

---

① (清)徐爔:《写心杂剧·自序》,乾隆刻本。

镜中自照,则苦苦追问:

> 早难道你是何人我是谁?忍见你苦海扬帆头不回。徐种缘,你还恋着什么来?你不妨告诉与我。休得是茌般装聋作哑,当真的做了镜里行为。俺对你长嘘气,恐怕你恋着眼前假热闹,忘却死后的实悲凄。(《醒镜》)

总之,生活中的每一种行为、每一个景象都能触发他关于人生、生命的种种思考,而这些思考不仅未见无病呻吟之态,且都通过个体生命的真实体验表达出来,伴随着对自我的追问、对本我的追寻,并最终体现出有关人生的种种诉求。

写心也即写情:"曲之为义也,缘于心曲之微,荡漾盘折,而幽情跃然。"[①]对于徐爔这样一位易于感发、富于关怀的性情中人而言,"情"始终构成了《写心杂剧》最为鲜活的内核。其中既有疏放不羁的清狂之情(《游湖》),也有忧郁无奈的厌世之情(《痴祝》),有敬慕钦赏的侠义之情(《青楼济困》),也有辞哀意切的手足之情(《哭弟》),等等。这些情从多个维度表达了徐爔,构成了徐爔,诉说了一个丰富个体之于人生变迁的心灵景观。

有些反常的是,对于绞结于心中的那段刻骨铭心的男女之情,徐爔表现得有些淡漠,而这不仅是泛滥于彼一时代戏曲创作领域的时尚主题;比之于他曾经沧海的情感经历,似乎也令人难以索解。乾隆二十八年(1763),徐爔与青楼女子李秋蓉相遇相爱,因受"猾狯者"破坏未能聚首,李秋蓉随人北游,抑郁而逝,徐爔"收骨瘗五湖之旁,从其志也"[②]。五年后也就是乾隆三十三年(1768),始终不能忘情的徐爔创作《镜光缘》传奇演述此情:"兹之所谓《镜光缘》者,乃余达衷情、伸悲怨之曲也。"[③]这段感情之于徐爔的生命显然具有特殊意义,否则其不会通过传奇创作申诉这种"高歌当哭之旨"。因为李秋蓉,他自号"镜缘子"[④];也因为李秋蓉,他的入世情怀更加冷淡,所谓"夫君绝少当年态,不说禅机便论仙"(《痴

---

① (明)张琦:《吴骚合编·小序》,《四部丛刊续编》本。
② (清)余集:《秋蓉传》,徐爔《镜光缘》卷首,乾隆刻本。
③ (清)徐爔:《镜光缘·自序》,徐爔《镜光缘》卷首,乾隆刻本。
④ (清)余集:《秋蓉传》,徐爔《镜光缘》卷首,乾隆刻本。

祝》)。在创作《写心杂剧》的漫长时间里,《镜光缘》还不断进入他的视野。《游湖》中,生(徐爔)与众旦下船后云:"你们将我《镜光缘》吹唱起来,待我教整一番。"《醒镜》中,生(徐爔)与贴(姬妾)的对话中突然插入这样一段:

> 贴:你有了这镜,就把当初李秋蓉赠你这半面儿冷落了。
> 生:那镜儿呵永不得团圆,到底怕来生又成宿缔,因此上抠心沥血,泣谱出《镜光缘》传奇。

显然,《镜光缘》反映的徐、李情缘的故事构成了徐爔生命深处永远无法释解的痛。这"痛"以及对"痛"的反复咀嚼,构成了他创作《写心杂剧》的动因之一。晚年,即使姬妾成群、美女环绕,徐爔仍难以忘却那段情以及因之而致的挫折感,人生的虚无感亦因此弥漫丛生。以致其姬妾埋怨他:"当时填《镜光缘》,何等情浓爱笃,今一参禅教,便疏淡如此,是甚道理!"(《月夜谈禅》)其友人也不能理解他:

> 外、末:我兄填的《镜光缘》,谁不道千古钟情,如何说出"悔"字来?
> 生:因把"情爱"两字再三参究,故又填出"写心剧"来了。(《原情》)

因为参透了"情爱"而萌发了"写心"的冲动,对于一个缺少自我的人而言或许不可思议,但对徐爔这样一位具有丰富内在性的人来说却不难理解。在某种意义上,情爱生活不仅能昭示人性的真实,也能表达人生的本质;人生的本质被消解了,"心"亦失去了附丽。那么,名利也就如浮云流水,真的不必关心了。在这一层面上,徐爔的"写心"又具有"言志"的意义,"写心"实际上就是他言人生之志的一种策略。

二、自传之意

以杂剧而为自传式写作,这一写法肇端于廖燕《柴舟杂剧》,如郑振铎所言："以作者自身为剧中人，殆初见于此。"①但实际上渊源有自。在《柴舟杂剧》之前，杂剧创作中已不乏以各种方式暗示作者与情节关系的作品。王九思（1468—1551）《曲江春》杂剧写岑参邀请杜甫到鄠县渼陂庄游赏，"渼陂"乃王九思故乡之名胜，王氏又取之为号，剧中杜甫显然为作者自喻。王衡（1561—1609）《再生缘》中有词："前者梦见夫人把蘅芜之草，献于寡人，因而醒觉，遂名其处曰遗芳梦室。"有意通过"蘅芜"暗示作者与剧中人的关系。至于借助摹写剧中人的个性、气质、经历用以照应自我的现象，在戏剧史上更是比比皆是，如徐渭《狂鼓史》以祢衡自比、沈自征《霸亭秋》以杜默自比、吴伟业《通天台》以沈炯自比、尤侗《清平调》以李白自比、桂馥《谒府帅》以苏轼自比等。由于杂剧作为代言体文本的形态限定，作家特别注意选择那些与自己的经历、境遇乃至个性相似的人物、事件，通过题材的建构与自我勾连，进而达到表现自我的用意。在表达方式上，作者则往往要预先进入模仿也就是代言的状态，通过对人物形象所感所思的摹写，努力建构自我与艺术形象的对应关系。

代言的方式必然造成抒情的阻隔，在某种程度上也拘囿着对自我的表达。并且，这一类型的杂剧作品虽然缘于创作者的亲身体验，表达了他特定时期的所思所想，真实而具有时代色彩，却不能称为自传性作品，甚至不具有自传的意义。《柴舟杂剧》则不同，它是作者真实的人生经历的书写，所涉人与事乃至细微的思想感情多能在其文集诗集中获得印证。如《醉画图》杂剧，廖燕自云其本事曰：

> 予筑二十七松堂，纸窗土壁，聊蔽风雨而已。某月日，属友某绘此四图于壁，笔势生动，须眉磊落可喜。予醉后无聊，则对图呼叫，或大笑痛哭，与之拱揖捉襟，快诉胸臆于一堂也。壁上时闻有叹息声，因各系以赞，并为记此云。②

此事发生在康熙二十五年（1686），廖燕43岁时。而《诉琵琶》杂剧虽事迹难考，所涉黄少涯③实为他多年的好友，《横溪诗集序》云："少涯……与

---

① 郑振铎：《清人杂剧二集题记》，《中国文学研究》，北京：作家出版社，1957年，第811页。
② （清）廖燕：《二十七松堂文集》，屠友祥校注，上海：上海远东出版社，1999年，第387页。
③ （清）黄遥，字少涯，曲江人，康熙三十五年（1696）举人。

予交数十年如一日,尤爱予所为古文词,曾为予序而传之。"①曾影靖曾说:"柴舟的杂剧,只是抒愤泄怨之作,仅供案头吟咏,非图梨园搬演,但其中所用的自传方式,却为后人开一新风气。"②的确,廖燕之后,不仅有徐燨《写心杂剧》的发扬光大,唐英(1682—1756)《虞兮梦》、曾衍东(1751—约1830)《述意》、汤贻汾(1778—1853)《逍遥巾》、周实(1885—1911)《清明梦》等均效尤而为。作者亲自登场,诉说自己的性情爱好,抒发自己的志趣理想,以杂剧为自传遂成为戏曲创作之惯常现象。

与廖燕的率意而作不同,徐燨的自传意识显然更为明确。早在创作传奇《镜光缘》时,徐燨就选择了以自己经历为本事的思路,云:

> 兹之所谓《镜光缘》者,乃余达衷情、伸悲怨之曲也。事实情真,不加粉饰,两人情义都宣泄于锼声绘句之间,留于天下后世,或有同心者能默鉴其情否?③

与其早期剧作《双环记》《联芳楼》"皆以自己笔端代古人口吻摹写成剧"的叙述方式,已经迥然不同了。《镜光缘》不仅"事实情真,不加粉饰",主人公的名字也鲜有掩饰。男主人公"余羲"名字一望而知为"徐燨"二字去掉部首而成,女主人公李秋蓉和余羲之妻钱氏则径取现实人物之真实姓名。他还进一步指出:《镜光缘》"比诸小传一篇,纪其始末。故字字实情实事,不加装饰"④,与随剧本刊行的当时文人余集创作的《秋蓉传》相较,所言并无虚饰。在《写心杂剧》中,徐燨的认识更加进了一步,指出:

> 即余一身观之,椿萱茂而荆树荣者,少时之剧也;琴瑟和而瓜瓞绵者,壮岁之剧也;精力衰而须发苍者,目前之剧也。而今而后,亦不自知其更演何剧已也。⑤

人生本来就是一场戏,每个人都是表演者,既然"欲逃之而必不可得",何

---

① (清)廖燕:《二十七松堂文集》,屠友祥校注,上海:上海远东出版社,1999年,第69页。
② 曾影靖:《清人杂剧论略》,台北:台湾学生书局,1995年,第301—302页。
③ (清)徐燨:《镜光缘·自序》,徐燨《镜光缘》卷首,乾隆刻本。
④ (清)徐燨:《镜光缘·凡例》,徐燨《镜光缘》卷首,乾隆刻本。
⑤ (清)徐燨:《写心杂剧·自序》,乾隆刻本。

如"更登场而演之"？为此，他亲自登场，演绎了"目前之剧"中真实的徐燨，云：

> 我姓徐，字榆村，自号种缘子。本贯枫江人氏，年长五十。父母俱已安葬，四子皆可自立，大事已毕。只是我天性闲淡，襟怀轩朗，每视名利，真若浮云流水，全不关心。(《游湖》)

从创作时间较早的《青楼济困》到最为晚出的《覆墓》，中间大约经过了二十五六年的创作时间，"目前"作为过程伴随着徐燨的人生历程，一直到达生命的终点；而他在这个过程中的一颦一笑、所思所想，全部以"目前"的状态进行了一种当下的艺术表达。尤其是《写心剧》的名称在剧中不断出现，如《悼花》中的四旦所谓"近日妾等见园花大放，自备果酒，并请看演《写心杂剧》"；《原情》中徐燨自己则表示："因把'情爱'两字再三参究，故又填出《写心剧》来了。"凡此，更强化了创作的当下状态即过程性，较之一般的文学创作而言，更具有自传意义。

时间是自传性作品的基本构成要素。《写心杂剧》关于作者年龄的不断交代，促成了自传性的实现。现存19篇作品中，有10篇直接涉及了年龄，一篇间接表达了创作时间。这种看似不经意的编年意识使《写心杂剧》具备了一般中国自传文学不易表现出来的特点——自我的精神历程，这也是《写心杂剧》较《柴舟杂剧》更显特色的地方。如果说《游湖》中的徐燨还只是描述本真的自我，着力呈现的是"西湖画里一狂徒"的人生图景，《述梦》则表达了看破以后的厌弃，云：

> 【天下乐】你道超出了渔樵门第华，俺谁恋这生涯。愧才愚性拙，周旋触处惟惭怍。战兢兢强自持，胆怯怯逢人话。粉蝶儿愿随着庄周化。

《游梅遇仙》和《痴祝》两剧则开始萌生出"早还故我"的渴望，待到《湖山小隐》《悼花》《酬魂》《醒镜》等剧时，徐燨已反复思考解脱的路径了。与众不同的是，他既不想成仙，也不求富贵：

> 我只要听些竹浪松涛，吃些苦李甜桃。兴来时自歌还自笑，纵放

诗豪；倦来时日高三丈，午鸡频报。只是清梦迢遥，要寻着那他日重归的正道。(《湖山小隐》)

那么，什么是"重归的正道"呢？对于徐爔而言，既不是绝世而去，也不是苦修证缘，而是一种契合生命趣味的忘尘绝俗的生活状态。晚年的徐爔确实在七子山画眉峰下开始了一种听松品泉的自在生活。那里曾筑有家庵，父亲徐大椿在世时辟为祝圣之所，现在却成了他修身养性的涤尘洗心之地。在这里，徐爔恬于礼佛，乐于出游，朋友来访，常常"僧服出迓,相视而笑"[①]，似乎真正回归到生命的原生状态。此际，他开始了对生死问题的理性思考，试图寻觅入土之地，"结局一生"(《觅地》)；也曾反观男女之情，推究为什么"情生情死"，而无法真正相守(《原情》)。《覆墓》应该是《写心杂剧》的真正尾声，其下场诗云：

择得长眠半亩田，河形水势自天然。
庄周好梦随他化，那有人间未了缘。

或许是缘于这种豁达的认知，当临近生命的终点时，徐爔十分坦然："人生实难，幸而天与之年矣，而不能自乐其生，不知生者也；无往不复，而讳言死，不知死者也。"[②] 如果不是真正对生死了然于心的人，是不会如此平静地谈生论死的。一切精神活动皆构成历史，《写心杂剧》在这一意义上也具有了自传性。

自传式写作往往包含着青史留名的心理，期待知音的理解，期许才华获得承认。意欲"做个天下第一等的人"(《续诉琵琶》)的廖燕，即因之而创作了《柴舟杂剧》：

天那，我廖柴舟莫说功名富贵不可强求，就是寻一个与他说得话的朋友，亦是没有的。你道苦也不苦？(《醉画图》)

《写心杂剧》亦不例外。《七十寿言》云："七十情怀胜少年，逢场雅兴尚如

[①] (清)潘奕隽：《吴江徐氏诗集序》，《三松堂集·文集》卷二，嘉庆八年(1803)刻本。
[②] (清)费振勋：《榆邨徐君墓志铭》，凌泩辑：《松陵文录》卷十六，同治十三年(1874)刻本。

颠。空山谱出写心剧，留与人间身后传。"这虽然出自剧中老家人之口，却无疑于夫子自道，表达的是徐爔的内心衷曲。然而，徐爔并没有遵循一般自传重视家族历史、学术创作以及个人业绩的惯例，也没有采取"借传修史"即通过个人在时代变迁中的际遇观照自我、感慨人生的史家立场，而是有意"借传写心"，力图凸显自我的个性精神之于现实存在的种种关系以及因此导致的内心冲突。因此，他的自传意识体现了更为深切的对内在精神生活的关切。比如说对自我的省察和剖析，不仅是《柴舟杂剧》所没有的，也是中国古代的自传文学所不擅长的，因为"中国的自传性文学，大体上是意识到自己与世俗的不同，在这种不同中肯定自己的存在，从而导致自传的产生"①。徐爔的思考则不仅有对自己所从事的职业的检视和反省：

> 俺徐种缘……四十年中，所看的病岂止数万，内中误治是必不少。虽是常怀割股之心，然终难免杀人之罪。日夕踌躇，竟无免过之法。无可如何，因想普照法师法力强大，今请来与药误诸鬼追荐超度，以酬宿衍。（《酬魂》）

还由此出发，触及到关乎生命本体的思考："须知道天地无私万类同承受。我和你都是劫缘遇合，甚人称人称兽。"（《祭牙》）这种具有"忏悔"意义的反思，在某种意义上接近了西方自传文学的基本特质，即主要表达忏悔、告白，通过对自我的省察否定昨日之我，肯定今日之我。

然而，与奥古斯丁（Saint Augus）《忏悔录》以来的"忏悔"饱含着对上帝力量的赞美和拯救的感恩不同，徐爔的所谓"忏悔"仅仅是对自己罪孽行为的承认，以及对因之而发生的自赎行为的理想性描述。其内心深处既缺乏对一种精神力量的由衷赞美，当然也无法抵御来自世俗享乐的诸多诱惑，从而也就不可能真的绝尘弃俗，进入纯净的天国世界。事实上，现实生活中的徐爔既没有随普照法师出家而去（《酬魂》），也没有与范成大一样化作散仙湖畔云游（《湖山小隐》），他始终过着"不隐花乡即醉乡"（《七十寿言》）的生活，如其所绘《入定图》："榆村徐先生绘像，瞑目枯坐，红粉围列，或向之而拜，或指之而骂，或持之而弄，而己凝然不动，

---

① 〔日〕川合康三：《中国的自传文学》，蔡毅译，北京：中央编译出版社，1999年，第203页。

顶上圆光，又化身在云表空虚之处：颜之曰'入定图'。"①他没有任何拒绝，但是他的心表达了最大的拒绝，所谓"行我素位，而人己各得其分"。他对于佛的皈依也不过是一种向往的手段或者方式；而凝结于这种手段或方式之中的，是一种难以承担的心灵的困苦。显然，如果不是绞结于内心深处的困苦，具有自传性质的《写心杂剧》是不会问世的。在这个意义上，"写心"体现的是"我与我的决斗"：对故我的扬弃，对新我的追求。

三、小品之格

作为一种自传式艺术演述，《写心杂剧》在内容表现和文本形态方面均体现出灵动自然、清新隽永之艺术特质；其起于一时之兴会，多发议论，多兴感慨，随意自然，体现出与高文典章迥然不同的审美格调与艺术趣味。凡此，与晚明小品追求写心，高扬情韵，不拘格套，无论叙事、抒情都力求表达"这一个"的创作原则颇为相似，故谓其具有"小品之格"。这种小品之格，促成了《写心杂剧》体制形态上的短小灵便，也赋予其天然妙得、趣味横生的审美状貌，充分体现了杂剧文体在向诗骚传统回归的过程中，既徘徊于雅俗之间，又为文人开辟了私人话语空间的特殊形态。

小品之名始于晋代，肇始于佛经的繁简之别。晚明文人开始大量使用"小品"一词，并积极从事创作，"小品"逐渐演变为一种文类。其开宗之义在于"小"，这在晚明时期已获得认可。袁中道品评苏东坡时表示："今东坡之可爱者，多在小文小说，其高文大册，人固不深爱也。"②从当时人编辑的著名的小品专集或选集可以看出，属于散文体的序、跋、记、传、尺牍、论、说以及骈文、赋、诗、词等，皆可写成小品，人们观念上的小品，实际上涵盖着相当宽泛随意的内容。比较通俗的文体如白话小说、散曲、杂剧、传奇等虽然并无明确的小品意义，但其精神已濡染其中。康熙时张鼎望写给张潮的信中即云：

元曲之称佳者，《西厢》《琵琶》《拜月亭》。今《西厢》有金圣叹

---

① （清）王元文：《徐榆村〈入定图〉诗序》，《北溪文集》卷下，嘉庆十七年（1812）随善斋刻本。
② （明）袁中道：《答蔡观察元履》，《珂雪斋近集》卷二十，上海：上海书店，1982年影印本，第195页。

评,《琵琶》有毛声山评,惟《拜月亭》尚在缺然。伏愿先生出其灵心妙笔,点缀成评,亦小品中一奇也。①

而传奇、杂剧创作领域大范围出现的尚"短"现象也是一种直接的表现。也就是说,无论小品是否直接对杂剧施与影响,生逢此际的杂剧趋奉了时代的这一文化诉求,是毋庸讳言的。邹式金注意到这一点,所编《杂剧三集》收录之作品多在四折以下,一、二折作品几近一半,并指出:"杂剧足以极一时之致,辟之狭巷短兵,杀人如草,东坡所云'数尺而有干霄之势'者,令人目炫眉飞也。"②从理论上强调了短杂剧特殊的审美效力。

"小"之于杂剧文体的作用,直接表现便是篇幅的短小。晚明至清代的杂剧文本多有一折、二折者,所谓的短剧一直畅行至清末民初。刘大杰总结说:"一折之短剧,因其形式之方便,最利于文人之抒写怀抱,故自徐文长、汪道昆以来,作者颇多。"③此言揭示了两个方面:一、短小的篇幅提供了形式上的灵便,为自如的写作提供了张力。如《写心杂剧》,全部19种作品皆为一折,每折演述一段独立情节,基本不换宫调,曲牌多则十几支,少则六七支;缘事而起,缘情而发,一段情绪抒发殆尽,剧本也自然而然接近了尾声。作品似乎并非刻意而为,而如日常生活的一段段札记,却包含着现实人生的种种思考,洋溢着亲切自然的生活情致。二、文人表达自我的实际需要促成了杂剧尚"小"的价值优势。陈继儒强调小品应"短而隽异"④,邹式金亦欣赏杂剧"词场之短兵"的效果,这种不约而同的认知,反映了特定时代里杂剧和小品在审美追求方面的一致性。对杂剧而言,以一折尽一事似乎也符合剧场的要求(因多数杂剧的演出已转移到了文人的厅堂里氍毹上),实际上却主要为适应文人案头书写的内在愿望。文人意识的强烈贯注是这一类杂剧的基本特征。《写心杂剧》中,作为主角的"生""正生"就是徐爔,尽管作者本人不过以诸生而入太学的身份,终生职业为医,仍不断出现"生儒服上""正生儒服上""正生儒服老装上"等上场提示,即便《月夜谈禅》《覆墓》这样充满了禅机佛理的作品,作者也没有忘记在"正生"后标明"儒服上"这一文化符号。这无疑是文人意

---

① (清)张鼎望:《致张山来》,张潮:《友声新集》卷三,乾隆四十五年(1780)刻本。
② (清)邹式金:《杂剧三集·小引》,《杂剧三集》卷首,北京:中国戏剧出版社,1958年。
③ 刘大杰:《中国文学发展史》,天津:百花文艺出版社,1999年,第494页。
④ (明)陈继儒:《苏长公小品·序》,《苏长公小品》,明万历刊本。

识始终骚动的结果,就如同廖燕着意在《镜花亭》构建一个理想的文人空间:"你看文人庭户,自然与俗子不同,一带粉墙,掩映着几株杨柳,便自潇洒杀人也。"徐爔的表达则从另一个维度提醒我们:他像当时的许多文人一样,云空未必空,"空"只是他试图挣脱又不能轻易放手的一个行为策略而已。

《写心杂剧》不同于一般清代杂剧作品之处,还在其一本多折、连缀成篇的体制形态。此非徐爔独创,明代汪道昆、徐渭为首开其端者。一本四折或多折连缀为一剧的形式,每折又独立成剧,通过一种主体精神勾连为一个整体。此种形式改善了一本一折的单调,从内容上看,则促成了一种丰富的文学性构成。徐爔的创造性则在于,他以自己的亲身经历入剧,并力图以独特的内容顺序和组织关系呈现"写心"文本的最后形态,既张扬了"称心而出,如题而止"[①]的创作原则,又促成了一种自传式写作的完成。细读《写心杂剧》的十九折文本,其基本上是按照创作时间编排顺序的,但作者也有意基于心态史的逻辑脉络进行了微调。在各剧中,创作时间最早的《青楼济困》("今已年将半百")始终排在标有"年长五十"创作的《游湖》之后,提示了"年才六十"的《祭牙》排在"年逾六十"创作的《酧魂》和"六十多"创作的《醒镜》之后,等等。显然,作者在试图表达一种个体的精神脉动时,有意照应了抑扬开阖、起伏照应的文章结构法则,尽量做到精神或情绪的逻辑层面的首尾呼应、气脉贯通。这实际上来自作者对作文之法的熟谙运用。另一方面,由于每一折剧又具有内容独立和情感自足的特征,徐爔的安排并没有形成对情感表现空间的挤压。具体原因则在于,每一个剧本都是缘性而发,缘情而感,作者淋漓尽致地袒露自我,每一段表达又体现了徐爔思考的连贯性、人生追求的统一性。因此,不仅每一个独立的剧本酣畅自然,其构成"写心"整体时仍能让作品的整体结构呈现出自然舒展之态。个体的精神历程的线性呈现,促成了《写心杂剧》自传性特征的完美体现。

自传式杂剧更利于突出小品文高扬主体表达"这一个"的精神内质。这不仅得益于中国古代戏曲以人为主的剧本体制,这种体制规定了主人公永远是正面形象,行为特征永远符合伦理和现实文化的诸多规范,徐爔着

[①] 吴梅:《郑西谛辑〈清人杂剧〉(二集)叙》,《吴梅戏曲论文集》,王卫民编,北京:中国戏剧出版社,1983年,第484页。

力塑造的就是一个代表正价值的艺术形象。其不涉及人物的缺点，反而透露了主人公优长之处不能获得时代充分认可的无奈。如《写心杂剧》中的徐爔，"天性闲淡，襟怀轩朗，每视名利真若浮云流水，全不关心"（《游湖》），乐于助人，善于省身，一派君子之风。这其实是中国古代自传式写作的一贯态度，像徐爔之后的平步青（1823—1896）那样故意写自己缺点的人究竟只是少数[①]，而平步青实际上也是出于张扬个性、不同于流俗的目的，并非真的在否定自己。也就是说，《写心杂剧》独特的剧本体制并没有限制自传性演述，反如同其他的自传式文学创作一样，促成了这种将自我作为需要展开和肯定的正面人物书写，从这个意义上说，徐爔很好把握了杂剧文体，并较好利用了其代言的优长。

因"小"之理念，杂剧也与小品创作一样，追求随兴而记，有感而发。这与晚明小品注重片断，不求完整，以心之所至为创作指归的追求亦相一致。郑元勋说："文以适情，未有情不至而文至者。侠客忠臣、骚人逸士，皆能快其臆而显摅之，故能谈欢笑并、语怨泣偕。"[②]《写心杂剧》也一样。作者往往截取富有意义的情节片断，借以表达一种情趣、一段思考，并不刻意追求故事情节的完整。既避免了元杂剧为适应一本四折的体制而强行作戏的尴尬，也通过叙事兴味的平淡凸现了主体的抒情需求。也就是说，由于重在议论、感发，创作者对于引出这一状态的"事"并不真正关切，"事"只是提起抒情或议论的一个因子；一旦进入抒情或者议论的状态，"事"便逐渐退出，演变成为抒情的背景[③]。如《游梅遇仙》一折，本可以演绎为一段有声有色的故事，但作者的兴奋点仅仅落在表达自我情志上：

【倘秀才】贪汉你不见韩康入世终归隐，历古奇能总属空。俺如今灵丹九转凭还永。见了这一泓流水碧，万树落花红，便是俺乐在其中。

致使一段颇具悬念的仙人遇合并没有展开其应有的趣味横生的过程，而是

[①] （清）平步青《栋山樵传》乃自传性作品，其中写自己貌丑，"经年不窥镜，偶取视则扑之"，以及不善书法、"不喜见贵要富人"等。

[②] （明）郑元勋：《媚幽阁文娱·自序》，明崇祯刊本。

[③] 陈芳曾从"美目、排场俱简"的形式角度，认为《写心剧》"甚似一篇篇说理小品"。见《乾隆时期北京剧坛研究》，北京：文化艺术出版社，2001年，第255页。

伴随着抒情的完成而草草收束。缺少摇曳多姿的情节叙事，客观上促成了杂剧文体的专心抒情，并且与小品专事抒情的文体追求发生了契合。邹式金评价短剧有"狭巷短兵，杀人如草"的效果，从抒情的角度而言确为切中肯綮之论。

晚明小品所抒之情亦尚"小"，即那些与传统的载道之"大"的情背道而驰的另类之情。如所谓"闲情"，多为日常生活中的赏花斗草、品酒烹茶之情，这些情感不直接关涉经国之事，但有诗意，富于哲理，贴近人的自然本性。此际的杂剧虽然缺乏小品的文体自觉，文人化的机缘以及"小道""末技"的地位，亦为作家提供了相对裕如的表达空间。徐燨的前辈作家已非常注意借助杂剧表达个体的内在性，尤侗、廖燕等文人更在乎"假纸上之陈言，诠吾胸之妙理"[①]。他们随心而写，信笔抒情，对某些大价值、大道理往往视而不见、听而不闻，任情任意表达自己的喜怒哀乐、牢骚愤懑，进而获得一种对利害得失的超脱以及审美的愉悦，这是徐燨公开"写我心"的创作基础。《写心杂剧》无论是否描写琐碎的日常小事，却一律来自个体的内心感怀，与晚明小品一再标举的"写心"一样，有意表达一种与"大"相迥乃至格格不入的艺术追求，借以展扬自我高标傲世的生存策略以及洒脱不羁的人格风貌。所以，其非"载道"之"大品"，乃真正之"小品"。并且，与小品的终极之质在于沟通雅俗一样，杂剧实际上从另一个方向趋近了这一目标，即作为俗文学的杂剧在向雅文学趋近的同时，既体现了雅文化的思想和艺术技巧，又因着俗文学的体式和地位拥有了写作的空间和表达的机缘，致使那些不为正统伦理容纳、难被公共价值认可的私人情感获得表达，个体的精神脉动因而成为历史空间里最为生动的浮标。

在变动不居的历史空间里，人实际展示的是两种基本的需求，一种是匮乏性需求，乃吃喝住行类，许多人一生为生存而战；另一种是丰富性需求，追求完美，趋向更高层次，乃是对生命完满性的一种解读。徐燨的人生履践显然属于后一种。他没有廖燕式的温饱之忧，写不出"送穷"主题的杂剧作品；他没有廖燕式的高标自许，缺乏施展雄才、传声万古的强烈渴求；他有的只是廖燕式的倾诉欲望，以及意欲"跳脱人间名利缘"（《痴

[①] （清）廖燕：《续师说一》，《二十七松堂文集》，屠友祥校注，上海：上海远东出版社，1999年，第277页。

祝》）而不得的本体思考。因之，他的"写心"是纯粹个人的。所幸的是：真正的艺术只有通过自我才能走向他人，《写心杂剧》也因此获得了留名青史的机缘。晚明王思任说："天下有必传之心，无必传之人。何也？心可以入万世，而人必不肯出百年。"[①] 正因为传达了徐爔之"心"，《写心杂剧》拥有了连结今古的独特的戏曲史地位。

[载《南京师大学报》（社会科学版）2006 年第 6 期]

---

① （明）王思任：《梅谱序》，卫泳编：《古文小品冰雪携》，明崇祯刻本。

论"短剧完成"与《吟风阁杂剧》的艺术创获

在杂剧漫长的演变过程中，作为一种短小精致的艺术体式，短剧曾别开境界，试图探求一条令古典戏曲发展柳暗花明的道路。然经明代王九思首开其端、徐渭等身体力行，以主体性为标志的抒怀写愤逐渐衍升为短剧的主要审美特征，抒情性极度凸起，戏剧性则逐渐趋同于诗骚传统，日益受到消解，戏剧本体的意义不断弱化。清代乾嘉时期，短剧创作进入高峰时期。当其时，杨潮观（1710—1788）创作的《吟风阁杂剧》横空出世，别具只眼，取径独宽，真正"别开戏曲之一途"[1]，为杂剧发展赢得了一线生机。杨潮观自觉于短剧的艺术建构，又能转益多师，对戏曲诸要素予以深刻体悟及有效运用，为准确评价和理解中国古代戏曲史上所谓"短剧"的文本价值提供了典型个案。本文从《吟风阁杂剧》提供的创作经验入手，论述古典短剧的艺术构成及其戏曲史意义。

一、"借端节取"于尺幅之间

"'短剧'云者，指单折之杂剧言。"[2]《吟风阁杂剧》以32个一折独立短剧构成，最直观的形态即其整齐划一的艺术体制。这些作品历经至少20年的创作时间[3]，最短者《鲁仲连单鞭蹈海》大约1150字左右，最长者《诸葛

---

[1] 卢前:《明清戏曲史》,《卢前曲学四种》, 北京: 中华书局, 2006年, 第6页。
[2] 同上书, 第61页。
[3] 从乾隆二十五年（1760）杨潮观入都呈送薛田玉算起，到乾隆三十九年（1774）全本刊刻,《吟风阁杂剧》的创作时间至少有20年。其间，除先后增加了四个剧本外，还对文字、情节等有所修改。

亮夜祭泸江》也不过4100字，始终以一折为限，凸显了杨潮观全力创作短剧的自觉意识。吴梅说："短剧之难，有非人所尽知者。一剧之作，必有所寄，传奇反覆详审，可逐折求其言外之意。短剧止千言左右耳，作者之旨，辄郁而未宣，其难一也。王宰之作画也，纳千里于尺幅。短剧虽短，而波澜曲折，尤必盘旋起伏，动人心目。十日画山，五日画石之说，正可为短剧喻也，其难二也。"[①]正是由于领悟了"纳千里于尺幅"的美学真谛，杨潮观才能够在短小的篇幅内，借助对短剧艺术各要素的独特理解，选择合适的叙事话语，运用精当的艺术技巧，建构相对优化的文本结构关系。

（一）精心选择叙事话语，凸显作品的主题。叙事首先体现为对材料的一种阐释，不同的史料，作家的选择重点和整合方式往往彰显着独特的创作诉求。《吟风阁杂剧》的32个短篇作品取材各有不同，创作的兴奋点则集中于君臣遇合、政体兴衰的思考。杨潮观一般不从野史笔记中直接取材，主要借助对正史史料的独特理解选择叙事话语。为了达成"借端节取，实实虚虚，期于言归典据"[②]的戏剧效果，他经常采用场景、细节、对话等叙事形式。

场景叙事乃作者独具匠心之处。由于篇幅短小，杨潮观尽力将戏剧冲突集中于一个场景，正面表达人物关系以及矛盾展开过程，将引发矛盾的背景或其他细节通过曲词和宾白略加点染。如取自新、旧《唐书》的《新丰店马周独酌》，将马周贫困潦倒时先后遭遇的几件事重新整合，仅仅截取他由不遇到遇的两个事件"新丰店受辱"和"常何上书"，并将发生地集中于新丰店，专力打造新丰店这样一个具有象征意义的戏剧场景：这里不仅距长安最近，可以通过事件将不遇与遇的转折衔接起来，还有利于专写其穷窘之境，抒发其不遇之情，"聊慰夫怀才未试者"（小序）。集中打造一个场景，往往只能精心设计一个关目，叙事时间非常短暂。如何处理叙事时间和历史时间的关系，就成为最重要的问题。也就是说，场景描写必须压缩历史时间为叙事时间，让故事时间和叙事时间一致。杨潮观显然不乏处理这一难题的能力。他的多数作品线索清晰，结构简净，很好地把握了历史时间和叙事时间的关系，浓缩出一段段洋溢着丰富性、凝聚了戏剧性的人生画面。

---

① 吴梅：《郑西谛辑〈清人杂剧〉（二集）叙》，《吴梅戏曲论文集》，王卫民编，北京：中国戏剧出版社，1983年，第484页。
② （清）金德瑛：《观剧绝句三十首·小序》，《桧门诗存》，乾隆刻本。

对于场景的关注，必然延伸到对细节重要性的把握，以给叙事提供曲折生动、跌宕生姿的结构空间。杨潮观善于借助对历史真实性的理解，虚构细节，塑造人物形象。如《换扇巧逢春梦婆》，主要取材于赵德麟《侯鲭录》和苏轼关于侍妾朝云的有关创作。无论是《侯鲭录》还是《朝云墓志铭》，都未及朝云鬼魂襄助之事，也没有神仙点化之说。但作者却借助想象力，铺排了细密有致的情节，别致生动地阐说了苏东坡与春梦婆相遇的原因、过程，极富韵味与张力。苏东坡与老妇的相遇，不是偶然的机缘，而来自朝云点化他"及早回头"的理解关爱；苏东坡与老妇充满玄机的对话，昭示了他当下困惑无助的复杂心态，其一生的辉煌往事也得到艺术展现，且让他渐入彀中，最终获得了一种荣辱不惊的心态。在情节演进过程中，朝云的出场仅有一次，却具有非同小可的地位：既是情节的设计者，又是苏东坡永恒的知己，其形象同样丰满生动，而这些都是通过具体可感的细节来实现的。

由于叙事话语的精心选择，尽管也是"借丹青旧事，偶加渲染"①，杨潮观对题材的选择和处理往往显得别具匠心。《吟风阁杂剧》的32个作品中，约有一半题材为前代戏曲家未曾染指；前人涉猎的本事，他也能轻易地摒弃风流韵事描写的窠臼，将关于社会、历史乃至人生的思考融入其中。他长于从历史事件的细微之处发掘意义、建构情节、塑造人物，生发出有关国家、民本的思考，进行一种宏大叙事，而本人并不直接参与这种叙事。这与王九思、徐渭以来专主抒怀写愤模式相比较，体现出别开一途的艺术取向。如是，《吟风阁杂剧》达成了"将朝野隔阂，国富民贫，重重积弊，生生道破；心摹神追，寄托遥深，别具一副手眼"②的文本状貌。

（二）借助悬念设置，促成戏剧性的丰富。短剧多以一人一事组构情节，不像传奇作品篇幅较长，有机会展现曲折多姿、变化莫测的情节；然对所谓"突兀起伏，不可测识"的"纡曲"③之美亦有所追求。于是，巧妙地设置"悬念"往往成为作者构思之要件。杨潮观很善于设置悬念，并呈

---

① （清）杨潮观：《题词·沁园春》，《吟风阁杂剧》卷首，胡士莹校注，上海：上海古籍出版社，1983年，第1页。
② （清）陈俍君：《吟风阁杂剧·序》，杨潮观：《吟风阁杂剧》附录，胡士莹校注，上海：上海古籍出版社，1983年，第245页。
③ （明）袁于令：《焚香记序》，蔡毅编著：《中国古典戏曲序跋汇编》，济南：齐鲁书社，1989年，第2744页。

现出变化多姿的特色：或通过情节延展，以平地波澜之势，很快进入悬念；或借助物象烘托，让悬念凸起于情节之上；有些作品的悬念设置，通过细节来完成；有些作品的悬念，则体现为对话叙事，不一而足。如《寇莱公思亲罢宴》，作为安享晚年的老家人，刘婆一心买醉，并不爱管闲事；但作者精心构设了"滑倒"这一细节，让悬念陡然发生，导致刘婆不顾一切劝诫，使情节按照作者的逻辑预设而推演。这一细节的构思非常富有象征意义。按理，一个醉意朦胧的老年人很容易滑倒，但她的滑倒却是主人奢华而致的成堆蜡泪造成的。于是，悬念不仅具有了圆满的情理机缘，也给了刘婆"借因由，去把那旧情来讲"的充足借口。她放声大哭，只有这种不合时宜的大哭才会引起寇准夫妇的注意；寇准的疑问，则为刘婆提供了痛说家史的平台，悬念随之顺理成章地逐步解开。

为了适应一折短剧的结构特点，《吟风阁杂剧》中的许多作品往往开篇即进入悬念的展开过程。如《荀灌娘围城救父》开始，即将读者引入一种焦虑的悬疑状态：孤城被困，急需解救，荀父如坐针毡，计无所出。这时，荀灌娘挺身而出，自信地表示："爹爹请放心，不怕没梯己人去。"父亲很惊讶，但她并不直接作答，而是表示："待我去唤他出来。"这个"他"是谁，构成了一个悬念，直到荀灌娘自己上场才得以解开。然而，新的悬念又随即生出：年仅13岁的小女子能够担当突围请兵的重任吗？不仅父亲疑惑，受众同样忐忑不安。作品省略了突围的过程、路途的艰险，直接转入阶前誓死一段，而这一过程又通过周访的审问、拒绝悬念迭生。直到荀灌娘"拔剑自刎"，才水落石出，心思毕现。也就是说，作者不仅善于设置悬念，还能通过悬念的蓄势强化和环环链接，巧妙地促成情节的曲折起伏、波澜丛生，进而皴染性格、塑造形象。

作者时常有意省略情节，通过叙事的空白来促成悬念的生成。如《偷桃捉住东方朔》，写东方朔偷桃，先反复渲染蟠桃园的宽松和守卫康宁的平庸：

　　……园门昼夜长开，篱笆被犬钻破。闲游一去忘回，醉倒何曾醒可。亏的门头告示谨严，闲人不曾经过。几番数来数去，不曾少了一个。娘娘，你教我坐守千年，怎知我清闲不过？适才酌了两壶，睡魔又来寻我。

给人的印象是看守宽松、蟠桃易偷，以东方朔的过来人身份及其"身长九尺三寸"的优良条件，应是唾手可得，故略过偷桃的过程显得顺理成章；然当转入王母娘娘审案关目后，在何仙姑犯淫、铁拐李作弊以及造父诉冤诸多趣味横生的事件中，又有东方朔偷桃案上报。这让本来已处悬疑之中的偷桃事件平添了一层迷雾：他是怎样被捉住的？他怎么可能被抓住呢？作者偏偏引而不发，并让悬念始终伴随着东方朔与王母娘娘机趣横生的对话而持续。直到通过化"偷"为"随手摘两个来解渴"的解释，转化了事件的性质，悬念方才解开。悬念乃戏剧性实现的基本途径，《吟风阁杂剧》的艺术实践体现了杨潮观对古典美学戏剧性的独特理解，也促成了全剧结构风格的简约有致、秩序整饬，对故事情理的逻辑性、情节展开的统一性和主题意蕴的完整性亦多有裨益。

（三）重视首尾创设，强化情节的自足性。因为篇幅短小，开头和结尾的意义格外重要。总起来说，《吟风阁杂剧》的开头以简洁为特色，结尾则往往意味深长，具有开放性的特征。题材相类作品的首尾，尤其能够体现杨潮观的这一建构能力。如同样是小女子为父分忧，《荀灌娘围城救父》和《汲长孺矫诏发仓》的开头多有不同。两剧开始都处于危难局面，后者以驿丞的长篇宾白导入剧情，贾天香一出场即介入矛盾中心，处于一个充满张力的戏剧空间：

水来须要土掩，兵来还是将挡；一计明修栈道，三军暗度陈仓。孩儿听得爹爹说话好笑，故此出堂问讯。那差来，你不打发他，凭你躲在那里，他来得去不得，怎生了事？

那么，如何应对危急的局势，贾天香留给父亲的是一个悬念。之后，其父便作为一个旁观者退居边缘，戏剧冲突在汲长孺和贾天香之间有序展开。《荀灌娘》的开头则比较简净，当开始之际，率先出场的荀灌娘对于兵临城下的局势已处于知晓状态："小燕危巢不耐惊，拈针线，又重停。镜台前蓦见旌旗影，相看困坐，无计慰椿庭。"（【风马儿】）作为一个只能在家"拈针线"的小女子，她满腹心事，惆怅不已；反复中断女红的原因不在于女红的繁难，而是为了集中精力思考如何帮助父亲。如是，她的突围请兵，既属兵临城下的不得已之举，又是深思熟虑后的理性选择。之后的情节展开便显得一气呵成，顺理成章。二剧的结尾亦各有特点，同而不犯。《汲长孺》的结尾，以汲长孺动问贾天香为"何家女子"引发的深长感慨结束："原来这驿丞，有此奇女。"既照应了驿丞作为一个暗含人物始终没再出场的情节，又强化了普通小女子的胆识对一位以民为本、"正直立朝"的官员的激发。《荀灌娘》的结尾则十分含蓄别致：同样以揭示小女子身份为内容，兴奋点主要落在周公子的"惊疑未定"上，意在揭示他油然而生的爱慕之心。最后以生与小生联诵【鹧鸪天】词作结，暗示了两情相许的必然以及美满婚姻的注定成功。

应该说，杨潮观对于结尾的处理尤见匠心。《吟风阁杂剧》的结尾各式各样，艺术处理总体上呈现了开放性特征。作者没有拘囿古典戏曲一贯青睐的大团圆模式，某些剧本根据戏剧性的需要，选择了悲剧性结局。为了突出这种悲剧性，他巧妙地结撰题材，打破了叙事时间的线性过程，而非一味遵循开头、中间和结尾的叙事模式。如《凝碧池忠魂再表》，同样是以乐工雷海清为主人公，却没有走《长生殿·骂宴》正面表现角色忠贞、勇敢的路径，主要通过追叙的方式表彰其以身殉国的壮烈；这一悲剧结果是通过对话叙事展开的，并以情节过程的逻辑性和主题建构的统一性感染人心，在激发一种哀悼怅惘的思考时提升艺术的美感。如是，整个结构安排显得简洁流畅，鲜有絮聒滞涩之感。结尾的开放性不但没有干扰情节的逻辑性，反带来更加丰富的意义，叙事的完整因之获得体现。杨潮观对开头、结尾的特别关注，为其在短小篇幅中的纵横驰骋提供了助力，也体现了他对短剧"小中见大"审美功能的准确理解。

经过精心的艺术构建，《吟风阁杂剧》的多数作品于短小的篇幅中容纳了摇曳多姿、内涵丰富的内容，取得了为人瞩目的成绩。郑振铎在论述杂剧发展时，将杨潮观与蒋士铨、桂馥等指认为清代杂剧全盛期的代表作家，指出："短剧完成，应属此时。"[①] 在《后四声猿跋》中，又特意强调杨潮观与桂馥地位的重要，指出："短剧风格之完成，允当在于此时。"[②] 且不论郑振铎之于桂馥的赏拔合乎实际与否，关于杨潮观的评价却是许多学者的共识。朱湘说："杨氏短剧的佳妙真是前无古人，后无来者，他无疑是短剧中最大的技术家。"[③] 卢前也认为，在短剧的创作上"杨潮观尤臻极诣"[④]。他们都不约而同地指向了《吟风阁杂剧》在短剧艺术方面的创获。

---

① 郑振铎：《清人杂剧初集序》，《中国文学研究》，北京：作家出版社，1957年，第797页。
② 同上书，第805页。
③ 朱湘：《朱湘作品集》，郑州：河南大学出版社，2004年，第129页。
④ 卢前：《明清戏曲史》，《卢前曲学四种》，北京：中华书局，2006年，第65页。

二、"转益多师"的艺术诉求

在中国古代戏曲史上,真正意义的独立短剧首推明中叶王九思创作的《中山狼》杂剧,然于短剧文体具有铸型定鼎之功者则是汪道昆、徐渭。汪道昆《大雅堂乐府》四剧各以一折尽一事,不限一人演唱,音乐结构以南曲为主,故赵山林认为"短剧的规模到汪道昆即已固定"[①]。徐渭《四声猿》杂剧的贡献则主要在于精神气质方面,其以一至五出不等的体制敷衍四个独立故事,刻意通过形式的不拘一格表达精神的汪洋恣肆,尤其注重自我意志的阐发,为短剧创作的繁荣提供了实质性的艺术沾溉。因徐渭、汪道昆的蹈厉激发,晚明至有清一代,短剧创作蔚然成风,且多以主体性抒发为特征。作家往往借他人酒杯浇自己块垒,根据抒情的需要设计作品长度,通过多种艺术元素的整合互动,为创作主体的集中抒情提供了开放性的结构,饱受外在压力的内在情感因之得以自由挥洒,短剧亦发展成为"称心而出,如题而止"[②]的审美艺术创造。比较典型者如乾嘉时期徐爔的《写心杂剧》,其起于一时之兴会,多发议论,多兴感慨,随意自然,体现出与高文典章迥然不同的审美格调与艺术趣味。尤具特色的是,作者亲为主角、自称主人公,改变了以往杂剧以"自喻"抒怀写愤的演述方式,通过直接地自我"写心"高扬主体精神,借助具有编年性质的自传性凸显艺术独创性,体现了天然妙得、趣味横生的审美样态,也强化了"以文自娱"的抒情诉求。刘大杰说:"一折之短剧,因其形式之方便,最利于文人之抒写怀抱,故自徐文长、汪道昆以来,作者颇多……"[③]指认的正是这一现实。

杨潮观选择了另一路径。他努力摆脱当时许多杂剧作家倾力抒发自我之情的创作倾向,也没有将时尚热衷的才子佳人悲欢离合作为创作的题中应有之义;尽管短剧天生不适合表现曲折离奇、错综复杂的故事,努力截取生活的横断面展示人生的丰富、多元,仍然是杨潮观创作追求之所在。他也围绕着历代著名文人故事选材,表现出强烈的崇古趣味,却有意避开以各种方式暗示作者与情节关系的习用策略,即便在身处幕府、身处下

[①] 赵山林:《〈吟风阁杂剧〉的艺术独创性》,《中国古典戏剧论稿》,合肥:安徽文艺出版社,1998年,第224页。

[②] 吴梅:《郑西谛辑〈清人杂剧〉(二集)叙》,《吴梅戏曲论文集》,王卫民编,北京:中国戏剧出版社,1983年,第485页。

[③] 刘大杰:《中国文学发展史》,天津:百花文艺出版社,1999年,第494页。

位的为官低潮期，所创作的两个剧本《荀灌娘围城救父》《信陵君义葬金钗》中也难以窥见他个人的心理脉动；而如《大江西小姑送风》这样颇具自我写照之意的作品（多认为此剧以作者经历为蓝本），也难以准确触摸到作者的自我存在。质言之，他力求通过对历史故实的解读，表达一种符合大一统社会的治世理想和道德理念，进行一种宏大叙事。因此，与徐爔《写心杂剧》一类尚"小"的审美追求恰恰相反，《吟风阁杂剧》更乐于在"小"的情节片断中，涉入对国家、社会和伦理风貌的批判性思考，进而表达一种渗透了鲜明循吏理念的载道之"大"情。如最不为今人看好的《感天后神女露筋》剧，作者之所以"借丝哀竹滥写其幽怨"，歌颂"宁可贞节死，不肯苟安生"的民间女子路金娘，目的十分明确："思励俗也。"在一种只具"小道""末技"地位的文体中注入了如此重大的指归，显然不能说是无意为之。也正因为是有意作为，杨潮观才努力将乾隆盛世拷贝为自己作品的典型背景，并于其中注入了深沉的忧患意识。《新丰店马周独酌》中，已经非常落魄的马周犹自表示："似我马周，酸寒乞相，烂醉生涯，可不孤负了生当盛世。"《大江西》一剧，当"小生"心中产生"于役"之遥的苦恼时，轩窗打开，面对江山胜景，精神马上为之一振："真个的江山如画，可不畅快人也！"在一种由自然和神仙以及个人抱负共同营造的政治遐想里，作者抒发了内心衷曲："呀，可不道壮游的心儿里，直恁地宦情难已！"不仅如此，他还为这一欣欣盛世勾画了圣贤迭出的理想图景：《开金榜朱衣点头》中的欧阳修一心为国求贤，衡文前先烧三炷香，期望"有几个大忠大孝大学问的人出来，铁铮铮匡扶社稷，宏奖风流"。《温太真晋阳分别》以替千古成说平反为契机，告诫人们"忠于国家，忠于所事"。《贺兰山谪仙赠带》写李白洞察到国将有难："我等如今受享承平，其实乃是宴安鸩毒……今日之忧，莫甚于此。"因而叮嘱郭子仪日后要为国分忧、勇赴国难。凡此，揭示了杨潮观"以天下为己任""先天下之忧而忧，后天下之乐而乐"的循吏情怀，此种情怀借助短剧这一激发美感的独特艺术形式，鲜明表达了艺术建构的独创性及匹夫有责的时代诉求。

《吟风阁杂剧》完成于短剧创作繁荣的乾嘉时期。此际，桂馥的《后四声猿》、石韫玉的《花间九奏》、徐爔的《写心杂剧》、舒位的《瓶笙馆修箫谱》、张声玠的《玉田春水轩杂剧》等先后问世，这些作品合数本一折短剧为一套，体现了虽然狭窄却不失深刻的主题。它们在借鉴晚明以来小品类杂剧创作提供的艺术经验及价值追求方面具有不可忽略的意义，与当时颇为流行的折子戏却颇显疏离，这不仅表现在市井人生状态的缺失及平民趣味的淡漠，而且后者在舞台经验和演出时尚方面的优长也很少在这些作品中映现。陆萼庭在谈到折子戏与短剧关系时指出："一折剧的出现，是传统北杂剧体式的一种革新，也是戏曲创作形式上的一种发展。照说，这一短小灵便、自成首尾的新创作，可以理想地为折子戏的演出服务，其实不然！一折剧一开始就被文人剧的框框束缚住，实践机会既少，又缺乏名作，很快失去了舞台生命。"所以一折剧的出现与折子戏的兴起"两者没有什么直接的关系"①。此"一折剧"即所谓短剧。陆萼庭将其定位于"文人剧"并非没有道理，但断言短剧的出现与折子戏的兴起"没有什么直接的关系"似过于简单。实际上，在"四方歌曲，必宗吴门"②的戏曲风尚里，短剧自觉不自觉地也趋奉于折子戏风靡一时的现实，并与之互相取资，完善自身体制，吸纳音乐优长，真正促进了兼具传奇与杂剧特点的艺术完成。短剧主要以案头操作为特点的创作局限确实导致了舞台生命的萎弱，与折子戏的亲和受阻则主要来自清代以来渐趋强化的雅正审美观念的作用。杨潮观的敏锐通达之处则在于，有意吸纳了折子戏的优长，在保持独立的题材取自和自足的情节构成等特色的同时，从与舞台性相关的动作、细节等入手演述故事、塑造人物，进而在灵动自然、不拘一格的短剧体式中注入了新鲜的血液。

如是，在情节运行方式诸方面，《吟风阁杂剧》体现出对传统戏剧观念的有力拓展。中国古典杂剧讲求抒情，往往以"情"导引"事"，这些"事"多耳熟能详，更多地充当"情"的质料和载体，构成情感冲突或对立的平台。一旦冲突或对立完成了，"事"既不再具有独立的意义，含纳其中的情感则凸现为具有写意特征的艺术浮标，桂馥等人的创作大体可以归属此类。杨潮观固然并不抵制这一艺术传统，《大江西小姑送风》《西塞山渔翁封拜》等便较多地体现这一特点，抒发了创作主体的情感，但他的更多作品展示了对古典戏曲叙事艺术的另一种解读。如《穷阮籍醉骂财神》《动文昌状元配瞽》等，追求叙事过程中的戏剧性营建，通过对话、细节乃至场景的构建形成戏剧冲突，进而利用摇曳多姿、波澜起伏的情节塑造人物、表达主旨。这些作品近似于折子戏，但与折子戏只是一个精彩的片断迥然

---

① 陆萼庭：《昆剧演出史稿》，上海：上海文艺出版社，1980年，第177页。
② （明）徐树丕：《识小录》，卷四《梁姬传》，孙毓修编：《涵芬楼秘笈》（第1册），北京：北京图书馆出版社，2000年，第1053页。

不同，独立拥有一个自足的情节故事整体；与西方的独幕剧多有相通之处（卢前对短剧即有"气格之变，亦与海西独幕之体相暗合"[1]的评价），然在时间的控制、场景的选择上，体现的却是中国戏剧自由开放的特征。也就是说，就叙事的时空自由而言，短剧与西方的独幕剧是不同的，独幕剧不仅要求故事情节精练集中，矛盾冲突展开迅速，且对故事展开的时间、地点有严格的规定，戏剧故事必须在一幕内完成，如是戏剧性方称完满；短剧则关目自由，体现关目结构形式的排场变化也繁复多姿、变化万千。以《吟风阁杂剧》为例，如《灌口二郎初显圣》，即有学者认为二郎神"打围玩耍"之关目乃属多余[2]，实不尽然。此剧为表达"思德馨"的主题，渲染二郎神斩妖治水、气度非凡的英雄气概。先写打围玩耍，尽管极尽歌舞之事，着眼点却非仅仅在打围本身。一则点明了二郎神出来"洒落"乃因忧闷的心情，二则为介入李冰与业龙的厮杀提供了缘起，三则为随之而来的激烈打斗铺展一个看似轻松却形成对比的戏剧情境，这是短剧民族性的独特体现。因此，《吟风阁杂剧》的戏剧性既体现了杨潮观对元杂剧、折子戏等艺术体式的多向度继承，也在一定层面上契合了批评者从近代戏剧观念角度之于短剧的理解。其获得古今学者的一致首肯，良有以也。

嘉、道时期文人叶廷琯在谈及当代曲家舒位、毕华珍创作时，赞扬"二君皆精音律，取古人逸事，撰为杂剧，如杨笠湖《吟风阁》例"[3]，将《吟风阁杂剧》为创作标的和范本，从提供艺术经验的角度肯定了杨潮观的短剧艺术探索。汤大奎在肯定"《吟风阁》杂剧，深得元人三昧"时特意强调："昔人论制曲须是巨才，与诗词另是一副笔墨，既宜传演，又耐吟讽，摹神绘影，中人性情，斯为能事。东塘、昉思而后，笠湖其嗣响矣。"[4]这种与案头创作迥然不同的"另一副笔墨"，是促成《吟风阁杂剧》超乎其他作品的一个重要参数。正是因为对折子戏等艺术形式的大胆借鉴，杨潮观才能在乾嘉时期短剧并起的剧坛取得特立独行的地位。

---

[1] 卢前：《明清戏曲史》，《卢前曲学四种》，北京：中华书局，2006年，第47页。
[2] 谢锦桂毓：《吟风阁杂剧研究》，台北：华正书局，1984年，第206页。
[3] （清）叶廷琯：《鸥陂渔话》卷一，同治刻本。
[4] （清）姚燮：《今乐考证》，中国戏曲研究院编：《中国古典戏曲论著集成》（第十集），北京：中国戏剧出版社，1959年，第178页。

三、"案头场上，两得其便"

《吟风阁杂剧》的成功来自对前代和当时艺术经验的吸纳继承和创造性书写。尽管杨潮观没有留下相关论述的只言片语，其杂剧艺术形态本身足以昭示这一点。如一人主唱、语言通俗以及重视搬演等特点，均体现出元杂剧的艺术特征。钱维乔认为《吟风阁杂剧》"深得元人旨趣"[1]、汤大奎赞其"深得元人三昧"[2]，应是由此定义。根据剧情以及人物的身份和个性特点设计使用南北曲、演唱不拘于一个角色等，则显示了对传奇折子戏自由开放的音乐结构的借鉴。吴梅评价云："是书共三十二折，每折一事，而副末开场，又袭用传奇旧式，是为笠湖独创，但甚合搬演家意也。"[3] 周妙中对《吟风阁杂剧》"体制在传奇和杂剧之间，而兼取了二者的优点"[4] 的欣赏，毫无疑问也来自于杨潮观对杂剧和传奇创作手法广泛吸收的肯定性印象。不仅如此，他还善于有效驾驭各种艺术提供的成功经验，使之参与情节推衍、故事延展和人物塑造，强化了短剧的艺术张力。如对梦境的使用，《大江西小姑送风》中小生的梦，不仅给"小姑显圣"的情节提供了时间和空间，还让这一暗含的情节从后台走上前场，凸显了主人公的期待视野；《动文昌状元配瞽》中媒婆的梦，担当着预告情节的使命，弥补了情节长度不足而带来的省略，表彰了青年才俊"重伦尚义"的行为。再如对砌末、物象的使用，如剑、笏、带、金钗甚至《西塞山渔翁封拜》中的波涛等，都具有延展情节长度、点染作品主题、丰富人物内涵的作用。尤具艺术个性的是，杨潮观借鉴白居易《新乐府》诗的做法，在每一剧本前加一小序，用"思"引出自己的议论，不仅具有深化、延伸、强化乃至补充主题的作用，如姚燮所言："每折各自制解题于首，意盖援古事以铎世耳。"[5] 且促成了一种别致的叙事模式。

对作为重要戏曲要素——角色的贴切理解和运用，尤其体现了杨潮

---

[1] （清）钱维乔：《题蓉裳罗襧乐府》，《竹初诗文钞·诗钞》卷八，嘉庆刻本。
[2] （清）姚燮：《今乐考证》，中国戏曲研究院编：《中国古典戏曲论著集成》（第十集），北京：中国戏剧出版社，1959年，第178页。
[3] 吴梅：《中国戏曲概论》卷下，《吴梅戏曲论文集》，王卫民编，北京：中国戏剧出版社，1983年，第172页。
[4] 周妙中：《清代戏曲史》，郑州：中州古籍出版社，1987年，第235页。
[5] （清）姚燮：《今乐考证》，中国戏曲研究院编：《中国古典戏曲论著集成》（第十集），北京：中国戏剧出版社，1959年，第178页。

观对搬演的重视以及转益多师的艺术建构能力。这不但为《吟风阁杂剧》"生、旦有生、旦之体,净、丑有净、丑之腔"[①]的角色追求赢得了前提,且推出了别具艺术魅力的人物形象。他很看重角色的设计,努力尊重演出实践,尽量避免类型化,同时对戏曲角色的比喻和象征意义等也形成了独到的认识。最为突出的是,不拘于以生、旦为主角的惯例,从戏剧性建构从发,给净、丑担任主角的机缘。如《偷桃捉住东方朔》以丑扮演东方朔,突出其善诙谐调笑、言词敏捷的特点,进而强化了"谲谏"的主题。《西塞山渔翁封拜》和《大葱岭只履西归》两剧均以净为主角,也是一种别致的安排。关于此,曾有学者提出质疑:"在角色的使用上,《西塞山》以净扮张志和;《大葱岭》以净扮达摩;《却金》中以生扮王密,衡诸中国戏剧角色的类别含有象征和褒贬的意味而言,是有可以商榷之处。"[②]实际上,古典戏剧的角色安排,不仅有象征和褒贬的意味,还十分重视演出现实与角色传统的契合。《吟风阁杂剧》经过较长时间的创作,定稿前曾反复修改,又有与知音商榷次第的过程,不会在角色运用方面出现如此低级的错误。就戏曲史而言,在元代以后,伴随着净角类型的细化,其不但可以作为正面角色,还担负了表达艺术风格的功能。《西塞山》中,张志和并非人们印象习惯中那个吟风弄月的词人形象,而是扮相为"渔翁"的隐逸之士,以一渔翁形象选用净角装扮显然是合适的。《大葱岭》中的达摩,在仙佛画传中的轩昂、多须形象也很符合净角的扮相,明清传奇中亦多勾白脸以净扮演,如《祝发记》中的达摩等。尤其是,杨潮观所生活的乾隆时期,剧坛上花部崛起、乱弹竞唱,其以生、丑、净为基本构成的角色体制不可能不对杨潮观发生影响。至于《东莱郡暮夜却金》中的王密,以生的正面形象出之,或许出于这样的考虑:一则在于他本来是杨震提拔的"茂才",虽有微瑕,依旧属德才兼备者,如王密自己所说:"平日居官自爱,又非有所干请……"二则出于对统治集团中人物的定位,意在警醒上层官员的自我反思,来自于对吏治官箴的温和劝诫。

因为对前代及当代艺术经验的悉心领受和广泛借鉴,《吟风阁杂剧》才能不拘一格,融会贯通,别开生面,在一定程度上规避了短剧作为"案头之曲"的习惯路径,表现出鲜明的演出追求。其一,许多作品有意加入载

---

① (清)李渔:《闲情偶寄·词曲部》,中国戏曲研究院编:《中国古典戏曲论著集成》(第七集),北京:中国戏剧出版社,1959年,第26页。
② 谢锦桂毓:《吟风阁杂剧研究》,台北:华正书局,1984年,第222页。

歌载舞的关目。如《灌口二郎初显圣》《诸葛亮夜祭泸江》中的歌舞表演等,都有便于观演、活跃场面的目的和效果。《换扇巧逢春梦婆》尤其明显,开篇即插入蝶母及其四个女儿的"团扇回风之舞":"单舞介、对舞介、又两对舞介",载歌载舞的表演打开了一个绚丽的舞台和故事背景。其二,作品中透露出演员与观众进行演出交流的动向。如《寇莱公思亲罢宴》开始,老旦出场介绍寇准状况后,忽然话锋一转:"你们只见他富贵当前,岂知他幼年孤露。当日太夫人青年守节,零丁孤苦……"所谓"你们",显然指观众,是基于剧场交流的需要而出现的类似相声"现挂"一类的宾白。其三,角色装扮贴切地表达了演出实际。如《感天后神女露筋》,由副净扮演的嫂子出场,旦扮演的路金娘问道:"嫂嫂,你面上为何花碌碌的?"副净回答:"妹子,我一条手巾一把扇,捏着脚来一头汗,一头汗,粉面界成三道半。"既表明天气炎热挥汗如雨的状态,也是基于净角"三道半"的妆扮而作的当场生发。凡此,如果不是出于舞台演出的目的,何必如此。

应该说,杨潮观的心血没有白费,其作品不仅登上了当时之氍毹,且舞台生命力相当持久。《吟风阁杂剧自序》中,他曾自我表白:"年来与知音商榷次第,被诸管弦。"袁枚《邛州知州杨君笠湖传》也指证其杂剧在邛州官署"被诸管弦"的事实[1]。乾隆三十五年(1770)《吟风阁杂剧》还获得在袁枚随园演出的机会:"钱塘袁枚演之金陵随园,一座倾倒。"[2] 焦循说:"《寇莱公罢宴》一折,淋漓慷慨,音能感人,阮大中丞(阮元——引者注)巡抚浙江,偶演此剧,中丞痛哭,时亦为之罢宴。"[3] 而据陆萼庭《昆剧演出史稿》记载,在清末上海的昆曲演出中,《罢宴》依然名列其中[4];有些作品如《荀灌娘围城救父》《偷桃捉住东方朔》《寇莱公思亲罢宴》等还移植到其他剧种,成为花雅互动中文人杂剧向民间乱弹渗透的成功个案。凡此,无不彰显了《吟风阁杂剧》"案头场上,两得其便"[5] 的艺术个性。杨潮观没有追求演出的广言宏论,仅《吟风阁杂剧自序》有如是之心态的昭

---

[1] (清)袁枚:《小仓山房文集》卷三十四,《袁枚全集》(第二册),南京:江苏古籍出版社,1993年,第619页。
[2] 《无锡金匮县志》卷二二《文苑》,嘉庆十八年(1813)城西草堂刻本。
[3] (清)焦循:《剧说》卷五,中国戏曲研究院编:《中国古典戏曲论著集成》(第八集),北京:中国戏剧出版社,1959年,第195页。
[4] 陆萼庭:《昆剧演出史稿》,上海:上海文艺出版社,1980年,第329页。
[5] 卢前:《中国戏剧概论》,《民国丛书》第四编,上海:上海书店,1992年影印世界书局1934年排印本,第107页。

示："惟是香山乐府，止期老媪皆知；安石陶情，不免儿辈亦觉矣。"又说："士大夫诗而不歌久矣，风月无边，江山如画，能不以之兴怀？"强调要首先通过"歌"即演唱来表达自己的治世理念。杨潮观是谙晓音律的，自诩"有短笛横吹信口腔"[①]，好友顾光旭也有"杨生自言识音律"[②]"自吹羌管唱新词"[③]等介绍。这为他能够创作一部案头场上两宜的作品奠定了前提。为便于演出，杨潮观还专门作《吟风阁曲谱》附于作品之后，吴梅评价云："细按音节，确合律度分寸，或即当时嘌唱梨园所习之本。"[④]可见他是一位真正的知音者。

进入清代，由于杂剧处于艺术时尚边缘的地位以及趋同诗骚传统的文体状态，留存至今的演出记录并不是很多，短剧多案头之作已成共识。但一概而论其案头特色的唯一性，显然也容易误入另一歧途。尤侗、廖燕等文人确曾有过不在意自己杂剧能否演出之语，如尤侗声称自己的杂剧"只藏箧中，与二三知己，浮白歌呼"[⑤]，廖燕也表示："文人唱曲，岂效优人伎俩，把手拍着桌子，应应腔就是了。"[⑥]但这更多地是一种张扬个性的姿态，不追求演出的杂剧作家在清代仍只是很少的一部分，如果有演出的机会，他们多是不放过的，这从许多短剧有演出的记录可以得到证实。后来吴梅"以一折尽一事，俾便观场，不生厌倦"[⑦]的评价，一定是体会了他们对舞台性的追求才做出的。事实上，在清人的戏曲观念里，案头之美和场上之美并不是评价短剧优秀与否的根本标准。一般而言，案头之美是必要的，场上的标准却因趣味的不同而迥异，并且彼时的舞台标准非如今天，古典戏曲的戏剧性从来也没有将所谓的动作性放在首位，而对抒情的诉求既是多数文人从事创作的内在动因，也是"俾便观场"的显要需求。文人化作为一种内在规定性，与其能否搬上舞台并不构成根本性抵牾。如是，也决

---

① （清）杨潮观：《题词·沁园春》，《吟风阁杂剧》卷首，胡士莹校注，上海：上海古籍出版社，1983年，第1页。
② （清）顾光旭：《九月既望得沈澹园蜀中属，集苏诗奉答，兼呈笠湖秋渔》，《响泉集·诗十六》，乾隆刻本。
③ （清）顾光旭：《杨笠湖九兄刺史寄所制〈吟风阁曲谱〉题后》，《响泉集·诗六》，乾隆刻本。
④ 吴梅：《吟风阁四卷题记》，《吴梅戏曲题跋》，《文献》第14辑，北京：书目文献出版社，1982年，第88页。
⑤ （清）尤侗：《西堂乐府自序》，郑振铎编：《清人杂剧初集》，民国二十年（1931）影印本。
⑥ （清）廖燕：《柴舟别集自序》，郑振铎编：《清人杂剧二集》，民国二十三年（1934）影印本。
⑦ 吴梅：《中国戏曲概论》卷下，《吴梅戏曲论文集》，王卫民编，北京：中国戏剧出版社，1983年，第167页。

定了评论家的兴奋点多在语言、文章方面，对舞台情况的描述则少有赘词。这从另一维度揭示了短剧舞台性萎弱的原因。因此，尽管多敷衍于私宅内庭之氍毹，有时与折子戏穿插演出，短剧始终不敌折子戏的风靡火爆，娱乐视听。它与折子戏的发展历程几乎同步，均在清代乾、嘉时期蔚为大观，却走上了截然不同的两条道路，一个彻底归于案头，另一个则经由酒楼、剧场走向市场，直接启发了板腔体戏曲时代的到来。

《吟风阁杂剧》别开生面的艺术探索，在当时及后世都赢得了广泛的赞誉。王昶说："《吟风阁》传奇，如《诸葛公夜渡泸江》《寇莱公思亲罢宴》诸剧，声情磊落，思致缠绵，虽高则诚、王实甫无以过也。"① 不仅如此，还认为其艺术感染力有胜于名噪一时的蒋士铨创作："《芝龛》诸记播淮西，丝竹声中半滑稽。要下英雄千古泪，铅山那得并梁溪。"② 现代批评者则将兴奋点主要置于杨潮观对杂剧艺术体制的开拓创新方面，卢前云："一折的杂剧，到了他才集其大成，案头场上，两得其便。"③ 郑振铎在论述短剧完成之时，也再三肯定其作为短剧创作的"大家"④地位。的确，经过杨潮观的悉心探索，短剧不再仅仅是抒发一己之情的艺术载体，也不仅仅是小品文式的感发片断和即兴杂感，在强调"假伶伦之声容，阐圣贤之风教"⑤的艺术功能的同时，还借助转益多师的戏剧观念有力拓展了短剧文体的发展空间。杨潮观去世后，友人顾光旭曾作悼诗云："卅年廉吏忘家久，一部清商寓意长。"⑥ 特意撷出"廉吏""清商"二词评价他的一生追求和短剧创作，以《吟风阁杂剧》创作实绩而言，应是意味深长的盖棺论定之语。

（载《文艺研究》2008 年第 9 期）

---

① （清）王昶：《湖海诗传》卷六，嘉庆八年（1803）刻本。
② （清）王昶：《荣经道中阅杨笠湖刺史潮观所贻〈吟风阁〉杂曲，偶题七绝》之七，《春融堂集》卷十三，嘉庆十二年（1807）塾南书舍刻本。
③ 卢前：《中国戏剧概论》，《民国丛书》第四编，上海：上海书店，1992 年影印世界书局 1934 年排印本，第 107 页。
④ 郑振铎：《后四声猿跋》，《中国文学研究》，北京：作家出版社，1957 年，第 805 页。
⑤ （清）杨恩：《吟风阁杂剧·序》，《吟风阁杂剧》，第 244 页。
⑥ （清）顾光旭：《杨笠湖刺史九兄归榇惠山》，《响泉集》卷二十，乾隆刻本。

"奇"与"畸"：徐渭从事杂剧创作的心理机制

徐渭（1521—1593）是中国古代文学开启近代历程时期的一位先觉者和勇士。他以神奇的一生和杰出的创作独立于明代文坛。由于他的存在，晚明文学张开了探索的羽翼，创造了丰厚的实绩，其自由灵性和精神遗响掠过历史的天空，在清代还依然绽放着绚烂的花朵。

徐渭一生，"行奇，遇奇，诗奇，文奇，画奇，书奇，而词曲尤为奇"①。但他生前名不出越中，死后四年后（万历二十五年，1597）由于袁宏道的偶然识荆和大加推崇，其才名才播撒海内，"一时名公巨匠，浸浸知响慕云"②。陶望龄将他与陆游并举："越之文士著名者，前惟陆务观最善，后则文长。"③王骥德将他与汤显祖相提并论："于南词得二人：曰吾师山阴徐天池先生——瑰玮浓郁，超迈绝尘。《木兰》《崇嘏》二剧，刳肠呕心，可泣鬼神。惜不多作。临川汤若士——婉丽妖冶，语动刺骨，独字句平仄，多逸三尺，然其妙处，往往非词人工力所及。"④而汤显祖本人在拜读了《四声猿》后感叹不已："《四声猿》乃词场飞将，辄为之唱演数通。安得生致文长，自拔其舌！"⑤表达了真诚的膜拜之情。

徐渭其人究竟如何？他的心理人格与其杂剧的状貌究竟存在怎样的关系？本文试从其"奇"与"畸"的心理机制入手作一检视。

---

① （明）磊砢居士：《四声猿跋》，《徐渭集》，北京：中华书局，1983年，第1359页。
② （明）袁宏道：《徐文长传》，《徐渭集》附录，北京：中华书局，1983年，第1342页。
③ （明）陶望龄：《徐文长传》，《徐渭集》附录，北京：中华书局，1983年，第1341页。
④ （明）王骥德：《曲律·杂论下》，中国戏曲研究院编：《中国古代戏曲论著集成》（第四集），北京：中国戏剧出版社，1959年，第170页。
⑤ （明）王思任：《批点玉茗堂牡丹亭序》，吴毓华编著：《中国古代戏曲序跋集》，北京：中国戏剧出版社，1990年，第169页。

一、徐渭之心态及人格状貌

关于徐渭其人，自其声名开始传扬于文人的天空，占据主流的声音基本上是褒扬不止，肯定有加。人们赞扬其个性与精神，感叹其不幸与不遇，对他投以倾佩和仰慕的目光，并效仿之，学习之，自我比附之。徐渭无疑是个奇人，就像袁宏道所言："无之而不奇者也。"[①] 在封建时代，作为一个文人，刻意追求生命之"奇"者自古有之，但有徐渭式经历者的确不多见。如果说自幼丧父，生母为婢，由嫡母鞠养，还不算太奇的话；如果说九岁能文，先后八次参加科考未中只能与人为幕僚，也属平常的话；那么青年入赘，不久丧妻，后来数次姻缘不谐，终患精神疾病，导致最后杀妻入狱的不堪结局，对于一个男人来说当是一段十分不堪的经历，赋之以"奇"当属正常；而家产一次次因无法预料的原因（10岁奴仆脱逃、25岁异姓侵吞祖产）荡尽，自己不得不四处迁徙，过着功名无望、窘迫无奈、卖文为生的日子，对于一个自视甚高的文人来说则是难以忍受的精神磨难。这一切汇集在一起，促成了徐渭生命经历的"奇"，也激荡了他性格中的反叛因素，使他的心理与人格呈现为超拔于世俗之上的"奇"的特征：自尊，傲慢，敏感，多疑，等等。尤其是，当徐渭在胡宗宪幕府中如鱼得水个人价值终于获得了暂时的确证时，他所依凭和信任、感激的胡宗宪遽然间成为朝廷的打击对象，而自己亦因惊恐于连坐而终日惴惴时，饱经心灵磨难的徐渭彻底崩溃了。他患上了难以治愈的精神分裂症[②]，洋溢于他气质人格中的"奇"也开始走向偏颇，以至演变成了"畸"：一种"奇"的异化状态，一种极为混乱无序、精神颠倒的病态。

应该说，生活中的徐渭并未刻意于"奇"，他一生如传统文人一样试图走立德与立功并举的进身之路，创作上追求"有济于用"[③]，入胡宗宪幕后，则"好奇计，谈兵多中"[④]，即使67岁高龄仍壮心不已，远赴北国李如松幕府希求有所作为。然而高标自许的他却始终不能如愿：20岁时才勉强

---

① （明）袁宏道:《徐文长传》,《徐渭集》附录,北京：中华书局,1983年,第1344页。
② 周明初认为徐渭所患为妄想型精神分裂症,笔者亦以为是,详见周明初:《晚明士人心态与文学个案》,上海：东方出版社,1997年,第208页。
③ （明）徐渭:《诗说序》,《徐文长三集》卷十九,《徐渭集》,北京：中华书局,1983年,第522页。
④ （明）袁宏道:《徐文长传》,《徐渭集》附录,北京：中华书局,1983年,第1342页。

成为秀才，8次参加科举考试都以失败告终，博得了胡宗宪的赏识却也因之而忧惧缠身几致疯狂；再加上独立不移的个性：性格"贱而懒且直，故惮贵交似傲，与众处不免袒裼似玩，人多病之"①，于是，在困顿与压抑的交相折磨中，徐渭生存与发展的追求始终遭到遏制，其结果则是促成了他的生命形式自然演进为一道奇异的人文景观。

对徐渭的"奇"率先表示激赏的仍然是袁宏道。当他在陶望龄处偶然发现徐渭的诗作时，"读未数首，不觉惊跃"②，"凡读一篇一击节，直恐其尽，至忘假寐"③，表现出极度的欣喜若狂，显然，吸引和征服他的首先是徐渭的"奇"，所谓"当诗道荒秽之时，获此奇秘，如魇得醒"④。袁宏道不仅指出了其性格的"奇"："眼空千里，独立一时"，经历的"奇"："晚年愤益深，佯狂益甚，显者至门，皆距不纳，当道官至，求一字不可得。时携钱至酒肆，呼下隶与饮。或自持斧击破其头，血流被面，头骨皆折，揉之有声，或槌其囊，或以利锥锥其两耳，深入寸余，竟不得死"；并且将这种"奇"与其文艺创作对应起来："其胸中又有一段不可磨灭之气，英雄失路托足无门之悲，故其为诗，如嗔如笑，如水鸣峡，如种出土，如寡妇之夜哭，羁人之寒起。"⑤从"奇"出发揭示徐渭创作对人性本真的激发和洋溢，并极力推举这种高标的人格精神和因之而来的文艺观念。

徐渭的"奇"表现在艺术观念中，就是对"新"的尊崇，对"真"的追求。他在艺术的各个领域乃至日常生活的诸多层面率意表达自己，尚真求新，反对虚假，提倡本色，实践了这样的追求。徐渭在《书草玄堂稿后》的一段话包含了生活的经验和艺术的哲理，最为经常被引用：

> 始女子之来嫁于婿家也，朱之粉之，倩之鬟之，步不敢越裾，语不敢见齿，不如是，则以为非女子之态也。迨数十年，长子孙而近妪姥，于是黜朱粉，罢倩鬟，横步之所加，莫非问耕织于奴婢，横口之所语，莫非呼鸡豕于圈槽，甚至龋齿而笑，蓬首而搔，盖回视向之所

---

① （明）徐渭：《自为墓志铭》，《徐文长三集》卷二十六，《徐渭集》，北京：中华书局，1983年，第638页。
② （明）袁宏道：《徐文长传》，《徐渭集》附录，北京：中华书局，1983年，第1342页。
③ （明）商濬：《刻徐文长集原本序》，《徐渭集》附录，北京：中华书局，1983年，第1347页。
④ （明）袁宏道：《徐文长传》，《徐渭集》附录，北京：中华书局，1983年，第1342页。
⑤ 同上书，第1343页。

谓态者，真赧然以为妆缀取怜，矫真饰伪之物。而娣姒者犹望其宛宛婴婴也，不亦可叹也哉？渭之学为诗也，矜于昔而颓且放于今也，颇有类于是，其为娣姒哂也多矣。①

这段话形象地说明了艺术创作的真谛，对解读他的艺术创作乃至生活观念都具有重要意义。的确，徐渭在艺术创作的各个领域实践着这样的艺术观念，论作画，他主张"随手所至，出自家意"；论作诗，他力求抒写真我，达到"无意不可发，无物不可咏"；论作书，要"极有布置了无布置痕迹"②才好；创作戏曲，更是追求自出手眼，自然天成。他的诗书画乃至杂剧等作品也确实意态灵动，纵逸真率，洋溢着浪漫的气质和丰盈的人格魅力，给人耳目豁然、新奇俊爽的审美感受。

徐渭的"奇"表现在艺术创作领域，主要体现为对非主流艺术形式的肯定与偏嗜。在《西厢序》中他说："众人所忽，余独详；众人所旨，余独唾。嗟哉，吾谁与语！"③这种故意对抗流俗的心态促使他目光向下，对那些妇孺皆知的伧歌俚语极为看重，对一向不为文人士大夫看好的民间性艺术形式如南戏、杂剧、民歌格外推举，如他写作《南词叙录》之本意就在于"南戏无人选集，亦无表其名目者，予尝惜之"④，并且身体力行，创作了以"小道""末技"为文人所不屑的杂剧《四声猿》。徐渭以自己的创作实绩开启了明代中叶以后俗文艺的创作风气，率先为晚明的个性解放思潮寻到了抒发的渠道。袁宏道说他的"强心铁骨，与夫一种垒块不平之气，字画中宛宛可见"⑤，则可以用来概括对他所有艺术作品所映射出的人格风貌的真切解读。

对于"奇"，徐渭是很有些自矜的，他的《青藤书屋图》题云："几间东倒西歪屋，一个南腔北调人。"⑥他不但不讳言自己的"奇"，到了生命的

---

① （明）徐渭：《书草玄堂稿后》，《徐文长三集》卷二十，《徐渭集》，北京：中华书局，1983年，第579页。
② （明）徐渭：《评朱子论东坡文》，《徐文长佚草》卷二，《徐渭集》，北京：中华书局，1983年，第1342页。
③ （明）徐渭：《西厢序》，《徐文长佚草》卷一，《徐渭集》，北京：中华书局，1983年，第1089页。
④ （明）徐渭：《南词叙录》，中国戏曲研究院编：《中国古典戏曲论著集成》（第三集），北京：中国戏剧出版社，1959年，第239页。
⑤ （明）袁宏道：《徐文长传》，《徐渭集》附录，北京：中华书局，1983年，第1342页。
⑥ 《南画大成》第九卷，《徐渭集》补编，北京：中华书局，1983年，第1325页。

后期，开始刻意追求这种"奇"，对当时所谓的达官贵人、骚士墨客"皆叱而奴之，耻不与交"，却"时携钱至酒肆，呼下隶与饮"①，以一种与世俗价值对抗的方式达成生命力的极度洋溢。正因为此，他敢于超越诸生的身份要求，放浪形骸于市井，陶望龄描述他在胡宗宪幕府时的景况说："渭性通脱，多与群少年昵饮市肆。幕中有急需，召渭不得，夜深，开戟门以待之。侦者得状，报曰：'徐秀才方大醉嚎嚣，不可致也。'"②即便如此，对于赏识他的胡宗宪，徐渭心里是铭感不忘的。当胡宗宪入狱被杀，徐渭仍对他的知遇之恩耿耿感念，在晚年所著《畸谱》中列出了他一生"纪恩"的四个人：对自己教爱有加的嫡母、救持自己出狱的张氏父子、对自己识拔重用的胡宗宪。这种始终如一不为流俗左右的超拔之气，应该说是他"奇"的观念基础，就像他在《自为墓志铭》所言："渭为人度于义无所关时，辄疏纵不为儒缚，一涉义所否，干耻垢，介秽廉，虽断头不可夺。"③

"奇"是超常，是特出，是新颖，在日常生活中，"奇"以放诞、狂傲为特征，但对于生命的存在状态而言，"奇"则表现为生命力的热情洋溢。在中国古代，"奇"往往是一种价值或一种文人的生命存在状态受到否定时才会出现的文化现象，其与个性有关，更带有反叛社会或政体的主观性，所以始终成为受到文人推崇的价值取向。尤其是当政治腐败时期，许多正价值受到压抑和排挤，具有张扬自我挥洒才气的"奇"往往具有思想解放的特殊意义，因此也格外引人注目，容易获得呼应。徐渭生活于晚明前期，王学的影响方兴未艾，当身为王学嫡派的徐渭以人生的实践推扬王学时，多数文人还停留在感性的生活体认之中，所以徐渭的"奇"仅只是播扬越中，只在思想史上具有开辟荆荒的意义。当他的"奇"经过袁宏道的推扬进入接受的视野时，王学也开始进入辉煌的时期，因此袁宏道对徐渭的认可，不仅是对于一种文人风范的认可，同时也是对时代风尚的引导。正是从这个时期开始，崇新赏奇才真正形成为一种人文风尚，构成了激发晚明文人生命冲动的第一兴奋点。

但徐渭又是一个"畸人"，存在着人格的缺陷。应该说，这种缺陷缘于先天的性格因素，也与其生理条件有关，但更多地来自现实环境的挤压。袁宏道还说："先生数奇不已，遂为狂疾，狂疾不已，遂为囹圄。古今文人

---

① （明）袁宏道:《徐文长传》,《徐渭集》附录，北京：中华书局，1983年，第1342页。
② （明）陶望龄:《徐文长传》,《徐渭集》附录，北京：中华书局，1983年，第1339页。
③ （明）徐渭:《徐文长三集》卷二十六,《徐渭集》，北京：中华书局，1983年，第639页。

牢骚困苦，未有若先生者也。"① 的确，徐渭确实是古今文人中一个少有的身披苦难者。然而，面对和承受苦难乃至苦难的挤压是每一个人必须应对的现实，在这样的现实中，实际上没有挤压轻重之分，只有心理承受能力之别，而徐渭显然是心理脆弱一族。他身为庶出，又少失怙恃，中年失母，长于兄嫂面前，虽然不至于受到虐待，但对于天性敏感的徐渭而言，已足以构成其心理层面的弱质了。长大成人，对于少负才能的徐渭而言，或者敞开了另一个天地，但性格孤傲的他偏又有了入赘为婿的经历，他自负而又自信，却八次应举而不第，上帝既没有给他打开门，同时又关上了窗子。这一切，刺激了徐渭人格中那"奇"的一面，并将这种"奇"转化为"畸"，呈现为一种不正常的言行、思想乃至个性，以反叛现实、超越本我的人格风貌表现出来。

大约在 37 岁左右，徐渭已经患病甚深，他在给胡宗宪的信中说："渭犬马贱生，夙有心疾，近者内外交攻，势益转剧。"② 41 岁他再次结婚不久，按徐渭自己的说法，已经出现了精神疾病的症状："自此祟渐赫赫"③，之后不久便有了面对胡宗宪接连入狱和最后死亡的焦虑和恐惧以及相关的党派斗争。从此，徐渭的精神彻底崩溃了，疾病伴随他时左时右，直到生命的终结，他再未有机会参加科举考试，自我实现的梦想也一次次破灭。

他开始表现出精神疾病的诸多症状：狂暴，多疑，绝望乃至自虐，时而清醒，时而疯狂；他先后九次自杀，而且采取的都是极端的方式：以头部撞墙，以钉子入耳，以锤子击碎肾囊，最后因多疑与狂暴不禁而杀死继室。④ 他自己最后都没有死成，但这也彻底破坏了他的身体，摧残了他的意志，消磨了他的一颗入世之心，从此，他以"畸人"自居，益发狂放不羁，特立独行，不为流俗所限了。陶望龄谈及此时云："（徐渭）性纵诞，而所与处者颇引礼法，久之，心不乐，时大言曰：'吾杀人当死，颈一茹刃耳，今乃碎磔吾肉！'遂病发，弃归。既归，病时作时止，日闭门与狎者数人

---

① （明）袁宏道：《徐文长传》，《徐渭集》附录，北京：中华书局，1983 年，第 1343 页。
② （明）徐渭：《奉答少保公书》，《徐文长三集》卷十六，《徐渭集》，北京：中华书局，1983 年，第 458 页。
③ （明）徐渭：《畸谱》，《徐渭集》补编，北京：中华书局，1983 年，第 1328 页。
④ 关于徐渭杀妻，尽管徐渭自己百般狡辩，但时人多认为是由于他的"猜而妒"，是由于他性格的缺陷所致；今人则明确肯定是由于他的精神病变所致。参见周明初：《晚明士人心态及文学个案》，上海：东方出版社，1997 年，第 211 页。

饮噱，而深恶诸富贵人，自郡守丞以下求与见者，皆不得也。"①所谓"所与处者"，张元忭也，是徐渭直到生命结束还念念不忘的大恩人，可是此际却足以引发他的精神疾病，可见他已经敏感多疑对抗到何种程度。显然，因为"畸"所导致的焦虑和狂暴，徐渭才如此缺乏自我约束能力，说出如此类的绝交话语。当徐渭得知张元忭去世的消息，他的祭祀同样与众不同，表现出某种病态：他身穿孝服，不通姓名，抚棺大哭，哭罢竟去。

以今天的文化观念和医学常识来分析，徐渭的病态确实是比较典型的精神分裂症。这种病往往与先天遗传有关，并以性格积淀的形式保存在人格结构中，因外界因素的作用而急性发作。所以在徐渭人到中年患病之前，他人格上的缺欠已开始呈示出来，促使他用灰色的眼睛看他周围的世界。比如，他虽然庶出，生母又是嫡母的侍女，但是14岁前的他并不缺少母爱，生母就在身边，嫡母也对他视如己出："教爱渭世所未有也，渭百其身莫报也"②；生母再嫁嫡母去世后，依从异母长兄生活，也不像徐渭所说："骨肉煎逼，箕斗相燃。日夜旋顾，惟身与影。"③他的长兄无子，对小于自己20余岁的徐渭还是不错的："兄视之如己子。"④也可能徐渭与两个异母兄长之间有情感上的隔阂，但主要还应来源于嫡母苗夫人与两位长兄的一段不睦。苗夫人是云南人，个性很强，再嫁来到风物迥异的浙中，本已水土不服，徐渭父亲去世后，她"益厌其长子妇宗亲及越之风物"⑤，对已经长大成家的徐渭的两个兄长可能不太友好，这导致了家庭关系的紧张，而身为庶弟又为继母十分宝爱的徐渭肯定要承受"煎逼"的后果了。家庭关系如此紧张，压抑肯定是存在的，但徐渭的叙述不免有夸张之嫌疑，而这显然与他的心理疾病有关，这种病往往导致人以敏感夸张的态度对待自己的环境，将其他人的好与坏都做极度之理解，并不惜为此伤害不应该伤害的人。

对于自己的病态，徐渭本人是有所认知的。他曾谈到自己的病况，云："予有激于时事，病瘹甚，若有鬼神凭之者，走拔壁柱钉可三寸许，贯左

---

① （明）陶望龄：《徐文长传》，《徐渭集》附录，北京：中华书局，1983年，第1328页。
② （明）徐渭：《畸谱》，《徐渭集》补编，北京：中华书局，1983年，第1326页。
③ （明）徐渭：《上提学副使张公书》，《徐文长佚草》卷三，《徐渭集》，北京：中华书局，1983年，第1107页。
④ （明）徐渭：《伯兄墓志铭》，《徐文长三集》卷二十六，《徐渭集》，北京：中华书局，1983年，第632页。
⑤ （明）徐渭：《嫡母苗宜人墓志铭》，《徐文长三集》卷二十六，《徐渭集》，北京：中华书局，1983年，第631页。

耳窍中，颠于地，撞钉没耳窍，而不知痛。"[1]但是，随着人生的挫折感的加剧，徐渭自己也失去了自我控制的能力，或者根本不再考虑自控，他公开表现自己的"畸"，采取了变本加厉不加遮掩反而故意张扬的态度："归则槿户，不肯见一人，绝粒者十年许，挟一犬与居。人谓偃蹇玩世，狂奴故态如此，而不知其自别有得，难以世谛测也。"[2]同为山阴人的王思任则言："（文长）不喜富贵人，纵飨以上宾，出其死狱，终以对贵人为苦，辄逃去。与不如公荣者饮即快。卒然遭之，科头戟手，鸥眠其几，豕接其盆，'老贼'呼其名氏，饮更大快。一有当意，即衰童遏妓，屠贩田儓，操腥热一盛，螺蟹一提，敲门乞火，叫拍要挟，征诗得诗，征文得文，征字得字。"[3]显然，他是故意与世俗相较量，最大程度地表现了自己与世俗的格格不入。也可能就是这样的原因，徐渭晚年自称"畸人"，并在去世前夕写作了《畸谱》，将自己人格风貌上所表现出的"畸"的病态特征附和于孔子所谓的"畸人"之说。"畸"，不正常、不规则、偏颇之意，孔子认为，"畸人者，畸于天而侔于人"，则将这种行为对应于天地自然，从人性价值的角度加以肯定。徐渭作此比附，无疑是为自己不合世俗规范的行为寻求合理性，否认自己人格的不健全；同时，在总结自己的一生时自称"畸人"，意在独取其"超拔""自然"之内涵，表达自己追求天道自然的理想和自信，反叛现实的合理和正义，也明显具有反讽的意味，饱含了对现实人生的深刻批判，以及一个才气纵横的文人的自信与悲哀。

　　人格上的缺欠，也导致徐渭总是以一种极端的方式对待艺术，不但专一推举受到冷遇的艺术样式："众人所忽，余独详"[4]，而且创作过程也常常呈现为一种疯狂状态，表现为任意挥洒、汪洋恣肆、嬉笑怒骂、嘲讽戏谑、无所不为的行文特点和风格。陶望龄说他"迫而吐者不择言，触而书者不择事"，"极其才而尽其变"等[5]，就是对这一创作特征的概括。而这一特征与他崇尚"真我"、讲求"本色"的艺术趣味结合，促成了他艺术

---

[1] （明）徐渭：《海上生华氏序》，《徐文长三集》卷十九，《徐渭集》，北京：中华书局，1983年，第555页。
[2] （明）张汝霖：《刻徐文长佚书序》，《徐渭集》附录，北京：中华书局，1983年，第1349页。
[3] （明）王思任：《徐文长先生佚稿序》，《徐渭集》附录，北京：中华书局，1983年，第1350页。
[4] （明）徐渭：《西厢序》，《徐文长佚草》卷一，《徐渭集》，北京：中华书局，1983年，第1089页。
[5] （明）陶望龄：《徐文长传》，《徐渭集》附录，北京：中华书局，1983年，第1346页。

创作的个性与活力，所谓"推倒一世之智勇，开拓万古之心胸"[1]是也。在他多种形式的艺术创作中，同样可以捕捉到类似的心理印迹。如他的书画作品，线条挥洒，笔力奇崛，豪放不羁，神采飞扬，袁宏道称其为"八法之散圣，字林之侠客"[2]，其精深的艺术功力影响了至今的书法创作。但是，也应该看到，他的作品明显带有隐晦、暧昧、突兀的意向，线条运用上多生硬、粗率之处，给人以空旷、孤闭、刚猛之感，透射出"一种垒块不平之气"[3]。他的诗歌创作本乎性情，自出手眼，挥洒自如，不但属意于"一切可惊可愕之状"，而且时见"幽峭"，有"鬼语秋坟"之象，阴冷，怪异，凄艳，甚至可怖。所以纪昀说他的诗"流为魔趣"[4]，后人有关他诗风"奇崛"的评价也包含着这样的解读。他的杂剧作品更是"天地间一种奇绝文字"[5]，嬉笑怒骂，淋漓痛快，其以"猿声"进行的总括体现出凄婉幽峭的悲愤情绪，却也混杂了对世俗人生的灰色认识。而这一切，都是与他心理倾向怪异、理解问题偏执有密切关系的。

徐渭心态上的"奇"和"畸"的诸种表现，促成其人格风貌上豪放不羁、率意而行的游戏特点，反映在他的创作上，则集中体现在作为俗文学形式的杂剧创作中。《四声猿》作为徐渭生命形式的一种同构，也为解读他独特的心理机制提供了一个有效的范本。

二、《四声猿》思想意蕴之索解

《四声猿》是一部振聋发聩的"畸人"之作，其作为一种特殊人格下心态的凝聚，体现了新锐的艺术敏感和深刻的思想感悟，属文学史乃至文化史上的超常制作。历来，对《四声猿》的解读众说纷纭，不一而足；对于其内里所体现出的复杂性，往往致人于难以自圆其说的困惑之中。如果借助于对徐渭"奇"与"畸"心理机制的把握，或许能够拓展开一种能够贴近文本的阐释空间。以下便是笔者据此所作的尝试。

---

[1] （宋）陈亮：《甲辰答书》，《龙川集》卷二十，《四库全书》本。
[2] （明）袁宏道：《徐文长传》，《徐渭集》附录，北京：中华书局，1983年，第1343页。
[3] 同上。
[4] （清）永瑢等：《四库全书总目提要》卷一百七十八，《别集类存目五》，石家庄：河北人民出版社，2000年，第4804页。
[5] （明）王骥德：《曲律·杂论下》，中国戏曲研究院编：《中国古代戏曲论著集成》（第四集），北京：中国戏剧出版社，1959年，第167页。

首先，《四声猿》出自对真性情的大写意抒写。

关于《四声猿》的主旨，人们谈论良多。有人认为他抒写了满腔的愤懑不平，表达了怀才不遇等文人情绪，有人认为其乃是游戏与讥讽之笔，反映了对世态人情的思考，甚而有人认为他为现实中的诸多事实而牵系，有感或有所影射而写作[1]，戚世隽从佛家所谓"心猿"入手给予解读，提出了"心猿—本色—悟道"的思路，认为《四声猿》乃"作者对于真实的人的存在的思考"[2]，等等。对文艺作品的解读往往是个性化的，尤其是在作家本人对自己的创作语焉不详的情况下更容易出现这样的状况。徐渭曾说："吾书第一，诗二，文三，画四。"[3] 好像并不看重自己的杂剧创作。有关《四声猿》创作的背景情况也很难索获，至今给我们提供了思索空间的只有他与邻友的三首绝句之一："桃李成蹊不待言，鸟言人昧枉啾喧。要知猿叫肠堪断，除是侬身自作猿。"[4] 意在告诉友人，只有你自己成为了猿，才能理解肠断的悲哀，也才能理解猿声的真正意义。为什么自己成为了猿，就可以理解猿鸣的意义呢？因为猿声是发自肺腑的，是纯粹个性化的，甚至是私人化的，任何身外之人都没有权力也无法枉加猜度因而定论。从此而言，徐渭似乎从来就不在意后人的理解与否，而这更昭示出《四声猿》立意于表达自我真性情的意旨。

徐渭文艺观念的核心是崇尚"真"，主张"出于己之所自得，而不窃于人之所尝言"[5]的创作方法，所谓"信手拈来自有神"[6]是也。尽管《四声猿》写了信手拈来、悲悲喜喜、风格不尽一致的四个故事[7]，却声气相通地表达了徐渭对"神"即所谓真性情的抒写。可以说，四个题材，两对主人公，他们从不同层面构成了徐渭对于生命的认识，是他有关人生之"真"

---

[1] 徐湘霖：《四声猿本事考补》，《天府新论》2000年第3期。
[2] 戚世隽：《明代杂剧研究》，广州：广东高等教育出版社，2001年，第238页。
[3] （明）陶望龄：《徐文长传》，《徐渭集》附录，北京：中华书局，1983年，第1341页。
[4] （明）徐渭：《倪某别有三绝见遗》，《徐文长佚稿》卷八，《徐渭集》，北京：中华书局，1983年，第854页。
[5] （明）徐渭：《叶子肃诗序》，《徐文长三集》卷十九，《徐渭集》，北京：中华书局，1983年，第520页。
[6] （明）徐渭：《题画梅》，《徐文长三集》卷十一，《徐渭集》，北京：中华书局，1983年，第387页。
[7] 徐朔方也认为"四个杂剧悲哀哀乐的情调各不相同，不宜一律看待"。见《晚明曲家年谱》，杭州：浙江古籍出版社，1993年，第50页。

的一个缩影，一段凝聚。《狂鼓史》将"尚气刚傲，好矫时慢物"①的祢衡作为主人公，虽然有为沈炼鸣冤叫屈的意旨②，却首先尊重了自己个性表达的需要：不平则鸣，有怀则发，通过"骂曹"表达了一腔不平之气；《玉禅师》虽然落笔于因果报应与人世轮回之间不可抗拒之关系，却也道出了情在世俗人生和佛门重地所具有的同样至高无上的地位；《雌木兰》作为对一首民间叙事诗的个性解读，张扬的是对于才华的激赏，恰与《女状元》构成双璧，两剧的所谓"以叔援嫂"式的不得已在剧情的展开中成为渐远渐逝的画外音，当剧本完成"世间好事属何人，不在男儿在女儿"③的主题时，凸现于剧本之上的只有对终获张扬的才情的欣羡和礼赞了。

徐渭曾说："人心之惺然而觉，油然而生，而不能自已者也，非有思虑以启之，非有作为以助之，则亦莫非自然也。"④认为自然萌发之情感乃人情之本色。《四声猿》所摹写的四个故事恰恰缘于"天机自动，触物发声"⑤的"自然"过程，乃一种与高天厚地相始终禀乎天道归于自然的至纯至诚的东西，即是"真"。其来自生命的本体，犹如赤子的一声呼叫，其依托于感情的表达，却不拘泥于喜怒哀乐的不同情态。所以，《四声猿》尽管表达的只是徐渭人生不同时段的不同情绪⑥，或激扬忿厉，或诙谐无奈，或素朴明净，或优雅柔丽，却始终如一地透射出一种弥漫于人性土壤之上的郁勃不平之气，以之作为"猿声"，不仅仅由于神话原型的象征意义，更在于其能照应这种缘自于自然的"真"的力量的凝聚。

对于"真"的摹写，徐渭并没有拘泥于具体的故事本事，而是超越题材情节的限制，专一表达创作主体的精神风貌，为此，他采取了大写意式的艺

---

① （南朝宋）范晔：《祢衡传》，《后汉书》卷八十下《文苑列传》，北京：中华书局，1965年，第2652页。
② 《与诸士友祭沈君文》："而公之死也，诋权奸而不已，致假手于他人，岂若激裸骂于三弄，大有类于鼓之祢衡耶。"与严嵩指使宣大总督杨顺、巡按御史路楷陷害沈炼，手段相似，所以为此事写作的可能是有的。
③ （明）徐渭：《女状元》第四出，《徐渭集》，北京：中华书局，1983年，第230页。
④ （明）徐渭：《读龙惕书》，《徐文长三集》卷二十九，《徐渭集》，北京：中华书局，1983年，第677页。
⑤ （明）徐渭：《奉师季先生书》，《徐文长三集》卷十六，《徐渭集》，北京：中华书局，1983年，第458页。
⑥ 《四声猿》作于徐渭生活中的不同时期，始见于王骥德《曲律·杂论下》，徐朔方、叶长海等先后进行了具体分析，详见徐朔方著《晚明曲家年谱》和胡世厚、邓绍基主编《中国古代戏曲家评传》。

术表达：不刻意追求对剧中人喜怒哀乐的工笔细描，而注重于抒情主体情绪的率性阐扬，将全部情感落实到对创作主体精神的全景式表现。所以激扬忿厉者如《狂鼓史》也没有将勾勒人物情感细微脉动的努力落实到与具体情节的对应，而更多地通过语言（主要是唱词）的整合达成对一种完满而且丰沛的情感的表现，从而给予接受者以较为具体而强烈的情感冲击与震撼。那一段段回忆式的具有总结意义的"骂"，表达的是事关社稷兴亡的愤激和不平，实际上不过为个体命运勾画了一个宏观的背景，对祢衡乃至祢衡式才人的失意与失遇的感愤才是其旨归所在。所以，读完《狂鼓史》，读者接受的首先是一种悲愤的情绪，而不是对一段具体情感的品味落实，就如同对徐渭绘画的欣赏，只重其笔走龙蛇、气韵生动之意，所谓神似耳。

徐渭乃青藤画派之祖，他以泼墨写意为宗的绘画风格与技法影响了至今的国画创作，所谓"万物贵取影，写竹更宜然"①，是他一贯的艺术追求。这种立足于神似的创作心理也反映在了他的杂剧创作中，通过一种写意的方法传达个体的情绪特点，以此张扬有关人生的哲理性认识。这种方法不重视细密的信息传达，而落笔于境遇的整体表达，通过主人公境遇的摹写传达一种难以说尽的人生感怀。所以有人说："徐渭的许多作品，把一篇或一幅作为整体来看，则不失为奔放飞动，但具体到某个局部或某个细节则可能流于粗鄙与生涩，使人感受到它的怪诞和突兀，而又同样不得不感觉到它的和谐和贴切。"②正是这种大写意方法的必然结果。《四声猿》中四个短剧情调不一却能产生同一的审美凝聚力的真正原因也在于此。就如《玉禅师》，体现了与《狂鼓史》迥然不同的情绪，其作为"猿声"之一，似乎不足以构成悲伤凄婉的"猿鸣"意象，实际上，作品通过玉通和尚的一系列表现所昭示的诙谐无奈既表现了人性与佛门清规的冲突，更立足于本体情感在世俗人生中的价值定位，而这一切并不是通过对人的意志力的具体描写实现的，而是借助了洋溢于剧中的无奈以大写意的方式体现出来的。

作者正是通过大写意表达了"真"的无往而不胜。所以，四部剧作题材看似随意，构思却是统一的，实则正是外在的不拘一格透视出内在的狂放不羁，昭示出一种惊天地、泣鬼神的孤愤③。

---

① （明）徐渭：《画竹》，《徐文长三集》卷六，《徐渭集》，北京：中华书局，1983年，第201页。
② 周明初：《晚明士人心态及文学个案》，上海：东方出版社，1997年，第221页。
③ 参见刘彦君：《眼空千古，独立一时——徐渭人格论》，《戏剧》1994年第2期。

其次,《四声猿》出自一种世俗情怀的激情摹写。

出于追求"真"的艺术观念,徐渭反对虚伪雕饰,主张"越俗越雅"①,认为那些出自市井生活中的艺术形式如南戏、民歌等才最为本色、最能够表现生活之真谛,云:"乐府盖取民俗之谣,正与古国风一类。今之南北东西虽殊方,而妇女儿童、耕夫舟子、塞曲征吟、市歌巷引,若所谓竹枝词,无不皆然。此真天机自动,触物发声,以启其下段欲写之情,默会亦自有妙处,决不可以意义说者。"②他尚求自然提倡本色的艺术观念也以此为依托,所以王骥德说:"先生好谈词曲,每右本色。"③这样的艺术观念,促使徐渭目光向下,乐于从民间汲取创作的源泉,并且尽力表达具有市井普遍性的世俗情怀。

像明代的许多文人一样,徐渭也有借他人酒杯浇自己心中块垒的取材习惯。他的四个杂剧都是有本事的,或取自于正史,或取自于民间,或取自于诗歌,或取自于说部,来源略有不同,但四个故事本身都具有一定的民俗色彩,不但题材具有先天的传奇性,具有为市井百姓接受的优越条件,并且它们在进入徐渭的创作视野前,都有着在民间流传的经历。如祢衡的故事,伴随着三国故事的流变,在唐宋时期经过市井说书艺人的传播④,已经成为故事系统中不可或缺的部分,虽然相关题材的剧作至徐渭才出现,但说话的传播和《三国演义》的问世已使市井百姓对三国故事耳熟能详。如红莲的故事,宋代张邦畿《侍儿小名录》已有记载,元杂剧有《月明和尚度柳翠》,明代冯梦龙《古今小说》中有《月明禅师度柳翠》,而根据田汝成的《西湖游览志》得知,明代民间传说中有关这个故事存有多个版本。木兰的故事来自南北朝时期的民间乐府,然在元明清时期,不仅有了内容略异的几个故事版本,而且木兰本人先后进入几个地方志,成为人们荣耀乡里的骄傲⑤,其中最具民间性的是百姓关于她的身世、婚姻的圆满构想,徐渭显然是从这些传播极广的附会之作获得创作灵感的。而黄崇嘏的故事

---

① (明)徐渭:《题昆仑奴杂剧后》,《徐文长佚草》卷二,《徐渭集》,北京:中华书局,1983年,第1093页。
② (明)徐渭:《奉师季先生书》,《徐文长三集》卷十六,《徐渭集》,北京:中华书局,1983年,第458页。
③ (明)王骥德:《曲律·杂论下》,中国戏曲研究院编:《中国古典戏曲论著集成》(第四集),北京:中国戏剧出版社,1959年,第168页。
④ 唐诗中亦有歌咏祢衡的作品,见《资料汇编》;鲁迅也说道:"似当时已有说三国故事者。"见《中国小说史略》;到了宋代,有专职的说三分艺人,见孟元老《东京梦华录》。
⑤ 王兴亚、马怀云:《河南历史名人籍里研究》,郑州:中州古籍出版社,2002年,第196页。

发生在五代时的前蜀，本事出自五代金利用《玉溪编事》①，自《太平广记》卷367《妖怪》转引后，也经历了在民间传播的漫长过程。其在民间获得了丰满，具有明显的民俗特征，如有关黄崇嘏才能超绝的描绘，显然具有民俗文学的夸张特色。在长期的民间流传过程中，民间趣味、民间理想必然融进这些故事本身，并且多层面地、比较典型地体现着为市井百姓认可的民间价值。通常，这一切不一定为文人所注意，然而，一旦它们进入文人的视野，境况马上发生改观，这不但是因为文人需要改变它们，而且首先是由于它们改变了文人，是文人到民间寻找理想和真情的结果。

在对题材进行取舍时，徐渭非常注意保持故事的世俗特征，力求做到为市井百姓喜闻乐见，这也是不识荆时的袁宏道将他的作品当成了元人之作的一个重要原因②。如红莲的故事，那因果报应观念、生死轮回思想是故事本来依托的世俗宗教框架，徐渭没有摒弃这样的外壳，而是拿来为己所用，装上了情与理的冲突，原来故事中那些高僧见色乱道等情节没有采用，而是加入了官府乱道的因由，在反复感叹修行的艰难时，又注重表达人性本身与佛门规则之间的冲突，以此告诫世人："证果不易"。所谓："南天狮子倒也好提防，倒有个没影的猢狲不好降。"（第一出）这"没影的猢狲"是什么？就是人的本真之心、性灵之心。也正是这样的情节铺垫，才为其后红莲的行为留下了有意味的空间。当红莲挖苦玉通禅师："师父，吃蝼蚁儿钻得漏的黄河堑，可也不见牢。师父，您何不做个钻不漏的黄河堑？"他明确回答："当时西天那摩登伽女，是个有神通的娼妇，用一个淫呪把阿难菩萨霎时间摄去，几乎儿坏了他戒体。亏了那世尊如来才救得他回，那阿难是个菩萨，尚且如此，何况于我！"（第一出）这种引经据典的辩解既具有市井诙谐的特征，也颇具讽刺意味地昭示了现实规则压抑人性的不合理。再如木兰的故事。徐渭明显采用了《木兰辞》叙事框架，但也吸取了民间传说的部分内容，如他在对木兰形象塑造时注重其人性内涵的开掘，设计了她的家庭的圆满，安排了她的婚姻的美满，用以烘托她功业的完满，构出了一幅为市井百姓喜闻乐见的世俗风情画面：

【四煞】甫能个小团栾，谁承望结契缘。乍相逢怎不教羞生汗。久

---

① 原书散佚，见《陔余丛考》记录。
② 袁宏道云："余少时过里肆中，见北杂剧有《四声猿》……题曰天池生，疑为元人作。"见《徐文长传》，《徐渭集》附录，北京：中华书局，1983年，第1342页。

知你文学朝中贵,自愧我干戈阵里还,配不过东床眷。谨追随神仙价萧史,莫猜疑妹子象孙权。①

应该注意到,徐渭的这种世俗情怀并不是他努力融入他的生活环境的表征,而是他被他所向往的那个政体抛入到社会底层的必然结果。作为王学嫡传的徐渭因为心学的启蒙而茅塞顿开,十分注意个性化的表达,这是他青睐女性题材创作的重要因素,但是,他立足的是人生的本色,张扬的是精神的洋溢,市井风俗故事只是他"借壳上市"的一个手段。他曾写过这样一幅戏联:"随缘设法,自有大地众生;作戏逢场,原属人生本色。"②这透视着人生的悲凉的话语,昭示了他根深蒂固的文人情结。他像多数传统文人一样,将"立德""立功""立言"作为人生的终极追求,渴望读书入仕、建功立业的辉煌人生,但是这样的机会始终没有出现,唯一的一次幕府生活也伴随着惨遭迫害的恐惧和绝望而结束,于是他因人生的过于困顿而成为"畸人",一方面追求形而上的精神优游,另一方面则形而下地沉入市井,在认可凡夫俗子的真率中表达自己对社会的反拨。袁宏道、王思任等都记述他"不喜富贵人",而对那些市井众生则有着亲和的愉快:"一有当意,即衰童遢妓,屠贩田儓,操腥熟一盛,螺蟹一提,敲门乞火,叫拍要挟,征诗得诗,征文得文,征字得字。"③他自己亦夫子自道:"贱而懒且直,故惮贵交似傲,与众处不免袒裼似玩,人多病之。"④显然,徐渭是有意与"富贵人"拉开距离,体现自己的独立不移、高标傲世。

在他的杂剧作品中,不仅红莲、玉通、木兰等身上具有市民的诸多特征,其所采用的诙谐戏浪的情调也透射着浓重的市井烟火气。徐渭生性滑稽喜谑,他的诗文中时时可见状似诙谐幽默戏谑其实内含嘲弄讥刺的话语,如《自书小像》:

吾生而肥,弱冠而羸不胜衣,既立而复渐以肥,乃至于若斯图之

---

① (明)徐渭:《花木兰》第二出,《徐渭集》,北京:中华书局,1983年,第1206页。
② (明)徐渭:《戏台》,《徐渭集》,北京:中华书局,1983年,第1160页。
③ (明)王思任:《徐文长先生佚稿序》,《徐渭集》附录,北京:中华书局,1983年,第1350页。
④ (明)徐渭:《自为墓志铭》,《徐文长三集》卷二十六,《徐渭集》,北京:中华书局,1983年,第638页。

痴痴也。盖年以历于知非，然则今日之痴痴，安知其不复嬴嬴，以庶几于山泽之癯耶？而人又安得执斯图以刻舟而守株？噫，龙耶猪耶？鹤耶凫耶？蝶栩栩耶？周蘧蘧耶？畴知其初耶？①

在《四声猿》中，他亦于有意无意间表现出一种调侃、戏谑的态度，如《狂鼓史》本落笔于阴曹地府的环境中，曹操已失去了昔日的威风，瑟瑟于一隅，作者偏要他"扮做丞相，与祢先生演述旧日打鼓骂座那一桩事"，不仅如此，还要他拿出从前的"狠恶的模样"，否则就"与他一百铁鞭，再从头做起"。于是，往昔显赫无比的曹操成了可以任意调摆的木偶，一个真正的丑角，任祢衡随意笑骂，极尽出乖露丑之能事。而作者之笔触也因而舒卷自如，在消解悲壮的同时呈现给读者一个"游于艺"（孔子语）的假象。《玉禅师》同样如此。月明和尚点化柳翠一段，本是全剧重要关目之一，一段使人屏气而观的场面，徐渭却信手安排了为市井百姓喜闻乐见的"哑剧"形式，和尚的极尽作态与柳翠的百般不悟幽默滑稽，令人忍俊不禁，给弥散着人生悲哀的世俗情怀以一份难得的轻松愉悦。

再次，《四声猿》出自对身世悲愤的刻意表达。

自《四声猿》问世，赞赏者有之，叹惋者有之，追步者更为多见。细心体味这种特殊的文学现象，出于不同意旨的接受是有选择并且展开为次第层次的：首先《狂鼓史》，其次是《雌木兰》和《女状元》，最后才是《玉禅师》。形成这种状况的原因是什么？似乎不仅仅由于"《翠乡梦》系早年笔，微有嫩处"②，主要还在于明末以还的社会文化现实及其所促成的文人的精神际遇。社会为文人的精神世界开启了个性洋溢的窗口，可是看到了晨光的文人无法挣脱专制政体的扼制乃至因袭的羁绊，他们的精神世界反而更困窘。这种困窘因个人身世经历的不同表现为各种模式，或陷没于科举，终身困顿于社会下层；或怀奇才于政体，却受到奸险之辈的排挤；或才非所用，大材小用，郁郁不平于一时；等等。他们无法获得现实愿望的达成，只得在一往情深的呼唤中瞩目于历史故籍。

徐渭同样存有借古人之酒杯浇自己心中之块垒的创作目的：不仅每一剧都印刻了他个人的思想意志，表达了他对人生对命运的关切，并且也都

---

① （明）徐渭：《自书小像》，《徐文长三集》卷二十一，《徐渭集》，北京：中华书局，1983年，第585页。
② （明）孟称舜：《狂鼓史渔阳三弄·眉批》，《古今名剧合选》，明崇祯刻本。

透射出徐渭式的"奇"与"畸"。即,他的病态心理往往使他的艺术创作呈现为一种极端状态,当他开启创作思维时,个人的不幸如涌潮撞击心灵,使他不得不将个人命运的抒写等同于对社会现实的表达,因此从徐渭对《四声猿》所依据的题材本事的个性解读来看,将本事打上强烈的个人意志的烙印并以身世之悲愤出之,是其能取得奇异艺术感染力的原因之一。

《狂鼓史》一剧,故事本见于《后汉书·祢衡传》,在历史传记的简约描绘中,祢衡的行为特征只是具体表现为对曹操的"言语悖逆","骂曹"还不具有任何历史的真实性;到了文学作品《三国演义》,在第二十三回《祢正平裸衣骂贼》中,明确指明是曹操因嫉妒而欲羞辱祢衡,"衡当面脱下旧破衣服,裸体而立,浑身尽露,坐客皆掩面",曹操指责他无礼,祢衡说:"欺君罔上乃谓无礼。吾露父母之形,以显清白之体耳。"虽然已经形成了"骂曹"的土壤,也没有公然"骂曹"的句子,但"骂曹"的情境已经呼之欲出。到了《狂鼓史》,"骂曹"作为艺术现实脱颖而出,而且在徐渭的个性驱动下具有了虚幻而且真实的情节格局。

应该说,"骂曹"具有写因果报应的外壳:"佛菩萨尚且要抱怨投胎,世间人怎免得欠钱还债。"(《玉禅师》第一出)但是字里行间却饱含着作者作为才士的白日梦想,以及因之不能实现而来的对奸险小人的痛恨。如判官的设立:姓察名幽,字能平,是"一个明白洒脱的好判官",乃正价值的体现,表达了作者的文化判断。又如劫满升迁氛围的构造,即是徐渭希求摆脱困窘处境的一种渴望,也是对社会大环境的反拨,为自己,也是为了曾经格外称许他的同乡沈炼[①]。尤其是,徐渭保留并发展了祢衡性格中的典型特征——"狂",将之作为才士理想人格的象征,而这恰是徐渭本人桀骜不驯性格的真实写照。

《玉禅师》一剧的本事有几个版本,不论徐渭基于怎样的建构出发点,有关和尚与妓女的关系模式都没有摆脱浓重的世俗嘈杂。他笔下的所谓"证果不易",不仅出于官府的算计,而且首先来源于人性海洋的汪洋恣肆。所以,在徐渭的构思中,没有极力强调世俗社会的破坏性,而更多地着眼于人性空间的深邃无涯。玉通坐化前留诗云:"红莲弄我似猢狲,且向绿柳皮中躲一春。浪打浮萍无有不撞着,只怕回来认不得旧时身。"(第一出)

[①] 沈炼曾对人赏评徐渭之才,云:"关起城门,只有这一个。"见《畸谱》,《徐渭集》补编,北京:中华书局,1983年,第1334页。

显然，经过人性的洗涤，玉通再不能认得"旧时身"，他成了一个崭新的新人：柳翠。

从玉通到柳翠，期间的关联与转换凭靠的是"怨"，但仅仅是普通的佛门与官场之间的"恩怨"么？似不仅如此。所谓"佛菩萨尚且要报怨投胎，世间人怎免得欠钱还债"（第一出【下场诗】），不过是不断迷惑观众注意力的画外音，徐渭实际表达的则主要是情节演进的伦理必然性。为什么徐渭要刻意描写"坐着似塑弥陀，立起来就活罗汉"（第一出【清江引】）的道行高僧的轻易失身，并且通过红莲与他本人的对话为其辩解？为什么徐渭没有具体描写柳翠"追欢卖笑"的过程，仅以"画船不记陪游数，但见桃花断妾肠"（第二出）一带而过，因为报复所需要的只是"败坏门楣"的结果，而这个结果的实际承担者只是一个女人。凡此，昭示了作者对这一故事的终极解读，一是对人本身欲望的肯定，二则是对女性在其中角色定位的质问。关于第一点，前文已涉及，不再赘述，关于第二点，则从柳翠对倘恍迷离的打哑谜表演的理解中体现出来，请看其中一曲【江儿水】：

> 既恼乌纱客，还嫌绿鬓娘。既然恼两个要投胎，怎么一个胎分得在两个人的身上？一弹儿怎分打得双鸦傍？这一胎毕竟谁家向？况乌纱又是个男儿相，何处受一团儿撑胀？这欠债还钱，必是女裙钗销账。①

这是令徐渭不平不理解之所在。在那些基于人性压抑、人性扭曲而存在的世俗纷争中，最后获得解脱的总是男人，而女人却实际地承担了命运的惩罚：她们既是工具，又必须充当工具的报复结果，所以她们是无辜的，是应该受到伦理规范谅解的一群人。窃以为，"猿声"的真谛也在这里。

《雌木兰》和《女状元》是一对双璧。徐渭对其故事的个性阐释在于，以热烈真诚的态度具体描写了她们的文武才能。对于木兰，是通过买弓马衣装、演习武艺如刀枪的细节，以及皇帝的封赏来展现她的习武之才，这有徐渭个人趣味之所在②；而对于黄崇嘏，则通过她的中状元以及断案理事等侧重表达她的理政之才，这亦是徐渭终生追求之所在。《雌木兰》与《女状元》的璧合则不但表达了徐渭性情中浓重的文人趣味，还联结着他对才

---

① （明）徐渭：《玉禅师》第二出，《徐渭集》，北京：中华书局，1983年，第1195—1196页。
② 徐渭颇知兵法，曾多次参与抗倭之谋略，袁宏道说他"好奇计，谭兵多中"。见《徐文长传》，《徐渭集》附录，北京：中华书局，1983年，第1342页。

能实现的终生狂想。这种出于"奇"乃至于"畸"的心理需求落实于创作的冲动中,则表现为对某种特征的夸张性表现。在《雌木兰》与《女状元》中,则显现为对女性才能的极度欣赏。

徐渭不仅对女性才华极为欣赏,还认为女人可以和男人一样经邦定国,"立地撑天"。如【点绛唇】:

休女身拼,缇萦命判,这都是裙钗伴,立地撑天,说什么男儿汉?

——《雌木兰》第一出

但是女性的才能往往被历史的风烟所湮没,能够识荆者聊胜于无,就像木兰所言:

【尾】我做女儿则十七岁,做男儿倒十二年。经过了万千瞧,那一个解雌雄辩。方信道辩雌雄的不靠眼。

——《雌木兰》第四出

在漫长的从军生活中,竟没有一个人分辨出木兰的女性身份,这本身就是一件有些怪异的现象,徐渭将之归并于"辩雌雄的不靠眼",于滑稽调笑中蕴藉了知音难觅的愤激,所谓"世间好事属何人,不在男儿在女子"(《女状元》第五出),是对污浊世道的尖刻否定。

为了让两位巾帼豪杰的才干真实地进入艺术殿堂,徐渭利用了"以叔援嫂,因急行权"①的因果链。如果说木兰的不得已是因为军情紧急、父亲的衰病迫不得已的话,黄春桃似没有达到如此急迫的状况。她12岁失去父母,依从黄姑生活,虽然清寒,却足以自给:"卖珠虽尽,补屋尚余;计线偿工,授粲粗给。"(后来所谓有一顿没一顿云云,是对当下总体状态的评价,不可落实)但她心中终有遗憾,那就是她的才能湮没无闻,无法获得证实。她有自己的自信:"管取挂名金榜领诸公","春桃若肯改装一战,管情取唾手魁名;那时节食禄千钟,不强似甘心穷饿"。②显然,是因为张扬才能的内心渴望成就了她女扮男装的行为。如果对照原作,可以发现,那位化名为黄崇嘏的女子"居恒为男子装",不过是个乐此不疲者,她的才

---

① (明)徐渭:《女状元》第一出,《徐渭集》,北京:中华书局,1983年,第1207页。
② 同上。

能受到赏识后才有了"称乡贡进士"的行为,更充分表现了自己的才能,这与徐渭刻意将之"才"当作作品的旨归的写法显然是有所区别的。

我们很容易看到徐渭思想中深刻的以功名换取富贵的痕迹。比如关于考试的内容不是八股,而是乐府,显然是向空中楼阁取事;再如考官周庠对胡颜的所谓"胡言"并不记恨,反而说他的"可取处只是不遮掩着他的真性情,比那等心儿里骄奓么,却口儿里宽大的不同",也将他录取,都与徐渭自己九次考试而终不得于考官成了绝妙的映衬。所谓"胡言",恰是徐渭心曲的反映:

　　(外)"得"字不押韵了。
　　(丑)韵有什么正经,诗韵就是命运一般。宗师说他韵好,这韵不叶的也是叶的;宗师说他韵不好,这韵是叶的也是不叶的。运在宗师,不在胡颜,所以说"文章自古无凭据,惟愿朱衣暗点头"。
　　(外)也要合天下的公论。
　　(丑)咳,宗师差了。若重在公论,又不消说"不愿文章中天下,只愿文章中试官"了。
　　(外)咳,都像你呵,我那得这许多工夫听你闲话。(第二出)

特殊的心理作用于创作过程,致使徐渭的杂剧亦往往呈现出某种极端的情节,如在《狂鼓史》中,祢衡已经升为修文郎,还要将曹操骂一顿,并且:"小生骂座之时,那曹瞒罪恶尚未如此之多,骂将来冷淡寂寥,不甚好听。今日要骂呵,须直捣到铜雀台分香卖履,方痛快人心。"[①]其他几个剧作也都存在着类似的大悲大喜。另外,还促使徐渭倾向于表达一种颠倒了的境界,他所刻意设置的极端环境实际上都是一个个的人生幻境,现实中是没有的,也很难出现,所以有学者评价是他"将人世颠倒了看"的结果[②],是为至见。

三、《四声猿》艺术品格之释读

对于徐渭而言,"奇"与"畸"既是一种创作心理的特殊机制,促使他

---

① (明)徐渭:《狂鼓史》,《徐渭集》,北京:中华书局,1983年,第1178页。
② 刘彦君:《眼空千里,独立一时——徐渭人格论》,《戏剧》1994年第2期。

"奇"与"畸"：徐渭从事杂剧创作的心理机制　115

标新立异，也逐渐形成为一套创造性话语，构成他对艺术形式诸因素的刻意追求。他的创作首先以能够率意表达自己为旨归，从此出发，他反对艺术的程式化，往往"有意同传统的笔法、构思、欣赏习惯背道而驰"①，甚至故意制造某种阴郁、冷怖、奇异的意境，表达自己与世道相违的思想情绪。所以历来欣赏徐渭的作品，总离不开"奇"的批评话语，对他的戏曲作品更是如此。如：

> 徐山阴，旷代奇人也。行奇，遇奇，诗奇，文奇，画奇，书奇，而词曲尤为奇。②

又如：

> （徐渭）所为《四声猿》：《渔阳》鼓快吻于九泉，《翠乡》淫毒愤于再世，木兰、春桃以一女子而铭绝塞、标金闺，皆人生至奇至快之事，使世界骇咤震动者也。③

再如：

> 《四声猿》之作，俄而鬼判，俄而僧妓，俄而雌丈夫，俄而女文士，借彼异迹，吐我奇气，豪俊处、沉雄处、幽丽处、险奥处、激宕处，青莲、杜陵之古体耶？长吉、庭筠之新声耶？腐迁之史耶？三闾大夫之骚耶？蒙庄之南华、金仙氏之楞严耶？宁特与实父、汉卿辈争雄长，为明曲之第一，即以为有明绝奇文字之第一，亦无不可。④

在这些评语中，"奇"代表了一种境界，是一种风貌，也是一种情怀，更是一种品格。四个故事，四种本事，无不具有"奇"的情节，"奇"的人物，"奇"的构思，乃至"奇"的形式。作为叙述文体，"奇"本来便是杂剧创作审美追求之终极，以徐渭之笔出之，更体现出惊天泣鬼式的奇丽，

---

① 徐朔方：《晚明曲家年谱》（二），杭州：浙江古籍出版社，1993年，第40页。
② （明）磊砢居士：《四声猿跋》，《徐渭集》附录，北京：中华书局，1983年，第1356页。
③ （明）钟人杰：《四声猿引》，《徐渭集》附录，北京：中华书局，1983年，第1356页。
④ （明）澂道人：《四声猿引》，《徐渭集》附录，北京：中华书局，1983年，第1357页。

所以王骥德言其是"天地间一种奇绝文字"[1]，确为定评。

作为一种艺术品格的体现，《四声猿》之"奇"是其"奇"与"畸"的人格心理的外化，不但是徐渭激愤扬厉之情的表征，也是其对于一种"有意味的形式"的追求，不但达成了"如冷水浇背，陡然一惊"[2]的艺术效果，而且形成了戏曲史上具有典范意义的艺术奇观，其体现出来的艺术品格是独树一帜的，嘉惠后代，且令人咀嚼不尽。具体说来，可理解为三个层面。

（一）虚实结合、真幻相生的艺术构思。

这是中国古代叙事文学在情节构思、主题表现方面刻意追求之所在，是唐传奇以来的叙事文学传统之一。徐渭继承了这一传统，并给予了创造性的改变：一是增加了人情物理融入其中的份额，二是尽力表达对人情本色的追求。在充满了烟火气的故事中熔铸了浑厚的人情物理，这是徐渭之"奇"的特色之一。《四声猿》所取，虽来自具有新奇特征的题材本事，但都具有民间承传的特点，剧中人皆为老百姓喜闻乐见的所谓"民间共仰之英雄"[3]，其本身的烟火气既体现出世俗的情感及其向往，又足以构成徐渭抒发个体人文情怀的载体。因此，徐渭为每个剧作保留了一个具有普遍经验意义的故事构架，在这个基本构架之内打造个性化的情感内容。如《玉禅师》肯定了约定俗成的"欠债还钱"的合理性，却于其中纳入了有关世态、人性乃至命运的种种思考，淋漓尽致地表现了作者愤世嫉俗的情感，世俗故事不过构造了一个外壳，实质则包含了对自身文化境遇的深刻反思。而这一切，并非通过简单的时间过程来完成的，而是借助了阴阳转换、面具表演等虚虚实实、真真假假的手段完成的，既扑朔迷离，又符合现实中的人情物理，摆脱了一位虚幻所造成的人物与情节的抽象枯索。其他几个故事同样存在这样的情况，祢衡骂曹的故事借助了善恶果报的框架，即使是木兰和黄崇嘏的故事，作者也为它们设计了"以叔援嫂"的人情物理。如此，这种虚实结合、真幻相生的艺术构思构造了剧本亦俗亦雅的基本格局。最典型的当数《狂鼓史》。祢衡骂曹本是阳间事，作者却将其改为阴

---

[1] （明）王骥德：《曲律》，中国戏曲研究院编：《中国古典戏曲论著集成》（第四集），北京：中国戏剧出版社，1959年，167页。

[2] （明）徐渭：《答许口北》，《徐文长三集》卷十六，《徐渭集》，北京：中华书局，第482页。

[3] 郑振铎：《清人杂剧初集序》，郑振铎编：《清人杂剧初集》，民国二十年（1931）影印本。

间执行,即使是在阴间,似乎是在重复进行,也不仅仅演习旧日故事,而加入了对祢衡死后曹操罪行的批判;不仅如此,还有意将此搬演安排在祢衡即将荣升为修文郎的前夕,强化对当下之于以往的反思力度。构思的独特性显示出作者的颇费匠心,其中包含着许多不确定性,同时也留下了引发接受者思考的巨大空间。明明是实事,却以虚境出之;阴司本是虚境,却以实境构造之;既以实境构造之,尚不足为作者写意,又另设一虚境,演绎了玉皇大帝赏识才子提拔人才的逸事。虚虚实实,各个层面的主旨皆维系于对骂曹的阐释,为一段千古奇怨吐尽不平,为历史风烟淘洗出善恶分明。

如果说"奇"的极至是"幻",则徐渭的心理机制正是将之推向这一目的地的动力源头。在《狂鼓史》中,故事的演进充分体现了徐渭艺术想象力的超常:祢衡的劫满将为修文郎,骂曹过程中真真假假的形象转换,乃至送行过程中颇具讽刺意味的风俗喜剧特点等,虚幻相生,惝恍迷离,似真又幻,似幻还真,而作者借助本色自然的曲词和轻巧传神的俗调将这一系列情节写得舒卷自如,生动自然。显然,人物、情节乃至结构等在创作之先已经进入了他的创造性思维,与其天性的敏感和艺术气质结合后,以极其个性化的情感形式喷泻而出,酿成了《狂鼓史》豪放不羁风格特色,真有袁宏道所谓"当其放意,平畴千里"①之势。这也是他的"奇"获得广泛认可的原因:不仅事奇,首先是"情奇",追求真情与人情物理的有机结合。这是徐渭追求本色自然的艺术观念的结果,这一点上,同时或稍后的艺术家如汤显祖等也有类似的艺术实践,徐渭却是开风气之先者。

对本色的追求是《四声猿》之"奇"禀赋了浑厚的人情物理的重要原因。通常说,本色主要是指作品语言的通俗、浅白、少用典故等,然后才涉及语言风格,以至人物、情节等,对于戏曲创作而言,其基本直接指向则首先应该是作品的舞台性。徐渭的《四声猿》是面向舞台的制作,其曲词"字字本色,直夺关、马之习。明人北词,似此者少矣"②。不仅如此,徐渭还通过对白、动作乃至人物形象的伦理特征表达这种本色,新奇与质朴因此而获得有机的统一。在徐渭的时代,绮丽文风正在劲头,而尚求本色还为大多数文士所隔膜,徐渭则是率先认可者,他说:"世事莫不有本

---

① (明)袁宏道:《徐文长传》,《徐渭集》附录,北京:中华书局,1983年,第1342页。
② 吴梅:《四声猿校记》,《吴梅戏曲论文集》,王卫民编,北京:中国戏剧出版社,1983年,420页。

色,有相色。本色犹俗言正身也;相色,替身也。替身者,即书评中婢作夫人终觉羞涩之谓也。婢作夫人者,欲涂抹成主母而多插带,反掩其素之谓也。故余于此本中贱相色,贵本色。"①正因为此,他对以本色见长的民歌时曲等格外看重,认为它们是"天机自动,触物发声"②的自然结果,对时文气十足的戏曲作品则给予了尖刻的批评,指出:"以时文为南曲,元末、国初未有也,其弊起于《香囊记》。《香囊》乃宜兴老生员邵文明作,习《诗经》,专学杜诗,遂以二书语句匀入曲中,宾白亦是文语,又好用故事作对子,最为害事。夫曲本取于感发人心,歌之使奴、童、妇、女皆喻,乃得体;经、子之谈,以之为诗且不可,况此等耶?直以才情欠少,未免瘿补成篇。"③《四声猿》正是他超拔的艺术观念的杰出实践。袁宏道曾云:"余少时过里肆中,见北杂剧有《四声猿》,义气豪达,与近时书生所演传奇绝异,题曰'天池生',疑为元人作。"④显然,徐渭的努力在当时即获得了认可。

其次,开放性和兼容性相宜的杂剧结构。

元杂剧确立了杂剧一本四折的结构形式,一人独唱的北曲音乐体制,到徐渭时已经形同"广陵散",遵循者非常少见了。在徐渭之前,明初的朱有燉已开始了有意识地扬长避短式的改造,之后,康海、王九思吸收院本和南戏的一些体征推出了《中山狼》《杜甫游春》等新式杂剧作品,在创新基础上的转型已成为不同地域杂剧创作者的共同追求。徐渭极力推扬南戏,因为南戏出自民间,"句句是本色语,无今人时文气"。⑤他也欣赏元杂剧,不仅因为其曲词"浅近婉媚",还因为其听之"使人神气鹰扬,毛发洒淅,足以作人勇往之志"⑥,尤其是其有名家的参与经营。他的"奇"与"畸"的心理机制,促成了他不拘一格的创作态度,也激发了他敢为天下先的创作勇气,有意与固守既定规范的"名家"对抗,率先打破了元杂

---

① (明)徐渭:《西厢序》,《徐文长佚草》卷一,《徐渭集》,北京:中华书局,1983年,第1089页。
② (明)徐渭:《奉师季先生书》,《徐文长三集》卷十六,《徐渭集》,北京:中华书局,1983年,第458页。
③ (明)徐渭:《南词叙录》,中国戏曲研究院编:《中国古典戏曲论著集成》(第三集),北京:中国戏剧出版社,1959年,第243页。
④ (明)袁宏道:《徐文长传》,《徐渭集》附录,北京:中华书局,1983年,第1342页。
⑤ (明)徐渭:《南词叙录》,中国戏曲研究院编:《中国古典戏曲论著集成》(第三集),北京:中国戏剧出版社,1959年,243页。
⑥ 同上书,245页。

剧的创作规范，并吸收了南戏的一些特点，进行了崭新的艺术创造，《四声猿》实际上就是这种心理作用下的艺术结晶。如：

（1）《四声猿》杂剧统共摹写了四个故事，每个故事的题材与情节均不相涉，徐渭却故意以之合为一剧，不依赖情节联结故事，而依靠主体精神统摄全局。这在杂剧历史上是独树一帜的奇异创造。

（2）《四声猿》杂剧共有十折，每剧折数即长短视剧情要求而确定：《狂鼓史》一折，《玉禅师》二折，《雌木兰》二折，《女状元》五折，也打破了元杂剧按照起承转合安排剧情的惯例，给人耳目一新的审美感受。

（3）《四声猿》打破了专以北曲写作杂剧的曲律要求，或用南曲，或南北曲合用，也改变了一人主唱的固定模式，使杂剧文本体现出灵活多变、摇曳多姿的艺术状貌。

徐渭在艺术形式上的这一系列探索使《四声猿》呈现为开放性的结构特色，关合自由，简洁明快，与内容相得益彰，也更突出了创作主体精神意志的自由雄放，磊落多姿。而且其艺术效果也是惊人的，明代曲论家祁彪佳即言："迩来词人依傍元曲，便夸胜场。文长一笔扫尽，直自我作祖，便觉元曲反落蹊径。"[①] 对徐渭在杂剧创作上所进行的超越给予了充分的肯定。

应该说，这种开放性的艺术体制，使《四声猿》的精神气质得到了彻底的张扬，与徐渭本人自由洒脱、桀骜不驯的人格风貌也是相辅相成的，所以历来探讨这种创造性也总是涉及个人意志的作用。毫无疑问，徐渭"奇"与"畸"的人格心理发挥了能动性作用。如表达祢衡的牢落不平之气，便用北曲，因为北曲产自中原，适合表达慷慨悲壮之情绪，与祢衡北方文士的身份也比较般配；抒写黄崇嘏的欲显示才调不群的隐微心理，则用南曲，因为南曲细腻委婉，曲折多姿，正符合一个南方女孩子的声口：

【芙蓉灯】对菱花抹掉了红，夺荷剪穿将来绿。一帆风端助人扫落霞孤鹜。词源直取瞿塘倒，文气全无脂粉俗。包袱紧牢拴髻簏，待归来自有金花帽簇。

[①] （明）祁彪佳：《远山堂曲品》，中国戏曲研究院编：《中国古典戏曲论著集成》（第六集），北京：中国戏剧出版社，1959年，第141页。

单用南曲作杂剧,也是徐渭的戛戛独造,《女状元》即是一个成功的范例。这部作品不但准确细腻地表达自我的现实感受,而且也为南方观众展示了南曲不下于北曲的艺术魅力。中国杂剧在晚明及其后的一段时间的生长与繁荣,即得益于徐渭及其同道者这种标新立异的审美创造[①]。南北曲联套以及俗曲的运用,则更能体现徐渭出奇制胜的艺术追求。尤其是《狂鼓史》中的三段俗曲"乌悲词",在愤激的怒骂中插入幽默的嘲弄,轻松活泼,饶有情韵,而且具有生发主题之功效。如第三支曲子唱:

> 抹粉搽脂只一会而红,呀,一个冬烘,呀,一个冬烘。报恩结怨,烘打冬,打冬烘,落花的风,呀,一个冬烘,呀,一个冬烘。万事不由人计较,呀,一个冬烘,呀,一个冬烘;算来都是,烘打冬,打冬烘,一场空,呀,一个冬烘,呀,一个冬烘。

所谓"万事不由人计较,算来都是一场空",正像判官所言"合着咱们天机",借以表达了作者无可奈何只有借"曼倩诙谐"抒发内心苦闷之本旨。

应该说,以戏曲创作的种种一般规律而言,徐渭的创造也还是存在瑕疵的。比如结构上,由于追求创新,往往存在情节勾连的脱节,促成了关目安排的不平衡性。比如《雌木兰》一剧,由于不自觉地束缚于起承转合的一般原则以及故事的完整性,徐渭以第二出之短短篇幅,却容纳进了剿敌、封官、返程、还家、结婚等内容,给人一种关目拥挤、匆迫之感。这与第一出对木兰准备从军的铺排相比,虽然突出了对木兰内心世界的表达,以及对她个人能力的欣赏,却有过于依赖《木兰辞》的嫌疑,这也表明徐渭在建构戏剧时对于叙事节奏驾驭的失当。又如格律,徐渭率先将南曲和北曲混用于杂剧创作中,并创造了南北曲联套的新形式,开一代风气之先,却也有刻意于曲词的汪洋恣肆而乖于声律的错误,因此而受到了津津于曲律者的埋怨,如沈德符就说:"以词家三尺律之,犹河汉也。"[②]表明徐渭的变通与创造性还存在着声情与文心的同构的问题。

徐渭的精神气质与杂剧创作影响了其后的杂剧创作,有清一代,因徐

[①] 与徐渭几乎同时,安徽籍戏曲家汪道昆也创造了类似体例的杂剧作品《大雅堂乐府》,其创造性虽不能与《四声猿》同日而语,但同样反映了杂剧转型的历史必然性。

[②] (明)沈德符:《顾曲杂言·杂剧》,中国戏曲研究院编:《中国古典戏曲论著集成》(第四集),北京:中国戏剧出版社,1959年,第214页。

渭及《四声猿》影响而问世的曲家与曲作不胜枚举，《续四声猿》《后四声猿》等竟直承《四声猿》之题旨而演绎历史，表达感天动地之悲愤，展现了一代文人丰富的内心景观；而在南曲主宰剧坛的情势下特别运用北曲抒写内心悲愤，甚至成为一种最为时尚的艺术范式，构成了晚明乃至清代杂剧作家的艺术追求，徐翙云："今之所谓北者，皆牢骚肮脏不得志于时者之所为。"[①] 即对这一艺术现象的指认而开风气之先者，恰恰是自称为"畸人"的文坛奇士徐渭。

再次，确立了南杂剧的典范形式。

明代中叶起，伴随着昆山腔的兴起，本已受到院本、南戏濡染的杂剧遭遇了更为强大的冲击力，率先在音乐体制方面发生质的变异，整个形态亦随之变化。杂剧的称谓也因之有了南北之分，对于那些吸收了南曲或干脆以南曲创作的杂剧，人们或称"南杂剧"，或称"南剧""南词"，杂剧开始以新的面貌出现于戏曲创作领域。

"南杂剧"一词最早见于戏曲选集《群音类选》，其成书于万历中期，编选者为著名文人胡文焕。就在此书的"南之杂剧"条目下，赫然标有徐渭的杂剧作品《玉禅师》《女状元》，应该不是空谷之音。这说明，《四声猿》乃南杂剧率先垂范者之一。《群音类选》问世之前，与徐渭有师生之谊的王骥德也曾说过："于南词得二人：曰吾师山阴徐天池先生，瑰玮浓郁，超迈绝尘。《木兰》《崇嘏》二剧，刳肠呕心，可泣神鬼，惜不多作；曰临川汤若士，婉丽妖冶，语动刺骨，独字句平仄，多逸三尺。"[②] 其后，吕天成《曲品》明确将徐渭归入"不作传奇而作南剧者"[③] 一类作家中，进一步强调了《四声猿》的文体特色。南北杂剧的划分首先来自音乐体制的分别，王骥德等人也主要从音律的角度得出以上结论。元末以后，北杂剧逐渐南迁，其与南戏等南方音乐形式的融合已经促成了某些转变，这在明初杂剧作家朱有燉的创作中有突出的体现。到明中叶以后昆山腔音乐系统的完成，不仅标志了传奇文体的最后确立，也标志了其对杂剧文体的重新建构，可以说，是昆山腔音乐系统最终完成了杂剧体制的转型，对此，现代学者已

---

① （明）徐翙：《盛明杂剧序》，《盛明杂剧》一集卷首，北京：中国戏剧出版社，1958年。
② （明）王骥德：《曲律》，中国戏曲研究院编：《中国古典戏曲论著集成》（第四集），北京：中国戏剧出版社，1959年，第170页。
③ （明）吕天成：《曲品》卷上，中国戏曲研究院编：《中国古典戏曲论著集成》（第六集），北京：中国戏剧出版社，1959年，第220页。

多有精彩论断[1]。《四声猿》作为南杂剧早期的作品，其对昆山腔的接受是全方位的，除了音乐体制的影响外，杂剧形态上也发生了更鲜明的变化，如排场结构、剧本结构乃至语言运用等方面的新变，这一切都在日后被确立为南杂剧的基本特征，而这诸多特征在徐渭的《四声猿》中均可以寻到明确性印记。因此，作为南杂剧创始期的代表作，《四声猿》不仅在思想和艺术上卓有成就，且为杂剧发展注入了新的生机，开辟了一条崭新的创作道路。

近代以来，吴梅等戏曲大家皆充分肯定徐渭在戏曲创作方面的开辟之功，如吴梅即指出："徐文长《四声猿》中《女状元》剧，独以南词作剧，破杂剧定格，自是以后，南剧孳乳矣。"[2] 周贻白则具体指出了他在体制与曲调上的创新："如《渔阳弄》一剧，为仙吕宫的全套北曲，他在套中却用上一个【葫芦草混】的犯调。《翠乡梦》的北曲联套很规矩，但两出都用的是双调，曲调也大体相同。《雌木兰》第一出用仙吕宫北曲，联套亦为旧规；第二出却一开首便连用七支【清江引】，接着用【耍孩儿四煞】带【尾声】作结。这形式，也是前此所未有的。《女状元》五出，皆为北曲，但第五出连用三支【半叫鹧鸪】，更为少见。其为有意创新，断然无疑。"[3] 郑振铎曾从题材主题的确立等来论述南杂剧的特征："以取材言，则由世俗熟闻之'三国''水浒''西游'故事、《蝴蝶梦》《滴水浮沤》诸公案传奇一变而为'邯郸''高唐''洛丝''武陵''赤壁''渔阳''西台''红绡''碧纱'以及'灌夫骂座'、'对山救友'清雅集故事，因之人物亦由诸葛孔明、包待制、二郎神、燕青、李逵等民间共仰之英雄一变而为陶潜、沈约、崔护、苏轼、杨慎、唐寅等文人学士。"[4] 以此对照徐渭的作品，其虽然依旧青睐"民间共仰之英雄"，却是引导杂剧主题转变的第一人，《四声猿》所具有之愤世、骂世、讽世之主旨成为后来作家的自觉追求，尽管这种变化在徐渭之前的康海、王九思那里已经开始，但只有徐渭能将内容与形式诸因素有机结合在一起，以个性化的自足的审美意象征服了后世，清戏曲家陈栋云，《四声猿》"如怒龙挟雨，腾跃霄汉间，千古来不可无一，不能有

---

[1] 如王永健《关于南杂剧的几个问题》，《艺术百家》1997年第2期。
[2] 吴梅：《中国戏曲概论》卷中，《吴梅戏曲论文集》，王卫民编，北京：中国戏剧出版社，1983年，第147页。
[3] 周贻白：《明人杂剧选·后记》，北京：中国戏剧出版社，1958年，第738页。
[4] 郑振铎：《清人杂剧初集序》，郑振铎编：《清人杂剧初集》，民国二十年（1931）影印本。

二"①，指出的正是这一点。如果说在他之前的康海、王九思等的讽世、愤世甚至骂世还停留在个人意气的层面，徐渭不仅将三者有机结合在一起，还通过个性的充分融入形成了对于世俗人生的排山倒海的冲击力和爆发力。所以徐渭的《四声猿》无论从剧本体制还是从题材内容方面来说，都标示了明代杂剧的转变，是一部开风气的作品。现代学者王永健甚至认为他是南杂剧的第一位作家，从以上分析看，当不为谬言。

徐渭为什么成为了率先革新者？出于对南曲正宗地位的确认？处处标榜南曲可与北曲相抗衡地位的徐渭对"南词"有着相当的感情，其在前人的基础上，通过《四声猿》开创一种全新的戏曲形式也顺理成章；或者出于对于新声能够表达本色及真情的赞赏？他曾云："点铁成金者，越俗越雅，越淡薄越滋味，越不扭捏动人越自动人。"②《四声猿》刻意于俗中之雅确实产生了动人心魄的艺术感染力；还有，就是出于他的"奇"与"畸"的创作心理，他自称："众人所忽，余独详；众人所旨，余独唾。"③故意与世道俗情相违背，表达自己高标傲视的情怀。而这是最主要的。这样的心理容易激发他的创造性以及敢为天下先的勇气。所以袁宏道赞他诗、文、字、画、人"无之而不奇"④，实在是一个具有永恒魅力的惺惺相惜之至言。

余　论

徐渭成为南杂剧创作影响最大的作家，《四声猿》成为明代乃至清代影响最大的杂剧作品，与他的身世际遇尤其是他的特殊心理机制有关，当然与他的思想与艺术观念均呈现为开放性体系亦密切关联。徐渭很早就接受了王学教育，并形成了以儒为主，兼宗道释的思想体系，在《三教图赞》中他指出："三公伊何，宣尼聃昙，谓其旨趣，辕北舟南。以予观之，如首脊尾，应时设教，圆通不泥。谁为绘此，三公一堂，大海成冰，一滴四

---

① （清）陈栋：《北泾草堂曲论》，俞为民、孙蓉蓉编：《历代曲话汇编·清代编》（第三集），合肥：黄山书社，2008年，第532页。
② （明）徐渭：《题昆仑奴杂剧后》，《徐文长佚草》卷二，《徐渭集》，北京：中华书局，1983年，第1093页。
③ （明）徐渭：《西厢序》，《徐文长佚草》，《徐渭集》，北京：中华书局，1983年，第1089页。
④ （明）袁宏道：《徐文长传》，《徐渭集》附录，北京：中华书局，1983年，第1344页。

方。"① 表达了对三教合一的由衷赞美。在徐渭的个性表达以及他人描述的徐渭的生活情态中,他的那些狂放不羁、放诞于市井的偏常行为,他的对立身立言立功的真诚渴盼和积极追求,他在艺术创作中表达出的与天地相始终的独立不羁、挥洒自如的精神境界,既难以准确区分哪属儒,何为佛,以及道之所处,又似乎可以捕捉到与儒佛道都相亲和的鲜明印记。但是,出身于军人和商贾之家的徐渭仍以儒家思想为旨归,积极进取,他所谓的疏狂,乃不得已而为之耳。在他45岁时为自己所撰写的墓志铭中,他悲哀地写道:

> 山阴徐渭者,少知慕古文词,及长益力。既而有慕于道,往从长沙公究王氏宗,谓道类禅,又去扣于禅,久之,人稍许之,然文与道终两无得也。②

这种"英雄失路托足无门之悲"是他彷徨无依对个人价值无法定位的必然结果,是促成其疏狂的直接原因。

从出于儒家、宗法道家、取用佛家的思想观念出发,徐渭的艺术观念也表现出相当的开放性,仅从他对待戏曲的态度即可见一斑。南戏在当时是"士大夫罕有留意"的地方戏曲声腔,徐渭有感于杂剧、院本等均有文献记载,专门写作了《南词叙录》一书,对南戏加以肯定、弘扬,是中国古代戏曲史上唯一一部反映南戏创作与流变的珍贵文献。比如他对南北曲的看法,客观而辩证。对于南曲,一方面,认为南曲"不叶宫调",不如北曲;另一方面,他反对强行将南曲"以宫调限之",认为应该保持其天然本色,"姑安于浅近"。所以,有关南北曲的关系,他认为:"南之不如北有宫调,固也;然南有高处,四声是也。北虽合律,而止于三声。"③ 客观辩证地看待两种文体的优长。另外,他对刚刚兴起的昆山腔也持肯定态度,指出:"今昆山以笛、管、笙、琵按节而唱南曲者,字虽不应,颇相谐和,

---

① (明)徐渭:《三教图赞》,《徐文长三集》卷二十一,《徐渭集》,北京:中华书局,1983年,第583页。
② (明)徐渭:《自为墓志铭》,《徐文长三集》卷二十六,《徐渭集》,北京:中华书局,1983年,第638页。
③ (明)徐渭:《南词叙录》,中国戏曲研究院编:《中国古典戏曲论著集成》(第三集),北京:中国戏剧出版社,1959年,第241页。

殊为可听，亦吴俗敏妙之事。或者非之，以为妄作，请问'点绛唇''新水令'，是何圣人著作？"① 凡此，发生在通常以戏曲为"小道"、以北曲为正宗的文化风尚中，应该说，是具有超常的慧眼与艺术识见的。他在书、画等领域中的创造性贡献也同样令人叹为观止。他的书法创作，袁宏道当时已称他为"八法之散圣，字林之侠客"②，他的绘画作品，创以泼墨写生，迥异于传统技法，又开拓了文人画派的新视野，对表达其内在的人文景观而言具有划时代的意义，难怪清代大画家郑板桥对他顶礼膜拜，甚至自刻印章"青藤门下走狗"。

我们无法最后论定《四声猿》的写作时间③，但《四声猿》喻示了徐渭生命历程中的追求与探索、苦闷与愤激，却是客观的、真实的，其是个性化的徐渭存在于历史与人的内心的一个标志。《四声猿》乃徐渭生命的浓缩，表达了他的理想，也诉说了他的现实。其中之深刻意蕴，恐怕也不是笔者所谓"奇"与"畸"的阐述能够言说尽的。

（此文部分文字载《学习与探索》2003 年第 3 期）

---

① （明）徐渭：《南词叙录》，中国戏曲研究院编：《中国古典戏曲论著集成》（第三集），北京：中国戏剧出版社，1959 年，第 242 页。
② （明）袁宏道：《徐文长传》，《徐渭集》附录，北京：中华书局，1983 年，第 1343 页。
③ 据王骥德《曲律》："徐天池先生《四声猿》，故是天地间一种奇绝文字。《木兰》之北与《黄崇嘏》之南，尤奇中之奇。先生居，与余仅隔一垣，作时每了一剧，辄呼过斋头，朗歌一过，津津自得。余拈所警绝以复，则举大白以酹，赏为知音。中《月明度柳翠》一剧系先生早年之笔；《木兰》《祢衡》得之新创；而《女状元》则命令更觅一事，以足四声之数，余举杨用修所称《黄崇嘏春桃记》为对，先生遂以春桃名嘏。"见中国戏曲研究院编：《中国古典戏曲论著集成》（第四集），北京：中国戏剧出版社，1959 年，第 167—168 页。

从汤显祖"临川四梦"到
蒋士铨《临川梦》

——汤显祖与蒋士铨的精神映照和戏曲追求

一部文学作品的问世往往同时是其接受史的开始。万历二十六年（1598），汤显祖（1550—1616）《牡丹亭》传奇推出了一个独特的"情"字并轰动一时，然于"情"的理解在当时已是见仁见智，如后来鲁迅评论《红楼梦》所云："经学家看见《易》，道学家看见淫，才子看见缠绵，革命家看见排满，流言家看见宫闱秘事。"[1]且不说俞二娘、冯小青等女性的悲情反应多落实在两性关系的圆满与否方面，一时文人的解读也并未挣脱类似拘囿，沈璟《同梦记》、冯梦龙《风流梦》等改编式作品皆于此大做文章，晚明朱京藩《风流院》传奇演绎冯小青情感和婚姻故事，甚至以汤显祖为"风流院主"："生平以花酒为事，文章作涯。一官如寄，任他调削贬除；百岁难期，且自徜徉游荡。生为绰约，死也风流。"[2]以至于李渔在肯定汤显祖诗文、尺牍之作后特别强调："此人以填词而得名者也。"[3]不过，其同乡友人尤侗已发表了不同的看法："明有两才子，杨用修、汤若士是也。二子之才既大，而人品亦不可及。……（汤）在南礼曹抗疏论劾政府，以致罢官。其出处甚高，岂得以《四梦》掩其生平乎！"[4]与汤显祖有书牍

---

[1] 鲁迅：《〈绛洞花主〉小引》，《鲁迅杂文经典全集》，哈尔滨：哈尔滨出版社，2013年，第410页。

[2] （明）朱京藩：《风流院》第四出《稽籍》，《古本戏曲丛刊》二集影印名刊本，上海：商务印书馆，1955年。

[3] （清）李渔：《闲情偶寄》，中国戏曲研究院编：《中国古典戏曲论著集成》（第七集），北京：中国戏剧出版社，1959年，第8页。

[4] （清）尤侗：《艮斋杂说》卷三，北京：中华书局，1992年，第52页。

往还的钱谦益也表达了类似遗憾:"义仍之通怀嗜学,不自以为能事如此。而世但赏其词曲而已。"① 可见,清初时两种声音已经交替存在,并形成了对立的态势,"词人"与否一直是汤显祖及其戏曲作品接受过程中的重要节点之一。至清中期时,《牡丹亭》的经典地位早已确立,但有关汤显祖的身份属性仍众说纷纭,"词人"之名更是甚嚣尘上,这是作为同乡和追慕者的蒋士铨(1725—1784)始终不能释怀之所在,他专门创作《临川梦》传奇,以解答并非"词人"的汤显祖"何以作此《四梦》"②的命题。

一、去"词人"化与身份焦虑

明清以来,戏曲作家的"匿名"之想已大大淡化,但"文章豪放之士,鲜不寄意于此者。随亦自扫其迹,曰'谑浪游戏'而已"③的心态依然普遍存在。金圣叹大力提倡《西厢记》为"才子书",视之与《史记》《离骚》地位相当,另一位戏曲家李渔知音式的阐释即是:"'盖愤天下之小视其道,不知为古今来绝大文章,故作此等惊人语以标其目。'噫!知言哉!"④与金圣叹、李渔相比,年辈稍早的汤显祖更多呈现的还是一种从俗心态。其《哭娄江女子二首(有序)》之二云:"何自为情死?悲伤必有神。一时文字业,天下有心人。"⑤以"文字业"指称已经广为传颂的《牡丹亭》,固然有自谦之意,却也包含着缺乏戏曲自信之感。汤显祖确实未将作曲赋词视为一生理想,如其去世前一年给钱谦益的信中所言:"不佞壮莫犹人,衰当复甚。世途聩聩,妄驰王霸之思;神理绵绵,长负师友之愧。赋学羞乎壮夫,曲度夸其下里。诸如零星小作,移时辄用投捐。盖亦寸心所知,匪烦人定

---

① (清)钱谦益:《汤遂昌显祖传》,汤显祖:《汤显祖全集》,徐朔方笺校,北京:北京古籍出版社,1999年,第2587页。
② (清)蒋士铨:《临川梦自序》,《蒋士铨戏曲集》,周妙中点校,北京:中华书局,1993年,第209页。
③ (宋)胡寅:《向芗林酒边集后序》,《斐然集·崇正辨》,济南:岳麓书社,2009年,第373页。
④ (清)李渔:《闲情偶寄》,中国戏曲研究院编:《中国古典戏曲论著集成》(第七集),北京:中国戏剧出版社,1959年,第28页。
⑤ (明)汤显祖:《玉茗诗之十一》,《汤显祖全集》,徐朔方笺校,北京:北京古籍出版社,1999年,第711页。

者也。又何足掩空虚而对问，侈怡悦以把似者哉。"①不止一次，他都在诉说着不曾痴迷词曲的初衷，也从多种角度表达了"词人"高名并非一生追求的怅惘，而匡时济世、明体达用的人生理想又的确在日复一日的陆沉过程中，促迫他只能靠佛道之理来纾解之、转化之。

汤显祖生前身后，认可其为"词人"之声音已经广泛存在且有日益衍化为主流的趋势，以至于钱谦益编辑《列朝诗集》时也不得不承认"义仍晚岁以词赋倾海内"②。万历二十一年（1593），主张"立本正要致用"的东林党领袖高攀龙读了《贵生书院说》《明复说》两文后，对其理论建树颇为赞赏："往者徒以文匠视门下，而不知其邃于理如是！"③显然，"文匠"是彼时很多人之于汤显祖的基本印象，并且时文或者诗文创作似更入时人之眼。如徐渭评其诗曰："真奇才也，生平不多见。"④不久之后的王夫之也赞不绝口，多次称誉其诗文"灵警""天分高朗"，乃"昭代风雅"⑤之所系。不过，稍加梳理即可发现，有关汤显祖的当代史料更多关涉的是其戏曲创作，举凡重要的戏曲文献如王骥德《曲律》、吕天成《曲品》、张琦《衡曲麈谈》、沈德符《顾曲杂言》、凌濛初《谭曲杂札》乃至臧懋循《元曲选序》等，或多或少谈及的是"四梦"或仅在意《牡丹亭》等，所谓"文匠"，应该也包含了相关的认知。王骥德尊奉汤显祖为曲中"射雕手"⑥，张琦则说："玉茗堂诸曲，争脍人口。"⑦流传最为久远的话语当来自沈德符："汤义仍《牡丹亭梦》一出，家传户诵，几令《西厢》减价。"⑧这正印证了李渔

---

① （明）汤显祖：《答钱受之太史》，《汤显祖全集》，徐朔方笺校，北京：北京古籍出版社，1999年，第1535页。
② （清）钱谦益：《列朝诗集·丁集》之《帅思南机小传》，《汤显祖全集》，徐朔方笺校，北京：北京古籍出版社，1999年，第2598页。
③ （明）高攀龙：《答汤海若》，《高子遗书》卷八，上海：上海古籍出版社，1987年影印《四库全书》本。
④ （明）徐渭：《与汤义仍书》，汤显祖：《汤显祖全集》，徐朔方笺校，北京：北京古籍出版社，1999年，第2590页。
⑤ （清）王夫之：《姜斋诗话》，汤显祖：《汤显祖全集》，徐朔方笺校，北京：北京古籍出版社，1999年，第2601页。
⑥ （明）王骥德：《曲律·杂论》，中国戏曲研究院编：《中国古典戏曲论著集成》（第四集），北京：中国戏剧出版社，1959年，第180页。
⑦ （明）张琦：《衡曲麈谭》，中国戏曲研究院编：《中国古典戏曲论著集成》（第四集），北京：中国戏剧出版社，1959年，第270页。
⑧ （明）沈德符：《顾曲杂言·填词名手》，中国戏曲研究院编：《中国古典戏曲论著集成》（第四集），北京：中国戏剧出版社，1959年，第206页。

所言:"使若士不草《还魂》,则当日之若士已虽有而若无,况后代乎?"①

而这一切,实际上于汤显祖在世时已构成其身份焦虑。他曾表示:"经济自常体,著作乃余事。"②相比于经略国计民生,"著作"不过余事;至于戏曲,态度更为明确:"词家四种,里巷儿童之技。"③他一生的遗憾与悔恨便在于被世人视作"欲以笔墨驰骋"的文人墨客,"诗赋外无追逐功"是对其"锐然有志当世"之心的无情折磨。彼时可以获得普遍认可的思路是,作为有经世理想的儒家士大夫,理应以苍生社稷之存亡兴复为己任,诗文韵语尤其是小道末技之戏曲是壮夫不为之举,汤显祖奉行的也是这样一种理念。晚年,他再三表示:"小文不足为也。"④一方面,对自己中进士以后仍"不能绝去杂情"有所懊悔,更有"拓落为诗歌酬接,或以自娱,亦无取世修名之意"⑤的反思式表白。也就是说,他一心所想,始终在于经世济民的实践机会。步入仕途后,汤显祖更加深信自己整顿乾坤的能力:"某颇有区区之略,可以变化天下。"⑥徐闻和遂昌的理政实践也证明了这一点⑦,而朝廷却没有给他继续施展才能的机会。他曾感慨"世道之难,吏道殊迫",同时也在不断自审:"性气乖时,游宦不达。"⑧最后选择辞官归家、里居侍亲,其实是一种无奈。"半百之余,怀抱常恶"⑨,是他对好友的倾诉,又何尝不是一种困惑彷徨苦恼所致的心灵常态!60岁之后,汤显祖由文返道、以儒者之志替换文人之心的自觉意识益发强烈,如钱谦益所述:"泛滥

---

① (清)李渔:《闲情偶寄》,中国戏曲研究院编:《中国古典戏曲论著集成》(第七集),北京:中国戏剧出版社,1959年,第8页。
② (明)汤显祖:《夕佳楼赠来参知四首》之三,《汤显祖全集》,徐朔方笺校,北京:北京古籍出版社,1999年,第570页。
③ (明)汤显祖:《答李乃始》,《汤显祖全集》,徐朔方笺校,北京:北京古籍出版社,1999年,第1411页。
④ (明)汤显祖:《复费文孙》,《汤显祖全集》,徐朔方笺校,北京:北京古籍出版社,1999年,第1399页。
⑤ 同上。
⑥ (明)汤显祖:《答余中宇先生》,《汤显祖全集》,徐朔方笺校,北京:北京古籍出版社,1999年,第1320页。
⑦ 在广东徐闻建贵生书院,后被当地儒生祭祀;在浙江遂昌更有"一时醇吏声为两浙冠"之誉,顺治时遂昌知县缪之弼曾为其建"遗爱祠"。
⑧ (明)汤显祖:《上马映台先生》,《汤显祖全集》,徐朔方笺校,北京:北京古籍出版社,1999年,第1455页。
⑨ (明)汤显祖:《寄梅禹金》,《汤显祖全集》,徐朔方笺校,北京:北京古籍出版社,1999年,第1405页。

词曲，荡涤放志者数年，始读乡先正之书，有志于曾、王之学。"①这当然是来自生存价值深入思考后的人生诉求，但借此可以实践如何达成入世之志，并回归文人之本也是非常关键的原因。只不过一切仍未能尽意而已。59岁时，汤显祖尚有"托契良在兹，深心延不朽"②的超越心理，65岁时，失望已经溢于言表："道情难逐世情衰，满目伤心泣向谁？"而67岁去世前，彷徨无路的悲哀已使他彻底放弃了生存的向往："少小逢先觉，平生与德邻。行年逾六六，疑是死陈人。"③也就是说，其与身份焦虑相关的人生理想与现世生存问题始终未能解决。

之于戏曲实际态度的暧昧当然是这种身份焦虑的核心问题之一。当汤显祖肯定戏曲为"里巷儿童之技"时，强调的却是其"使天下之人无故而喜，无故而悲"的娱乐性和教化功能："人有此声，家有此道，疫疠不作，天下和平。岂非以人情之大窦，为名教之至乐也哉。"④话语张力之大其实正是这种焦虑的自然流露。王思任批点《牡丹亭》时云："若士自谓一生'四梦'，得意处惟在《牡丹》。"⑤这一说法虽来自第三者，但王思任与汤显祖非寻常之交，不能不相信这是来自本人的真实想法。具体到《牡丹亭》传奇，其自作诗云："玉茗堂开春翠屏，新词传唱《牡丹亭》。伤心拍遍无人会，自掐檀痕教小伶。"⑥所谓"伤心拍遍无人会"，与"得意处惟在《牡丹》"恰好形成互文，也都在说明汤显祖对戏曲作品的满意度。《答吕姜山》曰："凡文以意趣神色为主。四者到时，或有丽词俊音可用。尔时能一一顾九宫四声否？如必按字摸声，即有窒滞迸拽之苦，恐不能成句矣。"⑦《答孙俟居》又曰："弟在此自谓知曲意者，笔懒韵落，时时有之，正不妨拗折天

---

① （清）钱谦益：《汤义仍先生文集序》，《牧斋初学集》卷三十一，上海：上海古籍出版社，2009年，第905页。
② （明）汤显祖：《答陆君启孝廉山阴（有序）》，《汤显祖全集》，徐朔方笺校，北京：北京古籍出版社，1999年，第689页。
③ （明）汤显祖：《负负吟（有序）》，《汤显祖全集》，徐朔方笺校，北京：北京古籍出版社，1999年，第714页。
④ （明）汤显祖：《宜黄县戏神清源师庙记》，汤显祖：《汤显祖全集》，徐朔方笺校，北京：北京古籍出版社，1999年，第1188页。
⑤ （明）王思任：《批点玉茗堂牡丹亭叙》，《汤显祖全集》，徐朔方笺校，北京：北京古籍出版社，1999年，第2572页。
⑥ （明）汤显祖：《七夕醉答君东二首》之二，《汤显祖全集》，徐朔方笺校，北京：北京古籍出版社，1999年，第791页。
⑦ （明）汤显祖：《答吕姜山》，《汤显祖全集》，徐朔方笺校，北京：北京古籍出版社，1999年，第1302页。

下人嗓子。"① 则不仅是满意、喜爱，还是坚持、捍卫，以及包蕴其中的骄傲、自负。两信所及之戏曲史事件后来被冠名为"汤沈之争"，不仅为晚明以后的戏曲创作设定了一个融文辞与音律的基本格局和雅俗相生的审美走向，同样重要的还有关于这位"词人"态度淋漓尽致的揭示。只是当时过境迁，汤显祖不免又陷于自我战斗的价值烦忧，不久之后的《答罗匡湖》即有："读之，谓弟著作过耽绮语。但欲弟息念听于声元，倘有所遇，如秋波一转者。夫秋波一转，息念便可遇耶？可得而遇，恐终是五百年前业冤耳。二梦已完，绮语都尽。敬谢真爱，不尽。"② 一句包含无限心事的"二梦已完，绮语都尽"，道尽了汤显祖面对"真爱"有所不能的彷徨、凄苦与无奈。正是从那时起，他更加用力于曾、王之学，尽力做到"深极名理，博尽事势"③，走一条寻常文人探究性命物理、经略时政大计的必由之路。

汤显祖生前，好友邹迪光已经完成了《临川汤先生传》。对于这位"无半面"缘的同道者之于自己的"反覆开辨，曲折顾护"，他感动不已："始而欣然，继之咽泣。"④ 这是一种只有息息相通的知音之感方能促成的情感反应。邹迪光并未将之塑造为一位文学家，当然也不是戏曲家，大量篇幅都在述说其一生浮沉中诸如拒结权贵、抗疏论政等事迹，表彰的是他的官品吏德，突出的是其"孤介迂塞，违于大方"⑤ 的个性。不吝赞美，大力揄扬，并注重细节点染，汤显祖高大上之形象跃然纸上，并有力指向文末之所言："公盖其全哉！"⑥ 这篇带有强烈个人"忻慕"（邹迪光语）色彩的传记或者有意淡化当时日益高涨的"词人"之名，然其作为传记文体应有的朴质和客观性之缺乏也显而易见。后出之传记如钱谦益《汤遂昌显祖传》、查继佐《汤显祖传》以及《抚州府志》等文献亦多着眼其政治行迹，选择其拒结权贵、抗疏论政、遂昌施政、里居事亲等作为其一生大节要端来记载，这

---

① （明）汤显祖：《答孙俟居》，《汤显祖全集》，徐朔方笺校，北京：北京古籍出版社，1999年，第1392页。
② （明）汤显祖：《答罗匡湖》，《汤显祖全集》，徐朔方笺校，北京：北京古籍出版社，1999年，第1401页。
③ （明）汤显祖：《答马仲良》，《汤显祖全集》，徐朔方笺校，北京：北京古籍出版社，1999年，第1516页。
④ （明）汤显祖：《谢邹愚公》，《汤显祖全集》，徐朔方笺校，北京：北京古籍出版社，1999年，第1398页。
⑤ 同上。
⑥ （明）邹迪光：《临川汤先生传》，汤显祖：《汤显祖全集》，徐朔方笺校，北京：北京古籍出版社，1999年，第2584页。

一方面来自于文体表达的规定和创作者的个人诉求,另一方面,"因执政所抑,天下惜之"①,也确实是一位怀才不遇者的大不幸,戚戚之感且声气应和之意揭示了今古同心的文人之理。比较特殊的是《明史》卷二三〇之《汤显祖传》,以主要篇幅提取《论辅臣科臣疏》之要点构建全篇,用这篇关涉汤显祖命运转折的奏疏文统括其一生。这似乎有利于改善"世但赏其词曲"②的现实,然而一切如旧,"词人"之认定依然是此后汤显祖相关评价的主体,以至于一向以"史官"自居的蒋士铨不再保持沉默,专门创作《临川梦》传奇回应"词人"之谬说。

《临川梦》传奇完成于乾隆三十九年(1774)。蒋士铨秉承《明史》之旨,将关涉汤显祖一生大节之《论辅臣科臣疏》置于卷首,并以自序彰显自己的创作目的:"临川一生大节,不迕权贵,递为执政所抑,一官潦倒,里居二十年,白首事亲,哀毁而卒,是忠孝完人也。……乃杂采各书,及《玉茗集》中所载种种情事,谱为《临川梦》一剧,摹绘先生人品,现身场上,庶几痴人不以先生为词人也欤!"③不仅如此,他又重写《玉茗先生传》,就其一生大节加以强调,去"词人"化之叙事目的非常明确。其中关于"临川四梦",蒋士铨重复钱谦益之评价并有所发挥:"留连风怀,感激物态,要于洗荡情尘,销归空有,作达观空,亦可悲矣!"④用"作达观空,亦可悲矣"替换了钱文"则义仍之所存略可见矣"一句。在蒋士铨看来,"作达观空"之"可悲"正是汤显祖创作"四梦"的原因,也是他试图还原真实汤显祖的一个基本逻辑起点。

实际上,同为戏曲家的蒋士铨何尝不在努力挣脱"词人"之名的牵绊!生活于乾嘉盛世,又少年成名、进士出身,却"才丰遇啬"⑤,仅仅止

---

① 《汤显祖传》,《抚州府志》卷五九,汤显祖:《汤显祖全集》,徐朔方笺校,北京:北京古籍出版社,1999年,第2589页。
② (清)钱谦益:《汤遂昌显祖传》,汤显祖:《汤显祖全集》,徐朔方笺校,北京:北京古籍出版社,1999年,第2587页。
③ (清)蒋士铨:《临川梦自序》,《蒋士铨戏曲集》,周妙中点校,北京:中华书局,1993年,第209页。
④ (清)蒋士铨:《玉茗先生传》,《蒋士铨戏曲集》,周妙中点校,北京:中华书局,1993年,第210页。
⑤ 同治《铅山县志》卷十五《人物·儒林传》,上饶师专中文系历代作家研究室编:《蒋士铨研究资料集》,南昌:江西人民出版社,1985年,第89页。

步于"史官""经师"之职[1]，这是充满幻想又自我期许甚高的蒋士铨一生最大的挫折。且看他与汤显祖类似之心志："忆昔诵书史，耻与经生侪。苦怀经济心，学问潜操修。"[2]再品味其一生悲愤与遗憾之所在："叹海内、几人知己？虚掷年华无寸益，载儒冠、不合称才子。击碎也、乌皮几。"[3]又与汤显祖何其相似乃尔！进一步比较，与这位江西前辈一样，蒋士铨的人生过程及结果亦大不如己意："经纶得时亦俱有，志节未现聊自商。可怜低头弄铅椠，岁月坐废心力尪。"[4]居京八年为史官，虚度光阴，徒劳等待，最后连一任宰官的机会都未能得到："才多毕竟归才尽，宦薄终难望宦成。"[5]不仅如此，还遭遇了让他引以为耻的尴尬："裘师颖荐予入景山为内伶填词，或可受上知。予力拒之。八月，遂乞假去，画《归舟安稳图》。"[6]志在忠君报国、兼济天下的蒋士铨，当然不甘心于"内伶"一类的供奉角色，只能以辞官作结，此后15年间辗转绍兴、杭州、扬州等地书院担任教职。其晚年诗云："空许平生稷契身，何须斑管别金银？谁怜闲却经纶手，唤作雕虫篆刻人。"[7]与好友袁枚的论定之语正好彼此映照："呜呼！君之初心岂欲以诗见哉！及今病且老，计无所复，而欲以诗传，可悲也！"[8]此际，他先后创作戏曲作品有16种之多，前后相接之时间几达30年，已然是时人眼中的戏曲大家，却始终小心地回避"词人"的身份，为自己"稷契"之志落空抱憾不已。也是因为如此，蒋士铨看待人生、评价得失的视角往往与为人"正名"相关联。缅怀杜甫，他说："先生不仅是诗人，薄宦沉沦

---

[1] 蒋士铨担任的官职只有翰林院编修，充任武英殿、《国史馆》纂修官等，大部分时间执掌书院，担任教职。
[2] （清）蒋士铨：《述怀》，《忠雅堂集校笺》，邵海清校，李梦生笺，上海：上海古籍出版社，1993年，第1759页。
[3] （清）蒋士铨：《贺新凉·南昌判官程十七北涯浮香精舍小饮，酒阑口占杂记》，《忠雅堂集校笺》，邵海清校，李梦生笺，上海：上海古籍出版社，1993年，第1814页。
[4] （清）蒋士铨：《秋夕小饮田退斋少宰席寰轩醉归有作》，《忠雅堂集校笺》，邵海清校，李梦生笺，上海：上海古籍出版社，1993年，第699页。
[5] （清）蒋士铨：《述怀》，《忠雅堂集校笺》，邵海清校，李梦生笺，上海：上海古籍出版社，1993年，第648页。
[6] （清）蒋士铨：《清容居士行年录》"二十九年甲申四十岁"条，《忠雅堂集校笺》，邵海清校，李梦生笺，上海：上海古籍出版社，1993年，第2480页。
[7] （清）蒋士铨：《叠韵再题四首》之四，《忠雅堂集校笺》，邵海清校，李梦生笺，上海：上海古籍出版社，1993年，第1708页。
[8] （清）袁枚：《蒋心余藏园诗序》，《小仓山房诗文集》，周本淳标校，上海：上海古籍出版社，1988年，第1758页。

稷契身。独向乱离忧社稷,直将歌哭老风尘。"① 另一首《读杜诗》则由杜甫思及李白,亦是相同旨归:"杜陵一老翁,隐怀当世忧。……麻鞋见天子,谁信稷契俦?朝廷任林甫,招祸良有由。居然指褒妲,投鼠器或羞。……太白荐汾阳,捉月随浮沤。《唐书》列《文苑》,位置相当不?"② 这显然也是他后来创作以李白为主人公之《采石矶》杂剧的强烈动因:"太白才倾人主,气凌宦官,荐郭汾阳,再造唐室之功,虽姚宋何让焉!后世诵其文者,皆以诗人目之。浅之乎,丈夫矣!"③ 当他审视自我之于当下人生的境遇时,这一类话语更是随处可见,如:"悲风昼卷铭旌字,题作诗人恨有余。"④ 又如:"丈夫生当飞食肉,小技文章何足道?"⑤ 这与其当年入馆为庶吉士时的态度大体一致:"不乐为文人,而惧空言之无益于实用也。"⑥ 可见其一生志趣未改。评价其他戏曲家时亦是如此。如写给一位其尊为"桂翁"的戏曲家的诗歌:"偶到旗亭相赌酒,唤为词客岂知音?"⑦ 认为以"词客"对待友人并非"知音"之举。评价《芝龛记》传奇及其作者董榕则云:"怅触平生忠孝泪,一生牙板一潺湲。"⑧ 让一生的"忠孝"追求借助于戏曲来表达,是一件多么令人感伤无奈的选择!凡此,皆透射出他思考关注之兴奋点所在。

蒋士铨一贯对桑梓前贤尊崇敬爱,汤显祖更是他的人生楷模。这应该不仅因来自彼此类似的个性,恩师金德瑛评价蒋士铨:"生平无遗行,志

---

① (清)蒋士铨:《南池杜少陵祠堂》其二,《忠雅堂集校笺》,邵海清校,李梦生笺,上海:上海古籍出版社,1993年,第194页。
② (清)蒋士铨:《读杜诗》,《忠雅堂集校笺》,邵海清校,李梦生笺,上海:上海古籍出版社,1993年,第1588页。
③ (清)蒋士铨:《采石矶传奇自序》,《蒋士铨戏曲集》,周妙中点校,北京:中华书局,1993年,第163页。
④ (清)蒋士铨:《挽杨丈铎仲》,《忠雅堂集校笺》,邵海清校,李梦生笺,上海:上海古籍出版社,1993年,第233页。
⑤ (清)蒋士铨:《答分宜严叙揆秀才》,《忠雅堂集校笺》,邵海清校,李梦生笺,上海:上海古籍出版社,1993年,第223页。
⑥ (清)蒋士铨:《上陈榕门太傅书》,《忠雅堂集校笺》,邵海清校,李梦生笺,上海:上海古籍出版社,1993年,第172页。李祖陶《忠雅堂文录引》概括此意为"不乐以文人自见",见《国朝文录》本。
⑦ (清)蒋士铨:《赠桂翁》其二,《忠雅堂集校笺》,邵海清校,李梦生笺,上海:上海古籍出版社,1993年,第493页。
⑧ (清)蒋士铨:《董恒岩太守〈芝龛记〉题词》,《忠雅堂集校笺》,邵海清校,李梦生笺,上海:上海古籍出版社,1993年,第308页。

节凛凛,以古丈夫自砺。"① 也缘于差相仿佛的气节追求,好友袁枚揭示其个性:"遇不可于意,虽权贵几微不能容。"② 更在于他们一生大节中异中有同的路径、殊途同归的理念:不得不为之的"归隐"、始终怀柔献敬地侍母养亲,以及不得志于时而希求超然物外的无奈和不曾一刻衰减的用世之心。同是不甘被认定为"词人",蒋士铨以"史官"之敏感体悟到应为自己膜拜的这位前辈辨误正名,还原历史,而与汤显祖类似的遭际和命运也激发了他借以彰显自我的创作冲动和激情。于是,立足于去"词人"化的创作理念,以长达二十出之篇幅敷衍汤显祖一生大节和"四梦"的创作过程,凸显汤显祖"忠孝完人"的理想人格,并为自我写心,成为蒋士铨进入《临川梦》创作的动力和前提。如是,《临川梦》传奇也是蒋士铨彰显自我人生诉求的自况之作,所谓"梦中说梦原无著,才子怜才更自伤"③ 也。

二、释"情":"不是情人不泪流"

《牡丹亭》以"情"为核心的艺术演绎,获得了历代不同人群的首肯,形成了"情的哲学"的丰富论述。作为一个穷究生命价值和存在意义的人,汤显祖确实非一般戏曲家可比拟;而《牡丹亭》传奇为代表的"临川四梦"给予读者的多元阐释空间,亦使之超越一般戏曲作品而保有了永恒的艺术魅力。反观四百年的接受和研究史,叹为观止之余,更多地是对经典的赞佩以及不惜虐心地继续探讨。

阐释的主观性首先来自于对象的复杂性,仅仅一个"情"字已纠结缠绕古今无数之于汤显祖及其戏曲创作的"有情人"。蒋士铨亦是其中之一。他一生膜拜汤显祖,格外看重文学对"情"的皈依和表达,曾云:"惟直抒所见,不依傍古人,而为我之诗矣。"④ 诸多关于"情"的话语亦足以见出他"至性至情,随处流溢"⑤ 的创作理念。如:"古今人各有性情,其所以

---

① (清)金德瑛:《忠雅堂诗集序》,上饶师专中文系历代作家研究室编:《蒋士铨研究资料集》,南昌:江西人民出版社,1985年,第98页。
② (清)袁枚:《翰林院编修候补御史蒋公墓志铭》,上饶师专中文系历代作家研究室编:《蒋士铨研究资料集》,南昌:江西人民出版社,1985年,第84页。
③ (清)宋鸣琼:《题临川梦》,《味雪楼诗稿》,《国朝闺阁诗钞》,道光刻本。
④ (清)蒋士铨:《学诗记》,《忠雅堂集校笺》,邵海清校,李梦生笺,上海:上海古籍出版社,1993年,第2060页。
⑤ (清)吴玉纶:《致蒋心馀太史书》,《香亭文稿》卷八,乾隆六十年(1795)刻本。

藉见于天下后世者,于诗为最著;性情之薄者无以自见。"①又如:"文字何以寿,身后无虚名。元气结纸上,留此真性情。"②在他的意念中,"情"是艺术的本质,没有"情",任何一种艺术创作都将是无本之木、无源之水,只有感情丰沛的艺术创作才能产生激动人心的强大力量。他创作了众多诗词、戏曲的"言情"之作,或写亲情,或诉友情,甚至不止一次地敷演夫妇之情。在叙述戏曲创作的缘起时,他往往特意交代"情"之于其中的激发与感动。如谈及《空谷香》传奇的创作缘起,当南昌县令顾锡畅为之讲述爱妾姚梦兰29年的坎坷经历时,蒋士铨唏嘘不已,一直在思考借助艺术的形式传达自己的感动。在随后的三年里,"当风霆雨雪、空斋兀坐时,辄念凤诺,心口间辄汩汩然欲有所吐,而究未能践"③;终于,借助乾隆十九年(1754)寒舟中的风涛激荡,他"度事势,揣声容",一气呵成,那种如鲠在喉、欲罢不能的艺术冲动终于得以宣泄。

尽管蒋士铨笔下亲情、友情之作比比皆是,类似《牡丹亭》的"爱情"篇什唯独不见,几部涉及男女之情的戏曲作品甚至不能被称为"才子佳人戏"。或者,这与蒋士铨强烈的"史官"意识相关,他说:"安肯轻提南、董笔,替人儿女写相思。"④之于"情"的理解其实迥然有异,当是更根本的原因。在他的思想认知里,"情"必须受制于伦理教化之规约才不至于泛滥,才能归于雅正,并以"情之正"的面貌呈现出来;艺术创作的目的,就是针对那些偏离了雅正的"恶"之情给予矫正,使其合于"发乎情,止乎礼义"的儒家义理。这是戏曲作品必须担负的干预生活、教化人生的责任。因此,他一方面肯定"这'情'字包罗天地,把三才穿贯总无遗",另一方面又为其设定了一个不可逾越的边界,以符合儒家道统的"顺逆""忠敬""刚直""友爱"等规限之⑤,核心则是"忠孝义烈"之心的养成。如是,蒋士铨眼中的《牡丹亭》既是一段才子佳人的生死之恋,更是

---

① (清)蒋士铨:《钟叔梧秀才诗序》,《忠雅堂集校笺》,邵海清校,李梦生笺,上海:上海古籍出版社,1993年,第2013页。
② (清)蒋士铨:《拟秋怀诗》,《忠雅堂集校笺》,邵海清校,李梦生笺,上海:上海古籍出版社,1993年,第91页。
③ (清)蒋士铨:《空谷香自序》,《蒋士铨戏曲集》,周妙中点校,北京:中华书局,1993年,第434页。
④ (清)蒋士铨:《中州憨烈记题词》,《忠雅堂集校笺》,邵海清校,李梦生笺,上海:上海古籍出版社,1993年,第390页。
⑤ (清)蒋士铨:《香祖楼》第十出《禄功》,《蒋士铨戏曲集》,周妙中点校,北京:中华书局,1993年,第580页。

一个"惟有忠臣孝子、义夫节妇,能得其情之正"[①]的人生范本。

沿着这样的理路,《临川梦》中的汤显祖首先是一位"情之正"的楷模。他不仅是认定了"富贵一时,名节千古"的"无双才子"(第四出《想梦》),"平生以经济相期,耻为俗学"(第一出《拒弋》),还是令人无比景仰的"万古骚人",唯存"世鲜知音,谁能叹赏"(第四出《想梦》)的遗憾。于是,当年那位因相思而亡故的娄江女子,一变而成为"识力过于当时执政远矣"[②]的戏中人俞二姑,并以"佳人"(小旦)的身份与汤显祖(生)形成"对话"关系。这位佳人"娇艳聪明",识见非凡,绝不是寻常女子,试看她对汤显祖及《牡丹亭》的评论:"大凡人之性情气节,文字中再掩不住,我看这本词曲,虽是他游戏之文,然其中感慨激昂,是一个有血性的丈夫。他写杜女痴情,至死不变,正是借以自况。"(第四出《想梦》)这分明是剧中汤显祖的知音,与其话语恰相契合:"情怀万种,文字难传,只得借此填词写吾幽意。"(第三出《谱梦》)又与历史人物汤显祖遥相呼应:"胸中魁垒,陶写未尽,则发而为词曲。"[③]当年钱谦益于其内心世界的这一揭示成了连接两位戏曲家的精神纽带[④],借助俞二姑的所思所想表达出来,话语、声口则完全是蒋士铨的。换句话说,在这部以汤显祖为主人公的戏曲作品中,蒋士铨是在借助俞二姑形象的塑造来传达对这位乡梓前贤的膜拜,发表对《牡丹亭》乃至其他三梦的评价,所谓"非我佳人,莫之能解"也;郭英德先生认为《临川梦》是一部"以戏论戏"之作[⑤],代言人其实主要是俞二姑。

俞二姑与汤显祖的关系当然不是一般意义上的才子佳人,蒋士铨之于情的解读即借助了这对新型才子佳人关系的演绎。因读《牡丹亭》传奇,俞二姑已对作者心生好感:"男女慕,人天愿。无端梦魂随君颤,何必做柳郎眷。"(第四出【梁州新郎】)一旦了解到汤显祖"耻附权门"的事迹及

[①] (清)蒋士铨:《临川梦》第三出《谱梦》,《蒋士铨戏曲集》,周妙中点校,北京:中华书局,1993年,第228页。

[②] (清)蒋士铨:《临川梦自序》,《蒋士铨戏曲集》,周妙中点校,北京:中华书局,1993年,第210页。

[③] (清)钱谦益:《汤遂昌显祖传》,汤显祖:《汤显祖全集》,徐朔方笺校,北京:北京古籍出版社,1999年,第2586页。

[④] (清)蒋士铨《玉茗先生传》亦有"胸中魁垒,发为词曲"之论,见《蒋士铨戏曲集》,周妙中点校,北京:中华书局,1993年,第211页。

[⑤] 郭英德:《蒋士铨〈临川梦〉传奇漫议》,《名作欣赏》1987年第3期。

其志节情操,爱慕之情油然而生,难以遏止:"汤先生,汤先生,我俞二姑一片柔情,从今被你收摄去了也。"(第四出)不过,她从未希求成为汤显祖的枕边人:"我俞二姑若能与你添香磨墨,死也甘心。"(第四出)对汤显祖斥为"形骸之论"的"因荐枕而成亲,待挂冠而为密者"[①]更是积极呼应:"男女虽则异形,性天岂有分别。人生所贵,相知者此心耳。古人云:得一知己死可不恨。何必定成眷属乎。"(第十出《殉梦》)如是,她并不谋求与汤显祖相见,甚至也不希求梦见意中人:"我是一个蓬门孤女,又岂敢容易梦见他来哟。"(第十出《殉梦》)临终之际,她委托养娘将手批《牡丹亭》曲本交给汤显祖:"前世因,今生运,好心疼,人远天涯近。"(第十出《殉梦》之【巫山十二峰】)悲壮地践行了"相知者此心"的人生追求和情感理念。

同样是以死生绾结真情,俞二姑显然不是杜丽娘一类。没有感春伤情,也没有游园感梦,当然也不在乎灵肉结合,只有超越两性的知音之感让她"不顾死和生,拼把芳心伤尽"(第十出《殉梦》);她留下的最后一句唱词竟然是"只是我不合来涂脂傅粉",可见这位"不逢时女秀才"的怀情而死纯粹是为蒋士铨写心而设,与"识力"相比,性别只是一种叙事方式。而二十年后忽闻有"天涯知己在"的汤显祖,也只是以"但相期梦里来"来表达自己的惊诧和感动:"不能做论文小友,云烟共裁;只好结忘年死友,蓬蒿共埋。"(第十五出《寄曲》)并不涉及一点男女私情。在这里,蒋士铨一方面大力颂赞"人间只有情难尽"(第十出《殉梦》),似乎是秉承了《牡丹亭》的创作精神,又着力摹写了这段单相思式情感在道统框架内的波澜不惊和困惑挣扎,显示出与汤显祖艺术理念的貌合神离,令人真有五味杂陈之感。不过,联系他几乎同时创作的另一部传奇《香祖楼》(三十二出),或许能够理解这一主题设计的价值主导。此剧亦以写"情"为核心,首有《情旨》,调寄【水调歌头】:

万缕乱愁绪,一块大疑团。任尔风轮旋转,难破此重关。贤圣几多苦趣,仙佛几多恶劫,旧案怕寻看。细想不能语,老泪湿阑干。

收白眼,持翠管,写乌阑。偶谱断肠情事,举一例千端。不管周郎

---

① (明)汤显祖:《牡丹亭题词》,《汤显祖全集》,徐朔方笺校,北京:北京古籍出版社,1999年,第1153页。

顾曲，谁道醉翁嗜酒，作者意漫漫。一切有情物，如是可参观。[①]

围绕着被喻为"乱愁绪""大疑团"的"情"，《香祖楼》的几位主人公彼此至诚相待，高度理解，或以眷眷不变的深情（曾氏）、或以百折不悔的痴情（李若兰）、或以矢志不移的钟情（仲文），共同演绎了一个哀感缠绵、淋漓动人的"断肠情事"。两位女性一为妾，一为妻，彼此和睦，相得甚欢，与丈夫亦是情感缱绻，但皆是"闺房之益友""琴瑟之古欢"。当有人质疑蒋士铨笔法如此细腻地"替人儿女写相思"时，他指出，所谓"儿女相思"，乃"财色所触，情欲相维，不待父母媒妁之言，意耦神构，自行其志，是淫奔之萌蘖也，君子恶焉"；而自己笔下的两性关系描写则是"《小雅》《离骚》结就情天地"[②]："发乎情，止乎礼义，圣人弗以为非焉，岂儿女相思之谓耶？"[③] 正是这样的理念，让大旨谈情的《香祖楼》传奇丝毫不染色情，《临川梦》传奇中的两位有情人汤显祖与俞二姑也仅仅止步于"知音"式关系，既照应二人从未相见的历史真实，不越"南、董笔"之雷池，又为男主人公汤显祖设定了一位夫妻关系之外的女性知己"佳人"，符合传奇戏曲角色设计的一般规范，更便利于蒋士铨借助这样一种才子、佳人关系宣扬"情"、阐说"情"，表达文人趣味，并最终为《牡丹亭》极力敷衍的生死之情定位："能得其情之正耳"。第三出《谱梦》中，蒋士铨曾借助汤显祖之妻吴氏之口赞美《牡丹亭》："如此言情，真是广大灵通也。"以之来映照他之于情的观念和艺术描写，其实应该是他对自己的不吝赞美。

事实上，《牡丹亭》讲述的"生者可以死，死可以生"的"情至"故事，首先是基于两性之爱的一段震古撼今的情感。透过两性关系中的那份至诚、真实、自然，汤显祖讴歌了人的外形美、才性美和伦理状态美，这是一种理想化的人生，又是基于现实的不可能需要坚持和争取的人生。毫无疑问，《牡丹亭》后半部分长达二十出的精心演绎是有用意的，无论是艰难的临安寻亲，还是曲折的状元高中，抑或是尴尬的金殿辨鬼，几乎每

[①] （清）蒋士铨：《香祖楼》，《蒋士铨戏曲集》，周妙中点校，北京：中华书局，1993年，第552页。

[②] （清）蒋士铨：《临川梦》第三出《谱梦》，《蒋士铨戏曲集》，周妙中点校，北京：中华书局，1993年，第227页。

[③] （清）蒋士铨：《香祖楼自序》，《蒋士铨戏曲集》，周妙中点校，北京：中华书局，1993年，第541页。

一个细节的添加都指向一个目的：人之生存的不易以及获得现实认可的必要性。这足以见出作者对生命状态的艰难思考和特殊关注，也启示读者和观众：现实才是理想的对象，人的主体精神的超越无论如何不能废弃外在的人伦规范和社会责任，这是《杜丽娘慕色还魂》诸原作所缺乏的，也是汤显祖情的理论展开的一个矛盾前提。而如何进行有力的超越，应当是汤显祖后半生徜徉于儒释道而希冀解决的主要问题之一，当然也为后世接受者留下了如何言情的思考空间，《临川梦》即从此切入了关于"情"的理论思考。

不可不注意的是，汤显祖也有这样的强调："梦中之情，何必非真？天下岂少梦中之人耶。必因荐枕而成亲，待挂冠而为密者，皆形骸之论也。"① 这表明，对于那些止于"形骸"的"因荐枕而成亲，待挂冠而为密"的世俗情爱，汤显祖是十分不屑的，他更倾心的是无往而不胜的"梦中之情"："人世之事，非人世所可尽。自非通人，恒以理相格耳。第云理之所必无，安知情之所必有邪。"② 其创作之兴奋点实际上已经超越了"生死肯綮之间"的男女情，落实于一种泛的价值理想，缘于生存，指向生命，完败现实人生，这其实也是《牡丹亭》传奇最为动人心魂之处。如是，汤显祖笔下的"情"具有主宰天地万物的力量，能跨越生死，左右人生，还原生命的意义。而"梦"的外表则同时让其禀赋了边际无限的特征，让同时及后世文人因之获得了阔大的理解和阐释空间。"临川派"戏曲作家们或许还能一定程度上领会"情"之真谛，入清后的才子佳人戏曲末流已将"情"剥落为"皮肤滥淫"之徒的市井享乐。洪昇描写李隆基、杨玉环之情时说："从来传奇家，非言情之文不能擅场。而近乃子虚乌有，动写情词赠答，数见不鲜，兼乖典则。"③ 已经不得不提及严肃的"典则"的问题；一向秉有"何关风化"④ 自觉的蒋士铨更关注杜、柳之爱"情之正"的伦理价值，此际已是题中应有之义。于是，同样是以"至情"与"天理"相抗衡，

---

① （明）汤显祖：《牡丹亭题词》，《汤显祖全集》，徐朔方笺校，北京：北京古籍出版社，1999年，第1153页。
② 同上。
③ （清）洪昇：《长生殿自序》，《长生殿》，徐朔方校，北京：人民文学出版社，2005年，第1页。
④ （清）蒋士铨：《贺新凉·书〈空谷香〉后》，《忠雅堂集校笺》，邵海清校，李梦生笺，上海：上海古籍出版社，1993年，第1854页。

汤显祖努力强调"'梅''柳'二字,一灵咬住,必不肯使劫灰烧失"[1],蒋士铨则有意凸显"能得其情之正"的忠臣孝子、义夫节妇如何养成。《临川梦》虽然没有如《香祖楼》一样刻意思考"情"与"风教"的关系,类似的内容指向已经昭然若揭,如剧中人俞二姑所说:"我想此君胸次,必有万分感叹,各种伤怀。乃以美人香草,寄托幽情。所谓嬉笑怒骂,皆是微词。咳!非我佳人,莫之能解。汤君哪汤君,你有这等性情了悟,岂是雕虫篆刻之辈!世上那些蠢才,看了此曲,不以为淫,必讥其艳。说你不过是一个词章之士,何异痴人说梦!那里晓得你的文章,都是《国风》《小雅》之变相来哟!"(第四出《想梦》)《国风》《小雅》视野下的"情"岂可不以正能量视之?如是,《牡丹亭》所写之"情"不再是无根之木、无本之源,乃来自道统之规定,符合伦理之定义,汤显祖"忠孝完人"的历史定位也获得了有力的确证。对于扭转那种将《牡丹亭》表述的男女之情归于"形骸"的理解和做法,这当然是一种反拨,是积极的、有意义的,在深层上却形成了对汤显祖之"情"的性质和意义的消解,为人的主体精神拴缚了一个道统的翅膀。蒋士铨的戏曲作品始终不能超越其前辈汤显祖的创作,首先缘自于这种自由意志和艺术精神的道德绑架。

对男女之情的多向度理解能够促成作家不同的人格形态,其个性、审美境界乃至伦理水准、人文情怀于其中所发挥的作用,往往是可以谛视的。蒋士铨一生守正不阿,立志于世道人心的重建,于两性关系的摹写中从来不忘伦理大节视角的植入,宣示自己作为"完人"的特立之处。如对于其始终在意的女性形象,于着力表达对其不幸命运的深深同情外,蒋士铨往往挖掘其忠贞、善良、聪慧的"情正"内涵,并灌注其中真诚的伦理关怀与热烈的审美冲动,这是蒋士铨与很多作家的不同之处。如创作《空谷香》传奇前后,蒋士铨以多首词作表达自己的感动:

万千愁绪,廿九年华,桃花命短。取印提戈,不及看儿晬盘暖。一缕药灶残烟,似个侬肠断。姊妹花繁,人间天上相伴。　玉柳无情,殉萧娘、但余金盎。妆台尘渍,仙郎书记谁管?眼见碧落黄泉,

---

[1] (明)王思任:《批点玉茗堂牡丹亭叙》,汤显祖:《汤显祖全集》,徐朔方笺校,北京:北京古籍出版社,1999年,第2572页。

返魂香散。泪落君前,一声凄绝河满!①

  幽兰偶现婵娟影,把苦趣、都承领。历历摧残多少境,寻常姻眷,几番生死,劫满天才肯。 珠围翠绕须臾顷,廿九年华尘梦醒。只恐香名随骨冷,商声谱就,三贞九烈,淑女当思省。②

不难体会词的哀婉乃至愁苦,尤为真切的是在深沉的情感表达中所呈现出来的一种富于责任感的道德激情,无处不在的"情"浸淫于旖旎缠绵的文字中,闪烁着动人的人性光辉,映照着蒋士铨血性男儿的柔情与温暖。因此,即便是风教意识非常鲜明,这样的曲词也少有叨叨说教的乏味。时人评价《空谷香》有"斑管只工儿女语,风流玉茗枉多情"③之论,道出的正是文学艺术之于其审美感动的切实。这使他的创作总是充满了真诚,洋溢着性情,呈现为对人的命运的关怀和对现实人生的关切。

  生活中的蒋士铨就是一位性情中人,他于《临川梦》中认定汤显祖"是一个有血性的丈夫"④,其实也是一种自我定位。与之"最称契洽"的友人张三礼描写他:"苕生太史气和而性烈,每与谈史事,目光射人,唏嘘壮激,声铮铮不可遏。龌龊之士辄避去,予弗敢厌也。……以至性写奇人,故宜如是。"⑤另一位友人吴玉纶亦于信函中表示:"凤稔吾兄至性至情,随处流溢。每与良辰高会,开筵观剧,忽出涕不自禁,或对客竟忘酬酢。……盖非触于儿女之情,而动以忠孝之性,往往然也。"⑥的确,他曾不止一次地感慨"忠臣孝子出至性"⑦,又有"谈孝说忠犹耿耿,伤离感逝自沉

---

① (清)蒋士铨:《为南昌尹顾瓒园悼亡姬姚氏……予为谱〈空谷香〉传奇悼之》,《忠雅堂集校笺》,邵海清校,李梦生笺,上海:上海古籍出版社,1993年,第1824页。
② (清)蒋士铨:《青玉案·自题〈空谷香〉院本》,《忠雅堂集校笺》,邵海清校,李梦生笺,上海:上海古籍出版社,1993年,第1853页。
③ (清)钱世锡:《空谷香题词》,蒋士铨:《蒋士铨戏曲集》,周妙中点校,北京:中华书局,1993年,第428页。
④ (清)蒋士铨:《临川梦》第四出《想梦》,《蒋士铨戏曲集》,周妙中点校,北京:中华书局,1993年,第232页。
⑤ (清)张三礼:《桂林霜·序》,蒋士铨:《蒋士铨戏曲集》,周妙中点校,北京:中华书局,1993年,第81页。
⑥ (清)吴玉纶:《致蒋心馀太史书》,《香亭文稿》卷八,乾隆六十年(1795)刻本。
⑦ (清)蒋士铨:《醉歌》,《忠雅堂集校笺》,邵海清校,李梦生笺,上海:上海古籍出版社,1993年,第1223页。

沉"①之表白。创作《冬青树》传奇:"摭拾附会,连缀成文。慷慨悲歌,不自能已。"②论及《空谷香》的创作:"吾甫搦管时,若有不能遏抑者,洋洋浩浩,奔注笔端,乃一决而出焉。吾固不知孰为仙佛,孰为儿女子,而遂成吾《空谷香》之三十首矣。"③在蒋士铨的意念中,表彰忠义、扶植人伦,是社会责任,也是情感的内在追求。他往往以艺术情感的激荡为契机去发现伦常之美,并进行构思创作。在他的戏曲作品中,发自内心的道德体验从来都是以一种真诚的情感形态表现出来,而每一种认知和评价亦生成于深挚的"忠孝之性",表现为自然而率性的内心景观,落实为日常生活中自然天成的践履。王昶谓其"遇忠孝节烈事,辄长歌以纪之,凄锵激楚,使人雪涕"④,是对这一创作特点的首肯。所以,"摅忠厚之微忱,著纲常之大义"⑤,将文学创作的功能紧紧绾结于风教与性情,是蒋士铨戏曲创作从不以"闲适"为目的的根本原因。时人之于他戏曲作品的印象,如评《一片石》杂剧:"下笔关风化,谱宫商分明指点,芳踪遗挂。"⑥评《桂林霜》传奇:"还凭刻羽移宫手,写出精忠一片心。"⑦等等,亦是着眼于这一特征的反复提点。于日常伦理之情中达成表彰节烈、扶植人伦的宏大叙事,是蒋士铨戏曲作品多具有浓郁的历史感、现实指向以及道德色彩的根本原因。

昔人表达对曹雪芹及其《红楼梦》的伤怀,曾有"传神文笔足千秋,不是情人不泪流"⑧之句,以之概括汤显祖及"临川四梦"与蒋士铨及其《临川梦》的关系或许同样准确。蒋士铨曾借俞二姑之口评说汤显祖:"他写杜女痴情,至死不变,正是借以自况。"自己何尝不是一位汤显祖式的有情人。晚清才子江顺诒提取这一段话用来评价蒋士铨及其创作,说他"写

---

① (清)蒋士铨:《病中生日感作》,《忠雅堂集校笺》,邵海清校,李梦生笺,上海:上海古籍出版社,1993年,第1186页。
② (清)蒋士铨:《冬青树自序》,《蒋士铨戏曲集》,周妙中点校,北京:中华书局,1993年,第2页。
③ (清)蒋士铨:《空谷香自序》,《蒋士铨戏曲集》,周妙中点校,北京:中华书局,1993年,第434页。
④ (清)王昶:《湖海诗传》卷二十一,嘉庆八年(1803)青浦王氏刊本。
⑤ (清)蒋士铨:《三元报题辞》,唐英:《古柏堂戏曲集》,周育德校点,上海:上海古籍出版社,1987年,第15页。
⑥ (清)徐焘:《一片石题词》,蒋士铨:《蒋士铨戏曲集》,周妙中点校,北京:中华书局,1993年,第375页。
⑦ (清)薛传源:《题蒋苕生太史桂林霜传奇》之一,《芝塘诗稿》,嘉庆刻本。
⑧ (清)永忠:《因墨香得观红楼梦小说吊雪芹》,朱一玄编:《〈红楼梦〉资料汇编》,天津:南开大学出版社,2012年,第25页。

情至死不变，正是借以自况"①，可谓同为性灵者的息息相通之语。正是对汤显祖这位"有情人"的无比尊崇，蒋士铨刻意借助《临川梦》传达其一生大节，着力还原《牡丹亭》"情正"之名，并表彰其"忠孝完人"的理想人格。关于汤显祖"完人"的表述，邹迪光所作传中已有类似的表达："世言才士无学，故戴逵王弼之不为徐广殷亮。而公有其学矣。又言学士无才，故士安康成之不为机云。而公有其才矣。又言文人学士，无用亦无行。而公为邑吏有声，志操完洁，洗濯束缚，有用与行矣。公盖其全哉。"②此所谓"全"关注有学、有才、有用、有行，几可与"完人"划上等号，但于涉及"完人"的身份的"忠孝"之旨并没有明确推出，或许是蒋士铨深感遗憾之处。他说："临川一生大节，不迩权贵，递为执政所抑，一官潦倒，里居二十年，白首事亲，哀毁而卒，是忠孝完人也。"③所谓"完人"，一方面是"我辈平生以经济相期，耻为俗学"④，另一方面则是对忠义孝悌等为主体的伦常关系中的"情"；尤其是对于父母的恭顺、侍养。《临川梦》第十八出《花庆》以为父母庆寿摹写汤显祖家居二十年侍养父母的孝心，其实也是蒋士铨一生陪侍、听命于母亲的真实写照。"不愿衣笼一品身，愿儿忠孝作完人"，是汤显祖父母的殷切期待，更是蒋士铨母亲的深刻影响所及。朱京藩《风流院》摹写冯小青故事，竟将汤显祖塑造为风流院主，云："移云就月，折花赠柳，这是俺汤显祖一生心事。"如此背离汤显祖真实的人生面貌，是秉持"忠孝完人"理念的蒋士铨不能接受的，只有着力祛除之，方能达成对历史的尊重，不负自己作为史官的责任。"完人"，是他眼里心中最为理想的人格境界⑤，亦是一生刻意向往之所在。而如果不是作为"有情人"的身份，蒋士铨肯定不会以一部戏曲作品表达对一位戏曲家的敬意，以及"忠孝完人"的思考，何况这个属于"小道""末技"的文体还来

---

① （清）江顺诒：《词学集成》附录，光绪七年（1881）刊本。
② （明）邹迪光：《临川汤先生传》，汤显祖：《汤显祖全集》，徐朔方笺校，北京：北京古籍出版社，1999年，第2583—2584页。
③ （清）蒋士铨：《临川梦自序》，《蒋士铨戏曲集》，周妙中点校，北京：中华书局，1993年，第209页。
④ （清）蒋士铨：《临川梦》第一出，《蒋士铨戏曲集》，周妙中点校，北京：中华书局，1993年，第219页。
⑤ 除了以文学想象的方式予以表达，蒋士铨似乎只对同为性情中人的好友赵翼有过类似评价："统君生平出处，盖庶几不愧为完人，此岂仅仅以诗文自表见者哉！"见《赵云松观察诗序》，《忠雅堂集校笺》，邵海清校，李梦生笺，上海：上海古籍出版社，1993年，第2006页。

自他们生前耿耿于怀的"词人"之名呢!

三、史笔与诗心:"世间只有情难诉"

蒋士铨一生以史官自居,其戏曲题材或来自历史,或取自现实,多以求真求实为创作原则;即便如《香祖楼》《庐山会》一类凭空结撰的作品,也被注入了强烈的历史感。有关评论也多从此揭示其戏曲作品之价值,"史官""史笔"之誉不绝如缕。如罗聘评《第二碑》:"六合茫茫索解难,百所遗事感无端。重题一片韩陵石,七品归田老史官。"[①] 王文治题写《四弦秋》:"协律今见夷夔才,传奇却借范班笔。"[②] 等等。补史、正史,是这些作品构思的基本出发点,而还原历史,更是他为心仪的历史人物作传的叙述原则。《冬青树》《桂林霜》《雪中人》《临川梦》等传记类戏曲作品摹写文天祥、马雄镇、吴六奇、汤显祖等人物的生平,凸显其忠勇或贞烈,"运龙门纪传体于古乐府音节中,详明赅洽"[③],颇得时人首肯。江春为《桂林霜》题词之六云:"四座青衫有泪痕,堂堂史笔仰龙门。孤忠画壁传闽海,拟借宫商更品论。"[④] 张埙评价《冬青树》曰:"采掇既广,感激亦切;振笔而书,褒贬各见。此良史之三长,略具于此。"[⑤] 如此频繁地以戏曲形式创写传记,来自于对忠节之士的道义认可,根植于对乡梓前贤的一片深情,也形成了蒋士铨戏曲创作的一个重要特色。

以传记类戏曲作品撰史,当然要围绕传主的生平事迹展开。蒋士铨最为倾心的方式是泛采史料,先为之作传,再进行戏曲创作,《雪中人》《桂林霜》与《临川梦》传奇前均附有主人公之传记,形成与作品的对话关系;再加上或长或短的《自序》,一方面以特殊的结构安排宣示了戏曲作品的"传记"属性,同时也有利于揭示作者叙事的兴奋点所在,这其实是清初以来戏

---

① (清)罗聘:《第二碑题词》,蒋士铨:《蒋士铨戏曲集》,周妙中点校,北京:中华书局,1993年,第382页。
② (清)王文治:《题蒋苕生前辈四弦秋新乐府》,《梦楼诗集》卷十二,又见《蒋士铨戏曲集》,周妙中点校,北京:中华书局,1993年,第189页。
③ 《蒋士铨传》,同治《铅山县志》卷十五《人物·儒林传》,上饶师专中文系历代作家研究室编:《蒋士铨研究资料集》,南昌:江西人民出版社,1985年,第89页。
④ (清)江春:《桂林霜题词》,《蒋士铨戏曲集》,周妙中点校,北京:中华书局,1993年,第88页。
⑤ (清)张埙:《冬青树序》,《蒋士铨戏曲集》,周妙中点校,北京:中华书局,1993年,第1页。

曲注重写实观念的一个延续："二家既出，于是词人各以征实为尚，不复为凿空之谈。"①洪昇、孔尚任对蒋士铨的影响实际上在乾隆十年（1745）时已见端倪，彼时所作《长生殿题词》《桃花扇题词》已彰显出他偏好史实认知的思考方式。与此前问世的汤显祖传记相比，《玉茗先生传》于拒绝权贵、遂昌理政、抗疏论事等"大节"依然给予重复性记述，于"贵生书院讲学，士习顿移"和"父母丧时，显祖已六十七龄，明年以哀悔卒"两个方面则有强调之意，对汤显祖三位好友梅国桢、李于田、李三才的政治遇合详细交代，又补充了他的四个儿子的人生事迹。《临川梦》传奇的结构布局有意照应了这样的思路。如对于"贵生书院"一段生活的演述，专门安排第九出《送尉》，以诸生、父老、妇女儿童乃至黎人、乞丐等人的送别为主线，敷衍汤显祖的教化之功；为此还将汤显祖任徐闻典史的时间从一年改为五年，以照应教化之功养成的时间要求。对几位"后皆通显，各有建树"②的友人，于情节演进中时有交代，并以第八、第十二、第十四三出的篇幅专门展演梅国桢平定叛乱的过程；如仅从对汤显祖一生不遇的映照着眼，结构上的疏离之弊十分明显，后世差评多缘于此，不过以蒋士铨"情正"之于恶之情的校改思路言之，则亦属题中应有之义。第十八出《花庆》营造了玉茗花开之际汤显祖为父母庆寿的温馨场面，其四子事迹的交代也至此完成，"事亲课子宁辞贱"的天伦之乐因之而不断被强化；本出下场诗"不愿衣笼一品身，愿儿忠孝作完人"，以汤显祖父母之口道出"完人"理想人格的实现。总之，这几个段落与拒绝权贵、遂昌理政、抗疏论事等交替出现，又有"临川四梦"创作的相关情节穿插其间，形成了《临川梦》结构布局上的疏密有致、线索清晰、中心突出，成功地完成了以曲作传的艺术尝试。

尽管《临川梦》的创作宗旨是为"词人"正名，给汤显祖带来"词人"之名的"四梦"依然实际地构成了全剧的主体，凸显为汤显祖一生之"大节"。总共二十出的篇幅，直接相关"四梦"创作者即有第三出《谱梦》、第五出《改梦》、第十三出《续梦》，《牡丹亭》《紫钗记》《邯郸记》《南柯记》的创作过程皆得到正面揭示。其他带有"梦"字者如第四出《想梦》、第十出《殉梦》、第十六出《访梦》、第十七出《集梦》、第十九出《说梦》、第

---

① 吴梅：《中国戏曲概论》卷下，《吴梅戏曲论文集》，王卫民编，北京：中国戏剧出版社，1983年，第177页。
② （清）蒋士铨：《玉茗先生传》，《蒋士铨戏曲集》，周妙中点校，北京：中华书局，1993年，第211页。

二十出《了梦》，则围绕"四梦"的创作而展开、生发，并将汤显祖一生事迹绾结于"梦"，合契于"梦"，神魂一体，直至成就"临川"这部大"梦"。一部因"传记"诉求而生成的戏曲作品用几近一半的篇幅来阐说"梦"，认同"四梦"，与其本来为"词人"正名的宗旨似乎有些矛盾，其实不尽然。

首先，蒋士铨借"梦"为文，促其成为话语方式，力图通过"临川四梦"的创作过程勾画汤显祖一生大节，还原其感情、思想和人生选择之内因。因此，他并没有一味地拘泥于"四梦"创作的实际顺序，而是根据作品主旨和艺术表达的需要进行了必要的改写。如《牡丹亭》完成于作者49岁离开官场之时（万历二十六年秋天），所谓"忙处抛人闲处住。百计思量，没个为欢处"，当是其孤独困惑之际，杜、柳的情爱故事毫无疑问包含着汤显祖之于人生的一种经验式总结和哲学思考。《临川梦》中，蒋士铨有意将写作时间提前了16年，置于汤显祖未中进士的万历十年（1582），时其只有33岁。至于具体原因，则缘于《拒弋》《隐奸》共同作用下的境遇恶劣而情愿保有气节："总因眼中认定'富贵一时，名节千古'八个字儿，所以养命自安，怨尤俱泯。但情怀万种，文字难传，只得借此填词写吾幽意。"（第三出《谱梦》）揣度"幽意"之指向，固然包括了杜、柳的生死情缘，但作品更在意的还是"惟有忠臣孝子、义夫节妇，能得其情之正"的现实导向："人苟无情，盗贼、禽兽之不若，虽生犹死。富贵寿考，曾何足云。"气节之坚贞、批判之严峻，已依稀可见。《紫钗记》乃汤显祖迁为南京祠部主事后删改旧曲《紫箫记》而得，与历史上大致创作于万历十五年（1587）任职太常博士之际亦存有明显的时间错位，其真正的脱稿时间实际上要早于《牡丹亭》十多年。有学者认为这是蒋士铨犯的一个历史错误，笔者认为是有意为之。这从《紫钗记》的创作缘起可以看出："黄鸡白昼奈愁何，儿女英雄恨事多。难觅人间消遣法，苦敲檀板唱劳歌。"（第五出《改梦》）此际，作为陪都的一个闲官，虚度光阴，难有作为，情怀无处寄托，只有借填词抒写幽意，保全气节、无奈于现实的声口已不加掩饰，"举世何人识此心"之痛切十分清晰。涉及《紫钗记》的曲词完全不从男女情事入眼，而是大力讨伐李十郎的负心行为："那黄衫客空有侠肠，全无辣手，却怎的不诛了这负心贼也。"应该说，这一出真正的关键词是"宦情已尽"，与之相关的情节是以"孝和慈两下担"等五个理由谢绝京官之任，为后来的里居侍亲埋下伏笔。第十三出《续梦》，将《邯郸记》《南柯记》二梦的创作选在汤显祖"骨肉伤怀，宦情益淡"之际，而非卸任遂昌县令之后回归故里的万历二十九年（1601），较实际时间亦有所提前。一方面，蒋士铨认为丧子之痛对汤显祖的人生选择有重要影响，如此安排加大了其作为"忠孝完人"的形象建构力度，另一方面，则有意强调价值思考之于人生选择的主导地位。"辞官"是一种基于观念导向的自觉行为，又是认知困惑时一种尊重自我的无奈选择："掩卷自思量，正是教人急挽江心舵，自己难收马背缰。"（第十三出《续梦》）如是，本来实际写作时间只有14年许的"临川四梦"，蒋士铨将之重新排序后分散于汤显祖中进士前和南京、遂昌为官的三个阶段，用以表达汤氏理解现实和认知人生的过程，"四梦"创作的完成即是思考的完成，也是另一种人生的真正开始。对于历史上的汤显祖而言，创作后三梦的四年（万历二十六到二十九年），或许是一种思想和创作能量的集中释放，从此他内心的冲突便可能获得某一层面的程度性缓解，而蒋士铨却努力将之与《紫钗记》一道建构为这个人的一生写照。在他的笔下，《牡丹亭》是与其他三梦一脉相承的，表达的是一个思考的过程，一段真实的人生旅迹；从此汤显祖"萧闲咏歌，俯仰自得"[1]，真正进入了"视古今四海，一枕窈蚁穴"[2]超脱之境，实不失为一个无奈"词人"尚为理想的人生景观。

其次，《临川梦》不断地提点梦、强调梦，真正所写其实只有俞二姑和汤显祖两个人的梦。第四出《想梦》是俞二姑的梦，因阅读《牡丹亭》有感而生，梦中所见皆是其中片段：杜、柳顾盼情深、掘墓复活、杭州寻母、金殿照镜，多与杜丽娘还魂后争取婚姻的现实认可行为相关。第二十出《了梦》是汤显祖的梦，《邯郸记》《南柯记》《紫钗记》"三梦"中的卢生、淳于棼、霍小玉及读曲而逝的俞二姑纷纷来到临川，与进入梦中的汤显祖相会于玉茗堂中，"三梦"中人皆极道仰慕之意，表示："先生妙作，不但使我辈姓氏长存，实有功于名教不小也。"汤显祖则强调"借题说法，未可见怪"。此际，"梦"真幻相生，虚实相映，指向对"四梦"的评价，又借助对追梦人俞二姑形象的塑造表达了对造梦者汤显祖的倾慕，既是一种虚幻的现实，又是作者蒋士铨真诚的艺术期待："梦中之情，何必非真？"以"理"之所必有来提取历史的必然性，成为呼应一部大戏的点睛之笔，颇为后人称赏。吴梅评语云："凭空结撰，灵机往来，以若士一生事实，现

---

[1] （清）蒋士铨：《临川梦自序》，《蒋士铨戏曲集》，周妙中点校，北京：中华书局，1993年，第210页。

[2] 同上。

诸氍毹,已是奇特,且又以'四梦'中人一一登场,与若士相周旋,更为绝倒。"①俞二姑并非"四梦"中人,其作为《牡丹亭》的当代阅读者登场,确实来自"凭空结撰,灵机往来"的妙思,既为剧中人,又是梦中人,既是汤显祖的剧中知己,又代表着蒋士铨这位隔代知音,是《临川梦》艺术结构中最见巧思之所在。

如是之处理方式,当然得自于对汤显祖的模仿,更是一种融会贯通前提下的创意操作,与蒋士铨对"梦"的偏爱当息息相关。他喜欢写梦,《忠雅堂集》中已有大量的纪梦诗,如《除夕梦偕袁子才前辈登一高峰各成四语而寤》(卷一五)、《梦中赠人》(卷一七)、《抚州夜泊纪梦》(卷二三)、《梦登天中楼》(卷二四)等,人生之期冀与感喟往往因梦而生发,情动之于中,情见乎于真。戏曲作品更是对"梦"青睐有加,几乎每一剧都涉及梦,《一片石》中娄妃的孤魂托梦、《四弦秋》中商女的梦啼秋梦等,皆虚幻离奇,情韵相生,令人感喟。无剧不梦,向来被认为是蒋士铨"瓣香玉茗"②的主要证据,其实,戏曲作家中对"梦"倾心者何止蒋士铨一人,晚明以后戏曲创作中借助"梦"表现情感、观念和理想已经构成了一种特殊的话语范式,汤显祖于其中的影响应该是最为具体而深刻的。蒋士铨以之为《临川梦》传奇且集中表达对"梦"之理解,又是最善于解"梦"者。俞二姑说:"这杜丽娘,毕竟是个痴人,方才生出种种情境来哟。"(第四出《想梦》)"痴人"即情深之人,往往最甘心成为梦中之人,既为解"痴",又便于享受"痴",而"梦"作为手段可以各种形态担负这样一种难解难分情愫的载体。汤显祖说:"人世之事,非人世所可尽。"又,"天下岂少梦中之人耶?""梦"不仅可以形成对日常生活的拒绝,也足以达成与理想人生的亲和,庄子及其之后的文学传统为"梦"的文学提供了武库和土壤,同样为"梦中之人"的蒋士铨有什么理由拒绝而不发扬光大之呢!何况,"世间只有情难诉"③,而"情"之所以难以倾诉,不仅在乎其关涉人的生存方式乃至一生大节,更在于"梦"之迷离惝恍、纠结难分、亦真亦假,使

---

① 吴梅:《中国戏曲概论》卷下,《吴梅戏曲论文集》,王卫民编,北京:中国戏剧出版社,1983年,第182页。
② (清)杨恩寿:《词余丛话》卷三,中国戏曲研究院编:《中国古典戏曲论著集成》(第九集),北京:中国戏剧出版社,1959年,第275页。
③ (明)汤显祖:《牡丹亭》第一出,《汤显祖全集》,徐朔方笺校,北京:北京古籍出版社,1999年,第2067页。

"情"在借助"梦"的翅膀飞翔时往往难于把握。好在蒋士铨设定了一个"情关",让梦翩然于"理"允诺的范围,这固然损伤了汤显祖关于梦的精神内涵,然于经验的借鉴方面并没有疏离艺术的本质,这是蒋士铨的戏曲创作深为时人称许之关键。

其三,在这部以"梦"写"梦"的戏曲作品中,蒋士铨更多遵从了"史笔"的要求,"梦"多以"真"的形态出现于作品中,其幻彩外衣似已被悄然褪去,实际上,"梦"依然裹挟着"诗心"的翅膀翔游于作品内外,意趣神色,无处不在,所谓"万古骚人心不死,文章做到返魂时"[①]也。最为突出的当然是曲词,那些清丽缠绵之什,追摹临川风味之特点极易捕捉。如俞二姑之魂于玉茗堂前初见汤显祖的情景:

> 【前腔】幽人庭院初来到,疏花掩映读书巢,一缕茶烟竹风摇。那边来的,一定是若士先生了。等闲无此清奇貌,看他须眉巾带总飘萧,怎不向花前写个神仙照。

明媚的春日里,疏花点点、茶烟飘飘,清奇飘逸的汤显祖就这样轻易自然地出现在她面前,一生的等待,二十年的寻找,凭着花神和睡神的安排方才实现,可一为仙,一为人,且在梦中,只能于惝恍惊异中抒发这一份难得的惊喜。曲词绘色绘情,情境写意写奇。钱世锡评点《临川梦》,于第十三出《续梦》中"三星斜滚桃花浪,九曲细穿牡蛎房"之句眉批云:"合昌谷与义山一手,有此奇艳。"对蒋士铨其深得临川之意处多有首肯,用于此段之评亦为合适。在戏曲结构方面,蒋士铨一贯注重"虚实反正,离合浅深之法,各极其妙"[②]的艺术探索,多部传奇作品均体现了这样的特色。《临川梦》以汤显祖一生行迹为主线,有本不相关的俞二姑生平故事插入,极易造成枝蔓横生之乱;但他巧于剪裁,善于立意,成功地将俞二姑故事植入汤显祖生平中,既未逸出史笔之规限,又达成了"虚实正反,离合浅深"的结构之妙。如第十五出《寄曲》,汤显祖收到俞二姑评点的《牡丹亭》曲本后,对这位"天涯知己"之死感慨万端,唱云:"(俞二姑呀)你人天撒手能相待,堪笑吾生亦有涯。(这

---

① (清)蒋士铨:《临川梦》第三出《想梦》,《蒋士铨戏曲集》,周妙中点校,北京:中华书局,1993年,第230页。
② (清)蒋士铨:《晋春秋序》,蔡毅编著:《中国古典戏曲序跋汇编》,济南:齐鲁书社,1989年,第1984页。

一本残书，就是我二人的金兰小谱也。）不要你地窟里还魂，但相期梦里来。"于末句，钱世锡有眉批云："缴上吸下，山断云连。"对其结构上照应第二十出《了梦》的细密安排十分欣赏。借助艺术真实而表达历史真实，认可于"摭拾附会，连缀成文"①中想象、虚构等修辞要素的作用，是作为艺术家的蒋士铨能够创作出优秀戏曲作品的重要原因。对于人物形象的设置，《临川梦》尤其表达出"有意驾虚，不必与事合"②的艺术诉求，与《牡丹亭》传奇"景上缘，想内成，因中见"（《惊梦》）的构思原则遥相呼应。如对于陈继儒形象的设计和安排，至今没有文献证实历史上的陈继儒曾经加害过汤显祖，相反倒是在《批点〈牡丹亭〉题词》等文中可以见到他对汤显祖及其戏曲创作的高度评价："吾朝杨用修长于论词，而不娴于造曲。徐文长《四声猿》能排突元人，长于北而又不长于南。独汤临川最称当行本色。"③自称"杂采各书"④的蒋士铨应当见过这篇评论，即便未曾寓目此文，以一位史官的识见亦不该采信野史谰言进入传记性作品，但《临川梦》第二出专以《隐奸》为名指斥陈继儒"装点山林大架子，附庸风雅小名家"的假山人行径，并将其"暗里把持朝局"的江湖恶行与朝堂上张居正等人的弄权乱政相比照，为汤显祖不得不走上弃官养亲之路营造了一个恶劣的环境。这样的安排，应更多地是出于"有意驾虚"的艺术构思，但确实符合历史真实和艺术真实，使汤显祖通过"临川四梦"的创作表达人生思考成为可能，不得已而为之的人生选择也具有了一个切实有力的现实前提。

尤其是，蒋士铨不断挣脱"史笔"羁绊而尊奉艺术诉求的另一面向，借助对汤显祖惺惺相惜的情感体验而被捕捉和认知，正好契合于《临川梦》以史写心的创作诉求，作品鲜明的自喻性也因之获得有力的彰显。当乾隆三十九年（1774）春季，50岁的蒋士铨于扬州安定书院创作《临川梦》时，他一定知道《牡丹亭》及其他二梦均作于汤显祖49岁辞官之后不久；也一定知道万历十一年（1583）汤显祖中进士时是34岁，与自己乾隆二十二年（1757）33岁中进士的年龄几乎相当。他更会了解到，自己在乾

---

① （清）蒋士铨：《冬青树自序》，《蒋士铨戏曲集》，周妙中点校，北京：中华书局，1993年，第2页。
② （明）吕天成：《曲品》，哈尔滨：北方文艺出版社，2005年，第7页。
③ （明）陈继儒：《批点牡丹亭题词》，汤显祖：《汤显祖全集》，徐朔方笺校，北京：北京古籍出版社，1999年，第2573页。
④ （清）蒋士铨：《临川梦自序》，《蒋士铨戏曲集》，周妙中点校，北京：中华书局，1993年，第210页。

隆二十九年（1764）辞官定居南京的生活，与汤显祖回到临川后的状态差相一致：读书写作，事亲养子。他摹写了汤显祖的遂昌政绩，以"宦成"赞之，而自己则只能咀嚼"我生不愿为公卿，但为循吏死亦足"①的遗憾遥望之、瞻拜之。又，同样是"不迩权贵，递为执政所抑"的潦倒"词人"，汤显祖"哀毁而卒"②，自己的命运又将如何？于是，借助佛教义理来思考个体的自然欲求、生命本能和世俗理想，当年汤显祖如是，蒋士铨又有其他什么路径可以选择呢？认同之，又批判之，长期养成的儒家仁政理想已然使有关世道民生的关怀成为日常习惯，演为行为方式，内化为价值轨则，这是汤显祖也是蒋士铨关于佛道认知的又一种相似！同为戏曲作家，蒋士铨只有通过自喻性写作来比附、反思这位乡梓前辈，至于是否能借助"梦"的重写获得了汤显祖的认同，成为了俞二姑式的"天涯知己"，其实已经降为第二义。这种自喻性"重写"使他更加孤独，第二十出下场诗之一可以为证："新词唱罢独伤神，过眼烟云总未真。不识先生何日醒，漫云说梦是痴人。""汤显祖"毕竟已经成为历史，《临川梦》究竟不过是"痴人"蒋士铨的梦，《临川梦》的创作其实是让后来者见证了这位不愿被称为"词人"的戏曲家的一次成长过程而已。

余 论

翻检蒋士铨的诗文作品，可见出他对前代戏曲名著多有观阅，乾隆十年（1745）时曾先后为《桃花扇》《长生殿》题词，评价友人之作又有"法曲登坛属孔洪，西堂吴万敢争雄"③之句，可见对吴伟业、尤侗、万树等清初著名曲家亦非常认可。关于《牡丹亭》传奇，则只有乾隆十一年（1746）随金德瑛居留建昌时所作诗一首："残灯别馆悄冥冥，玉茗风流梦未醒。一种小楼秋夜雨，隔帘催唱《牡丹亭》。"④这是见诸记载的蒋士铨观看汤显祖

---

① （清）蒋士铨：《送张惕庵甄陶宰昆明》，《忠雅堂集校笺》，邵海清校，李梦生笺，上海：上海古籍出版社，1993年，第589页。
② （清）蒋士铨：《临川梦自序》，《蒋士铨戏曲集》，周妙中点校，北京：中华书局，1993年，第209页。
③ （清）蒋士铨：《赠桂翁》其一，《忠雅堂集校笺》，邵海清校，李梦生笺，上海：上海古籍出版社，1993年，第493页。
④ （清）蒋士铨：《秋夜》，《忠雅堂集校笺》，邵海清校，李梦生笺，上海：上海古籍出版社，1993年，第93页。

戏曲演出的首次记录,从"玉茗风流梦未醒"一句看,或者彼时已经有了"瓣香玉茗"①的心思;不过,在厚厚四大册的《忠雅堂集》诗文作品中,并未见到有关汤显祖及其戏曲创作的其他只言片语。联系前文所及关于"情"的理解和"情正"的言论,蒋士铨赞赏汤显祖笔下的生死之情,也不反对以"至情"抗衡"天理",但对"情"未能明确地灌注忠臣孝子、义夫节妇之义持有保留态度。故他曾借俞二姑之口再三强调《牡丹亭》非淫、非艳之质,"都是《国风》《小雅》之变相来";对于杜丽娘的痴情,也表现的是有限度的理解和赞许:"即以事迹而论,这杜丽娘,毕竟是个痴人,方才生出种种情境来哟。"反而"可笑那杜丽娘呵,识见浅,要夫婿宫花双颤,险些儿被桃条打散梦中缘"。到了《殉梦》一出,俞二姑直白地道出了她的真实想法:"咳!养娘,这是他自写情怀之作,何曾有什么杜小姐。若论那柳郎君,不过一个贪名好色之人。虽极力写他,却是极力骂他呢。"不能不承认这才是蒋士铨关于杜、柳情爱故事的正解,因为第五出《改梦》中,他又借剧中人汤显祖之口表示:"我想霍小玉这个妮子,始以坠钗结缘,终以卖钗成病。比杜丽娘的婚姻,却是正大光明。"这说明,未得"情之正"是杜丽娘、柳梦梅之情不能被他真正认同的根本原因。如是,《临川梦》对汤显祖及《牡丹亭》传奇的肯定,更多落实在"自写情怀""写杜女痴情,至死不变,正是借以自况"的"抒愤"层面,人物的安排、结构的设置等也多来自这一维度的思考,杜丽娘、柳梦梅并未作为"四梦"中人的代表出现在剧中人汤显祖的梦中,其实正反映了蒋士铨对于《牡丹亭》的矛盾态度和暧昧否定。极力强调《牡丹亭》的"情正"之旨,借以塑造汤显祖"忠孝完人"的楷模形象,又要巧妙地规避以戏曲为汤显祖作传不得不面对的"情至"文本,这应是蒋士铨创作《临川梦》传奇时的最大尴尬。"情至"所促成的圣贤苦趣、仙佛恶劫一度使他"细想不能语,老泪湿阑干"②,但以损伤"情"的丰富性和艺术活力为代价的循规守矩能够让"发乎情,止乎礼义"成为现实吗?《临川梦》以佛道出场的"说梦"结束了这一探讨,生活中的蒋士铨却在"了梦"后依旧陷于"梦境相承梦难

---

① (清)杨恩寿:《词余丛话》卷三,中国戏曲研究院编:《中国古典戏曲论著集成》(第九集),北京:中国戏剧出版社,1959年,第275页。

② (清)蒋士铨:《香祖楼》,《蒋士铨戏曲集》,周妙中点校,北京:中华书局,1993年,第552页。

了"①的人生困境中。当年,汤显祖曾为未能遭遇"有情之天下"而怅恨不已,如今同样处于"灭才情而尊吏法"②的现实境遇中,"有情人"蒋士铨却希冀借助"有法之天下"校正"有情之天下",历史呈现出的真是一种"退步的革新",能不让人遗憾且悲哀吗?何况这又是一位"胸中非一刻忘世者"③的痛苦思考!只是,努力超越自己膜拜的这位"词人"前辈,是一种自足性思考完成的前提,蒋士铨虽然未能就这种题中应有之意进行明确的表达,但"知音者"的自我定位已经彰显了这一初衷。在同为乡梓的后辈文人李祖陶的语意里,还可以捕捉到对类似心态的积极接受:"传奇为才人末技,虽玉茗四梦亦不过自诩风流。惟先生《红雪楼》诸种,则皆表章忠孝节义,有裨风教。笔墨亦极高秀。读其自序诸篇,可知其老手擅场,非俗下才人之可比矣。"④"风流"与"风教"的轩轾已在不经意间道出了二者的根本不同,其具体指向则又有瓦解一直以来有关汤、蒋承继关系的潜在目的:蒋士铨不再仅仅是汤显祖的膜拜者,更是技高一筹的"老手擅场",汤显祖只是一位可以为其比照的"非俗下才人"而已。这样的信息发散不正来自《临川梦》传奇对《牡丹亭》的评价及关于汤显祖一生的阐释吗?只是历史仍然只在自己的汰选逻辑中运行,19世纪中期出生的两位戏曲评论家平步青、杨恩寿不约而同地呼应了这一逻辑,几乎同步发表了蒋氏戏曲"逼真玉茗'四梦',为国朝院本第一"⑤、"蒋心余瓣香玉茗,私淑有年"⑥的类似话语,蒋士铨以戏曲为传记表达的认同之感、尊崇之情依旧凸显为《临川梦》传奇最具亮点的历史坐标。

(载《文学遗产》2016年第4期)

---

① (清)蒋士铨:《临川梦》之【尾声】,《蒋士铨戏曲集》,周妙中点校,北京:中华书局,1993年,第285页。
② (明)汤显祖:《青莲阁记》,《汤显祖全集》,徐朔方笺校,北京:北京古籍出版社,1999年,第1174页。
③ (清)李元度:《蒋心馀先生事略》,《国朝先正事略》卷四二,济南:岳麓书社,1991年,第1124—1125页。
④ (清)李祖陶:《空谷香题词自序》文末按语,蒋士铨《忠雅堂文录》卷一,《国朝文录》,道光刻本。
⑤ (清)平步青:《小栖霞说稗》,中国戏曲研究院编:《中国古典戏曲论著集成》(第九集),北京:中国戏剧出版社,1959年,第218页。
⑥ (清)杨恩寿:《词余丛话》卷三,中国戏曲研究院编:《中国古典戏曲论著集成》(第九集),北京:中国戏剧出版社,1959年,第275页。

清初遗民心态与遗民杂剧创作

本文所谓"遗民"即明遗民，遗民杂剧作家是指一个将自己的政治身份乃至灵魂归属定位于明朝却生活、创作于清初的文人群体。在清初顺、康、雍时期的百余位杂剧作家中，约一半之多的作家由明入清；在已知履历的清初杂剧作家中，又有17位以遗民自居，在剧作中灌注了深挚的遗民情感。他们的创作构成了清初杂剧的重要部分，并且以独特的意象构成、复杂的情感内涵和深刻的审美意蕴展现了一代文人的心灵景观，成为一种不可忽略的创作现象。许多学者注意到了遗民作家群体的存在，曾永义即云："像吴伟业等人历经鼎革，亲见铜驼荆棘，残山梦幻、剩水难续，自然流露出无限的麦秀黍离之悲。这样的内容和情感是清初杂剧的主要特色，在元明戏剧中是无从寻觅的。"[①] 但对遗民杂剧作家的总体把握与论述，目前还是一个空白，这是本论题确立的前提。

一、遗民杂剧创作面面观

在已知履历的清初杂剧作家中，有14位可以肯定为遗民，他们是：傅山、王夫之、陆世廉、查继佐、邹式金、李式玉、土室道民、郑瑜、徐石麒、余怀、黄周星、张怡、三余子、马万[②]。按理，所谓"遗民"，乃指政治伦理或身份意义上的遗民，应严格限定在不进入新朝政治机制中者，既不包括那些出仕新朝而保有遗民意识者，也不应包括那些未出仕却心存干进、谄媚新朝者。然而，因历史境遇的复杂和个体现实处境的特殊，个案总是存在的。故在检视清初遗民杂剧作家时，仍将吴伟业、南山逸史、金

---

① 曾永义：《清代杂剧概论》，《中国古典戏剧论集》，台北：联经出版事业公司，1975年，第123—124页。
② 马万戏曲作品《西山拾翠》《虎阜芳踪》，邓长风推测是杂剧，详见《明清戏曲家考略全编》下，上海：上海古籍出版社，2009年，第342页。

堡三位暂归入遗民杂剧作家之列。吴伟业在顺治十年（1653）仕清，杂剧作品《通天台》和《临春阁》却创作于他入仕清朝前，体现的乃是其作为遗民的思想感情和人格风貌，故在论述遗民杂剧创作时不宜排斥在外。南山逸史即陈于鼎，曾为明朝进士，降清不久即辞官归里，其杂剧署名"南山逸史"，显然有自标为"遗民"之意，杂剧作品当作于清初，含蕴着深刻的遗民意识，故论及遗民杂剧创作时也不应忽略。金堡明亡后出家，法名澹归上人，其《遍行堂集》后附有《遍行堂杂剧》若干种，因乾隆四十年（1775）《遍行堂集》"皆谤本朝语"而同时遭到禁毁，尽管其晚节或言有疵[1]，毕竟未仕清朝，亦可归入遗民作家群体中[2]。因之，目前所知的清初遗民杂剧作家共有 17 位。

事实上，进入清代的遗民杂剧作家绝不仅仅以上 17 位。由于生活方式上自我阻绝的性质，以及历史流变与时光摧折所招致的资料流失，清初的遗民杂剧作家生平所知甚少，许多遗民杂剧作家的名字已无从知晓，有关他们的创作情况更是难以谛见。在已经确认的清初杂剧作家中，"土室道民"因为名号上的明确意指和作品中表现出的家国乱亡意识，可以肯定是一位遗民，对他的生平情况却一概不知；杂处于这个群体中的一些生平履历不详的作家是否为遗民，因作品意象的模糊亦十分难以确认。比如，我怀疑《樱桃宴》的作者张源就是一位遗民，可是有关他的里居、生平等目前还不能详知，便只能暂将其划分在外。类似的情况当不少，只好等待新材料发现后再排疑解惑。

另外的情况是，遗民杂剧作家的身份确定了，作品的情况反而模糊不清。一是作品佚失，有的连名称也没有留下，因而无法因斑窥豹，如余怀、张怡、李式玉、金堡、马万的作品至今没有发现传本，难论其详；一是作品创作时间难以确定，其与遗民心态的同构关系难于准确把握，如余怀的作品似乎作于入清前，但没有可靠的证据，傅山、徐石麒、查继佐的作品也难以论定明确的作期。可以基本肯定为遗民作家入清之作的杂剧作品有：吴伟业的《临春阁》《通天台》，陆世廉的《西台记》，王夫之的《龙舟会》，

---

[1] （清）邵廷采《西南纪事》卷七《金堡》云："堡为僧后，尝作圣政诗及平南王年谱，以山人称颂功德，士林訾之。"见《邵武徐氏丛书初刻》本。
[2] 潘承玉、吴承学《和光同尘中的骯髒气骨——澹归〈遍行堂集〉的民族思想平议》就认为金堡在一些俗滥文字表面背后，体现了"深沉的民族情怀和执着的民族气节"。《南京师大学报》（社会科学版）2005 年第 3 期。

黄周星的《试官抒怀》《惜花报》，土室道民的《鲠诗谶》，郑瑜的《鹦鹉洲》《汨罗江》《黄鹤楼》《滕王阁》，南山逸史的《半臂寒》《长公妹》《中郎女》《京兆妹》《翠钿缘》。邹式金的《风流冢》存在着入清以后再创作的可能[①]，查继佐的《不了缘》、傅山的《红罗镜》《齐人乞食》《八仙庆寿》和徐石麒的《买花钱》《大转轮》《拈花笑》《浮西施》因没有证据作于明代也一并纳入我们的审视范围。

遗民杂剧作家的身份多为文人士大夫。他们生长于明朝，在明朝接受教育，并领受了明朝皇帝赐予的功名利禄。其中六人进士，两人举人，其他也多为诸生。他们多在明朝或南明担任官职，如吴伟业曾任翰林院编修、东宫侍讲、南京国子监司业等，邹式金曾任南京户部主事、郎中、泉州知府等，查继佐曾任兵部职方主事，黄周星曾任户部主事，王夫之曾任行人，等等。

遗民杂剧作家的地域分布并不均匀，以今属江苏籍为多。在所知的17位作家中，江苏籍作家即有十位（包括长期寓居于南京的余怀），占一半多，浙江籍次之，但只有三位。这种差别，当然与区域经济发展的不平衡有密切的关系，符合明清之际中国各地经济文化发展的总体态势；同时也取决于传播渠道的畅通与否，与传播意识的强弱也不无关系。像王夫之，他的杂剧与其多数著作一样在他生前鲜为人知，无疑与他"窜伏穷山"、与外界缺少通问的生活方式有关，当然也缘于他的困穷，根本无力刊行自己的著作；逝后多年才在亲友资助下，由其次子整理刻印了十几种，发行量十分有限[②]；至于他的杂剧《龙舟会》，可以知见的最早版本是同治四年（1865）的曾氏金陵刻本，最早的著录者则是王国维的《曲录》（1908），此时距离他终身拒斥的清朝的灭亡已为时不远了。

遗民杂剧作家多为具有坚贞品格的铮铮之士。傅山"坚苦持气节，不肯

---

① 《远山堂剧品》"雅品"载邹式金杂剧《春风吊柳七》，与《风流冢》为同一题材，论者多认为乃一剧之另名。然折数不同，一为一折，一为四折，至少有简繁之别。傅惜华怀疑为《风流冢》"初稿"，见《清代杂剧全目》，北京：人民文学出版社，1981年，第11页；周妙中怀疑《风月吊柳七》即《风流冢》第四折，因为它是一折南曲，内容只是吊柳七一段"，见《清代戏曲史》，郑州：中州古籍出版社，1987年，第32页。笔者认为，《风流冢》或是其编订《杂剧三集》时重新创作，加以修饰尤为可能。

② 陶水平：《船山诗学研究》，北京：中国社会科学出版社，2001年，第3页。

少与时婞娅"①,即使危及生命亦凛然不可犯②;王夫之"窜伏穷山四十余年,一岁数徙其处,故国之戚,生死不忘"③;黄周星"以文章名节自任","虽处困穷,不改其操,君子高之"④;邹式金入清后避居无锡众香庵,30年居楼不下,潜心从事著述;余怀、陆世廉、郑瑜等亦隐居市井,坚持数十年不仕清,至死不忘故国,想方设法进行一种明志式的"政治性的表达"。王夫之自题墓石云:"抱刘越石之孤愤而命无从致,希张横渠之正学而力不能企。幸全归于兹丘,固衔恤以永世。"⑤表达了以文章与气节自任的风骨。黄周星自撰《墓志铭》曰:"……其胸中空洞无物,唯有'山水文章'四字。故尝有诗云:'高山流水诗千轴,明月清风酒一船。借问阿谁堪作伴?美人才子与神仙。'则道人之志趣可知矣。"显示了挥洒不羁、傲视现实的人生态度。

　　事实上,遗民生活方式的特殊性并不仅仅在于他们的"苦节"。其中许多人流连诗酒,啸傲园林,陶醉歌舞,萧然物外,以一种世俗化的方式表达了自己的不合时宜,与新朝对立。如查继佐,入清后隐居市井,以诗酒自娱;遭逢庄廷鑨明史案后,"益放情诗酒,尽出其囊中装,买美鬟十二,教之歌舞。每于良宵开宴,垂帘张灯,珠声花貌,艳彻帘外,观者醉心"⑥。他曾明确表示:"夫闭户尚多益,闭口岂不更善!"⑦杂剧作品则洋溢着浓郁的风花雪月式的男女风情,所作《续西厢》杂剧否定了王实甫《西厢记》第五本关于张、崔结局的处理,以"应制填词""因风托素""白马坚盟""紫绶合玉"为目,摹写了一幅洋溢了喜悦与风雅的风情画卷。作品以"奇"与"巧"的关目取胜,似乎无意于现实政治,却于花团锦簇中透射出作者刻意安顿那颗无处寄放的心灵的情感指向。

　　遗民杂剧作家多是集学者识见与文人才气于一身的多才多艺者。他们

---

① （清）全祖望:《阳曲傅先生事略》,《全祖望集汇校集注》,朱铸禹汇校集注,上海:上海古籍出版社,2000年,第479页。
② 康熙十八年（1679）傅山被荐博学宏词科不就,有司令乙昇至京城,傅山坚不入城;康熙授予其中书舍人,傅山亦不具礼节,云:"使后世或妄以刘因辈贤我,且死不瞑目矣!"听者无不咋舌。
③ （清）李元度:《王而农先生事略》,《国朝先正事略》卷二十七,济南:岳麓书社,1991年,第818页。
④ （清）王晫:《今世说》卷八《忿狷》,《笔记小说大观》第17册,扬州:广陵古籍刊行社,1984年,第273页。
⑤ （清）王夫之:《船山全书》第15册,济南:岳麓书社,1996年,第228页。
⑥ （清）钮琇:《雪遘》,《觚剩》卷七,上海:上海古籍出版社,1986年,第133页。
⑦ （清）沈起、陈敬璋:《查继佐年谱·查慎行年谱》,北京:中华书局,1992年,第162页。

往往驰骋于多个领域,并且显示出不俗的成绩。如傅山不仅是著名的书画家,还是一位思想家,在医学方面尤有造诣;王夫之出入于经史子集,在哲学、史学、文学乃至考据学、地理学等领域多有创见,还是一位被今人誉为可以与德国的费尔巴哈相媲美的大思想家①;吴伟业乃清初文坛翘楚,"江左三大家"之一,娄东诗歌群体的领袖,等等。至于戏曲创作,既是他们才艺的重要组成部分,也是他们有意张扬自我、发抒情怀的一个渠道。他们不仅创作杂剧,也从事传奇的写作,文体意识相对比较清晰。如邹式金在《杂剧三集小引》中所云:

> 北曲、南词如车舟,各有所习。北曲调长而节促,组织易工,终乖红豆;南词调短而节缓,柔靡倾听,难协丝弦。②

在已知的17位遗民作家中,有6位同时创作传奇,并且成绩颇佳。他们的杂剧创作多以北曲为主,即使采用了南北曲合套等变体、破体形式,也刻意显示遵循北曲规范的意识。这种对北曲正宗地位的强调,有对元杂剧难以企及的艺术成就的尊崇,肯定也缘于他们内心深处对汉族文化为代表的传统文化的追念与弘扬。在他们的眼里和心中,坚守汉文化就是对民族气节的坚持,从事北曲创作的象征意义也正在这里。邹式金入清后编辑的《杂剧新编》(又称《杂剧三集》)收入许多以北曲为主的杂剧创作,明确指出是对明代沈泰所编《盛明杂剧》的继承,包含了以剧存人、以剧存史、以剧明志的意义,所谓"今风流云散,舞衫歌扇,皆化为异物矣"③,就是一种深挚的遗民情感的真切表达。正是在这个意义上,遗民杂剧创作成为传统艺术在特定历史时期的一种独特话语形式,并因其形态表现上的诸多独特性而具有了鲜明的文化指向。

纵观遗民作家的戏曲活动,能够发现杂剧创作在他们眼里实在只是一件"余事":他们的杂剧作品多问世于身处政治社会边缘的遗民生活时期;他们中的多数对自己的创作状况语焉不详;他们的杂剧创作数量很少,难

---

① 侯外庐曾指出:"他在湖南山洞里著作有那么大的成就,我们不能不钦服他可以和西欧哲学家费尔巴哈孤处乡村著书立说并辉千秋。"见《船山学案》,济南:岳麓书社,1982年,第1页。
② (清)邹式金:《小引》,《杂剧三集》卷首,北京:中国戏剧出版社,1958年。
③ 同上。

以准确捕捉到用力于此的特定心态。但是，这一切并不足以否认他们创作态度的严谨，游戏的观念往往并不决定游戏的创作。关键是，因摆脱了"经国之大业"的威压，有时候，所谓的"余事"感能更真切地表达内在世界的真切与细微，更加贴近人的存在与生命的本质。正是在这一点上，遗民杂剧作家的创作一方面浸淫了强烈的政治性情感，另一方面又以一种类似"私人话语"的特殊性展示出人性的深层景观。

二、遗民杂剧作品的主题建构

遗民杂剧作家的创作主要集中于历史题材方面，通过对历史本事或历史性传说的主体建构达成怀思故国及反观和批判现实的主旨。如傅山的《齐人乞食》杂剧，齐人（丑）开场便云：

> ……见不惯他峨冠博带，饿脸穷腮。无分别是世上得贪廉污洁，没指望是口里得者也乎哉。早死了箪瓢陋巷颜回辈，寂寞杀洗耳沉渊巢许侪。还有那父为廉吏，子负薪，子负薪来！①

作者借孟子笔下的齐人说辞，对那些乞怜于清廷的无节之徒给予辛辣的讽刺，具有强烈而鲜明的现实指向。

应该指出，对历史本事或历史性传说的主体性建构主要是通过对题材本事的多种改写实现的，依此达到与现实的同构，促成古为今用亦为我所用的创作目的。吴伟业云："借古人之歌呼笑骂，以陶写我之抑郁牢骚；而我之性情爱借古人之性情而盘旋于纸上，宛转于当场。"② 正是有关遗民杂剧创作理念的一种有力诠释。他们在刻意于种种改写的同时，"借古人之性情"而抒写自我，倾力诉说了种种因国破家亡而生成的抑郁牢骚与愤懑不平，表达了对家国、人生等重大问题的深刻思考，同时也抒发了对遗民人格的倾慕与恪守。

（一）时间的改写。时间在遗民杂剧作家的创作中具有特殊的意义。对历史时间的改写，不仅表现出作家化物理时间为心灵时间的愿望，而且时

---

① （清）傅山：《齐人乞食》，民国二十三年（1934）排印《传奇拾遗》本。
② （清）吴伟业：《北词广正谱序》，李玉：《李玉戏曲集》，陈古虞、陈多、马圣贵点校，上海：上海古籍出版社，2004年，第1786页。

间作为一种"有意味的形式",往往能恰如其分地表现、传达或寄托作家主体的内在情志和生命追求。

如王夫之的《龙舟会》杂剧,主要取自唐代李公佐的小说《谢小娥传》,作品以第一人称的全知视角叙述了谢小娥为父与夫报仇的过程,所涉及的主要是唐宪宗元和八年到十二年(813—817)之间的一段史事。为了给故事提供一个战争的背景,以服务于"宏大叙事"的主题需要,王夫之将历史时间提前到唐德宗贞元十二年(796)前后——唐代历史上的一段动乱时期,指出:"近者贞元皇帝为逆贼所逼,驾幸梁州,四海无一隅之安……"①考贞元时期史事,并无唐德宗被逆贼所逼驾临梁州事,其事实际发生于兴元元年(784)。由于李怀光的叛变,唐德宗被迫逃到梁州;此前朱泚泾原兵变,其后又有李希烈称帝,李唐王朝的统治四面楚歌、岌岌可危,这与南明王朝四宇不安、桂王被迫退处西南的危机局势十分相似。王夫之如此之改写,显然是为影射南明桂王退处西南的危机局势。

再如土室道民的《鲤诗谶》杂剧,本于《唐诗纪事》《宋高僧传》《唐才子传》等书的记载,其中贯休谒见吴越王事应是在60岁时,也就是他71岁入蜀之前的十多年。但杂剧却将其安排在贯休入蜀的过程中,不仅时间上大大延后,并且改变了历史细节,在作品中声称是吴越王主动"迎取",而非史书所云之"谒见"。从而强化了贯休选择的主体性,为展现其耿介的个性以及应钱镠之请评说兴亡提供了情节展演的平台。

三如陆世廉的《西台记》,本宋末谢翱的《登西台恸哭记》,主要通过对文天祥的祭奠抒发亡国的悲痛。这篇作品大概作于文天祥逝世后的八到九年②,但杂剧却将情节展开于文天祥殉国后不久,与《登西台恸哭记》所云"与所别之处及其时适相类,则徘徊顾盼,悲不敢泣"③的情形有所不同。这具有为丞相文天祥"招魂"的指归,也寓示了作者为故明英雄吊祭乃至"招魂"的深层用意。

(二)人物的改写。为了达到借古写今、借他人表达自己的创作目的,遗民杂剧作家对人物的改写可以说是全方位的,既有人物姓名的改写、人

---

① (清)王夫之:《龙舟会》,郑振铎编:《清人杂剧二集》,民国二十三年(1934)影印本。
② 文天祥死于至元十九年(1282),谢翱登西台的时间当为至元二十八年(1291)或二十九年(1292)。参见常绍温《谢翱及其〈登西台恸哭记〉》,《成都大学学报》1995年第1期。
③ (宋)谢翱:《登西台恸哭记》,《晞发集》卷十,影印《文渊阁四库全书》(第1188册),台北:台湾商务印书馆,2008年,第328页。

物评价的改写,更有关于人物关系及命运的改写,充分显示出创作主体的自由挥洒。

如人物姓名的改写,李公佐小说中谢小娥的丈夫名段居贞,乃"负气重义,交游豪俊"的义士,父亲则无名;到了《龙舟会》杂剧中,他们作为安分守己的商人,却都具有含义深刻的名字——段不降、谢皇恩,这显然具有喻示作者坚守民族气节的用意。

再如人物评价的改写,此前文学史上的曹操本是一位奸臣的形象,戏曲作品往往以"净"或"丑"的脚色扮之,以揭示其阴险和奸诈。但在南山逸史的《中郎女》杂剧中,他变成了"外"——正面男性的角色;他赎回蔡文姬的动机也是为了纂修国史,表达自己"翊汉安刘"的苦心,与历史上记载的与蔡邕交好,"痛其无嗣"而"以金璧赎之"①,完全不是一码事,显然也是为了弘扬汉族文化正统的叙事需要。

也有人物关系的改写。如在《宋史》等史籍中,谢翱与邹沨溂一起追随文天祥勤王,但二人并非幕僚关系:谢翱景炎元年(1276)进入文天祥幕府,为咨议参军,景炎二年即与文天祥分别;邹沨溂曾任江西安抚副使、兵部侍郎等职,转战江西、广东地区,"及天祥被执,沨溂自杀"②,并没有机会凭吊文天祥。杂剧《西台记》不但将二人共同安排在文天祥幕府,为志同道合的朋友,并一起祭奠为国捐躯的英灵;杂剧作品还改变了谢翱"只影行浙水东"的记载,这既受《登西台恸哭记》与友人甲乙丙"相向感泣"的话语暗示,可能也寓有为遗民群体张帜的良苦用意。

最后是人物命运的改写。如上所述,为了照应谢翱作品中对友人姓名的省略,杂剧《西台记》安排了邹沨溂与谢翱同祭的情节,历史人物邹沨溂的命运因之而改变。又如吴伟业的《通天台》杂剧,主人公沈炯本为贰臣,曾由梁入陈,受到两朝的重用与礼遇。但吴伟业并没有涉及他身仕两朝的事实,而是从其遭到西魏软禁的尴尬处境出发,为他设置了一个国破家远、天涯沦落、无所适从的遗民生活的环境,所谓"国覆荆、湘,身羁关、陇"③。就是在这样的情势下,他遭遇了怀旧与履新的徘徊与困苦,最

---

① (宋)徐梦莘:《三朝北盟会编》卷一二四,影印《文渊阁四库全书》(第351册),台北:台湾商务印书馆,2008年,第169页。
② (元)脱脱等:《宋史》卷四五四《忠义九》,北京:中华书局,1977年,第13350页。
③ (清)吴伟业:《通天台》第一出,《吴梅村全集》,上海:上海古籍出版社,1990年,第1388页。

终则通过灵魂的自我对话而获得了暂时的解脱。

（三）题名的改写。这里所谓"题名"包括形象称谓的表达以及作品题目的设置等。对题名的关注标识了遗民杂剧作家强烈的主体意识，显示作为暗含主人公的遗民作家刻意表达自我的强烈冲动。

如土室道民的《鲠诗谶》杂剧，着眼于五代时著名的诗僧贯休与钱镠的交往关系，并借以表达对兴亡问题的思考。为达成这一题旨，作者对贯休法号的确立时间进行了看似不经意的改写。贯休"禅月大师"的法号本是西蜀王建所赐，发生在贯休行将辞世之时，杂剧开篇却明确说是"长安天子赐我法号，唤做禅月大师"。通过名称的置换，突出了"长安天子"的价值定位，表达一种深沉的故国之思。

再如吴伟业有关兴衰成败的思考，是通过杂剧《临春阁》进行了表达。在有关的文献记载中，冼夫人与张丽华并未见有任何瓜葛，但作为杂剧作品中的两位主人公，她们却通过"临春阁"——作为陈后主享乐标志的三阁（临春阁、结绮阁、望仙阁）之一发生了遇合关系。彼此惺惺相惜，才能相映，共同构成动乱时期的国家双璧。《临春阁》之题名，则凸现出男性群体的荒淫无道、平庸无能。从而将题材的着眼点，赋值于有关国家兴衰命运的深刻思考，唱出了一代王朝衰亡的挽歌。

有些题名是伴随着文体类型改变而来的，如王夫之的《龙舟会》杂剧。李公佐的传奇按照唐人小说一贯的命名习惯，通过为谢小娥一人立传以"观天下贞夫孝妇之节"[①]。王夫之的杂剧，则以端阳节除杀盗贼这一具有特殊意义的复仇活动为标志为作品命名。其意义不仅在于表明了复仇的时间（端阳佳节）、强调了复仇的意义，让谢小娥的个人恩仇有了一个了结，也为暗含的主人公王夫之日夜思量的家国之仇提供了一种预设。王夫之之所以将《谢小娥传》中那个不确定的时间"元和十二年一日夕"改为端阳节这样一个特殊的日子，既照应着其对身怀孤愤的屈原的一贯崇仰，毫无疑问也是他与屈原一样忠而见放的经历情感的艺术反映。

对题材本事的种种改写，是清初乃至整个清代杂剧善用借古喻今、借古写心等叙事策略的一个表征，展现了遗民杂剧作品所贯注的深刻的忧患意识和强烈的社会责任感，同时也集中表达了此类作家关于遗民人格的多

[①] （唐）李公佐:《谢小娥传》,《唐人小说》,汪辟疆校录,上海：上海古籍出版社,1978年,第95页。

向度思考。事实上，对于遗民，人格是最高贵的丰碑。对遗民人格的坚守程度以及遗民人格所彰显的多种形态，昭示了遗民文学深邃而丰富的内涵。应该说，遗民杂剧作家普遍存在的生存骚动是此际文坛上一道特殊的心理景观。在一个江山易帜、兴变无常的历史文化境遇中，人性的深层变迁更为扑朔迷离，难以谛视。像吴伟业一类绞结于"出"与"处"的选择而未能坚守遗民节操者并不乏其人，另一位杂剧作家陈于鼎也属这一类型。不同的是，吴伟业通过杂剧创作表达了徘徊往复、怀才不遇的复杂心曲，而陈于鼎则仅仅于吟风弄月的市井烦嚣中逃避了对内在世界的审视。因史料的匮缺，难以详知陈于鼎的内心景观是否较吴伟业更为复杂而凝重，至少其剧作体现了较吴伟业更为决绝冷淡的世俗情调，并且刻意通过对红尘韵事的摹写达成了对现实人生的批判。如《中郎女》写蔡文姬的归国与修史，借机直陈了对朝政的不满，云："诸外戚窃持魁柄，大将军擅弄威权，阉宦横行，朝廷侧目，名流标榜，门户交争。"[①] 表面是对东汉后期政治混乱的描述，实际上则表达了对明朝末年混乱的政治格局的指责。绾结而言，他们的作品在揭示遗民杂剧创作的丰富性和遗民人格的复杂性方面具有特殊的意义。

三、遗民心态与戏曲创作

由明入清，伴随着舆图换稿而来的首先是对生活方式的选择。无论是隐于市井，还是隐于山林，始终处于死亡威胁、刀光血影下的遗民群体，实际上选择的是另一种形式的"死"。他们始终不甘心单纯地以隐逸抗节，他们的"隐逸"包含了巨大的丰富的内涵。至于具体内容，有的遗民以整理故国文献为己任，如张岱写作《石匮书》，吴伟业写作《绥寇纪略》；或者记录故国覆亡的有关史事，以存忠烈，如王夫之的《永历实录》，查继佐的《鲁春秋》；或潜心于社会人生的哲学思考，如顾炎武、黄宗羲、王夫之三位思想家的有关著述，由对明朝灭亡的思考转向关于国家、君权等的深刻的哲学批判，等等。诗歌创作自然是遗民作家的生存方式之一，其不但具有"存史"的功能，且利于抒情言志，也便于许多隐微复杂的思想

---

① （清）陈于鼎：《中郎女》第四出，邹式金：《杂剧三集》卷十四，北京：中国戏剧出版社，1958年。

和情愫的表达，以致"非歌诗无以雪其愤"①。因此，遗民诗歌成为清代诗歌乃至清代文学艺术中的一个大类，正以如火如荼之势进入当下的学术视野。戏曲创作既然无法逃逸时代主题的规定，风从水生，因其舞台演出的实现形式、代言体的话语特征以及述说前代的叙述策略而为遗民作家所偏爱，创作与观演都风起云涌，构成清代初年一道饶有意味的独特风景。

（一）戏曲表演的再现性，成就了遗民作家通过舞台观演表达对"汉官威仪"的渴慕，也促成了他们游戏人生以对抗现实的人生策略。

由于国家的倾覆以及随之而来的剪发易服等民族压迫政策，身处边缘地位的遗民作家心情异常苦闷悲哀。对于那些能够介入观戏听曲时尚的遗民而言，这种呼唤民族情感的时代诉求往往可以通过红牙唱板和轻歌曼舞获得表达，并使他们在一定程度上获得了心理或精神上的些许慰藉。那些于舞台上才可见到的汉家人物甚至衣冠，都足以勾起遗民对故国故君的悠长怀思和深切悼念。被称为"复社五秀才"之一的遗民诗人刘城生前曾写有《优戏》一诗，云：

> 院本谁家奏，红牙度夜阑。群情皆假合，诸态落旁观。禁忌删胡舞，留遗见汉冠。周郎座上少，概是浪悲欢。②

另一位遗民诗人方文在扬州为客时，因有人欲观演《万年欢》传奇，而剧中有朱元璋及群臣形象，竟当场大呼曰："不可！岂有使祖宗立于堂下而我辈坐观者乎？"又云："吾宁先去，留此一线于天地间！"以致同时在座的王士禛拍案赞叹说："壮哉，遗民也！"终致改演他剧③。另一方面，非高文典册的"末技"地位，也正好使杂剧服务于这样一个充满压力的历史空间。遗民作家在选择戏剧文体进行创作时，往往通过对俳优人格的主动模仿即所谓扮演性的"代言"，表达对世道人心的批判与思考，并因此释放各种无法排遣的人格焦虑。正因为如此，有许多作家是在成为遗民后才涉足戏曲创作的。如王夫之，尽管他对自己的创作语焉不详，但可以设想，如果不是对南明抵抗无力的失望以及恢复无期的无奈，他可能不会产生创作杂剧

---

① （宋）郑思肖：《自序》，《郑思肖集》，陈福康校点，上海：上海古籍出版社，1991年，第43页。
② （清）刘城：《峄桐诗集》卷七，光绪十九年（1893）养云山庄刻本。
③ （清）方文：《嵞山续集》卷五，《嵞山集》，上海：上海古籍出版社，1979年，第1143页。

的冲动；即使创作，也不可能对复仇题材发生兴趣，其剧作面貌或许就不是我们今天看到的如此慷慨悲壮的《龙舟会》。黄周星也是成为遗民后才从事戏曲创作的，他一鼓作气写了传奇《人天乐》和杂剧《试官抒怀》《惜花报》，或寄寓了身世之沧桑，或抒发了愤懑与理想，淋漓畅快地准确表达了蕴藉于胸中的复杂情愫。

（二）戏曲独具特色的代言体叙事方式，能够充分展露遗民作家种种复杂幽微、难于言说的个体情感，为他们排遣彷徨失路的现实苦闷提供了相对便捷顺达的渠道。

明代姜大成在解释李开先从事戏曲创作的原因时说："古来抱大才者，若不得乘时柄用，非以乐事系其心，往往发狂病死。今借此以坐消岁月，暗老豪杰，奚不可也？"[1]也许正是因为心灵的困窘以及"乘时柄用"的信念缺乏，才使遗民作家千方百计地寻找一种轻松之途，将一种迫不得已之情淋漓尽致地宣泄出来。这种轻松之途当然不仅是传统的诗词文，还包括一向不为正统观念认可的戏曲文体。许多遗民作家正是在一种"去位"的心态和状态下选择戏曲文体从事创作的，吴伟业就是如此；黄周星甚至遗憾自己对戏曲亲近之晚，云："余自就傅时，即喜拈弄笔墨，大抵皆诗词古文耳。忽忽至六旬，始思作传奇。"[2]事实上，遗民之"遗"，不仅在于被君王以及所代表的国家所"遗"，由于无法领受新朝之于归顺士人的种种待遇，所以实际上还暗含着为现实的功名利禄所"遗"的意旨。换言之，遗民作为一种政治性群体，实际上承担了包括政治在内的所有文化的威压。他们已经违背了封建君主对"死"的严格规定[3]，似乎也没有理由活得体面、舒服，一些人通过土室拘囿自己[4]；而对那些难以忍受现实苦难且渴望有所作为的文人而言，"遗"所带来的一切压迫，使他们既无法超越故国故君的情感拘束，也无法超越遗民群体的严苛规范，更无法超越由前朝教育塑造而成的人文自我，这一切往往构成了一种无法言说的悲痛情结。郭英

---

[1] （明）姜大成：《宝剑记后序》，李开先：《李开先集》，路工辑，北京：中华书局，1959年，第852页。

[2] （清）黄周星：《制曲枝语》，中国戏曲研究院编：《中国古典戏曲论著集成》（第七集），北京：中国戏剧出版社，1959年，第121页。

[3] 对臣民来说，死是无可选择的选择。如张岱所云："忠孝大纲，难于死义……主辱臣死，固其分也。"见《石匮书后集》卷二三，北京：中华书局，1959年。

[4] 清初用土室之类拒"交接"以表遗民之志者不乏其人，如有杂剧作家自号土室道民，毛奇龄明亡后筑土室读书，关中大儒李颙自称"土室病夫"等。

德在总结清初遗民状况时指出："失国怀旧和向往功名的人格分裂症，在清初的文人士大夫中是一种时代的流行性传染病。"① 揭示的就是这样一种潜在的心理现实。许多人最后走出"土室"效力新朝（如毛奇龄），另外一些人则在颠顿难行中徘徊往复，将自己的矛盾心迹印刻在诗词乃至戏曲创作上。

（三）戏曲善说前代历史的叙述策略，为遗民杂剧作家缅怀故国、观照现实以及表达对遗民人格的坚守与弘扬提供了门径。

对于明清时期的戏曲作家而言，借他人酒杯浇自己胸中块垒，本已是创作选材之惯常思维。但在亡国之初述说前朝，不仅具有某种象征意义，其作为一种通常的叙述策略，又俨然成了一种不必言说的时尚。这样的言说是有所选择的，兴奋点则多在宋元之际。由宋元而明清，两个易代时段，历史的距离不过三百年，却出现了惊人的相似：都是弱君庸臣，都是"以夷代华"，当然也都制造出了意义和品格皆相当卓荦的汉族遗民。张兵说："明遗民的自我认知与自我定位借助了宋遗民，而也正是在对自我命运的深刻体认中，宋遗民的遗民品格才得以凸现。"② 历史情境的艺术再现，历史人物之于当下情感的现实互动，既足以寄托遗民作家的复杂情感，也能够传达遗民作家的真正声音，当然也促成了新时代遗民数量的迅速生长。宋元之际成为一段最经常被言说的历史，其文学史意义实在不是三言两语可以说尽的。至于其施之于杂剧创作的影响，如方文重读徐渭《四声猿》后，曾经想写一部《六声猿》，云："昔徐文长作《四声猿》，借祢衡诸君之口以泄其胸中不平，真千古绝唱矣。予欲仿其义作《六声猿》，盖取宋末遗臣六事演为杂剧。"借以表彰遗民人格，其中所涉及的主要是宋元之际的著名遗民如郑思肖、谢翱、王鼎翁、唐珏等，可惜"词曲易工，但音律未谙，既作复止"③，只留下了几首诗歌作品。在流传至今的杂剧作品中，陆世廉的《西台记》杂剧反映的就是文天祥抗元牺牲后，谢翱等人在西台设酒吊唁借以凭吊故国的一段。此剧在关目上不无可议之处，如曾永义云："关目片断，毫无血脉可言。"④ 这种对关目的忽略，显然在于作者为抒发悲痛的

---

① 郭英德：《论清前期的正统派传奇》，《文学遗产》1997 年第 1 期。
② 张兵：《遗民与遗民诗之流变》，《西北师大学报》1998 年第 4 期。
③ （清）方文：《六声猿》，《嵞山集》卷十二，上海：上海古籍出版社，1979 年，第 504 页。
④ 曾永义：《清代杂剧概论》，《中国古典戏剧论集》，台北：联经出版事业公司，1970 年，第 129 页。

情感，寄托亡国之恨，过于在曲词上用力，反促成了"南曲深沉，北曲凄厉，俱从情生，不事雕琢"①的艺术效果。同时期的另一位遗民杂剧作家邹式金高度评价《西台记》的曲词："妙在不矜浮艳，实地描摹，肝胆须眉具见。"②这是遗民作家之间的息息相通之语，也道出了作者创作之兴奋点所在。概言之，正是一种"遗"的心态导致戏曲作家对一向不太亲近的杂剧产生了特殊的感情，在"端居无憀，中心烦懑"③之际抒发内心隐曲，从而成就了一批在中国戏曲史上拥有独特的言说策略的遗民杂剧作家。

遗民杂剧作家的创作品格，无疑受制于明末清初的历史巨变，受制于塑造了遗民群体的当下的文化境遇。遗民杂剧作家所处之边缘性地位，决定了他们不同于以往的观照视角；他们不再仅仅是个中之人，他们有充裕的时间和适度的距离审视过去的历史和当下的生活，他们可以比较，可以用非常严苛的标准行使批判的权利；而遗民作家拥有的所谓"隐逸"的生活，也绝不像这一洋溢着文化修辞色彩的词语本身那般美好。其中的困窘与苦涩既无法言说，蕴存的志向与才气也无法付诸实践。时间消磨着他们的生命。这种以"心志"与"筋骨"为代价的境遇，逼使他们产生了类的联想，能够深刻地思考，并且通过杂剧创作表达出这种基于历史的必然性所获得的人生诉求。正是在这一意义上，清初的遗民杂剧作家多继承了明代文人弘扬戏曲的态度和精神，并不将戏曲创作仅仅视为"小道""末技"，并且一改传奇创作多有"相思"主题的窠臼，赋予作品严肃而重大的社会人生主题，将对人生的失望与期待、文化的忧患与振兴等重要问题的深沉思考，尽量通过杂剧作品给予优先性表达。这种赋之于文体本身的信任表明，杂剧创作已在不经意中担负起"经国之大业"的重任，其"托体稍卑"的末流地位也因此具有了崇高的意义。从这个层面上而言，采用杂剧本身就标识了反抗或者超越的意义，遗民作家的创作因之也具有了文化史意义。

（载《文学遗产》2006年第3期）

---

① 徐子方：《明杂剧研究》，台北：文津出版社，1998年，第470页。
② （清）邹式金：《西台记·眉批》，《杂剧三集》卷三一，北京：中国戏剧出版社，1958年。
③ （清）吴伟业：《秣陵春序》，《吴梅村全集》，上海：上海古籍出版社，1990年，第728页。

遗民心态与吴伟业戏曲创作

从遗民人格这一不寻常的视角审视吴伟业的杂剧创作，主要出于以下依据。第一，吴伟业的两部杂剧作品均作于明亡后他隐居家乡入仕清朝前，具体说是顺治九年（1652）最迟至顺治十年春[1]，所表现的是其作为遗民的复杂痛苦的心态；第二，吴伟业入仕清朝后旋即致仕，在悔恨和反思中度过了余生，至死向往并认可自己的遗民身份，他临终嘱咐儿子将自己的墓碑刻上"诗人吴梅村之墓"[2]，这是他反思和检讨自己毕生的结果，也表明了他对自己仕清行为的彻底否定。也就是说，吴伟业虽曾入仕清朝，政治身份应归属于贰臣，但其文化心态却主要是遗民的。将其人格特点概括为"遗民人格"当不至于亵渎"遗民"深厚而特殊的内涵。

关于吴伟业的遗民人格之于其戏曲创作的联系，拟从以下三方面加以论述。

一、关于题材本事的选取与改造

中国人善于"稽古"，在面对现实的时候，探取历史的风云信息并以之反观现实，乃中国文人的思维习惯，如日本学者中村元所说："中国人的基本心理是力图在先例中发现统领生活的法则。"[3]明末清初，这是一个天崩地裂的时代，是一个价值倾覆、人格委地、命途多舛的时代。面对故国花草和异国阳光，文人士大夫较普通市民面临着更严峻的思考和选择。就像另一位杂剧作家尤侗所说："国破家亡，主辱臣死，此卿大夫之责，非庶

---

[1] 黄果泉：《吴伟业传奇、杂剧撰年考辨》，《河南师范大学学报》2000年第6期。
[2] （清）顾湄：《吴梅村先生行状》，《吴梅村全集》，上海：上海古籍出版社，1990年，第1406页。
[3] 〔日〕中村元：《东方民族的思维方法》，杭州：浙江人民出版社，1989年，第126页。

民妇女之事也。"① 的确,他们的身体和意志都是属于皇帝的,以身殉国是最好的选择,一了百了,既斩断了七情六欲,也可能哀荣子孙;如果不能殉国,能够通过隐逸等方式守节也不失人伦大义,以中国人对生命的尊重,"苟活"亦能获得充分的认可。于是,何去何从成了士人思考最多的难题,也构成了一种普遍的困惑。

吴伟业和当时的许多士大夫一样处于艰于选择的苦闷和困惑之中。当他们反观不久前发生的易代悲剧,审视个人在情势转换时的身世浮沉时,不约而同地将目光停在了历代王朝的易代之际。多数人关注南北宋的末年,因为此期的易代包含着民族更迭的诸多信息,与明末清初的形势十分相似。吴伟业则不仅想到宋末,还将视角探入更远的南北朝和唐末。易代之际人的漂泊无依,易代之际人的悲伤苦闷,乃至易代之际人的命运变化,等等,都是他十分关心的,也是他反观自身的最好依据。用诗歌,其篇幅不足以容纳叙述因素;用散文,其容量也难以承载其中的厚重情感;只有戏曲,兼有叙事和抒情的功能,其独特的角色制还足以将对个人命运的思考收纳和释放出来。于是,吴伟业选择了戏曲文体作为表现的形式。

应该说,吴伟业对于题材本事的选取和改造都是精心的。他的两部杂剧《临春阁》和《通天台》,均选取易代之际的人物和故事构造情节,通过相关人物在易代之际的心理变化和命运遭际,表达了吴伟业本人对自身处境与现实人生的深刻思考。

《临春阁》取材于《隋书·谯国夫人传》和《陈书·张贵妃传》,主要描写冼夫人和张丽华的备受恩宠以及陈国灭亡后她们的不幸结局,其中又以冼夫人为主。陈芳指出:"此剧盖以陈后主比明福王,冼氏无谒陈主事,系借秦良玉奉诏勤王,入都陛谒之事。"② 从吴伟业对于戏曲作品与诗歌一样需承担"诗史"功能的认识,以及秦良玉与冼夫人的诸多相似来看,冼夫人的故事确实来自于秦良玉事迹的启发,她们面临着大致相似的时代背景和现实使命,也同样表现了不同凡响的英武。秦良玉系四川石砫女将,宣抚使马千乘之妻,勇武而有谋略,治军严谨,勇敢善战,先后被封为总兵官、一品夫人。崇祯时,曾因李自成之乱奉诏勤王,入京见驾,崇祯皇帝赐诗曰:"他日功成麟阁上,丹青先画美人图。"此事一时传为美谈,许

---

① (清)尤侗:《张烈妇传》,《鹤西堂稿》文集卷三,《西堂全集》,康熙刻本。
② 陈芳:《清初杂剧研究》,台北:学海出版社,1991年,第96页。

多诗人对此给予了艺术反映，如张若麒有《秦良玉勤王歌》①等。吴伟业对秦良玉同样持赞赏的态度，她的经历与冼夫人的经历如此相像，而崇祯皇帝的赐诗又使他联想到先后作为陈后主享乐以及衰亡标志的临春阁、结绮阁、望仙阁。于是，经过巧妙的艺术构思和提炼，他运用杂剧的艺术形式写出了一代王朝衰亡的挽歌《临春阁》。

《临春阁》塑造了一文一武两位女杰，文者张丽华，作为历史上盖棺论定的"祸水"，在剧中却是"帷幄重臣，夙夜匪懈"（第一出），辅佐着贪图享乐的皇帝，丝毫没有危害国家的行为，虽国变后仍被诬为"女宠乱朝"，遭到杀戮，却赢得了以冼夫人为代表的国人的哀惋与感叹，并不给人以恶感；武者冼夫人，智勇双全，为一方百姓，保一国之君，以"忠贞"作行为的准则，得知陈朝灭亡张丽华被杀的凄惨结局后，看破红尘，入山修道而去。一死国，一去国，结局不同，反映出的思想感情却相同：国家缺乏栋梁之才，消亡是无法挽回的，个人的愁肠百结和哀痛自损都无济于事，寻求解脱和超越既是最佳选择，也是无可奈何的选择。

作品的中心意旨显然是为反思明朝的覆亡：对于皇帝、大臣或者说那个平庸的男性权力政体而言，女性更有才智，更为忠贞，男性则"全然不济"，只能令人失望。只可惜她们还无法独立承担保国安天下的重任。所以，作者一方面呼吁："毕竟妇人家难决雌雄，则愿你决雌雄的放出个男儿勇。"另一方面，则为巾帼英雄们安排了不幸的结局。

为了达成这样的意旨，吴伟业对历史本事进行了改写，拉开了剧中人与历史人物之间的距离。

改写一：历史上的冼夫人，"幼贤明，多筹略，在父母家，抚循部众，能行军用师，压服诸越"；嫁给冯宝后，"诫约本宗，使从民礼"，又"政令有序，人莫敢违"②。她虽然屡次解救皇权于危难之中，却是一位身历三朝的女性将军，这一点与现实中的秦良玉并不一样。吴伟业用她来比附一位在动乱之际的勤王英雄，既不合时宜，也有碍自己的艺术构思，于是他改冼夫人身仕一朝，并因为一朝一姓的灭亡而心灰意冷，看破红尘，入道出家。

改写二：历史上的冼夫人是梁朝人，由梁入陈后，因挫败欧阳纥叛乱

---

① 《秦良玉勤王歌》曰："处处流民堪绘图，海棠花下卧兵符。指挥如意貔貅壮，羞杀堂堂彼丈夫。"
② （唐）魏徵等：《隋书》卷八十《谯国夫人传》，北京：中华书局，1972年，第1800—1801页。

而被封中郎将、石龙太夫人；陈亡入隋后，又被封为宋康郡夫人，因平定王仲宣叛乱时，亲自上阵，再立新功，被册封为谯国夫人，同时下诏表彰，赐"物五千段"等。及死后，又被封为诚敬夫人。《临春阁》中的洗夫人仅仅是陈朝的边陲大将，出场时已经屡立战功，并已经被册封为谯国夫人。陈后主在临春阁中盛宴招抚，既是对洗夫人既往功绩的表彰，也是对她"忠贞"之心的一次激励。

改写三：在《隋书·谯国夫人传》中，洗夫人所谓"忠贞"的话语出现过两次，一次是在陈朝欧阳纥叛乱时，面临保全国家还是保全儿子的选择，她对儿子说："我为忠贞，经今两代，不能惜汝辄负国家。"另一次是在其晚年入隋，她将各朝皇帝皇后的赐物各藏于一库，"每岁时大会，皆陈于庭，以示子孙，曰：'汝等宜尽赤心向天子。我事三代主，唯用一好心。今赐物具存，此忠孝之报也，愿汝皆思念之。'"[①] 到了《临春阁》中，这一切则演绎为在国势显赫时对外国使臣和大小官吏展示皇帝的赐物，一则表示"国家威灵燀赫，薄服海内"，二则表示"国家待人不薄"，借以勉励各位臣僚以忠贞报效国家。

改写四：有关的历史文献记载中，并未见洗夫人与张丽华有任何瓜葛，只是《隋书·谯国夫人传》中记有她被隋朝皇帝册封为谯国夫人时，"皇后以首饰及宴服一袭赐之"，似乎她与皇族女性的遇合只有这么一点点。而在《临春阁》中，张丽华和洗夫人惺惺相惜，才能相映，俨然双璧，不仅男性群体为之无颜色，就是身为皇帝的陈后主也显得黯淡无光。吴伟业一方面写张丽华的"才"，另一方面又写张丽华的"仁"，为此嫁接了洗夫人与张丽华的遇合，既便于歌颂以她们为代表的女性群体的远见卓识和杰出才能，也改变了张丽华在正史上的面目。

改写五：历史上的洗夫人远在南越，虽然屡蒙封赏，但并没有进京拜谒皇帝之事的记载。吴伟业因秦良玉事迹的激发而将其君臣遇合系于临春阁，或者有出于文人雅趣之因素。更重要的，还当归之于历史上的临春阁乃陈后主享乐腐败以至亡国的标志；其与明亡史事的对应之点在于，它是一个末代皇帝的享乐之所，与南明福王在南京的所作所为正可以同构，乃一具有象征性的标示。

改写六：历史上的张丽华"好厌魅之术，假鬼道以惑后主，置淫祀于

---

① （唐）魏徵等：《隋书》卷八十《谯国夫人传》，北京：中华书局，1972年，第1802—1803页。

宫中，聚诸妖巫使之鼓舞；因参访外事，人间有一言一事，妃必先知之，以白后主，由是益重妃，内外宗族，多被引用"①。《临春阁》中的张丽华同样"爱倾后宫"，却不是由于这些邪道妖术，甚至也没有提及她的美丽和风情，强调的是她的才能，她较一个普通女人的辛苦在于其"早来公事，夜分诗酒"，承担着双重功能。吴伟业彻底摒弃了她身上的"妖魅"特征，所谓"你虽是风流种，世不曾将官家弄"（第三出冼夫人唱词），凸显的是她的智慧与才能。

从吴伟业对历史本事的改写可以看出，他创作《临春阁》杂剧首先着力刻画的是一位效忠君王的女英雄。冼夫人"家在梁州，世为南越，长归冯氏，裔出北燕，好立军功，耻从夫爵"，"率领六州兵马，便宜行事"（第一出），以岭南节度使的身份护卫着南部边疆。当国家遇到危难时，她挺身而出，不计个人得失，表现出男人所不及的气节与风度："今日朝廷有难，妃、主惊忧，若不颠沛勤王，怎笑他男儿误国！"作品着力描写了冼夫人对皇帝的忠贞，而这也是她嘉勉男性的资本：

> 国家待人不薄，就是我一妇人，止靠"忠贞"两字，宠赉至此，何况公等！各宜努力，异日公侯将相，带砺河山，宁出儿女子下乎？

但她毕竟是一位女性，尽管有超越于男性的文韬武略，却无法在关键时刻力挽狂澜②，只能眼睁睁地看着河山沦陷："恨文武无人效忠"，这世界"依先是男儿伯仲"（第四出），徒然在一种唏嘘无奈的感伤和失落中入道出家。

其次，吴伟业刻意构造的冼夫人与张丽华的君臣关系，似乎不仅仅是为融洽的君臣关系张目。当以陈后主为代表的君臣陶醉于声色宴飨之时，身处边疆的冼夫人与侍奉于内廷的张丽华同样感觉到了危机的存在。冼夫人是以对马援一样的男性英雄的期待来表达的：

> 伏波原，铜柱云连，躧屣妻儿望踣鸢。（到今日呵，这样的男儿，一个也不见了。）倒靠着木兰征战，苦了粉将军，乔镇绿珠川。
>
> ——第一出【赚煞】

---

① （唐）姚思廉：《陈书》卷七《张贵妃传》，北京：中华书局，1972年，第131页。
② 这种"无法"不仅仅是因为性别的因素，在《临春阁》中首先表现为地理因素，是由于路途的遥远而对于勤王实践的难以企及。

张丽华亦以"一双俊眼"参透了国家的玄机,就像冼夫人理解的:"昨日个临春排宴,怎生般酒酽花秾。匆匆。为甚的执手临歧怨落红。(我晓得他意儿了。)说不出君王懵懂。"(第四出)正因为如此,她方对冼夫人道出了"万千烦恼":"你看青溪山色,无限凄其。正不知人世存亡,市朝迁改,孤家与卿,还有相见之日否?"显然,因"君王懵懂"而导致的国家危机已同时被这两位女性感知到了。所以,她们之间惺惺相惜,互相理解,感情已不止来自"君臣知遇",更来自于一种"生死交情"(第四出)。此即学者所论,其中包含着超越君臣关系的"义气"因素①。这种因素之具有个人性,不仅表现在冼夫人与张丽华的彼此欣赏与理解上,还表现在冼夫人入道出家行为所包涵的回报张丽华知遇之恩的寓意中,当然也体现了吴伟业对君臣关系的富有时代特色的理解。

第三,作者对张丽华的摹写具有反叛历史的意义。自隋唐以来,作为陈后主宠妃的张丽华始终是历史学家眼中一个惑主误国的尤物,往往与"祸水""红颜误国"一类词汇联系在一起。吴伟业改写历史,不仅着墨于她的文才,说她"才学尽看得过",是"帷幄重臣,夙夜匪懈",还赞赏她的仁德,表现为她的近忧国事,远抚边将,甘于自我牺牲。而这一切,恰与陈后主身为皇帝的平庸无能构成鲜明的对比,是对"红颜祸国"即所谓的"女宠乱朝"的历史定论的反拨。所以,当"左班官儿"将责任推到女人身上时,作者借冼夫人之口为她进行了辩白:

（娘娘,）你虽是风流种,世不曾将官家弄。要则要闲谈冷讽。老君王做哑装聋,好夫妻耽惊受恐。知他从也未必从,（便从了,那外边官儿）同也未必同。甜话儿把官里趋承,转关儿将女娘作诵。

——第四出【鬼三台】

对那些腐败无能、贪生怕死而又翻云覆雨的男性给予了严厉的批判。同时也意在告诫世人,具有超拔之女性的扶持,并不能避免男性的堕落,男性的腐败堕落主要来自自身。

第四,女性才能的舞台建立在一个无能平庸的男性群体之上。他们平

---

① 王于飞:《从临春阁到秣陵春——吴梅村剧作与清初士人心态的变迁》,《浙江学刊》2001年第2期。

时考虑的是享乐升迁："张娘娘这等用心，夫人该寻猫儿眼、祖母绿、大大的珠子，贡献上去。不要说夫人官上加官，就是刺史们也好迁转几级了。"（第一出）战时则"不战即溃""把江山坏了"，还将责任推到女人身上："左班官儿见势头不好，便说女宠乱朝，都推在俺一人身上罢了。"（第三出）作为这个男性统治政体的代表，剧中的陈后主并非不具问题意识，他上场所言便道出了个中症结："偌大一个陈国，两班臣子，无一个出色的。"（第二出）但是，他并没有励精图治，躬身治理，反而耽于享乐，只将国家大事委派给两个女性，并恬然自道："今日得贵妃做词学近臣，洗氏任边关大将。你两人一为我看详奏章，一为我巡视山河。朕日与二三狎客，吟酒赋诗，好不快活也！"（第二出）这里，透露出吴伟业对于陈朝败亡必然性的深刻思考。

与《临春阁》相比，《通天台》本事的选取与改造均反映出对人物性格内在张力的开掘，作品的思想内涵也因此显得更加丰厚。《通天台》本事主要取于《陈书·沈炯传》，表现梁国灭亡后沈炯的漂泊无依和思国念家，整个作品体现出强烈的沦落感和渴望有所依凭的归属感。如果说《临春阁》是出于反思明朝覆亡的目的而作，是怀旧的结晶，《通天台》则显然致力于观照自身的中心意旨，存有试图履新的用意。杨恩寿云："吴梅村《通天台》杂剧，借沈初明流落穷边，伤今吊古，以自写其身世。"① 郑振铎亦认为沈炯"即作者自况"②，道出了有关此剧的基本认知。

历史上的沈炯也是一个贰臣，但是作者并没有提及他滞留西魏、有国难回的尴尬处境，而是为他设置了国破家远、天涯沦落的环境，即所谓"国覆荆、湘，身羁关、陇"（第一出）。作者对人物行为背景的改造，目的似乎在于强化行为人亡国思家、孤苦无依的痛苦心境，表达一种遗民人格。然而，处于颓丧悲苦心境下的沈炯，不但幸遇了汉文化史上最负盛名的皇帝之一汉武帝，还获得了他的理解和青睐，有赠美、封官等许诺，有饯行、送关等眷顾，还有对世道轮回与人生哲理的解释，促使他幡然醒悟，最终获得了解脱。君臣遇合对沦落之中的文士本是一种幸运，现实中的吴伟业无此幸运，自然也只有依靠对沈炯故事的摹写表达自己的白日梦想，所以他对《通天台》本事的改写可以说是一种复杂心态的反映。

---

① （清）杨恩寿：《词余丛话》卷二，中国戏曲研究院编：《中国古典戏曲论著集成》（第九集），北京：中国戏剧出版社，1959年，第266页。
② 郑振铎：《通天台跋》，《中国文学研究》，北京：作家出版社，1957年，第799页。

改写一：历史上的沈炯是梁朝尚书左丞，曾因兵败关陇而受到西魏的软禁，他拒绝了西魏的招安；但梁灭入陈后，沈炯对于陈朝的礼遇却没有拒绝，他在陈朝始终受到重用，直到病逝。以吴伟业时代的价值观念而论，他是个典型的贰臣，但《通天台》中并没有涉及这一切。剧本所传达的信息是：沈炯是一个遗民，而且是一个能够抵挡世俗诱惑的坚定的遗民。为此，作者将他滞留异乡的处境改变为失国亡家的背景，而将西魏的物质诱惑转换为汉武帝对于才能的青睐。

改写二：《陈书·沈炯传》所载沈炯通天台下上表的故事极其简略："其夜炯梦见有宫禁之所，兵卫甚严，炯便以情事陈诉，闻有人言：'甚不惜放卿还，几时可至。'"[①] 几天后，沈炯真的获得了现实中的还乡允可。在杂剧中，依旧是梦境，却增加了挽留封官、置酒送别、异日赠美、赠锦袍黄金、送至函谷关等细节，借此表现沈炯对种种现实诱惑的拒绝以及拒绝的坚定，而一旦梦醒，他仍然是通天台下的天涯孤臣，返国还家依旧是遥不可及的梦想。

改写三：史书所记的沈炯"尝独行经汉武通天台，为表奏之，陈己思归之意"[②]，而在《通天台》中，"表"的内容稍有置换，主要是增加了对自身尴尬处境的感慨，表明沈炯悲思痛苦的因缘所在，也是促使他急于返家的动因之一。事实上，这正是现实中的吴伟业对自身处境的深刻体味和摹写。

改写四：汉武帝在《陈书·沈炯传》中只是一个似有若无的人物，沈炯梦中所到之宫禁，到底是汉武帝的还是北魏皇帝的抑或是自己多次践踏的梁朝的宫室，实际上是不清晰也无法确定的。吴伟业却将其具体化、明确化为汉代宫阙，汉武帝形象也因此正式出场；不仅出场，还充当了沈炯的灵魂收容者和精神向导，化解了他心中郁积经久的悲伤苦闷。

《通天台》中沈炯的遭际是任何一个亡国无家者都可能有的生活经验，对照吴伟业当下的处境，显然具有为自我写照的用意，所以"炯之痛哭，即为作者之痛哭"[③]。但是，检视吴伟业对历史本事的改写，又可以获得这样的印象：

第一，吴伟业着力刻画的是作为遗民的沈炯形象，并为他设计了坚守

[①] （唐）姚思廉：《陈书》卷十九《沈炯传》，北京：中华书局，1972年，第254页。
[②] 同上。
[③] 郑振铎：《通天台跋》，《中国文学研究》，北京：作家出版社，1957年，第799页。

遗民品格的理想环境：有国难归，有家难返。在这种"参不透，耐不得"的境遇中，他的"哀吟狂叫"赢得了异代皇帝汉武帝的青睐与理解，对其"一片心肠"给予充分肯定的同时，又接连不断给予高官、美姬的真诚许诺，从而为其遗民人格的坚守带来了挑战。是实现个人的意愿返国归里，还是满足一种世俗情怀在汉武帝手下"拣一个像意的官做一个"？沈炯经历了复杂的内心斗争。在一种隐约其辞的拒绝中，沈炯踏上了归家的路，实现了对遗民人格的坚守。这其中，作者吴伟业本人也情不自禁地暴露出沈炯沦落徘徊之际企图超越的个人信息，是一种道德的自警阻碍了这种企图超越的渴望。

第二，在沈炯身上，吴伟业真正属意的似不仅仅在于抒发自己的遗民心绪，还刻意于对一种剪不断理还乱的遗民情感的挣脱。所以，他一方面安排了沈炯述往事、思故主的话语方式，通过对梁朝历史的伤心倾诉表达对兴亡的困惑与伤悼，从而达成"问天"式的指责，另一方面又预设了一个非人又具有人格的"超我"形象汉武帝——一位"失势的官家"，通过他对因果关系的阐释，试图淡化甚至消解那难以解脱的遗民情感：

  沈卿，你家梁武帝，原是个西方古佛，恐怕那因缘缠绕，倒亏了一阵罡风，把有为世界一起放倒，然后撒手逍遥，天然自在。这些兴亡陈迹，不过他蒲团上一回睡觉，竹篦子几句话头。你只管替他烦恼，为着甚来？

——第二出

这样，沈炯虽然没有接受异代皇帝的封赏，却收获了精神上的解脱与情感上的释放，卸去了所有的苦闷悲伤与困惑，这同样体现出企图超越的客观现实需求。

第三，沈炯对故君的哀悼和思念具有强烈的功利色彩。一方面，面对着通天台，遥想汉武帝与梁武帝的辉煌帝业，他感到困惑："便是两个武帝，聪明才智，那一件不是同的？毕竟我萧公是苦行修持……为甚的破国亡家？"（第一出）将反思故君的视点落到了个人世俗享乐方面：

  只是汉武一生享用，把我梁武比将起来：那壁厢千秋节，美甘甘排列的凤脯麟膏；这壁厢八关斋，瘦嵓嵓受用些葵羹蒲馔。那壁厢尹夫人、李夫人，三十宫长陪游幸；这壁厢阮修容、丁贵嫔，四十载不近房帏。原来是甘泉殿里，金童娃女，簇拥着一个大罗仙；为甚的朱雀桁边，饿鬼修罗，捏弄杀我那穷居士。

——第一出

另一方面，又不断感叹自己的困窘状况与才能不能见用于盛世明主："若遇汉武好文之主，不在邹、枚、庄、马下矣……正是往时文彩动人主，此日饥寒趋路旁，岂不可叹！"（第一出）他还巧妙地改写了"梦遇"的主要情节，为之增加了极富世俗功利特征的细节：汉武帝赏识沈炯的才华，欲加以重用，沈炯"不识抬举"拒绝后，不但未加责难，反而有饯行的酒饭、赠美的许诺、亲送的义举，为沈炯营造了一个缓释精神痛苦的最佳境界。难怪沈炯一梦醒来便十分惊喜："呀！据此佳兆，我定归期有日了。"（第二出）

第四，国家的沦陷决定了个人才能的无处施展，而才能的无处施展又意味着功名富贵的沦失。沈炯对自己的才能充满了自诩：

俺也曾学《春秋》赞五家，俺也曾诵齐《诗》通三雅，脚踹着夜月扶风马，眼眯瞜春风雪杜花。

——第一出【后庭花】

他的悲剧则在于，动乱的时代已经辜负了其才能，动乱的结束不但没有改变其命运，反而使他变成了"骨碌碌呆不腾花木瓜，怯生生战笃速井底蛙"（第一出）。汉武帝的青睐给了他才能实现的机遇，使他完全可以像古人那样"违齐处鲁，不居一邦"（第二出），但是内心背负的沉重再次使他无法面对新的选择，只有寻求精神上的洋溢，以获得心理上暂时的平衡。

《临春阁》《通天台》选取的基本上是属于一段历史时期的故事，体现的也都是遗民的视角，力求展现遗民在历史变乱时期的情感、遭际以及将会面临的选择、困惑。与同时期其他遗民作家的创作相比，吴伟业的杂剧也表达了对朝政混乱的不满、对官员平庸的指责，抒发了亡国破家的痛苦与无奈；略有不同的是，在坚持遗民人格的同时，吴伟业也暴露出另一种隐微复杂的情感取向。这种在自我写照中所透露出的丰富信息量之所以值得推敲，乃在于与他之后不久的仕清行为发生了勾连，恰成一道统一的风景，不但暴露了仍然作为遗民的吴伟业已经部分褪去了传统遗民刀枪不入的外衣，也为出于现实需求所进行的人生选择提供了观念上的证据。

对照吴伟业同时期创作的传奇《秣陵春》，作品中有关遗民徐适在新朝所遭遇的意外的宽容与知遇的描写可以提供足够的说服力。剧中的徐适受惠于前朝皇帝获得了美满的姻缘，可这个姻缘是"形"与"影"的结合，只具有虚无的意义。要想使其具有现实的合理性并且如在仙界一样美满，必须获得新朝皇帝的认可，以其赐予的功名富贵重新包装。于是，吴伟业安排了徐适与新朝皇帝的遇合。这一过程以徐适作为御库丢失的烧槽琵琶的嫌疑犯为肯綮，新朝皇帝不但没有惩罚他，反而非常赏识他，让他以烧槽琵琶为题目作赋一篇，既特许为状元，又钦赐归娶，成就了现实中一段真正美满的姻缘。这里，两位皇帝都表现出在现实中难得见到的雍容大度和善解人意。倒是徐适，在感念前朝皇帝的同时，对新朝皇帝表现出疏离的倾向，再三辞官，宫袍不肯穿，琼林宴不愿领，唯恐辜负"故人心"。这个"故人"仅仅是指存亡不保的妻子黄展娘吗？从前后情节及他的心理活动来看，还当包括了不忍伤害的前朝皇帝，他的一句唱词昭示了个中端倪："似你赵官家催得慌，谁替我李皇前圆个谎？"（第三十一出《辞元》【北雁儿落带得胜令】）显然徐适已经开始了理性的接受。一旦皇帝不加罪不恼怒，甚至宽容地将离散夫妻的责任推给了内官，让他亲自给徐适穿上宫袍，三日内找回妻子，并且将烧槽琵琶赐给了他，徐适只有无可如何谢恩，接受新朝的赐予。最后，他由衷地感叹："谢当今圣上宽宏量，把一个不伏气的书生款款降。"（《辞元》【北尾】）徐适辞官与沈炯辞官两个情节具有惊人的相似性，这种"惊人"很容易逼使人们反观现实生活中的作者，并且将剧中人还原为吴伟业自己。

吴伟业的两部杂剧和一部传奇都创作于顺治九年（1652）到十年（1653）期间，恰在他出仕清朝的前夕。对于吴伟业来说，顺治十年是他一生的转折点，如果此前他还可以吟诵"移家就吾住，白首两遗民"[①]的诗句，之后他便没有这样的脸面和资格了。这时，吴伟业作为复社名士和诗坛巨子受到清朝关注已经不止一年，他自己对艰于选择的处境亦有所认知，如在顺治九年为其友人朱明镐撰写墓志铭时沉痛提到：

[①] （清）吴伟业：《遇旧友》，《吴梅村全集》，上海：上海古籍出版社，1990年，第113页。

> 当君之未亡也,诏书举山林隐逸,学官以其名闻,君辞以书……君殁未两月,余之困苦乃百倍于君,君平昔所以忧余者,至今日始验,愤懑不自聊,乃致抱殷忧之疾。①

以吴伟业的声望、地位,不但朱明镐为他担忧,他自己心里也很明白:清廷不会轻易放过他。因此,顺治十年之前,他已经做了种种思考和设想,几部戏曲作品应该就是这种思考的结果。作品的创作虽然没有现实地改变他的遗民人格,却为这种人格的异变埋下了理性的种子。所以当清朝再次下诏推举遗民时,在两江总督马国柱、吏部侍郎孙承泽、大学士陈之遴、陈名夏等的先后举荐下,他忧思徘徊又心存希冀,终于在顺治十年秋天被迫北行,进京接受了秘书院侍讲、国子监祭酒等新朝官职。

吴伟业是带着巨大的思想压力入京的,这一点,从他进京路上的大量诗作即可透视出来。如著名的《过淮阴有感》其二:

> 登高怅望八公山,琪树丹崖未可攀。莫想阴符遇黄石,好将鸿宝驻朱颜。浮生所欠止一死,尘世无繇识九还。我本淮王旧鸡犬,不随仙去落人间。②

显然,他是带着悲怆和不情愿的情怀走向新朝的帝阙的。但是,有如此情怀,也并不能排除内心深处游移的一丝幻想——为新朝皇帝认可并受到重用。吴伟业进京途中所写的《将至京师寄当事诸老四首》中所谓"杨彪病后称遗老,周党归来话圣朝。自是玺书修圣举,此身只合伴渔樵",以及"匹夫志在何难夺,君相恩深自见怜"等诗句③,虽然力求表达自己的归隐之意,却也不自觉地透露出对清朝怀柔政策的欣赏态度。而这种欣赏恰恰是幻想成立的基石,是一位深受心性之学濡染而又不甘沦落的才士必然具有的心理倾向。正因为这样,他才在沈炯的身上寄托了精神超越的渴

---

① (清)吴伟业:《朱昭芑墓志铭》,《吴梅村全集》,上海:上海古籍出版社,1990年,第950—951页。
② (清)吴伟业:《吴梅村全集》,上海:上海古籍出版社,1990年,第398页。
③ 同上书,第401—402页。

望，而在徐适那里构造了一种亦真亦幻的现实①。

二、怜才与回家：遗民情感的意象表达

吴伟业在两部杂剧作品中着力表现的是自己作为遗民的思想感情。明末以来，杂剧逐渐沦为写心和言志的文学制作，作家的创作往往只出于"借他人之酒杯浇自己心中块垒"的目的，广阔的社会生活退居到背景的地位，作家的主观情志则成了反复皴染的重点。吴伟业的杂剧创作正处于这样一种发展趋势的链条上，他自觉实践着这样一种戏剧观念。其创作也呈现为文人化、案头化、小品化等艺术特性，对于作为戏剧艺术本质的舞台特性并没有刻意关注。因此，历来对吴伟业杂剧的戏剧艺术水准一般都评价平平，如青木正儿评《临春阁》："关目平板，乏生动之致，非佳构也。"并云："吴伟业诸作，词曲固佳，以剧而言，非成功之作。但以时代背景观之，不胜感慨，令人恻然伤心，固可传之作也。"②曾影靖也认为"梅村的杂剧，曲辞固定[然]绝好，佳句连篇，使人击节称赏，感叹不已"，然而从戏剧艺术的角度来看，吴伟业的杂剧关目平淡板滞，并非成功之作③。的确，由于其照应个人情志的创作理念和方法，与多数文人化的作品一样，吴伟业的杂剧也出现剧中人与作者发生同构对应的现象。作者往往根据自己的需要设置人物、结构剧情甚至运用语言，剧中人身上也寄托着或体现了作者的思想志趣乃至精神气质。而这一点，恰为后人通过杂剧创作进行关于吴伟业的个案研究提供了十分有力的证据。

以下，主要侧重于吴伟业杂剧中"怜才"与"回家"的意象给予分析。

在《临春阁》中，"怜才"是最主要的意象。首先，这"才"不是男性之才，而是女性之才，具体说就是冼夫人和张丽华的才能。作品开始，冼夫人便以"才"自诩，表现出"好立军功，耻从夫爵"的自信和气概；而张丽华也不让须眉："情思悠悠，深宫闲却磨崖手。镇无聊花月吟讴，埋没

---

① 《秣陵春》又名《双影记》，由作品所设置的"杯中影""镜中影"关目而来，表达了人生境遇的虚幻性。而吴伟业在《秣陵春自序》中则指出："余端居无聊，中心烦闷，有所彷徨，感慕仿佛，庶几而且将遇之，而足将从之，若真有其事者，一唱三叹，于是乎作焉。是编也，果有托而然耶？果无托而然耶？即余亦不得而知也。"

② 〔日〕青木正儿：《中国近世戏曲史》，王古鲁译著，北京：作家出版社，1958年，第333页。

③ 曾影靖：《清人杂剧论略》，台北：学生书局，1995年，第164页。

咱能文会武君王后，明教让女伴觅封侯。"（第二出【石榴花】）随着剧情的发展，时时处处可以发现对女性才能的讴夸与展演：冼夫人施于南越的威权属于"才"，张丽华对国事的忧思也来自于"才"，甚至冼夫人之于张丽华的惺惺相惜也因为"才"，所谓"尽文章弓马，我辈占风流"（第二出）。其次，作者笔下的女性之才，不是小家碧玉之才，所谓"小才微善"者，而是"经天纬地"的治国之才，分文武两类。对于"文才"，冼夫人道："你道做女人的，就吃不得红绫饼宴，中不得进士么？"（第一出）对于"武才"，冼夫人又说："难道咱家三缕梳头，两截穿衣的，就是一些没用的么？"作为一文一武两类"才"的代表，冼夫人和张丽华都表现出不同凡响的气度：一个居外，威震边关，一个处内，运筹宫廷，她们共同成为支撑国家的双擎，弥补了因男性无能而导致的统治缺席。

在女性才能的映衬下，以陈后主为代表的男性群体显得黯然失色。他们胸无大志，无才无德，内里沉湎酒色，"外头全然不济"，"把江山坏了"，还要将罪责归并于女性，腐朽堕落到了极点。由于"才"的匮乏，他们既缺乏问题意识，也少有自知之明，反而以诗酒风流自任。身处内忧外患之中的陈后主竟然自称"南朝天子号无愁"，并将一切交付给了内阃与边关的两位女性，悠然自得，不以为耻。如此，政体如何稳固？国家焉能不亡？吴伟业正是通过这样的意象设置，讴歌表现了女性的强大，鞭挞批判了男性的平庸，为一个国家的沦亡唱出了一曲凄凉的挽歌。

那么，吴伟业是因为善待女性而对她们的才能进行首肯吗？似乎不是。在吴伟业的诗作中，多有涉及女性题材的名篇佳什，如《圆圆曲》《听女道士卞玉京弹琴歌》等，女性充当了审美的对象或叙事的主体，却总是以弱者的身份构成意象，体现的是工具意义的话语作用。而在《临春阁》中，眼见陈朝灭亡而冼夫人的才能却没有用武之地，同样可以确证这一结论，即吴伟业对女性才能的首肯是为了鞭挞男性，表达他对明末现实的反思。冼夫人唱道：

  娘娘呵！往日里泪溶溶，说着了气冲冲。恨文武无人效忠，怕敌军将来紧攻。保奏我挂印元戎，赶不上保驾头功。要咱们女娘何用？依先是男儿伯仲。

——第四出【拙鲁速】

对自己的才能没有用武之地，上不能拯救国家危难，下不能回报知遇之恩，冼夫人感到了无奈和苍凉,她无颜再为三军统帅,只有入道归山的选择。一方面,这出自于吴伟业思想观念中男性意识的决定作用,另一方面,也透视出女性道德自醒的深刻。她们作为遗民的坚毅人格,在某种程度上可能是许多男人也只能望其项背的,这与明末清初时期一些著名男性竟然依靠红颜知己的力量保持遗民人格恰相映照。吴伟业与这些著名男性如钱谦益、侯方域等均为挚友,或许他们与这些才女哀艳惊顽的传奇人生也给予了他艺术的体验与感知。如此,吴伟业讴歌女性的才能方如此得心应手。

通过"怜才"而表达亡国的主题,必然渗透着对有才而不见其用的现实的批判与思考。在《临春阁》中,导致两位才女一死一离的表面原因是隋的入侵,实际原因却是男性统治群体的腐败无能。但作者的兴奋点似乎并不在此,他更看重两位女主人公惺惺相惜的"知遇"之情。冼夫人与张丽华虽然身份地位不同,却彼此尊重,互相欣赏。冼夫人云:"我让他红楼银管,他让我白马金丸。"张丽华亦对冼夫人"西园射柳"一类弓马功夫十分艳羡,并说:"只为你山明水秀,惹得我酒病诗愁。"冼夫人对张丽华多有理解,张丽华对冼夫人十分信赖。这样,她们的"知遇"之情通过"怜才"的意象获得了确立,并且随着情节的展开,张、冼之间的"君臣知遇,生死交情"逐渐"变成了全剧表现的主体。这情义充满友朋私交的温暖,却少有天下国家的'忠义'气息"①。当冼夫人得知陈国灭亡张丽华已死的消息,她的第一情感反映,不是伤悼国家倾覆,也不是耻于皇帝沦为阶下囚,而是表现为对张丽华之死的"仰面大哭"。她痛斥大臣的无能和卑鄙,"把江山坏了",还推赖到女人身上;她哀悼贵妃的死,让自己的才能无处挥洒:

> 我费十载辛勤,收拾这支人马,岂忍一朝散去?只是张娘娘待我厚,今见他国亡身死,不能相救,我有何面目复立三军之上乎?
>
> ——第四出

于是,她选择了入山修道的人生道路,不再考虑"勤王"之类事关国家大计的重要问题,立意要报答张丽华的知遇之恩,并为此扼杀了自己的才能。这里显然出现了"走调"的现象。因为陈后主才是事实上的国家代表,不

---

① 王于飞:《从临春阁到秣陵春——吴梅村剧作与清初士人心态的变迁》,《浙江学刊》2001年第2期。

为国家守节,而为贵妃入山,虽然于大节不亏,毕竟有些不合政治伦理。且不说这里隐含的对陈后主的否定意蕴,仅就作者国家观念淡薄这一点而言,也足以透射出作为遗民的吴伟业的心理倾向:他更看重的是"怜才"的主体,而不太在意这个主体的政治伦理内涵。联系他在明末因为官场纷争而挂冠回家的事实[1],或者可以说明吴伟业早已对国家政体有所失望,并且这种失望主要来自个人才能不能实现的苦闷。

这一点,在吴伟业的传奇《秣陵春》中也可以获得确证。江南才子徐适因"家国飘零,市朝迁改"而"栖迟不仕,索莫无聊"(第二出),也就是在这时,他遭遇了求贤若渴的新朝明主。因为他是一位才子,新朝皇帝竟下达了"徐适博学高才,免其诖误"的旨意,钦赐他为特科状元,对他所谓的偷盗嫌疑则表示出宽容大度、既往不咎的姿态。这使身为遗民并且仍在蒙受前代皇帝恩典的徐适也不免感动,心甘情愿地开始了为新朝效命的人生过程。在另一部杂剧《通天台》中,主人公沈炯之所以对自己的境遇感伤不平,主要来自于"往时文彩动人主,此日饥寒趋路旁"的今昔对比,尽管没有接纳"异代皇帝"汉武帝的升官赠美之类的恩许,对其知遇之恩也是感激涕零的。如果不是把持着"我独不愧于心"的伦理自觉,沈炯很有可能成为汉武帝麾下一个"像意的官"了。

《通天台》与《临春阁》表现的同是亡国主题,《临春阁》写国家灭亡之际,《通天台》则写国家已亡之后,二剧之间显然存在着思考的连续性和关联性。但是,与《临春阁》的"怜才"意象比较,《通天台》中更引人注目的是"回家"的意象,其中"怜才"的主题赋值于"回家"的意象之上,并因之得到了丰富和扩展。

为了表达"回家"的意象,吴伟业在杂剧开篇即安排了沈炯"国覆荆、湘,身羁关、陇",有家难回、有亲难养的悲凉处境。这种处境与萧瑟的秋景互相映衬,显得格外凄清:

万里思家,青袍布袜,西风乍、落木寒鸦,一道哀湍下。

——第一出【点绛唇】

---

[1] 吴伟业自踏上仕途就陷于党争的旋涡。崇祯十二年(1639)他以母病还里,不久即以照顾母病为由请求至南都任职。崇祯十四年(1641)他又以病告归。此后先后被任命为左中允、左谕德兼侍讲、左庶子等职,皆不赴。崇祯十七年(1644)五月,吴伟业被南明弘光帝任命为少詹事,但出于对时局的心灰意冷,再次挂冠而去。

"青袍""布袜""西风""落木""寒鸦""哀湍",这一系列典型秋景的会合,加上"万里"的地域阻隔,给"思家"的感情打上了浓重的意志色彩。其凄凉落寞的不仅是心情,还有伴随心情而来的人的思想压抑和意志消磨。就是在这样的情境下,"万斛愁肠"无处"消遣"的沈炯偶然来到了已成一片废墟的通天台。通天台乃汉武帝时为祭祀神灵而建,它曾经象征了汉武帝的雄才大略和威震寰宇的辉煌帝业。如今它的荒凉破败,既容易唤起汉族人对逝去辉煌的怀想与渴望,也足以寄托一个遗民对于陨落的帝王即国家的想望与哀悼。沈炯在这里可以尽情倾吐自己的心曲:

(赤紧的)汉室官家闲退院,(不比个)长安县令放晨衙。黄门乐承值的樵歌社鼓,上林苑开遍了野草闲花;大将军掉脱了腰间羽箭,病椒房瘦损却脸上铅华;山门外剩几个泪眼的金人,废廊边立一匹脱缰的天马。早知道通天台斜风细雨,省多少柏梁宴浪酒闲茶。

——第一出【混江龙】

石马嘶风灞水涯,那北邙山直下。茂陵池馆锁蒹葭,珠帘零落珊瑚架,玉鱼沉没蛟龙匣。(这的是)松楸埋宝剑,(那里有)鸡犬护丹砂。(尽)生前万岁虚脾话,(赚杀人)王母碧桃花。

——第一出【油葫芦】

为什么昨日的辉煌转眼变成了今日的荒凉?为什么昔日的温暖变成了如今的孤单?这是沈炯也是其塑造者吴伟业难以释怀的心结。既然通天台是可以与天对话的地方,他只有悲愤地问天:

好教我把酒掀髯仰面嗟,你差也不差?怎的呀,做天公这等装聋哑。文书房停签押,帝王科没勘查,难道是尽意儿糊涂罢?

——第一出【天下乐】

可是天公杳然,并不能响应他的现实苦痛。如此,作者为沈炯的"回家"做了一个非现实的情节虚设,即让已经作古多年的汉武帝亲自出场,为失家迷路者指点迷津。于是,开始了一段充满了诡秘和瑰丽色彩的异代君臣的遇合。

在这一过程中，作者不断推出"回家"的意象。当汉武帝让他"拣像意的官做一个"时，他以老母在堂加以拒绝，这里的"家"是充满了天伦之情的"家"，也是象征了君臣之义的国家之"家"；当汉武帝为他饯行，仙女丽娟为他唱曲把盏时，他"持杯不饮"，心中"倍增流离之感"："只为着宝剑飘零，空负了玉钗敲断，一声《河满》，不觉涕垂。"（第二出）更加思家，这里的"家"是印满了温馨的记忆、充溢着儿女情长的"家"。而当最后，他从梦中醒来，幡然醒悟，终于可以回家了，不禁欣喜若狂：

  俺便是三年狂走荒山道，那怕他一朝饿死填沟壑。黑海波涛，枯树猿狖，猛地里老黄龙棒头喝倒，还说甚苦李甜桃。好一个闷葫芦今朝抛掉，都付与造化耳曹。（哈哈，沈初明三十年读书，一些没用。）刚亏了"通天台"那一篇汉皇表。

——第二出【鸳鸯煞】

  这里的"家"则幻化成为他精神的避难所，心灵的栖息之地。因此，在《通天台》中，在吴伟业笔下，"家"既具体又鲜活，既抽象又崇高，与天涯沦落的窘迫相印证，与才能无处挥洒的苦闷相呼应，最后，与灵魂的遽然解脱相契合，一个失国者的情感轮回获得了多向度的完成。

  对于封建时代的文人而言，家首先是国家；失去国家的人，生命丧失了归属感，才能无处挥洒，个人的价值也失去了附丽。《通天台》中，沈炯回家的痛苦中即饱含了才能的失落，《临春阁》中的冼夫人是又一个例证，她道："我六州节度使，还家去做个老妪，岂不可叹！"（第四出）此内心之苦痛实在是常人难于理解的。这里，家的苍茫难求与才的沦落天涯构成了身处末世、才路阻绝的无限感喟。显然，作为遗民，即使具有经天纬地之才能，失去了国家的附丽，也毫无价值，生命始终处于未完成状态。而将个人才能的失落与亡国的苦闷联系在一起，往往是遗民情绪中最为核心的内容之一，冼夫人是如此，沈炯同样如此。只是与冼夫人对才能的自戕正好相反，沈炯相信了汉武帝有关梁朝灭亡因果的阐释，幡然醒悟，并且赋值于"家"一种由儒到佛的因果解释。这样，伴随着精神困境的解除，他的灵魂寻到了新的归依，为顺从时势寻找另一个"家"进行了情感与意志上的铺垫。

  做这样的分析并不是没有些须文本的凭据。汉武帝赐官之时，沈炯的回绝颇有可疑之处。他一则回答说:"臣负义苟活之人,岂可受上客之礼,以忘老母哉!陛下所谕,臣不敢受命。"如果说这一回答以老母为理由,通过"孝"掩抑了对"忠"的释读,还没有呈现出明确的变异因素,后一回答则显然地透射出他拒绝的勉强:"沈炯国破家亡,蒙恩不死,为幸多矣。陛下纵怜而爵我,我独不愧于心乎?"他的"心"是在先朝皇帝的雨露中生长的,再承受别样的滋润,即使"意"向往之,"心"岂能安?之所以"不敢受命",原来在于灵魂背负的沉重。而当"回家"的意象发生了变异后,选择的新空间也同时打开:既然"梁皇依然极乐",自家何必"无限凄凉"呢!于是,一切都豁然开朗,所谓"家"便是"无家","无家"就是对"回家"的消解。至此,所谓的"忠君守节"不再仅仅抽象为对"自家皇帝"的机械维护,还可以延伸为对其他皇帝的铭感、敬重甚至效忠,国家观念的淡薄于此再见一斑。

然而,《通天台》中的沈炯毕竟没有做出其他的选择,选择的实现在吴伟业的传奇《秣陵春》最后达成。《秣陵春》中的徐适在开始是一个"索寞无聊"的遗民形象,到结束时则演变为一位花团锦簇的当朝新贵。作为自喻的本体,徐适也是吴伟业通向新朝的心理预设。他本是"江南有名才子"(第十四出),处于"家国飘零,市朝迁改""栖迟不仕,索莫无聊"(第二出)的境地中,身份特征、境遇状况与吴伟业十分相似。徐适姻缘亦不同凡响,乃王母娘娘主婚、仙官作合、前朝皇帝安排的一桩盛事。尽管这段姻缘充满了虚幻性,却显示了旧主的恩情、先朝的遗泽,与现实中吴伟业状元及第后曾经得到崇祯皇帝"赐归里第完婚"[①]的殊荣亦相契合。不同的是,《秣陵春》中这桩虚幻姻缘的现实合理性是通过状元及第获得的,而要将先朝遗民的婚姻与现实的功名富贵联结起来,必须获得当朝皇帝的认可。于是,吴伟业设计了状元及第、给假完婚、重修遗庙诸情节,着力表现了新朝皇帝的宽仁厚德、唯才是举。应该说,在徐适的婚姻与功名上,两朝皇帝都表现出成人之美的雍容大度。他们通过富有感应的合作,完成了徐适人生命运的转型。吴伟业对此作出的交代则是:对前朝皇帝,以遗庙交代;对新朝皇帝,则以效忠作结。因此,《秣陵春》演述的是李唐风流,道出的是当下某类遗民的内心期冀。

只可惜的是,现实中的吴伟业因循这样的思考拜服于新朝皇帝的阙下

---

① (清)郑方坤:《国朝名家诗钞小传》卷一,清刻本。

后,他在艺术创作中所构想的种种现实并没有如意出现,新朝中不仅有满汉臣僚的对峙,还有汉臣中的南北党争,较先朝更为复杂尖锐,新朝皇帝对汉臣的疑忌也还相当明显,并没有对吴伟业这样一位大才子表现出格外的眷顾,当然他也未能按预想充分发挥才智。这样,在逡巡不已中吴伟业又多了许多悔恨,因母病致仕后,用自己的后半生进行忏悔,最后用一块"诗人吴梅村之墓"的墓碑为自己做了总结。

应该说,注重个体发展是与个人需求的现实凸起密切相关的,这是心学流行后对个人价值不断强调的必然结果。明朝覆亡后,个人价值的弘扬虽然因天崩地裂的情势变化而受到冲击,一时有所蛰伏,但并不能遮蔽文人对安身立命之本的现实思考。中国文人毕竟是凭借"才"为封建政体服务,同时获得个体价值的实现的,"才"的寂寞标志了个体生命的枯萎,或者说标志了人生的未完成状态。吴伟业作为年富力强、积极入世且富有盛名的东南才士,走出犹疑不已的一步是付出了巨大的勇气的。只是,处于国家倾覆不久、君恩犹在心怀的时期,不论是怀旧还是履新,都较以往显示出选择的迟疑、敏感、无奈。作为一个还算笃厚的文人,吴伟业还没有承受足够的精神压迫的能力。于是,他在思考国家问题时,一方面出现了情不自禁的"走调",另一方面又严厉审视自己的背叛,而现实与想象的巨大落差所促成的精神失落,导致吴伟业又回到了遗民固有的心理轨道上来。但是,他在顺治十年的仕清既为其杂剧创作的"走调"现象作了现实的注脚,也使他永远背离了政治伦理之于遗民的本质规定性——忠臣不事二主,以至连对其诗作非常欣赏的乾隆皇帝也对他的政治人格有所顾忌,毫不客气地将他归入"贰臣"的行列中。

三、皇帝:遗民人格的寓言载体

联系吴伟业的一生,他的杂剧作品好像一个人生的寓言,对他生命中的许多行为作了注解,也进行了预设。他为什么要用两段非遗民的故事表现遗民的命运?既然摹写遗民,又为什么单单着眼于他们与皇帝的遇合关系?内心中具有如此深刻的皇帝情结的遗民,为什么仅仅将"母亲"作为借口进行生命历程的转型?如此等等,都是一个个饶有意味的话题。或许,从中可以真切感受作为一个特殊遗民的心理脉动。

作为臣民的吴伟业在明代有着一段令人艳羡的历史。当23岁中会元引

遗民心态与吴伟业戏曲创作　189

起异议时，崇祯皇帝曾亲自在其试卷上批语："正大博雅，足式诡靡。"接着，他身中鼎甲，钦赐归娶，一时传为美谈。29岁时，他开始任东宫讲读官，随后升任南京国子监司业、左庶子[①]。可以说，在明季党争激烈的政治舞台上，吴伟业的仕宦生涯基本上是一帆风顺的。他本人对于崇祯的知遇之恩也感激涕零，直到生命的后期还念念不忘。

　　这样的生活经历，在吴伟业心中烙上了对于皇帝的深刻印记。他对皇帝的精神向往和生命依托也显得相当执着，情感尤为深挚。当崇祯皇帝自缢死国的消息传来，正在家乡的吴伟业悲痛欲绝，欲采取和崇祯皇帝一样的方式殉国，因家人发觉和母亲的阻止而未果。其后他又有遁入空门的想法，也因为眷恋亲故而未能实现。明亡以后的若干年里，凭吊故君和思念故国、反思明朝的灭亡成了吴伟业生命存在的一种方式。他写作了大量的诗歌作品，也创作了一系列戏曲作品，抒发亡国的苦闷与悲伤，记载反思的过程与结果。这其中，作为国家象征的皇帝，因对个人生命的归属和价值实现有着不同寻常的意义，自然也成了他戏曲作品关注的核心。

　　《临春阁》中的皇帝陈后主，历来以为是比附南明王朝的福王。在独据江南半壁，人心归一，士气大盛，清廷立足未稳的情势下，南明王朝有足够的时间和力量与清军对垒，光复明朝山河最初可能并不是海市蜃楼。可是，以福王为首的南明政权却忙于选色征歌，分配权利，继续党争，勾心斗角，失去了最好的作战时机。当清军准备充分，大举南下，虚弱的弘光朝廷内无运筹之忠臣，外无用兵之良将，不通军事的阮大铖竟然派了一群歌女到江边对敌。寄托了一代人希望的南明王朝，就这样在短时间内便化作了历史的烟云。教训是沉重的，苦难是难以磨灭的，"扬州三日""嘉定三屠"乃至血洗江阴等惨剧留给江南士人百姓的记忆也是深刻的，而这一切又首先是与南明王朝的腐败联系在一起的。故清初士人有关明朝败亡的思考，往往从南明的短命以及与此相关的党争开始，这构成了清初有关明朝灭亡思考的惯性轨迹。如戴名世云："呜呼！自古南渡灭亡之速，未有如明之弘光者也。地大于宋端，亲近于晋元，统正于李昇，而其亡也忽焉。其时奸人或自称太子，或自称元妃，妖孽之祸，史所载如此类亦间有，而不遽亡者，无党祸以趣之亡也。"[②] 吴伟业作为弘光王朝的参与者之一，对

---

① 以上记载，参见冯其庸、叶君远：《吴梅村年谱》，南京：江苏古籍出版社，1990年。
② （清）戴名世：《弘光朝伪东宫伪后及党祸纪略》，《戴名世集》，北京：中华书局，1982年，第363页。

这段历史的印记应该说是深刻的。当弘光元年他带着中兴的信心与渴望赴任就职时，曾写过"开府扬州真汉相，军书十道取材官"[①]之类充满信心的诗句，然而不久就失望了；依旧激烈的党争与自身处境的艰危促使他很快辞职，而进行这一选择的心理依据则是对中兴皇帝的缺乏信心[②]。所谓"江左即今歌舞盛，寝园萧瑟蓟门秋"[③]，表达了他对时局的严重不满。《临春阁》无疑是这一思考的戏剧化，当其创作完成时，距离明朝政权的覆亡还不到十年。一切还清晰地留存在人们的记忆中，依旧新鲜，人们很容易认可其历史认知的价值。

吴伟业对陈后主的感情是明晰的，态度却是暧昧的。在大兵临近、国势堪忧的境况中，这位"南朝天子"终日沉醉，不理政事，将一国军政交给两位德才兼备的女性，自己则"日与二三狎客，饮酒赋诗"，过着神仙般的逍遥日子。他是一个合格的皇帝吗？显然不是。但是，吴伟业并没有对他的失德误国给予批判，就像自己对福王无权指责一样，只能尽量回避其诗酒风流所造成的政事荒疏，而将严厉地批评指向朝中大臣："偌大一个陈国，两班臣子，无一个出色的。"似乎亡国的动因主要源于大臣的无能。表面看来，这位皇帝是容纳才士的，并且重用了两位女才子，仿佛一位有道的君王。实际上，只要我们稍微注意一下其后的情节，便会发现国家利益在他心中的淡化。也就是说，他对张丽华的恩宠主要是来自于诗酒风流的需求，对冼夫人的赏识也多少带有这样的因素。且看他初见冼夫人的表现："人都道节度使是粗官，把女人做了，一般样好看。"完全不是一个君王应有的作派。他在临春阁举宴，也不仅是出于奖掖功臣的政治需要，还包含着"天子请客，女将来朝，可谓盛事"（第二出）的风流念头。实际上，他对冼夫人的赏识主要来自于贵妃张丽华抚恤边疆的仁政。因为这位皇帝一点没有主见，对贵妃"言听计从"，即使是"江上紧急文书"，也一律"由娘娘调遣"，张丽华则"早来公事，夜分诗酒"，一身而兼二任，承

[①]（清）吴伟业:《甲申十月南中作》，《吴梅村全集》，上海：上海古籍出版社，1990年，第137页。

[②] 吴伟业崇祯十七（1644）年冬（弘光时期）所作《有感》云："已闻羽檄移青海，是处山川困白登。征北功惟修坞壁，防秋策在打河冰。风沙刁斗三千帐，雨雪荆榛十四陵。回首神州漫流涕，酹杯江水话中兴。"见《吴梅村全集》，上海：上海古籍出版社，1990年，第137页。

[③]（清）吴伟业:《白门遇北来友人》，《吴梅村全集》，上海：上海古籍出版社，1990年，第136页。

担着娱乐君王与关怀国家命运的重任。正因为如此，冼夫人的忠贞也自然而然地演变为了面向贵妃的忠贞，贵妃是实际上的国家表征，而其作为君王后妃的私人属性，又使这种忠贞逐渐向私人化的方向发展。于是冼夫人因为贵妃而做出的入道选择，也不可避免地搀杂了大量的义气因素，包含了惺惺相惜的个人情感。

如此，在《临春阁》中，作为南明皇帝表征的陈后主显示出退居背景、逐渐淡出剧情的趋向。是吴伟业有意为他推卸责任么？应该不是。在封建时代，忠君是士人对于国家的基本感情。即使这个君是无道之君，臣子只有"死谏"的责任、"效死"的义务，而没有指斥的权利，更不能有批判的动机。吴伟业是一位忠君爱国者，他对明朝的感情铭心刻骨，自然也不可能说出指责皇帝的话语。于是，他只有将陈朝即南明的覆亡归并于"江南王气将尽，众生劫因已至"（第三出），这实在是出于一种佛教因果的自欺欺人的说法，连他自己也未必全信。

对于另一部杂剧《通天台》中的皇帝，吴伟业的态度显得更为深沉复杂。如果说《临春阁》中的皇帝是南明福王的象征，《通天台》中的皇帝则绞结着新旧两代皇帝的影子：一位是已经仙逝的崇祯皇帝，另一位则是当朝执政的顺治皇帝。吴伟业对于崇祯皇帝的感情是深挚的，他一生的辉煌都是在崇祯皇帝的恩遇中实现的，崇祯皇帝的死难则标志着他命运的转折。所以，他的作品中饱含了对这位无辜皇帝的哀悼和痛惜。的确，生当末世的崇祯皇帝是一个力图重振朝政的君主，他具有聪明才智，也曾经苦行修持。但天启以来的积弊实在无法在短时间内清除，而内忧外患又是如此风起云涌，以致空有恢复之志但性格软弱、心胸尚欠宽博的崇祯皇帝成了殉明的牺牲品，他首先为自己的历代祖先承担了亡国的重责。他是有道的，同时又是无辜的。所以包括吴伟业在内的许多士人无法理解，感情上也一时难以释怀，他们只有追问苍天，寻求一个不该发生的悲剧的答案。吴伟业满怀悲愤，一腔无奈，通过梁武帝、简文帝、梁元帝与汉武帝的一一对比，具体地为崇祯皇帝鸣冤叫屈：

> 你只要江东士庶省喧哗，却不道抱怨申仇谁夺咱。为甚的姓萧骨肉没缘法，这丢儿有些亏心大。锦片样江山做一会儿耍。
>
> ——第一出【一半儿】

将汉武帝的处处"侥幸"与梁武帝等的诸多不幸相比较,在对历史人物认知的同时,隐括了对于"自家主人翁"崇祯皇帝的悲悯。至于仍将江山社稷的兴亡归于"缘法"的结论,则不自觉地暴露出吴伟业国家观念中的族姓意识,暗含了以他为代表的一代遗民对于异族统治的难以趋同。

《通天台》中,作为预设形象的汉武帝与梁武帝一样不是"寻常人主",即使人世之风流不再,仍是个"华胥国主",逍遥自在,呼唤一方风雨。他是一面镜子,也是一种象征。从他的身上,人们可以找到国家兴盛的依据,为之骄傲自豪;同时也可以寄托国家败亡的教训,为之扪心顿首。然而,综观全剧,汉武帝的形象所指又是针对新朝顺治皇帝的。他的雄才大略,他的宽容大度,他的体贴理解,似乎不仅仅是"异代"君王的作派。如当沈炯明确拒绝了汉武帝的封官美意,这位麾下人才济济的明主竟然脱口而出道:"这样不识抬举的。"并且显得恼羞成怒,大失君王风度:

> 好一个呆才料。倒是咱甜句儿紧相邀,反惹他腆着胸脯,气哏哏将言回报。有甚么通天才学,不肯的屈脊低腰。你要回去呵,便做马牌勘合都填着,也要待十日三朝。
>
> ——第二出【搅筝琶】

这哪里像汉武帝,实在肖似清朝统治者的声口;而稍后的转怒为宽,与清初现实中的"怀柔"策略相较,显得尤为吻合:"这也不要怪他,受遇两朝,违乡万里,悲愁侘傺,分固宜然。只是他无国无家,欲归何处?"(第二出)对照《秣陵春》中具有明确所指的新朝皇帝,则很容易看出这种构思的连续性。在这部洋洋四十出的传奇中,吴伟业刻画了一个遗民走向新朝的艰难旅程。深有寓意的是,这一旅程不是以心理变化的轨迹加以展示的,而是以一桩美满姻缘的作合过程来说明问题。作合的主人公就是两位皇帝。先是自家皇帝的"许诺"在发挥作用,之后是新朝皇帝具有宽仁厚德意义的恩宠。尤其是在《特试》《辞元》等出中,新朝皇帝的雍容大度、唯才是举,终于将那位牵系"故人"的前朝才子徐适款款而降,成了他麾下的一位能臣。乍一看来,徐适口中念念不忘的所谓"故人"是指黄展娘,然联系徐适所谓"似你赵官家催得慌,谁替我李皇前圆个谎"之语,似不完全是。一则黄展娘乃李后主赐婚,临行时又有所托付,黄展娘实际上代表了徐适对李皇的忠诚程度;二则黄展娘乃徐适遗民生活的一个标志,丢失或背弃她实际上是对过去生活的一种背叛。所以，面对新朝皇帝慷慨送来的泼天富贵，徐适一时难以适应，只能用"三生难负故人心"来加以推托。这种出于对自家皇帝乃至自己与自家皇帝进行精神维系的遗民生活的万般牵念，实在是道出了作者吴伟业那一种徘徊往复、难于超越的遗民心态。有学者云："吴梅村的悲剧不仅是个人无力抗拒社会的悲剧，更体现了他的自我精神无法超越自我存在的悲剧。想要超越而又超越不了的深刻内在矛盾，使他的自我忏悔成为徘徊于灵与肉之际绵绵凄婉的悲歌。"① 对照《秣陵春》的艺术展现，实在透辟而精炼。

《秣陵春》乃至《通天台》《临春阁》还不是忏悔的悲歌，但是已经为吴伟业的忏悔埋下了可以预感的苦痛的种子，这就是他为自己与新朝皇帝的遇合所进行的种种假设。这种假设一旦遭遇现实的挤压，便失去了寓言的意义，彻底被粉碎，并且形成了致命的伤痛。若干年后，伴随着生命的行将结束，吴伟业的伤痛悔恨甚至到了灵魂自戕的地步："独居则慷慨伤怀，相对则咨嗟动色。虽纵情花月，遣兴琴樽，而中若有不自得者，宜其形容憔悴，而鬓发之早白也。"② 他留给世界的最后话语是：

> 吾一生遭际，万事忧危，无一刻不历艰难，无一境不尝辛苦，今心力俱枯，一至于此……吾为天下大苦人。③
> 忍死偷生廿载余，而今罪孽怎消除。受恩欠债须填补，总比鸿毛也不如。④

吴伟业的悲剧是一个遗民的悲剧，其不仅起于王朝的代兴，还来自于一种新价值的无法建立，或者说旧价值的难于重组。这对于一个讲求立身、立言、立功的文人而言，较那种天崩地陷式的毁灭更为可怕。所以，对于吴伟业的终于仕清，仅仅从遗民生存状态的一般情况加以理解是不够的，还应该关注其遗民人格的复杂构成。

---

① 魏中林：《徘徊于灵肉之际的悲歌——论吴梅村诗歌中的忏悔》，《苏州大学学报》1990年第1期。
② （清）尤侗：《梅村词序》，《吴梅村全集》，上海：上海古籍出版社，1990年，第1420页。
③ （清）吴伟业：《与子𤦌疏》，《吴梅村全集》，上海：上海古籍出版社，1990年，第1133页。
④ （清）吴伟业：《绝命诗》三首之一，《吴梅村全集》，上海：上海古籍出版社，1990年，第531页。

清代初年，随着统治的逐渐稳定，清朝政府开始恢复科举及诏举遗民。此时随着南明政权的节节败退，人们也逐渐认识到了时局的不可挽回，开始适应一个走向稳定的世界；有关明朝灭亡的悲哀因为时间的医治开始缓解，当下的衣食住行伴随着诸种蛰伏的人生需求也开始苏醒过来，暴露出来。于是，人们看到了"一队夷齐下首阳"的风景。据褚人穫记载：

> 皇朝初定鼎，诸生有养高行遁者。顺治丙戌再行乡试，其告病观望诸生，悉列名与考。滑稽者作诗刺曰："圣朝特旨试贤良，一队夷齐下首阳。家里安排新雀帽，腹中打点旧文章。当年深自惭周粟，今日幡思吃国粮。非是一朝忽变节，西山薇蕨已精光。"闻者绝倒。①

有关清初士人的这些类似记载，固然具有讥讽士人的用意，却也反映了遗民不断变化的心路历程，这是价值选择必然面临的一种局面。

吴伟业不属于这一群体中的一员，但是作为东南耆宿、复社骨干、著名才子，又在前朝拥有相当的声名，他的政治倾向性无疑对当权者具有一定的潜在制约性。所以他是一位特殊的遗民，不属于为政体所抛弃的那一类。于是，"荐剡牵连"便成为吴伟业这一时段生活的主要特征。仅明确见诸《清史稿》的就有顺治九年马国柱的推荐，顺治十年孙承泽、陈名夏的推荐，顺治十一年冯铨的推荐等。这样，在催逼与无奈中他被迫出山，成了贰臣。

与同为"江左三大家"的钱谦益、龚鼎孳等相比，吴伟业的仕清行为具有一定的被迫性质。所以后来赵翼说：

> 梅村当国亡时，已退闲林下，其仕于我朝也，因荐而起，既不同于降表佥名；而自恨濡忍不死，踽天踽地之意，没身不忘，则心与迹尚皆可谅。②

---

① （清）褚人穫：《坚瓠集·戊集》卷三，上海：上海古籍出版社，2012年，第379页。王应奎《柳南续笔》卷二《诸生就试》也有类似记载："鼎革初，诸生有抗节不就试者。后文宗临按，出示：'山林隐逸，有志进取，一体收录。'诸生乃相率而至。人为诗以嘲之曰：'一队夷齐下首阳，几年观望好凄凉。早知薇蕨终难饱，悔杀无识见武王。'"见《柳南随笔 续笔》，以柔校点，上海：上海古籍出版社，2012年，第109页。
② （清）赵翼：《瓯北诗话》卷九，北京：人民文学出版社，1963年，第130页。

对他表示了深深的同情与理解。甚至对贰臣极为鄙薄的乾隆皇帝也没有对他表现出些许不满①，反而对他的诗文颇为欣赏："梅村一卷足风流，往复披寻未肯休。秋水精神香雪句，西昆幽思杜陵愁。裁成蜀锦应惭丽，细比春蚕好更抽。寒夜短檠相对处，几多诗兴为君收。"(《御制题吴梅村集》)那么，他真的是被迫的吗？

在吴伟业的言谈中，关于仕清的理由谈及了三点：一是父母的敦促："老亲惧祸，流涕催装"②；二是出于生计的考虑："徒以有老母，不得不博升斗供菽水也"③；三是清廷的逼迫，所谓"荐剡牵连，逼迫万状"④是也。考索他的履历，这些似乎也还切实。关键是，当时的许多著名的或不著名的文人都有与他类似的经历，如冒襄、傅山等。但是，傅山甚至表现出"宁可枝头抱香死，何曾吹落北风中"⑤的坚贞人格，而另外许多遗民连起码的衣食维系都难以保证，仍然坚持气节。一句话，他们都以更机敏或更笨拙的方式作为理由，规避了荐举之灾。如此看来，吴伟业的拒荐未成就显得有些匪夷所思，似乎有难以言说的原因。那么，这些"难以言说"的究竟是些什么呢？

首先，吴伟业保有自幼培养起来的家族荣誉感⑥，他有着令他荣耀的祖先："吴氏为昆阳上族，先生（吴伟业父吴琨）祖裔，多公卿钜人。"⑦直到祖父吴议时，才以庶出分处，渐至家道中落。父亲吴琨能文章，但屡试不第，终身以教职养家。吴伟业17岁开始参加诸生考试，为崇祯元年诸生，崇祯四年（1631）殿试以一甲第二名中进士，"时犹未娶，特撤金莲宝炬，花币冠带，赐归里第完婚，于明伦堂上行合卺礼。盖自洪武开科，花状元

---

① 乾隆四十一年（1752）始设《贰臣传》，起因于乾隆对钱谦益仕清而又于文集中攻击清朝的鄙薄，云："钱谦益反侧贪鄙，尤宜据事直书，以示传信。"见《清史列传》卷七十九，王钟翰点校，北京：中华书局，1987年，第6578页。
② （清）吴伟业：《与子璟疏》，《吴梅村全集》，上海：上海古籍出版社，1990年，第1132页。
③ （清）顾师轼：《梅村先生世系年谱》，《吴梅村全集》，上海：上海古籍出版社，1990年。
④ （清）吴伟业：《与子璟疏》，《吴梅村全集》，上海：上海古籍出版社，1990年，第1132页。
⑤ （宋）郑所南：《画菊》，《宋遗民录》卷十三，《知不足斋丛书》本。
⑥ 吴伟业《先伯祖玉田公墓表》载其祖父吴议经常将幼小的吴伟业抱上膝头，讲述先祖的荣耀历史。见《吴梅村全集》，上海：上海古籍出版社，1990年，第1032页。
⑦ （明）张溥：《寿吴年伯母汤太淑人寿序》，《七录斋集·古文近稿》卷二，《四库禁毁书丛刊》本。

给假，此为再见，士论荣之"。①他的恩师张溥当时曾言："人间好事皆归子，日下清名不愧儒。"②道出了天下士人的钦羡与仰慕。

以这样的起点与荣耀进入仕途，对吴伟业一生的影响是深刻的。他始终为此而骄傲和自豪。晚年，当他须发斑白感慨半生沦落时，能够令他回味无穷的首先是这种来自青春岁月的殊荣："吾一生快意，无过'三声'：胪唱占云，宫袍曜日，带醒初上，奏节戛然；锦昼御轮，绮宵却扇，流苏初下，放钩铿然；海果生迟，石麟梦远，珠胎初脱，堕地呱然。"③这样的荣耀也确实为他的人生进行了极为厚实的铺垫，不仅"不十年荐升至宫詹"④，在仕途上颇为得意，而且也为他在复社中的声名鹊起准备了先决的条件。在明朝未亡前，吴伟业已经是东南一带颇有声名的清流人物。

只是，福之祸所倚。这样的出身也为明亡后的吴伟业埋下了祸根，清廷对吴伟业的刻意笼络显然也缘于这样的考虑。多年以后，他意识到这一点，将之归结为"名"："改革后吾闭门不通人物，然虚名在人，每东南有一狱，长虑收者在门，及诗祸史祸，惴惴莫保。十年，危疑稍定，谓可养亲终身，不意荐剡牵连，逼迫万状。老亲惧祸，流涕催装，同事者有借吾为剡矢，吾遂落彀中，不能白衣而返矣。"⑤的确，如果说吴伟业的仕清有许多境遇和行为的偶然性因素，那么构成他最后出仕的心理依据则是这种"名"在起作用。依然引为荣耀的家世需要"名"来复兴，自青年以来所获得的才俊认可需要"名"来维系，而作为最具社会地位的长子所担负的维持一家百口生存的责任也需要"名"的支持。"名"的躁动，永远是吴伟业这一类士人无法压抑的行为依据，他们为此而难以割舍实践人生理想的冲动。

其次，吴伟业始终是政治生活的积极参与者，具有关怀现实的文人品格。他是复社"十哲"之一⑥，在明末错综复杂的政治局势中，还曾经担任过非常的角色：指斥奸党，反对阉逆⑦。只是在崇祯末年才以养亲为由避祸

---

① （清）郑方坤：《国朝名家诗钞小传》卷一，清刻本。
② （明）张溥：《送吴骏公归娶》，《七录斋集·诗稿》卷一，《四库禁毁书丛刊》本。
③ （清）陈㟃：《梅村词》，《抱桐集》，广州：广东人民出版社，1985年。
④ （清）郑方坤：《国朝名家诗钞小传》卷一，清刻本。
⑤ （清）吴伟业：《与子璟疏》，《吴梅村全集》，上海：上海古籍出版社，1990年，第1132页。
⑥ （清）陆世仪：《复社纪略》卷二，《国粹丛书》本。
⑦ 吴伟业刚中进士，老师张溥便指派弹劾当朝宰相温体仁。他逡巡未敢，又师命难违，便弹劾了温体仁干将蔡奕琛。

还家。后来他在弘光朝曾短暂为官，一度也充满了自信①，终因"知天下事不可为，又与马、阮不合，遂拂衣归里"②。居家赋闲的八年，吴伟业始终关心政局的变化，他的大量诗文作品就是例证；他也眼见着同僚和朋友做了清朝的官员，踌躇满志，大有作为，如他的朋友龚鼎孳、儿女亲家陈之麟等；更为重要的，伴随着清朝统治的逐渐稳定，他对现实也表现出宽容和随顺的态度，如在顺治八年（1651）左右的表述："今海内方定，兵革已息……故老遗黎，优游宽大，亦得以考故实而征文献。盖地之晏安而时之极盛，可谓兼之矣。……所以乐升平之化，而润色其鸿庥也，岂不美哉！"③而在一首旧地重游的感怀之作中，还出现了意外的赞美太平盛世之词："野老读诏书，新政求循良。瓜畦亦有畔，沟水亦有防。始信立国家，不可无纪纲。……遭遇重太平，穷老其何妨。"④肯定太平对百姓的益处，客观上也就肯定了清廷的征服之功。这虽然说不上是有意识地歌功颂德，却也透露出吴伟业对于明朝灭亡和清廷新政的理性接受。

就是在这样一种心态下，埋藏于心底的寂寞逐渐浮出了水面，才能需要认可的愿望再次开始左右他的人生实践，以至于在遭受外界的诱惑和压力时，吴伟业选择了一种随缘就俗、改变初衷的人生道路。有学者言："我们看到，中国古代士人出于一种道德心理的传统惯性，当身逢社会剧变时，他们可以而且往往沉溺于对往昔的怀想之中，将自己封闭在与世隔绝的自我营造的情绪氛围之中，故国之思不仅体现为一种道德自律、人格期待，有时也作为一种审美体验、自我陶醉而被人们玩味着。此一心态在亡国之初格外强烈。但是，随着亡国日久、新朝渐稳，人们对往事的记忆以及道德情感开始淡化，而现实需求则悄然孳生，于是对新朝由抵触而至顺应，由拒绝而至接受。"⑤吴伟业亦没有逃脱这一轨迹。当他的自觉或不自觉的认可逐渐发展为一种理性接受后，其心理压力也相对缓解。他的眼中心里

---

① 吴伟业《甲申十月南中》诗末有"开府扬州真汉相，军书十道取材官"之句，表现了初入弘光朝时期对中兴的信心和渴望。
② （清）顾湄：《吴梅村先生行状》，《吴梅村全集》，上海：上海古籍出版社，1990年，第1404页。
③ （清）吴伟业：《致孚社诸子书》，《吴梅村全集》，上海：上海古籍出版社，1990年，第1086页。
④ （清）吴伟业：《遇南厢园叟感赋八十韵》，《吴梅村全集》，上海：上海古籍出版社，1990年，第26页。
⑤ 黄果泉：《执着与彷徨：〈秣陵春〉传奇思想内涵的双重复杂性》，《河南师范大学学报》1999年第4期。

出现了湖光山色,也出现了儿女情长。与那些先期已经变节者比起来,吴伟业优游市井,招摇天下,名利双收,也不需要承受"贰臣"一类的谴责甚至诟骂,是十分令人艳羡的。于是,自明末以来流播士林依然没有消尽的诟厉之风凌厉袭来,吴伟业承受了来自"同事"的似乎是出自善意的荐举,落入了"贰臣"历史境遇中。

第三,尽管吴伟业以拥有崇祯皇帝的特别恩遇而进入仕途,但晚明的激烈党争并没有放过他。在崇祯四年(1631)到十七年(1644)的漫长时光中,尽管仕途顺畅,但危机也此起彼伏[1],导致他既惊恐惴惴,又心灰意冷,两次挂冠返家,绝意仕进。应该说,吴伟业是明智的、善于保全自己的,他不但获得了一次保全名节的机会,也获得了一个塑造声名的条件。他在清初的声名鹊起,是与其遗民身份分不开的。但是,吴伟业并未因此而感到幸运,相反,在他的诗文创作中,时时流露出才志不得实现的矛盾痛苦:"丈夫沦落有时命,岂复悠悠行路心;我亦沧浪钓船系,明日随君买山住"[2];"丈夫失时命,无以辞碌碌"[3]。通过对"时命"的怨艾,表达对平庸而无所作为的仕途生活的不满。显然,对于顺治十年(1653)以前的吴伟业而言,"时命"首先是明朝政局的混乱以及与之相伴的党争,其次便是伴随着明朝灭亡而来的清人入主。名节观念的生成,决定了他归家的终极性质,乃不得已而为之[4],是与他少年时代以来的志向相违背的[5]。所以吴伟业感叹:"余年过四十,而发变齿落,志虽盛,而其气亦已衰矣。"[6]

---

[1] 其中对吴伟业影响最大的当为杨廷麟事件与黄道周事件,详见冯其庸、叶君远《吴梅村年谱》崇祯十一年(1638)和崇祯十三年(1640)。
[2] (清)吴伟业:《东莱行》,《吴梅村全集》,上海:上海古籍出版社,1990年,第70页。
[3] (清)吴伟业:《毛子晋斋中读吴匏庵手抄谢翱西台恸哭记》,《吴梅村全集》,上海:上海古籍出版社,1990年,第11页。
[4] 崇祯十三年(1640)秋,虽然已经就职南都,吴伟业仍然不断感觉到仕途的秋意:"嗟乎!凉秋独夜,危峰断云,梧桐一声,猿鸟竞啸,追念旧游,独坐不乐。世已抵随、和,而吾犹恋腐鼠,若弟者独何以为心哉?丈夫终脱朝服挂神虎门,不能作老博士署纸尾也。归矣志衍,扫草堂待我耳!"(《南中与志衍书》,《吴梅村全集》,上海:上海古籍出版社,1990年,第1094页。)崇祯十四年(1641)复社领袖张溥去世,伴随着入世理想的渺茫,吴伟业决意不再出仕。
[5] 崇祯十六年(1643),吴伟业作《送志衍入蜀》:"我昔读书君南楼,夜寒拥被谈九州。动足下床有万里,驾马伏枥非吾俦。"回忆当初积极进取、傲视天下的热情。另外,入仕之初动辄上言弹劾的行为,也说明其实践精神之昂扬。
[6] (清)吴伟业:《彭燕又五十寿序》,《吴梅村全集》,上海:上海古籍出版社,1990年,第766页。

入清以后，随着陈子龙的去世和钱谦益的隐处①，创作了一系列名篇佳作的吴伟业声名鹊起，加之他前明故臣的身份、复社清流的地位，一时士人趋之若鹜，成为东南文坛的领袖人物②。伴随着领袖地位的确立，以伏处市井自任的吴伟业逐渐生成了另一种自信与自诩，忽视了来自时下社会的那种颇具普遍性的心理症结，即来自变节仕清者的嫉恨与猜疑，一种潜在的危险逐渐向他合拢而来。清初，遗民人群与应试出仕者曾是两个泾渭分明的群体。随着清廷统治的逐渐稳定以及人们心理的逐渐适应，遗民与非遗民的沟通、交往、联络逐渐增多，但整个民间社会对于那些变节仕清者而言仍不是一个宽松良好的环境。毕竟亡国的伤痛未远，而明末以来的攻讦之风并未消弭。于是那些仕清者想法设法帮助清廷搜罗遗民，既为新朝效力，也试图堵塞来自言论方面的压力。吴伟业显然就是这种心态下的牺牲品。

按理，吴伟业为人谨慎，"与人交，不事矫饰，熙如阳春。生平规言矩行，尺寸无所逾越"③，不会招惹任何是非。但他那颗文人式的逞才好名的心活跃起来后，再一次表现为实践人生理想的冲动。一是以史官自任④，开始创作历史著作《绥寇纪略》《复社纪事》等，希图通过修史成就声名，完成一个著名遗民的夙愿；二是开始频繁出游⑤，一方面乐山玩水，另一方面访问故旧，也没有回避与地方当道的交接⑥；三是以复社首领自居，出面

---

① 陈子龙在顺治四年抗清被捕，投河自尽；钱谦益出城降清之举，始终为士论不齿，基本不抛头露面。
② 顺治六年（1649），松江遗民诗人彭宾《偶存草·寄赠吴骏公宫尹》诗云："和璧蛇珠世稀有，一逢周客皆难售。黄钟大吕出明堂，当时作者尽奔走。披谒龙门客不空，骚坛艺苑称宗工。"顺治十年（1653）他出仕前已"为海内贤士大夫领袖"。见侯方域：《与吴骏公书》，《侯方域集校笺》，王树林校笺，郑州：古州古籍出版社，1992年，第157页。
③ （清）顾湄：《吴梅村先生行状》，《吴梅村全集》，上海：上海古籍出版社，1990年，第1405页。
④ 如《闻园诗十首》其九："青史吾徒事，先朝忝从臣。十年搜典册，万卷锁松筠。好友须分局，奇书肯借人。劫灰心力尽，牢落感风尘。"见《吴梅村全集》，上海：上海古籍出版社，1990年，第123页。
⑤ 顺治四年到十年（1647—1653）之间，吴伟业先后到过苏州、常熟、杭州、桐庐、嘉兴等地。
⑥ 顺治六年（1649）后吴伟业交接的当道官员有两类，一是学生故旧，如严正矩、姜会昌、张石平等；二是新结识者，如李允岩、步文政等。

调节慎交和同声二社之间的矛盾①,主持了著名的虎丘大会②。显然,是由于"名"的躁动而至的不甘寂寞,导致了如上一系列行为。假如他始终闭门谢客,伏处市井,或许能够有另外的情形,至少不会有"敦迫"之繁的压力。

  出仕清朝使吴伟业的人生格局失去了固有的平衡,他的人格内涵也发生了变异。尽管他用后半生为自己辩解,不断寻找自我解脱的理由,但不断的情感忏悔并没有使灵魂获得涅槃。直到生命的终止,他还真诚地表示:"忍死偷生甘载余,而今罪孽怎消除。受恩欠债应填补,总比鸿毛也不如。"③始终难以放弃这种近似原罪的心理倾向,实在是"天下大苦人"。④顺治十八年(1661),吴伟业因拖欠田赋被革职,失去了"功名",仿佛又卸下了一副重担,在《与子璟疏》中道:"既奉先太夫人之惠而奏销事起,奏销适吾素愿。"从此,他又变成了普通士绅。即使如此,临近生命的终点,吴伟业还做出了一个决定:"吾死后,敛以僧装,葬吾于邓尉、灵岩相近,墓前立一圆石,曰:'诗人吴梅村之墓'。"似乎,他既放弃了做清朝顺民的资格,也不愿亵渎明代遗民的称谓,仅仅珍惜他的"诗人"荣誉了。这仿佛是吴伟业的大解脱,以一个红尘居士的身份去面见先皇于地下,似乎也有完成他欲皈依佛门的夙愿的指向。然而所谓"圆石"云云,恰恰昭示了他以被迫放弃凸显努力争取的心愿。这种以"圆"代"方"所进行的批判,恰恰表明了他对明朝遗民这一身份的永远企盼,所谓"诗人"称谓,不过是他对毕生荣誉感的一种珍存。而实际上,正是这种对虚名的看重和追求才导致了他选择的错位。吴伟业至死也没有真正解脱。

---

① 前一年钱谦益致书吴伟业,调停两社分歧,见《钱牧斋尺牍》卷上《与吴梅村书》第三,中云:"伏以阁下聪明特达,好善不倦之心信于天下久矣,一旦出而调和焉,则朋党之衅消而归美阁下者无穷。且两社之信阁下者尤至,一整顿于诗文,一解憾于杯酒,而固已磊磊明明,尽输服于阁下,阁下则以谈笑之顷收作睚之功矣。"
② 虎丘大会的召开是在顺治十年三月,此时吴伟业已受到征召。《王巢松年谱》:"是年上巳,郡中两社俱大会于虎丘……两社俱推戴梅村夫子。"
③ (清)吴伟业:《临终诗》之一,《吴梅村全集》,上海:上海古籍出版社,1990年,第531页。
④ (清)顾湄:《吴梅村先生行状》,《吴梅村全集》,上海:上海古籍出版社,1990年,第1406页。

明末才子汤传楹与尤侗《钧天乐》传奇

在清初才子尤侗（1618—1704）的心中，最令他敬重的友人是汤传楹，让他系念一生的友人也是汤传楹。崇祯十七年（1644），当25岁的汤传楹突然去世的消息传来，尤侗形销神毁，痛不欲生，创作大量文学作品表达深刻的思念之情。初步统计，即有《哭汤卿谋文》《再哭汤卿谋文》《反招魂并序》《汤传楹墓志铭》《汤卿谋小传》《汤卿谋遗像赞》《重题汤卿谋遗像赞》《遗亡友汤卿谋书》等；诗词作品则多达百余首，如诗作《哭汤卿谋》（九十首今删存六十首）、《再哭汤卿谋》（十首有引）等，另有词《凤凰台上忆吹箫·梦亡友卿谋》《玉蝴蝶·雪窗忆卿谋》《沁园春·梦卿谋》等，其他如《闻公肃捷感念亡友汤卿谋》诗、《六桥泣柳记》文等，亦情不自禁地联想到汤、思念及汤，深情厚谊，古今罕见。他多次感慨："弟永无见兄之日也，并求见其如兄者，不可得也。可奈何？奈若何！临风染翰，聊以发九原之一涕而已。"① 顺治十四年（1657），尤侗创作了唯一的传奇作品《钧天乐》，亦刻意将汤传楹写入其中："《钧天乐》一书，展成不得志而作，又伤卿谋之早亡。书中沈子虚即展成自谓，因以杨墨卿为卿谋写照耳。"② 在这部长达三十二出的戏曲作品中，作为主人公之一的杨云（汤卿谋），与作为尤侗代言者的沈白共同演绎了个人的怀才不遇之情，以及与才有关的因才而厄、恃才而骄、抱才而死、才情共生等命题，通过"两才子一举登天"（第一出下场诗），完成对二人今生的演绎，续写了彼此的后世情缘，汤传楹的生命因之而完满生动，与尤侗的友谊亦因这一特殊的艺术建构而获得更具丰富性的呈现。

---

① （清）尤侗：《遗亡友汤卿谋书》，《西堂杂组》一集卷六，康熙刻本。
② （清）阆峰氏：《钧天乐》卷末附诗注，尤侗：《钧天乐》，康熙刻本。

一、汤传楹其人及与尤侗的友谊

汤传楹（1620—1644），字子辅，更字卿谋，诸生，吴县人，著有《湘中草》等。当他崇祯九年（1636）与19岁的尤侗定交时①，还是一位只有17岁的青年才俊，当然也不会预料到真挚的友谊让他的生命丰富而延展，并因文学意义的呈现而发生了特殊的影响。性情与思想的投合，使两人很快发展为"性命交，一时瑜亮，无忝齐名"②。崇祯十七年（1644，顺治元年），国破之难所导致的家亡对于汤卿谋及其家庭而言平常而不平凡。六月，皇帝的哀诏到达吴中，汤卿谋哭悼不已，伤痛而病，遽然离世，愁病之中的妻子丁氏随后殉亡。同样处于家国之悲中的尤侗闻知讣信，哀伤病倒，几乎肝肠断绝："我今顾影已无俦，如此人间不愿留。若许九原寻旧友，何妨蝴蝶化庄周？"③认为"卿谋既亡，知音断绝"④，自己苟活于世间已无多大意义。期年之祭时，他曾如是袒露自己的情感状态：

> 弟自哭兄以来，肠断泪枯，索索无真气，啸歌已废，笔墨都捐，了不吟一诗、填一词。吴山半塘之间，春风油壁，夜月酒垆，向与兄登眺处，屐齿永绝。每当西风哀雨，木叶自飞，落日暮云，孤雁嘹呖，搔首天末，怅然有美人未来之思。或把酒听歌，当筵看舞，曲未一终，泪已三下。竟日兀坐，昏然若寐，即对客亦不能强欢颜。夜间痛饮斗酒，始得半宵熟睡。至更漏将残，晓钟初动，伏枕辗转，百感皆来。自念伤心如许，恐不永年。⑤

哀痛伤损凄苦之状态，动人心脾，催人泪下，极为罕见。既然"海内第一知己"已去，对世情凡趣的丝丝缱绻也了无意义，尤侗一度萌生了绝尘断

---

① （清）尤侗《哭汤卿谋文》云"侗自丙子秋与卿谋定交"，"丙子"即崇祯九年，尤侗19岁。《西堂剩稿自序》又云："十八游庠，获交汤子卿谋……"《祭章素文文》："予年十八，始出交友，以渐识天下之士。然总角同好，不过数人。"见《西堂杂组》一集卷三，康熙刻本。
② 郭长海、金菊贞：《柳亚子文集补编》，北京：社会科学文献出版社，2004年，第84页。
③ （清）尤侗：《哭汤卿谋》，《西堂剩稿》，康熙刻本。
④ （清）尤侗：《西堂剩稿·自序》，康熙刻本。
⑤ （清）尤侗：《再哭汤卿谋文》，《西堂杂组》一集卷三，康熙刻本。

缘的出家之念："槁木死灰，嗒焉丧我，大意已类枯禅，但未剃发耳。"①即便后来回归生活常态，亦长期悒郁不乐，难以忘却故友，多次感叹："求其相知定我文如卿谋者，已不可得。"②"斯人死，坐看卿辈，谁是知音？"③他将哀思寄托于对好友遗著的整理刊刻："乙酉岁刻其《湘中草》十二卷，藏之其家。"④又"数年披阅，辄加删订，裁为六卷"，并在追忆和痛悼中写下了一段段评语，保存了汤传楹生平的大量信息及二人友谊的深情回忆。他还多次向当宁、同道介绍推举好友，如写给时任户部右侍郎周亮工的信："亡友汤卿谋少年早夭，其遗集《湘中草》可以传世而未得其人以传。知明公于存没之谊最深，故摘其中尺素数则寓览，此未足尽才人之万一。盖哀其无闻，庶乎附作者以彰焉。伏惟留意。"⑤关乎好友的一切，他都尽心尽意尽力。如对汤的儿子阿雄，表示："君家阿雄虽在襁褓，头角崭然，侗辈将抚之成立，使子云有后，玄草能传。"⑥并以自己的女儿许配之，所谓"总角故人，亦欣得婿"⑦。后阿雄因痘八岁而夭，尤侗哀悔不已："讣信惊传正晓鸦，忍看玉骨委泥沙。连宵风雨真狼藉，吹折春来第一花。"⑧他还将汤的女儿嫁给最得意的门生徐元文。当顺治十六年（1659）徐元文高中进士时，尤侗精神为之大振，兴奋之情溢于言表："喜闻洗马乘龙日，应续中郎第一弦。"⑨因"中郎"汤卿谋后继有人而欣慰不已。

尤侗引汤传楹为第一知己，在相关的祭悼文和诗词中揭示得最为充分。《哭汤卿谋文》云："侗自丙子秋与卿谋定交，于今九年矣。其间车马往来，多一时名士，而生友死友，惟卿谋一人！侗平生冷淡不求人知，人亦无知者，独以卿谋为鲍子知我。"⑩在分析自己的个性，回忆好友对自己的深刻理解时，尤侗的表达总是充满诗情画意：

  侗土木形骸，平子之落落莫莫，伯伦之悠悠忽忽，喜怒皆忘，言

---

① （清）尤侗：《再哭汤卿谋文》，《西堂杂组》一集卷三，康熙刻本。
② （清）尤侗：《湘中草跋》，《西堂杂组》三集卷五，康熙刻本。
③ （清）尤侗：【凤凰台上忆吹箫】《梦亡友卿谋》，《百末词》卷四，康熙刻本。
④ （清）尤侗：《湘中草跋》，《西堂杂组》三集卷五，康熙刻本。
⑤ （清）尤侗：《答周侍郎书》，《西堂杂组》二集卷五，康熙刻本。
⑥ （清）尤侗：《哭汤卿谋文》，《西堂杂组》一集卷三，康熙刻本。
⑦ （清）尤侗：《遗亡友卿谋书》，《西堂杂组》一集卷六，康熙刻本。
⑧ （清）尤侗：《哭阿雄痘殇》，《西堂小草》，康熙刻本。
⑨ （清）尤侗：《闻公肃捷感念亡友汤卿谋》，《右北平集》，康熙刻本。
⑩ （清）尤侗：《哭汤卿谋文》，《西堂杂组》一集卷三，康熙刻本。

笑若丧，而卿谋不以为愚；侗胸中魄礧，不合时宜，酒后耳热，拔剑起舞，青衣骂坐，白眼看人，而卿谋不以为狂；侗赋性善愁，晓风残月，落叶哀蝉，蝴蝶枕中，杜鹃枝上，三年梦觉，一往情深，而卿谋不以为痴；侗穷而工诗，熏炉药椀，一卷自携，墙壁户庭，十年都著，而卿谋不以为拙！海内知己如此，几人至于？①

在其后长达60年的时光里，之于汤传楫的深沉怀念和深刻理解构成了尤侗心灵的最生动图景，其性情、才能、品格等因时光荏苒而日益凸起，并映照着和认证了青年尤侗的真正自我，以及关于青春、自我、人生选择的真切回忆。那么，如何素描汤传楫其人其性其文呢？

汤传楫"性好静"，追求"幽居之适"。他说："予以才疏性拙，所尤不堪者，酬应人间事。因计一岁中，兀坐斯斋日，除登山临水外，逾十之九焉。"②"斯斋"，指"荒荒斋"，乃其少年时代开始就读的书室，"仅容膝地"③，但"图史参错，花木扶疏"④。通过荒荒斋，汤传楫为自己营造了一种远离世俗喧嚣的人生境界："值风露清微，月痕入水，亦时步出斋中，空庭对影，绕树往来，或箕踞坐颓垣废址，仰天长啸，荡吾沉郁，旷然有云海情。人生百年，似此佳境，正自不可多得。"⑤他特别喜欢"闭门兀坐，杳若深山，悠如永年，类禅家之寂"⑥的生活状态，曾如此怀想其具体情境："一庭一院，一花一石，一帘一几，一尘一屏，一茗一香，一卷一轴，然后，一妇一婢，一丝一竹，一愁一喜，一谑一嘲。乘兴则一楼一台，一觞一咏；倦游则一枕一簟，一蝶一槐。梦觉徐徐，两美在侧。一寐一寤，一偎一抱。"⑦尽管只是一种想象的生活情境，如尤侗所云："但云理之所必无，安知非情之所必有

---

① （清）尤侗：《哭汤卿谋文》，《西堂杂组》一集卷三，康熙刻本。
② （明）汤传楫：《荒荒斋记》，尤侗：《尤太史西堂全集》附，《四库禁毁书丛刊》（集部第130册），北京：北京出版社，1997年，第127页。
③ 同上。
④ （清）尤侗：《汤卿谋小传》，《西堂杂组》二集卷六，康熙刻本。
⑤ （明）汤传楫：《荒荒斋记》，尤侗：《尤太史西堂全集》附，《四库禁毁书丛刊》（集部第130册），北京：北京出版社，1997年，第127页。
⑥ （清）尤侗：《闲余笔话》，尤侗：《尤太史西堂全集》附，《四库禁毁书丛刊》（集部第130册），北京：北京出版社，1997年，第140页。
⑦ （明）汤传楫：《闲余笔话》，尤侗：《尤太史西堂全集》附，《四库禁毁书丛刊》（集部第130册），北京：北京出版社，1997年，第141页。

耶？"①却塑造了汤卿谋"温且美""淡且静"②"性高洁"③的人格与趣尚。直到25岁去世，他始终乐此不疲，恬然享受这种萧散自适所带来的闲情雅兴，并借之彰显个体的理想、价值与尊严，追求一种迥异于俗的文人情怀。

汤传楹不喜交往，但笃于友谊。白天，他流连于荒荒斋，或与好友清谈，"薄暮进登南楼，与妇焚香煮茗，剪烛夜话，以为笑乐"④。他的"荒荒斋"并非人尽可入，而是"予与知己约，须扣门"，"自知己数人外，谨谢客，弗敢见，见亦就外室，不敢延入此斋，破我荒荒"。⑤好友尤侗的回忆验证了这一点："惟予辈二三子，至辄叩门，君闻即启扉延入，握手捉尘，清谈而已。其他俗客罕有闯其座者。"⑥在这"二三子"中，有尤侗、陆灵长、宋实颖等，多为少年知己、才名早著者。他与陆氏兄弟、尤侗结为"四子社"⑦，登山临水，吟诗为文，甚为相得。挚友陆寿国（1617—1642，字灵长）因病早世，他痛惜不已，先后写下《同社送葬奠别陆子文》《谥孝简子议》《孝简子遗书序》《哀江头有引》等情深意重的祭念之作，哀悼才子之殇。尤侗是与他交往最频繁、关系最为亲密者，情意款洽，志趣相投，诗词唱酬，殆无虚日。梳理同一时期二人的唱和之作，留存至今者20多首，彼此友情之深厚，布诸字里行间。唯是，方能理解汤传楹去世后尤侗历久弥长的怀念何以如此真切绵长！如他去世七年后，唯一的儿子因病夭折，尤侗深感愧负友人，无限伤情："荒郊宿草已离离，无限伤心强自持。今日有声吞不得，七年血泪一齐垂。"⑧25年后，面对挚友遗像，尤侗再次"展卷泫然，感念故人，如在初没"⑨，唏嘘不已。感情之深厚持久，古今罕见。

汤传楹多次强调"予生而多愁善病"⑩，并赋之于审美表述。善病，或

---

① （清）尤侗：《闲余笔话·评语》，《尤太史西堂全集》附，《四库禁毁书丛刊》（集部第130册），北京：北京出版社，1997年，第141页。
② （清）尤侗：《哭汤卿谋文》，《西堂杂组》一集卷三，康熙刻本。
③ （清）冯桂芬：(同治)《苏州府志》卷八一，光绪九年（1883）刊本。
④ （清）尤侗：《汤卿谋小传》，《西堂杂组》二集卷六，康熙刻本。
⑤ （明）汤传楹：《荒荒斋记》，尤侗：《尤太史西堂全集》附，《四库禁毁书丛刊》（集部第130册），北京：北京出版社，1997年，第126页。
⑥ （清）尤侗：《汤卿谋小传》，《西堂杂组》二集卷六，康熙刻本。
⑦ （清）尤侗《哭陆灵长八首》诗注："予与卿谋、二陆盟四子社。"《西堂秋梦录》，康熙刻本。
⑧ （清）尤侗：《哭阿雄痘殇》，《西堂小草》，康熙刻本。
⑨ （清）尤侗：《重题汤卿谋遗像赞》，《西堂杂组》二集卷六，康熙刻本。
⑩ （明）汤传楹：《病夜听秋赋》，尤侗：《尤太史西堂全集》附，《四库禁毁书丛刊》（集部第130册），北京：北京出版社，1997年，第112页。

者缘于身体素质之羸弱，日常生活中，他和妻子往往"药烟相对袅"①，早夭当亦与此有关。而多愁则首先来自一种独特的心理体验，所谓"赋性善愁"②是也，与青年时期尤侗的生命情绪恰恰形成互文③；彼此诗词中类似情绪的审美表述都很多，以致汤有天下"万斛愁，尔我各分其半"④之喻。因为愁，汤传楹喜欢秋天，《闲余笔话》云：

> 吾辈一身得秋气多，便是雅人深致。若得春气，则近于思妇；得夏气，则近于热官；得冬气，则近于隐士。固当以萧瑟清旷，荡我襟情，兼持万斛秋光，为世间疗俗耳。

因为愁，其"感怀遣兴，一寄之诗"⑤，作品多惆怅之音。如："万物各意气，盛衰谁能如？搔首天地间，何处安愁予？"⑥他曾对尤侗表示："卫洗马'人言愁我始欲愁'，吾固不因人愁也。然亦不自知其何故，但一往情深尔。"⑦尤侗何尝不是如此。所谓"一往情深"，与"一生爱好是天然"的理趣之妙，其实是彼时崇尚自我、向往心灵自由的青年才子们具有普泛性的价值选择。

多愁，当然也来自人生际遇之不谐："秋闱不遇，郁邑不自得。"⑧对于汤传楹而言，或者还有父亲行事为人所带来的心灵困顿："少与父志行殊辙，而又难自口出，虽为贵公子高才生，恒邑邑不自得。"⑨也就是说，父亲的所作所为及其影响也在一定程度上强化了他的惆怅之心。

汤传楹出生在一个官吏家庭。曾祖聘尹，隆庆二年（1568）进士，授进贤知县，后为吏科给事中，"雅多善政"⑩。祖父一龙，字云辅，万历十五

---

① （明）汤传楹：《妇病》，尤侗：《尤太史西堂全集》附，《四库禁毁书丛刊》（集部第130册），北京：北京出版社，1997年，第93页。
② （清）尤侗：《汤卿谋小传》，《西堂杂组》二集卷六，康熙刻本。
③ 尤侗亦强调自己"赋性善愁"，见《哭汤卿谋文》，《西堂杂组》一集卷三，康熙刻本。
④ （明）汤传楹：《闲余笔话》，尤侗：《尤太史西堂全集》附，《四库禁毁书丛刊》（集部第130册），北京：北京出版社，1997年，第141页。
⑤ （清）尤侗：《汤卿谋小传》，《西堂杂组》二集卷六，康熙刻本。
⑥ （明）汤传楹：《薄暮秋思》，尤侗：《尤太史西堂全集》附，《四库禁毁书丛刊》（集部第130册），北京：北京出版社，1997年，第92页。
⑦ （清）尤侗：《汤卿谋小传》，《西堂杂组》二集卷六，康熙刻本。
⑧ 同上。
⑨ 乾隆《长洲县志》卷二十四《人物》四。
⑩ 参见康熙《江西通志》卷五十九、乾隆《江南通志》卷一百二十三《选举志》，均为《四库全书》本。

年（1587）举人，曾任永明知县①。而父亲汤本沛则相反。其字行之，一字行仲，天启二年进士，官至刑部主事。关于他，有很多记载，皆指向人品、官品之劣。姑举数例。

文秉《先拨志始》：

> 汤本沛者，亦吴县人也。为知县三月，以贪酷致激民变，考察降五级。②

姚希孟天启五年（1625）《家书》：

> 昨有新闻，周寥兄被弹后，汤本沛欲得上林监求见倪文焕，深诋寥兄，且有下石之意。小人情状，乃至于此。可恨也。③

吴应箕《启祯两朝剥复录》：

> 本官（汤本沛，笔者注）心术险邪，奸害同乡状元文震孟，致被削夺。
> 本官顺魏忠贤意旨，将方震孺挡赃，逐日刑比。方御史疏可据。④

综合以上信息及其他记载，可知汤本沛依附阉党，打击东林人士，在士大夫和民众心中的形象十分恶劣；后虽因"中风嘴歪"而结束仕宦，隐居乡里，仍为士民讥议。其三子汤传楷所谓"里居杜门，栖心尘外，肥遁五十年"⑤，或是一种不得已而为之的表述。如是之父亲，对身为长子的汤传楹而言，应不仅仅是"志行殊辙"的观念问题，还有与生俱来的挫折感和难堪之情。尤其是，"君性孝友，事刑部公暨朱安人尽孺子慕"⑥，又要在父子伦理关系上表现合节，内心的困惑与矛盾只能积郁为无法言说的"愁"。换句

---

① （清）尤侗：《汤卿谋小传》，《西堂杂组》二集卷六，康熙刻本。
② （清）文秉：《先拨志始》卷下，清写刻本。
③ （明）姚希孟：《文远集》卷二十七，明清秘全集本。
④ （明）吴应箕：《启祯两朝剥复录》卷八，清初吴氏楼山堂刻本。
⑤ （清）汤传楷：《题家书后》，王彦卫：《王忠端公文集》卷十一，顺治十六年（1659）刻本。
⑥ （清）尤侗：《汤卿谋小传》，《西堂杂组》二集卷六，康熙刻本。

话说,他只有通过自由任兴的审美体验来调节生命的节奏,并依靠个人努力摆脱压抑的生活现实。而当一切都不能遂心如意时,一种与生俱来的愁郁便无时无刻不袭扰心胸,渗透到他的日常言行和文学创作中。

汤传楹以才闻名于当时当地:"自少以才见称……年甫弱冠,即用诗古文屈其辈行,至于老师宿儒悉折节下之。"[1]当地文人则用"才思敏妙,诗奇奥似长吉,浓艳仿西昆,古文辞亦纵横爽迈"[2]给予概括。尤侗十分钦佩他的才华,有"惊才绝艳,援笔便成"[3]之叹,又曾发出异常激切的赞美:"吾国颜回竟短年,惟留道气古今传。他时若作儒林传,大雅风流第一贤。"[4]在创作《湘中草序》时,他曾列举了多位古代杰出才子与之相比,大力弘扬其卓尔不群,指出:"今汤子十七而能诗,至二十五,历年九,凡得十万余言,居然与屈、宋诸子比肩。"[5]又说:"卿谋《湘中草》压仙鬼才而上之。"[6]的确,汤传楹富深情慧心,多文采风流,所作诗词幽婉清丽,韵味悠长,传达出一种纯净的苦闷、莫名的忧伤和优雅的真诚,其中洋溢的自然、率性和忧郁透射了一种清标脱俗的美、清雅朗俊的真,于明清之际确实为不可多得。现存《湘中草》六卷,经尤侗删校(仅存诗132首、词31首、文8篇、笔话20则,另有赋、骚、书、议若干)附于其《西堂全集》后,仍然清晰地展现了这样的特征。不过,因生命短促,生活与创作均视野较窄,汤传楹的文学作品主要立足于自己的生活环境,或发思古之幽情,或感慨个人之处境,题材范围和思想意蕴都相当有限,也是事实。

尤侗之于汤传楹的知己之情,缘于彼此性情、趣味和观念的互相呼应和高度认可。如对于愁、病、秋的多情自许,两人往往遥相呼应,相得益彰。汤说:"予生而多愁善病,少与此境往还,长而相得益深。"[7]尤侗则言:"余素善病,三秋之际,系恋尤深。"[8]他更有《西堂秋梦录》之辑,专力写秋抒情,汤传楹先后为之为序作跋(均收入《湘中草》),表现出声气相求

---

[1] (清)汪琬:《湘中草序》,《钝翁前后类稿》卷六,《汪琬全集笺校》(一),李圣华笺校,北京:人民文学出版社,2010年,第637页。
[2] 同治《苏州府志》卷八十一,光绪九年(1883)刊本。
[3] (清)尤侗:《西堂剩稿·自序》,《西堂剩稿》,康熙刻本。
[4] (清)尤侗:《哭汤卿谋》,《西堂剩稿》,康熙刻本。
[5] (清)尤侗:《湘中草序》,《西堂杂组》一集卷四,康熙刻本。
[6] (清)尤侗:《哭汤卿谋文》,《西堂杂组》一集卷三,康熙刻本。
[7] (清)汤传楹:《病夜听秋赋》,尤侗:《尤太史西堂全集》附,《四库禁毁书丛刊》(集部第130册),北京:北京出版社,1997年,第112页。
[8] (清)尤侗:《病信并序》,《西堂秋梦录》。

与热烈认可:"纸上烟雨无数,忽忽沁入心骨,乃识此编之感人深于秋气矣!予又安能使胸中之秋不出而相应耶?"① 翻开《湘中草》六卷,其中载录的汤、尤唱酬之诗词作品,计有25篇之多,几占所收作品总数的25%;排除尤侗整理文集时所进行的选择性删校,及未能及时保存等因素,实际数量应更可观;与尤侗早期文学创作中与汤卿谋倡和之诗词近20首相比照,不仅可证二人交往之密切,且可发现这些倡和之作情绪相通、风格相类等特征,哀怨愁叹,伤春惜秋,失意困窘,怀才不遇,大致相似的主题,彰显出二人彼时心境相合,趣味相投,惺惺相惜,肝胆相照,无怪乎"社中呼为尤汤,犹之元白、皮陆,以倡和齐名也"②。汤传楹去世后,尤侗包揽了其传记、墓志等生死之文的撰写,许多盖棺论定之语出自其笔下,几乎构成了后出之方志、总集、笔记等相关评价的核心意旨。如关于其道德品质、才学性情、气质风度等的高度评价:

> 侗尝与吾党屈指而论,谁为孝于亲、友于弟、宗党称其敬、朋友称其信、儿童仆妾称其爱者,曰:"唯卿谋。"谁为温如玉、淡如菊、美如香草、静如秋水、寒山虽不言而四时气备者,曰:"唯卿谋。"谁为学五车、才一石、笔惊风雨、诗泣鬼神、翩然独秀江东者,曰:"唯卿谋。"则又屈指而论,谁为金门献赋、石渠较书,作紫衫郎、黑头公者,曰:"唯卿谋。"谁为结社香山、写图洛下,从赤松子、黄石公者,曰:"唯卿谋。"③

赞誉之高,肯定之全,感情之特殊均超乎寻常。后来,平步青(1832—1896)讥讽尤侗所为乃出于明人积习之遗留:"实不脱天、崇时习气。"但也充分理解地表示:"卿谋诗文虽不必如西堂所推,而年少负异才,不遇以死,即谓明末诸才人中之长吉,亦无不可也。"④ 可见,汤传楹确有其独特之处,而尤侗借助一系列带有修辞色彩的文学文本所表达的欣赏、所进行的标举,不但素描出一位历史的汤传楹、才子的汤传楹,也塑造了一位文学

---

① (明)汤传楹:《题秋梦录后》,尤侗:《尤太史西堂全集》附,《四库禁毁书丛刊》(集部第130册),北京:北京出版社,1997年,第122页。
② (清)尤侗:《亡友汤卿谋墓志铭》,《艮斋倦稿文集》卷十一,康熙刻本。
③ (清)尤侗:《哭汤卿谋文》,《西堂杂组》一集卷三,康熙刻本。
④ (清)平步青:《霞外攟屑》卷六,上海:上海古籍出版社,1982年,第327页。

的汤传楹;《钧天乐》中的杨云与沈白形象一起表达了才子之间相濡以沫的理想诉求以及突破现实压抑的精神向往,在清初的历史时空中显示出具有公共话语意义的文学价值承担。

二、怀才不遇:才子情结的艺术建构

汤传楹去世后,尤侗如是总结他的不幸夭折:"吾谓汤子有五不幸焉:年太少,才太奇,思太敏,文太多,著书太早。此汤子所以死也。"[①] 因其早逝而伤怀,更为其"偃蹇床箦以死"[②]而抱恨不已。平生寥落,未得一官,满腹才学,空无一用,这是最令尤侗郁结愤懑之处。他曾极度怨艾"汤子之殁,天地山川若弗闻也"[③],对于历史上那些著名文人如屈子、曹植、李白、韩愈、苏轼等,"或步兰台,或枕芸阁,或纡青殿上,或垂白山中,而汤子独贫贱死,死年二十五"[④],充满了不平、不解和不甘。尤其是,在汤传楹去世后的十多年里,百般寻求有所作为的尤侗始终仕途不顺,多有挫折,日益强烈的怀才不遇之感在顺治十二年(1655)遭遇了彻底的打击,因无奈、无望而导致的辞官之痛挫折了他的情感,消损了他的意志[⑤]。于是,"丁酉之秋,薄游太末,主人谢客,阻兵未得归。逆旅无聊,追寻往事,忽忽不乐,漫填词为传奇"[⑥]。在他惆怅万端的自我反观中,挚友汤传楹的不幸不遇跨越时空而发酵于心灵,彼此相通的高才不偶、坎坷不遇再次涌上心头:"既痛逝者,行自念也。"[⑦]正是在这样一种境遇和情绪中,《钧天乐》传奇应运而生。作为代言者的"末"开场即云:"偌大乾坤无处住,笑矣,悲哉,不合时宜肚!漫欲寄愁天上去,游仙一曲谁人顾?"蓄积了多少悲愤,积淀了多少忧伤,才能发出"寄愁天上"的呼喊?而借助"游仙一曲"倾诉积郁、寻求理解,是彼时的尤侗寻求自我超越时最为有效的

---

① (清)尤侗:《湘中草序》,《西堂杂组》一集卷四,康熙刻本。
② (清)尤侗:《哭汤卿谋文》,《西堂杂组》一集卷三,康熙刻本。
③ (清)尤侗:《湘中草序》,《西堂杂组》一集卷四,康熙刻本。
④ 同上。
⑤ 本年,身为永平府推官的尤侗,因旗丁违法,按律治罪,被弹劾"擅责投充,例应革职",遂愤然辞官。
⑥ (清)尤侗:《钧天乐·自记》,康熙刻本。
⑦ (三国魏)曹丕:《与吴质书》,陈寿撰、裴松之注《三国志·魏书》卷二十一,北京:中华书局,2011年,第505页。

叙事策略。

《钧天乐》文本共三十二出，通过上、下本各十六出建构界域分明的两个空间，促成两个空间自足性的关键词则是"不遇"和"遇"。一个空间归属现实人生，主要演绎了才子沈白、杨云如何"不遇"，为何"不遇"：才高应举，总是名落孙山；不断受到嘲笑、欺辱，投告无门，块垒难消。另一个空间则超越尘俗世界，在已然仙化的现实中华丽展开，呈示了"遇"的顺理成章，皆大欢喜。两位主人公不仅获得上帝的认可，独开特科，中式擢用，且复仇成功，伉俪团聚，尘世的未尽理想于天界获得了酣畅淋漓的实现。所谓"玉堂金马皆尘土，不朽功名天上高"（第十七出《天试》文昌君语），较之尘世，这种极具价值和意义的认可洋溢着花团锦簇的世俗快乐。

作品力图从多个维度昭示：形成"不遇"的关键是科举，是受制于权力腐败和人心堕落而来的被异化的科举；促成"遇"的关键也是科举，只不过是属于制度伦理下处于常态的科举。围绕着这样的思考，《钧天乐》首先呈现的是一个导致科举崩坏的乱世背景：天灾人患，民怨四起，官吏贪腐，皇帝昏昧，以致国家政权乏力，民不聊生。姑举第十四出《伏阙》的几段唱词：

【滚三】小民穷困因赋役，郡县多贪吏。严刑酷罚，求财贿，封书币私馈。铨司朝贵，行取台垣，日上衙门而已，建言谁看。摇尾乞怜，衣冠扫地。
……
【歇拍】宰相伴食，郎官索米。臣但见那公卿辈，工拜跪，足痴肥唾面拂须，便是好官长伎，更堪悲，水火玄黄，党人牛李。
……
【煞尾】端拱深居，未悉安危计。奈朝内，无忠义，肆奸欺，蔽聪明，长乱离。臣言不早，陛下悔之晚矣。日凌夷荆棘，铜驼真堪泣涕。

这一幅幅社会动乱的历史画面，致使深怀忠义、治世有才、伏阙建言的沈白竟然得到一个"诬蔑大臣，指斥宫禁，毁谤朕躬"（第十四出《伏阙》）的罪名。栋梁之材折断，国家何能在，怎能在？将科举制度的崩坏置放于政体腐败和社会动乱的背景下，其实是有关明朝灭亡原因思考的延续，这与清初社会关于明朝灭亡的反思不谋而合，是彼时一般文人具有普遍意义的认知,只不过尤侗更愿意通过涉及文人出处的科举来进行关乎身世浮沉意义的文学解读而已。因此,科举于《钧天乐》结构的特殊作用,不仅决定其空间形态的建构,也有意从时间维度揭示其左右人生的特殊价值,转关之意义与核心之地位均十分突出。而这一点,恰恰印证了尤侗当时思考的兴奋所在。康熙二十三年(1684)腊月,已借助博学宏词科荣任翰林院编修的尤侗反观自己这一时段的诗歌创作,孜孜于科举所造成的心灵磨难再次唤起了那一段怀才不遇的感伤:"自念束发受书,日夜揣摩,不获与甲乙之科,仅乃为贫而仕,屈首以就功名,此中邑邑,有难为外人道者。不平之鸣,其容已乎!"[1] 显然,在一生最为低落的时期(顺治十四年前后),《钧天乐》的创作为尤侗才子情结的纾解打开了一条狭窄但还算切实的通道。

借助汤、尤的深厚友谊以及尤侗对于怀才不遇促成之诸种人生经验的理解,《钧天乐》开启了丰富而细致的艺术思考,并抽绎出科举之于人生、现实以及两性关系的深刻影响。作品以第十六出《送穷》为结点宣告了一个社会或一种状态的结束,而从第十七出《天试》开始,则极力敷衍那种"应该有"的人生格局。如主持科举之角色的变化。"魁星":"可笑世人把我脸儿画得花斑斑的,失却本来面目。又教左手持斗,右手持锭,费我多少气力。如今天上开科都用不着,只将一笔横扫千人。""朱衣神":"世人常说但愿朱衣一点头,叵耐试官糊涂,乱圈乱点乱义乱抹,教我主张不来。如今天上开科,笔则笔,削则削,乃我扬眉吐气之日。"将"应该有"视作一种"理想",本身已昭示生存空间之逼仄;而一以贯之采用的对比手法,直指现实的黑白颠倒,又极大地强化了否定之坚决与批判之尖锐。如上部描写两位才子的秋闱不第、屈辱落榜,下部则集中笔墨于他们的高才中举、荣耀金榜;上部揭示钱、权交易在科举考试中的主导作用,下部则极力凸显非常才能获得的非常青睐;上部展演科举考试对人际关系、婚姻生活乃至女性心理的巨大戕害,下部则集中展演治世能才的文韬武略、才子佳人的情投意合;李贺、苏轼等千古风流人物与杨墨、沈白的共同"当场",作为一种功能性植入,亦不仅仅是为了渲染其事、点染其境、衬托其人,更有呼应尤侗"子虚子墨同列传,游戏成文聊寓言"(结尾)之旨的重要作用,即通过寓言式的艺术书写彰显其独特的存在方式,为才子群像的现实生成与历史合理性提供叙事张力。

---

[1] (清)尤侗:《西堂小草·自序》,《西堂小草》,康熙刻本。

作为"小生",汤传楹的代言者"杨云"并非《钧天乐》之第一主人公,然其与主人公沈白(生)的关系,则刻意映射着汤传楹与尤侗的人间情感和现实遭际,体现为一种经验设定和对比性建构。杨云与生活中的汤传楹具有高度的一致性,传记性特点相当明确。譬如汤传楹美风姿、多愁病。《汤卿谋小传》云:"君生而美风姿,眉目如画,笑靥嗎然,肌肤冰雪,芳兰竟体。每出道旁,人争目之曰:'此翩翩者,佳公子也。'"杨云也是"清赢善病"(第十出《祷花》):"虽是乌衣子弟,却像红粉女郎。论他国士无双,比我玉人有两。但常多病多愁,恐被道旁人看杀。"(第二出《歌哭》)他与沈白的感情一如汤、尤生前:"隔一日,似三秋。""一日不见,千里相思。"(第十二出《哭友》)杨云的早逝同样令沈白悲痛无比:"兄弟,我与你交比芝兰,爱同花萼。方谓良朋耐久,白首如新。岂意中道生离,一朝永诀。"(第十二出《哭友》)这与尤侗在汤传楹去世后的"肝肠断绝、血泪几枯"(第十七出《天试》)差可比照。在揭示一个才子的不幸夭折方面,杨云的遭际与其原型之间似乎形成了抵牾。汤传楹本因崇祯之难而死:"哀诏下,吾友汤子卿谋哭临三日,归而病,以六月六日酉时卒。"[①]作品则进行了如是改写:"……适才遇见杨家小厮,说杨相公避乱乡村,被流贼打粮,受了惊吓,感冒风寒,已病故了。"(第十二出《哭友》)"避乱乡村"是史实[②],病亡原因实为子虚乌有;同样涉及"流贼",一则缘于皇帝殉国,一则因为感冒风寒,叙事之旨趣已绝然不同。而形成这种"故意"的初衷,显然是为剔除其中含蕴的朝代更迭、历史变迁的政治色彩,与《钧天乐》创作于顺治十四年的时间节点亦不无关联。此际的尤侗,已多次应举于清朝(顺治二年始),且曾以拔贡身份任职永平府推官(顺治九年至十二年),乃实实在在的大清顺民,自然不易对关涉前朝的有关往事过于白描。

对于才子情结深厚的尤侗而言,块垒之愁难消,不遇之境未改,总要寻找一种合适的艺术形式进行纾解。他曾言:"古之人不得志于时,往往发为诗歌,以鸣其不平。顾诗人之旨,怨而不怒,哀而不伤。抑扬含吐,言不尽意,则忧愁抑郁之思,终无自而申焉。既又变为词曲,假托故事,翻弄新声,夺人酒杯,浇己块垒,于是嘻笑怒骂,纵横肆出,淋漓极致而后

[①] (清)尤侗:《哭汤卿谋文》,《西堂杂组》一集卷三,康熙刻本。
[②] (清)尤侗《哭汤卿谋》小注云:"自四月闻京师之变,传言流寇长驱,卿谋移住村庄,遂成别离。"见《西堂剩稿》卷下,康熙刻本。

已。"① 以传奇戏曲的形式敷衍《钧天乐》故事应是这一理念的选择。实际上，汤传楹未尽其才而夭逝，早已开启了尤侗诸如性情、风貌及高才不偶、怀才不遇等问题的思考，有关的悼诗、祭文已昭示了这一点，这其实也是彼时才子文化思考的兴奋点之一。而作为苟延于现实中的才子，进入清初的尤侗继续承受了与汤传楹相似又不尽相同的感愤与无奈："才高志大，运蹇时乖"（第十五出《哭庙》），不仅是《钧天乐》主人公沈白的命运，也是改朝换代后尤侗生活情态的真实写照。正是基于这一点，他在设置一个污浊的现实背景的同时，还为沈白建构了一个充满了各种压力的窘迫境遇，即："第一来科名连败，第二来兵戈罹害，第三来人琴早亡，第四来割断夫妻爱，第五来秋风钝秀才。"（第十六出《送穷》）在"妻亡友没，举目无亲"的境地中，沈白"叹孤身，天涯地角，顾影无俦"，更感愤"一身不偶，四海无家"（第十四出《伏阙》），不得不摒弃"世缘"，转而寻觅上天入地的求索之路，所谓"仙才只合瑶天住"②。如是，才有了第十六出《送穷》的转关之笔。既然"曲高和寡，才大知希，人世科名已不可得"（第十五出《哭庙》），他只能将目光转投天界，寻求"瘄寐英贤，旁求侧席"、思贤若渴的君王，以改变"楚山刖玉，沧海遗珠"③，贤愚颠倒的非正常现状。如是，又有了第十七出《天试》：上帝对于如他一般的"彷徨草泽"才学之士十分伤怀，"专取那下第才人中式擢用"，"开天首科，可称亘古盛事矣"。于是，沈白的"独秀江东"之才获得了高度认可。这是一个未来世界，是比喻的，也是寄托的，是理想的，也是超现实的。相知相念的友人、不离不弃的佳偶、高中状元的兴奋、高才审案的挥洒，等等，都以特殊的展演方式回应了现实生活中那些难以实现的诸多期许。如对于自我才能的彰显，第二十二出《地巡》沈白巡视地狱，所断吕雉杀戚姬案、曹丕杀甄后案的内容，完全同于尤侗之《吕雉杀戚夫人判》《曹丕杀甄后判》④等判文；而汤传楹的诗《拍手歌》、曲《秋夜》等作品亦分别在第一出、第十出再现，让作品之自喻性得到极大强化。可以说，第十七出《天试》及其后来有关天界的艺术描写，在抽绎出了一代才子内在世界丰富性的同时，也为传奇戏曲的文体诉求、内容趣尚、结构叙事提供了合适而有

---

① （清）尤侗：《叶九来乐府序》，《西堂杂组》二集卷三，康熙刻本。
② （清）尤侗：《读叶小鸾诗题赠》之二，《西堂剩稿》卷下，康熙刻本。
③ （清）尤侗：《钧天乐·天试》，康熙刻本。
④ （清）尤侗：《西堂杂组》一集卷六，康熙刻本。

力的支点。从此,作品以另一种方式敷衍对现实的否定和批判,又借助李贺与苏轼两位大才子的出场,宣示对理想社会和人生的真诚希冀和热烈向往,借以抚慰古往今来那一颗颗不肯沉沦的才子之心。所以,李贺与苏轼形象不仅担负着为天下"俊彦英材"(第十八出《天榜》)写恨的意旨,还从另一个维度强化着"开天首科"重要意义。

李贺其实是作为汤传楹的映像而出现。早夭,多才,不遇,让彼此存在着明显的互文关系。汤传楹生前十分喜欢李贺,"论李长吉、石曼卿故事,辄为色舞"①,对其才命之遇颇多感慨:"独念长吉之为歌诗,洞胸镂骨,卒瘁其命。"②其为诗,多有仿"长吉体"之诗作:"诗顾奇奥,喜作惊人句,大类长吉"③,"自喜间作秾丽博奥之体,绝似昌黎、长吉"④,《悲哉行》"全体长吉,鬼气逼人","《巫山高》《水仙谣》《紫玉歌》,皆极意摹陇西之作"⑤。尤侗多次以李贺譬喻之:"长吉之才而厄,厄而传,岂非天哉?吾亡友汤卿谋早夭,与长吉同。"⑥在编辑其遗集时感慨:"不教奇字葬刘坟,风雨山河护大文。简尽锦囊人不见,一灵啼啸夜深闻。"⑦以李贺之"锦囊"比喻汤的呕心沥血之作。影响所及,连晚清的才子平步青也说汤传楹:"年少负异才,不遇以死,即谓明末诸才人中之长吉,亦无不可也。"⑧

如汤传楹本人一样,《钧天乐》中李贺平生不遇的状态也借助天界得以改写,与有关的历史逸闻形成呼应⑨。他与沈白、杨云一样,"各负奇才,未逢知己"(第十七出《天试》);参加"开天首科"后,不副帝眷,名列探花:"才称进士谤书污,幸附青云上帝都。"(第二十四出《校书》)这与实际生活中李贺负才早夭的情况相距甚远,更接近于传说中他受招白玉

---

① (清)尤侗:《再哭汤卿谋文》,《西堂杂组》一集卷三,康熙刻本。
② (明)汤传楹:《孝简子遗书序》,尤侗:《尤太史西堂全集》附,《四库禁毁书丛刊》(集部第130册),北京:北京出版社,1997年,第120页。
③ (清)尤侗:《汤卿谋小传》,《西堂杂组》二集卷六,康熙刻本。
④ (清)徐元文:《湘中草·序》,《西堂杂组》一集卷四,康熙刻本。
⑤ (清)尤侗:《湘中草·眉批》,《尤太史西堂全集》附,《四库禁毁书丛刊》(集部第130册),北京:北京出版社,1997年,第90页。
⑥ (清)尤侗:《湘中草跋》,《尤太史西堂全集》附,《四库禁毁书丛刊》(集部第130册),北京:北京出版社,1997年,第87页。
⑦ (清)尤侗:《哭汤卿谋》,《西堂剩稿》,康熙刻本。
⑧ (清)平步青:《霞外攟屑》卷六,上海:上海古籍出版社,1982年,第327页。
⑨ (唐)李商隐《李贺小传》云:李贺将去世时,有绯衣人传上帝诏,云白玉楼成,"立召君为记"。见《李商隐文编年校注》(第五册),北京:中华书局,2002年,第2266页。

楼的愿景。在他的身上，体现了尤侗替古人补恨的强烈愿望，与康熙七年（1668）所作《清平调》杂剧李白中状元的情节一样，有异曲同工之妙，昭显的都是尤侗悒郁深刻的怀才不遇之感。不过，此剧中李贺名列沈白、杨云之后的设计，反映了尤侗对自我、对友人期许更高的自信。

苏轼的出场应是汤传楹和尤侗相同趣尚的表达，他们都非常喜欢苏轼。汤的话语中经常涉及苏东坡，小品《闲余笔话》之创作既有反其意而作的考虑："昔苏学士强闲人说鬼，不免犯妄语戒……闲情一箧，宛在十指间，何必妄言妄听。借鬼话作舌本，毋乃耳根未净乎？"[①] 尤侗曾提及其诗有"暖寒会上人如许，不及吾家苏子瞻"[②]句，又评价其《食蟹》诗"可入坡集"[③]。尤侗本人更是引苏轼为一生知己："予生平慕坡之人，爱坡之文，犹坡之慕爱乐天也。吾不知前生曾登苏门，在四学士之列，与髯公相对几年否？不得与此人同时，岂虚恨哉！"[④] 多年后，当时的名画家俞体仁应邀为之作《尤西堂梦游三山图》，画面上除已然80岁的尤侗本人，另有庄子、东方朔、陶渊明、李白、苏轼五位历史名流，皆为其一生敬仰膜拜者。他广邀朋友为之题咏，王士禛即有"西堂八十方两瞳，生不并世道则同"[⑤]之赞，后学者钱大昕则指出："遂初西堂翁，神交五君子。"[⑥] 鲜明点出了尤侗精神气质皈依之所在。

苏轼在《钧天乐》中的角色意义十分特殊。他并非如李贺一样为应试才子，而是文人心目中的"先达""巨公前辈"。他以掌文学士的身份"奉旨陪席"，表达的是上天优待文士、推尊大雅、爱才重道的姿态。他深孚其职，"凡人天著作，无不收藏。高文妙句，留为美谈"（第十九出《天宴》）；称誉新科才子的文章"果然大雅，卓尔不群"（第十九出《天宴》），显示其具有一双赏才识贤的慧眼。苏轼形象的塑造，恰与现实生活中嫉贤妒能的"掌文"者形成强烈的反差，批判矛头直指那些戕才害能的腐朽官员。

---

① （明）汤传楹：《闲余笔话·序》，《尤太史西堂全集》附，《四库禁毁书丛刊》（集部第130册），北京：北京出版社，1997年，第140页。
② （清）尤侗：《西堂杂组》一集卷八，康熙刻本。
③ （明）汤传楹：《湘中草》卷一，尤侗：《尤太史西堂全集》附，《四库禁毁书丛刊》（集部第130册），北京：北京出版社，1997年，第92页。
④ （清）尤侗：《西堂杂组》一集卷八，康熙刻本。
⑤ （清）王士禛：《梦游三山图歌为尤悔庵太史赋》，《蚕尾续诗集》卷五，《王士禛全集》（第二册），济南：齐鲁书社，2007年，第1286页。
⑥ （清）钱大昕：《题尤西堂梦游三山图》，《潜研堂集》诗续集卷十，嘉庆刊本。

借助李贺、苏轼等一代才人形象的塑造,《钧天乐》达成了对"才"不遗余力的推举和讴歌。显然,无论是上天入地,还是死生改易,作者极力烘托、大力凸显的永远是那一颗郁勃奋激的才子之心,这是作品的核心价值所在,也是其终极艺术诉求。

尤侗、汤传楹一向以才子自居,学识富瞻且怀才不遇,是两人的共同生活特征。汤传楹的才华生前已传遍吴中:"才思敏妙,风驰电发,诗古文辞爽迈。……一时推为才子。"① 尤侗幼有"神童"之誉,对自我的矜许时时刻刻未曾脱离才子之规定性,《钧天乐》中即借沈白之口表示:"谁似我才高,年少抱经纶。"(第十五出《哭庙》)汤传楹《吊李谪仙集寄展成》诗云:"男儿不遇汉天子,长杨赋尽无人怜。"尤侗评曰:"读至此句,千古才人,一齐泪下。"② 可见怀才不遇的共同心声与彼此认同。为了张扬二人及李贺作为"天下奇才"之"逸气孤骞,高文卓烁"(第十六出《送穷》),借以形成对现实的强烈反拨,《钧天乐》传奇竟将尤侗《广寒宫上梁文》③、汤传楹《织女催妆诗》及李贺《白玉楼赋》作为科举考试题目,博得了文昌帝君的赞颂不已:"奇哉,可称三绝!老夫当让君辈出一头矣。"(第十七出《天试》),后又反复敷衍,加以推扬,如第二十六出《入月》借助剧情专门敷演《广寒宫上梁文》,嫦娥说上帝"命新殿元沈子虚作《上梁文》,笔堪题柱,音欲绕梁。最爱他落句'宫殿如明镜,嫦娥号丽华',足画妾之风流矣"。第二十八出《渡河》以隐括笔法演绎杨云创作的《织女催妆诗》,让一段凄美的千古爱情在乞巧的欢愉中完美收官。作为一位才子情结始终激荡于心的文人,尤侗深怀对自我才能的高度期许和本能向往,如此作为,自然不难理解。

对才的尊重,往往使一般文人将才人及其才的陨毁视作上天的不公,又或者解读为上帝偏爱的结果。汤传楹曾言:"窃谓才如临川,自当修文地府;纵不能遇花神保护,亦何至摧残慧业文人,令受无量怖苦。岂冥途亦妒奇才耶?"④ 对传说中汤显祖的才高受虐深为气愤、不解。在很多文人的

---

① (清)徐元文:《湘中草·序》,《西堂杂组》一集卷四,康熙刻本。
② (清)尤侗:汤传楹《吊李谪仙集寄展成》诗眉批,《湘中草》卷一,尤侗:《尤太史西堂全集》附,《四库禁毁书丛刊》(集部第130册),北京:北京出版社,1997年,第94页。
③ (清)尤侗:《广寒宫玉楼上梁文》,《西堂杂组》一集卷三,康熙刻本。
④ (明)汤传楹:《闲余笔话》,尤侗:《尤太史西堂全集》附,《四库禁毁书丛刊》(集部第130册),北京:北京出版社,1997年,第143页。

意念中，凡高才年少者亡，往往是因上天之招，故有"曼卿年少，仍主芙蓉之城；子建才高，应王遮须之国"一类的想象。尤侗哀悼好友陆灵长之逝时亦表示："古来慧业文人，都自天真游戏尘世。如邺侯为瑶台散仙，白傅为海山院主，东坡为五戒禅师，山谷为香岩女子。"① 当他困惑于汤传楹之早夭时，也产生了这样的诉求："欲问天所以死卿谋者，而不可得，则解之曰：'内典云：慧业文人应生天上。'天殆爱卿谋、重卿谋，而遂夺人世之才以自佐焉。长吉之玉楼，长源之瑶台，曼卿之芙蓉城，子建之遮须国，皆古来才子廻翔之地，天必设一座以待卿谋。卿谋而念故人，肯留五城一片地，为后来者卜居乎？则侗褰裳就之矣。"② 认为以汤传楹必定会与李贺等一样，据有一个可以发挥自我才能的"廻翔之地"。《钧天乐》传奇中，在批评了"天道无知，一至于此"后，沈白也强调了这样的结果："我晓得了，古来慧业文人，必生天上。墨卿此去，当在五城十二楼矣。多应是锦囊才尽无人也，又召杨云赋玉楼。"（第十二出《哭友》）于是，第十七出《天试》二人相见时，杨云即明确交代："弟与弟妇暂寓石曼卿芙蓉城。"后来，又不负故人所望，为沈白"卜居"了"一片地"，促成他与未婚妻寒簧月宫相聚，永结同心。现实中的尤侗果然借助代言者沈白而"褰裳就之"，完成了上天入地的生死诉求。

　　对于青年男女成仙的想象，或许缘于对生命情态的不理解，或者缘于一种理想性的宿命认知，这在明末清初时期的动乱时局下似乎格外醒目；而彼时盛行的扶乩之术，广为文人青睐，才子成仙的想象也因之获得了有力的神道支持。尤侗自己对这一类活动始终饶有兴趣，曾亲自降乩："岁癸未，予读书王氏如武园，偶为扶鸾之戏，得遇瑶宫花史云……"③ 与当时颇为有名的扶乩者如泐庵大师金圣叹、掌文真人孙过庭等亦过从较多，如："客冬，予召孙真人过庭，自云掌天上笔札，卿谋赋诗赠之。"④ 汤传楹去世后，其早夭的命运、多才的人生，以及独立不移的性情，更激发了他的类似想象。《汤卿谋遗像赞》云：

　　　　天南地北，何处君家？畴昔之夜，我吟楚些。有美一人，翩翩以

---

① （清）尤侗：《告陆灵长文》，《西堂杂组》一集卷三，康熙刻本。
② （清）尤侗：《哭汤卿谋文》，《西堂杂组》一集卷三，康熙刻本。
③ （清）尤侗：《瑶宫花史小传》，《西堂杂组》二集卷六，康熙刻本。
④ （清）尤侗：《哭汤卿谋》诗后注，《西堂剩稿》，康熙刻本。

佳，荷衣蕙带，风马云车，玉笙铁笛，游戏尘沙，彼何人哉？吾知之矣，其在三山之畔、十洲之涯。

已经奠定了"三山之畔、十洲之涯"的想象。他认为，这样一个具有"灵心慧业"的文人，"非侍书天上，即修文地下"①，绝不会游荡人间。何况，"予总角初遇卿谋，望其风姿，如玉山珠树，恍然疑为神仙中人。及读其诗歌文辞，常飘飘有凌云气，又断以为非人间人也，岂待殁而后知其仙哉！"②他曾于汤传楹去世不久即聘方士招魂："空思剪纸叩灵衣，闻说鸿都术已稀。泉下子规啼不到，茫茫魂鬼几时归？"③对"陆灵长殁，予恳孙真人招魂来归，卿谋亡而真人去矣"④，则十分遗憾，直到获得另一位扶乩大师的招魂结果："卿谋死后数月，有仙降乩大书曰：汤传楹，青华府侍书金童，丁氏传言玉女也。若是，则几乎仙矣。"⑤如是，汤传楹夫妇金童玉女的宿命获得了一种终极体认。

这里所谓"有仙降乩"，与尤侗《再哭汤卿谋文》中的一段记载互相照应："前戴子云叶传示泐师乩语云：先帝本青华帝君，兄即侍书金童，此才人生天公案也。平日与兄论李长吉、石曼卿故事，辄为色舞，今兄已先着鞭，且得与嫂氏携手同归，使青华府中更添玉女，其乐何极？"⑥所指当为一事。此文作于崇祯十七年（1644）末，可证扶乩之事发生在之前不久，具体时间或在当年秋冬之际。尤侗对此笃信不疑，作于去世周年忌日的《反招魂并序》嘱其"魂勿归来兮"以避江南战乱："归乎青华永行乐些，俯视九州蹇难安些。"⑦已隐含此事。作于次年即顺治二年（1645）三月的《再哭汤卿谋》十首之七："鼎湖龙去恨如何，独倚江楼涕泗多。还忆青华香案吏，春风重唱故宫歌。"小注云："十九日，登君山哭先帝，遂哭卿谋。时有降乩者，云先帝本青华帝君，汤子侍书金童也。"⑧再次加以强调。后来，在为汤传楹所作小传的附记中，第三次提及此事。顺治十六年

---

① （清）尤侗：《遗亡友汤卿谋书》，《西堂杂组》一集卷六，康熙刻本。
② （清）尤侗：《汤卿谋小传》后附评语，《西堂杂组》二集卷六，康熙刻本。
③ （清）尤侗：《哭汤卿谋》，《西堂剩稿》，康熙刻本。
④ （清）尤侗：《哭汤卿谋》诗后自注，《西堂剩稿》，康熙刻本。
⑤ （清）尤侗：《汤卿谋小传》后附评语，《西堂杂组》二集卷六，康熙刻本。
⑥ （清）尤侗：《再哭汤卿谋文》，《西堂杂组》一集卷三，康熙刻本。
⑦ （清）尤侗：《反招魂并序》，《西堂杂组》一集卷二，康熙刻本。
⑧ （清）尤侗：《再哭汤卿谋》，《西堂剩稿》卷下，康熙刻本。

(1659),汤传楹的女婿徐元文高中状元,有人猜测:"公肃妇翁为才子汤卿谋,早赴玉楼,征之术者云为青华府侍书。公肃之第,盖得请于帝矣。"①尤侗虽谦称"予未敢信为然",但特意记载这段传闻本身已昭示其心理认可。凡此,亦促成汤传楹负才早夭、才华出众及怀才不遇的强化作用。此际,《钧天乐》的影响已遍及江南,借助作品的影响力,汤传楹的故事竟然为徐元文中状元增添了一段命中注定的神秘,或许是尤侗创作《钧天乐》传奇时未曾预料到的结果。

关于扶乩的细节,有关史料并未给予揭示;然这一想象的制造者"泐师"则可确证为当时赫赫有名的金圣叹。关于金氏以"泐庵""泐师"或"泐大师"之名扶乩的有关情况,陆林教授的探讨最为具体,笔者对明末才女叶小鸾作为文学想象成因的有关讨论,也涉及了有关情况②,这其实与本文所论《钧天乐》传奇在一定程度上形成了互文。得益于金圣叹的扶乩活动,明末才女叶小鸾从历史人物演变为一个文学形象,甚至影响了许多文学创作的生成,《钧天乐》即为其中之一。如果没有金氏的扶乩判词,或许汤传楹也只能止步于一个乱世夭折的才子形象,尤侗所谓"古来慧业文人,必生天上"的理解根本不能得到具象化定格,转化为《钧天乐》中的艺术形象,获得了更具传奇性的接受与体认。金圣叹的扶乩活动建构了一位才子的"来生"。值得注意的是,在金圣叹的乩词中,汤传楹为仙的想象是与崇祯帝之死乃至明朝的灭亡密切相关的,所谓"先帝本青华帝君,汤子侍书金童也"。但《钧天乐》却无法据此进行真实的艺术表达,不仅"先帝本青华帝君"不便提及,汤子为"侍书金童"的乩语也只能含混绕过,大略交代"弟与弟妇暂寓石曼卿芙蓉城中"(第十八出《天试》),经特科考试得授修文郎之职,兼巡按水府监察御史,与所谓的"青华府"似乎从未发生过任何关联。这应当也是两年后尤侗以"未敢信"对待徐元文中状元之传闻的心理动因之一。

然金圣叹的扶乩建构,却促成汤传楹夫妇金童玉女形象之定格,成就了一部才子佳人戏曲构思的艺术源泉之一。正是在这一基础上,善于以白日梦形式抒发困顿不得志情怀的尤侗,将金圣叹扶乩塑造的另一位文学形

---

① (清)尤侗:《徐公肃稿序》,《西堂杂组》二集卷二,康熙刻本。
② 参看陆林《〈午梦堂集〉中"泐大师"其人——金圣叹与晚明吴江叶氏交游考》(《西北师大学报》2004年第4期)、杜桂萍《诗性建构与文学想象的达成——叶小鸾形象生成演变的文学史意义》(《文学评论》2008年第3期)等。

象叶小鸾引入其中，形成了怀才不遇与怀情不遇的双刃剑，指责了社会，抒发了自我，扬弃了现实。如是，《钧天乐》传奇理所当然地进入清初士人社会普遍认可的才子佳人文化思潮中，并借助这样的结构模式指斥科举不公，产生了令人意想不到的社会影响力。当时不少人以为其是顺治十四年（1657）科场案的揭露者和导火索[①]，传言汹汹，使无心插柳的尤侗险遭不测[②]。好在历史的误会，有时不过是未经意的时间巧合，始料未及却终能在历史必然性中找到"正解"，人类的理性往往逆风飞翔很远才能触及核心价值之所在。

三、怀情不遇：《钧天乐》中的女性世界

与怀才不遇多从展现男性世界的逼仄不同，怀情不遇的兴奋点更多投注于幽怨婉约的女性世界，或者更准确地说，是对与才子相关的"佳人"的心灵世界的演绎。怀情不遇是明末清初时期审视男女感情状态时最能博人关注的话题。其与怀才不遇多有相通之处，"美人易老，佳人早夭，本来容易契合男性文人怀才不遇的感伤心理，何况女性的怀情不遇与男性的怀才不遇在价值结构与审美意义上存有深层认同之处；以才子不遇呼应红颜薄命的忧伤感慨，以'才与命妨'的不幸抒发边缘文人的怨愤不平，既是香草美人文学传统的历史延展，也容易达成文人借助这种文化象征表达对儒家文化价值中心的疏离倾向"[③]。《钧天乐》对女性世界的建构即是如此。在尤侗笔下，怀情不遇首先是怀才不遇的现实补充和情感映衬："人生世上，若无伉俪之欢，总使拔地升天，只算虚生浪死。"（第二十五出《仙访》）他对汤传楹的"三副泪"理论十分欣赏："人生不可不储三副痛泪：一副哭天下大事不可为，一副哭文章不遇识者，一副哭从来沦落不偶佳人。

[①] 如法式善《槐厅载笔》卷十三等。其实不然，郭英德教授早对此进行辨析，详见《偌大乾坤无处住——谈尤侗的〈钧天乐〉传奇》，《名作欣赏》1988年第1期。
[②] 尤侗《悔庵年谱》顺治十四年（1657）载："南北科场弊发，上穷治其狱。有无名子编为《万金记》者，制府上闻，诏命进览，其人匿弗出也。臬司卢慎言大索江南诸伶，杂治之。适山阴姜真源侍御还朝，过吴门，亟征新剧，同人宴之申氏堂中。乐既作，观者如堵墙，靡不咋舌惊叹。而逻者杂其中，疑其事类，驰白臬司，即檄捕优人，拷掠诬服。既得主名，将加罗织，且征贿焉。会有从中解之者，而予已入都，事得寝。"康熙刻本。
[③] 杜桂萍：《诗性建构与文学想象的达成——叶小鸾形象生成演变的文学史意义》，《文学评论》2008年第3期。

此三副方属英雄身泪,真事业、真性情,俱在此中。"①正是"哭从来沦落不偶佳人"的诉求,才让尤侗一类文人对那些怀情不遇的佳人投注了特殊的赞美、惋惜与迷恋。

于是,《钧天乐》中两位才子各有佳偶,既为情理之必然,亦为题中应有之要义。杨云与夫人齐素纨"少年伉俪,燕婉同心"(第六出《浇愁》)的感情生活,因有汤传楹夫妇的真实生活作为写照,并不需要多少虚构。二人一个是"才华无匹,绝世风姿"的稀世才子,一个是"冰雪聪明,芳姿如画"的绝世佳人,面对失意的生活彼此慰藉,诗词唱和,呈现出才子佳人生活的理想状态。如"彩笔题残无处赠,妆台画出小眉青"(第十出《祷花》)的闺中之乐,如"夜熏瑞脑喷金兽,晓卷珠帘挂玉钩"(第十二出《哭友》)的恩爱之情,均笔墨细致,婉转多情。《祷花》一出,特意以汤传楹的散曲作品为蓝本,传达才子佳人两情相得的浪漫情怀,颇得汤氏之作的艺术韵意。其中【豆叶黄】【江儿水】【川拔棹】三曲甚至直接袭用汤作原文,如【江儿水】:

> 汤之散曲:热揾珍珠性,低呼小玉名。香魂一缕香初定,花身一捻花还隐,莺喉一哄莺难侲。月下端详小咏,涩涩闲行,手勒芭蕉持赠。
>
> 尤之剧曲:热揾珍珠性,低呼小玉名。你香魂一缕香初凝,花身一捻花还映,莺喉一啭莺难应。只愿三生婚定,闺阁盟书,请借花神作证。

对比之下,仅做了些许修改润色,即将两情缱绻、情真意切的闺房之乐描写的惟妙惟肖,顺理成章地导出了言情之旨:"但愿杨墨卿与齐素纨,生生世世得为夫妇,吾志毕矣。"(第十出《祷花》)

在有意还原汤传楹夫妇"惆怅相怜惜"②的优雅生活的同时,《钧天乐》还为杨云夫妇的伉俪之好注入缠绵悱恻、哀感顽艳的情绪。面对杨云的"忧生之嗟""蒲柳先零"之感,妻子含泪回答:"妾与相公,生则同衾,死则同穴。相公倘有不测,妾岂能独生乎?若有丝儿病,这一缕魂灵,敢向

---

① (明)汤传楹:《闲余笔话》,尤侗:《尤太史西堂全集》附,《四库禁毁书丛刊》(集部第130册),北京:北京出版社,1997年,第141页。
② (清)尤侗:《汤卿谋小传》,《西堂杂组》二集卷六,康熙刻本。

夜台先等。"(第十出《祷花》)有力照应了这段"一时佳话,千载伤心"的生死之情。如是,当设置了天界再续前缘的情节,尽管是以子虚乌有的方式完成对真挚情爱的诠释,却并不突兀。确实,一代才子佳人的香消玉殒,这段发生在现实的故事本身已足具吸引眼球的传奇色彩。作为亲历者,尤侗曾多次表达羡慕和感动:"丁氏少君一岁,才色双丽,伉俪比肩,若青鸟翡翠之婉娈矣。"① 有诗云:"镜中一啸殉青鸾,留下啼痕染竹斑。此去长眠并枕树,不须重上望夫山。"又:"西窗剪烛几春宵,画卷熏炉顿寂寥。有日佩环归夜月,重闻闺语度花梢。"② 悼文又云:"所持为卿谋慰者,惟有闺中人相从地下。吹箫双去,仍上凤皇之楼;舞镜重开,永守鸳鸯之冢,又为紫玉青陵增一佳话。"③ 而对他们"夫妇恩情不舍,所以同穴相从"(第十二出《哭友》)的艳羡,应是他将才女叶小鸾故事引入《钧天乐》传奇并设定为自己的"佳人"的重要心理动因。

叶小鸾(1616—1632),字琼章,吴江人,叶绍袁之女,叶燮之姊,年十七岁而逝。作为一位完成过《返生香》集中那些清感顽艳之作的才女,她少年早夭,婚前而逝,并因为金圣叹的扶乩活动而留下了一段美丽的传奇④,在苏州一带传诵甚广。作为同郡友人,尤侗曾拜访过叶绍袁,与叶燮亦有交往,当然对叶小鸾的故事并不陌生。他仰慕叶小鸾的才华,曾以多种方式多次表达过向往之情和仰慕之意。譬如他的三个女儿,名琼华(生于崇祯十三年)、琼莹(生于崇祯十六年)、琼英(生于顺治二年),一以贯之以"琼"命名,照应叶小鸾"琼章"之字;譬如在审视周边才女创作时,他情不自禁地表示:"松陵素称玉台才薮,而叶小鸾《返生香》仙姿独秀。虽使漱玉再生,犹当北面,何论余子?"⑤ 在《西堂全集》中,涉及叶小鸾的诗词作品有多篇,如《戏集〈返生香〉句吊叶小鸾》十首、《鹧鸪天·和叶小鸾梦中作》《蝶恋花·吊返生香》等,毫无遮拦地表达了对这位当代才女的倾慕和赞赏。如:"疑是凌波洛浦游,不知香艳向谁收。海棠睡去梨花褪,只有多情宋玉愁。"⑥ 作为尤侗的第一知己,汤传楹曾有这样一段话:

---

① (清)尤侗:《汤卿谋小传》,《西堂杂组》二集卷六,康熙刻本。
② (清)尤侗:《哭汤卿谋》,《西堂剩稿》,康熙刻本。
③ (清)尤侗:《哭汤卿谋文》,《西堂杂组》一集卷三,康熙刻本。
④ 杜桂萍:《诗性建构与文学想象的达成——叶小鸾形象生成演变的文学史意义》,《文学评论》2008年第3期。
⑤ (清)尤侗:《林下词选序》,《西堂杂组》二集卷三,康熙刻本。
⑥ (清)尤侗:《戏集〈返生香〉句吊叶小鸾十首》,《西堂剩稿》卷下,康熙刻本。

展成自号三中子,人不解其说,予曰:"心中事,扬州梦也;眼中泪,穷途哭也;意中人,《返生香》也。我比猜诗谜的杜家何如?"展成笑而不答。①

所谓"返生香",即借同名文集指代意中人叶小鸾,叶小鸾显然是青年尤侗的梦中情人。

在《钧天乐》传奇中,尤侗对这位临邑才女的仰慕和攀附是十分坦诚的。他没有直接提及叶小鸾之名,但文本提供的诸多暗示,让读者很容易联想到这位彼时苏州一带的知名才女。如第五出《叹榜》,寒簧(叶小鸾)的母亲上场即云:"先夫魏叶,曾为县令。"叶,已经指向了叶小鸾的姓氏;《叹榜》之【尾声】(旦):"你教我加餐,怎举杯和箸?算只有梦魂堪煮。""梦魂堪煮",又与叶小鸾自号"煮梦子"发生了关联;而沈白所谓"才色倾城"(第二出《歌哭》)、"悼亡之惨,恰在催妆之日"(第九出《悼亡》)等语,亦可以一一与叶小鸾的相关传记发生对应。最为关键的是女人公的名字"寒簧",源自叶绍袁《续窈闻》的记载②。而尤侗对这一切是非常熟悉的:"叶小鸾,字琼章,号瑶期,宛君季女,许张氏,未嫁而卒。有《返生香》。泐子云:'小鸾,本月府侍书女,名寒簧。'"③其他例证更是不胜枚举。如第八出《嫁殇》,当听母亲"拣定今月十五日"成婚后,寒簧(叶小鸾)问侍儿:"今日几日?"侍儿答:"初十日了。"寒簧又说:"如此甚速,如何来得及!"与沈宜修《季女琼章传》所记几乎一样。凡此,无一不指向叶小鸾。

对"意中人"的本能向往和始终不能释怀,促使尤侗将沈白与魏寒簧建构为一对情侣,通过传奇艺术的演绎宣示一种理想的才子佳人模式。《钧天乐》中,沈白与魏寒簧之间本有父母之命:"向者邑令魏公存日,将女寒簧许我为妻。"(第二出《歌哭》)因生活困窘、科举失利,二人未能成婚。当寒簧得知未婚夫再次下第,忧郁成疾,加之"全无廉耻"的哥哥魏无知欲将她改嫁程不识,"因此抱恨,症候转加"(第八出《嫁殇》),终在失望和无奈中忧病而逝。直到沈白于天界得中状元,方由王母和嫦娥为媒,终

---

① (明)汤传楹:《闲余笔话》,尤侗:《尤太史西堂全集》附,《四库禁毁书丛刊》(集部第130册),北京:北京出版社,1997年,第142页。
② (明)叶绍袁:《续窈闻》,《午梦堂集》,北京:中华书局,1998年,第520页。
③ (清)尤侗:《宫闺小名录》,康熙刻本。

成连理。对一个同时同郡的名媛进行如此扬才露己式的意淫，尤侗遭到的非议可想而知，嘉庆时期的才女汪端即指责他"语多轻薄，文人口孽又过临川"[1]。不过，作为才子生活的生动景观，寒簧形象不仅担负着确认才子价值的意义，对极大地满足尤侗一厢情愿的梦游神恋心理，似乎也不可或缺，这其实是他才子情结激荡于胸的必然结果。

尤侗的家庭生活并非不美满，妻子曹令（1621—1678，字淑真）虽"性卞急"，才情有限，毕竟"端庄淡静""深明书义"[2]；且彼此相濡以沫，患难与共四十载[3]。康熙十七年（1678），正当汲汲于功名的尤侗在北京奉旨候试博学鸿儒科时，妻子因病去世的噩耗传来；他悲痛不已，创作了一百余首情深意切的悼亡之作，并与众多名人朋友的哀挽之作结为《哀弦集》。很多诗作非常感人，如："暂别同衾剧可怜，应知同穴尚千年。三生石上精魂在，愿结同心再世缘。"[4]去世三年后为诗云："万事总成开眼梦，三生枉结断肠缘。不堪细数西窗话，鬓影春风四十年。"[5]可见两情欢好，也还称得上如意。但是，作为一位风流才子，尤侗亦曾如此表示："予沦落不偶，无家室之乐……"[6]也从未放弃过那些婚姻之外的感情补偿，所谓"扬州梦"是也。其《放歌》五首之四云："世上负心十八九，了此只须一匕首。乌呼！安得季布、朱家结为友，更有红线、隐娘娶作妇。"[7]其实，对于一切拥有美色和才艺的佳人，都有纳入怀抱的幻想，并非只是尤侗一人的白日梦，汤传楹在构想自己遗世独立的生活图景时，亦曾产生过如此期待："梦觉徐徐，两美在侧；一寐一寤，一偎一抱。"[8]从这个意义上说，尤侗在精神和艺术领域表达对叶小鸾这样一位才女的向往与期待，似乎也可以理解。

在将叶小鸾与自己的喻体沈白牵扯到一起时，尤侗也没有忘记叶家的另一位才女叶纨纨（1610—1632）。她是叶小鸾的胞姊，字昭齐，亦是所

---

[1] 孙楷第：《戏曲小说书录解题》，北京：人民文学出版社，1990年，第329页。
[2] （清）尤侗：《先室曹孺人行述》，《西堂杂组》三集卷七，康熙刻本。
[3] （清）尤侗《祭先室曹孺人文》云："忆汝归我，计四十年，恍如昨日，已隔重泉。汝同贫贱，汝共患难。"见《西堂杂组》三集卷八，康熙刻本。
[4] （清）尤侗：《哭亡妇曹孺人诗六十首》，《哀弦集》，康熙刻本。
[5] （清）尤侗：《亡妇三周志感》，《于京集》卷四，康熙刻本。
[6] （清）尤侗：《瑶宫花史小传》，《西堂杂组》二集卷六，康熙刻本。
[7] （清）尤侗：《放歌》五首之四，《看云草堂集》卷三，康熙刻本。
[8] （明）汤传楹：《闲余笔话》，尤侗：《尤太史西堂全集》附，《四库禁毁书丛刊》（集部第130册），北京：北京出版社，1997年，第141页。

嫁非人，青春早逝，有《愁言》传世。其字、名中的"齐"与"纨"与杨云妻子"齐素纨"如此相合，与"沈白""杨云"的名字生成规则一样，显然为刻意之举①。并没有证据显示汤传楹对叶氏才媛的倾慕，然从尤侗亦创作了《读叶小鸾诗题赠》等作品来看，至少可以进一步证明叶氏姊妹在苏州一带的影响，及其在尤侗、汤传楹一类文人心目中的特殊地位。

叶小鸾才女形象的建构离不开金圣叹，金圣叹之于尤侗的影响其实也一语难尽。以《钧天乐》而言，寒簧的名字，是泐庵大师金圣叹为叶小鸾招魂时所用，尤侗径取为主人公之名；寒簧的绝笔诗："身非巫女学行云，常对三星簇绛裙。清唳声中轻脱去，瑶天笙鹤两行分。"乃金圣叹扶乩之作，不过是假用叶小鸾声口，尤侗仅仅改动了三个字；寒簧的遗稿，当沈白观赏时："你看清文满箧，新制连篇，正是'团香写就夫人字，镂雪装成幼妇词'。薄福书生，如何消受得起？""团香写就夫人字，镂雪装成幼妇词"两句也取自金圣叹的乩词，此句后来在《林下词选序》中被再次使用，足见尤侗欣赏赞许之深。作为同乡，金、尤应一度交往频繁，交换过关于唐诗分解的问题；面对争议不休，金圣叹曾希望尤侗施以援手："得先生三吴才子一言，实为重轻。"②而尤侗似乎并未表现出积极响应的态度，后来更以"穿凿书史"表达自己的否定，指出："往见圣叹选唐律，竟将前四句为一截，后四句为一截，细加注解。予讶之曰：'唐诗何罪腰斩了也！'此言虽戏，遂成圣叹身首之谶。"③将金圣叹被"腰斩"的人生惨剧与分解唐诗的文学理念牵扯到一起，戏谑的语气中透露出一种因果报应式的幸灾乐祸，实在有违其作为才子应具的人文情怀。对于金圣叹以"泐庵"为名从事的扶乩活动，多年沉迷于此的尤侗似未有质疑："以予所见证之，则天人相感未尝不呼吸可通也。"④尽管还没有证据可以获知二人在这一活动中的交流细节，至少从这位才子的白日梦心理展演中，可以证实他对金圣叹扶乩之文的熟悉，以及对金圣叹建构之叶小鸾形象的积极接受。

值得注意的是，《钧天乐》中寒簧形象既非金圣叹建构者的简单复制，

---

① 在有关传记和笔记中，至今未见汤传楹妻丁氏的名字。
② （清）金圣叹：《金圣叹全集》（一），陆林辑校整理，南京：凤凰出版社，2008年，第116页。
③ （清）尤侗：《艮斋杂稿》卷五，《续修四库全书》（集部第1136册），上海：上海古籍出版社，2002年，第392页。
④ （清）尤侗：《艮斋杂稿》卷六，《续修四库全书》（集部第1136册），上海：上海古籍出版社，2002年，第407页。

也不是历史人物叶小鸾的直接呈现,而是尤侗关于才女幻想的经验凝结和艺术诠释。寒簧并非仅仅指代叶小鸾,单从其女仙封号的演变汇合即可看出。在金圣叹的扶乩活动中,叶小鸾身居"緱山仙府",为月府侍书女,后被收入泐庵大师的无叶堂中,法名"绝际"①。而在《钧天乐》第二十出《瑶宫》,王母如是介绍寒簧:"今有魏氏寒簧,本是传言玉女,因与侍香金童沈郎私订三生,误投五浊仙。他两人应作天边匹偶,却无人世姻缘,故使终日穷愁,少年离别,备尝才子佳人之苦。"寒簧逝后,得王母提携,云:"今后可住我瑶宫,为散花仙史。"(第二十出《瑶宫》)又后来,因随嫦娥学习紫云之歌、霓裳之舞,寒簧留住月宫,方为月府侍书女。用她自己的话就是:"奴家寒簧,昔为瑶宫花史,今作月府侍书。"(第三十出《闺叙》)且不说此月宫非金圣叹之所谓"月府"②,仅从寒簧前世来生称谓之变化,即可发现,尽管对叶小鸾无限仰慕,尤侗并未放弃将另外一些女神元素注入寒簧形象中。他力图打造一个他眼里心中更为美好的艺术形象。如"瑶宫"之"散花仙史"名,取自他心仪已久的一位女仙:"岁癸未,予读书王氏如武园,偶为扶鸾之戏,得遇瑶宫花史云。……王母怜其幼敏,录为散花仙史。"③"瑶宫花史"与尤侗彼此唱和,十分投契;又云其侍儿楚江与尤侗前世有缘,"遂请于王母,许于甲申二月降生赵地",与之续缘;以致他多年后"每策蹇往来邯郸道上,秦楼日出,游女如云,恍然若有所遇,卒无有鼓瑟而至者"④,念念不忘这一约定,怅恨仙人之不守信誓。寒簧,应该是以叶小鸾为主体又集中了其他女性优长的一位更完美的艺术形象。

只是尤侗笔下的这位佳人功名利禄之心旺盛,不但与叶绍袁夫妇笔下的叶小鸾不可同日而语,与金圣叹塑造的"叶小鸾"更难以比并。在叶氏夫妇眼里,叶小鸾容貌美,个性亦不同凡俗:"性高旷,厌繁华,爱烟霞,通禅理。"所谓"才色并茂,德容兼备"⑤也。尤其她气质中含蕴的仙霞之气,借助"流光闲去厌繁华,何时骖鹤到仙家"⑥"三山碧水魂非远,半枕清风梦

---

① (明)叶绍袁:《续窈闻》,《午梦堂集》,北京:中华书局,1998年,第522页。
② (明)叶绍袁《续窈些》所谓"月府"并非"广寒宫"。见《午梦堂集》,北京:中华书局,1998年,第520页。
③ (清)尤侗:《瑶宫花史小传》,《西堂杂组》二集卷六,康熙刻本。
④ 同上。
⑤ (明)沈宜修:《鹂吹》,《午梦堂集》,北京:中华书局,1998年,第201页。
⑥ (明)叶小鸾:《返生香》,《午梦堂集》,北京:中华书局,1998年,第330页。

引长"①等诗句的表达,体现为清空、华艳、哀婉等特征,具有强化形象本身艺术魅惑的意义,直接启发了金圣叹的扶乩创作。金圣叹的乩词更着意于凸显叶小鸾的秀丽明艳、灵慧多才、机智敏捷、孤高自许,并借之传达一位少女对青春、自然和美的眷恋与渴望。如是,"潜隐于叶小鸾内在世界的多愁善感和弃世求仙倾向,经泐师的强化,生发出具体可感的形象特质和传奇因素,激发了有关离经叛道的审美想象,叶小鸾形象因之具有了丰富的形象结构和传神的艺术魅力"。②相比之下,《钧天乐》中的寒簧形象颇多烟火气,还染上了少许道学腔。譬如她闻知沈白下第的叹息之语:

> (叹介)咳,古来才子数奇,佳人薄命,同病相怜。世间多少女郎,七香车、五花诰,享受荣华。偏我寒簧,寂寞深闺,香消粉褪也。似下第秀才一般,好伤感人也。
>
> ——第五出《叹榜》

将"七香车""五花诰"的荣华看得高于一切,自然有情悭不如意等同于"下第秀才"之比。关于其死因,引用丫鬟的话则是:"小姐的病,一来为看春榜,二来为见家书,两日一发沉重了。"(第八出《嫁殇》)显然,对"七香车""五花诰"的看重是导致其死亡的重要因素,以致沈白痛悔:"原来小姐之病为小生而起,这都是我功名蹭蹬,负了小姐也。"(第九出《悼亡》)此段眉批揭示云:"后来做夫人的比官人更加性急,如寒簧十五女郎,一闻儿夫下第,无限感慨,至以死继之,何热中之甚也!"这里,将女子的怀情不遇转变为对怀才不遇的世俗期待,脱去了香艳,也少了一份清新。在尤侗的笔下,功名不仅与情相关,且通过科举主宰了人生,科举就是人生之根本,这是他津津于科举年过六十还不遗余力参加博学鸿词考试的根本动因。而对于寒簧形象而言,其青春早夭固然达成了批判科举的目的,也一定程度上消解了才女形象的才智美感。因此,即便尤侗也借之敷衍了女性的"怀仙之志",然终不过是"最羡刘纲妇,弄玉夫,彩鸾双驾戏蓬壶"(第五出《叹榜》),仙家气韵依然遮掩不住浓重的世俗情怀。如是,作为一位花季少女应有的青春觉醒及对自由的向往,在寒簧身上少有体现;与叶小鸾的出尘之思始

---

① (明)叶小鸾:《返生香》,《午梦堂集》,北京:中华书局,1998年,第339页。
② 杜桂萍:《诗性建构与文学想象的达成——叶小鸾形象生成演变的文学史意义》,《文学评论》2008年第3期。

终夹带着自由洒脱清空的女性魅力相比照，真有一种本质上的悬隔。因之，尽管《钧天乐》中的女性形象也指向了才女不幸与人生短暂的怀情不遇主题，呈现出的艺术魅力却远逊于同期的很多作品，《钧天乐》未能成为传奇戏曲之经典当与此相关。

余 论

作为清初最优秀的戏曲作家之一，尤侗在文学史上的地位举足轻重。除了《钧天乐》传奇，他还先后创作杂剧五种，结集为《西堂乐府》。如果说他的杂剧缘于仕途遭受挫折，功名失意，因而借古人事或虚构的情节发泄满腹牢骚，传奇则在表达类似主题时，同时担负了以剧存人的历史功能。因为杨云形象的塑造，汤传楹的形神风貌、行事为人乃至诗文作品，与尤侗反复编辑的《湘中草》一样，达成了青史有名的目的。汤传楹去世后，尤侗曾表示："侗之交卿谋者九年，而别卿谋、思卿谋、哀痛卿谋者，千秋万岁，无穷期矣！"[①]《钧天乐》使这种"无穷期"物化为一个合适的载体，并具体化为杨云的艺术形象永远存活。尤侗对于汤传楹的深厚情谊，也激发了人们阅读汤、理解汤的浓厚兴趣，张潮即云："向读尤悔庵先生《西堂杂组》，其倾倒于汤君者实甚，屡欲购《湘中草》读之而不可得。及《西堂全集》出，始见其书，诚有如尤先生所云者。"[②]同时，尽管作品一再重复尤侗多次引用的昔人之语："海内第一知己已去，复何心世缘？"[③]但是《钧天乐》本身却让后人领略了无比丰富多彩的"世缘"——一位才子看到和感受到的一段时空交错下的"世缘"。

沈白形象则具有与《西堂乐府》中诸杂剧类似的"自况"意义[④]，所谓"抑郁不得志，因著是编，是以泄不平之气，嬉笑怒骂，无所不至"[⑤]。挥之不去的才子情结，让怀才不遇的尤侗多有心灵困惑，也不断反观自身，推己及友，借助对彼此现实人生和期待视野的敷衍和塑造抒发了一腔块垒。

---

① （清）尤侗：《哭汤卿谋文》，《西堂杂组》一集卷三，康熙刻本。
② （清）张潮：《闲余笔话·跋》，《湘中草》卷末，尤侗：《尤太史西堂全集》附，《四库禁毁书丛刊》（集部第130册），北京：北京出版社，1997年。
③ （清）尤侗《再哭汤卿谋文》初次引用，《钧天乐》第十二出《悼友》再用。
④ （清）尤侗曾明确交代："自制北曲《读离骚》四折，用以自况云。"见尤侗《悔庵年谱》，康熙刻本。
⑤ （清）阎峰氏：《钧天乐·题词》，尤侗：《钧天乐》卷首，康熙刻本。

可以发现,在尤侗所进行的戏曲艺术建构中,涉及历史上多位际遇不幸的才子,但他从不仅仅表现才士的沦落,更着意于展示他们对境遇的超越,以及这种超越所导致的心灵的挥洒、志向的满足。才子们的结局都非常美满:屈原被迎入水府为仙;陶渊明终归桃源,历尽劫难后成为酒仙;李白、李贺则集天下士子荣耀于一身,成为尘世中的英雄:状元或榜眼。应该说,对"才"的热烈关注已内化为一种思维与心理倾向,成为建构尤侗戏曲主题的基本兴奋点。《钧天乐》卷末云:"文鸟会从天上匹,桂枝只许月中生。无人解筑黄金穴,有梦能游白玉京。"的确,因为"有梦",心灵的创伤才可以疗救,达成自娱自乐的目的;因为"有梦",才能挥洒和自足,既为古人补恨,也为自己写怀。《钧天乐》"极万古伤心之事,罄三生得意之欢,鲜不写以缠绵,抒其愤郁"①,是一个充满压力时代的文人的白日梦,其鲜活感人之处恰在这里。

(载《复旦学报》2013 年第 6 期)

---

① (清)邹祗谟:《钧天乐·序》,尤侗:《钧天乐》卷首,康熙刻本。

诗性人格与桂馥《后四声猿》杂剧

在清代杂剧史上，一批在各自领域堪称大家的学者，出于各不相同的原因偶尔涉足杂剧创作，即取得了令人瞩目的成绩。桂馥（1736—1805）也是其中的一位。其字冬卉，号未谷，又号老苔、雩门、肃然山外史、渎井复民等，山东曲阜人。乾隆五十四年（1789）举人，次年五十五岁成进士，嘉庆十年（1805）卒于云南永平知县任。其著作除杂剧《后四声猿》外，现存二十种之多，涉及经部群经总义、小学，史部金石，子部艺术、杂家，集部别集、总集、诗文评、词曲等各类[1]，乃乾嘉时期一位博学多才且建树颇丰的学者型文人。嘉庆元年（1796）正当桂馥的学术事业次第展开、获得了普遍认可之际，一道远官云南的任命让一切戛然而止。从此，桂馥伴随着"微官进退只添愁"[2]的复杂心绪徜徉于荒陬边徼之地，怀抱着归家的幻想与终生的遗憾客死异乡。

桂馥是不幸的，他的最大悲剧就是以学人而为宰官，人不能尽其才，才不能尽其用，位不能得其尊。关于晚年命运的不幸，其进士同年蒋祥墀曾给予总结："未谷以宿儒积学，晚而仅得一仕，仕仅十年，未竟其用而名满天下。识与不识，闻未谷之卒而痛之哀之。"[3]乡后辈孔宪彝也感慨万端："君以积学晚达，远宦边徼，不获大伸其志而卒。"[4]的确，如果不是远赴云南就任县令的人生选择，或许桂馥的生命形态会呈现为另一种样貌。远离学术文化中心的苦闷、欠缺亲情友情的孤独、官场腐败污浊带来的失望，终于导致他"一生入世志全磨"（《岁暮》），在以酒浇愁的困顿中品味了人生的失败感、漂泊感。这些刻骨铭心的感受，唤醒了桂馥作为诗人的敏感，激发了他对心灵智慧的迷恋，也更加重视对精神价值的坚守。一方面，他

---

[1] 王绍曾主编：《山东文献书目》，济南：齐鲁书社，1993年，第675页。
[2] （清）桂馥：《将至永平止宿宝峰寺》，《未谷诗集》卷四，道光二十一年（1841）刻本。
[3] （清）蒋祥墀：《桂君未谷传》，《晚学集》卷首，道光二十一年（1841）刻本。
[4] （清）孔宪彝：《永平县知县桂君未谷墓表》，《韩斋文集》卷四，咸丰刻本。

的生命千疮百孔、消沉落寞，又追求不止、无限洋溢，另一方面，也促成其关于自我和人生的真正反观与深刻检省，并因之生成某种自信和力量，逐渐接近生命的本真以及表述的自由。他从这一路径回到了自我，回归于内心，最终不再冀望于外部因素而开始了心灵的自救。晚年所作戏曲《后四声猿》，借助于文体卑微的杂剧来抒发内心的痛苦，即是这一本体诉求的艺术思考。

一、青藤遗响："恨海茫茫又一声"

《后四声猿》①杂剧作于桂馥云南为官之际，具体作期或在嘉庆八年（1803）许。现存最早之嘉庆九年（1804）刊本除王定柱之序外，尚收有多位友人如李元沪、吴诒澧、蔡振中、钱杜、贾杰、吴桓、沈谦等的题词，在肯定其杂剧题材之奇警、创作心态之悲怆的同时，特别关注的主要在两个方面。一方面是他杰出的学术成绩，尤其是书法和经学上的独创之处；另一方面则是万里就官之于桂馥人生的深刻影响。如：

> 未谷作宰人尽嗟，天骥俯受黄金羁。昆明池水照颜色，两鬓日夕添银丝。
>
> ——吴诒澧
>
> 老去天涯淡宦情，羞将名誉动公卿。古今多少伤心事，听碎檀槽绰板声。
>
> ——贾杰

也就是说，暮年为官，高才不偶，落魄边城，是熟悉、了解桂馥的友人为之扼腕叹息的主要内容。而由这一内容作为基本构成的人生悲剧性，正好形成了与《后四声猿》杂剧主题的同构，并内化为所谓"旷世悲剧"②的生动内核。李元沪题诗曰："一自青藤翻院本，直令三峡罢猿鸣。古今剩有沾衣泪，争忍重闻后四声。"稍后张祥河也指出："趁拍无端涕泪横，不徒金

---

① 本文所引《后四声猿》杂剧见于王绍曾、宫庆山编《山左戏曲集成》，不再另注。上海：上海古籍出版社，2007年。
② 郑振铎：《清人杂剧初集序》，《中国文学研究》，北京：作家出版社，1957年，第797页。

石见平生。翠翘已老青藤死,恨海茫茫又一声。"①其深层指向都关乎这一点。

徐渭,明代奇人也:"行奇,遇奇,诗奇,文奇,画奇,书奇,而词曲为尤奇。"②其杂剧《四声猿》以"怒龙挟雨,腾跃霄汉"③之势挥洒才情、发泄苦闷,洋溢着鲜明的个人品格与时代特征,深刻影响了晚明以后的戏曲创作,许多清代杂剧作品得益于其精神影响与艺术沾溉,《后四声猿》更不例外。其径取《四声猿》之题名,以"后"谦署,演绎了唐宋时期四个著名文人白居易、李贺、苏轼、陆游的生活故事,借他人之酒杯,浇自己心中之块垒,细腻表达了桂馥天涯沦落之际内在世界的愤懑、感伤、无奈。王定柱说:

> 先生才如长吉,望如东坡,齿发衰白如香山,意落落不自得,乃取三君轶事,引宫按节,吐臆抒感,与青藤争霸风雅。④

的确,历史题材本身容易借助时空的距离感形成对岁月的缅怀之情。桂馥年过七旬,病体支离,孤独寂寞,只有在与前代名人的时空对话中寻找精神抚慰,获得亲和之感。在众多的前代作家中选择与徐渭之作"争霸风雅",或者也是出于这一考虑。

与徐渭一样,桂馥亦以书画创作为时人所许。其隶书作品"别饶古韵""意趣横生",广为时人推崇:"百余年来,论天下八分书,推桂未谷第一。"⑤关于绘画创作,他主张传神写意,指出:"昔人图形写貌,但得其率意流露处,虽背后追摹,亦能神似。"⑥许多题画诗绘形写神,意趣横生,显出与徐渭之作在精神意趣上的相通。戏曲创作亦如此。《后四声猿》四剧抒怀写愤,诗趣盎然,标格之高,词语之丽,自喻性之明确,均彰显出与徐渭《四声猿》在思想主题、艺术追求上的有意呼应。只是与徐渭主要借助戏曲创作表达具有普泛意义的人生认知不同,《后四声猿》杂剧更乐于通过先贤形象的塑造阐释自我的生活经验,"我"的情感潇洒洋溢,心事昭然

---

① (清)张祥河:《题桂未谷后四声猿》,《小重山房诗词全集·白舫集》,道光刻本。
② (明)磊砢居士:《四声猿跋》,《徐渭集》,北京:中华书局,1983年,第1359页。
③ (清)陈栋:《北泾草堂曲论》,俞为民、孙蓉蓉编:《历代曲话汇编·清代编》(第三集),合肥:黄山书社,2008年,第532页。
④ (清)王定柱:《后四声猿序》,郑振铎编:《清人杂剧初集》,民国二十年(1931)影印本。
⑤ (清)张维屏:《松轩随笔》,《国朝诗人征略》卷五一,道光十年(1830)刻本。
⑥ (清)桂馥:《札朴》卷六,嘉庆十八年(1813)刻本。

若揭。当时杂剧作家习以为常的自喻性叙事策略，在桂馥笔下得到了娴熟的运用。如《放杨枝》杂剧，缘于友人劝他纳姬以改善晚年寂寞的生活，其《有劝余纳姬者口占答之》诗云：

> 倾囊只买瓮头春，薄宦天涯剩此身。樊素朝云无限好，越教愁杀白发人。

拒绝了这一好意。《放杨枝散套小引》则说："白傅遣素之年，吾乃为却扇之日耶！吾非不及情者，抑其情，情所以长有余也。"诗与杂剧之互证表明，友人所劝纳姬一事，引动了桂馥齿发衰白尚且天涯沦落的辛酸和感慨，让他情不自禁联想到了同样齿发衰白的白居易，以及他遣走爱姬樊素的情感心绪。以白居易的身份和地位，尚因樊素一事"惹出一番凄凉景色，搅乱老怀"，何况"孤宦天末"①的自己呢？《谒府帅》一剧有苏轼的诗作《客位假寐》《东湖》等为线索，直接诱因也来自桂馥的亲身经历。作为下层官吏，他曾因"不谒督宪，触怒获罪"②，这种"丈夫意气不得伸，开口便惹长官嗔"（《来何为》）的奇怪现实令他愠怒不已，心绪难平：

> 常侍温颜别眼看，江州司马折腰宽。可怜府帅陈希亮，漫把髯苏当判官。
>
> ——《白傅有谢裴常侍以优礼见待诗，感而有作》
>
> 来何为，来何为，远投万里之边垂。丈夫意气不得伸，开口便惹长官嗔，无用惟有读书人。小民苦向县官诉，县官含笑不敢怒，民兮民兮官将去。
>
> ——《来何为》

他说，苏东坡"屈沉下僚，抑郁不平之气，微露于游览觞咏之际。今读其诗，觉胸中块磊，竟日不消，只可付之铁绰板耳"③。诗歌之反复吟咏，仍不足以发泄其情绪，又借戏曲的形式，从简单的谒见行为入手，为自我写心。剧中曲词云："那世故全然不晓，明白胡涂一笔扫。只恋着好湖山，管甚么

---

① （清）桂馥：《放杨枝散套小引》，郑振铎编：《清人杂剧初集》，民国二十年（1931）影印本。
② （清）桂馥：《答友人书》，《晚学集》卷六，道光二十一年（1841）刻本。
③ （清）桂馥：《谒府帅散套小引》，郑振铎编：《清人杂剧初集》，民国二十年（1931）影印本。

升和调。"表达一种清高自重,纯是为自我写照;"卑职难辞奔走,高衙最讲应酬,唱诺打躬角色,随班逐队缘由。"则直斥清代官场劣风,"为僚吏吐尽不平之气"[1]。在写给友人的书信中,他还申明,此次获罪"定非奔走请谒、旅进旅退之末节也",其深层原因在于总督恃官傲才之意的"挫折我"[2],一针见血地揭示了国家大员的无能与心理阴暗,这与其晚年诗歌中反复出现的微官自悔心理一脉相通,揭示了《谒府帅》杂剧创作的深层动因。

为了凸显个人经历与剧作之间的互动关系,桂馥还特意于每剧前以"小引"的形式,郑重揭示创作之缘起以及具体心境。如:

> 余年及七十,孤宦天末,日夕顾影,满引独醉。友人有劝余纳姬者。余拊掌大笑曰:"白傅遣素之年,吾乃为却扇之日耶。吾非不及情者,抑其情,情所以长有余也。"

——《放杨枝》

> 古今伦常之际遇,有难处事,此家庭之大不幸也。陆放翁妻不得于其母,能不出之?然阿母喜怒何常,儿女辈或有吞声不能自白者耶!后乃相遇沈园,愍默题壁而已。余感其事,为成散套,所以吊出妇而伤伦常之变也。

——《题园壁》

在剧情的演绎过程中,亦不忘表达具有个人表征的思想与情绪。《放杨枝》杂剧中,桂馥利用诗歌抒情的不确定性来虚构情节,塑造了一位年老体衰又情意绵绵的红尘诗人白居易。其"年老罢闲,疾病缠身",对于"那些歌裙舞袖,晓风残月,渐渐没有兴头了";偶然想起汉武帝"欢乐极兮哀情多,少壮几时兮奈老何"之语,感慨万端,遂生出遣爱姬、放骆马的想法。但是爱姬、骆马的万般依恋又使他不能决绝,于是在缠绵悱恻之中放马归槽,携爱姬狂饮,"归醉乡去来"。剧中白居易形象大致符合其晚年家居时期的基本风貌,又活脱脱是桂馥自身形象的鲜明写照:其对于十年游宦、人生易逝的感叹,如"十年游迹半追随,唱《杨枝》欢场乐事。老年都是病,回首总成痴";其对于自身晚景的描写,如"到如今病体难支离,心头苦自知,眼底欢须避……"等唱词,均能在桂馥的诗文中找到印记。为了突

---

[1] 郑振铎:《后四声猿跋》,《中国文学研究》,北京:作家出版社,1957年,第805页。
[2] (清)桂馥:《答友人书》,《晚学集》卷六,道光二十一年(1841)刻本。

出老年自我的"衰残",桂馥还采用对比的修辞策略,极力描写樊素的"丰艳":"你的身子一年长似一年,我的胡子一根白似一根。感我的白须,怜你的青春,天下事有甚歇不得处。"对骆马,则云:"你的口齿未老,吾的筋力早衰。"尤其是最后的副末吊场:"唉,老爷老爷,早知今日,何必当初。"不由人联想起桂馥于诗文中不断反思所表达的悔意:"官卑身易退,家远路难归。"(《此心》)令人遗憾的是,生活中的桂馥虽有"宰官"之任在身,却远不如赋闲在家的白居易。如果说白居易暮年的孤独感伤是根于年老体病、笙歌舞场已逝、人世无常的话,那么,桂馥暮年的孤独感伤则不仅来自他的年老体病,更来自他的落拓不遇、家园难返。白居易的感伤类似闲愁,桂馥的感伤则凝重而悲凉。难怪好友吴诒澧观剧题词以"愁诗恨赋"比附《后四声猿》,感慨他"泪痕恰共青藤落"。

在以自己的方式与古人进行精神对话的同时,桂馥时时表现出对所崇尚的杂剧作家前辈徐渭的皈依之意,又不拘泥于《四声猿》文本之规囿,力求表达自我的生活理念与个性风采。如果说《放杨枝》是为自我画像,抒发了天涯沦落之际的孤独感伤,《谒府帅》则专为官场现实写生,与徐渭笔下的《玉禅师》有异曲同工之妙;尤其是有桂馥滇南为官的仕宦经验作为题材源泉,更加真切自然,切中时弊,在情绪上颇得《狂鼓史》之意,又呈现出沉郁蕴藉之美。应该说,对于徐渭所提供艺术经验的借鉴,《后四声猿》的接受最为当行。具有代表性的是《投溷中》。《狂鼓史》以祢衡"骂曹"表达一腔不平之气,借助幻境的形式对嫉才妒能者进行惩罚,《投溷中》对此进行了创造性借鉴。唐代"鬼才"诗人李贺"锦囊心血"被投之溷中的遭遇,是一贯对才学高度认可的桂馥难以容忍的,他有感于当时社会普遍存在的嫉才现象,指出:

> 有才人每为无才者忌。其忌之也,或诬之,或谮之,或挤排之,或欲陷而杀之,未有毒于李长吉之中表者:竟赚其诗于溷中投之,锦囊心血一滴无存!此辈忌才人若免神谴,成何世界?投之鬼窟,烈于溷中。
>
> ——《投溷中散套小引》

借助《四声猿》所提供的艺术经验以及自己的奇思妙想,桂馥设计了三个迥然不同的世界。在上天,玉皇大帝新修白玉楼,因"天仙都是老荒疏、旧套调,不合时宜",所以召人间有才能的李贺作一篇"新样奇文",爱才之意,令人欣喜。而在人间，嫉才妒能的小人黄居难对李贺的才华横溢恨之入骨，因不能抗之于生前，便于李贺死后将其生平所作诗稿尽投于厕所之中，无能而又卑劣至极，令人触目惊心。第三个世界是地狱，最可见出徐渭式艺术思维之超常：其一改阴森可怕的日常印象，成为公正合理的裁判场所：对有才者友好，对嫉才者惩罚，人间正义在这里得到了伸张，人间怨气在这里得到了排解。在公正与希望的世界里，桂馥以冥判的形式对嫉才小人进行了猛烈的报复：舌头割掉去喂狗，脑髓取出投入厕所，眼珠则去给钟馗下酒，心肝拿出喂乌鸢，最后将四肢截下扔入油锅，以此让"那世上人拭亮了眼睛看这榜样"，对那些"不怨自家才短，却忌人家才多"者，提出了严厉的警告："看榜样，休偏跛，恶贯盈，谁能躲，莫道俺阴曹播弄他不算残苛。"即使这样，其胸中依然愤懑难消，借判官之口指出："如山铁案是阎罗，做了亏心逃不脱。他只顾绝情李贺，万代沉沦为证左。"对嫉才妒能者再一次给予棒喝。

不仅如此，在杂剧体制方面也体现了对徐渭及其杂剧的创造性借鉴。如《四声猿》一样，《后四声猿》也将四个题材与情节均不相涉的故事合为一剧，不依赖情节联结故事，而依靠主体精神统摄全域。不过，桂馥更善于根据剧情的需要，慎重地选择曲调加以运用。以风格而论，《放杨枝》和《题园壁》二剧有相似之处，《谒府帅》和《投溷中》二剧有共同之点，但桂馥却以南北曲调分开之，《放杨枝》以北调，《题园壁》则以南曲，《谒府帅》以北调，《投溷中》则以南曲。北调以豪放激昂见长，南曲则以婉柔细腻为主，取不同风格的曲调写作风格相类似的作品，实为桂馥独出新意之举。以整个《后四声猿》剧本而论，南北参差，剧曲般配，不失为一种匀称之美，较之《四声猿》，其不独在体制上有所发展，而且趋于完善、精细。徐渭所作，"若绳之以元剧规律，皆为创例"[①]，但在他的一套四剧之中，除最后之《女状元》用南曲外，其他三剧皆用北曲。从剧作的整体结构而言，显然是缺乏平稳匀称之举。另外，《四声猿》杂剧中，《狂鼓史》为一折，《玉禅师》《雌木兰》各为二折，《女状元》则有五折，折数分配不均匀。桂馥所作，全为各自独立之一折，已具有相当程度的完善性。杂剧体制的日趋成熟和完善，是桂馥及其他文人剧作家刻意为之的结果，也是郑振铎所谓"纯正之文人剧"[②]的标志之一。

---

① 周贻白：《明人杂剧选·后记》，北京：人民文学出版社，1958年，第758页。
② 郑振铎：《清人杂剧初集序》，《中国文学研究》，北京：作家出版社，1957年，第795页。

二、诗化文本:"北羽南宫展新谑"

桂馥没有表述过明确的戏曲观念,现存著述中,未见他论及戏曲。以《后四声猿》杂剧文本而言,徐渭的《四声猿》杂剧留给他的印象应最为深刻;《未谷诗集》之《为郑学之题李玉卿传后》诗有"三五团栾明月夜"句,表明他还读过《西厢记》杂剧。此外,或许就是来自阅读及观演培养起来的关于戏曲文体的认知,如吴振械诗提及他曾与友人倡和,"蹉署有自演乐部,赌酒征歌,极一时之盛"①;晚年所作之诗《踏歌舞》回忆"吾昔贪欢少年场,爱听吴娃歌白纻",显示他曾有过"爱听"白纻舞一类江南民间乐舞的兴趣。凡此,均表明桂馥对于艺术曾有多方面的爱好,只不过囿于"万事皆本于经"②之理念而刻意疏远了这些贴近性情的艺术形式而已。约在乾隆五十五年(1790),桂馥为"年将半百"的好友颜崇规《摩墨亭墨考》作序也承认:

> 人之才必有所寄,其业必有所承。昔人于草木鸟兽之属,往往倾心,如好马好鹤好竹好菊,非徒好之,盖寄其才于草木鸟兽,可以散郁结、遣岁时而已。③

十余年后,当僻处滇南的他需要"散郁结、遣岁时","忽然垒块胸中作,北羽南宫展新谑"④,此前的漫长人生经验与感性认知正好成为他从事杂剧创作的注脚。也就是说,桂馥在苦闷深重之际选择杂剧创作,并非一时的兴之所至,既有长期的戏曲阅读与观演所培养起来的艺术经验,也来自桂馥作为诗人和艺术家所具有的细腻的艺术感知和浪漫的人生情怀。他的精神始终是细微的、敏感的,又是浪漫的、忧郁的,这使得他率真、诚笃,善于捕捉人类情感的深刻细微之处,有悲天悯人的情怀,对于人的内在世

---

① (清)吴振械《王蕉园都转定柱招集也可园听歌感赋》最后二句:"名士济南零落尽,更谁鸣笛感凄清。"后注云:"阿雨窗先生官山东运使时,先大夫在幕中。时也可园初落成,与沈芷生、黄小芗、桂未谷、家秋鹤、竹虚诸先生相倡和,而蹉署有自演乐部,赌酒征歌,极一时之盛。"见《花宜馆诗钞》卷五,同治四年刻本。
② (清)桂馥:《上阮学使书》,《晚学集》卷六,道光二十一年(1841)刻本。
③ (清)桂馥:《颜氏墨考序》,《晚学集》卷七,道光二十一年(1841)刻本。
④ (清)吴诒澧:《后四声猿题词》,桂馥:《后四声猿》卷首,郑振铎编:《清人杂剧初集》,民国二十年(1931)影印本。

界的关怀构成了他叩问自身悲剧的重要元素。怜芳居士说：

> 在四君，物感之遭，莫可如何，久已付之天空海阔，而稽轶事者为之引商刻羽，侔色揣声，写万不得已之情，凄然纸上，令读者如过巴东三峡，听啼云啸月之声，无往而不见其哀也。①

这种"万不得已之情"突破了乾嘉学术观念及其操作实践之于作家个性的某种拘束，借助一系列艺术手段表现出来，彰显了桂馥作为诗人的丰富情怀与审美能力。

（一）题材本事取自诗歌。

桂馥不仅有意选择了白居易、李贺、苏轼、陆游四位唐宋时代声名显赫、成就突出的大诗人，还着力从他们的诗歌中抽取本事，描写与诗歌相关的故事。诗歌的叙事性特征发挥了重要作用。因此，尽管白居易等人的生平记载和传闻汗牛充栋，不胜枚举，作者依然可以依据个人情志的需要，对基本文献进行审美取舍，借助一定的想象和虚构构建戏曲文本。从每剧前的《小引》以及剧作本身来看，桂馥极其重视选取他们一生中富有特征且最能传达诗人气质的故事进行再创作。如是，则故事本身内涵丰厚，韵味深远，既能与历史人物发生对接，体现出历史的真实属性，又能与抒情主人公的情感处境发生照应，准确传达出作家的思想情志。诗歌的特征得到了保持，并以叙事过程得以呈现。如《题园壁》之生成，桂馥坦言是为"吊出妇而伤伦常之变"（《小引》）。但齿发衰白的桂馥为什么对这样一桩赋有青春色彩的婚姻悲剧发生了兴趣？善于提问的清人已有所怀疑："《题园壁》一折，意于戚串交游间，当有所感。而先生曰无之，要其为猿声一也。"②现代戏曲史家卢前也说："本来陆务观出妻这段故事，是值得为之怅惘的，以这垂暮的老翁，来写这样一段的情怀，是很可注意者。"③封建礼教留给他们的是难以弥合的感情创伤，剧中陆游痛唱："人生离合沧桑汉，

---

① （清）怜芳居士：《后四声猿序》，桂馥：《后四声猿》卷首，郑振铎编：《清人杂剧初集》，民国二十年（1931）影印本。
② （清）王定柱：《后四声猿序》，桂馥：《后四声猿》卷首，郑振铎编：《清人杂剧初集》，民国二十年（1931）影印本。
③ 卢前：《中国戏剧概论》，《民国丛书》第四编，上海：上海书店，1992年影印世界书局1934年排印本。

到如今眼底天涯，一腔百结难通话。权作了绝情郎，不睬他。"以酒浇愁，写下了抒发内心情志的词章《钗头凤》，"竟自去了"。唐婉则因新夫在旁，强掩悲痛，只说了句："旧事无端惹叹嗟，小园里居然胡越"，"便只有悲啼"。是封建礼教的凛冽"东风"压抑和束缚了人性，使一切美好陷于尴尬无奈之中，徒然引起无可奈何花落去的惆怅哀婉。这与《钗头凤》等诗词的情绪发生同构，完成了作者的目的。再如《投溷中》，所写李贺故事只见于传说，并没有诗歌作品作为本事来源。但历史上的李长吉，少负奇诡之才，呕心沥血，负囊吟诗，未满而夭逝，桂馥熟知其事，故抓住其才高的特点，以负囊吟诗为线索，创造了其诗被嫉才小人扔到厕所中以及地狱阎罗、判官严惩此辈小人的全部情节，新颖而奇特。既符合李贺生活的特殊之处，又立足于自古才人多劫难的历史与现实，使《投溷中》的故事转化为生活中可能有的事实，达成吐臆抒感的目的。这里，想象和虚构起了重要作用。他大胆地将极端之事进行了极端的艺术处理，用"鬼窟"对应"溷中"，以表达对忌才者的愤怒。构造情节的唯一端绪是李贺锦囊吟诗事，作者深受徐渭《四声猿》启发，拓展了地狱审案的内涵，惩罚了忌才的小人。感情之浓烈，悲愤之深沉，借助奇思幻想表现出来，准确传达了作者的思想感情，使《投溷中》杂剧成为最能体现诗人气质的作品。

（二）戏剧冲突受制于抒情。

《后四声猿》是一部比较典型的文人剧，其戏剧冲突不是表现为人物性格的对立斗争以至分裂，而是通过人物形象观念之间、情感之间的矛盾，借助这些矛盾的相异或对立来展现和推动情节，冲突的解决也依靠矛盾的转化或消解，因此，戏剧冲突体现为抒情化。如《放杨枝》一剧，虽然作品一开始即将矛盾展示出来，但矛盾过程的展现却是借助人物情感的对立完成的。情感的对立消失了，戏剧冲突也就得到了解决，并没有更多地依赖戏剧情节与动作。不过，在《后四声猿》中，除了《放杨枝》中白居易和樊素的情感表现是在同一时空中完成，其他三剧中的主要人物均处于各自独立的时间或空间之中。他们之间的情感各有千丝万缕的联系，但各自情感的表现却是单独完成的。如陆游之于唐婉，他们感情笃深，近在咫尺，却囿于封建的伦理道德而不能互通心曲；作者将他们放在两个空间内，让其爱而不能、悔恨交织的复杂情感各自单独地抒发出来。这样，人物情感的表现获得了相对的独立性，造成深沉、强烈、凝重的戏剧效果，很好地表现了外界力量的残酷性及其对美好情感的扭曲。同样，苏东坡之于陈希亮，黄居难之于李贺，他们情感的表现也是各自独立的。运用多元时空来表现剧中人的情感，让人物内心感受得到淋漓尽致的抒发，形成《后四声猿》深沉、强烈、抒情的戏剧效果。青木正儿说，《后四声猿》"四种并写诗人饮恨事，恻恻足以动人"[①]。这种打通古今中外的阅读感受，显然得益于冲突处理的独特方式。因此，《后四声猿》的戏剧冲突虽然各有特点，有一点却是共同的，即无论它们是以怎样的外在形式表现出来的，它们都是属于情感的、个人的；这种情感的或个人的冲突以表现人物内心矛盾和苦痛的交织为主，具有交叉性和延缓性，使整个剧作自始至终洋溢、贯穿了感伤抑郁的情绪，具有浓郁的抒情性。

（三）戏曲曲词追求诗性。

桂馥是一位学人，其学术著作以理性、逻辑和简洁朴质的语言为特征，"为文亦不喜驰骋华藻"[②]，诗歌中很难见到文辞藻绘的现象。但《后四声猿》却呈现着另一种语言现实，既清丽典雅，又婉约深情，展露出作者那一颗理性之心的柔软之处和诗性之美。如：

> 杨枝缓缓歌，玉盏频频递。柳腰让小蛮，骏骨惭良骥。只落得眼看丝柳垂，身逐柳花飞。老爷，好狠心也。解脱了连环结，丢开了千里骓。凄凄，人马肝肠碎；怊怊，飘零那得归！
>
> ——《放杨枝》

清词丽句，柔情婉转，形象地塑造出一位情意绵绵的小女子形象。再如《题园壁》思考婆媳关系不睦导致的悲剧，作者专以"沈园相会"一段来表现情殇之深重。在春光融融、风光旖旎的沈园，经历了爱情不幸的两位悲剧主人公本来已非常苦痛，心情与环境极不协调，却偏偏有了近在咫尺而不能相聚的机缘。于是，人与自然、人物的内心世界都构成鲜明、强烈的冲突。沈园何其小，春光何其媚，而陆唐二人的"好姻缘辗转变成恒河沙"，成了永远的人生恨事。这里，桂馥借助忧伤优美的曲词，营造了一个诗意盎然的画面，其以戏剧场景出之，讲述了陆游、唐婉婚姻悲剧的起因（"谨承母意"）、结果（"如今庭帏大安"），又细腻揭示了二人内在世界的忧郁感

---

① 〔日〕青木正儿：《中国近世戏曲史》，王古鲁译著，北京：作家出版社，1958年，第419页。
② （清）桂馥：《上阮学使书》，《晚学集》卷六，道光二十一年（1841）刻本。

伤,诗的品格与特性十分突出。难怪面对《放杨枝》《题园壁》二剧表现出来的"遣辞述意,缠绵悱恻,若不胜情",郑振铎曾惊奇地发出疑问:"老诗人固犹未能忘情耶?"[1]桂馥还非常善于化用诗歌语言。四个杂剧中,三个有诗人的相关作品作为史实依据,诗歌的基本情绪进入作者的话语系统中,不但充当了塑造人物的角色,还融入作者的语言中,以化用的方式参加了对人物的塑造。如《放杨枝》上场诗:"一树春风千万枝,嫩于金色软于丝。永丰西角荒园里,尽日无人属阿谁?"而《题园壁》则将《钗头凤》词作为主旋律融入作品中,强调了整个作品的忧伤怨恨情绪。如是,作品中的主要人物形象也给读者留下了深刻的印象。或忧郁感伤,或激昂愤激,无不出入于诗歌内外。或者说,从诗歌中捕捉形象特质,借助于戏曲曲词推出,打上了鲜明的诗歌特色,具有强烈的诗的气质。《后四声猿》行世后,其词曲之妙一直获得首肯,与此亦关联密切。凡此,铸就了整个作品诗化的艺术特征。

桂馥晚年曾作散文《四乡记》,以醉乡、睡乡、温柔乡、无何有之乡阐释自己无所归依的羁旅状态和百无聊赖的飘泊心绪,并表示只是"寄焉尔":"吾岂久滞万里之外、老于四乡者哉!"[2]但事实却正好与他开了一个悲惨的玩笑。当他率意表达徜徉快意时,或者真的没有想到自己竟老死蛮荒。好友颜崇规云:"万里投荒双柩在,十年作宰一身多。清辞写遍蚕丝纸,酒冷香消奈尔何。"[3]嘉庆十二年(1807),当他读到桂馥用生命写成的杂剧作品,感慨唏嘘,怅恨不已,一气呵成为六首绝句,其末云:

老茗骚屑似青藤,入道官人退院僧。读到音停响寂后,破窗风雪扑寒灯。

掩卷沉思,或许只有知心友人能真正理解桂馥以杂剧方式所表达的真正自我。纯真烂漫的赤子之心、怜生爱物的人文情怀、关注家庭伦理的敦厚之爱以及愤激不平的批评意识,姿态多变却出自一心,内蕴丰厚却指向一端;所采用的虽是代言体的形式,但超凡的想象力、鲜明的自喻性表达,反而为真正的自我赢取了多个维度。"自我"因此而丰富灿烂,诗性人格由此获

---

[1] 郑振铎:《后四声猿跋》,《中国文学研究》,北京:作家出版社,1957年,第805页。
[2] (清)桂馥:《四乡记》,《晚学集》卷七,道光二十一年(1841)刻本。
[3] (清)颜崇规:《题桂未谷〈后四声猿〉》,《种李园近稿》,道光钞本。

得确立。

三、文人情怀:"兴酣落笔无束缚"

作为清代杂剧的代表作之一,《后四声猿》体现了文人剧的共同特点:取材雅隽,吐臆抒感,体制灵活,文辞典丽,以雅为美。然而,其出于一个满腹经纶的著名学者笔下,深情绵渺,精致雅丽,又挥洒灵动,率性不羁,彰显的是与其学者形象截然不同的另一面,又是令人刮目相看的。于是,诗意生存与学术追求、文学创作与经学研究之关系便成为审视桂馥人格构成与杂剧创作的一个不可回避的问题。

桂馥首先是一位诗人。其诗歌作品率意而为,真切可感,"足以见先生之真性情"[①]。其题材或来自朋友交往,许多作品具有纪实的价值;或来自生命历程中的一些偶然感慨,为梳理晚年桂馥的心态提供了参证。少有咏古之作,多为日常之咏;性灵洋溢,不以雕词饰句为能事。其中不乏韵味深永的佳篇力作,如:

> 落花瘦尽诗人老,飞絮狂多酒担轻。欲过短桥寻野寺,隔溪一犬早来迎。
>
> ——《春游》
>
> 一片故园月,随人万里来。清晖应更苦,云路肯先回。傍枕还同梦,登楼罢举杯。宵中频顾影,怀抱几时开。
>
> ——《月》

前者清新巧丽,脉脉情深,抒发了暮春时节出游的落寞愁绪;后者运用设想、比喻等修辞手法,真挚剀切,将一位异乡思归者的渴盼、郁闷和无奈准确描出。即便是那些论学之作,也真挚笃厚,未见翁方纲式的迂腐之气、学究之象,如《悔过诗》:

> 狂简不知裁,独学苦无师。过眼书万卷,纷纷乱如丝。何者为我有,浮云随风飞。穿珠不引线,千手难把持。三军帅无主,乌能定群

[①] (清)孔宪彝:《晚学集后序》,桂馥:《晚学集》卷首,道光二十一年(1841)刻本。

疑。大哉夫子训，道一以贯之。

从为学的过程出发，讨论了对治学方法的认识，既是个人经验的总结，又洋溢着形象真切的感喟，韵味十足。桂馥的题画诗尤为出色，《未谷诗集》中此类诗作30余首，占总数十分之一强。其中有清新隽永之小品，如《题菊蝶图》：

> 撩乱麻姑裙外风，飞来连影在香中。可怜秋色篱边老，此后花开梦不同。

也有气势如虹的长篇之作，如《牧马图》：

> 平沙漠漠天初霜，风吹塞草秋云黄。祁连山前畜牧场，四十万马如群羊。……武功大定早罢兵，战马尽放出长城。

波澜壮阔，气势如豪，从未有过塞外经历的桂馥将沙漠烽烟、祁连秋色摹写得壮阔无垠，并融入了战事不断的古今联想，结构迂回婉转，情绪起伏跌宕，表现出超群的想象力与创作激情。其"四十万马如群羊"的比喻惟妙惟肖，形象地点明了西部地境之阔大，也衬托了守边将士之英武；而"武功大定早罢兵，战马尽放出长城"之愿景的描画，则反映了身处和平时期的诗人一种素朴的理想与满足感。吴仰贤评价桂馥诗歌"不甚经意，有作旋弃去，故人亦罕称其诗。然诗实超隽"[①]，确可称为精当之概括。

的确，桂馥一生始终以诗歌创作为余事，留存至今的诗歌作品不过287首，创作时段仅限于乾隆五十七年（1792）到嘉庆十年（1805）十余年的时间，还是去世后由其孙搜罗而得，刊刻保存下来。对于诗歌的结集，桂馥更不在意，好友马履泰总结说："其病有四：懒一也，醉二也，工书三也，论诗多拘忌四也。其病根有一，盖自有可以不朽，无意于为诗而已。"[②] 显然，除了性格和行为方式上的因素，最主要的原因，首先是"无意于为诗"，有令他心仪的"可以不朽"者即小学和书法、篆刻等，另外

---

① （清）吴仰贤：《小匏庵诗话》卷四，光绪刻本。
② （清）马履泰：《未谷诗集序》，桂馥：《未谷诗集》卷首，道光二十一年（1841）刻本。

一点就是"论诗多拘忌",这一点又与他津津于经学、小学的理性认知与思维习惯有明显的因果联系。

30岁后,桂馥开始倾心力于经学尤其是小学研究,对曾经流连其中的"才人"之技,也有所后悔。他专写《惜才论》论述"才"与"经"(学)的关系,推崇"学人"而贬斥"才人"。指出:

> 裘马亭馆、财货歌舞、花木禽鱼、丝竹书画、博弈射猎、酒食争逐,好此者,皆才人也。……今之才人,好词章者,好击辨者,好淹博者,好编录者,皆无当于治经,胸中无主,误用其才也。①

只有"才尽于经,才不虚生"。所以,他主张宗经,熟读经书:"须熟读默记,至于杂家,披览而已。"并以六经"统摄百家"。他自己即以此实践,"以彼经证此经,以训诂定文字,贯穿注疏,甄综秘要,终老不辍,发为心光"②,以"学人"规约、检视自己,最终获得了当时学界领袖人物阮元的首肯:"曲阜桂进士未谷,学人也。"③不仅如此,他还将"才人"与"学人"明确对立起来,表示:"一号为才人,将不得为学人矣。"④应该说,自觉规约为"学人",这是桂馥疏于文学创作的根本原因。因此,尽管喜欢诗歌,也有许多诗歌同道,却给时人留下如此印象:"未谷为诗,懒不收拾,大半多酒后倡和之作。"⑤其散文创作亦有特色,孔宪彝评价:"传志诸作,则气体古茂,克见典则,非浸淫于三代两汉,未易臻此也。"⑥如《郎太传》,生动地塑造了潍县岁贡生郎汶兄弟嗜赌好饮、挥金自豪的鲜明特征,篇幅短小,语言浅近,善以对话写人,栩栩如生。桂馥也没有着意于此。他在致力于书法、篆刻的过程中,主要将精力投放到《说文解字》研究中,孜孜以求"才尽于经,而不为虚生"⑦的人生理想。

尽管如此,桂馥并不拒绝个人的诗意生存。他天性纯真,"少时喜与里中颜运生谈诗,又喜博涉群书。遇凡前人说诗与意相会,无论鸿纲细目,

---

① (清)桂馥:《惜才论》,《晚学集》卷一,道光二十一年(1841)刻本。
② (清)桂馥:《惜才论》,《晚学集》卷一,道光二十一年(1841)刻本。
③ (清)阮元:《晚学集序》,桂馥:《晚学集》卷首,道光二十一年(1841)刻本。
④ (清)桂馥:《惜才论》后注,《晚学集》卷一,道光二十一年(1841)刻本。
⑤ (清)马履泰:《未谷诗集序》,桂馥:《未谷诗集》卷首,道光二十一年(1841)刻本。
⑥ (清)孔宪彝:《晚学集后序》,桂馥:《晚学集》卷首,道光二十一年(1841)刻本。
⑦ (清)桂馥:《惜才论》,《晚学集》卷一,道光二十一年(1841)刻本。

一皆钞撮"①。可见他重视"意",关注自我。晚年,在回顾自己的求学经历时,他说:

> 自束发从师,授以高头讲章,杂家贴括,虽勉强成诵,非性所近。既补诸生,遂决然舍去,取唐以来文集说部,泛滥读之,十年不休。②

可见他重视"性",30岁前基本上过着率性而为的生活。专心从事学术研究后,"前所读书,又决然舍去"③,但固有的思维习惯与好尚本性不可能彻底摒弃,因而他常有"异乡知己少,本性对人难"(《感兴》)的感慨。他的日常生活始终洋溢着诗性的风采,真挚、狂傲,又敏感、自尊。他孤独:"独倚茅亭筇散后,醉来倒着野人冠。"(《答人问起居》)也很脆弱:"自信难凭矜骨异,人前大谬讳家寒。"(《抒怀示运生》)对亲情无限向往:"梦中归路竟难归,怕见春花片片飞。最是酒醒人散后,身同斜月两无依。"(《与寅五饮酒》)他的一切感伤、无奈和幸福、快乐,都借助诗歌得到表达,诗歌记录了他细微的情感与细腻的心理脉动,并成为他的存在方式。因此,他不在意诗歌结集与否,其生存本身就是诗。

在《未谷诗集》中,最能表现作者情怀的是那些酒醉之作,一个诗人的天真、率性和洒脱于此呈露无遗。如《秋鹤席上醉歌》,生动描写了其微醺之时的激情澎湃:

> 请试把管管无力,写出便付秦人焚。红杏小史真解事,杯盘罗列腥与荤。纵饮大啖杂谐谑,花阴渐转天将曛。兴酣落笔无束缚,墨沛不顾沾裳裙……但愿日日饮酒书八分,富贵于我如浮云!

气势豪放,直逼太白。他自称"酒徒"(《德州饮罗酒留赠孝廉罗奎章》),嗜酒无度,马履泰描写其醉态:"方其酣适之时,乘壶在前,朋尊在后,敲铜钵以夸捷,咏冰车而斗新,取隽一时,宁复计身后名哉!"④许多创作乃酒后挥洒而成,或气势磅礴,或潇洒无羁,性情流淌,甘味醉人。"酒"不

---

① (清)桂馥:《诗话同席录序》,《晚学集》卷七,道光二十一年(1841)刻本。
② (清)桂馥:《上阮学使书》,《晚学集》卷六,道光二十一年(1841)刻本。
③ 同上。
④ (清)马履泰:《未谷诗集序》,桂馥:《未谷诗集》卷首,道光二十一年(1841)刻本。

仅激发了他的艺术灵感,也给予他的人生很多自信和无限满足,更给愁肠百结的人生带来无穷的慰藉,抚慰了"愁入宦途深"(《雨夜》)的精神困窘,也为家远路难归、去留难自主的生活增添了亮色。一句话,"酒"涤洗了现实带给他的苦闷,还原了其作为传统文人固有的诗人情怀。他写道:

> 剩有清狂在,休嗟岁月更。看山轻列郡,握管胜将兵。劝客松毛酒,充庖石发羹。故人劳问询,万里鲁诸生。
>
> ——《清狂》

这是一首作于晚年的作品。诗人之形象悲愤沉郁有如杜甫,潇洒狂妄又似李白;他不再在意时间之于人生命的侵蚀,他鄙薄世俗生活之于人生的种种规限,他怀念一种指点江山、挥斥方遒的书生意气,以至于在一个逼仄的空间中也能感受"看山轻列郡,握管胜将兵"的人生快感。如果不是诗人气质,何来这种"清狂"!也正是这种清狂,促使他"念及古昔善酿善饮者得六人焉,欲为之图。……苟与图中人日日相对,虽无酒,自醉矣"①;摄理邓川政事时,于"邓川官署,葺屋三间,颜以'四乡'"。所谓"四乡",乃醉乡、睡乡、温柔乡、无何有之乡也。晚年,一生专心致志于学术的桂馥也开始向往"温柔乡",并且谈到了好色的问题:

> 平生不解禅而好色,尝谓:"真好色可以通禅,大禅家无妨有妓。"世间绣帷翠被、镜台香泽,未必如蒲团之静好也。……他日归田,发旧醅,招大户,布席老树下,捉臂行觞,醉则鱼贯眠;或有东邻之女,相与目成,不辞为之赋。②

如是之语,出自桂馥这样一位学术谨严的大学者之口,的确有些匪夷所思。

但这却是一个真实的桂馥,一个被制度、苦难与绝望还原了的作为诗人的桂馥。他率真敏感,笃于亲情友情。当他告别家乡入都求学时,依依惜别中包含着对妻儿的无限牵念:"大儿犹废学,拙妇惟善病。"(《入都留别运生》)羁縻宦所获得家书时,忧心忡忡:"老妻病起儿孙好,一纸书来

---

① (清)桂馥:《寄颜运生书》,《晚学集》卷六,道光二十一年(1841)刻本。
② (清)桂馥:《四乡记》,《晚学集》卷七,道光二十一年(1841)刻本。

字字金。"(《得家书》)久无音讯的友人忽报平安时,神清气爽:"梦里无端哭故人,十年不见恐成真。今朝对客开眉笑,一纸书来满座春。"(《得友人书》)相随八年的仆人离去,也会触动那颗多愁善感的心:"羡汝先归客,伤我羁旅神。若逢旧游侣,道我白发新。"(《旧仆辞归书以示之》)他狂放无羁,倨傲自持,曾不断反思自己的"狂":"狂简不知裁,独学苦无师"(《悔过诗》);"流连酒德狂堪怨,消受才名福到迟"(《赠别船山》)。又始终自矜自己的"傲":"生前骏骨难求价,爨下枯桐愿作灰。"(《冷衙》)无论遇到多少穷困窘迫、千难万苦,他行使评判的权利,确信自己的坚持:"吾头既已秃,吾项安能颃。"(《将官滇南伊墨卿招……雨中小饮分得赏字》)而这些洋溢了坚持与困惑、欢乐与哀愁的诗歌作品,生动地展现了一位学者浓郁的诗人气质,让他超越浅俗、单调、呆板,又给予他自信、自爱和质疑现实的能力,为他的杂剧作品注入了丰沛的情感源泉,让他在"日夕顾影,满引独醉"①的境况下也能用清醒的目光审视自我与人生,为普天下高才不偶的文人"吐臆抒感"②。

在晚年精神枯窘困顿之际,以"学人"自诩的桂馥却再次转向"才人"之所寄,写出了《后四声猿》杂剧这样一部作品,其实是乾嘉时期一个颇具意味的文化现象。当其时,许多文学创作受制于学术观念及其实践的拘束,诘屈聱牙,性灵枯索,为人诟病;《后四声猿》杂剧也印刻有桂馥作为学人的诸多印记,却有所超越。如他"博涉群书"的学术经验以及过于注重史实考索的追求,为他开辟新的题材提供了前提,《后四声猿》涉及的四个题材虽然都属名人之事,然较少为人所及③。再如,撰写"小引",可见杨潮观《吟风阁杂剧》各剧前"小序"之旨趣,而交代题旨的意识更为明确;尤其是,于其中融入了辨析学术的问题意识,如《题园壁》本为"吊出妇而伤伦常之变",但又引陆游诗:"君听姑恶声,无乃遣妇魂。"指出:"或谓其为唐氏作,果尔,则难辞失言之责矣。"(《小引》)所包含的"正误"的价值判断,是一位学者严谨态度的体现,但并没有进入文体之中。

---

① (清)桂馥:《放杨枝散套小引》,郑振铎编:《清人杂剧初集》,民国二十年(1931)影印本。
② (清)王定柱:《序》,《后四声猿》卷首,王绍曾、宫庆山编:《山左戏曲集成》,上海:上海古籍出版社,2007年。
③ 元费唐臣《贬黄州》涉及苏轼故事,乾隆时期石蕴玉曾《乐天开阁》,写白居易放小蛮而留樊素。其较桂馥晚生二十年,此剧创作却早于《放杨枝》。其他二剧为前人未涉及。

另外，创设"由历"，罗列题材源自，意在强调所涉故事之真实，表明征实证史，多依本事；剧中难字予以注音注释，也是精心锤炼之严谨的体现。不过，与桂馥的学术文章多采用"正误""纠谬"为标题不同，其戏曲创作并未有意凸显这种批评意识，而主要根据文体的规范与审美要求，就历史视野内有关故事抒发个人的感喟，寄托一种情怀。也就是说，乾嘉学术观念及其操作实践之于作家个性的某种拘束，并未对《后四声猿》杂剧创作形成桎梏，桂馥也以一个诗人的情怀与审美能力为戏曲史留下了一部生动的艺术创作。

《后四声猿》杂剧为桂馥诗性人格的回归提供了一个生动的范本。晚年，伴随着思想的困窘、精神徜徉的需要，桂馥的思想认识一定发生了深刻的变化，促使他重拾诗笔，创作了大量情韵深婉、激愤昂扬之作，且更进一步，选择文体卑微的杂剧发抒其超常的孤独与感愤。王定柱认为，桂馥"以不世才擢甲科，名震天下，与青藤殊矣。然而远官天末，簿书霾项背，又文法束缚，无由徜徉自快意"[1]，是他涉足于戏曲创作的重要原因，可谓最得其意。《后四声猿》杂剧驻足于人类情感的幽深之处，呈现出作者笃于情、率于性、扬其真、尽其意的气质风采，体现了诗人气质与入世情怀的互动关系，与所谓学人的理性特征相去甚远。阮元评价桂馥"学博而精，深于说文，小学、诗才、隶笔，同时无偶"[2]，是对他在文学艺术及学术多个领域的高度评价，也包含了对这部诗性化的杂剧作品的肯定。百余年后，郑振铎的表述则更为明确："馥虽号经师，亦为诗人。《后四声猿》四剧，无一剧不富于诗趣。风格之遒逸，辞藻之绚丽，盖高出自号才士名流之作远甚。似此隽永之短剧，不仅近代所少有，即求之元、明诸大家，亦不易二三遇也。"[3]《后四声猿》杂剧的戏曲史地位也因此获得了认可。

（载《齐鲁学刊》2010年第6期）

---

[1] （清）王定柱：《序》，桂馥《后四声猿》卷首，王绍曾、宫庆山编：《山左戏曲集成》，上海：上海古籍出版社，2007年。
[2] （清）阮元：《小沧浪笔谈》卷一，《丛书集成新编》本。
[3] 郑振铎：《后四声猿跋》，《中国文学研究》，北京：作家出版社，1957年，第805页。

从"佣书养母"到"名士牙行"

——袁骏《霜哺篇》与清初文学生态

检视明末清初的文坛生态,如果跳出传统的文学标准、创作尺度和文体规限,一个具有特殊身份的小人物似可引起适当的关注。其名袁骏(1612—?),字重其,江南长洲人,一位没有任何功名的平民文士,却人脉颇著,俨然"声气领袖"[①],与当时文坛的许多重要人物相交甚密;至今未见有任何独立之诗文书画作品流传于世,却因编辑了《霜哺篇》——一部数千名文人学士共同参与的大型主题式创作,创造了一份具有特殊文学史、文化史价值和意义的文本载体,名因之扬于当世,事足以令后人探寻。袁骏究为何许人?他又为什么孜孜不倦半个世纪用心于有关序跋题咏书画的征求?《霜哺篇》形态怎样?其征集和创作过程中包含了怎样的文化密码?凡此,无疑是值得探讨的。

一、《霜哺篇》文本生成的初步分析

《霜哺篇》(或谓《霜哺编》)实际上是由明末清初时期苏州的普通文士袁骏设计和征集的诗文、书画作品集成。袁骏三岁丧父,母亲吴氏"抱遗腹之子,抚三岁之孤,手口卒瘏以长成之,又教之读书识字,通于士大夫之交"[②];少年时,其佣书以养母,又"悯其母之苦节不获闻于当宁,遍乞

---

① (清)曹煜:《与张司训如三》,《绣虎轩尺牍》一集卷二;《与常熟学训张邃子》,同书卷三,康熙刻本。
② (清)胡介:《霜哺篇序》,《旅堂诗文集》之《文集》,康熙刻本。

海内贤士大夫之言以表异之"①,《霜哺篇》由是而生成②。《霜哺篇》之征求持续五十余年,汇集了六千多人的创作,含纳的文体形式也非常丰富。早在顺治六年（1649）冬,归庄已有如是之印象:"诗文不下千首,传、序、跋、赋、颂、乐府、歌行、古、律诗、绝句诸体悉备。"③ 不仅如此,从残存的三卷《霜哺篇》纸轴书影以及散落于当时文士个人别集、总集中的部分作品看,《霜哺篇》不仅仅是一部专题性诗文总汇,还包括了属于艺术范围的绘画和题字。当时著名画家王翚、王鉴④、恽寿平⑤、吴历⑥、曹有光⑦等都曾应袁骏之请,创作过表彰其母节烈的《霜哺图》。王翚康熙四年（1665）春以袁母八十寿辰为主题的《霜哺图卷》,用萧瑟清旷的枯林寒鸟衬托具有冰雪节操的柱杖老妇,用笔苍劲俊爽,乃其早期画作的代表性作品。书法元素也是《霜哺篇》文化影响的有力构成。如方夏所题"一卷冰雪文"、彭行先所题"炜管扬烈"等,或遒劲有力,或朴茂端方,各具神采。现存120余位当时名人文士的题咏题跋手迹和印鉴款识集合成了一部书法篆刻大典,《霜哺篇》能够在2007年春季嘉德拍卖会上以远远高出估价的78.4万元成交,也主要是这种文化价值的当代体现。即,袁骏五十余年征求之诗文题词绘画等,以晚明陈继儒题写《霜哺篇》为起点,渐渐衍生出《霜哺图》绘画、题字和题咏等,并包含了《侍母弄孙图》题咏、《负母看花图》题咏和杂题（如寿诞、送行等）三个系列,以丰富多样的文体样态和内容构成了一个自足的整体。这表明,围绕着表扬母节、彰显子孝主题,袁骏有过精心的设计,并进行了多向度的拓展。

《霜哺篇》的征集从袁骏少年时代即已开始。何絜诗云"总角担蹯走天下,遍征文字寿慈亲"⑧,并非虚辞。黄珊在康熙八年（1669）曾明确指出:

---

① （清）钱谦益:《霜哺篇墨迹卷序》,《牧斋有学集》卷十六,上海:上海古籍出版社,1996年,第754页。
② 杜桂萍:《袁重其和〈霜哺篇〉略考》,《文献》2008年第3期。
③ （清）归庄:《袁重其字序》,《归庄集》卷三,上海:上海古籍出版社,1984年,第219页。
④ （清）王鉴《王廉州霜哺图卷》:"丁巳秋为重其先生补图。"见陆心源辑:《穰梨馆过眼录》卷三十七,光绪刻本。
⑤ 沈塘临恽寿平《霜哺图》记原图有"癸亥春为重其年兄写"之题,并云:"原卷名人诗跋十余家,惜不及录,仅画宋商丘一题耳。"见搜艺搜网:http://pm.findart.com.cn。
⑥ （清）陆时化《吴越所见书画录》卷六云吴历"为孝子袁重其作水墨《霜哺图卷》,后题咏百人,惜图与题落二人之手"。乾隆刻本。
⑦ （清）陆心源辑《穰梨馆过眼录》卷三十三著录有《曹有光霜哺图卷》。
⑧ （清）何絜:《袁孝子歌》,《晴江阁集》卷三,康熙刻增修本。

"袁子年十四而为母乞言，今垂四十年矣，犹故也。"[1] 其最初之缘起，当来自明末陈继儒（1558—1639）的知遇："骏十四，佣书四方，陈征君继儒见而器之，又知孺人苦节，作诗以纪孺人，名曰《霜哺篇》。而管典籍席之、董尚书其昌、钱尚书谦益、陈尚书必谦、瞿留守式耜、吴学士伟业及诸缙绅魁宿士，无不与骏纳交者，《霜哺篇》之诗歌叙记几遍天下。"[2] 也就是说，晚明山人陈继儒首题"霜哺"之名，时间似在袁骏14岁即天启五年（1625）之际。此后，袁骏又借此张目，主要以当世名人为对象，就相同题目进行了有针对性的征求，逐渐形成了《霜哺篇》今日之形态。从已知作品的时间标示看，晚明陈仁锡《赠袁重其》当是现存最早之作；该四言诗写于袁骏"弱冠形癯"[3]之时，约在崇祯四年（1631）。此际他不过20岁，有目的的征集活动正在逐渐展开。随着索获篇什的日益增多，"分装成卷"的工作也开始有计划地进行："重其袁子乞得《霜哺篇》累累，辄有社友金孝章先为装成一卷。余以此襃辑，每卷前各有孝章小引。"[4] 王晫后来总结其"岁葺一卷装褫之，积五十余轴"[5]，即是有关这一行为的判断。浩繁卷帙的装裱之资亦来自各方人士的资助，如顺治十二年（1655），年方25岁的丘象随过访吴门，对"袁氏节孝尤诵服不去口，为装兹卷。既归，复寄刻资"[6]。为便于流播，"授梓无力"的袁骏还早早开始了"总目"的编辑，"计必有展卷留连，冀遍阅卷中诗文而不惜为任剞劂资者"[7]。只是，尽管题写时慷慨激昂、誉美之辞宏富，友人金俊明、衲米等亦尽事于力，为目录之刊行游说呼吁，丘象随一样的仗义豪举之士毕竟如凤毛麟角。另一种可能性推断是，因"总目"始终处于屡收屡编的过程之中，尽管可能出于随身携带展示的便利，袁骏试图尽早刊刻，但并未真正落实；而以"刻资"名义收到的捐款更多时成了他侍母养家的经济来源之一，"授梓"之说最终流于一种口实。

---

[1] （清）黄瑚：《霜哺篇序》，陆心源辑：《穰梨馆过眼录》卷三十七，光绪刻本。
[2] （清）魏禧：《袁君泰徵同配吴节母合葬志铭》，《魏叔子文集》外篇卷十八，北京：中华书局，2003年，第890页。"管典籍席之"后，原为逗号。
[3] （明）陈仁锡：《赠袁重其》，陈田辑：《明诗纪事》，上海：上海古籍出版社，1993年，第344页。
[4] （清）衲米：《霜哺篇总目序》，陆心源辑：《穰梨馆过眼录》卷三十三，光绪刻本。
[5] （清）王晫：《今世说》卷一《德行》，《笔记小说大观》第17册，扬州：广陵古籍刊行社，1984年，第250页。
[6] （清）金俊明：《霜哺卷第二十七·序》，陆心源辑：《穰梨馆过眼录》卷三十三，光绪刻本。
[7] （清）衲米：《霜哺篇总目序》，陆心源辑：《穰梨馆过眼录》卷三十三，光绪刻本。

最初的征求主要是针对名人的，只有他们才具有话语权，达成表彰母节子孝的效力。随着时间的推移，许多普通文人也加入到题写活动中。陈瑚曾言"重其陈乞诗文至六千人有奇"①，可见题咏队伍之庞大。从现存《霜哺篇》残卷的序跋题赠名录及可以知见姓名的第二十七卷、第三十八卷题咏分析，在大量保存着此类创作的清人诗文集传世刊本之外，应有更大量的、以数千计的名不见经传者参与了创作。他们或属地域性知名者，或为初出茅庐的非名人；主要集中于江浙地区，苏南一带人最多，或寄居、途经此地者。因尚被阻隔于仕途之外，他们往往不甘于碌碌无为与默默无闻，更热衷于在某一文学载体中留下自己的生命痕迹。故地域的独特性及目的的一致性，应是他们与袁骏交往的基本前提，而其所禀之"孝"的人格表征则是媒质和黏合剂。如果说袁骏请他们题写是出于表彰慈母、张扬自我的内在诉求，这些人之于袁骏而言，应该还有来自于包含确证自我在内的留名心理。如陆韬表示："重其表兄……迄今弱冠，贫如北阮，庸书供母，人争贤之。群致长歌，光生签轴。余览而自伤，鲜民不辞下里，觍然续貂。"②借助《霜哺篇》的题写，许多名不见经传者因之留名，所谓"求旧不期来有道，征诗深愧到无名"③，袁骏则因之构建了一个江南地区各层次人士的交往网络。

《霜哺篇》的征求活动几乎伴随了袁骏一生，且因其声气渐盛而日益频繁。不仅衍生了《负母看花图》《侍母弄孙图》等系列，有关袁骏的送别诗、祝寿之作也贯注着相类的主题。尤其是，在袁母七十、八十寿辰时形成了两个高峰。顺治十年（1653）左右，也就是袁母七十岁前后，征集活动进入第一个高峰："名流千里至，佳咏一时新。"④以能够知见内容的第二十七卷而言，多是为其母七十寿诞而作，"序赞图咏，凡四十有六人"⑤；散见于时人诗文集中的作品还有很多。康熙二年（1663）前后，伴随着袁母八十寿诞的来临，征集活动形成又一高峰。此际，依旧"征歌与捧觥，无一非佳士"⑥，吴伟业、宋琬、王士禄、彭孙遹、程康庄等皆有同一主题

---

① （清）陈瑚：《霜哺篇序》，《确庵文稿》卷十二，康熙毛氏汲古阁本。
② （清）陆韬：《霜哺篇·题诗》，陆心源辑：《穰梨馆过眼录》卷三十七，光绪刻本。
③ （清）张鸿磐：《穰梨馆过眼录》卷三十七，光绪刻本。
④ （清）吴炎：《霜哺篇·题诗》，陆心源辑：《穰梨馆过眼录》卷三十七，光绪刻本。
⑤ 详见瞿中溶《霜哺篇》图卷跋，见陆心源辑：《穰梨馆过眼录》卷三十三，光绪刻本。
⑥ （清）魏宪：《赠袁重其太母八十》，《枕江堂集》卷二，康熙十二年（1673）刻本。

之诗词完成,书画文创作亦不胜枚举,真可谓名作迭出,形式缤纷。约在康熙五年(1666),吴绮如此总括自己的观阅感受:"名流作传,用劝其家;巨老称诗,以风斯世。积之五十余载,无非雨夜霜晨;遂有百亿万言,不减龙文麟篆。"①随着各种征求名目的巧翻妙设,《霜哺篇》吸附人数之多、篇目增加速度之快,竟达到令人匪夷所思的地步。故黄瑚揣测:"袁子殆将终身焉。"②实际上,袁骏果然将这一行为延续到了生命的最后,即便母亲康熙十年(1671)去世,也没有停止:"其母已云亡,问之泪横祭。请读《霜哺篇》,装轴到五十。"③康熙十一年(1672),尤侗作有《题袁重其负母看花图》,此时袁骏61岁;康熙十四年(1675),孙治《题吴门袁重其负母看花图二首》④完成,此时袁骏64岁;康熙十七年(1678),孙枝蔚《题袁重其午日负母看花图》⑤问世,此时袁骏67岁;康熙二十二年(1683),恽寿平挥毫画成《霜哺图》,此时袁骏72岁……这也是目前推断他大致卒年的唯一直接证据。

至于征求的方式及特点,似可归纳为如下几字。首先是"乞"。在时人的言语中,反复提及袁骏征求作品时的"乞",即向对方索、讨、要、求。黄瑚云:"袁母少寡而节,袁子乞四方人士之诗文以传之……"⑥王晫说:"骏日走四方,乞当世贤士大夫诗文以颂母……"⑦不仅有一乞,还有再乞,如黄永题序曰:"袁子索《霜哺篇》屡矣,鹿鹿未有以应。偶拈二十八字塞责而已。"⑧吴克孝诗题《客冬见杨冰翁老年台寿袁节母诗,曾步韵附寄矣,兹重其词兄复走笔见索,因再进二章并为政之》⑨,婉拒不果,只能勉为其难。尤其令人震撼的是他的乞文方式:"遇天下之名公巨人,必俯首长跽,乞文章诗歌,以表扬其母……彷徨奔走,风雨不辍"⑩,"叩首乞言,不远千

---

① (清)吴绮:《袁重其母太君霜哺篇序》,《林蕙堂全集》卷三,影印《文渊阁四库全书》(第1314册),台北:台湾商务印书馆,2008年,第260页。
② (清)黄瑚:《霜哺篇序》,陆心源辑:《穰梨馆过眼录》卷三十七,光绪刻本。
③ (清)刘谦吉:《吴门题袁重其霜哺篇》,《讱庵诗钞》卷一,康熙刻本。
④ (清)孙治:《孙宇台集》卷四十,康熙二十三年(1684)刻本。
⑤ (清)孙枝蔚:《溉堂集》续集卷六,康熙刻本。
⑥ (清)黄瑚:《霜哺篇序》,陆心源辑:《穰梨馆过眼录》卷三十七,光绪刻本。
⑦ (清)王晫:《今世说》卷一《德行》,《笔记小说大观》第17册,扬州:广陵古籍刊行社,1984年,第250页。
⑧ (清)黄永:《霜哺篇》题跋,陆心源辑:《穰梨馆过眼录》卷三十三,光绪刻本。
⑨ 见陆心源辑:《穰梨馆过眼录》卷三十三,光绪刻本。
⑩ (清)宋曹:《袁节母传》,见现存《霜哺篇》所收手迹书影。

里，以故得赠言如此之多也"①。所谓的"俯首长跽……彷徨奔走""叩首乞言，不远千里"，揭示其行为有别于一般的文人征和活动，其中包含了对"孝"的持久强调，及身份地位之低微而不得不如此的酸辛无奈。然随着袁骏名声在外，乞求的对象与内涵均发生了变化。很有一些名人乐于借助《霜哺篇》表达自我，积聚人气；更有一些非名人乐于参与其中，品味一种准名人的自我弘扬，题写者的诗题即可昭示这一点，如蒋演生《重其道兄枉顾草堂，示我〈霜哺篇〉并诸君子寿言，不胜古人之慕。于其归也，漫成小律送之，兼为节母太夫人祝》②，等等。

其次是"诚"。此乃"乞"的态度，颇助于增强被乞者自我认知的满足感与居高临下的优越感。令时人惊奇的是，袁骏以一介布衣的低微身份，始终能保有冰雪不易的意志和持之以恒的信念："恨贫贱不能早致旌典，而求表章于当世之文人学士，辛勤匍匐，不遗余力。"③在诸如此类的话语中，袁骏之毅力、追求，以及投入的热情和付出的艰辛溢于言表，极易获得认可。如陆世廉："重其偕薛子伟楚过予，出是编相质。语次泣数下，予怪问所以。薛子曰：重其以不获表章其母，恒恻恻有余恨。"④何絜："骏尝戚戚自伤贫贱，力不能请一旌是憾，匍匐求之四方，人如此之众，为诗与文如此之多。"⑤显然，奉人以匍匐之诚、自伤贫贱之泪水是非常有效的，许多文人因之而给予理解钦敬，交叹其"孝"。如钱谦益《识字行，题吴门袁节母册子》："母能识'节'字，儿能识'孝'字。人生识字只两个，何用三仓四部盈箱笥。"⑥施闰章《袁重其负母看花图》："负米辛勤泪满襟，娱亲孺慕老尤深。只今五月花开日，犹见三春寸草心。"⑦这种持久一贯的核心评价其实从另一维度昭示了袁骏精于世态的取胜法宝。

再次是"久"："古无有人子终其身惟日乞名言传其亲者，有之，自

---

① （清）归庄：《袁重其字序》，《归庄集》卷三，上海：上海古籍出版社，1984年，第219页。
② 见陆心源辑：《穰梨馆过眼录》卷三十七，光绪刻本。
③ （清）归庄：《袁重其字序》，《归庄集》卷三，上海：上海古籍出版社，1984年，第219页。
④ （清）陆世廉：《霜哺编序》，陆心源辑：《穰梨馆过眼录》卷三十三，光绪刻本。
⑤ （清）何絜：《霜哺篇目序》，《晴江阁集》卷十八，康熙刻增修本。
⑥ （清）钱谦益：《牧斋初学集》卷十，上海：上海古籍出版社，1996年，第354页。
⑦ （清）施闰章：《学余堂集》诗集卷四十九，《施愚山集》（第三册），合肥：黄山书社，1993年，第510页。

姑苏袁孝子骏始。"① 自少年时期开始征求，逐渐卷帙浩繁，编刻成册，其漫漫过程昭昭可寻。如顺治六年（1649），归庄《袁重其字序》引述袁骏之语："如此卷者，已得二十有二"；顺治十三年（1656），金孝章为汇编成辑的第二十七卷作序；康熙八年（1669），黄瑚《霜哺篇序》指出"凡得三十八卷"；康熙十年，张英《霜哺歌为袁重其赋》中提及"箧中赠言四十卷"……其最终长度约为五十卷："《霜哺篇》五十轴，盖笔胜识亦胜也"②"至今六十年……其母已云亡……装轴至五十，文献尽在兹"③，时间跨度则长达六十年。以至于有人在接受过程中体验了人世沧桑、生命脆弱的幻灭感伤："卷中姓名升坠萍梗，年来麟图马鬣，白社碧燐，已不胜人天幻住之感。"④ 而袁骏之所以获赠能有如此丰硕，用时人的话就是："能致多如是，恒之至也。"⑤ "恒"首先来自于表彰母亲之"志"，终极目的则指向"谋不朽"："骏念母苦节育二孤，四十年中走四方乞言，岁类成一卷，谋不朽。"⑥ 及至后来，题写本身形成了一个以"名"为轴心的内在节点，其超常磁力吸引了大量文人的目光，盛名之下，众贤毕集："士大夫之称袁生者日益多，为袁生赋'霜哺'者亦日益盛。"⑦ 袁骏本人与《霜哺篇》形成互文，建构为一个自为系统的文化载体。

最后是"走"。袁骏身居吴地，但他不吝于四处奔走，所谓"叩首乞言，不远千里，以故得赠言如此之多也"⑧。这种具有游走性质的征求行为包含着很强的对象性，即面见名人以及尽可能多的可能成为名人的人，也彰显着袁骏十分清醒的传播意识。他不辞辛苦，往往随身携带着众多手卷，有机会即展示旧题以求新咏。如归庄云其"访予于虞山，出卷轴请赠言……所示卷序一首，诗三十余首"⑨，赵开雍诗题曰："癸巳初夏，客游西泠，晤重其社兄。因出其尊堂老孺人《霜哺图》，诸名公吟咏盈轴，并乞

---

① （清）何潔：《霜哺篇目录序》，《晴江阁集》卷十八，康熙刻增修本。
② （清）金堡：《书袁重其轶事后》，《遍行堂续集》文卷四，乾隆五年（1740）刻本.
③ （清）刘谦吉：《吴门题袁重其霜哺篇》，《讱庵诗钞》卷一，康熙刻本。
④ （清）衲米：《霜哺篇总目序》，陆心源辑：《穰梨馆过眼录》卷三十三，光绪刻本。
⑤ （清）黄瑚：《霜哺篇序》，陆心源辑：《穰梨馆过眼录》卷三十七，光绪刻本。
⑥ （清）何潔：《霜哺篇目录序》，《晴江阁集》卷十八，康熙刻增修本。
⑦ （清）胡介：《霜哺篇序》，《旅堂诗文集》之文集，康熙刻本。
⑧ （清）归庄：《袁重其字序》，《归庄集》卷三，上海：上海古籍出版社，1984年，第219页。
⑨ 同上。

不佞数言,不揣鄙俚,敬赋小诗一章,以续诸君子之后。"[1] 检视众多题咏可见,袁骏到过很多地方:南京、镇江、扬州、嘉兴、杭州……且不说路途之艰辛,仅打探信息、谋取见面、诉说因果等,即当耗尽心力,中多曲折。当然也有借助邮筒者,陈瑚感叹"有国共牵庾信恨"之际,唯有袁骏"年年双鲤乞诗忙"[2],尽管可见春秋笔法,却证实相当一部分题词是通过邮寄方式获得的。后来刘谦吉《吴门题袁重其霜哺篇》诗云:"海内走珠玑,赠答如不克。至今六十年,缥缃纷南北。"在强调时间漫长的同时,也肯定空间之广袤。可见立足于苏州地区,袁骏有意促成征求行为的全国性,并在一定程度上达到了目的。

应当说,《霜哺篇》文本之生成及传世状貌的特殊性,都是非常罕见的。袁骏积六十年之功征集而成的这一鸿篇巨制,是中国文学史、文化史上的一个"另类"(嘉德拍卖公司2007年春拍会的拍品介绍,亦以"怪罕"归纳其特点)。而同样可以视为"另类"的,还有其设计、征集者袁骏,这位在《吴郡名贤图传赞》中留下画像的孝子,以和善、穷窘、睿智的目光正视着前方,很容易让人对他的高调征集活动和低调历史属性浮想联翩。他究竟是怎样的一种人,在清初的文化生态中发挥着什么样的作用,同样值得探究。

二、"名士牙行"与袁骏身份探微

根据钱谦益、归庄等的介绍,袁骏少小孤苦,主要生活方式是"佣书以养母"[3]。所谓佣书,指受雇为人抄书,亦泛指为人司笔札之役。晚明陈仁锡诗云:"孝哉袁子,弱冠形癯。室既如罄,瓮亦无储。以砚作田,以管作锄。朝种暮割,一米一珠。背负手炊,时慰倚闾。岁宴相过,雪满吾庐。岂惜呵冻,喜为尔书。"[4] 可见,尽管"以砚作田,以管作锄",青少年时期的袁氏一家依然"室既如罄,瓮亦无储",生活相当艰苦。长期地佣书于

---

[1] 见陆心源辑《穰梨馆过眼录》卷三十三,光绪刻本。
[2] (清)陈瑚:《重阳后一日含绿堂吟社初集袁重其索赋》,《确庵文稿》卷三,康熙刻本。
[3] (清)钱谦益:《吴门袁母吴氏旌节颂十章并序》,《牧斋有学集》卷二十五,上海:上海古籍出版社,1996年,第989页。
[4] (明)陈仁锡:《赠袁重其》,陈田辑:《明诗纪事》辛签卷十八,上海:上海古籍出版社,1993年,第3244页。

大户之家的人生经历,一定会使袁骏耳闻目睹甚至亲身经历了种种名人与名人、准名人、非名人之间的文学、文化乃至经济交往,启迪其对于人生道路的思考与选择。因此,一旦获得"孝子扬亲志,贤达多歌吟"[①]的社会效果,对于一个有志于显亲扬名的孝子而言,绝不会仅仅满足于一种缺乏保障的赡养方式,谋求一个或多个更好的治生途径当是题中应有之义。可惜历史遗存的有关信息还无法清晰地落实这一判断。如果没有王士禛一段颇见微词的记载,后人或许只能局限于佣书养母之于他孝顺行善艰难行为的伦理评价,最多联想到有意识的征求活动得自于一种职业的便利,而忽略征集活动本身所负载的社会学信息以及身份转换带来的特殊意义。

王士禛这段颇见居高临下之意的微词,不仅揭示了袁骏成年后赖以谋生的真正方式,且激活了许多与之相关的文本叙述:

> 《老学庵笔记》,嘉兴闻人滋自云作门客牙、充书籍行。近日新安孙布衣默,字无言,居广陵,贫而好客,四方名士至者,必徒步访之。尝告予欲渡江往海盐,询以有底急,则云欲访彭十羡门,索其新词,与予洎邹程村作,合刻为三家耳。陈其年维崧赠以诗曰:"秦七黄九自佳耳[②],此事何与卿饥寒。"指此也。人戏目之为"名士牙行"。吴门袁骏字重其,亦有此名,康熙乙巳曾渡江访予于广陵。[③]

文中所及之孙默(1613—1678),字无言,号桴庵,江南休宁籍。其流寓扬州二十多年,主要以抄写和编辑的方式充当着所谓"名士牙行"的角色,并以此谋生。牙行,或曰牙人,旧时为买卖双方说合交易而从中收取佣金者;而"名士牙行",当包含着热衷于名士与名士、名士与非名士之间的交接联络,并从中获取利益的内涵。重温陆游《老学庵笔记》,或可对"名士牙行"的基本特征有所理解:

> 嘉兴人闻人茂德,名滋,老儒也。喜留客食,然不过蔬豆而已。

---

① (清)曾王孙:《题袁重其霜哺篇》,《清风堂文集》卷一,康熙四十五年(1706)刻本。
② 诗见陈维崧《送孙无言由吴阊之海盐访彭十骏孙(时无言刻程村、骏孙、阮亭三家词,特过海盐索骏孙小令)》,此句为"韦庄牛峤好词句"。
③ (清)王士禛:《居易录》卷六,《王士禛全集》(第五册),济南:齐鲁书社,2007年,第3488页。

郡人求馆客者，多就谋之。又多蓄书，喜借人。自言作门客牙，充书籍行，开豆腐羹店。①

依此，所谓的"名士牙行"似可撷出以下几点：穷窘而豪爽、乐与人交往、消息灵通、好为人谋等。时人笔下的孙默即具有这些特征，他"贫而好客"②、"谈笑封侯，纵横游说，贱彼仪秦舌"③，优游于文人圈中，充当沟通联络、出谋划策一类的角色，其在江南地区的显赫声名似乎也由此而得。康熙二年（1663），孙枝蔚有如此评价："最忆吾宗野鹤姿，逢迎处处足相知。只今名士牙行少，能似嘉兴儒者谁。"并特意说明此语出自孙默好友王士禄（士禛兄）："王西樵考功尝戏谓无言有嘉兴老儒之风。"④ 可见，扬州推官王士禛的结论也不过是周边亲朋话语的一种总结。

与孙默同时被王士禛认定为"名士牙行"的袁骏，彼时一定已经名声在外，否则不会仅一面之雅就会得到如此深刻的印象。仔细搜检，在清初文人别集中，确实留存了不少关于袁骏穿针引线的记载。如：

顺治十年（1653）之后，朱鹤龄为吴江张奕于假我堂雅集文士撰文："乃命袁重其招邀同好，会燕斯堂。"（《假我堂文燕记》）钱谦益同时为之题诗，序云"拈韵征诗者袁骏重其"。（《冬夜假我堂文宴诗》）⑤
顺治十七（1660）年正月杨廷鉴应苏州诸公邀，舟次吴门，袁骏延请杨廷鉴、薛寀、葛芝等著名遗民为王翚（石谷）画册题诗。
——《王石谷年谱》

钱谦益为施有一新诗作序："方吾家酒熟时，吴门袁重其持施有一新诗来请序。传杯读之，清词丽句，盎溢牙齿间……。重其当趣举斯言，以告于读有一之诗者。"
——《小山堂诗引》

---

① （宋）陆游：《老学庵笔记》卷一，北京：中华书局，1979年，第7页。
② （清）王士禛：《居易录》卷六，《王士禛全集》（第五册），济南：齐鲁书社，2007年，第3488页。
③ （清）李符：《酹江月·送孙无言归黄山，用曹学士韵》，《全清词》（第十三册），北京：中华书局，2003年，第7513页。
④ （清）孙枝蔚：《春日怀友》之十四"家无言默"，《溉堂集》前集卷九，康熙刻本。
⑤ 两文分别见《愚庵小集》和《有学集》。其时，钱云"甲午"即顺治十一年（1654），朱云"丁酉"即顺治十四年（1657），详情待考。

钱谦益为昆山徐开任诗集作序："新秋病足，适袁子重其来自鹿城，得徐子季重诗。"

——《徐季重诗稿叙》

钱谦益为无锡高世泰作文："吴门袁生重其来告我曰：锡山高太君李氏，仪法茂着，精修净土，无疾考终。其子学宪汇旃，哀恸毁瘠，念无以报母恩，长跪柩前，诵《妙法莲华经》，两膝着地，声泪迸咽……余既叙高子之孝感，并为袁生告焉。"

——《锡山高氏白华孝感颂并序》

吴伟业康熙三年为山西程康庄文集写序："昆仑之于文，含咀菁华，讲求体要，雅自命为作者，其从吾郡袁重其邮书于余也。"

——《程昆仑文集序》

吴伟业为邹式金《杂剧三集》作序："木石邹年兄梁溪老学宿……旁通音律。近选《杂剧三集》成，嘱袁子重其索余言。"

——《杂剧三集序》

朱用纯（号柏庐）云戴笠康熙十年首次来访，"朽石程子、重其袁子为之导"；"明年癸丑，程子、袁子又以先生六十告予"，请之写序。

——《戴耘野先生六十寿序》

陈瑚为无锡张夏（高世泰弟子）撰序："春，予卧疴湖上，重其袁君手一编，不远百里，轻舸襆被款予扉，而属序焉。"

——《张秋绍官辞序》

董以宁云："苏州袁处士骏，以吴江顾有孝、赵澐等百二十四人之征启，来为沈烈女请铭。"

——《吴江沈烈女墓志铭》

以上诸条，撰文者多为清初苏州或临郡的著名文人，求文者多为声名不显的下层文士，牵线搭桥者则都涉及了"袁重其"即袁骏，可见其"名姓满天涯"[①]之不虚。尤其是，这些看似不经意的记载，透视出文人交往过程中经常被忽略的一个环节：有一些特殊的人充当着中介的角色，发挥了诸如今天所谓文化经纪人的作用，并最终达成了交往双方的某种名利性诉求；其为名人所认可，亦为非名人所需求，即王士禛所谓"名士牙行"之属。

---

① （清）魏耕：《送袁骏还长洲》，《雪翁诗集》卷七，民国二十三年（1934）刻本。

作为一种具有潜隐性的准职业,"名士牙行"生成于名士与非名士的一些特殊需要,并在某种交往关系中完成。如何判定"名士牙行"的交换行为和商业属性?从一些书牍往来中,或可捕捉到相关信息。如曹煜《绣虎轩尺牍》保存有给袁骏的十一通尺牍,记录了他们在康熙十三年到二十年之间(1674—1681)的交往。其中涉及的主要内容有两个方面,一是曹煜请袁氏赴宴,有四次之多,另有三封信谈及馈赠其舟资、脯肉、西瓜等;二是袁骏邀曹煜参与和诗,并为其抄写、传递或代买册页等。可以看出,其所担负的主要是中间人的职责,并因之得到收益。如就"和种菜诗""和管节妇诗"之题征诗,因袁骏的牵线搭桥,曹煜成为这一群体性唱和中的一员,亦为唱和活动发起者完成了任务。再如为曹煜诗歌进入曾灿所编《过日集》提供绍介,有《过日集》凡例可资证明:"搜辑之功,则顾茂伦、徐松之、程杓石、袁重其也。"钱肃润编辑《文澂初编》收有曹煜之文,袁骏还同时担负了互通消息、传递赞助银钱等使命。康熙二十年(1681)曹煜专门就此致信钱肃润:"弟三春踯躅,举室萧骚,重老或知之。所订未能全纳,以半烦重老手致,幸勿嗤贫鬼邀客,却搬不出也。"① 而他回馈于袁骏的,则不仅有物质上的赠予、请饭,还有银钱,信函中"芹仪勿鄙"之类谦辞即可为证。尤侗《长歌赠吴孟举》诗中提及吴之振对袁骏的照应:"汝南高士亦可怜袁重其,坐守妻儿愁墨突。一朝东游载米还,喜发笥书自雕刻。"② 实际上也昭示了他作为"名士牙行"的谋生过程乃至细节。

明末以来,征诗唱和、编选当代诗文选集成为时尚,某种意义上,这是文人确证自我的一种方式。作为全国著名的经济文化和出版中心,清初的苏州、扬州等地人文荟萃,名流云集,各种诗文总集和别集的编纂、刊刻和传播异常频繁。从谢正光《清初人选清初诗汇考》提供的有关文献推断,其中的许多编选者,或多或少都会与"名士牙行"发生一些关系,如顾有孝辑《骊珠集》凡例云:"余息影菰芦,交游实寡,而广为搜集名集者,金子耿庵、张子虞山、彭子骏孙、钱子磴日、计子甫草、袁子重其、喻子非指、家修远兄也。功不可泯,因亦附识。"③ 甚至其本身就具有"名士牙行"的一些特征,如邓汉仪、钱肃润、张潮、王晫等;但那些本身不名一文的贫士也徜徉其中,往往令人难以理解。如果引入"名士牙行"这

---

① (清)曹煜:《复钱磴日》,《绣虎轩尺牍》二集卷二,康熙刻本。
② (清)尤侗:《看云草堂集》卷七,《西堂诗集》,康熙刻本。
③ 谢正光:《清初人选清初诗汇考》,南京:南京大学出版社,1998年,第110页。

一视角，即会豁然开朗：征集、编选等不仅可以达成"名"的愿景，还可以博得"利"的收益，进而混迹于"名人高士"群体中，或者成为其中一员，这是他们一而再、再而三地从事诗歌总集编选的真正动因。袁骏、孙默无疑是其中的典型个案。孙默不厌其烦地征求名家词集，甚至"舟车裹粮糗，不惮冒犯霜露，跋涉山川以求之"①，除了冀望与名人高士接近、交接，核心利益之一当是来自于生存考虑的经济需求。袁骏也是如此。其曾经编诗、征诗，归庄《吴门唱和诗序》云："今春，四方名彦，偶集吴门，吾友毛君子晋、顾君茂伦、袁君重其迭邀诗侣，旬月中再会，人拈一韵，得近体若干首。重其出以相示，且索序。"②曹煜的书牍以及金堡《袁重其索为钮南六赠，云南六欲刻予吴门诗》、钱谦益《归自吴门，重其复来征诗，小至日止宿寒舍，剧谭论文，喜而有赠》等诗题也透露了类似的信息。

作为"名士牙行"，因其以特殊的中介方式周旋于名人与非名人之间，同时投合他们之于名利的潜在欲求，总是受到特殊的礼遇，其实是一种变相的"打秋风"。对于非名人或者许多下层文人而言，往往以自己的作品被收入当代总集而自荣，如曹煜致出版家钱肃润书信云："接手示，知尊选已竣，海内文章尽属品题，千秋事业，于斯焕烁，真快事也。俚篇又蒙续刻其二，谢谢。"③即便那些已经成为当代翘楚的名人，也不会嫌弃此类机会过多。因为入选篇目的多少和出现频率的多寡，均具有文坛地位高下的象征意义，亦关联着生存际遇之荣辱、顺逆。故袁骏一类人始终受到欢迎，甚至对其怀有鄙薄之意的王士禛，仍不吝赠诗："袁生袁生，生不愿作万户侯，结交四海皆英流。子为名士母贤母，此事足以光千秋。"④表达对其行止和品行的由衷赞美。而对孙默，或者因其与胞兄王士禄友情深厚的原因，这位讥其为"名士牙行"的文坛领袖竟然留下一段感慨万端的话语："无言遂已长夜，海内风雅大寂寞矣。读此掩卷久之，兼复痛我西樵也。"⑤一个名士牙行类的小人物，被冠以影响"海内风雅"之巨大作用，这从一个特

---

① （清）邓汉仪：《十五家词·序》，影印《文渊阁四库全书》（第1494册），台北：台湾商务印书馆，2008年，第5页。
② （清）归庄：《归庄集》卷三，上海：上海古籍出版社，1984年，第192页。
③ （清）曹煜：《复钱磲日》，《绣虎轩尺牍》二集卷二，康熙刻本。
④ （清）王士禛：《吴门袁重其过访诗以赠之》，《渔洋诗集》卷十七，《王士禛全集》（第一册），济南：齐鲁书社，2007年，第429页。
⑤ （清）孙枝蔚：《春日怀友》之十四"家无言默"王士禛评语，《溉堂集》前集卷九，康熙刻本。

殊维度反映了"名士牙行"之于清初文化生活的巨大影响。

或许与文化市场的发达与竞争程度相关,相较于南宋的闻人滋,清初的"名士牙行"开始有了比较明确的职业意识。他们对于构筑广泛人脉的重视程度,是前所未有的。尤其是像袁骏这样出身低微的无名小卒,如何跻身文坛成为关联各方的文化"牙人",缺乏独特的载体或工具似乎难成正果。好在他与孙默各自找到了合适自身的题目,"借题发挥""借水行舟"便是其在众多同行中脱颖而出的制胜法宝。这或许也是王士禛将孙、袁二人相提并论的直接原因。当其时,他一定是联想到了二人都曾反复就同一话题四处恳请、且已在一定范围内形成广泛影响的征求行为。的确,在清初许多文人如施闰章、归庄、魏禧、曹尔堪、吴绮、王士禄等的别集中,往往会先后出现题送孙无言归黄山和题赠袁骏母节子孝的文字。魏禧曾明确揭示这一现象:"《霜哺篇》题于松江陈仲醇,踵之者数十年不绝,而孙无言征归黄山诗文亦与相等。凡天下名人文集,无不有是二题者。近代赠送之文,于斯为盛矣。"① 可见,与袁骏征求《霜哺篇》题词一样,孙默征集"归黄山"之题也构成了当时江南文坛上的一道别样风景。如是,怎能不让人浮想联翩,细究此类活动含蕴的世俗意义?

休宁人孙默客居扬州期间,不断以归隐黄山为由,遍请当时文人士大夫题咏,"诗歌之属凡千,文若序凡百数十",结果"十年而未行"②,最终客死异乡。这些数以千百计的作品,制造出清初文学史上的一个重要话题——归黄山,也引发了关于孙默征求行为的个别讨论和广泛怀疑。宋琬诗曰:"四海交游各有赠,倾箱倒箧何其多。作者存亡半寥落,黄山客子仍蹉跎。"③ 对孙默这种有意为之的征集行为多有讥嘲。袁骏"遍乞海内贤士大夫之言"④ 表彰母节,也给时人类似的印象:"箧中赠言四十卷,作歌之人半往古。只今寿母寿且康,白华新句年年补。"⑤ 尤其是,袁母87岁去世后,

---

① (清)魏禧:《霜哺篇跋》,《魏叔子文集》外篇卷十二,北京:中华书局,2003年,第638页。
② (清)金天翮:《孙默传》,《广清碑传集》卷一,苏州:苏州大学出版社,1999年,第68页。
③ (清)宋琬:《送孙无言归黄山歌》,《安雅堂未刻稿》卷二,《宋琬全集》,济南:齐鲁书社,2003年,第359页。
④ (清)钱谦益:《霜哺篇墨迹卷序》,《牧斋有学集》卷十六,上海:上海古籍出版社,1996年,第754页。
⑤ (清)张英:《霜哺歌为袁重其赋》,《文端集》卷六,影印《文渊阁四库全书》(第1319册),台北:台湾商务印书馆,2008年,第346页。

他依旧乐此不疲，至于所乞诗文"煌煌乎盈门塞屋"[①]，时间之长和规模之大，都远远地超过了孙默。凡此，仅仅是为母节张目，似乎难尽其解，而以"借题发挥""借水行舟"的"名士牙行"之举释之，则在在成理。

"名士牙行"袁骏的成功借助了《霜哺篇》的征集，其在清初渐渐跻身于名人高士的行列，成了许多宴会雅集中不可或缺的人物。在许多著名文人的文集中，都可以发现他忙碌的身影，如徐釚《暂归吴门，宋先生招同施愚山大参、丁飞涛仪部、尤展成司李暨萧山毛大可、会稽张南士、平湖郭皋旭、同郡袁重其雅集读书堂分赋》、尤侗《小重阳日射陵、屿雪、重其重集寒斋话旧，和射陵韵》。最典型的是康熙七年（1668）周亮工在南京邀集的一次文人聚会，可谓"词人高士，无不毕集，数十年来未有之胜事也"[②]。袁骏不仅参与其中，还担纲着重要角色，在周亮工弟子黄虞稷的即兴"长歌"中，率先提及的就是他："霜哺袁叟老为客，高筵盛会时经过。自言此会良不易，举觞属笔烦阴何。"[③]尽管作者也涉及了"霜哺"孝行的人格标志，但"老为客"的点示、"时经过"的鞣染、"烦阴何"的强调，均指向一种交往之冗与奔忙之劳，与其"名士牙行"的身份属性暗相契合。

"名士牙行"所担当的基本上是今之文化经纪人的功能与作用。然而，由于整个文化产业的发展还处于起步阶段（至少这是原因之一），不可能使那么多从业人员都生活得非常滋润（即便今日也难以达到），这种生涯给袁骏带来的经济效益，除了足以养家糊口外，似乎并未能从根本上改变什么。其社会地位依旧低微，一旦失去工作能力或曰使用价值，即遽然逸出人们的视野，以致至今未见其去世后的墓志铭文，与他相交甚繁者的文集中亦找不到涉及其疾病、死亡的只言片语。他生前留在人们视野中的形象也总是寒窘的，至少中年时期如此："见君不觉卅年余，两鬓萧骚赋索居"[④]"交游虽广贫何救，尘世真难巧自全"[⑤]，均是明证。所以，尽管袁骏曾扮演了名人交往中

---

① （清）钱谦益：《吴门袁母吴氏旌节颂十章并序》，《牧斋有学集》卷二十五，上海：上海古籍出版社，1996年，第989页。
② （清）周亮工：《读画录》卷四"吴子远"，《周亮工全集》（第五册），南京：凤凰出版社，2008年，第163页。
③ 同上书，第164页。
④ （清）吴伟业：《赠袁重其》，《吴梅村全集》卷六十，上海：上海古籍出版社，1990年，第1189页。
⑤ （清）朱柏庐：《赠袁重其》，张潜之、潘道根：《国朝昆山诗存》卷二，道光二十八年（1848）刻本。

不可或缺的角色,并一度成为活跃于明末清初江南地区的所谓"文人高士";但作为一位没有功名的平民百姓,终究不过是许多人生命中的匆匆过客。如果不是轰轰烈烈的征集行为,历史很难记住他,其"名士牙行"的真实身份也无法真正还原。是《霜哺篇》文本的现实状态触发了审视其存在的机关,并为探究那些历史深处的生动节点提供了一个合适的维度。

三、《霜哺篇》主题及相关思考

《霜哺篇》系列之主题,主要是表彰母节子孝、母慈子善。"霜"乃喻指母节之高尚纯洁,"哺"则是以乌鸦反哺的伦理认知比附子孝,所谓"往见名篇中,常有霜哺刻。母节齿既芬,子孝膂惟力"[①]也。以母亲作为话题,对于那些自小学业多得母教、心怀感恩之心的古代文人而言,很容易被接受;即便对于父母双全、正常成长的大多数人而言,也算是一个堂而皇之的理由。尤其是,"比年以来官京师,窃见士大夫之显其亲者,必博征诗歌以颂述所生之美,彤管之书,岁无虚日……何内德之茂也夫"[②]。在当时,以母德为题展开乞诗求文活动,是繁复的征引唱和中比较时髦的一种,能够获得更广泛的社会认同。而"孝"作为一个具有开阔空间的宽泛性题目,被征求者可以从任何角度切入主题、尽情言说,拓展了《霜哺篇》的内容含量,回避了可能出现的单一主题。

"借题发挥"是普遍存在的话语方式。有抒发个人的身世之感者,如曾王孙:"嗟予少失怙,母氏茹辛苦。侧闻夫人义,感泣沾衣襟。"[③]由袁骏事迹联想到自己未能尽力回报母亲,惭愧不已。有联系明末社会动乱者,如黄淳耀:"嗟予不逢兮,适此乱离;蹙蹙靡骋兮,言归故闾。纵观今古兮,俯仰兴悲;节义皎然兮,厥志罔欺;女子事人兮,德以为仪;一与之齐兮,终身之。"[④]由节及义,号召"凡百君子兮,视此女师",不要吝惜为国捐躯。还有指斥现实者,如钱谦益:"假令袁子居今之世,乘时藉势,变奇成

---

① (清)刘谦吉:《吴门题袁重其霜哺篇》,《讱庵诗钞》卷一,康熙刻本。
② (清)彭孙通:《袁太夫人八十寿序》,《松桂堂全集》卷三十七,影印《文渊阁四库全书》(第1317册),台北:台湾商务印书馆,2008年,第300页。
③ (清)曾王孙:《题袁重其霜哺编》,《清风堂文集》卷一,康熙四十五年(1706)刻本。
④ (明)黄淳耀:《题袁节母吴孺人霜哺篇》,《陶庵全集》卷八,影印《文渊阁四库全书》(第1297册),台北:台湾商务印书馆,2008年,第740页。

偶，黄金横带，青丝络马，拜其母于堂下。其母不为狄梁公之姨，则为姚荣公之姊，引裾奋袂，唾而弃之，于养志乎何居？今袁子布衣蔬食，佣书问字，年齿未衰，俨然如遗民故老……"[1]渗透了关于"乘时藉势"与平民"养志"之间关系的辩证思考，属典型的"钱氏话语"。更有表达遗民情怀者，旗帜鲜明如归庄："臣以忠，子以孝，妇以节，夫人知之。士大夫读书通古今，畏名义，宜其知所处矣！以观甲申、乙酉之际，何其戾也？……若袁君母子，初未尝知书，而能守节致孝如此……吾之所以重袁君之母子者，此也。"[2]轻描淡写如吴绮："有节母之行，则贰心之臣可以惭；闻重其之风，则敦本之人知所重矣。"[3]何絜则从感叹忠臣烈妇湮没无闻的角度立意："独念兵戈纷乱以来，忠臣烈妇沉水蹈火、剖胸断头，气节足与日月争光，而青燐白骨，至同死虺腐鼠朽没，事迹遗落简编，为载纪所不及，以抱恨千古者，曷可胜算！纵有载纪所及，亦未见有人如此之众为诗与文，如此之多交相推高其节也。"[4]各人身世际遇不同，感情之深浅、强弱亦有所差别，出发点则皆与针砭现实相关。只是此类话语不仅出自遗民之口，在所谓贰臣和新贵的笔下也能自然流出，这对于理解清初文人思想情感及心态的复杂性，其实是一个很难得的视角。

最多的当然是借助《霜哺篇》而引发的有关伦理重建的思考。明末王炜说："世道日淳，人心渐荡，不独君臣夫妇兄弟朋友之际不可问，即父子天性不复有其情实焉。"[5]陆世廉也指出："嗟夫，自教之衰也，臣背君，子抗父，妇弃夫，宁知彝秉伦常为何物。而太夫人顾克以九死一生之嫠妇，抚亡慰存，历四十年如一日，鬼神为之饮泣矣。"[6]由明入清，经历过天崩地坼、舆图换稿，随之而来的即是伦理观念的重塑，诸如君臣夫妇兄弟朋友等伦际关系的内涵变异以及多向度的衍化，迫使许多文人慎思相关问题。"袁子志在娱亲"[7]首先激发的是以坚贞与孝顺为内核的伦理美，这正好应

---

[1] （清）钱谦益：《霜哺篇墨迹卷序》，《牧斋有学集》卷十六，上海：上海古籍出版社，1996年，第754页。
[2] （清）归庄：《袁重其字序》，《归庄集》卷三，上海：上海古籍出版社，1984年，第220页。
[3] （清）吴绮：《袁重其母太君霜哺篇序》，《林蕙堂全集》卷三，影印《文渊阁四库全书》（第1314册），台北：台湾商务印书馆，2008年，第260页。
[4] （清）何絜：《霜哺篇目录序》，《晴江阁集》卷十八，康熙刻增修本。
[5] （清）王炜：《跋袁重其负母看花图》，《鸿逸堂稿》卷四，清初刻本。
[6] （清）陆世廉：《霜哺编序》，陆心源辑：《穰梨馆过眼录》卷三十三，光绪刻本。
[7] （清）王炜：《跋袁重其负母看花图》，《鸿逸堂稿》卷四，清初刻本。

和了冀图政局稳定的普泛社会诉求,故推崇、赞美以及钦敬袁氏母子的节孝行为的典范意义,乃众多题写之作反复吟诵之主题,所谓"苦贞与孺慕,信为人伦式"[①]是也。对于那些深得母恩而不能回报者是一种反思和激励,所以沈瞻日感慨:"羡君扬亲志,余独负亲慈。"[②]对于倾心于仕途而忽略孝道者是一种警醒,故刘谦吉有如是总结:"不朽在纲常,圭组亦何必。"[③]这其中,融入了深深的祝福:"堂上堂下俱期颐,霜哺岁月长如许。吁嗟乎,节孝之人天所祐!"[④]也注入了殷殷的想象:"重其每获一字,辄跪进于堂前,或取数篇,为拜赓于尊畔。而节母怡然进酒,莞尔加餐,啜一菽以如饴,斥三牲而弗御。"[⑤]故何絜说:"世传此《霜哺篇》,为人妇者当闻而感,为人子者不尤当闻而与感哉!"[⑥]陆世廉则表示:"读《霜哺编》而不欷歔流涕,激发于患难死生之际者,非情也。"[⑦]以伦理之内在标志"情"来激发人们在世道不佳、人心涣散之际对于基本伦理规范的关切。也就是说,在歌咏、感叹袁氏母子之节孝的同时,人们赋予的是个人情志的抒写、现实情怀的感叹,并且融入了关于历史、人生的种种思考。

一个有意味的现象是,从最初的表彰母节发其端,随着时间的延续,表彰孝子的题旨日益凸显为《霜哺篇》系列的主旋律,尤其是《侍母弄孙图》《负母看花图》以《霜哺篇》续作形式问世后。如吴伟业《题袁重其侍母弄孙图》:"吴中佳士,独有袁丝耳。营笔墨,供甘旨。但期慈母笑,敢告吾劳矣。愿只愿,年年进酒春风里。"[⑧]孙枝蔚《题袁重其午日负母看花图》之一:"此士读何书,孝经常在口。将肩代板舆,潘岳曾知否?"[⑨]以"侍母弄孙""负母看花"为切入点阐释"孝",内容变得更丰富、具体、日常化,而由题目彰显出来的主角的悄然置换,也引导了题写主题的倾向性转移,对于本已获得广泛认可的"孝子"之名,是一种更为有力的强化。

---

① (清)刘谦吉:《讱庵诗钞》卷一,康熙刻本。
② (清)沈瞻日:《霜哺篇》题诗,陆心源辑:《穰梨馆过眼录》卷三十七,光绪刻本。
③ (清)刘谦吉:《讱庵诗钞》卷一,康熙刻本。
④ (清)张英:《霜哺歌为袁重其赋》,《文端集》卷六,影印《文渊阁四库全书》(第1319册),台北:台湾商务印书馆,2008年,第346页。
⑤ (清)吴绮:《袁重其母太君霜哺篇序》,《林蕙堂全集》卷三,影印《文渊阁四库全书》(第1314册),台北:台湾商务印书馆,2008年,第260页。
⑥ (清)何絜:《霜哺篇目序》,《晴江阁集》卷十八,康熙刻增修本。
⑦ (清)陆世廉:《霜哺编序》,陆心源辑:《穰梨馆过眼录》卷三十三,光绪刻本。
⑧ (清)吴伟业:《吴梅村全集》卷二十一,上海:上海古籍出版社,1990年,第558页。
⑨ (清)孙枝蔚:《溉堂集》续集卷六,康熙刻本。

袁骏在入清以后日益声名远扬,与借助于文人书画、题咏所促成的这种具有标志性人格表征的伦理效应关系密切。魏禧说:"今天下能文士,莫不有述袁节母《霜哺篇》者,自先代耆旧山泽之遗民,为诗文已千余篇,而骏字重其乃以孝特闻。"① 钱谦益也曾指出:"袁子之所以旌其母者,亦袁子之所以自旌者也。"② 表述的都是这一现实。

那么,袁骏以怎样的方式完成了这种"自旌"呢?窃以为,"名士牙行"的身份发挥了特殊的甚至根本性的作用。《霜哺篇》的征求开始于一种朴素的个人愿望,意志力则应是其走向成功的关键所在。所谓意志力,作为心理学的一个概念,是指一个人自觉地确定目的,并根据目的来支配、调节自己的行动克服各种困难,从而实现目的的品质。如果没有这种坚忍不拔的品质,很难想象袁骏如何以渺小的一人之力完成了如此耗费心血与时日的庞大计划。历史遮蔽了蕴含于过程之中的挫折、自卑乃至精神与肉体上的艰辛。彼时,尽管征诗唱和之举乃时代风尚之所在,但并非人人可为,尤其是一介寒士或无名布衣,以本不新奇的节孝题材四处干谒,反复征题,多半会招致白眼,饱吃闭门羹。因此,明代大名士陈继儒可能不止开启了这个过程,更重要的是启发了袁骏的思路,让他发现了名人的价值和作用。钱谦益曾深怀体恤地分析:"乌头双阙,旌在一时,不若彤管之词,区明风烈,可以垂穷尘而蔽天壤也。"③ 实际上是这一思路的另一种表述,对与之交往颇多的袁骏当影响深远。名人的"彤管之词"不仅具有收藏价值,还有官府旌表所不能取代的特殊功能和意义。因此,最初的征集一定是与交接名人的强烈诉求同时完成的。魏禧《袁君泰征同配吴节母合葬志铭》提及的一些声名赫赫的文人如"管典籍席之、董尚书其昌、钱尚书谦益、陈尚书必谦、瞿留守式耜、吴学士伟业及诸缙绅魁宿士,无不与骏纳交"④,不仅是早期的题写者,应该也是推毂者。这有名人之子瞿玄锡之题诗后记为证:"忆昔卯辰之岁,重其兄从先太保游,……先太保钦其孝行,为题《霜哺篇》,倡诸四方同志。今牙签玉轴,充栋盈箱,先太保

---

① (清)魏禧:《霜哺篇跋》,《魏叔子文集外篇》卷十二,北京:中华书局,2003年,第638页。
② (清)钱谦益:《霜哺篇墨迹卷序》,《牧斋有学集》卷十六,上海:上海古籍出版社,1996年,第754—755页。
③ 同上书,第754页。
④ (清)魏禧:《袁君泰征同配吴节母合葬志铭》,《魏叔子文集》外篇卷十八,北京:中华书局,2003年,第890页。

数行墨沈堪与星汉争光,则重其兄与寒门交谊非泛然者,因书俚句而并记之。"①"先太保"即是瞿式耜(玄锡为其长子),其题赠霜哺之作未见流传,但"倡诸四方同志"而促成《霜哺篇》"牙签玉轴,充栋盈箱"之功绩,却昭示了一个事实,即名人效应在征求过程中的巨大引导、启迪和推动作用。

袁骏回报名人的,则是发挥"名士牙行"之功能,为他们奔走联络,通报声气,精心设计,获取润笔和名声之双重利益。此际,不仅必要的知识、较好的文化修养极为重要,言语利捷、行动迅速、头脑灵活、善解人意等也不能或缺,否则怎会博得名人之赏识、非名人之借重?为袁骏写过《吴门袁母吴氏旌节颂十章并序》《霜哺篇墨迹卷序》《识字行题吴门袁节母册子》等扛鼎之作的钱谦益在其他文字中透露了这样的信息。《徐季重诗稿叙》云:"新秋病足,适袁子重其来自鹿城,得徐子季重诗。伏枕听之,忽然而睡,涣然而兴⋯⋯"②所谓"伏枕听之",当是袁骏为其诵读徐季重诗作,试想,要有怎样的信任基础和机变之敏才能当此重任?另一篇《小山堂诗引》中,钱氏将施有一诗歌比作等待倾折的"烛夜之花"郑重推荐,并说"重其当趣举斯言,以告于读有一之诗者"③。能自觉地为一位文坛耆宿之呈才扬识担当使者,多么乖巧灵便,善解人意!只有名人的题咏才能打开局面,让接踵而来的一切顺理成章,袁骏深谙个中机理。

当代名人的不断推介和袁骏的持久努力,首先促成了《霜哺篇》由"非名"到"名"的身份置换。这种置换让载体本身具有了工具性和接受价值,袁骏"卧雪斋"居处"盈门塞屋"的书画题跋、四处出行时随身携带的墨卷画轴,都具有特意强化《霜哺篇》的交际属性和广告功能的意义;人们阅读霜哺题辞,不再仅仅为袁氏母子的节孝行为而感动,"穷日之力未能卒读"④的累累题词更令他们震惊:"略批数十家,最爱先民什。云间两先生,写画皆精极。东林诸名公,议论相羽翼。辟如入五都,比屋炫文炽;辟如宗庙中,礼器森天楹。其后复社兴,各有董狐直。⋯⋯蒙叟与梅村,年来亦绝笔⋯⋯读罢望白云,为之长太息!"⑤在如数家珍的感喟

---

① (清)瞿玄锡:《题霜哺篇书呈重其词兄教正》,陆心源辑:《穰梨馆过眼录》卷三十三,光绪刻本。
② (清)钱谦益:《牧斋有学集》卷十八,上海:上海古籍出版社,1996年,第796页。
③ (清)钱谦益:《牧斋有学集》卷二十,上海:上海古籍出版社,1996年,第855页。
④ (清)胡介:《霜哺篇序》,《旅堂诗文集》之《文集》,康熙刻本。
⑤ (清)刘谦吉:《吴门题袁重其霜哺篇》,《讱庵诗钞》卷一,康熙刻本。

中,融入了哲人其萎、物是人非的历史之思。可见,炫耀交游之广,表彰个人节操,又能为文人附庸风雅张目,使《霜哺篇》成了袁骏及一些士人叱咤名利场的超级利器;如是,"士大夫争为袁生赋霜哺以相夸重"①,能进入《霜哺篇》创作群体变成了一种荣誉、身份的象征,题写之作纷至沓来,以一种滚雪球效应积聚为鸿篇巨制。这也是为什么事过多年,"士大夫之称袁生者日益多,为袁生赋霜哺者亦日益盛"②的重要原因,"袁生"与"霜哺""赋"与"被赋"互为因果,又各得其所。

作为"名士牙行",前提是交接广泛,人脉发达。孙无言"四方名士至者,必徒步访之"③,袁骏同样"常系马以延宾"④,"结交四海皆英流"⑤。这为《霜哺篇》的征集带来了便利。许多时候,征诗乞文活动是与"名士牙行"生涯同步进行的。在曹煜写于康熙十三年(1674)的尺牍中,有这样的内容:"承谕和'种菜诗'。……早起偶步二绝,驰书求政。倘可入谱,即祈代书,为恳。何时返郡?弟尚有舟资,鄙悃图之未得,临行幸一示知。"⑥此际的"舟资"之赠必然包含了受邀和诗和"代书"的回报。康熙二十年(1681)又致书袁骏:"率吟小诗,为先生寿,苦不能书,先生使善书者代我,何如?芹仪勿鄙是荷!弟往郡,又多一番盘用。钱礎老纸价,请以其半,烦先生手致之。三五良宵,或再报命耳。不既。"⑦"为先生寿"所指为袁氏七十大寿,"芹仪"或为贺寿之礼,亦当有馈谢之意:托其代转印刷费用给无锡出版家钱肃润,并有辞费之嘱,岂能无"芹仪"为报?所谓"为先生寿"之诗作,则可印证袁骏"牙行"业务之于《霜哺篇》系列之纠结关系。

经过苦心经营,袁母之节远近闻名,当时沈祖孝《吴门八怀咏》已将袁骏孝母作为苏州值得咏叹的八事之一⑧,徐崧亦列"袁重其养母处"即所

---

① (清)胡介:《霜哺篇序》,《旅堂诗文集》之《文集》,康熙刻本。
② 同上。
③ (清)王士禛:《居易录》卷六,《王士禛全集》(第五册),济南:齐鲁书社,2007年,第3488页。
④ (清)吴绮:《袁重其母太君霜哺篇序》,《林蕙堂全集》卷三,影印《文渊阁四库全书》(第1314册),台北:台湾商务印书馆,2008年,第260页。
⑤ (清)王士禛:《吴门袁重其过访诗以赠之》,《渔洋诗集》卷十七,《王士禛全集》(第一册),济南:齐鲁书社,2007年,第429页。
⑥ (清)曹煜:《与袁重其》,《绣虎轩尺牍》一集卷二,康熙刻本。
⑦ 同上。
⑧ (清)沈祖孝:《吴门八怀咏》之八《袁重其将母》,王尔纲:《名家诗永初集》卷三,康熙二十七年(1688)刻本。

谓"卧雪斋"为苏州府之宅第名胜①。袁骏之孝已人人皆知:"凡士大夫过吴门者,无不知有袁孝子也。"②借助于"孝子"身份和《霜哺篇》的征集,袁骏日益声名鹊起,逐渐跻身于名人行列。此际,征求已变成"名士牙行"行为的自觉构成,树欲静而风不止,他自己也无法控制类似行为的惯性运动,乃至袁母过世后,依然生命不息,征求不止。据魏禧介绍,康熙十一年(1672)袁骏曾去常州面见其兄弟,"求所以传其母者,亡异平日。吾伯子为之叙,而禧方病未有以应也。再来吴门,则伯子文已装潢成轴,遂不辞而跋其后"③。所谓"亡异平日",实含讥讽之意,表明征求与弘扬母节之关系已相当疏离,不过一口实而已;"已装潢成轴",则揭示其以尊重题写者之虚掩饰便于展示求利之实的用心,名利驱动所致之惯性,竟能产生如此利捷之效率!

对袁骏致力于《霜哺篇》世界的建构,时人多以善意表达了理解和钦佩:"身不满六尺,力不能挽弱弓,文不能应制举,独托命三寸管,取菽水奉母与弟,又能从士大夫乞文章诗歌,以志显扬。"④然当征求活动愈演愈烈,"吴氏""节母"日趋近于符号意义时,不少人渐生疑窦,争议性意见也随之而起。黄瑚说:"言之移人,不以多也,袁子乌用是耶?"⑤姜宸英也提出质疑:"夫古者一言为富,子乃若是,侈乎?"⑥于其行为颇多不解。袁骏为什么如此在意征求之富?仅仅是出于以一种特殊的方式旌表母亲之节吗?尽管他本人不断给予解释:"不然,吾母苦节,至今老矣,予惧其无闻,故所为博求夫当世之言者,使人触目而得之,则庶有传焉。此骏之志也。且使其言皆忠孝、皆节义,则虽其辞之不文,均足以为世劝,虽多奚患焉?"⑦仍不免疑惑迭出,让人产生"自旌"的印象,如:"孝子名何著,多传霜哺诗。"⑧又如:"夫旌数十年事也,何足以传母,有可传者,数人为

---

① (清)徐崧、张大纯:《百城烟水》卷三,康熙二十九年(1690)刻本。按:并录范允临、陈仁锡、魏浣初、吴伟业四人诗。
② 同治《苏州府志》卷八十八,光绪九年(1884)刻本。
③ (清)魏禧:《霜哺篇跋》,《魏叔子文集》外篇卷十二,北京:中华书局,2003年,第638—639页。
④ (清)胡介:《霜哺篇序》,《旅堂诗文集》之《文集》,康熙刻本。
⑤ (清)黄瑚:《霜哺篇序》,陆心源辑:《穰梨馆过眼录》卷三十七,光绪刻本。
⑥ (清)姜宸英:《霜哺篇序》,《真意堂佚稿》,《清代诗人别集丛刊·姜宸英集》下,北京:人民文学出版社,2018年,第714页。
⑦ 同上。
⑧ (清)赵士冕:《咏袁母太夫人苦节诗》,陆心源辑:《穰梨馆过眼录》卷三十七,光绪刻本。

诗数十章、为文数篇,已足传母于无穷矣,乃人如此之众,为诗与文如此之多,交相推高其节,则其传之无穷也,何疑焉!"①针对一些人所谓"事亲无孝名,孝之至也。重其陈乞诗文,至六千人有奇,不几于近名"的质疑,陈瑚曾为之申辩:"重其非为名者也,为扬亲之名因而成其孝子之名者也。凡为女子,皆为人妇,太君年未三十而即称未亡人,苦节五十载,可以劝天下之为人妇者矣。凡为人子,皆有父母,重其奔走四方,遇公卿士大夫,必求其一言,以永其母之名于不朽,可以劝天下之为人子者矣。虽曰近名,庸何伤!"并感叹:"王道缺,儒术衰,内行不修,风俗颓敝,其所由来者渐矣。当此之时,而有匹夫匹妇以节孝行于一家,岂非近世之吉祥善事哉?岂非仁人君子所亟欲称道而歌咏之者哉!"②认为袁骏之举无伤大雅,且有助于风教之振兴。事实上,无论就当时的舆论还是今天所估判的实际,这种过于长久广泛的征集行为都不仅仅来自"名"的诉求;还有与"名"息息相关之"利"的驱动,此乃名士牙行身份属性之必然,也是一个下层文士在寻找上位过程中刻意寻找并依凭的特殊手段。对此,魏禧一段颇具讽意的话或能接近问题的核心:"贪者之言多于财,淫者之言多于色,心所好在是,则言无往而不在。"③《霜哺篇》非属淫者之言,袁骏不是好色之徒,其热衷的实际在乎"财"与"名"!如是,方有"念兹在兹"的意志力,以及今人能够感受到、看到的"怪罕"之作《霜哺篇》系列。故金俊明评魏禧此文曰:"文最遒婉,中数语尤刺骨!"

结　语

　　康熙中期,宜兴瞿源洙为乡前辈任源祥诗文集作序时云:"古未有穷而在下者操文柄也……独至昭代,而文章之命主之布衣。"④"穷而在下者操文柄""文章之命主之布衣",其实是清初文坛的崭新动向,又是一个有待深入探研的文学生态课题。邓汉仪历时近二十年编纂《诗观》初、二、三集共四十一卷,选评1817人(《全唐诗》作者1895人)的近15000首诗;张

---

① (清)何絜:《霜哺篇目录序》,《晴江阁集》卷十八,康熙刻增修本。
② (清)陈瑚:《霜哺篇序》,《确庵文稿》卷十二,康熙刻本。
③ (清)魏禧:《霜哺篇跋》,《魏叔子文集》外篇卷十二,北京:中华书局,2003年,第638页。
④ (清)任源祥:《鹤鸣堂诗文集》卷首,光绪十五年(1889)刻本。

潮编选《虞初新志》和《昭代丛书》，并以友人往来书信《尺牍偶存》《友声集》宣示天下；王晫编写《今世说》，不惮其烦地记述友朋及自己的清言雅行，并与张潮合编《檀几丛书》，均以专收时人之作为尚，借以联络天下，广告四方，呼朋引类，把握选政，深刻影响了一代文学风尚与文化生态。《霜哺篇》所揭示的，则是一位穷窭的布衣之士如何借助一个绝佳题目跻身于当代名流、操持文柄的生动历程。袁骏秉有的独特文化身份，以及他在当时文学交往、编选、传播过程中发挥的作用，为探析清初时期以苏州为代表的江南经济文化发达地区的文学生态提供了一个内涵丰富的个案；从中不仅能够了解到大量出自名人之手的诗文集序跋产生的过程，也足以感受到活跃于这些地区的为种种文学乃至文化活动牵线搭桥的近似专职的"名士牙行"的存在。他们顺应了因经济发达而导致的"附庸风雅"的文化需求，在文坛领袖、文化名人或准名人与"愿意购买而且有能力购买"其文化产品的"平民百姓、缙绅富豪以及地方官吏"[1]之间穿梭奔忙、穿针引线，促成了很多实用文体（诗文序跋、贺寿诗文、碑传墓志等）创作的热闹与繁荣。换句话说，在类似钱谦益、吴伟业、王士禛、周亮工等清初文坛领袖一呼百应的表象之后，尚活跃着一批如工蚁或工蜂般劳碌奔忙的袁重其、孙无言等，彼此互为表里，各司其职，共同架构起一代文学兴盛之巨厦。袁骏及其《霜哺篇》之于清初文学生态研究的意义，或许主要在此。

（载《文学评论》2010 年第 5 期）

---

[1] 陈平原：《文人的生计与幽韵——陈继儒的为人与为文》，《从文人之文到学者之文——明清散文研究》，北京：生活·读书·新知三联书店，2004 年，第 34 页。

"名士牙行"与孙默归黄山诗文之征集

在考察清初词史演进时，明末清初时人孙默（1613—1678）及其编辑的清代最早的一部当代词总集《国朝名家诗余》[①]不可回避。孙默开阔的词学视野及其密集的词学活动、广泛的词学互动，成就了他在广陵词学中心形成过程中的特殊地位；其作为特定角色所发挥的无与伦比、不可取代的作用，得到了当代学者的逐步认可[②]。在编纂《国朝名家诗余》过程中，特立独行的休宁人孙默，以"一穷老布衣，而名闻天下"[③]，并非仅仅因为他对词选编纂的热衷，当然也不是因为其词作之佳，还缘于他"海内诗文积盈篋，无人不送归山辞"[④]的行为以及潜隐其中的"名士牙行"的身份特征。即，他常年以归返家乡黄山为理由征集诗词文之作，"所与游者，皆为文辞送其归"[⑤]，涉及人与事众多，构成了当时扬州文坛的一道独特的风景，并促进了《国朝名家诗余》的搜集和编纂。本文即立足于对这一文坛盛事的文献梳理和史实考察，力求还原一个真实完整的孙默，并借之探求当时文学生态一些易被后人忽略的细节及其对有关文学史进程、文体兴衰的影响。

[①] 黄贤忠、郭远霜《〈国朝名家诗余〉版本及成书考辨》认为，《国朝名家诗余》中的词集来自孙默的搜集和整理，但其可能并未打算使用这个书名，《国朝名家诗余》的名字来自张潮的诒清堂。详见该文，《四川师范大学学报》2012年第4期。
[②] 如张宏生《总集纂集与群体风貌——论孙默及其〈国朝名家诗余〉》（《中山大学学报》2006年第1期）以及李丹《顺康之际广陵词坛研究》（上海：上海古籍出版社，2008年）等论文及著作。
[③] （清）王士禛:《祭孙无言文》，《渔洋文集》卷十一，《王士禛全集》（第三册），济南：齐鲁书社，2007年，第1697页。
[④] （清）雷士俊:《送孙无言归黄山》，《艾陵诗文钞》之《诗钞》卷上，康熙莘乐草堂刻本。
[⑤] （清）施闰章:《送孙无言归黄山序》，《学余堂集》文集卷八，《施愚山集》（第一册），合肥：黄山书社，1993年，第159页。

一、孙默其人其事考述

孙默，字无言，号桴庵，江南休宁籍，流寓扬州。其先世居黄山下草市，父秉仲，生五子，无言为长①。妻吴氏，早卒："不幸母早世，父独居三十余年，人以为义。"②孙默六十七岁去世，逆推三十余年，吴氏去世的时间当在孙默三十多岁许，正是清初时期，他应该也是在这个时期开始定居扬州的。子二，长曰自省，早卒，大概即是王士禛所谓"无言有子依其族人贾汴之朱仙镇，一昔死"③者，次子名自益，字友三，亦为商，来往于扬州与汝宁一带，孙默去世后请汪懋麟作墓志铭者是也。

孙默曾一度经商，地点应为中州。姜宸英云："孙子自中州还，即谋隐于其里之黄山。至见于咏歌与友人唱和者，不一而足，然至今倚徙未遂也。"④似乎是以扬州为落脚点经商，这与其弟弟和儿子后来亦往来于汝宁、朱仙镇和扬州的经营路线是一致的。孙枝蔚作于顺治十八年（1661）的《南乡子·赋送无言令子鲁三之汝宁》中有："隋苑柳青青，身着班衣，劝酹醽。负米归来曾几日。消停。依旧骑驴向汝宁。"⑤揭示的就是这一点。大概在明末，孙默已来到扬州："自吾辞黄山来此，其时幸饶于赀，颇能供宾客车马。自丧乱以来，倾散殆尽，而家累日益以众。"⑥顺治元年（1644），文德翼"客商山门人吴去非家，枕溪而卧几十旬"，此际，孙默"时来访余。林皋之吟，文字之饮，聊以永日，亦顿忘时事之维何"⑦，当是因为动乱暂时回到了家乡。他后来又到扬州的原因，应该是出于"家累日益以众"的生计考虑，与他不耐寂寞、好文重交的个性当然也关系密切。王士禄康熙四年（1665）诗有"俶离廿载芜城居，云海苍茫作逋客"⑧，上推二十年，当在顺

---

① （清）汪懋麟：《孙处士墓志铭》，《百尺梧桐阁集》卷一十五，上海：上海古籍出版社，1979年。
② 同上。
③ （清）王士禛：《祭孙无言文》，《渔洋文集》卷十一，《王士禛全集》（第三册），济南：齐鲁书社，2007年，第1697页。
④ （清）姜宸英：《赠孙无言归黄山序》，《真意堂佚稿》，《清代诗人别集丛刊·姜宸英集》下，北京：人民文学出版社，2018年，第709页。
⑤ （清）孙枝蔚：《溉堂集》前集卷五，康熙刻本。
⑥ （清）董以宁：《送孙无言归黄山序》，《正谊堂诗文集》之《文集》，康熙刻本。
⑦ （清）文德翼：《送孙无言归隐黄山序》，《求是堂文集》卷七，明末刻本。
⑧ （清）王士禄：《送孙无言归黄山歌，兼示杜茶邨》，《十笏草堂上浮集》卷一，清初刻增修本。

治二年（1645）许，应该就是孙默动乱后再返扬州的时间。

同样在康熙四年初夏，王嗣槐于西湖之滨初遇孙默，表示"余知其人二十年，未之见也"，又有"桴庵出黄山几二十年""居广陵且十余年"云云①，也透露出孙默离开黄山的时间为顺治二年许，定居扬州的时间则稍晚，但亦已过去了十几年。孙枝蔚云："辛丑岁，无言游于广陵且十有余年矣，然后即归黄山老焉。"②辛丑是顺治十八年（1661），严迪昌先生据此判断"孙默始游广陵当在顺治八年之前，也即他还不到四十岁时"③，大致是合理的，但这只可能是孙默正式定居扬州的时间，并非"始游广陵"的时间。孙枝蔚作于顺治十四年（1657）的《送家无言归黄山》诗中，又有"十年清泪堕悲笳，异俗相亲即一家"④一句，表明他们相识已经十年，而孙枝蔚定居扬州的时间恰恰是顺治三年⑤，再次说明至少顺治三年（1646）时孙默已经住在扬州。计东曾透露了孙默某年的话语："予交游中，远者无暇论，即予流寓广陵，十七年矣。"⑥根据文中"顾与治（逝于顺治十七年）、王于一（逝于康熙元年）、胡彦远、侯研德（逝于康熙三年）、梁公狄（逝于康熙四年）兄弟"均已去世的记载，计东与孙默的对话应在康熙四年或之后，倒推十七年则是顺治五年（1648）或晚些时日，即其正式定居扬州的时间至迟应在顺治五年到八年之间。王追骐《送孙无言归黄山》云："有客邘州十六载，阖门著书行不改。"⑦经考，此诗作于康熙五年（1666）秋，时王追骐暂住扬州天宁寺，与陈维崧、孙枝蔚等唱和往还，赠予孙默的诗歌应作于同期。据此，其定居扬州的具体时间可断定为顺治八年（1651），进一步接近了严迪昌先生的说法。

《扬州府志》卷之五十三（嘉庆十五年刊本）说孙默"工于诗"，好友孙枝蔚也有"佳句半传邘水涯"⑧之誉，但颇有交谊的王士禛又意味深长地

---

① （清）王嗣槐：《送孙桴庵归黄山序》，《桂山堂诗文选》之《文选》卷二，康熙刻本。
② （清）孙枝蔚：《送无言归黄山序》，《溉堂集》之《文集》卷一，康熙刻本。
③ 严迪昌：《清词史》，南京：江苏古籍出版社，1990年，第73页。
④ （清）孙枝蔚：《溉堂集》之《前集》卷七，康熙刻本。
⑤ （清）汪懋麟：《徵君孙豹人先生行状》："……先生幼颖异过人，生十二岁，随奉议公客扬州。"见《百尺梧桐阁集》卷八，上海：上海古籍出版社，1979年。
⑥ （清）计东：《送孙无言归黄山序》，《改亭诗文集》之《文集》卷六，乾隆十三年（1748）刻本。
⑦ （清）王追骐：《送孙无言归黄山》，魏宪：《百名家诗选》卷四十六，康熙魏氏枕江堂刻本。
⑧ （清）孙枝蔚：《送家无言归黄山》，《溉堂集》之《前集》卷七，康熙刻本。

指出："不甚为诗，而好朋友之诗"①。流传至今的他的诗歌作品确实不多，卓尔堪《遗民诗》收其诗四首，顾有孝《骊珠集》收其诗一首，《晚晴簃诗汇》卷三十九收其诗二首，另嘉庆《扬州府志》卷十七收有其作品《红桥园亭宴集诗》一首。不过，从当时人诗歌作品中偶尔出现的"次无言韵"一类信息分析，孙默的诗歌创作还是不少的。据记载，他曾编自己作品为《留松阁诗》②，且主要是流寓扬州期间所作："十年诗将藉此以传，故以名。"③可惜至今未见，具体情况不详。王猷定之序云："今而后，有慨于兴亡之故者，读《留松阁诗》，又不徒言甲申之事矣。"④可见多有动乱之境的情感表达。

徐喈凤《瑞龙吟·送孙无言归黄山》有"新翻调，唱旗亭，江南响彻，孙郎佳句"⑤，可见出他的词作应不少，惜亦流传不多，《全清词·顺康卷》亦未有收入。据李丹博士文⑥，国家图书馆藏《国朝名家诗余》本曹尔堪《南溪词》（留松阁刻本）中有孙默词一首《蝶恋花·送顾庵次原韵》：

> 携手湖头春已暮。约过平山，又被秋霖误。满地尘劳凄客露。萧萧一剑天涯去。　野馆浓花前日聚。笑指红桥，画舫依烟树。后夜相思荒草路。声声愁听征鸿度。

另，今存《梅村词》（留松阁刻本）卷首有孙默计划收入《国朝名家诗余》的五十六位词人的名单，其中亦列有自己的名字，可见他有计划刊刻个人作品集，只是未来得及实现而已。

孙默留在时人记忆中的基本印象，今主要借助数以千计的送归黄山之作得以再现。梳理众多篇什，印象深刻者有二。一是生活始终处于困窘中。汪懋麟说："自处士去休宁而来游于扬也，居一椽，从一奴，白衣青鞋，蔬

---

① （清）王士禛：《祭孙无言文》，《渔洋文集》卷十一，《王士禛全集》（第三册），济南：齐鲁书社，2007年，第1697页。
② （宣统）《续纂山阳县志》记载，民国十年（1921）刻本。
③ （清）王猷定：《留松阁诗序》，《四照堂诗文集》之文集卷一，康熙二十二年（1683）刻本。
④ 同上。
⑤ （清）徐喈凤：《荫绿轩词》，《全清词·顺康卷》（第五册），北京：中华书局，2002年，第3108页。
⑥ 李丹：《孙默、程邃词作拾补》，《江海学刊》，2007年第1期。

食而水饮。"①他"居阛阓中，委巷掘门，瓶无储粟"②，至有"朝餐夕炊，设或不继，赁居庑下，设或月钱不得偿"③的情况。康熙五年（1666）时，已经是一方名流的孙默依旧有"屡值守岁时馈米炭灯烛之资"的情况，以致孙枝蔚真心感佩他"世上纷纷媚爵位，嗜好无乃与时左"④的独特追求。也是在这个时期，一时名士的彭孙遹满怀深情地表达对孙默的牵念："三年岭外未归人，每念黄山处士贫。"⑤特别撷取的也是给予他深刻印象的"贫"。孙默的贫穷，颇值得特别说明。与很多徽州人一样，其家族亦以经商擅长，他本人、弟弟以及两个儿子都长期为商，且非一般的小本买卖，似乎不至于让孙默穷窘到令人难堪的地步。陈维崧《苏武慢·送孙郎贾汝宁无言令嗣》词是为孙默次子赴河南汝宁经商而作，其中"天中上郡，汝水雄关，仅可持筹列肆"之句，对其"持筹列肆"的经营声势颇有描绘和渲染。能够达到"持筹列肆"的水平，至少不是普通的商铺，应该足以维持生计，而孙枝蔚在分析他归黄山的原因时也提到时人的说法："无言有弟若子善治生，往来鱼盐之乡，可不必婚嫁毕而后效向平也。"⑥但孙默似乎长期处于入不敷出的状态，这与他笃好交游关系密切，（乾隆）《江都县志》、（嘉庆）《扬州府志》都强调他"交游四方士""广交游"的特征；而在编纂、刊刻《国朝名家诗余》的艰辛过程中，当不仅有"冒犯霜露、跋涉山川"⑦的身体发肤之痛，还有金钱方面的大量付出，尽管其过程中不乏经济实力雄厚者的赞助⑧。

　　孤独窘迫之中，搬家似乎已为寻常之事。方文顺治十三年（1656）为诗云："两岁之间三卜居，一童以外再无余。邻家不省谁来住，夜夜惟闻人

---

① （清）汪懋麟：《孙处士墓志铭》，《百尺梧桐阁集》卷一十五，上海：上海古籍出版社，1979年。
② （清）王士禛：《祭孙无言文》，《渔洋文集》卷十一，《王士禛全集》（第三册），济南：齐鲁书社，2007年，第1697页。
③ （清）董以宁：《送孙无言归黄山序》，《正谊堂诗文集》之《文集》，康熙刻本。
④ （清）孙枝蔚：《寄怀家无言吴尔世》，《溉堂集》续集卷一，康熙刻本。
⑤ （清）彭孙遹：《寄怀孙无言山人》，《松桂堂全集》卷十一，影印《文渊阁四库全书》（第1317册），台北：台湾商务印书馆，2008年，第128页。
⑥ （清）孙枝蔚：《送无言归黄山序》，《溉堂集》之《文集》卷一，康熙刻本。
⑦ （清）邓汉仪：《十五家词·序》，影印《文渊阁四库全书》（第1494册），台北：台湾商务印书馆，2008年，第5页。
⑧ 如陈维崧《念奴娇·重过广陵同王西樵、孙介夫夜话，即宿西樵寓中》词后孙默评语："其年为《乌丝》一集，脍炙旗亭，昆仑别驾已为镂板行世，入予十六家词选中矣。"见《广陵唱和词》，康熙刻本。

读书。"① 孙默搬家的次数无以为计,目前见诸友人诗词者,至少四次。魏禧与孙默康熙元年(1662)初识,至康熙二年"再来广陵,则无言已新易居,其言归黄山如旧"②。大概在康熙五年(1666),依旧致力于征集归黄山诗文的孙默又一次搬迁,以致方文有些不耐烦:"尔数移居不胜贺,我又不善为祝词。"③ 而在此前一年,与王士禄一起游览西湖的孙默还对王嗣槐表示:"吾恐从是再十年犹未得归也。"④ 回家,显然在筹谋之中又在计划之外。他曾给自己的新居取了一个颇为风雅的名字"半瓢居",既以颜回之穷比附身居陋室的平静,又表达了自己对颜回式人格的无比向往,并因此而征集了不少诗词题写。应该是在去世的前一年即康熙十六年(1677),孙默完成了在扬州的最后一次迁居,此番他以"茧窝"命名新居,似乎为暗示自己日益穷窘逼仄的生活状况。也就是在这样一种境遇中,孙默没有任何预感地随死神而去,远在京城的大文豪王士禛闻知此信,不胜哀感,遗憾没能完成为其"茧窝"赋诗的任务:"索予诗未有以报也。"⑤ 至于他得的是一种什么病,暂无从了解。

孙默留给时人的另一印象是"重交好文"⑥。有关这一方面的评价出自不同文人之口,意义指向有时竟大相径庭。有真诚肯定其行为者,如施闰章说其"贫无所嗜,独喜交能言之士"⑦。孙枝蔚则赞赏他:"世上纷纷媚爵位,嗜好无乃与时左。"⑧ 有话语中透射机锋者,如杜濬曾警告他:"交道非一端,慎勿执词赋。"⑨ 希望他不要仅仅以诗词取人,含义丰富,意在言外;孙枝蔚

---

① (清)方文:《孙无言广陵移居,王于一孙豹人邀予过访指壁间九韵各赋诗三首赠之》,《嵞山集》卷十二,上海:上海古籍出版社,1979年,第524页。
② (清)魏禧:《送孙无言归黄山叙》,《魏叔子文集》外篇卷十,北京:中华书局,2003年第498页。
③ (清)方文:《题孙无言新居》,《嵞山集》再续集卷二,上海:上海古籍出版社,1979年,第969页。
④ (清)王嗣槐:《送孙桴庵归黄山序》,《桂山堂诗文选》之《文选》卷二,康熙刻本。
⑤ (清)王士禛:《祭孙无言文》,《渔洋文集》卷十一,《王士禛全集》(第三册),济南:齐鲁书社,2007年,第1698页。
⑥ (清)汪懋麟:《孙处士墓志铭》,《百尺梧桐阁集》卷一十五,上海:上海古籍出版社,1979年。
⑦ (清)施闰章:《孙无言六十序》,《学余堂集》文集卷九,《施愚山集》(第一册),合肥:黄山书社,1993年,第174页。
⑧ (清)孙枝蔚:《寄怀家无言吴尔世》,《溉堂集》续集卷一,康熙刻本。
⑨ (清)杜濬:《赠孙无言因送之吴门》,《变雅堂遗集》之《诗集》卷一,光绪二十年(1894)刻本。

《无言病起见过》诗云："耽诗情不减，取友法终宽。"① 也隐含了他交往过泛的认知。最为特殊的是著名文人王士禛，一方面赞赏其"于文章朋友之嗜，不啻饥渴之于饮食"②，又不无讥讽地再三指出其"名士牙行"的身份，甚至在死后的祭文中也没忘记提点此事。而从这个维度理解，杜濬所谓"吾子与众异，奔竞为篇章"③的印象，就不免有利益缠绕的意味，让人浮想联翩。

孙默的笃重交谊从来都是与对于诗词的喜好密不可分的。孙枝蔚康熙十八年（1679）追忆这位"同宗"："流滞江淮鬓始华，寻常来往只诗家。"④ 彭孙遹也赞赏他："贫能结客知交满，老渐工诗好句多。"⑤ 他喜欢结交那些工诗善文之人，甚至发展为人生爱好，演为日常行为的规范。孙枝蔚云："须识平生心性，惟爱诗篇。不求官职，逢人索句，老至依然汲汲。……论世间，谁似吾兄，把诗过日。"⑥ 一句"把诗过日"，足以映衬其人生愿景之所在，体会出何以其家厨房最后也变成了书房："剩有粘诗壁，初为留客厨。"⑦ 其子后来总结孙默一生的两大嗜好，也立足于此："父性朴质，无他好，惟获交天下贤人君子，罗致其诗古文词若嗜欲，以故弃百事为之，风雨寒暑，死生存亡不少易。"⑧ 的确，其"死之日犹启敝笥，理四方友朋书疏，授其子"⑨，真正做到了将"罗致其诗古文词"之事维系一生，认同为一种事业。

其实，这也是孙默坚持刊刻完成《国朝名家诗余》的动力和原因。此集始刻于康熙三年（1664），康熙十七年（1678）其去世时已汇聚了十七家词作，尚在有计划地展开中，如他自己所说："吾方以鸣始也，十五家倡之于前，自此而数十家而百家，兹不其先声也与？"⑩ 汪懋麟也证实，他

---

① （清）孙枝蔚：《溉堂集》前集卷五，康熙刻本。
② （清）王士禛：《祭孙无言文》，《渔洋文集》卷十一，《王士禛全集》（第三册），济南：齐鲁书社，2007年，第1698页。
③ （清）杜濬：《赠孙无言因送之吴门》，《变雅堂遗集》之《诗集》卷一，光绪二十年（1894）刻本。
④ （清）孙枝蔚：《哭无言宗兄》，《溉堂集》后集卷之二，康熙刻本。
⑤ （清）彭孙遹：《寄怀孙无言山人》，《松桂堂全集》卷十一，影印《文渊阁四库全书》（第1317册），台北：台湾商务印书馆，2008年，第128页。
⑥ （清）孙枝蔚：《瑞鹤仙·祝无言兄六十》，《溉堂集》诗余卷二，康熙刻本。
⑦ （清）顾与治：《脍孙无言移居》，《顾与治》卷四，清初刻本。
⑧ （清）汪懋麟：《孙处士墓志铭》，《百尺梧桐阁集》卷一十五，上海：上海古籍出版社，1979年。
⑨ 同上。
⑩ （清）邓汉仪：《十五家词·序》，影印《文渊阁四库全书》（第1494册），台北：台湾商务印书馆，2008年，第5页。

"尝集诸名家词,期足百人为一选,俱未果,其属余序而先版行于世者,止十六家词"①。原"期足百人为一选",已列出的词人名单即有五十六位,可知这本是一个庞大的编选工程,非历年之久不可完成。陈维崧曾如是描写征集过程中之具体情态:"问尔作装有底急,鲫鱼正美堆冰盘。君言一事系怀抱,越中彭十今秦观。红牙小令风格妙,字字可付吴姬弹。我行适越苦为此,千里那顾行蹒跚。孙郎语竟杯已干,陈生送客春将残。"②不顾鲫鱼餐之美味,不计千里行之艰辛,只为"当代秦观"的词作早日面世,实在是关乎孙默词学贡献的上佳表述。邓汉仪《十五家词》序也涉及了孙默求词之苦的生动描述:"黄山孙子无言以穷巷布衣,留心雅事,每有佳制,务极搜罗,如饥渴之于饮食,甚至舟车裹粮糇,不惮冒犯霜露,跋涉山川以求之。故此十六家之词,皆其浮家泛宅、殚力疲思而后得之者。"③可以说,《国朝名家诗余》是孙默一生最为耗费心血的事业之一。他在搜集与刊刻中的角色并非仅仅是"集""校",首先是注入了理念与视野的"选",从已经列出的作者名单来看,几乎囊括了清初江南地区的主要词家。此外还有品评题跋,也需要选聘名家,提升水准。凡此,显示出开阔的词学视野和高水准的鉴赏品格,以致目光严苛的四库馆臣们也不得不承认,此书"虽标榜声气,尚沿明末积习,而一时倚声佳制,实略备于此。存之,可以见国初诸人文采风流之盛"④。

值得注意的是,周边友人一再提及孙默"不扫丞相门,惟登处士堂"⑤,似乎他的眼里并非仅仅有名人,也包含那些非名人,对仕宦中人尤其保持了应有的距离,故杜濬有"无言居广陵,以能诗闻,布衣之士,有工一诗、擅一技者,无言莫不折节下之"⑥的总结。在他征求的送归黄山诗文作品中,确实有很多遗民作家之作,但当朝官人及其他孜孜于仕进的文

---

① (清)汪懋麟:《孙处士墓志铭》,《百尺梧桐阁集》卷一十五,上海:上海古籍出版社,1979年。
② (清)陈维崧:《送孙无言由吴闻之海盐访彭十骏孙》,《湖海楼诗集》卷一,清刊本。
③ (清)邓汉仪:《十五家词·序》,影印《文渊阁四库全书》(第1494册),台北:台湾商务印书馆,2008年,第5页。
④ (清)永瑢等:《十五家词提要》,《四库全书总目提要》卷一百九十九,《词曲类二》,石家庄:河北人民出版社,2000年,第5497页。
⑤ (清)杜濬:《赠孙无言因送之吴门》,《变雅堂遗集》诗集卷一,光绪二十年(1894)刻本。
⑥ (清)魏禧:《送孙无言归黄山叙》,《魏叔子文集》外篇卷十,北京:中华书局,2003年,第498页。

士如王士禛、邹衹谟、尤侗、宋琬等的作品，亦相当醒目。宋琬曾如此表述与孙默的关系："每到广陵，辄蒙缱绻之雅，殷殷勤勤，迥出常情。念此远别，殊不可为怀也。"①与王士禄、王士禛兄弟的交好甚至成为孙默纵横捭阖于以扬州为中心的江南文坛的利器。对于视诗词为生命的孙默而言，或者更愿意借助于诗词作品之高下来评价和选择交往对象，而杜濬、孙枝蔚一类遗民友人则不断发出"取友法终宽"②之类的劝诫之语，彼此形成的张力和背反其实可以窥见清初遗民社会的真实形态及其复杂构成；之于孙默所具有的"名士牙行"身份而言，或者更应从现实需求的特殊维度给予理解。他基本上以这样的形象示人：淡泊名利，并不沽名钓誉，"处士独不事生产，终其身于交友文字中，未尝涉毫发私"③。魏禧致函表示："足下无贵贱贤愚，皆出力左右之，垂二十年不倦，故声誉重于时。而足下非有势力板附，惟好所谓能诗古文者，可不谓贤矣哉！"④好友王于一去世，孙默倾力料理其后事，一时传为佳话。方文诗《赠孙无言》专咏此事：

> 我友王于一，客死于钱塘。其子方总角，伶仃寓维扬。饔飧且不给，焉能治亲丧。赖有贫贱交，念此心彷徨。为文告同志，募金得数囊。送其妻子归，轻舟抵南昌。孤柩免流落，附葬先陇旁。又搜其遗文，以托周侍郎元亮。侍郎为梓之，皎如白日光。吁嗟衰晚士，交情逐炎凉。生时或款密，死后鲜不忘。谁能似无言，高风激穹苍。我昔与王孙于一豸人，唱和八九章。合录一长卷，付君为收藏。今来重展读，雪涕沾衣裳。卷末书此诗，书罢多感伤。⑤

此举得到来自各方的赞赏，周亮工亦如是表示："忍向黄山去，应为好友伤。衰分稚子泪，梦接故人丧。莫叹交游绝，真增吾道光。死生生不愧，此意岂存亡。"⑥对他的任侠仗义之举给予了高度赞许。许楚评价他"风义几欲齐

---

① （清）宋琬：《与孙无言》，《安雅堂未刻稿》卷七，乾隆三十一年（1766）刻本。
② （清）孙枝蔚：《溉堂集》前集卷五，康熙刻本。
③ （清）汪懋麟：《孙处士墓志铭》，《百尺梧桐阁集》卷一十五，上海：上海古籍出版社，1979年。
④ （清）魏禧：《与休宁孙无言书》，《魏叔子文集》外篇卷六，北京：中华书局，2003年，第498页。
⑤ （清）方文：《嵞山集》再续集卷一，上海：上海古籍出版社，第863—864页。
⑥ （清）周亮工：《孙无言于王于一之没，抚其幼子，经纪备至，叹古道之犹存也，感赠》，《赖古堂集》卷六，《周亮工全集》（第一册），南京：凤凰出版社，2008年，第308页。

平原"①，也来自这一类印象。

从有关文献的记载看，孙默与遗民社会的交往十分频繁，可惜目前尚无法洞悉其复杂的内心世界。方文如此评价他："疏狂不识金银气，离乱犹存冰雪姿。"②孙枝蔚祝贺他六十岁生日时有："称觞多上客，是商山四皓，竹溪六逸。"③从不同维度肯定了他的人生趣尚。著名遗民屈大均《与孙无言》云：

> 仆自钱塘奉别，遂与杜苍舒西入秦。非有所欲干也，欲游太华之山耳。华阴有王山史者，素爱仆诗古文，延至其家。因遣子伯佐导上三峰。值三月十有九日，于巨灵掌上痛哭先皇帝。雨雪满天，大风拔木，仆寒栗口噤不能言。忽思足下，不知已归黄山否？在黄山天都遇此日，不知恸哭何如也！有《三月十九日华山哭先皇帝诗》四章，奉寄足下和焉。④

因其中"钱塘奉别"一句，推断此函当写于康熙五年（1666）之夏。证以屈大均文稿等知，身在华山的屈大均值崇祯皇帝祭日而痛哭，想象着可能已归返黄山的孙默"在黄山天都遇此日，不知恸哭何如也"，足可见出彼此思想的经常沟通和故国情怀的互相认同。卓尔堪《遗民诗》收入他的诗歌作品，亦可见出时人对他的基本认知。

孙默一生，留给时人最深刻印象的还有他对故乡黄山的深刻眷恋，以及遍征送归黄山诗文所促成的广泛影响。他希望回到黄山脚下的家乡安居，始终没有实际的归隐行动，反而借助不断地征求送行诗文来重复这一心愿。年复一年的向往，日复一日的征集，孙默依旧坦然留在扬州，过着每日"应接门前车马如水流"⑤的生活，前后相沿几乎二十年。王士禄诗云："白岳更年忆隐沦，萧然且卧广陵春。"⑥宋琬也表示："四海交游各有赠，倾箱倒笈何其多。作者存亡半寥落，黄山客子仍蹉跎。"⑦这招致了时人的误解，

---

① （清）许楚：《题孙无言归黄山诗册》，《青岩集》卷二，康熙五十四年（1715）刻本。
② （清）方文：《送孙无言归新安》，《嵞山集》卷九，《嵞山集》，上海：上海古籍出版社，1979年，第449页。
③ （清）孙枝蔚：《瑞鹤仙祝无言兄六十》，《溉堂集》诗余卷二，康熙刻本。
④ （清）屈大均：《与孙无言》，《翁山文外》，康熙刻本。
⑤ （清）孙枝蔚：《寄怀家无言吴尔世》，《溉堂集》续集卷一，康熙刻本。
⑥ （清）王士禄：《赠孙无言》，魏宪辑：《百名家诗选》卷十七，康熙魏氏枕江堂刻本。
⑦ （清）宋琬：《送孙无言归黄山歌》，《安雅堂未刻稿》卷二，乾隆三十一年（1766）刻本。

带来了友人的困惑，孙默自己或许也一度纠结不已，留下了"乾坤去住浑无定，且向湖滨学钓鱼"①的无奈诗句。他最终客死扬州，多少有些悲怆的意味："虽然归到黄山下，冢墓累累日已斜。"②不过，深入这一行为深隐的支持动因，或许又当为这"悲怆"涂抹一点侥幸的色彩。当然，是文学史的"侥幸"。正是这些蔚为壮观的送归黄山诗文，牵出了文学生态结构中一个不易为人触及的重要元素，即"名士牙行"的生存方式及其所促成的文人交往现实，为今人审视彼时的文体发展、文学作品生成机制及某些题材、某种艺术特征之形成提供了一个独特的审视角度。

二、孙默归黄山诗文之征集

孙默出生于黄山脚下之草市，其"之于黄山，十年以来，饮食梦寐，无时而不在焉"③，最终却带着对家乡的向往和眷恋客死扬州。他去世后，儿子遗憾："父晚年思归隐黄山，不肖孤冀生事粗理，先筑室山中，后奉杖笠归，耕田汲井以老，今已矣。"④友人内疚："黄山去扬州非有千万里之远也，竟谋归未得，亦当世贤人君子之责。而处士卒不言，以穷老死，此余之深悲而重愧焉者也。"⑤他生前孜孜以求的归黄山诗文的征集，一定首先来自强烈的渴望归还家乡的愿望。故园荒芜，父祖祭奠，隐居山野，丹灶白云……都一次次激荡着他返回故园的渴望，可是却二十余年欲归不能归、能行而不成行，这成了友人乃至不相识的时人关于他的最深刻印象。方文云："是客来游淮海间，有诗皆送尔还山。如何不舍邗沟去，转向春江送客还？"⑥方中发说："世人未识先生趣，题诗只促先生去。可怜招隐亦多情，扬州歌吹空如故。"⑦都集中于他归而不归的状态描述，以及有关动因的明知故问。

---

① （清）孙默：《寄怀梁公狄》，卓尔堪编：《遗民诗》下，上海：华东师范大学出版社，2013年，第758页。
② （清）孙枝蔚：《哭无言宗兄》，《溉堂集》后集卷之二，康熙刻本。
③ （清）王嗣槐：《送孙桴庵归黄山序》，《桂山堂诗文选》之《文选》卷二，康熙刻本。
④ （清）汪懋麟：《孙处士墓志铭》，《百尺梧桐阁集》卷一十五，上海：上海古籍出版社，1979年。
⑤ 同上。
⑥ （清）方文：《孙无言广陵移居，王于一孙豹人邀予过访，指壁间九韵，各赋诗三首赠之》，《嵞山集》卷十二，上海：上海古籍出版社，1979年，第525页。
⑦ （清）方中发：《邗江送孙无言归黄山歌》，《白鹿山房诗集》卷三，清刻本。

归黄山诗文的征集,一定是从孙默开始居留扬州就拉开了序幕。姜宸英说他"自中州还,即谋隐于其里之黄山"①,或者不是虚言,但目前所见最早的送归黄山之作是顺治十三年(1656)方文的《送孙无言归新安》②。在持续了二十多年的征集活动中,孙默面对的主要是南来北往于扬州的士人,既有文坛耆宿,也有官场新贵,既有长期客居者,也有偶然路过之人,所谓"烟花几日扬州住,天都山人却相遇"③也。其中包含了未曾谋面者写下的送归之作,如董俞《念奴娇·送孙无言归黄山,和曹顾庵学士韵》之上阕:

> 吾虽未见,想其人孤峭、其诗幽绝。踏遍江南江北路,磊落壮心如铁。高卧芜城,桃花春雨,啼破黄鹂舌。请君试看,道旁多少危辙。④

至于征集的方式,也是多种多样:有上门求索的,有邮筒邀约的,当然还有委托朋友代为请求的。康熙三年(1664)秋天许,孙默托表兄弟吴尔世递送诗与信给江西名士文德翼:"诗与书皆述欲归黄山隐,并持赠归隐序若干,意亦欲余作之。……读序,皆名士伟人,亦未言其即归与否。"⑤文德翼有书信回应此事,并作《送孙无言归隐黄山序》相赠。或许出于某一诉求的需要,他还一而再、再而三地反复征集,至有相关作品题目出现了"再""又"等字样,如许玭《再送孙无言归黄山歌》等。不少作品是因为持之以恒、矢志不移而获得,如董以宁《送孙无言归黄山序》言:"过常州,至请之余者再,余未有以应也。阅数年,余来扬州,先生尚在,又固请焉。"⑥再如宋琬:"黄山词,六年夙诺,今方有以报命,衰迟慵懒,于此可见。足下之归,遥遥未卜,更过六年,诗与文且费数年之载,恐畏公重累,愈归不成矣。笑笑。"⑦六年中,孙默欲归而未归,征集之事从未停止,宋琬也心知肚明他并没有真正归去的打算。最典型的要数何絜《送孙桴庵归黄山序》:

---

① (清)姜宸英:《赠孙无言归黄山序》,《真意堂佚稿》,《清代诗人别集丛刊·姜宸英集》下,北京:人民文学出版社,2018年,第709页。
② (清)方文:《嵞山集》卷九,上海:上海古籍出版社,1979年,第449页。
③ (清)李稻胜:《孙桴庵饯予岱宗之游,且云将返黄山旧庐,辄题酒肆壁间,以为别》,《梅会诗选》一集卷九,乾隆三十二年(1767)刻本。
④ 《全清词·顺康卷》(第十册),北京:中华书局,2002年,第6012页。
⑤ (清)文德翼:《送孙无言归隐黄山序》,《求是堂文集》卷七,明末刻本。
⑥ (清)董以宁:《送孙无言归黄山序》,《正谊堂诗文集》之《文集》,康熙刻本。
⑦ (清)宋琬:《与孙无言》,《安雅堂未刻稿》卷七,乾隆三十一年(1766)刻本。

岁乙巳，关中孙豹人亦家广陵，向何子为乞言……迄丁未岁，江东孙介夫游广陵将归，告别于何子，又为桴庵乞言。……今戊申之夏，董子文友游广陵归，启箧出所赠桴庵言示程子、千一与何子。何子曰：桴庵归哉！桴庵归哉！越二月，何子偕程子游广陵。程子亦黄山人也，家京口二世矣。遇桴庵，话乡井风土，视戚故旧，桴庵乞赠言。①

前后四年四次征求，涉及友人如孙枝蔚、孙介夫、董以宁等皆为一时之才俊，可见孙默的坚持不懈。毫无疑问，孙默正在进行的是一场有计划的大规模的征集活动，目的性异常明确。这从方以智之侄方中发的序文可见端倪："问君诗足是何时，人缺黄冠地西粤。"当他来到孙宅，所获得的印象是："南极滇黔北蓟辽，下穷丘壑高云霄。闺里名媛方外衲，何人不赠双琼瑶。"并且已有"况复题诗客满千，十年变态何纷然"②的印象。他认为，孙默的征集不过是以归黄山为借口，力图创造一部黄山诗史，风景之奇绝，诗卷之无价，固然可以"使我对之开愁颜"，但更令他感慨的却是孙默的真实趣尚无人了解，所谓"岂知先生有深意，世间知己非容易"③是也。

关于所征集作品的具体数量，约在康熙四年或稍后，孙默如是表示："予所积同人赠归诗，凡一千七百余首。"④此际，王士禄有诗云："赠诗满万君当归，不然且向芜城住。"⑤以应和杜濬"送诗孟万首，方许作归人"的诗句，李符也有"交尽海内名流，送诗万首"⑥之言。不过，这多是友人的挽留之语，并非实际数字。不过，康熙九年（1670）汪琬表示："无言乞赠诗几逾六千余首，然归山尚未有期也。"⑦康熙十一年（1672）施闰章为孙默作六十寿序又云："广陵处南北文人往来之交，孙子又酷好而力致之，故

---

① （清）何絜：《晴江阁集》卷十八《序》，康熙刻增修本。
② （清）方中发：《邗江送孙无言归黄山歌》，《白鹿山房诗集》卷三，清刻本。
③ 同上。
④ （清）计东：《送孙无言归黄山序》，《改亭诗文集》之《文集》卷六，乾隆十三年（1748）刻本。
⑤ （清）王士禄：《送孙无言归黄山歌，兼示杜茶邨》，《十笏草堂上浮集》卷一，清初刻增修本。
⑥ （清）李符：《酹江月·送孙无言归黄山，用曹学士韵》，《清名家词》，上海：上海书店，1982年。
⑦ （清）汪琬：《赠孙无言归黄山二首》，《钝翁前后类稿》卷六，《汪琬全集笺校》（二），李圣华笺校，北京：人民文学出版社，2010年，第197页。

所得为多，篇什近万矣。"① 此际似乎已是基于实际情况的描写，可见出征集数量之多，尤其是增长速度之快。孙默去世后，为之作祭文的王士禛说："常欲归隐黄山故庐，索赠诗至数千篇。"② 为之作墓志铭的汪懋麟也表示："处士尝索送归黄山诗，四方之作几盈数千首。"③ 如此判断，"万首"云云最终还是一种期待，或者是一个接近值。只是，孙默的征集从未有停止的意思，直到生命的末期。今所知最晚的作品是潘问奇《送孙无言归黄山三首》④，作于康熙十七年（1678），就是一个证明。这年的五月二十八日，他因病去世⑤。可以说，孙默与同时期的苏州人袁骏征集《霜哺篇》系列一样，生命不息，征求不止⑥。

归黄山诗文系列文体齐备，除了诗歌，还有词、赋、文，似乎还有图。雷士俊《题孙无言归黄山图》："杖屦意难留，君今何处去。黄山隐士多，已卜山中住。"⑦ 并且，除了直接以送归黄山为主题的诗文作品，相关的庆寿之作、祝贺乔迁之诗文等也被灌注了"归"的题旨，如施闰章《孙无言六十序》："余不欲以它言俗孙子，仍为叙未归黄山之意。"⑧ 它们构成了送归黄山诗文的复调系列，丰富了关于孙默生存状态及相关问题的认知和评价。在已经阅目的相关诗文作品中，内容繁复，主题众多，然其要旨皆未离开一个"归"字。有借送归抒发怀乡情感者，如陆寅："只今黄山不可见，老父天涯泪如霰。梦游遥赋俱不成，翘首难逢故人面。"如是，他认为孙默归隐黄山的最佳境界是"安得把茅随父傍公侧，公归乃真不可及。"⑨ 又如潘问奇：

---

① （清）施闰章：《孙无言六十序》，《学余堂集》文集卷九，《施愚山集》（第一册），合肥：黄山书社，1993年，第174页。
② （清）王士禛：《祭孙无言文》，《渔洋文集》卷十一，《王士禛全集》（第三册），济南：齐鲁书社，2007年，第1689页。
③ （清）汪懋麟：《孙处士墓志铭》，《百尺梧桐阁集》卷一十五，上海：上海古籍出版社，1979年。
④ （清）潘问奇：《拜鹃堂诗集》卷三，康熙刻本。
⑤ （清）汪懋麟：《孙处士墓志铭》，《百尺梧桐阁集》卷一十五，上海：上海古籍出版社，1979年。
⑥ 袁骏以母节子孝为主题征集《霜哺篇》诗文书画系列，规模更大，功利目的更为明确。详见拙文《袁骏〈霜哺篇〉与清初文学生态》，《文学评论》2010年第5期。
⑦ （清）雷士俊：《艾陵诗文钞》之《诗钞》卷下，康熙莘乐草堂刻本。
⑧ （清）施闰章：《孙无言六十序》，《学余堂集》文集卷九，《施愚山集》（第一册），合肥：黄山书社，1993年，第175页。
⑨ （清）陆寅：《黄山歌送孙无言归黄山》，阮元：《两浙輶轩录》卷十一，嘉庆刻本。

"于今折送将归客，苦忆吾庐一怆神。"[1] 也有表达对黄山向往之情者，梅清云："梦里分明见黄海，惆怅余怀三十载。七十二峰重复重，朵朵芙蓉青不改。欲往从之咫尺难，千年灵境空相待。"[2] 还有抒发个人的羁旅之愁者，曾灿表示："惭予燕市客，六月正长征。"[3] 透露出无奈而羡慕的情绪。更有人借此机缘阐释关于家乡的情结和情绪，如文德翼："君之于黄山，犹余之于庐山也。余朝而食，吾庐在焉；夕而食，吾庐在焉。苟裹粮而他适，旬时不见，夜而梦寐吾庐，亦在焉。及归，乃拱揖而笑，语之曰：别几何矣。如久霾而霁，如久魇而醒。如依父母而亲兄弟，久暌而聚首也。"[4] 在众多的送归篇什中，人们普遍表达了对黄山之美的赞叹，云霓翻卷，山林吐翠，所谓"飞泉倒挂声潺湲，紫芝白鹿谁追攀"[5] 也。曾经领略的，回味无穷，借之抒情；未曾莅临的，欣羡美景，向往无限。尤其是，黄山乃文人修道之最佳所在："君归好向汤泉浴，会见骨青而髓绿。容成教以驻年方，服食虚无坐紫床，道成相与随轩皇。"[6] 更容易激发文人的向往之心。许珌《再送孙无言归黄山歌》气势磅礴，酣畅淋漓，最为得意：

> 吾闻轩辕之山何其高且雄，去天拔地八千丈，崔嵬弹压势莫当。峰峰六六宛相向，楚头吴腹如钩连。突兀离奇信殊状。上蟠虎豹跋扈之薮宅，下瞰蛟龙回旋之奥藏。吐纳元气包鸿濛，南纪星躔百神仰。传云三天子之故都在焉，没汩岚光失回响。黄帝六飞何处寻，容我浮邱夹行仗。衣冠虽自葬桥陵，万古鸟号动灵爽……[7]

而孙默的山居生活也因之被描绘得非常美好："数群门外鹿常过，万缕床头云自飞。涧响鸟喧春策杖，岚光松色晓披衣。"[8] 他们设想了孙默归里后的逍遥："君兹归去漫劳劳，篛冠芒履道人袍，涧外风湍崖下月，知谁更听广

---

[1]（清）潘问奇：《送孙无言归黄山三首》，《拜鹃堂诗集》卷三，康熙刻本。
[2]（清）梅清：《维扬送孙无言归黄山》，魏宪辑：《百名家诗选》卷五十六，康熙魏氏枕江堂刻本。
[3]（清）曾灿：《送孙无言山人归黄山》，《六松堂诗集》卷四，《六松堂集》，清钞本。
[4]（清）文德翼：《送孙无言归隐黄山序》，《求是堂文集》卷七，明末刻本。
[5]（清）陆寅：《黄山歌送孙无言归黄山》，阮元：《两浙輶轩录》卷十一，嘉庆刻本。
[6]（清）屈大均：《送孙丈归黄山》，《翁山诗外》卷四，康熙刻本。
[7]（清）许珌：《再送孙无言归黄山歌》，《铁堂诗草》卷下，乾隆五十五年（1790）刊本。
[8]（清）李沂：《劝孙无言归黄山》，阮元辑：《淮海英灵集》丁集卷一，嘉庆三年（1798）刻本。

陵涛。"① 也想象了他日常生活的淡泊:"临风挥手一长往,高卧清泉白石里。苏门先生薄世荣,君今亦逃身后名。抱琴他日来相访,听尔鸾吟凤吹声。"②对于他即将开始的世外桃源般的美好生活,表达出无比的艳羡与向往。显然,在漫长的征集过程中,"黄山"已经凝结为一个隐者的美好意象:"有林泉烟月、藤萝竹石之美,无城郭轮蹄、嚣尘杂沓之习;有天门石梁羽人淄流之乐,无高闳甲第贵游熏灼之气。"③成了众多文人表达归隐情怀、向往精神家园的合适载体。

  对于这样一个优美所在似乎并非真的动心,构成了孙默迟迟不归行为让人难以理解的首要因素。如吴本嵩,在设想了隐居黄山的美好后,如是表达自己的困惑:"人间世,蜀道险,太行艰。漫说陆沉车马,隐廛市,游戏尘寰。倘故乡差乐,便可掉头还,何况黄山!"④姜宸英的提问更为具体:"夫宇内名山群岳之外,如龙门、雁宕、罗浮、天台、武夷、九疑,远至外国诡怪不经之地,尚有梯穷岩、航逆流、裹粮问道至之者。黄山,孙子之少长也,其视七十二峰之胜几案间物也,亦如海外三山可望而不可即,何哉?"⑤通往黄山的路途并不遥远,又是孙默的生长之地,为什么"可望而不可即"呢?其时,这种质问的声音已经此起彼伏,延续多年。如:"君欲归山胡不归,黄山山下有柴扉。"⑥"白岳移文,黄山招隐,问君何不归哉?"⑦又如:"问子何不归耶?年年且住,不作芜城别。"⑧而就个人的具体理解,当然仁者见仁,智者见智,且多是围绕着"非隐"与"隐"的价值选择。如王士禄:"屈子云螭思上浮,向长五岳遍遨游。与君好订青鞋约,何必黄山

---

① (清)王追骐:《送孙无言归黄山》,魏宪辑:《百名家诗选》卷四十六,康熙魏氏枕江堂刻本。
② (清)彭孙遹:《作歌送孙无言归黄山故居》,《松桂堂全集》卷十,影印《文渊阁四库全书》(第1317册),台北:台湾商务印书馆,2008年,第116页。
③ (清)王嗣槐:《送孙桴庵归黄山序》,《桂山堂诗文选》之《文选》卷二,康熙刻本。
④ (清)吴本嵩:《六州歌头·送孙无言归黄山》,《荆溪词初集》,《全清词·顺康卷》(第十一册),北京:中华书局,2002年,第6447页。
⑤ (清)姜宸英:《赠孙无言归黄山序》,《真意堂佚稿》,《清代诗人别集丛刊·姜宸英集》下,北京:人民文学出版社,2018年,第709—710页。
⑥ (清)李沂:《劝孙无言归黄山》,阮元辑:《淮海英灵集》丁集卷一,嘉庆三年(1798)刻本。
⑦ (清)邹祗谟:《扬州慢·广陵送孙无言归黄山》,邹祗谟等辑:《倚声初集》卷十六,顺治十七年(1660)刻本。
⑧ (清)董元恺:《念奴娇·送孙无言归黄山和顾庵先生韵》,《苍梧词》卷九,康熙刻本。

是故丘。"①丁澎也表示："君是淮南老逋客，何惜他乡遍游屐。"②王猷定则说："抗志高洁，岂以归不归累其心哉！"③认为，文人四海为家，以"志"为主，不必因为黄山是故乡就一定眷眷不舍，非要回去；归与不归，衡量之标准是"心"而非日常行迹，所谓"但令心在黄山中，何妨老作扬州客"④。另外一种意见则是"隐"，因相关意象与扬州的繁华瑰丽、民风稠浊形成对立，有时甚至成了考量文人节操的一种标准。尤其是，"虽信美非吾土"⑤，中国古人向无久客而不归的传统，回家是人生的归宿，狐死首丘乃必然之抉择。凡不归者，必定有身世未了之事，或因子孙而顾虑重重，甚至存在着难言之隐，人们对孙默欲归不归的原因百般臆断、多方猜测，也成了题中应有之义。彭师度说："年年欲去，烟花留恋车辙。"⑥吴肃公认为："姑求多于文词，以自豪于山。"⑦王嗣槐指出："桴庵归黄山也，茅屋数椽，清谈饮水而已！使犹有城郭轮蹄、高门甲第出没，隐见于胸中，何论其不能归，即归矣安在？"⑧总之，对孙默的不归，不理解多，体谅者少。

关于回家的理由，孙默有过自己的解释："凡我所为欲归者，为营两先人葬也。而葬之资无从得，故久未能归也。"⑨又说："回望故乡桑梓，历历在目。而吾祖若父之骨，犹依栖浅土，魂魄未安，未常不仰天椎胸以至于恸绝也。然私念岁时伏腊，尚有二三兄弟浇奠杯酒，而今则饥驱四走，亦复天各一涯。吾非人也欤？而忍不归哉？"⑩他不能归、无法归的原因，似乎只是因为贫穷："广陵货贿、人物甲天下，然怜才而与予相亲爱、共饮食、通缓急者，必贫士也。即贵而能贫者，方亲爱于予，夫彼既贫矣，纵

---

① （清）王士禄：《送孙无言归黄山歌兼示杜茶邨》，魏宪辑：《百名家诗选》卷十七《王士禄》，康熙刻本。
② （清）丁澎：《送孙无言自广陵归黄山》，阮元：《两浙輶轩录》卷四，嘉庆刻本。
③ （清）王猷定：《送孙无言归歙序》，《四照堂诗文集》文集卷二，康熙二十二年（1683）刻本。
④ （清）方中发：《邗江送孙无言归黄山歌》，《白鹿山房诗集》卷三，清刻本。
⑤ （清）王粲：《登楼赋》，萧统编：《昭明文选》第十一卷，上海：上海古籍出版社，1986年，489页。
⑥ （清）彭师度：《酬江月·送无言孙子归黄山》，《彭省庐先生诗余》，《全清词·顺康卷》（第七册），北京：中华书局，2002年，第3790页。
⑦ （清）吴肃公：《送孙无言归黄山序》，《街南文集》卷十《序》，康熙二十八年（1689）刻本。
⑧ （清）王嗣槐：《送孙桴庵归黄山序》，《桂山堂诗文选》之《文选》卷二，康熙刻本。
⑨ （清）计东：《送孙无言归黄山序》，《改亭诗文集》之《文集》卷六，乾隆十三年（1748）刻本。
⑩ （清）董以宁：《送孙无言归黄山序》，《正谊堂诗文集》之《文集》，康熙刻本。

通缓急，能大周予急乎？其既贵而富，甚或未贵而富者，遥见予，则疑予之有所请也，先为煦煦相悯恤之状，即盛陈已应酬不赀之苦。若贫甚于予者，以阴箝与舌，使不得伸其意，予亦深悯之，不忍复与之言也。如是，而予安得归乎！"①面对别人的质疑，孙默总是表现"怃然"，流露出怅然失意的样子："我问孙子何未去，答言风尘百千虑。"②或者流露出归心似箭似的急迫："予所以日夜思归，如负心疾者也。"③永远不变的答复则是"今且归矣"④，或"行当有日，特稍待耳！幸先为我序之"⑤。如是，其未能归家的真正原因总是让人浮想联翩、充满狐疑。

孙默是否真的思念故乡呢？回答是肯定的。《诗经》曰："维桑与梓，必恭敬止。"没有人会不思想、眷恋自己的生长之地，所谓"何因忽起黄山情，一似黄山旧有盟"⑥，"情"的"忽起"其实是孙默"未尝一日忘黄山"⑦的内心躁动，而"盟"则源自于人性中那份难以言说的文化情结。孙默命名自己的书室为"留松阁"，即是为了表达对故园的向往："吾家雷溪之侧，有松如苍虬，苓盖偃覆，夜现赤光，众鸟不敢窥。飙发则数里外如闻波涛甲马声，宋元丰间物也。吾阁峙焉。十年诗将藉此以传，故以名。"⑧他主持重修孙氏族谱："恐后人之蕃衍而散处不相识也，乃自彦达公而下重修正之。嘉语善行，亦著于篇。呜呼，无言交游遍海内，慷慨绸缪，情义甚笃，而其尊祖敬宗以收族者如此！"⑨先后请彭孙遹、雷士俊等名士为序，以张扬家族之风。"又集孙氏凡以诗名者，欲镂板以行"⑩，可惜因去世而未果。

---

① （清）计东：《送孙无言归黄山序》，《改亭诗文集》之《文集》卷六，乾隆十三年（1748）刻本。
② （清）雷士俊：《送孙无言归黄山》，《艾陵诗文钞》之《诗钞》卷上，康熙莘乐草堂刻本。
③ （清）计东：《送孙无言归黄山序》，《改亭诗文集》之《文集》卷六，乾隆十三年（1748）刻本。
④ （清）王嗣槐：《送孙桴庵归黄山序》，《桂山堂诗文选》之《文选》卷二，康熙刻本。
⑤ （清）董以宁：《送孙无言归黄山序》，《正谊堂诗文集》之《文集》，康熙刻本。
⑥ （清）王追骐：《送孙无言归黄山》，魏宪辑：《百名家诗选》卷四十六，康熙魏氏枕江堂刻本。
⑦ （清）施闰章：《送孙无言归黄山序》，《学余堂集》文集卷八，《施愚山集》（第一册），合肥：黄山书社，1993年，第159页。
⑧ （清）王猷定：《留松阁诗序》，《四照堂诗文集》之文集卷一，康熙二十二年（1683）刻本。
⑨ （清）雷士俊：《孙氏重修族谱序》，《艾陵诗文钞》之《文钞》卷六，康熙莘乐草堂刻本。
⑩ （清）汪懋麟：《孙处士墓志铭》，《百尺梧桐阁集》卷一十五，上海：上海古籍出版社，1979年。

好友王猷定说他"墟墓之思，伤心战磊间"①，即是对他这份浸染了浓浓的血缘之情的故园之思的深刻理解。

　　孙默征集归黄山诗文在当时是一件影响广泛的事。当很多人以为他是一位著名的隐者，偶然相遇后才发现他依然忙碌于热闹的名利场扬州："读四方君子赠答之词，有送桴庵归黄山文者，不一而足。心窃恨之，为不知何时游黄山，呼桴庵于三十二峰间，与言烧丹煮石事。今年初夏，访西樵王先生于湖上，则桴庵俨然在焉。"②另一些人甚至将他作为欺世盗名的典型。远在桐城的钱澄之似并不认识他，在评价友人邓朴庵的类似行为时也指出："近闻新安有山人客广陵，欲归黄山，要人为文，送之文既成帙，迄今二十余年，山人犹在广陵，犹乞文不已。翁之与客饮别，得毋亦类是乎？"③凡此，与同时其他诗文中"君何不向黄山归"④的声音形成互文，集中指向孙默征集送归黄山诗文之目的所在。实际上，归庄在康熙二年（1663）时的话已是一针见血："不必归，不欲归，是以久言归而未即归。"⑤他认为，归乃"返本之义"，孙默的问题在于，他的"本"到底是什么？直接指出他的归与不归关涉其"本"即人生追求问题。也就是说，"归"不过是一种借口，深层目的则是一种温情脉脉的利益诉求，征集归黄山诗文就带有服务于这一利益诉求的内蕴。

三、"名士牙行"与孙默的征集活动

　　孙默去世后，名重一时的文人王士禛为其撰写祭文，高度评价其"大抵忘机而任真，尚名义而鄙荣利"⑥；但也同样是这位怀有"一死一生，交情如昔"⑦之感的生前友人，最早公开表达了对其"名士牙行"身份的暗讽，并且传播久远：

---

① （清）王猷定：《送孙无言归歙序》，《四照堂诗文集》文集卷二，康熙二十二年（1683）刻本。
② （清）王嗣槐：《送孙桴庵归黄山序》，《桂山堂诗文选》之《文选》卷二，康熙刻本。
③ （清）钱澄之：《邓朴庵燕客记》，《田间文集》卷十《记》，康熙刻本。
④ （清）屈大均：《送孙丈归黄山》，《翁山诗外》卷四，康熙刻本。
⑤ （清）归庄：《送孙无言归黄山序》，《归庄集》卷三，上海：上海古籍出版社，1984年，第236页。
⑥ （清）王士禛：《祭孙无言文》，《渔洋文集》卷十一，《王士禛全集》（第三册），济南：齐鲁书社，2007年，第1697页。
⑦ 同上书，第1698页。

《老学庵笔记》,嘉兴闻人滋自云作门客牙、充书籍行。近日新安孙布衣默,字无言,居广陵,贫而好客,四方名士至者,必徒步访之。尝告予欲渡江往海盐,询以有底急,则云欲访彭十羡门,索其新词,与予洎邹程村作,合刻为三家耳。陈其年维崧赠以诗曰:"秦七黄九自佳耳,此事何与卿饥寒。"指此也。人戏目之为"名士牙行"。吴门袁骏字重其,亦有此名,康熙乙巳曾渡江访予于广陵。①

其实,早在康熙二年(1663)春天,同为王士禛和孙默好友的孙枝蔚已经有了类似说法:"最忆吾宗野鹤姿,逢迎处处足相知。只今名士牙行少,能似嘉兴儒者谁。"②诗之后注亦提及陆游的《老学庵笔记》,并云:"王西樵考功尝戏谓无言有嘉兴老儒之风。"道出他的印象来自王士禄。可见"名士牙行"一语最先来自王士禛之兄,而周边很多友人都知道并且认可这一评价。

牙行,或曰牙人,旧时为买卖双方说合交易而从中收取佣金者;而"名士牙行",则显然是热衷于名士与名士、名士与非名士之间的交接联络,并从中获取利益的一类人,其涉及内容当包括了与文人有关的编选、撰作、抄写、评点、介绍等文事类活动。孙默"贫而好客"③,乐于交往,又能说会道:"谈笑封侯,纵横游说,贱彼仪秦舌。"④很适合优游于文人圈中,充当沟通联络、出谋划策、牵线搭桥一类的角色,而其所热衷的诗词编辑、刊刻评点类工作,则提供了接触大量文人的有效机会与最佳路径,利于他借此获取利益和声名。不止一位文人描述过孙默日常生活中的送往迎来之频:"朝一客至,即叩诸闻人之门曰:某某来。暮一客至,又扣之不倦。"⑤倒屣相迎之态栩栩如生。王士禛从另一维度总结了这种纷至沓来的状态:"四方名士过广陵者,必停帆伏轼,问孙处士家,屏车骑造谒。"⑥其实,这

---

① (清)王士禛:《居易录》卷六,《王士禛全集》(第五册),济南:齐鲁书社,2007年,第3488页。
② (清)孙枝蔚:《春日怀友》之十四,《溉堂集》前集卷九,康熙刻本。
③ (清)王士禛:《居易录》卷六,《王士禛全集》(第五册),济南:齐鲁书社,2007年,第3488页。
④ (清)李符:《酹江月·送孙无言归黄山,用曹学士韵》,《全清词·顺康卷》(第13册),北京:中华书局,2002年,第7513页。
⑤ (清)汪懋麟:《孙处士墓志铭》,《百尺梧桐阁集》卷一十五,上海:上海古籍出版社,1979年。
⑥ (清)王士禛:《祭孙无言文》,《带经堂集》卷四十九,《渔洋文集》卷十一,《王士禛全集》(第三册),济南:齐鲁书社,2007年,第1697页。

已经是名噪一时之际的孙默,他为营造这样一种状态而付出努力的细节则往往散落到了历史的另一面。康熙三年(1664),孙默打算去苏州拜访金俊明、徐枋,杜濬作《赠孙无言因送之吴门》以别,以"以子勤访索,当不忧踰垣"①来肯定孙默的勤勉与坚持,即便如徐枋这样性格峻介、键户不与人交往的隐者也不难见到。康熙四年(1665),孙默得识大名鼎鼎的王士禄,彼此相交甚欢。王士禄"爱无言之为人,与之遍访鹤林、招隐诸名胜;既而入吴适越,亦挟与俱"。长达一年多的相与宴饮游赏,对扩大孙默的声名作用很大:"凡客西湖三月。四方名士,或因考功以识无言,或因无言以识考功,二人者交相重也。"②以致兄长去世后,王士禛时时处处流露出爱屋及乌式的关爱:"予在京师,虑无言贫老,无以给饘粥,有故人为权使,以无言姓字语之,既而终不往见也。"③凡此,都在客观上形成了助力"名士牙行"的作用,今所存康熙四年、五年时的送归黄山诗文最多,与王士禄之间的"交相重"显然关系密切。

名士牙行,当不仅仅局限于名士之间的牵线搭桥,搭建一条名士与非名士之间的桥梁更为重要,这是名人需要的,也是非名人渴望的。这一方面,孙默显然认知清楚,独具慧眼:"见通人大儒,即折节愿交;而于寒人崎士工文能诗或书画方伎有一长,必委曲称说,令其名著而伎售于时也,然后快。以故四方知名及伎能之士多归之。"④"委曲称说"的辛苦与"令其名著而伎售于时"的成功之间,究竟包含了多少利益因子,今天已难以具体感知,不过确实转化成了当时很多文人的共识:"孙无言久客扬州,无不知扬州有孙先生也。"⑤孙默因之成了一方之名士。凡到扬州者,必须拜访他,否则便可能信息不便,沟通不畅,方向不明。所以,联络各方、拥有"人气"是"名士牙行"制胜的第一法宝。康熙四十二年(1703),孙默去世已二十五年之久,著名文士汪扶晨致信张潮尚有如此遗憾:"今日扬州,

---

① (清)杜濬:《赠孙无言因送之吴门》,《变雅堂遗集》之《诗集》卷一,光绪二十年(1894)刻本。
② (清)王士禛:《祭孙无言文》,《渔洋文集》卷十一,《王士禛全集》(第三册),济南:齐鲁书社,2007年,第1697—1698页。
③ 同上书,第1697页。
④ (清)汪懋麟:《孙处士墓志铭》,《百尺梧桐阁集》卷一十五,上海:上海古籍出版社,1979年。
⑤ (清)董以宁:《送孙无言归黄山序》,《正谊堂诗文集》之《文集》,康熙刻本。

求一孙无言以通南北声气，不可得矣。"① 孙默式人物的缺乏，竟然导致了"南北声气"之阻滞，彼时文坛之寥落可以想见，其在扬州一带举足轻重的地位亦可见一端。

如果将"人气"理解为一种人和之巧，除此之外的天时、地利之便同样是"名士牙行"生成不可或缺的要素，这其实也是孙默留恋扬州不忍遽然离去的重要原因。扬州为清初时最为有名的大都会之一，当南北交通之要冲，商贾驻足，冠盖云集，经济发达，为天下人向往之富丽繁华之地。"其至者，非四方仕宦车舟往来之经历，则富商巨贾游闲之子弟，征贵贱、射什一之利，调筝弄丸，驰骋于狗马声伎而豪者耳。其他则皆穷无所恃、赖游手以博衣食者也。"② 这是一个由各类型淘金者组构而成的名利场，除了商人、仕宦者，就是不计其数、不名一文的"穷无所恃、游手以博衣食者"。浇薄、享乐的表象下是名利的泛滥，同时又提供了各种各样的生存机遇。战乱后即迁居于此的孙枝蔚有诗云："广陵不可居，风俗重盐商。"③ 然因机遇而来的大大小小的诱惑亦难以抗拒，他直至终老都不曾离去。彭孙遹"江南奏销案"罹祸后四处游历，数度到达扬州，谋求生存之道也是最为重要的因素。姜宸英在反思自己徘徊不忍离开扬州的原因时表示："顾予非以饥驱，必不来此。"④ 他因此而理解孙默迟迟不回黄山的行为，表示："贫贱之于人，虽若可恨，若予与孙子遇合，亦何负哉？"⑤ 显然，"趋利"是众多文人来到这里的一个直接动因，只不过获利的方式因为人的资质、条件、追求而有所不同而已。本来因经商客居扬州的孙默，"无他好，惟获交天下贤人君子，罗致其诗古文词若嗜欲，以故弃百事为之，风雨寒暑，死生存亡不少易"⑥；借助文人之间的交往博取一点利益，成就自己的爱好和追求，最终成了他获取生存资源的最重要的手段之一。而扬州不仅是一个名人聚集的地方，也是一个非名人愿意停留的所在，恰恰提供了这样的

---

① （清）顾有孝：《骊珠集》，康熙刻本。
② （清）姜宸英：《赠孙无言归黄山序》，《姜先生全集》卷十五《真意堂佚稿》，《清代诗人别集丛刊·姜宸英集》下，北京：人民文学出版社，2018 年，第 709 页。
③ （清）孙枝蔚：《李屺瞻远至，寓我溉堂，悲喜有述》，《溉堂集》前集卷二，康熙刻本。
④ （清）姜宸英：《赠孙无言归黄山序》，《真意堂佚稿》，《清代诗人别集丛刊·姜宸英集》下，北京：人民文学出版社，2018 年，第 710 页。
⑤ 同上。
⑥ （清）汪懋麟：《孙处士墓志铭》，《百尺梧桐阁集》卷一十五，上海：上海古籍出版社，1979 年。

条件和机遇，成就了他充当"名士牙行"的人生角色。魏禧说："广陵故利薮，豪俊非常之人失志无聊，恒就利以自养，而天下之欲因是以愿见其人者，又往往寄迹于此。故广陵非独商贾仕宦之都会，亦天下豪俊非常之人之都会也。"①"名士牙行"一定是经济发达、文化繁荣的产物，一定要首先在名士即"豪俊非常之人"间的交往关系和利益诉求中生成；"广陵大都会，四方来众宝"②的特殊地位，孕育了这样的职业和人。孙默借助其地，适逢其时，又选择了合适的方式诸如编纂《国朝名家诗余》、征集送归黄山诗文等，彼此助力，互为因果，进而风生水起："广陵处南北文人往来之交，孙子又酷好而力致之，故所得为多，篇什近万矣。"③"名士牙行"这个特殊的文学史现象也应运而生。

经济发达之于扬州文坛的成长与繁荣毋庸讳言，这方面的当代研究成果十分丰富，不胜枚举。其作为一个选胜赋诗之地，因为扬州推官王士禛的身体力行和大力倡导而积聚了人气，更见活力，亦不必饶舌；姜宸英曾以"广陵之风雅复振矣"④来评价王士禛的贡献，实为切中肯綮之语。彼时，扬州地区的各类编选活动十分频繁，牟利者欲借此见利，谋名者望因此成名，孙默亦不失时机地在同一时期进入这个充满了名利诱惑的领域。不少论者谈及其所编《国朝名家诗余》对邹祗谟、王士禛《倚声初集》在编选理念、方式甚至评语方面的模仿、沿袭与借鉴，或者可以理解为他在初涉此道时的匆促和幼稚，这在康熙三年（1664）完成的《三家词》中有明显的反映。不过，《国朝名家诗余》出版后影响甚好，为一切的逐渐改观赢得了从容与自信；之后陆续问世的词集在表达孙默日趋成熟的词学观念的同时，其实更透射出他交往范围的扩大，以及有意借之网罗当代名人的动机。如为陆求可（1617—1679）《月湄词》作评者，包括吴伟业、王士禄、宋琬、王士禛、陈维崧等56人，人数之多，阵容之豪华，均为一时之最。这种有意为之的标榜声气之举，显然也是为了顺应"名士牙行"的实际需要，孙默本人正于此际声名鹊起当与此关系密切。其他大大小小

---

① （清）魏禧：《送孙无言归黄山叙》，《魏叔子文集》外篇卷十，北京：中华书局，2003年，第498页。
② （清）汪懋麟：《赠计甫草》，《百尺梧桐阁集》卷十五，上海：上海古籍出版社，1979年。
③ （清）施闰章：《孙无言六十序》，《学余堂集》文集卷九，《施愚山集》（第一册），合肥：黄山书社，1993年，第174页。
④ （清）姜宸英：《广陵唱和诗序》，《湛园未定稿》卷二，《清代诗人别集丛刊·姜宸英集》上，北京：人民文学出版社，2018年，第434页。

的编选、文事联络活动也存在类似的因子。如为同乡吴尔世之母六十大寿征集诗文,王嗣槐《新安胡孺人寿序》:"新安吴子尔世,其母胡孺人春秋六十,乞言于当世贤士大夫。诗歌篇什洋洋乎,照丹青而谐金石,声满天地矣。"① 他介绍说"因友人孙桴庵征辞于余",而他之所以答应此事,"因籍手以报桴庵,使颂于孺人之前"②。王猷定《吴母胡孺人六十寿序》也说:"今秋八月之望,为孺人生辰。先是余友孙默偕延支顾余,乞言为寿。"③ 再如雷士俊《与孙无言》书:

> 拙稿已定,呈政《方武城传》,亦书送赞五矣。盐政国家大事,方公之言于盐政,甚为切中,故述之最详。而浮课套搭常股存积等字,叙事语,应如此质实。质则明,实则信也。至于小论,绝不与本人,但因上疏言盐政而旁及之耳。史传有此体文,虽不工,却非妄作者。兄与赞五一道此。施尚白序表二作,欲得一览馆事,须广向人言之。然岁已暮矣,恐亦无济也。④

施尚白即施闰章,雷士俊顺治十八年(1661)作有《施愚山观海集序》,见《文钞》卷五,应该就是这封书牍中所及。凡此,都证明了孙默所进行的穿针引线的行为。尽管还没有资料直接揭示孙默如苏州的"名士牙行"袁骏一样的商业属性明确,但充当中介而又毫无利益可期显然也是难以令人置信,与他曾经作为商人的身份特征也存在着过大的疏离。陈维崧"韦庄牛峤好词句,此事何与卿饥寒"⑤ 的戏谑之语,其实已隐约透露出此类活动与"饥寒"的微妙关系。据目前掌握的文献,孙默繁忙的牵线搭桥活动并非每一项都直指"名士牙行"的利益诉求,但其中包含的利益链还是非常清晰的。如"名士牙行"吴尔世之母六十寿诞,"君家称寿,海内文章走"⑥,也进行了大范围的征集活动,其中王世禄、王猷定等名人的寿序诗文多由孙默为之介绍而撰写,而孙默的一些征集之作如文德翼《送孙无言归

---

① (清)王嗣槐:《桂山堂诗文选》之《文选》卷二,康熙刻本。
② 同上。
③ (清)王猷定:《四照堂诗文集》之《文集》卷三,康熙二十二年(1683)刻本。
④ (清)雷士俊:《与孙无言》,《艾陵诗文钞·文钞》卷十一,康熙莘乐草堂刻本。
⑤ (清)陈维崧:《送孙无言由吴闻之海盐访彭十骏孙》,《湖海楼诗集》卷一,清刊本。
⑥ (清)王士禄:《千秋岁·为吴尔世寿母》,《炊闻词》下,光绪二十七年(1901)刻本。

隐黄山序》等也得益于吴尔世的大力帮助。再如，进入《国朝名家诗余》的很多作者和评点者都是送归黄山诗文的撰稿者，许多人并非情愿地创作了送归作品。董以宁谈及《送孙无言归黄山序》的写作云："至请之余者再，余未有以应也。阅数年，余来扬州，先生尚在，又固请焉。"[1]考序文创作时间为康熙七年（1668）夏，正与孙默编辑《蓉渡词》完成同时，可见如没有《蓉渡词》编辑对声名的巨大促进作用，董以宁当不会放下身段答应序文的写作。终于让这位"著书满家，天下称之"[2]的名人创作了送归黄山序文，不仅达成了孙默"欲得余文"[3]的目的，还促成了另一位名人何絜《送孙枰庵归黄山序》的完成；而何絜最终答应此事，已经过了孙枝蔚、孙介夫的两次牵线，直到好友董以宁从中说合才终于完成，其中之效益岂是一句"徒为名高"[4]可以了得！显然，是"名"与"利"的消长与平衡掌控着交往的过程，并促成了利益链的形成与延展。所谓"君子爱财，然取之有道"，以"道"的名义获取名利才是文人更愿意接受的方式，"名士牙行"的一些关键性特征往往为含情脉脉的面纱遮蔽本是题中应有之义。事实上，孙默们所发挥的正如今天文化经纪人的作用，终极目的只是达成交往双方的某种名利性诉求，自己亦从中亦获得或名或利的价值。可以想见，在"名"的愿景和"利"的收益之间，一些于"名人高士"群体中所进行的以情感投资为特征的行为有时更适合古代中国的人情社会，也更易为一般文人所接受，孙默之于很多中下层文士亦倒屣相迎、孜孜不倦、倾力相助，应该就有这一层面的考虑。

　　孙默倾后半生之力而进行的送归黄山诗文征集活动，是他一生最为引人注目的另一件大事，持续时间之长、涉及人数之众，尤其是所形成的"遁世之遗老，兴国之硕彦，无不萃荟一时"[5]盛况，堪为文坛奇观。因其行为并非"行事准于礼，揆于义"，符合常情，征集过程中又日益彰显出膨胀的利益诉求，招致时人的议论纷纷。有的似不明所以的口吻，如方文："君归故里寻常事，作底名人俱赠诗？"[6]其实已经透露出对孙默言而无信之

---

[1] （清）董以宁：《送孙无言归黄山序》，《正谊堂诗文集》之《文集》，康熙刻本。
[2] （清）杨岱：《蓉渡词序》，董以宁：《蓉渡词》卷首，《国朝名家诗余》本。
[3] （清）董以宁：《送孙无言归黄山序》，《正谊堂诗文集》之《文集》，康熙刻本。
[4] （清）董以宁：《送孙无言归黄山序》，《正谊堂诗文集》之《文集》，康熙刻本。
[5] （清）卢见曾：《渔洋山人感旧集序》，王士禛《感旧集》卷首，乾隆刻本。
[6] （清）方文：《送孙无言归新安》，《嵞山集》卷九，上海：上海古籍出版社，1979年，第449页。

举的不满：归返故里乃人之常情，为什么到处请人赠诗，且无休无止呢？有的则毫不讳言其目的，如董以宁："度先生不过欲得余文耳，岂真有意于归哉！"[①] 宋琬的回答更见尖刻："待满词人饯别诗，真归矣！任山灵见诮，百罚奚辞。"[②] 还有的人直刺入骨，揭示出名利之心在统领一切，如方中发言："先生掩卷还太息，私心未足归无日。"[③] 丁澎《送孙无言归黄山》也有"蜗角浮名如戏耳"[④]的规劝。一则名，一则利，对于孙默而言大概都来自扬州这个名利场给予他的巨大诱惑，让他难以抗拒、无法转身，又必须承受由困窘、误解和思乡情切捆绑在一起的生存与发展之苦。不过，借助征集活动所带来的盛名及其衍生出的价值，毕竟使自己身价倍增，远近闻名，发展成为扬州文坛不可或缺的"声气"人物，以致"士大夫往求于兹，争欲造先生之庐，一聆言笑，以与于清流之目然，徒为名高而已"[⑤]。其名气效应和增值意义，都不是所谓的"故园情结"可以相提并论的，"黄山"终究不过是他于名利场中日夜怀想的一份特殊的精神资源。

因此，尽管很多人体会到了孙默"殆将归隐而不可得"[⑥]的隐衷，对于"不可得"的具体内容，往往不得其要。王猷定认为是"遭时若此"，并给予充分的理解："丈夫不得志而归，与不得志而不归，迹异心同。"[⑦] 朱鹤龄诗云："到处逢迎一蒯缑，云山几点蓼花秋。岩滩百丈清泠水，深照奚囊万种愁。"[⑧] 以战国时怀才不遇的冯谖作比，表达了理解同情之意；"到处逢迎"一语则也涉及了生存方式之揭示，与"名士牙行"的身份特征形成了必要的张力。与出身于市井平民的苏州"名士牙行"袁骏不同，孙默更具备了文人的一些素质和情怀，获得的收入也多用来扩大再生产，编辑《国朝名家诗余》耗费了他的日常积蓄是可以肯定的。所以他永远没有袁骏后期生

---

① （清）董以宁：《送孙无言归黄山序》，《正谊堂诗文集》之《文集》，康熙刻本。
② （清）宋琬：《沁园春·送孙无言归黄山》，《安雅堂未刻稿》之《入蜀集》下，乾隆三十一年（1766）刻本。
③ （清）方中发：《邗江送孙无言归黄山歌》，《白鹿山房诗集》卷三，清刻本。
④ （清）丁澎：《扶荔词》卷一，康熙五十五年（1716）刊本。
⑤ （清）董以宁：《送孙无言归黄山序》，《正谊堂诗文集》之《文集》，康熙刻本。
⑥ （清）施闰章：《孙无言六十序》，《学余堂集》文集卷九，《施愚山集》（第一册），合肥：黄山书社，1993年，第174页。
⑦ （清）王猷定：《送孙无言归歙序》，《四照堂诗文集》文集卷二，康熙二十二年（1683）刻本。
⑧ （清）朱鹤龄：《送孙无言归黄山二首》，《愚庵小集》卷六，影印《文渊阁四库全书》（第1319册），台北：台湾商务印书馆，2008年，第61页。

活的那种"小康"状态，生活中颇多难以启齿的柴米油盐问题，"穷窘"一直伴随他到生命的终点。著名文人施闰章数次准备黄山之游而未果，对孙默的行为也深表不解："予谓广陵地膻而嚣，鱼盐估客之所辐辏也，介在江海之间，烽火无宁岁；而黄山为天帝之都，仙人之窟宅。其去此而归也，盖宜夕脂车、朝命驾，使人追之不及，安俟送为？予之不果往，孙子之未遄归，其毋乃皆有所不得已与？"① 当他游历黄山回来，对孙默的理解多了一层："竹庐茅舍，十九榛莽，非松餐术食、猨狖为群者，不可久居。又无好事者能为孙子筑一亩之宫，其不能归卧也，审矣！"② 他认为孙默只能留在扬州。其实，更多的人将他的不归具体化为贫穷，这也是他最终客死扬州的原因。如董以宁："朝餐夕炊设或不继，赁居虎下设或月钱不得偿，则先生不肯以告，客亦不肯以问也。谁遂能为先生谋归计，而且襄其大事哉！"③ 孙默去世后，汪懋麟如此反思："黄山去扬州非有千万里之远也，竟谋归未得，亦当世贤人君子之责。"④ 将他不归的原因归咎于时代性的病症，也算是一种高屋建瓴的理解吧。

现代学者多接受这一观点，朱丽霞教授认为"因为其买山造屋之资未能凑足，终于一生奔走衣食，归隐未能如愿"，"孙无言声言欲归，只不过是一种生存策略"，"他真正的意图，是希望通过'送行'之举，谋得归隐之资"⑤。这未尝不是一个切实的理由，但更关键的是他实际上没有归隐的准备，反而有久住的行动，最确凿的证据就是多次更换住处，即使是日益逼仄。尤其是，弟弟和儿子常年经商，似乎能够在一定程度上缓解经济上的困窘。孙枝蔚《送孙无言令子鲁三之汝宁》诗云："负米高贤事，斑衣孝子情。"⑥ 肯定了其子辛苦的侍亲行为。与此同时，借助穿针引线、牵线搭桥一类的名士牙行行为，其经济生活也会获得一定程度上的补充和丰富。

---

① （清）施闰章：《送孙无言归黄山序》，《学余堂集》文集卷八，《施愚山集》（第一册），合肥：黄山书社，1993年，第159页。
② （清）施闰章：《孙无言六十序》，《学余堂集》文集卷九，《施愚山集》（第一册），合肥：黄山书社，1993年，第174页。
③ （清）董以宁：《送孙无言归黄山序》，《正谊堂诗文集》之《文集》，康熙刻本。
④ （清）汪懋麟：《孙处士墓志铭》，《百尺梧桐阁集》卷一十五，上海：上海古籍出版社，1979年。
⑤ 朱丽霞：《会向黄山去，栖迟意泊如——〈送孙无言归黄山〉的经济学诠释》，《中国韵文学刊》2008年第4期。
⑥ （清）孙枝蔚：《溉堂集》前集卷五，康熙刻本。

所以陈维崧所谓"韦庄牛峤好词句,此事何与卿饥寒"①,并非真的不理解孙默的行为,而是因为理解其艰辛以及与"饥寒"的密切相关,才有如此戏谑之语。此句曾被时人和后来者多次引用,其实也包含了对其身份属性的强调和暗讽。

而孙默的难耐寂寞,其实与名士牙行的日常活动习惯相关,送往迎来,四处游走,传递消息,沟通有无,构成了他的生活常态。汪懋麟耳闻目睹孙默的生活是:"朝一客至,即叩诸闻人之门曰:某某来。暮一客至,又扣之不倦。处士长身高足,深目朗眉,服被甚古。见其风日,以扇障而疾行衢巷,或踯躅霜雪泥淖,知必四方客至,而处士为之来叩也。见即出卷秩阔袖中,累累曰:'此某某作也。'如是者,自壮至老如一日。"②故施闰章疑惑:"孙子好交游,重文辞,其能入寂寞之乡,离群而索处乎?"③王士禛也表示:"或曰无言喜宾客,厌寂寞,其不归黄山必矣。"④一个反问,一个"或曰",都揭示了他不归黄山的可能性,习惯于当下的必然性,其中暗含意蕴之丰富足可与"名士牙行"的行为属性形成互文。孙默收集数以千计的送归黄山作品,正是他四处游走所依凭的最佳载体和重要平台之一。如:"逡巡再拜如有求,爱我诗声多慨慷。"⑤给人留下的印象并不好,年辈晚于他的李驎有诗云:"逢客索句不肯放,赠诗盈卷君未还。"⑥往往"因袖中出诸名士送归之序及诗,各若干首"⑦以求赠送。每当与人相遇,征诗的目的也非常明确。初次与方中发见面,留下的印象便是:"登堂便订忘年交,仓皇揖罢开诗卷。"以至方中发疑惑:"欲归不归复何为,逢人但索黄山诗。"⑧有时甚至追逐到践行船上,陈维崧《将发邗关舟中赠黄海孙无言》:"孙郎追饯出城边,邀我高吟黄海篇。"此行客心已远:"客缆犹迟隋苑潮,归心

---

① （清）陈维崧:《送孙无言由吴闻之海盐访彭十骏孙》,《湖海楼诗集》卷一,清刊本。
② （清）汪懋麟:《孙处士墓志铭》,《百尺梧桐阁集》卷一十五,上海:上海古籍出版社,1979年。
③ （清）施闰章:《送孙无言归黄山序》,《学余堂文集》卷八,《施愚山集》（第一册）,合肥:黄山书社,1993年,第159页。
④ （清）王士禛:《祭孙无言文》,《渔洋文集》卷十一,《王士禛全集》（第三册）,济南:齐鲁书社,2007年,第1698册。
⑤ （清）许珌:《再送孙无言归黄山歌》,《铁堂诗草》卷下,乾隆五十五年（1790）刊本。
⑥ （清）李驎:《题孙无言黄山诗卷》,《虬峰文集》卷五,康熙刻本。
⑦ （清）归庄:《送孙无言归黄山序》,《归庄集》卷三,上海:上海古籍出版社,1984年,第235页。
⑧ （清）方中发:《邗江送孙无言归黄山歌》,《白鹿山房诗集》卷三,清刻本。

已到瓜洲树。"但是,还是为他写下了"月明徒有还山梦,白鹿青猿思杀人"①的慰藉之语。王嗣槐认为,如果真正归返黄山故里,必须做到心灵纯净,真正摒弃扬州的繁荣风月:"使犹有城郭轮蹄、高门甲第出没,隐见于胸中,何论其不能归,即归矣安在?"②孙默恰恰是无法涤洗那些名利之念,才无法下定归隐之心,终生徘徊纠结于名利场与精神故乡之间的。

结　语

世事变化万千,孙默归黄山诗文的征集活动始终如一,直到康熙十七年(1678)撒手人寰,终于"归葬白岳"③。送归黄山诗文系列,从发生到完成几近三十年,集中了不同类型文人的多种文体的作品,或者回忆黄山,或者想象黄山,其中倾注了文人的艺术想象、人生诉求和逞才竞技的心理。如归庄所云:"言人人殊,要于归黄山之旨,发挥无余。"④众多作品以一种集体无意识的形式透射出彼时士人的精神风貌,生动、丰富而含蕴着深刻的历史感。孙默本人则借助这一主题的征集活动而名声蔚然,成就了一代"名士牙行"的身份及其在扬州文坛上的影响。康熙十八(1679)年,同是歙县乡亲且亦寓居扬州的闵麟嗣编撰完成了《黄山志定本》八卷,集历代黄山志书之大成,以体例精当、搜罗宏富完备著称于世,但对于孙默征集的众多的送归黄山诗文则视而不见,一概摒弃,以致邓孝威非常遗憾地表示:"送无言诗丈有绝妙者,而志中不录,今恐零落殆尽。"⑤读到此书的孔尚任也感慨不已:"忽忆山人孙无言,归山有愿不肯遂。索言赠行满橐囊,七卷书中无一字。爱山定须真住山,山灵岂可借声势。"⑥认为是孙默借黄山造势的行为促成了"七卷书中无一字"的遗憾,其中可以体会到与孙默多有交往的闵麟嗣对其假山人行为的无比厌恶,当然也是彼此交往不睦的一个证据。与此同时完成的还有《孙处士墓志铭》,同样自乡人和名流之

---

① (清)陈维崧:《将发邗关舟中赠黄海孙无言》,《湖海楼诗集》卷一,清刊本。
② (清)王嗣槐:《送孙桴庵归黄山序》,《桂山堂诗文选》之《文选》卷二,康熙刻本。
③ (清)汪懋麟:《孙处士墓志铭》,《百尺梧桐阁集》卷一十五,上海:上海古籍出版社,1979年。
④ (清)归庄:《送孙无言归黄山序》,《归庄集》卷三,上海:上海古籍出版社,1984年,第235页。
⑤ (清)孔尚任:《闵宾连寄所辑黄山志赋答》评语,《湖海集》卷三,康熙介安堂刻本。
⑥ (清)孔尚任:《闵宾连寄所辑黄山志赋答》,《湖海集》卷三,康熙介安堂刻本。

手。作者汪懋麟亦在文中表达了对"山人"的不满："假高蹈不仕,阴托王公贵人,弋名利以自丰者,从来处士之习也。"但认为孙默"独不事生产,终其身于交友文字中,未尝涉毫发私",并非"弋名利以自丰者",显然有为其正名的题旨。他指出:"黄山去扬州非有千万里之远也,竟谋归未得,亦当世贤人君子之责。而处士卒不言,以穷老死,此余之深悲而重愧焉者也。"① "深悲而重愧",不仅揭示了孙默一生的悲剧性,更重要的,厘清了他与"山人"的本质不同,肯定他并非如很多假山人一样汲汲于名利双收。实际上,作为一位被视为"名士牙行"的人,孙默与山人的距离到底有多大,与假山人的差距又在哪里,这是一个别具意趣和空间的话题。他显然不符合真山人以归隐山林为人生诉求的定义,孜孜以求于名利场之种种透射出的是对"名"的过于爱重,又与一般山人唯利是图的本质存在着一定的不同。尤其是他对诗文的特殊爱好及其彰显出的顺应时代风尚的文学追求,又与"名士牙行"类行为构成了一定程度的悖反。事实上,孙默的不可或缺在其生前已被多次提到。宋实颖阅读宋琬《送孙无言归黄山》词后表示:"无言布衣结客,为芜城东道主,倘果归黄山,便是广陵散绝矣。珠帘云海,何如廿桥名月耶? 余欲反荔翁词以为留行。"② 的确,在繁复热闹的扬州文坛,不仅需要王士禛一样引领风气的大人物,也需要孙默一类勤于联络彼此、沟通南北声气的小人物,既能顺应因经济发达而导致的"附庸风雅"的文化需求,在文坛领袖、文化名人或准名人与"愿意购买而且有能力购买"其文化产品的"平民百姓、缙绅富豪以及地方官吏"③ 之间牵线搭桥,促成其事,又能敏锐觉察到时代的风尚与审美的诉求,与文坛领袖们互相呼应,互为表里,各司其职,共同架构一代文学兴盛之巨厦。因此,就孙默而言,其存在不仅在乎编辑刊刻了《国朝名家诗余》,更重要的是借助这部清代最早的词总集及其送归黄山诗文的征集,调动并引导了一批文人的创作走向及积极性,促进了词体的繁荣和发展,振兴了一些实用性文体如序跋、碑传的复兴乃至传统的诗歌文体新质素、新特征的形成,并凝聚为一种推动扬州文坛发展的巨大力量。这其中,"名士牙行"的角色

---

① (清)汪懋麟:《孙处士墓志铭》,《百尺梧桐阁集》卷一十五,上海:上海古籍出版社,1979年。
② (清)宋实颖:宋琬《沁园春·送孙无言归黄山》后评语,《二乡亭词》,康熙留松阁刻本。
③ 陈平原:《文人的计生与幽韵——陈继儒的为人与为文》,《从文人之文到学者之文——明清散文研究》,北京:生活·读书·新知三联书店,2004年,第34页。

特征及操作策略显然与有功焉；而从这个视角来理解，孙默的身份是任何一种其他角色无法替代的，其特殊的文学史意义实不可忽略。其时，已荣登全国性文坛盟主的王士禛在提及孙默之死时曾感慨道："无言遂已长夜，海内风雅大寂寞矣。读此掩卷久之，兼复痛我西樵也。"① 一方面讥其为"名士牙行"，另一方面又感慨其之于文坛生态的巨大作用，恰恰从一个特殊维度反映了"名士牙行"之于清初文化生活的巨大影响。彼时，活跃于文坛的类似人物并不少见，杜濬、张潮、邓汉仪、王晫、顾与治等人或多或少都具备这样的质素，施闰章说顾与治"一意攻古文词，与四方名士贤豪深相结"②，其实也暗含了对其"名士牙行"身份的指认。有关的文献记载亦不乏其穿针引线的记载，如钱谦益："金陵顾与治来告我，曰：'梦游与莆田宋比玉交，夫子之所知也。比玉殁十余年矣，梦游将入闽访其墓，酹而哭焉。比玉无子，墓未有刻文，敢以请于夫子。'"③ 然如孙默一样相对专业者毕竟凤毛麟角，尤其是采用编纂《国朝名家诗余》和征集送归黄山诗文之策略所促成的诸多利益诉求，或者不是今人的想象力完全能够触及的。许楚送孙默诗云："胡为毕志栖穷岩，此道外人终不晓。"④ 如果将"栖穷岩"改为"征诗草"，变成"胡为毕志征诗草，此道外人终不晓"，或许更为贴切。丰富的历史细节背后，人的心灵活动往往因为太多的遮蔽而难以把握，后人有时只能借助历史的必然性获得结论，而因为经济文化发达水平的限制，以及伦理文化之于人的诸多规定性，"名士牙行"更为丰富的特征和意义还有待进一步的准确揭示。好在他们的所作所为并非毫无痕迹和规律，且他们的当下传人所谓文化经济人的行为方式和活跃程度，也足以给我们借助现实的文化构成反观历史的资本。从历史延续性的角度审视那个不够成熟的"职业"及其时代，又何尝不是今日经济文化领域的一件幸事？

（载《社会科学战线》2015 年第 1 期）

---

① （清）孙枝蔚：《溉堂集》前集卷九《春日怀友》之十四"家无言默"王士禛评语。
② （清）施闰章：《顾与治传》，《学余堂集》文集卷十七传行状，《施愚山集》（第一册），合肥：黄山书社，1993 年，第 338 页。
③ （清）钱谦益：《宋比玉墓表》，《牧斋初学集》卷六十六墓表一，上海：上海古籍出版社，2009 年，第 1529 页。
④ （清）许楚：《题孙无言归黄山诗册》，《青岩集》卷二，康熙五十四年（1715）刻本。

诗性建构与文学想象的达成

——论叶小鸾形象生成演变的文学史意义

在明清两代的文学史上，女性无疑构成了文学想象的巨大份额。这不仅因时代的进步彰显了女性才能的特出，她们的美丽灵慧、超拔不群也给予发现者——男性审美观照的平台，赋予他们诸多寄托情思的机缘。男性文人的孜孜创造和乐此不疲，毫无疑问拓展了文学想象的巨大空间，许多真实的、虚构的或二者兼具的女性形象因之而进入文学史缤纷的人物画廊，并以才情及与之相生互动的人生传奇激发建构起新的文学想象。苏州吴江的叶小鸾（1616—1632）就是其中的一位。其父乃明天启进士、曾任工部主事的叶绍袁（1589—1648），母亲则是出身吴江望族的名媛沈宜修（1590—1635）。叶小鸾幽居闺门17年，婚前五日遽然离世，其《返生香》集存世诗词文总数不过200余篇，但作为文学想象的重要载体和构成因子，她在晚明和清代文学史上的知名度却成就了一道独具魅力的文学景观。

一、叶小鸾文学形象的生成

梳理关于叶小鸾一生之种种，发现很多格外引人注目之处。比如她的超常美丽、婚前夭亡，比如她清空的文学篇什、文学世家的出身，以及一门才媛的生活境遇等。然仔细分析，这一切在明清两代的江南地区并不足为奇。在当时，美丽灵慧且青春夭折的名媛并不少见，《午梦堂集》里就记载有苏州周挹芬等人；婚前几日病逝者如评点《牡丹亭》的三妇之一陈同，也名传一时；至于文学世家的出身、一门才媛的生活状态乃彼时江南一带文化生活的常态，似也不足以切入论题之肯綮。然而，当这一切作为重要构成因素交互作用、彼此激发甚至相互建构、集中于一人之身时，即不同寻常且足以传神了。真实的叶小鸾因之具有了文学想象的基本因子,并借助其父母的先进观念及相应的传播弘扬意识,在很短的时间内由私人语境进入公共视域,成为晚明江南地区的一个美丽传奇。

作为叶氏的掌门人物,叶绍袁至关重要的作用显然不仅仅在于其"名父"的身份[1]。他经常被引用的一段话是:"丈夫有三不朽:立德立功立言,而妇人亦有三焉:德也,才与色也,几昭昭乎鼎千古矣。"[2]这是其女性观最具时代意义和价值内涵的表白。他不遗余力地推举兼具才、德、色的妻子、女儿[3],积极鼓励家庭成员包括诸女的文学创作,"一时闺门之内,父兄妻子,母女姊妹,莫不握铅椠而怡风月,弃针管而事吟哦"[4],以至"门内人人集,闺中个个诗"[5],在家族内部形成了良好的文学生态,这是《午梦堂集》[6]形成及流播海内的前提,叶小鸾文学形象的生成因之拥有了最初的载体[7]。据叶绍袁回忆,崇祯五年(1632)叶小鸾离世后,即"为检其遗香零玉,付之梓人"[8],以免其作"湮没不传",促其名字"早艳人间"[9]。经过精心编辑呈现出来的叶小鸾已开始显示逸出历史视域的趋向,例如她的美丽和个性,因叶绍袁夫妇不遗余力地铺陈叙述,已具有文学想象的因子。沈宜修描写叶小鸾:"鬓发素额,修眉玉颊,丹唇皓齿,端鼻媚靥,明

---

[1] 冼玉清《广东女子艺文考》序云:"就人事而言,则作者成名,大抵有赖于三者",即所谓"名父之女"、"才士之妻"和"令子之母"。北京:商务印书馆,1938年。
[2] (清)叶绍袁:《午梦堂集·序》,《午梦堂集》,北京:中华书局,1998年,第1页。
[3] 如对妻子的介绍:"凤具至性,四五岁时过目成诵,瞻对如成人",又:"幼无师承,从女辈问字,得一知十,遍通史史。将笄,遂手不释卷"。见《亡室沈安人传》,《午梦堂集》,北京:中华书局,1998年,第17页。
[4] 陈去病:《五色脂》,《丹午笔记·吴城笔记·五色脂》,南京:江苏古籍出版社,1999年,第288页。
[5] (清)叶绍袁:《午梦堂集》,北京:中华书局,1998年,第892页。
[6] 《午梦堂集》现存最早的是崇祯九年(1636)叶绍袁序刊本,收集妻子儿女及自己的作品共十部。其中女性作品有沈宜修《鹂吹集》、长女叶纨纨《愁言》、三女叶小鸾《返生香》,沈宜修所辑《伊人思》,并收集当代名媛写给纨纨和小鸾的挽什为《彤奁续些》卷上。他编撰《午梦堂集》,不仅是寄托悼亡之情,更重要的是为了使妻女的才华不致湮没无闻。
[7] (清)钱谦益《列朝诗集小传》:"宛君与三女题花赋草,镂月裁云。中庭之咏,不逊谢家;娇女之篇,有逾左氏。于是诸姑伯姊,后先娣姒,靡不屏刀尺而事篇章,弃组纴而工子墨。陵之上,汾湖之滨,闺房之秀代兴,彤管之诒交作矣。"这段话生动形象地描绘了叶氏一家的文学创作活动及在当地的影响。
[8] (明)叶绍袁:《愁言序》,《午梦堂集》,北京:中华书局,1998年,第237页。
[9] (明)叶绍袁:《返生香·跋语》,《午梦堂集》,北京:中华书局,1998年,第356页。

眸善睐,秀色可餐,无妖艳之态,无脂粉之气。比梅花觉梅花太瘦,比海棠觉海棠少清。故名为丰丽,实是逸韵风生","真所谓笑笑生芳,步步移妍"①,生动可爱,细腻可感;叶绍袁对女儿的"绝世之姿"更为称赏:"倾国殊姿,仙乎独立,倍年灵慧,语亦生香"②,"房栊动处,玉女天来,衣带飘时,素娥月下"③。在他们的笔下,叶小鸾不仅容貌美,个性亦不同凡俗:"性高旷,厌繁华,爱烟霞,通禅理。"④真可谓"才色并茂,德容兼备"⑤。如此修辞色彩浓郁的描写,动用了古典诗词关于女性最美丽的辞藻、最动人的夸张和最明艳的比喻,叶小鸾与现实人生的距离已被悄然拉开,具有了审美对象的意义;而其德、才、色的超常与其不幸结局构成的悲剧张力,则凸显了关于才女不幸与人生短暂的文学主题。

　　叶绍袁夫妇关于叶小鸾形象的建构是最初的,也是诗性的,这与其诗词创作呈现出的清空华艳、忧郁哀怨彼此同构,艺术地演绎了她"幼而奇慧"⑥的核心价值。尤其是叶小鸾卓异才情中透射出的清空气象,凝结为一道充满神奇色彩的艺术魅惑。"梦里有山堪遁世,醒来无酒可浇愁""自知此生山水迩?谁教生性是烟霞""流光闲去厌繁华,何时骖鹤到仙家",出自一个涉世未深的少女之手,不免让人尘心震撼、浮想联翩;而"瑶台""瑶琴""瑶池""飞琼"诸词语的习见迭出,也为叶绍袁所谓"清冷凄凉之况、超凡出尘之骨"⑦"其仙风道骨,岂尘凡可以久留得"⑧等话语提供了有力的印证。《蕉窗夜记》中,托名煮梦子的叶小鸾,借两位绿衣女郎的歌吟敷衍自己的"怀仙之志",也强化了"无非仙也"⑨的深刻印象。以致叶绍袁于此文后记云:"种种仙踪,有不可尽述者。"⑩而这种不断出现的评

---

① (明)沈宜修:《季女琼章传》,《午梦堂集》,北京:中华书局,1998年,第202页。
② (明)叶绍袁:《叶天寥自撰年谱》,《午梦堂集》,北京:中华书局,1998年,第847页。
③ (明)叶绍袁:《午梦堂集》,北京:中华书局,1998年,第367页。
④ (明)沈宜修:《季女琼章传》,《午梦堂集》,北京:中华书局,1998年,第202页。
⑤ (明)沈宜修:《周挹芬诗序》,《午梦堂集》,北京:中华书局,1998年,第201页。
⑥ (清)叶燮:《午梦堂诗钞述略》,《午梦堂集》,北京:中华书局,1998年,第1093页。
⑦ (明)叶绍袁:《游西湖》评语,《返生香》,《午梦堂集》,北京:中华书局,1998年,第311页。
⑧ (明)叶绍袁:《浣溪纱·书怀》评语,《返生香》,《午梦堂集》,北京:中华书局,1998年,第330页。
⑨ (明)吴山:《挽叶琼章》,《彤奁续些》,《午梦堂集》,北京:中华书局,1998年,第686页。
⑩ (明)叶绍袁:《返生香》,《午梦堂集》,北京:中华书局,1998年,第353页。

点，引导着阅读过程中关于仙缘与早慧、才情与宿命关系的发现，与叶小鸾不拘一格的文采风流和清奇别致的词格笔韵相互印证，最终的指向也是她那扑朔迷离的夭逝以及相关的文学想象。

叶绍袁是个钟情之人。崇祯四年（1631），他下定了"永不作长安想"①的决心，一家唱和、其乐融融的美满也弥补了来自仕途的挫折感，以至于曾发出"生平佳景，斯年为最"②的感慨。然而，接踵而来的家庭灾难乃至最后的国破家亡，带来了持续不断的沉重打击。他笔下是大量的回忆悼亡之作，语言清丽宛转，叙事摇曳多姿，感情真挚缠绵，如关于叶小鸾："至若风雨晦明之际，低眉疾首之时，思郁郁而未伸，景茫茫而生感，惟汝旷情秀月，清韵娱辉。玉貌可以怡颜，芳辞可以舞色，能使卫玠《百端》忘其交集，张衡《四愁》无复烦劳。胡然朝露，永谢起予，自分伤心，有如庾信；实同丧子，拟于西河。呜呼痛哉！"③持续创作的哀苦文章，不仅塑造了一位卓异的绝世女性，任何悲苦境遇中都始终在场的审美情怀，也生成为其传神文笔的有力根基，而这恰恰也是作为集体创作的《午梦堂集》最令人醉心之处。在其所收叶家大大小小十余人的诗文中，无论稚嫩或成熟，每一篇什都情韵深挚，缠绵悱恻，脉脉动人，蕴含着真挚的感人力量，强化了叶氏一门皆为至情者的深刻印象。沈宜修之弟沈自炳不仅参与了有关叶小鸾的神化创作，认为其"生而灵异，慧性夙成，长而容采端丽，明秀绝伦。翠羽朝霞，同于图画；轻云迴雪，有似神人"④，也表达了作为才女的姐姐的一往深情："姊氏殁后，余家业都捐，无意人世，临风追念，惟有涕泪盈把，宁复堪诠次其断肠也。"⑤因死亡事件频发而催生出的大量悼亡之作，更给这种一门钟情搭建了铺展敷衍的平台，为叶小鸾进入文学想象提供了丰沛的情感源泉。《鹂吹集》所收沈宜修的悼女之作，多以"哭"字领起，"断肠"之词随处可见，悲怆心声和感伤情绪弥漫其间；尤其是《夜梦亡女琼章》等作品多借助对日常场景的细腻描写，彰显亲情的深挚醇厚，呈示了情真意切的亲切自然之美。

《夜梦亡女琼章》：

---

① （明）叶绍袁:《叶天寥自撰年谱》,《午梦堂集》,北京：中华书局,1998年,第846页。
② 同上书,第847页。
③ （明）叶绍袁:《祭亡女小鸾文》,《午梦堂集》,北京：中华书局,1998年,第368页。
④ （明）沈自炳:《返生香序》,《午梦堂集》,北京：中华书局,1998年,第300页。
⑤ （明）沈自炳:《鹂吹集序》,《午梦堂集》,北京：中华书局,1998年,第17页。

东风夜初回,纱窗寒尚冽。徘徊未成眠,铜壶催漏彻。偶睡梦相逢,花颜逾皎雪。欢极思茫然,离怀竟难说。但知相见欢,忘却死生别。我问姊安在,汝何不同挈?指向曲房东,静把书篇阅。握手情正长,恍焉惊梦咽。觉后犹牵衣,残灯半明灭。欹枕自吞声,肝肠尽摧折。①

描情写意,细微曲折,尤其是梦醒之际的特殊时间选择,真切表达了爱女早丧的锥心之痛和寤寐难忘的日常之思。叶绍袁的伤悼之情则同时体现在编辑《午梦堂集》时留下的那些情不自禁的评语中。如叶小鸾《庚午秋父在都门寄诗归同母暨两姊和韵》诗后,叶绍袁批曰:"尚欲宽慰父怀,其如一死,使父肝肠寸寸碎也。诗墨犹新,人安往哉?伤哉痛哉!"②切切之悲哀、眷眷之深情,一腔慈父悲怀,令人扼腕唏嘘。其评语中"伤""痛""泪"一类字眼尽多,可谓"字字看来皆是血"。作为父亲的叶绍袁,对叶小鸾显然更加钟爱,自道:"亲友腥劝,勖我减哀,绕膝多儿,岂必恋汝。呜呼痛哉!即此一言,我肠寸断。男固宜爱,女胡不然?女况如汝,更非他比。故我钟情,尤独在汝,汝所知也。"③一个男人的悲痛跃然纸上。

舐犊之情、死生之隔固然可伤,然而叶绍袁夫妇的悲痛,也来源于才女命薄、彩云易散的难以理解,以及亲人命运的无法掌控。在他们的意念里,并没有以个人悲欢进行宏大叙事的文学追求,却因私人场景的感性呈现演绎了个人命运的无常以及人类悲剧的永恒,契合了时代变动状态中个人对命运的难以把握和扑朔迷离的人生恐惧,进而促成了审美心理的共通性。这种来自午梦堂群体统一的人伦风貌和相似的气质追求,很容易激发审美感动的文学因子。

叶小鸾去世后,叶氏一门表现出空前的震惊和悲痛。从《午梦堂集》本身来看,她的父母、姑舅、姐弟都有诗文悼亡,篇什近百,如沈自炳《返生香序》所云:"琼章之没,大小皆有诗文祭之,雅丽可观,殆其性然欤。"④祭悼诗文皆出于家族中人在特定时间和背景下的主题创作,文学的增殖效应十分突出;以至后来叶绍袁又将名媛亲友及续作的悼念之什汇

---

① (明)叶绍袁:《午梦堂集》,北京:中华书局,1998年,第40页。
② 同上书,第310页。
③ (明)叶绍袁:《祭亡女小鸾文》,《午梦堂集》,北京:中华书局,1998年,第372页。
④ (明)沈自炳:《返生香序》,《午梦堂集》,北京:中华书局,1998年,第300页。

为《彤奁续些》,不仅"缠绵惋恻""惆怅低徊"①之情得到了强化,叶小鸾的才女形象和成仙结局等也得到了进一步凸显。如姐姐叶纨纨的《哭琼章妹》云:"辽阳化鹤何时返,仙路无凭总渺茫。"妹妹叶小纨的同题诗作则说:"思君才色真如许,一旦空随逝水流。"舅舅沈自征不仅再三感慨甥女的"神姿不凡",对其早逝亦颇多不解,进而以佛家之理给予解释:"即使早殇中夭,亦未至为大惨,独不先不后,何至嫁前之五日,桃李将华……"又:"如元从蕊珠碧落而来,示现一十七年,将嫁不嫁,完汝莲花不染之身,不惜以身说法,蝉蜕而逝,度兹有情眷属,则汝之来,岂偶然者邪!"②凡此,应合了叶氏一门"篇章赓和,……闺阁之内,琉璃砚匣,终日随身;翡翠笔床,无时离手"③的家庭酬唱印象,也标识了这一群体创作高峰的来临;而叶小鸾也在叶绍袁"诸儿女中,汝最挺出"④的哀思和惋惜中脱颖而出,成为叶氏子女中最具实际影响力的人物。陈维崧在介绍叶绍袁三个女儿"俱有才调"时,特别指出"琼章尤英彻,如玉山之映人,诗词绝有思致"⑤;陈去病则表示"三女小鸾,字琼章,尤明艳若仙"⑥;现代文人周作人也有言:"天寥为明末江南名士,夫妇子女皆能文,三女小鸾早死最有名……"⑦的确,"早死"是一种机缘,因为这一点,她被过早阅读,过多想象,与文学形象相关的诸元素也借助公众视野的种种中介因素陆续凸显出来。但阅读作为一种创造性活动,不仅是一种审美的创造,首先来自一种文化上的体认。也就是说,叶小鸾文学形象的生成实际上反映了晚明文化重情写真的时代诉求,是当时文化生态下必然结出的文学之果。

晚明时期,伴随着心学的流行和自我价值的确认,女性及其生活与创作也浮出历史地表,并逐渐演变为男性话语的"中心",选色征歌与选文编集⑧在行为本质的相通之处,让许多文人借助这一"中心"获得美感和寄托。研读闺秀诗词、推举女性才情作为一种个性标志,构成士人生活的

---

① (明)叶绍袁:《彤奁续些小引》,《午梦堂集》,北京:中华书局,1998年,第674页。
② (明)沈自征:《祭甥女琼章文》,《午梦堂集》,北京:中华书局,1998年,第365、366页。
③ (明)叶绍袁:《重订午梦堂集序》,《午梦堂集》,北京:中华书局,1998年,第1092页。
④ (明)叶绍袁:《午梦堂集》,北京:中华书局,1998年,第367页。
⑤ (清)陈维崧:《妇人集》,《昭代丛书》本,上海:上海古籍出版社,1990年,第1112页。
⑥ (清)陈去病:《五色脂》,《丹午笔记·吴城笔记·五色脂》,南京:江苏古籍出版社,1999年,第288页。
⑦ 周作人:《甲行日注》,《知堂书话》,海口:海南出版社,1997年,第152页。
⑧ 明代男性编撰的女性诗文总集中比较著名的有题名钟惺编《名媛诗归》、郑文昂编《名媛汇诗》,马嘉松编《花镜隽声》等。

特殊景观。许多文人有意网罗女性作品成集,通过红颜知己意识的张扬进行一种文化身份的表达。如明末清初之际邹漪"仆本恨人,癖耽奁制"[①]的表白、王士禄"夙有彤管之嗜"[②]的自述等,均属刻意追求之语。美人易老、佳人早夭,本来容易契合男性文人怀才不遇的感伤心理,何况女性的怀情不遇与男性的怀才不遇在价值结构与审美意义上存有深层认同之处;以才子不遇呼应红颜薄命的忧伤感慨,以"才与命妨"的不幸抒发边缘文人的怨愤不平,既是香草美人文学传统的历史延展,也容易达成文人借助这种文化象征表达对儒家文化价值中心的疏离倾向。如是,叶小鸾的美丽、才情、早逝以及所谓"仙化",不仅容易激发女性的自省和人生反思,一定程度上满足她们的哀怨诉求,更重要的是拓展了男性抒情的文化空间,曹学佺《午梦堂集序》即有"文人多厄,不独须眉,彤管玉台,俱所难免"的感怀;而名媛身份、清空诗笔以及婚前夭逝,又含纳了才情、身份、境遇及人生选择等新的文学元素,很容易激发当下文化语境中关于个体价值、生命体验及情感遇合的审美想象。特别是叶小鸾文字中流淌的灵动而忧郁的感伤、对生命无常的失落,总能带给文人难以言说的哀怨和无奈;其人生故事里发散出的那种别致的"哀感顽艳",隐含的是生离死别以及一种说不清道不明的神秘无常,也足以照应挫折感丰盈而边缘意识明确的文人心理,唤起关于自我命运的深长忧思。叶小鸾因之获得文人的格外青睐,具备了一个影响深远的文学传奇的丰富价值。

二、金圣叹降乩活动与叶小鸾形象

对于叶小鸾形象的独特塑造和广泛播扬,当时著名的泐庵大师无疑发挥了重要作用。泐大师其人,即明清之际的著名文人金圣叹(1608—1661),前辈学者如孟森《金圣叹考》、陈登原《金圣叹传》已曾提及;陆林有关金圣叹史实研究之系列论文,则通过翔实考证首次将之与吴江叶家联系在一起,从而为思考有关降乩言行与叶小鸾形象提供了史实前提。应该说,没有金圣叹的扶乩活动以及叶绍袁的文学记录,叶小鸾的形象肯定

---

① (清)邹漪:《红蕉集·序》,《历代妇女著作考》,上海:上海古籍出版社,1985年,第898页。
② (清)王士禄:《然脂集·序》,《历代妇女著作考》,上海:上海古籍出版社,1985年,第909页。

会呈现为另一种面貌。

扶乩占卜活动本是市井百姓预测凶吉、禳祸辟邪的重要形式，明清时期则同时成为文人求取试题、预算功名的日常活动[1]；尤其在江南地区，乩坛盛设，法事常新，儒释道杂糅其中，敷衍着关于世俗与神圣的种种话题。就是在这样的历史语境中，大概从天启七年（1627）到崇祯十一年（1638）间[2]，年轻的金圣叹以佛教天台宗祖师智𫖮（538—597）弟子化身的名义，在吴中一带扶箕降坛、广行法事，法名智朗，人称"泐子""泐公""泐师""泐大师"等。金圣叹的扶乩活动无疑具有相当广泛的影响，郑敷教即有"长篇大章，滔滔汩汩，缙绅先生及士人有道行者，无不惑于其说"[3]的评论；而叶绍袁与泐师交往的时间正是在其道大显、声名鼎盛的崇祯八九年间，《续窈闻》中叶绍袁屡请不至的焦虑、"屏气伫候"的虔诚以及期盼"不朽"[4]的渴望等，是这一判断的依据。

事实上，叶小鸾去世后，笃信佛理的叶氏夫妇虽然知道"杳杳泉台，无期再见"，依旧思念之情难抑，或自"拟楚骚而招之"[5]，或通过乩师招魂结缘[6]。尤其是崇祯八年（1635）叶家接二连三发生的死亡事件：二月，18岁的次子世偁因科考失利抑郁而死；三月，年迈的母亲冯太宜人伤爱孙之殁而去世；四月，5岁的幼子世儴因病夭折；九月，连遭打击的妻子沈宜修亦呕血而逝，这令悲哀郁积、无限迷惘的叶绍袁更沉湎于一种宿命的解释和虚妄的慰藉，求神降乩活动也达到了高峰。在叶绍袁的记载中，八子世儴患惊风痼疾、妻子沈宜修患咳血之症等，均不止一次地得到泐师的诊

---

[1] 许地山说："文人扶箕最流行的时期是在明清科举时代，几乎每府每县的城市里都有箕坛。尤其是在文风流畅的省份如江浙等省，简直有不信乩仙不能考中的心理。"见许地山《扶箕的迷信》，北京：商务印书馆，1999年，第34页。

[2] （清）钱谦益《天台泐法师灵异记》提及："天启丁卯五月，降于金氏之卜"，并云"其示现以十二年为期，后四年而大显"。见《牧斋初学集》卷四十三，第二册，上海：上海古籍出版社，2009年，第1123—1126页。

[3] （清）郑敷教：《郑桐庵笔记》"乩仙"，《乙亥丛编》本。

[4] 《续窈闻》中金圣叹阅完《彤奁续些》后云："意将欲不朽之邪？"叶绍袁"泣而请之"。见《午梦堂集》，北京：中华书局，1998年，第518页。

[5] 《拟招·招两亡女》（骚体），《午梦堂集》，北京：中华书局，1998年，第195页。

[6] 如崇祯六年（1633），叶绍袁曾于镇江访"姑布之术，奇中惊人"的异僧普颠，其云："君男女之宫，煜煜有仙气，然女也且已往矣，必有飞琼上升之事。"崇祯七年春，有仙人称叶小鸾为"谪下散仙女也，不当于尘世作偶，故即去尔……"云云；崇祯九年（1636）八月，托名顾太冲的乩仙也表示："令女琼章，前身是许飞琼妹飞玖耳。"分别见叶绍袁《天寥年谱别记》《窈闻》等。

诗性建构与文学想象的达成　313

断和指点，其睿智评断之于叶绍袁产生的影响也是深远的，以至于在亡国失家之际构成他反思人生的种种回忆①。崇祯九年（1636）六月初十日，泐师在叶家进行了一次规模较大的扶乩活动。彼时，泐师辨析了叶家的诸多因果，且将已仙化为"月府侍书女"的叶小鸾"招魂来归"，与之联句吟诗、审戒忏悔。其中，泐师与所谓"叶小鸾"进行的一段对话颇为特出：

> 女云："愿从大师授记，今不往仙府去矣。"师云："既愿皈依，必须受戒。凡授戒者，必先审戒。我当一一审汝，汝仙子曾犯杀否？"女对云："曾犯。"师问："如何？"女云："曾呼小玉除花虱，也遣轻纨坏蝶衣。""曾犯盗否？"女云："曾犯。不知新绿谁家树，怪底清箫何处声。""曾犯淫否？"女云："曾犯。晚镜偷窥眉曲曲，春裙亲绣鸟双双。"师又审四口恶业，问："曾妄言否？"女云："曾犯。自谓前生欢喜地，诡云今坐辩才天。""曾绮语否？"女云："曾犯。团香制就夫人字，镂雪装成幼妇辞。""曾两舌否？"女云："曾犯。对月意添愁喜句，拈花评出短长谣。""曾恶口否？"女云："曾犯。生怕帘开讥燕子，为怜花谢骂东风。"师又审意三恶业："曾犯贪否？"女云："曾犯。经营缃帙成千轴，辛苦莺花满一庭。""曾犯嗔否？"女云："曾犯。怪他道蕴敲枯砚，薄彼崔徽扑玉钗。""曾犯痴否？"女云："曾犯。勉弃珠环收汉玉，戏捐粉盒葬花魂。"师大赞云："此六朝以下，温、李诸公血竭髯枯、矜诧累日者。子于受戒一刻随口而答，那得不哭杀阿翁也。然则子固止一绮语罪耳。"

这段对话经由叶绍袁《续窈闻》的记载而广泛流播，不仅叶小鸾"雾骨烟姿，定人留而不住"②的仙人形象获得了确立，且构成了后来叶小鸾形象最为生动传神的精神内核。晚明乃至有清一代，涉及叶小鸾的各类著述难计其数，人们在惋惜其青春早逝、待嫁而亡的同时，不约而同地赞美叶小鸾的灵慧、敏捷、才情，所依凭的多是这段精彩绝伦的对答。如钱谦益不仅赞赏"叶小鸾"的"矢口而答，皆六朝骈俪之语"③，且将其呈泐师之诗编入

---

① 关于此点，详见陆林：《〈午梦堂集〉中"泐大师"其人——金圣叹与晚明吴江叶氏交游考》，《西北师大学报》2004年第4期。
② （清）金圣叹：《彤奁续些题辞》，《午梦堂集》，北京：中华书局，1998年，第673页。
③ （清）钱谦益：《列朝诗集小传》，《午梦堂集》，北京：中华书局，1998年，第1082页。

影响深远的《列朝诗集》，所选叶小鸾14首诗中，后两首《仙坛奉呈泐师》《将授戒再呈泐师》即来自《续窈闻》。实际上，这两首诗不仅于其作品集《返生香》中未见，著作权也不应属于已离世三载的叶小鸾，而应归属"卟所冯者"金圣叹。问题的关键还在于，借助这次天才的降乩，吴江才女叶小鸾由一位真实人物蜕变成一位富有文学想象意义的新形象。其灵慧多才、秀丽明艳、机智敏捷、孤高自许等，都在新的载体形式上获得了呈现。尤其是，潜隐于叶小鸾内在世界的多愁善感和弃世求仙倾向，经泐庵大师金圣叹的强化，生发出具体可感的形象特质和传奇因素，激发了有关离经叛道的审美想象，叶小鸾形象因之具有了丰富的形象结构和传神的艺术魅力。

那么，金圣叹是怎样完成这一艺术蜕变的呢？以叶绍袁所作《续窈闻》而言，扶乩过程中的心理测算和美妙乩文无疑最具实践意义。首先，作为扶乩者，对亡灵的前生来世进行可信的描述最为重要，洞微烛隐的判断能力、细致敏锐的观察能力乃至循循入微的诱导能力，都在这一过程中得以集中呈现，此乃成功的关节所在。金圣叹无疑表现了出色的才能。长期的世俗生活经验以及对于民众乐生恶死心理倾向的把握，使他很容易了解叶绍袁夫妇本来就具有的飞天遐想；叶小鸾以一女贞之身于婚前夭亡的题材也非常符合以佛法行冥事的扶乩主题。进入叶家后，他率先阅读了悼念集《彤奁续些》，与叶绍袁等的对话也帮助他进一步掌握了对方的心理动态，同时又不失时机地观察了扶乩活动的现场（这一切都在《续窈闻》的记载中留下了蛛丝马迹），之后才开始进行阐释、分析、判断，最后达成了论说准确、切中关键、为人信服的效果。其次是合适的乩文。一般而言，扶乩咒语具有通俗易懂、琅琅上口的特点，明清时期则有文人利用乩文炫示才情、展演学问的倾向；为便于与众多士人酬唱，乩仙也需有即兴赋诗为文的才能，流传至今的乩文多有文人逞才使气之作。金圣叹亦不例外，尤其是面对叶家这样一位诗文之家时。如同一贯追求不同流俗、卓而不群一样，他设计的乩文也力求摒弃依傍、"自铸伟辞"，体现出超越凡俗的神光霞彩。如他即兴为《彤奁续些》所作题词，即博得叶绍袁"精言丽彩，挥洒错落，笔不停手，应接靡暇。鸿文景烁，灵篇晖耀，真上超沈、谢，下掩庾、徐"①的由衷叹赏。清代王应奎论及金圣叹评点"稗官词曲，手眼独

---

① （明）叶绍袁：《续窈闻》，《午梦堂集》，北京：中华书局，1998年，第518页。

出"时，联想到他"自为卟所凭，下笔益机辨澜翻，常有神助"①，从另一维度证实扶乩一类的"神助"活动之于其才华的激发作用。其作为乩仙与叶小鸾亡灵的一连串问答，虽有给予叶小鸾个性、才思而预先构思设计的因素，即兴创作的成分亦当占很大的份额，而这对于才华横溢、口才利捷的金圣叹而言，并非难事。如是，"叶小鸾"的答语不仅约略符合其身份、个性，在意象的构成以及语言风格的精致华美方面亦颇得叶小鸾文笔之神韵和风采，这对于成功地建构一位才华横溢、超尘绝俗的青春少女至关重要。

泐师审戒，"叶小鸾"答戒，基本内容则限定在佛家"身""口""意"三恶业范围内，体现了规定的内容和必要的顺序，也严格遵守了扶乩活动之必要程式，可谓有条不紊、按部就班，但因答语出于扶乩者金圣叹基于特定目的的精心设计，所表达的"作者"（金圣叹）的意图也十分明显，即彰显叶小鸾的绝世才情，所谓"天上天下第一奇才，锦心绣口，铁面剑眉，佛法中未易多见"②也。故全部答语采用七言，选用骈语，多用对偶，造语华丽，意象鲜明，"超郎温润，如其平日所吟"③，与其诗词作品提供的印象互相映照，凸显了叶小鸾的灵动、机敏、聪慧、才情。故对话一止，金圣叹先致赞语："此六朝以下，温、李诸公血竭髯枯、矜诧累日者。子于受戒一刻随口而答，那得不哭杀阿翁也。然则子固止一绮语罪耳。"这一引导显然是为了强化自己的意图。佛家之"绮语"多指虚妄浮华之言，文笔绚烂归属此罪业。泐大师表面以所谓"绮语罪"让"叶小鸾"忏悔，实际则既迎合了叶绍袁夫妇关于爱女文采英发的先验想象，又以合适的机缘展示了清新流丽的"绮语"，塑造了叶小鸾不拘一格的神采风流，以至于连对降乩一类行为颇多疑惑的周亮工也不得不表示："此事甚荒唐，予不敢信；特爱其句之缛丽，附存于此。"④可见"缛丽"语之于叶小鸾形象的鲜明映照以及所产生的非凡的艺术感染力。

作为一种叙述方式，对话在表现人物的情感活动和心理状态方面具有特殊意义。故在论述金圣叹扶乩活动的戏剧性时，陆林对这段答语中"蕴

---

① （清）王应奎：《柳南随笔 续笔》卷三，以柔校点，上海：上海古籍出版社，2012年，第32页。
② （清）叶绍袁：《续窈闻》，《午梦堂集》，北京：中华书局，1998年，第523页。
③ （清）查继佐：《闰懿列传》，《罪惟录》列传卷二十八。
④ （清）周亮工：《书影》卷六，上海：上海古籍出版社，1981年，165页。

涵的浓郁的戏剧张力"颇为首肯,认为"各组骈语均包含着很强的动作性、表演性,似乎就是专为舞台演出而撰写"①。不仅如此,因金圣叹敏锐捕捉到了名媛闺秀的生活特点和心理状态,并借助其日常行为的典型特征进行细腻的表达,拈花、扑蝶、听曲、照镜、读书等都是闺中活动之必然,洋溢着清丽、优雅的才女情趣,所以对话式答语虽属发生在时间结构中的历史性叙述,空间意义亦不能忽视。也就是说,通过意象的视觉转换所构成的一幅幅美妙的画面,在展示了空间环境的同时,又以景寓人、因景写情,凸现叶小鸾不同凡俗的美丽和纯真。特别是,为了强调这种人生之常和人性之美,故意采用正话反说的方式,表面是在表现"叶小鸾"的忏悔,实际则是在极力铺写少女对青春、自然和美的眷恋与渴望。这与空间画面引发的由美人和自然花鸟构成的审美体验形成照应,不仅激发了有关叶小鸾才情、个性的联想,还伸展到她的日常生活中,强化了关于少女文学形象的种种深层思考。例如,透过这位花季少女青春的觉醒及对自由的向往,很容易联想到那个为情而生、因情而死的杜丽娘。叶小鸾对青春、自然和美的眷恋追求,以及哀怨无奈的处境,与汤显祖笔下的杜丽娘何其相似乃尔!杜丽娘"花花草草由人恋,生生死死随人愿,便酸酸楚楚无人怨"的感伤和期冀,又反向昭示了叶小鸾丰盈的精神世界与严酷的现实存在的抵牾。对比她阅读《西厢记》《牡丹亭》后之于"并蒂花枝""玉容""芳年"等表现出的艺术敏感,所谓"真真有意何人省,毕竟来时花鸟嗔"②,与金圣叹关于自由、个性和女性情怀的优美阐释如此吻合,这是对一切戕害生命的清规戒律的指责和控诉!叶小鸾形象因之被灌注了新鲜的血脉和灵魂,内在世界更加丰满而可爱,充盈着一种离经叛道的生命律动和眷恋俗世人生的审美情怀。

在明末清初的历史舞台上,金圣叹就是一位离经叛道之人。他天性疏宕,高标自许,喜标新立异,厌繁文缛节,生前之悲欢及死后之毁誉均链接着这一类评价。即如扶乩降神这一正统文士眼中的离经叛道之行为,金圣叹以十多年时间从事之,还曾出于"耀于世"的目的请钱谦益作《天台泐法师灵异记》,借其文坛领袖的地位进行张目辩解和佛理阐说。有人说:

---

① 陆林:《金圣叹早期扶乩降神活动考论》,《中华文史论丛》第77辑,上海:上海古籍出版社,2004年。
② (明)叶小鸾:《题美人遗照》绝句六首,《返生香》,《午梦堂集》,北京:中华书局,1998年,第317页。

"扶鸾降仙，道家戒之，决不可为，惹魔也，金若采全坏于此。"①实际上，就文化价值而言，不是"扶鸾降仙"活动注定了金圣叹的厄运，而是这种活动因金圣叹而具有了崭新的视界和意义。即如在叶绍袁家的扶乩活动，因乩文的缛丽色彩、正话反说的形式，与所谓女性的身份彼此自然而有力的结合，不仅突出了叶小鸾的真情、美丽、个性和意趣，某种意义上也是一种有效的文化表达及与文化权力的对抗，凌厉而峭拔地表达了明清时代文人崇"奇"尚"异"的审美追求。而"叶小鸾""矢口而答"体现出来的潇洒风致，实际上也是金圣叹自身离经叛道型名士文化人格的反映。这一形象之所以能打动周亮工等一代代文人学士的浪漫文心，何止是"绮语"而已！

经由"绮语"塑造而成的叶小鸾形象，与叶绍袁夫妇的诸多记述在逻辑指向上保持了一致，但以"假扮"之叶小鸾对应生活中的叶小鸾，必因与真实的距离而产生张力，促成和扩展这一形象的想象空间，以至于真实的叶小鸾受到某种程度的遮蔽，金圣叹建构的叶小鸾反而具有了历史真实的意义。清人多有"松陵才女叶小鸾奉以为师"②之语，认为叶小鸾就是泐大师的弟子；后来王韬也提到她"死后皈依释氏，与衲子谈经，以诗句参禅，甚见慧心"③。在文坛名宿袁枚的笔下，叶小鸾的籍贯、经历讹误更多，那些琅琅上口的清词丽句也不免走样：

> 小鸾，粤人，笄年入道，受戒于月朗大师。佛法受戒者，必先自陈平生过恶，方许忏悔。师问："犯淫否？"曰："征歌爱唱《求凰曲》，展画羞看《出浴图》。""犯口过否？"曰："生怕泥污嗔燕子，为怜花谢骂东风。""犯杀否？"曰："曾呼小玉除花虱，偶挂轻纨坏蝶衣。"④

这一记述，"叶小鸾"的答语与泐大师审戒的顺序已不一致，文辞亦有大的改易，所谓"征歌爱唱《求凰曲》，展画羞看《出浴图》"，与《续窈闻》中"晚镜偷窥眉曲曲，春裙亲绣鸟双双"之句亦有境界、神韵之殊，这从另一角度昭示了离经叛道取向所导致的理解极致。总之，口才捷利的金圣叹，

---

① （清）冯班：《钝吟杂录》卷二，《丛书集成初编》本。
② （清）章腾龙、陈勰：《贞丰拟乘》卷上《古迹·永庆庵》，嘉庆十五年（1810）刻本。
③ （清）王韬：《遁窟谰言》卷一《韵卿》，石家庄：河北人民出版社，1991年，第3页。
④ （清）袁枚：《随园诗话》卷六，北京：人民文学出版社，1982年，第186页。

318　文体形态、文人心态与文学生态

当他后来转以评点为毕生事业时，万没想到所谓的扶乩作品也能以"灵心妙舌，开后人无限眼界、无限文心"①，给叶小鸾形象的塑造带来无限张力和空间。叶小鸾的形象因为金圣叹的扶乩活动而得到进一步显扬，变得清晰、丰满并更富有内涵，产生了深远的影响。也就是说，在叶小鸾形象的建构和扩展方面，作为"泐大师"的金圣叹扶乩活动具有决定性的意义。

三、叶小鸾的文学影响及文学史意义

　　叶绍袁夫妇的努力以及金圣叹的扶乩活动促进了叶小鸾故事的传播，这种创造性活动所带来的文学影响和文化增殖效应是显而易见的。在晚明尤其是清人的日常经验中，时常出现关于叶小鸾的话语，构成了诸多体类文学想象的来源。人们往往将那些夙根灵慧、时有出尘之思的女性比作叶小鸾，如陈维崧指称吴扣扣即叶小鸾一类人物，并感叹叶与冯小青一样"郁郁以死，兰摧玉折，无乃甚乎"②；叶观国《序〈薇阁偶存诗草〉毕复题长律一首》有"生天有籍宜忉利，住世无多似小鸾"③，也情不自禁地将才女王采薇及其作品比附叶小鸾及其创作。陈文述《紫竹林怀严蕊珠》有"绝似当年叶小鸾，返生香里见珊珊"④，亦是如此。王韬《淞隐漫录》卷十一《蓟素秋》谈及吴江才女蓟素秋的诗词集，"见者无不称妙，曰：'诗词清丽，可为《返生香》之继声，而步叶小鸾后尘矣。'"有关叶小鸾及其诗词创作的篇什，可谓不胜枚举。明清乃至近现代，许多著名文人如尤侗、龚自珍、柳亚子等皆写过与之相关的诗词作品，寄托难以言说的情思遐想。如柳亚子《高阳台》：

　　午梦堂空，疏香阁坏，芳踪一片模糊。衰草斜阳，凉风摇动苏芦。深闺曾煮蕉窗梦，到而今，梦也都无。最伤心，镜里波光，依旧分明。披图遥忆当年事，记一门风雅，玉佩琼琚。一现昙华，无端零落三珠。

---

① （清）冯镇峦：《读聊斋杂说》，《聊斋志异会校会注会评本》，上海：上海古籍出版社，1978年，第12页。
② （清）陈维崧：《吴姬扣扣小传》，《陈迦陵文集》卷五，《四部丛刊》本。
③ （清）王采薇：《长离阁集》卷首，《孙渊如诗文集》附，《四部丛刊》本。
④ （清）陈文述：《紫竹林怀严蕊珠》，《西泠闺咏》卷十二，《丛书集成续编》（史部第64册），上海：上海书店出版社，1994年，第571页。

孤臣况又披淄去，莽中原，哭遍榛芜。剩伊人，吊古徘徊，感慨穷途。①

这里，关于叶小鸾及午梦堂群体的凭吊不仅延续了文人怀古的一贯主题，其中浸润了关于人生无常、历史变迁的深刻思考，灌注了男性知音者惺惺相惜的人文情怀。这种情怀的灵感来源，还得自叶小鸾有关传记中提取到的一些文人化表征：闺房的书房化布置、联吟赋诗的生活方式、"欲博尽今古"②的文人理想等，以及《返生香》中那缥缈无痕的"山隐"渴望。这一切足以跨越地域和时代，很容易与边缘文人关于朝野去留、身份变迁的价值思考发生共鸣，缓解或慰藉了他们确证自我的焦虑心理。也就是说，经过男性文人的艺术想象，叶小鸾形象富有性别意义的文人化特征获得了深具时代意义的延展和丰富，成了具有时代表征且具有男性性别意义的文人化载体。

（一）在叶小鸾所促成的文学想象中，《红楼梦》给今人最深的印象。第七十六回林黛玉和史湘云联吟赋诗，其中"寒塘渡鹤影，冷月葬花魂"之句，多以为取自《续窈闻》中的"戏捐粉盒葬花魂"句；第七十八回贾宝玉作《芙蓉女儿诔》，其"弄玉吹笙，寒簧击敔"句中的"寒簧"一词，也多有学者指认与叶小鸾故事相关，进而论及到林黛玉与叶小鸾、《红楼梦》与《午梦堂集》存在某种必然的文学接受关系。且不说早在曹雪芹之前，苏州才子尤侗已于传奇戏曲《钧天乐》中以"寒簧"为女主人公命名，明确喻指叶小鸾，不能完全排除尤侗作品作为接受中介的可能；至于叶小鸾之于林黛玉的影响，如著名的《葬花辞》与叶小鸾的《莲花瓣》诗表达了似曾相识的情绪与境界等，虽不是空穴来风，但与尤侗《驻云飞·十空曲》被指认可能影响了《好了歌》一样，终究不能作为可以落实的证据。实际上，阅读面广且旁学杂收的曹雪芹，在创作《红楼梦》时显然依托了广泛的取自内容，这也是促成其主题多义性进而导致实证研究总是别开宗派的重要原因之一。像叶小鸾一样的才女夭折故事如何激发了曹雪芹关于青春女性的话题，让他在"忽念及当日所有之女子"时融入了相关的审美感动，是今天的研究者难以通过精确的细节比对来加以证明的。曹雪芹的

---

① 柳亚子：《楚伧泛舟分湖寻午梦堂遗址不得作〈分堤吊梦图〉以寄慨为题此解》，《磨剑室诗词集》，上海：上海人民出版社，1985年，第1772页。
② （明）沈宜修：《季女琼章传》，《鹂吹》，《午梦堂集》，北京：中华书局，1998年，第202页。

时代,《午梦堂集》的各种版本繁多,他没有任何拒绝叶小鸾的理由,何况当时的苏州是女性文化的重要集结地之一[①],叶氏一门的女性唱和足以提供闺中"历历有人"的典型个案呢。

但是,由"花魂"和"寒簧"的著作权均应归属金圣叹而言,进入《红楼梦》的叶小鸾已然是经过历史展开和文学想象的艺术原型了。其气质风神与《红楼梦》中那个"世外仙姝"林黛玉多有同构应属必然,多愁善感、灵慧秀丽、才华出众、孤高自许,的确为林黛玉所禀有,未婚病逝以及神奇的生、仙去的死,也都为同是苏州人的林黛玉所吸纳,但林黛玉式的体弱多病、以还泪传说为神话依托的宝黛恋情却并非叶小鸾的遗传,特别是叶小鸾身上的仙隐梦想,林黛玉非但不具备,且其指向更多的是关乎日常人生的种种追求。也就是说,在充分展扬清标脱俗之美的同时,林黛玉形象还弥漫着浓重的世俗烟火气。因此,叶小鸾形象的艺术影响之于《红楼梦》而言,可能更多地体现为一种集体无意识。她不能被指认为仅仅是林黛玉的前身,更多地转换为以林黛玉为代表的一大群青春女性。她将才华和个性遗传给《红楼梦》中的年轻女性群体,又在曹雪芹独特而深邃的艺术观照下发生了深幽别样的拓展。她们无比寻常,"小才微善""或情或痴",在日常生活世界里演绎着自己的喜怒哀乐;她们又都是"异样女子",表现出男性所不及的清纯、超拔和识见。《红楼梦》不断强调的一句话是:"凡山川日月之精秀,只钟于女儿,须眉男子不过是些渣滓浊沫而已。"实际上,这不仅来自对叶小鸾一类才女的体认,也是晚明以来一种文化共识的艺术总结,如时人众口一词以男性为参照表述的有关女性才华的极度赞美。卫泳云:"天地清淑之气,金茎玉露,萃为闺房。"[②] 葛徵奇云:"非以天地灵秀之气,不钟于男子;若将宇宙文字之场,应属乎妇人。"[③] 赵世杰云:"海内灵秀,或不钟男子而钟女人,其称灵秀者何? 盖美其诗文及

[①] 明代女词人不仅数量众多,而且在地域分布上多集于东南地区,王昶《明词综》收录了84位女词人,其中仅苏州、吴江、松江、嘉兴等东南地区的词人即有49位,占了全部的一半以上。而吴江叶、沈两家女性词人就有沈宜修、张倩倩、叶纨纨、叶小纨、叶小鸾、沈宪英、沈静专、沈彦嘉、庞蕙维等十几人,可见其创作之盛。

[②] (明)卫泳:《悦容编》,《香艳丛书》本。

[③] (明)葛徵奇:《续玉台文苑·序》,《历代妇女著作考》,上海:上海古籍出版社,1985年,第887页。

其人也。"①邹漪云:"乾坤清淑之气不钟男子,而钟妇人。"②换句话说,林黛玉等大观园女孩的离经叛道因为叶小鸾的精神映照而具有了源头活水,叶小鸾对生命无常的忧郁感伤则借助林黛玉的闲愁哀怨开启了一代文豪的精神端绪,成为曹雪芹演绎"千红一窟,万艳同杯"的艺术源泉。一句话,作为女性文学繁荣时期的杰出代表,"叶小鸾"经过曹雪芹的再创造赢得了凤凰涅槃一般的新生,在新的形象载体中获得了艺术丰富和审美阐扬,并以杰出的形象塑造表达了浪漫而感伤的时代诉求。尽管此"叶小鸾"与叶绍袁、金圣叹建构和扩展的叶小鸾距离更加遥远,却成为了超越其先天内涵和局限的女性的共名。这一形象在逻辑和事实上的归宿,正是其作为丰富的文学共同体在审美合目的性上的必然体现。叶小鸾形象之于林黛玉乃至《红楼梦》的意义也应该从这个维度给予理解。

(二)与叶小鸾形象直接相关的戏曲作品有《鸳鸯梦》杂剧和《钧天乐》传奇。《鸳鸯梦》出自小鸾胞姊小纨之手,作为《午梦堂集》之一参与了叶小鸾形象的生成;来自苏州才子尤侗笔下的《钧天乐》则在叶小鸾形象演变史上具有不容忽略的意义。作为一位才子情结始终激荡于心的文人,尤侗对佳人叶小鸾保持了终生的向往和本能的偏爱。其好友汤传楹曾云:"展成自号三中子,人不解其说,予曰:'心中事,扬州梦也;眼中泪,哭途穷也;意中人,《返生香》也。'"③在《西堂全集》中,涉及叶小鸾的诗词作品有多篇,如《戏集〈返生香〉句吊叶小鸾》十首、《和叶小鸾梦中作》《吊返生香》等,一以贯之地表达了对叶小鸾的倾慕和赞赏。《钧天乐》传奇中,作为怀才不遇的男主人公沈白的未婚妻,女主人公寒簧"才色倾城",婚前而逝,后被瑶池王母召为散花仙史,与被天廷选为状元的沈白在月宫团圆,终成眷属。作品多有取自叶小鸾传记者,如第八出《嫁殇》,当听母亲说"拣定今月十五日"成婚后,寒簧问侍儿:"今日几日?"侍儿答:"初十日了。"寒簧又说:"如此甚速,如何来得及!"与沈宜修《季女琼章传》所记几乎一样。来自《续窈闻》的例证也不胜枚举,如寒簧的临

---

① (明)赵世杰:《古今女史》,《历代妇女著作考》,上海:上海古籍出版社,1985年,第889页。
② (清)邹漪:《红蕉集·序》,《历代妇女著作考》,上海:上海古籍出版社,1985年,第897页。
③ (明)汤传楹:《闲余笔话》,《湘中草》卷六,尤侗:《尤太史西堂全集》附,《四库禁毁书丛刊》(集部第130册),北京:北京出版社,1997年,第142页。

终绝笔诗:"身非巫女学行云,常对三星簇绛裙。清唤声中轻脱去,瑶天笙鹤两行分。"即是泐大师招临时叶小鸾之魂所吟,其中只有三字之改。《钧天乐》创作于顺治十四年(1657),尤侗"抑郁不得志,因著是编,是以泄不平之气,嬉笑怒骂,无所不至"①。此际,佳人的梦想一定发挥了缓解怀才不遇、人生苦闷的作用,他才如此扬才露己、少有避讳地表达对邻邑名媛叶小鸾的热烈向往,以至于后来的才女汪端指责他"语多轻薄,文人口孽又过临川"②。应该说,作为梦中情人,叶小鸾构成了尤侗才子生活的生动景观。不仅他的三个女儿均以"琼"字命名(叶小鸾字琼章),在审视周边才女创作时,也情不自禁地表示:"松陵素称玉台才薮,而叶小鸾《返生香》仙姿独秀。虽使漱玉再生,犹当北面,何况余子?其对泐师语云:'团香制就夫人字,镂雪装成幼妇词。'请借两言,以弁'林下'之集。"③评价之高、赞许之诚,均可捕捉到这位才子的白日梦心理,而以"团香制就夫人字,镂雪装成幼妇词"属意叶小鸾,与"寒簧"名字的使用一样,再次证明了金圣叹之于叶小鸾的建构在文学想象中发挥的特殊作用。

《钧天乐》中的"叶小鸾"形象却单薄而欠美感。尤侗为她确立了新的人物谱系:邑令之女、无知者之妹、才子未婚妻;其价值定位则主要依凭于对世俗功名的态度。其一命所系非关真情,而主要是科举功名,未婚夫沈白名落孙山是她忧郁而死的直接触媒。她最具典型意义的宾白是:"咳,古来才子数寄,佳人薄命,同病相怜。世间多少女郎,七香车五花诰,享受荣华,偏我寒簧寂寞深闺,香消粉褪也,似下第秀才一般。好伤感人也。"这位"佳人"与才子同构的形象价值昭然若揭,恰如此段眉评所揭示:"后来做夫人的比官人更加性急,如寒簧十五女郎,一闻儿夫下第,无限感慨,至以死继之,何热中之甚也!"尤侗笔下,寒簧成仙的渴望也来自科举失败的解脱,于仙境中求得"彩鸾双驾戏蓬壶"(第五出),因之构成了后来情节中人物行动的驱力。尽管具体实践者主要是男性,然佳人寒簧作为男性话语工具的意义依然不彰自显。如是,尤侗仅在仙化的形迹或形象的皮毛上摹写了金圣叹的叶小鸾,这一形象禀有的真情美和丰沛的生命力反被抽取一空。即,《钧天乐》中的叶小鸾形象不过是一个抽象的载

---

① (清)阆峰氏:《钧天乐·题词》,《钧天乐》卷首,康熙刻本。
② (清)汪端:《自然好学斋诗钞》卷三,孙楷第:《戏曲小说书录解题》,北京:人民文学出版社,1990年,第329页。
③ (清)尤侗:《林下词选序》,《西堂杂组》二集卷三,康熙刻本。

体,与明末清初大量出现的不合生活逻辑的佳人形象一样,只具有确认才子价值的意义,而没有生成与才子形象互相激发的精神之美。在这位著名才媛的身上,尤侗一厢情愿的梦游神恋心理获得了最大限度的满足,但这种化神奇为腐朽的趣味和手段,除了昭示出他与金圣叹风神与境界的悬隔,还可以推导出如是判断:曹雪芹是绝不会从尤侗戏剧中获得创作灵感的。

(三)在由历史叙事而为文学想象的进程中,金圣叹扶乩过程中的审戒答吟作为"叶小鸾故事"被不断重写,成为清代小说创作中一个令人关注的现象。如沈起凤《谐铎》中的《娇娃皈佛》篇,15岁少女沈绮琴与戒律僧慧公的对话即是模仿泐大师与"叶小鸾",其中"断六根"一段云:

> 慧公趺坐蒲团,高声提唱曰:"如何是无眼法?"曰:"帘密厌看花并蒂,楼高怕见燕双栖。""如何是无耳法?"曰:"休教撇笛惊杨柳,未许吹箫惹凤凰。""如何是无鼻法?"曰:"兰草不占王者气,萱花莫辨女儿香。""如何是无舌法?"曰:"幸我不曾梨黑狱,干卿甚事吐青莲。""如何是无身法?"曰:"惯将不洁调西子,谩把横陈学小怜。""如何是无意法?"曰:"只为有情成小劫,却因无碍到灵台。"

作者明言此"与叶小鸾参禅一案,并为词坛佳话",所采用的亦是骈丽的词语和正话反说的形式,意境和情感却不似"叶小鸾"答戒那样清丽晓畅、明朗如画。王韬《遁窟谰言》卷六《珊珊》提及屈楚香行法事,亦有"因登座为姗来说法,效叶小鸾故事"云云。在这两位金圣叹苏州后辈的文学创作中,作为小说的有机部分,乩文对于小说文体的参与构成了作品的最大特色,其不仅成为塑造人物形象的重要手段,丰富了小说文体的形式,也形成了对文体样态的别致拓展。

但同时也出现了另一种趋向。即作为叶小鸾形象的表征,扶乩赋诗的话语中心地位导致相关的文学叙事总是借助宗教活动展开,宗教教义宣传凸显为主题;相应地,形象的工具意义日益明晰,叶小鸾逐渐演变成缺乏尘心的忏情礼佛者女性,少女丰富的感性世界遭到一定程度的消解。《娇娃皈佛》中,沈绮琴的对答虽也彰显出文才慧心,并泄露了少女精神世界的感伤和压抑,但冗长的禅语问答除了映射出与"蒲团未破,红粉先埋"结局的悲剧冲突外,关乎女性鲜活生命的塑造却十分薄弱。在另外一些作者的笔下,叶小鸾本人甚至转换成了一位扶乩者。陆长春《香饮楼宾谈》卷二即有"叶小鸾降乩"一文,并云"小鸾舜华早谢,不无红颜薄命之嗟,今观其诗,当已在灵妃郁嫔之列矣"。宗教价值的确认,完成了叶小鸾去普通人的过程,同时也不免对其形象美感和艺术真实的减损,致使其演变成一个负载理念的符号式人物,生命力日益萎弱。叶小鸾的形象在另一意义层面被不断解读,体现其形象核心价值的风神笑貌和人生追求必然淡化,平面化和娱乐价值逐渐凸起。如此促成人物形象逐渐走向平面化,导致了这一形象生命力的枯萎。再如西泠野樵的白话小说《红闺春梦》,以所谓的叶小鸾参禅作为酒令嵌入小说叙事,昭示了文化消费过程中的游戏追求给予形象独立精神和艺术品格的消解。此令名"少妇方丈参禅",得令者"当恭敬在座'老僧'一杯,拜为师父。须再别其格,以法叶小鸾贪、嗔、淫、杀四说",于是小儒扮演的"老僧"与五官模仿的"叶小鸾"如是问对:

> 小儒笑了笑,问道:"你可犯过酒戒么?"五官答道:"犯过。洞房喜饮合欢酒,画阁祥开庆寿筵。"小儒又问道:"可犯过色戒么?"五官答道:"眉黛时教夫婿画,衾裯惯与小星争。"小儒问道:"可犯过财戒么?"五官答道:"姑嫜每赐添妆锦,儿女同分厌岁钱。"小儒又问道:"可犯过气戒么?"五官答道:"嗔婢掐来花带叶,怪郎笑对谑兼嘲。"

同样是对泐大师审戒的模仿,这里的对句却呆板平俗,缺乏情韵和灵性。特别是,"叶小鸾"参禅故事与"事实"更加遥远,且俗化、游戏化趋向相当突出。乩文的这种娱乐化倾向,尽管具有消解宗教价值的意义,但以谐俗的感官刺激构造虚拟艺术世界的新奇,不能不过度依赖所谓的成功经验,其结果是造成了想象力的偏执和抑制,致叶小鸾形象渐趋僵化涩滞,最终沦落为苍白的游戏内容。

也就是说,一旦失去叶绍袁式的真情倾诉和金圣叹式的诗意建构,叶小鸾形象只能流于猎奇者的述说和游戏式的写作,或者成为演说佛理的工具与载体,不但乏有人文内涵,审美意义也大打折扣。

总之,叶小鸾形象生成于晚明时期追求情本、张扬个性的文化思潮中。其以家族总集《午梦堂集》为展演平台,以容貌言行、诗词创作构成文学想象的最初因子,通过亲友的诗文描述、父亲的真情点评和金圣叹的降乩创设等合力塑造,促成了文学形象核心价值和基本样态的生成。进入清代文学史后，叶小鸾构成了各种体式文学的载体和元素，但多数作品只能在躯壳或形式的意义上模写复制有关的仙话故事和降乩对语，惟有《红楼梦》从人文和审美层面有效吸纳并深刻拓展了叶小鸾的风采神韵和形象内涵，使之创造性地重生于一个崭新的文学世界。叶小鸾形象在明清两代文学史上的艺术演变和审美表现，昭示了文学元素的流动路径和构成特征，揭示了作家个性、品味甚或伦理水准之于文学想象层次和形式构架的决定性作用。就这一意义而言，叶小鸾形象的生成演变乃思考文学想象性质、构成的生动个案，其文学史价值应给予重新考量。

（载《文学评论》2008 年第 3 期）

论袁枚与乾嘉时期戏曲作家的交往

在乾嘉时期的文坛上，袁枚（1716—1797）作为一代文学巨擘，"以诗文为海内所推六七十年"①，曾发生了巨大的影响。以他为领袖的性灵诗派名噪一时，几乎影响到一代诗人的创作，仅自称为其桃李者即不下数十人。袁枚本人没有戏曲创作的尝试，但其地位和名望使他不但结交了一批戏曲作家，还通过为相关创作撰写序跋和题咏，表达了对戏曲的态度。钩稽相关史实并作出评价，对于乾嘉时期的戏曲创作而言，既是一段意义丰富的文学史话，也可以借此透视当时戏曲创作的文化生态特征及其有关问题。

一、袁枚对戏曲的态度

袁枚并没有创作过戏曲作品，对于戏曲，更谈不上爱好。在有关个人兴趣爱好的表白中，他曾说："袁子好味，好色，好葺屋，好游，好友，好花竹泉石，好珪璋彝尊、名人字画，又好书。"②并没有提及戏曲。相反，袁枚曾多次解释自己对戏曲并不喜欢，指出："以著作争胜负，故不喜赌钱；以吟咏当笙簧，故不爱听曲。"③又说："余生平嗜好，凡饮酒、度曲、樗蒱，可以接群居之欢者，一无能焉。"④对于这一状况，他强调说："余性不饮酒，

---

① （清）王鸣盛：《祝随园先生八十寿序》，《随园八十寿言》卷一，袁枚：《袁枚全集》（第六册），南京：江苏古籍出版社，1993年，第2页。
② （清）袁枚：《所好轩记》，《小仓山房（续）文集》卷二九，《袁枚全集》（第二册），南京：江苏古籍出版社，1993年，第504页。
③ （清）袁枚：《牍外余言》卷一，第81条，《袁枚全集》（第五册），南京：江苏古籍出版社，1993年，第27页。
④ （清）袁枚：《子不语序》，《小仓山房文集》卷二八，《袁枚全集》（第二册），南京：江苏古籍出版社，1993年，第498页。

又不喜唱曲，自惭婆人子，故音律一途，幼而失学。"①关于饮酒，他解释为"性不饮而爱饮客"②，尽管是"天性不饮"③，但随园酒常有，显示了袁枚热情通达、招揽天下才士的胸怀和气度。对于戏曲，则主要归结为幼年失学以及对于音律的天然不喜。其"自寿"诗之二有"不能饮酒厌闻歌，革带常宽懒着靴"④。所谓的"厌闻歌"，主要指的是对戏曲的态度。

如果说此话包含着自我标榜的意味，那么，作于嘉庆元年（1796）的示儿诗则是袁枚晚年真实心态的反映：

山上栽花水养鱼，卅年沈约赋《郊居》。书经动笔裁提要，诗怕随人拾唾余。三代文章无考据（考据之学始于东汉），一家人事有乘除。阿通词曲阿迟画，都替而翁补阙如。⑤

此际，他年过米寿，人生随时将关闭大幕，诗歌也渗透了总结一生的感慨。从诗中可见，似乎长子袁通喜欢词曲⑥；另一个信息是，他对于自己一生不能为考据、为曲、为画都有些耿耿于怀。作为一位以才名卓著于一时的文人，尽管袁枚也通达地表示过："饮酒樗蒱度曲，人生遣兴三条。我竟一齐不解，公然乐过终朝。"⑦但对自己不能以全才形象示人终究还是有些遗憾。

那么，他究竟为何不喜欢戏曲呢？关于这个问题，尽管袁枚曾解释为家境原因导致的教育缺失："音律一途，幼而失学。"个中原因可能并不简单。以袁枚的聪敏，兴趣所在不难学会。分析有关的言论，应该有二个原因。其一是认为沉溺戏曲是没有出息的表现。故在"音律一途，幼而失学"

---

① （清）袁枚：《随园诗话》卷二，第56条，《袁枚全集》（第三册），南京：江苏古籍出版社，1993年，第53页。
② （清）袁枚：《八十自寿》其八小注，《小仓山房诗集》卷三六，《袁枚全集》（第一册），南京：江苏古籍出版社，1993年，第875页。
③ （清）袁枚：《陶渊明有〈饮酒二十首〉，余天性不饮，故反之作不饮酒二十首》，《小仓山房诗集》卷十五，《袁枚全集》（第一册），南京：江苏古籍出版社，1993年，第292页。
④ （清）袁枚：《〈自寿〉诗亦嫌有未尽者，再赋四首》之二，《小仓山房诗集》卷三六，《袁枚全集》（第一册），南京：江苏古籍出版社，1993年，第876页。
⑤ （清）袁枚：《再示儿》，《小仓山房诗集》卷三六，《袁枚全集》（第一册），南京：江苏古籍出版社，1993年，第901页。
⑥ （清）袁通（1772—？）为袁枚侄子，过继为嗣子，著《捧月楼词》八卷，有嘉庆二十年（1815）刻本，未见戏曲作品留存。
⑦ （清）袁枚：《自嘲三绝》之二，《小仓山房诗集》卷二七，《袁枚全集》（第一册），南京：江苏古籍出版社，1993年，第586页。

之后，引述了两个例子：一为张英之子张廷玉，"一生富贵，而独缺东山丝竹之好"，一为徐乾学重孙徐柱臣①"五岁能拍板歌"，外祖张玉书闻而斥之："儿没出息矣！"后果"为人司音乐，以诸生终"②。两人都是一代名臣之后，身世反差却如此之大，显然是由于词曲误人，其中暗含了袁枚自己爱好选择正确的依据。其二是天性中缺乏对戏曲这一艺术形式的热爱。袁枚是一位始终如一的性情至上主义者，性情所在，无往不至，一切从性情出发，反之则规避三舍或决然舍弃。作诗乃其情之所钟："始知性所昵，一旦难相乖。"③戏曲乃性之所违，于是终身而不喜。他曾说：

> 余作诗，雅不喜叠韵、和韵及用古人韵。以为诗写性情，惟吾所适。一韵中有千百字，凭吾所选，尚有用定后不慊意而别改者，何得以一二韵约束为之？既约束，则不得不凑拍；既凑拍，安得有性情哉？《庄子》曰："忘足，履之适也。"余亦曰："忘韵，诗之适也。"④

谈论的虽然是作诗，戏曲创作更加受限于音律，亦当如此。他又曾言："余不耐学词，嫌其必依谱而填故也。"⑤对象是作词，但作曲亦须依谱，也是这个道理。所以，联系"音律一途，幼而失学"的表白，可知不愿为声律所累是袁枚排斥戏曲的另一个重要因素。

袁枚不喜欢戏曲，但自50岁左右起，他对戏曲的态度发生了明显的变化。乾隆二十九年（1764）49岁时，时任两江总督授文华殿大学士的尹继善，招待袁枚、秦大士、蒋士铨至府观剧，袁枚作诗云："游、夏多年

---

① 徐柱臣，字题客，徐乾学次子炯之孙，袁枚云为乾学"健庵司寇孙"有误。所著有《智节记》和《艮岑乐府》，或为戏曲，内容待考。
② （清）袁枚：《随园诗话》卷二，第56条，《袁枚全集》（第三册），南京：江苏古籍出版社，1993年，第53页。
③ （清）袁枚：《戒诗》，《小仓山房诗集》卷三二，《袁枚全集》（第一册），南京：江苏古籍出版社，1993年，第765页。
④ （清）袁枚：《随园诗话》卷一，第6条，《袁枚全集》（第三册），南京：江苏古籍出版社，1993年，第3页。
⑤ （清）袁枚：《随园诗话》卷十一，第26条，《袁枚全集》（第三册），南京：江苏古籍出版社，1993年，第369页。

虽侍侧，弦歌今夕始生堂。"小字注曰："枚受业三十年，初次观剧。"①此联诗句，可能包含了其恩师尹继善首次在署中演剧的意思，其实也是作者本人的生平写照。在编年体《小仓山房诗集》中，此前的作品没有明确的观剧诗，与演员的酬赠之作亦如凤毛麟角②。50 岁之后，这类作品才逐渐浮现，如乾隆三十三年（1768）为"色艺梨园中"的李桂官以诗纪传③，乾隆三十五年（1770）为杨潮观作诗赞扬其《吟风阁杂剧》④，乾隆三十八年（1773）观演《长生殿》时赠演员杨华官⑤，乾隆四十七年（1782）于兰溪知县梁文永廨内观剧赋诗⑥，乾隆六十年（1795）应演员天然官之请，赠诗两首。《随园诗话》记载，其晚年以诗教广收弟子，"近又有伶人邱四、计五亦来受业"，自称是"无所不备"⑦。此外，在时人作品中，也能偶见其观剧的记载⑧，时间已经是袁枚 80 岁以后的事了。

在诗集和诗话中的相关文字中，袁枚表现出对优伶人物"色艺俱佳"⑨的赏识，也能以平等心态肯定他们的人格、气节。如《李郎歌》："李郎色艺梨园中，李郎行事梨园外。不为李郎歌一篇，那知大有传人在……"全

---

① （清）袁枚：《腊月五日相公再招观剧》之一，《小仓山房诗集》卷十八，《袁枚全集》（第一册），第 372 页。前有《腊月五日相公招同秦学士大士、蒋编修士铨小集西园》，第 369 页。尹继善有《岁暮招子才山人观剧次韵》，见《续同人集》"和韵类"，《袁枚全集》（第六册），南京：江苏古籍出版社，1993 年，第 126 页。

② 仅见乾隆四年（1739）中进士在京期间作《赠歌者许云亭》二首，《小仓山房诗集》卷二，《袁枚全集》（第一册），第 22 页。此人乃"京师伶人"，袁枚与之似有断袖之交，如《随园诗话》就记载了两人"情款绸缪"的交往，袁赠诗："笙清簧暖小排当，绝代飞琼最擅场。底事一泓秋水剪，曲终人反顾周郎？"卷四第 40 条，《袁枚全集》（第三册），第 112 页。按：此首赠诗未见诗集卷二。

③ （清）袁枚：《李郎歌》，《小仓山房诗集》卷二一，《袁枚全集》（第一册），南京：江苏古籍出版社，1993 年，第 430 页。

④ （清）袁枚：《喜杨九宏度从邛州来，即事有作》其二，《小仓山房诗集》卷二二，《袁枚全集》（第一册），南京：江苏古籍出版社，1993 年，第 451 页。

⑤ （清）袁枚：《席上赠杨华官》，《小仓山房诗集》卷二三，《袁枚全集》（第一册），南京：江苏古籍出版社，1993 年，第 472 页。

⑥ （清）袁枚：《端阳在兰溪令梁公署中观剧》，《小仓山房诗集》卷二八，《袁枚全集》（第一册），南京：江苏古籍出版社，1993 年，第 636 页。

⑦ （清）袁枚：《随园诗话补遗》卷九，第 35 条，《袁枚全集》（第三册），南京：江苏古籍出版社，1993 年，第 780 页。

⑧ （清）王文治：《(曾)宾谷都转招同袁简斋前辈、张警堂同年、谢芗泉漕使清燕堂观剧，归途大雪有作》，《梦楼诗集》卷二四，乾隆六十年（1795）刻本。

⑨ （清）袁枚：《随园诗话补遗》卷九，第 33 条，《袁枚全集》（第三册），南京：江苏古籍出版社，1993 年，第 779 页。

篇旨在赞许演员李桂官于演戏之外的行事为人①，对这位男性优伶以自尊赢得定心交并激励毕沅考中状元的行为非常赞许，字里行间则不免对男风之好的津津乐道②。至于像《歌者天然官索诗》："何必当筵唱《浣纱》，但呼小字便妍华。万般物是天然好，野卉终胜剪彩花。"③ 不仅以名衍义，赞赏天然官的本色表演，还能涉及具体剧目，这在他的著述中是非常罕见的。他的多数作品还是以色为兴趣点，有时注目于文人与同性伶人的暧昧关系，于艺则一带而过，表现出对剧情、演技等戏剧元素的淡漠。

从有关文献分析，尽管未组建自己的家乐戏班，但在宾客盈门的随园，戏曲演出也是日常生活的必要组成部分。即便在50岁前，袁枚也囿于社会风尚，难免此习。如乾隆十年（1745）任江宁知县时：

> 月课多士，拔其尤者，如车研、宁楷、沈石麟、龚孙枝、朱本楫、陈制锦及秦君（引者按：指其门人秦大士）等，共二十人，征歌选胜，大会于徐园。有伶人康某为余所赏，秦即席赋诗云："秋云羃历午阴长，舞袖风回桂蕊香。忘是将军门下客，公然仔细看康郎。"一座为之解颐。④

《无锡金匮县志》也有杨潮观杂剧为"钱塘袁枚演之金陵随园，一座倾倒"⑤

---

① 李桂官，苏州伶人，因伎入京师，与毕沅（1730—1797，字秋帆）席上相遇。时毕沅年方20余岁，尚未中进士，以北闱举人授内阁中书，年少气盛："把盏唤郎郎不起，怒曳郎裾问所以。郎言侬果博君欢，寸意丹心密里传。底事当场为戏虐，竟作招摇过市看？一言从此定心交，孤馆寒灯伴寂寥。为界乌丝教习字，为熏宫锦替焚椒。延医秤水春风冷，嘘背分凉夜月高。但愿登科居上上，敢辞礼佛拜朝朝。果然胪唱半天中，人在金鳌第一峰。"见《袁枚全集》（第一册），南京：江苏古籍出版社，1993年，第430—431页。
② 此事亦见《随园诗话》卷四："李桂官与秋帆尚书交好。毕第时，李服事最殷：病则秤药量水，出则授辔随车。毕中庚辰进士，李为购素册界乌丝，劝习殿试卷子，果大魁天下。……戊子年（引者按：即乾隆三十三年，1768），毕公官陕西。李将往访，路过金陵，年已三十，风韵犹存。余作长歌赠之，序其劝毕公习字云：'若教内助论勋伐，合使夫人让诰封。'（第41条）。赵翼亦有《李郎曲》，见《檐曝杂记》卷二，又见《赵翼诗编年全集》卷十六，描写更露色相，篇末袁枚评曰："绝世风情。"
③ （清）袁枚：《歌者天然官索诗》，《小仓山房诗集》卷三六，《袁枚全集》（第一册），南京：江苏古籍出版社，1993年，第879页。《随园诗话补遗》卷九略有不同，见第33条，《袁枚全集》（第三册），南京：江苏古籍出版社，1993年，第779页。
④ （清）袁枚：《随园诗话》卷十三，第60条，《袁枚全集》（第三册），南京：江苏古籍出版社，1993年，第441—442页。
⑤ 《无锡金匮县志》卷二二《文苑》，嘉庆十八年（1813）城西草堂刻本。

的记载。而鉴赏、品评戏曲作品和演员，则构成了袁枚晚年日常生活与交往的重要方面。目前所知，他为多部作品题词作序的行为即发生在70岁以后。如乾隆五十四年（1789）为吴县王基的《西厢记后传》写序并评点，嘉庆元年（1796）先后为吴江县徐燨的《写心杂剧》和潘炤的《乌阑誓》题词，等等。尤其特殊的是，为王基《西厢记后传》所作评点，比较集中地表达了袁枚关于戏曲创作的一些观点。王基，字太御，号梅庵逸史[①]，袁枚称之为"诗友"，乾隆五十四年赴试金陵以剧示。《西厢记后传》是王基针对王西厢第四折而创作，写张生中试得第后与崔莺莺完婚，郑恒被迫娶丑女韩文娥，双方遵循因果报应的安排，各得其所。袁枚认为，《西厢记》自是前人未成之书，理应有始有终，并对王基的续作给予了很高的评价。袁枚有关戏曲的评点以及其他的序跋题词，揭示了他的戏曲观念，概况起来有三。

一、戏曲创作应以情为圭臬，表达主体的内在情愫。袁枚诗主性灵，相关的论点在他的诗文和诗话中随处可见，如《随园诗话》云："古之忠臣孝子，皆情为之也"[②]；"余最爱言情之作，读之如桓子野闻歌，辄唤奈何"[③]；"诗者，人之性情也，近取诸身而足矣"[④]。正因为此，他评价戏曲多以情为着眼点，如对杨潮观《吟风阁杂剧》的观感是："我偶终一曲，涕下不可收。情至感人深，《箫韶》似此不？"[⑤]如阅读徐燨《写心杂剧》的感受是："一片灵机，蟠天际地，使衰朽之人蹲蹲欲舞。"以至于不由自主地赞叹："词曲感人乃至是哉！"[⑥]如为潘炤《乌阑誓》传奇题词二绝云："彩毫夫擅作非难，红豆妻拈课且宽。料得曲终双叫绝，乌丝阑下并肩看"；"醉月

[①] 《西厢记后传》作者署"梅斋逸叟"，邓长风认为即苏州王基。见《明清戏曲家考略续编》，上海：上海古籍出版社，1997年，第217页。
[②] （清）袁枚：《随园诗话》卷三，第41条，《袁枚全集》（第三册），南京：江苏古籍出版社，1993年，第81页。
[③] （清）袁枚：《随园诗话》卷十，第82条，《袁枚全集》（第三册），南京：江苏古籍出版社，1993年，第347页。
[④] （清）袁枚：《随园诗话补遗》卷一，第1条，《袁枚全集》（第三册），南京：江苏古籍出版社，1993年，第546页。
[⑤] （清）袁枚：《喜杨九宏度从邛州来，即事有作》之二，见《小仓山房诗集》卷二二，《袁枚全集》（第一册），南京：江苏古籍出版社，1993年，第452页。
[⑥] （清）袁枚：《题词》，徐燨《写心杂剧》卷首，嘉庆刻本。

骚人能慕色，簪花美女会怜才。若非割爱成长梦，那得传情到劫灰"①。无论剧本传写的是经国大业、英雄豪杰，还是人生琐事、儿女情长，激发袁枚并获其首肯的都是其中打动人心的至性至情。

袁枚一贯认为人类的基本情感如父子、夫妇、朋友之情都应该受到尊重，那些渗透于日常生活中的喜怒哀乐也值得特别关注。他的诗歌从不讳言那些日常生活中的琐碎事件和细微情思，无论是养花栽树，还是砌山修屋，甚至齿痛、拔齿等细微小事，都借助诗歌语言给予反映。而徐爔的《写心杂剧》以个人生活为描写对象，关注日常琐事的随感式表达，随物感发，灵机并现，即深得袁枚之心。他特别赞赏徐爔借用戏曲形式表达哀悼等情感："从古情多易断肠，徐郎法祖更轻狂。雁行飞去鸳鸯死，都付清平调几章。"②他阅读此剧后心情激荡，年近80岁的老翁竟有了"蹲蹲欲舞"的冲动，进而产生了冀望作者将自己写入剧本中的念头。艺术追求的相似也使得袁枚对徐爔的戏曲作品格外青睐，先后题词二次。今人认为袁枚的戏曲评论同样贯穿了性灵的观点③，实为的评。

二、戏曲叙事应虚实相生，凸显故事的完整性。一部戏曲作品情节应该有头有尾，才"可谓之成书也"。袁枚借助《西厢记》中的崔张故事表达了如是认知：

> 比如张生与双文，人也，人中之最着重者也，而长亭一别，张生果何结局乎？双文果何结局乎？此二人无结局，则其余之人，可勿问矣。比如男婚女嫁，事也，亦事中之最着重者，而长亭一别，男婚者果何结局乎？女嫁者果何结局乎？此二事无结局，则其余之事，可勿问矣。

所以，"一切传奇之书，不妨无其人而无其事，而断不可有其始而无其终"。从这一维度出发，他认为《西厢后传》弥补了王实甫原作止于"惊梦"的遗憾，是一部足以满足读者观众审美心理期待的续作。尤其是，作者"将前传缺陷之处，而一一为之弥缝，一一为之照应，而又能别出机杼，与前

---

① （清）袁枚：《〈乌阑誓〉题词》，蔡毅编著：《中国古典戏曲序跋汇编》，济南：齐鲁书社，1989年，第1973页。
② （清）袁枚：《题词》，徐爔《写心杂剧》卷首，嘉庆刻本。
③ 赵山林：《历代咏剧诗歌选注》，北京：书目文献出版社，1988年，第415页。

传迥不相侔",又是与众不同之处。这构成了西厢故事"前传赖后传而得成为完本,后传自与前传而永垂不朽"①的基本前提,是作者的最大贡献。正是从这一意义出发,袁枚肯定了戏曲虚构的必要性,卷二之三《辞婚》评云:"予尝谓文章当明乎虚虚实实之法。前在梦中,是虚者实之;今于此处,是实者虚之也:呜呼妙矣!"卷四之二《荣归》又指出:"文章之妙,全在虚做。"对于虚与实的辩证关系再三指出,反复强调,意在推扬这种高妙的艺术追求。

由此,也涉及戏曲文本的结构布局问题。袁枚对《西厢记后传》的结构特色非常赞赏,如评卷一之三《得第》云"通篇结构谨严,步骤秩如,一丝不乱,尤其老手擅长";卷二之四《劝闺》云:"前一章是完却前番避忌嫌疑之事,此一章是预伏后来认亲送嫁之根。则是二折,实前、后传至要之关键也。"但是也应该做到合情合理:"作文能设身处地,自然到处必合情合理;不然,必致如'续传'之忽云为编修,忽云为河中府尹,忽云敕赐为夫妇,自由自性,杂凑成文,徒贻笑于大方矣。"所以,对于表达结构最重要的结局给予高度评价:"世间一切传奇,写到结末一章,不过如此篇之前段,已为极热闹之大(端)〔团〕圆矣。"(四之四《圆梦》)赞赏结局的不落俗套,其暗含的参照系则是现实生活中的舞台演出。

三、注重戏曲的"明道"作用。戏曲作家的共同特点是"通音律",而这恰恰是袁枚的短欠或不屑之处。他的戏曲观念因之不免文章学的特点,并同时受制于诗体正宗的文体观念。如他认为戏曲作为"有韵之文"与时文作为"无韵之文",就文体发展而言,皆是"流品极矣"的末路文体,原因就在于其与时文一样的代言功能限制了其"自言所得",此乃"其体之所以卑"的主要因素。在这一点上,应该说是晚明以来文人戏曲认知的一种倒退。但他又认为,戏曲较时文有更胜一筹之处:"若云足以明道,极有关系,则戏曲中尽有无数传奇,足以动里巷之讴吟,招妇竖之歌泣者,其功且百倍于时文矣!"②从另一角度揭示了传奇阐明人生道理、弘扬传统

---

① (清)袁枚:《西厢记后传》序,民国古吴莲勺庐抄本卷首。以下评语,皆见此本,不再注明。该剧另有光绪三十三年(1707)上海书局石印本。
② (清)袁枚:《答戴敬咸进士论时文》,《小仓山房尺牍》卷三,《袁枚全集》(第五册),南京:江苏古籍出版社,1993年,第50—51页。按:戴祖启(1725—1783),字敬咸,上元(今南京)人,乾隆四十三年(1778)进士,逾年以国子监学正录用。可据此推知袁枚致函大致写作时间。

道德、普及历史知识等方面的独特作用，殊途同归地回到了当时文人认知的一般路径上。袁枚曾赞扬《吟风阁杂剧》的主题是"岂不关讽戒？优也言无邮"①，表达了对杨潮观杂剧创作思想倾向的充分认同。"言无邮"出自《国语·晋语》中优施语："我优也，言无邮。"②优施是中国古代见于载籍最早的优伶之名，故"言无邮"也是对包括戏剧演出在内的优伶言论的最早表态。虽然见于典籍记载的更多的是优伶谏上被杀被挞的事例，但是这一蕴含早期民主倾向的关于戏剧和演员的态度，也深深浸润于袁枚的戏曲观念中，为他理解戏曲的明道功能提供了思想资源。

袁枚在《答戴敬咸进士论时文》中对戏曲的肯定是有限制的（就"明道"的便捷性而言），或有范围的（与散文最滥者"时文"比较而言）。然他毕竟是一位性情中人，不难感受到戏曲乃至民间小戏艺术的真切感人以及与下层民众的亲和关系，类似的例证如《随园诗话》云：

> 或有句云："唤船船不应，水应两三声。"人称为天籁。吾乡有贩鬻者，不甚识字，而强学词曲，哭母云："叫一声，哭一声，儿的声音娘惯听，如何娘不应？"语虽俚，闻者动色。③

从真情表达、真切感人的角度感受到了词曲语言的"天籁"之妙，这或许是不擅长音律的袁枚对戏曲文学并无恶感的主要原因。

除此之外，袁枚对有关戏曲的名词术语、礼仪制度等问题也曾给予关注，如关于"勾栏""花旦"等的考证都值得注意：

> 今人称伶人女妆者为"花旦"，误也。黄雪槎④《青楼集》曰："凡妓以墨点面者号花旦。"盖是女妓之名，非今之伶人也。《盐铁论》有"胡虫奇妲"之语。方密之以"奇妲"为小旦。余按：汉《郊祀志》：

---

① （清）袁枚：《喜杨九宏度从邛州来即事有作》之二，《小仓山房诗集》卷二二，《袁枚全集》（第一册），南京：江苏古籍出版社，1993年，第452页。
② 无邮即无尤、无罪，袁枚《三传多古字》曰："无罪曰无邮。"《随园随笔》卷一，《袁枚全集》（第五册），南京：江苏古籍出版社，1993年，第16页。
③ （清）袁枚：《随园诗话》卷八，第79条，《袁枚全集》（第三册），南京：江苏古籍出版社，1993年，第267页。
④ "黄雪槎"，乃是对邾经序《青楼集》云作者夏庭芝为"商颜黄公之裔孙曰雪蓑者"的误解（"槎"乃蓑之误抄）。商颜黄公，指的是商山四皓之夏黄公，此处隐示作者之姓。

"乐人有饰女妓者。"此乃今之小旦、花旦。"奇妲"二字,亦未必作小旦解。①

　　今之伶人类古之乐工,《士射礼》:"工不兴,告于乐正曰:'正歌备。'"郑注:"工乃乐工,虽贱不起。"然则今演乐之家责伶人参堂者,亦似不必。②

这些文字或是考证戏曲术语的历史形成,或是辨析戏曲演出礼仪之是非,但也不失为一种维度,体现出一种特殊的关注。其中包含的对演员社会地位的同情和社会身份的尊重,尤其值得肯定。

二、与戏曲作家的交往

从30多岁辞官定居江宁(南京),袁枚构建了随园并居住了近50年。也就是在这一漫长的历史时期里,袁枚一跃而为影响最大的文坛领袖人物之一,竟至于"四方士至江南,必造随园投诗文,几无虚日"③。应该说,身居文化中心的空间位置优势,杰出的才华与特立独行的个性魅力,年高寿永的时间因素等,都是促成这一影响的有力元素;袁枚对于交往的乐此不疲,则是一个更为积极主动的动因。他优游于显宦名流之间,又提携后辈;他定期周游山水,也主动表达与四方文士的交好愿望;他批阅诗文,不计僧道仕女。尤其是作为一位注重强化自我形象的人,在主动交往的同时,袁枚也积极地释放相关信息。姚鼐说他"园馆花竹水石,幽深静丽,至梲槛器具皆精好,所以待宾客者甚盛,与人留连不倦";他自己则表示:"余性伉爽,坐车中最怕下帘。曹有句云:'平生眼界嫌遮蔽,风雪何妨一面当。'与鄙怀恰合。"④对交往的热衷以至于关涉到细节,反映出袁枚于此有心的交往策略。

---

① (清)袁枚:《随园诗话》卷十五,第16条,《袁枚全集》(第三册),南京:江苏古籍出版社,1993年,第493页。
② (清)袁枚:《伶人参堂》,《随园随笔》卷十四"典礼类",《袁枚全集》(第五册),南京:江苏古籍出版社,1993年,第248页。引文见《仪礼》之《乡射礼》。
③ (清)姚鼐:《袁随园君墓志铭》,《惜抱轩诗文集》,上海:上海古籍出版社,1992年,第202页。
④ (清)袁枚:《随园诗话补遗》卷二,第64条,《袁枚全集》(第三册),南京:江苏古籍出版社,1993年,第596页。

人际交往的光环效应之于袁枚也确实发生了重要作用，所谓"过江名士久推袁"①，即是有关这一热闹景观的历史描述。蒋湘南云："袁简斋独倡性灵之说，江南江北靡然从之。自荐绅先生下逮野叟方外，得其一字，荣过登龙，坛坫之局，生面别开。"②影响甚大的《随园诗话》既是交往的结果，也是交往的媒介。戏曲家杨芳灿（1753—1815）曾因之撰诗云："文采风流此一时，名山著作系人思。公真一代骚坛主，我愧千秋国士知。"③不难看出诗话的编撰与袁枚诗坛盟主身份的互动关系。交往广泛是确立文人社会地位的标志之一，袁枚于此可谓能手。这是作家请他题写的原因。盛名之下，许多拜见者也奉上自己的戏曲作品，如王基、徐燨等，而袁枚也开始"不惮废寝忘餐，详加披阅"④。因此，其交往的戏曲作家人数众多，如蒋士铨、钱维乔、杨潮观、杨芳灿、李斗、金兆燕、周昂、徐燨等，以下着重介绍有杂剧作品者（据作者生年排序）。

杨潮观（1710—1788），字宏度，号笠湖，江苏金匮（今无锡）人。杨潮观是乾嘉时期最著名的杂剧作家，所著《吟风阁曲》32种今存。袁枚《杨君笠湖传》云："君与余为总角交，性情绝不相似。余狂，君狷；余疏俊，君笃诚。"⑤实际上，自乾隆元年（1736）杨潮观27岁两人始交于京城，直到乾隆三十五年（1770）冬天才再度相见。当时杨潮观因押运木材路过南京，袁枚写诗回忆了他们的深厚友情，并高度赞扬其《吟风阁杂剧》：

古有临邛令，名因相如留。君今之相如，乃刺古邛州。弹琴成雅化，余情付歌讴。乐府二十章，独写千年愁。亢可义渠激，坠可行云流。《巴渝》让狄滥，吴语输妖浮。岂不关讽戒，优也言无邮。我偶终一曲，涕下不可收。情至感人深，《箫韶》似此不？花栏新雨夜，金尊

---

① （清）胡季堂："寄怀"诗，《随园诗话》卷十一，第13条，《袁枚全集》（第三册），南京：江苏古籍出版社，1993年，第364页。
② （清）蒋湘南：《游艺录》，咸丰二年（1852）刻本。
③ （清）杨芳灿：《吴松崖先生见示随园诗话因忆旧游……奉怀简斋师》，《芙蓉山馆诗抄》卷二，嘉庆十二年（1807）刻本。
④ （清）袁枚：《西厢记后传·序》，民国古吴莲勺庐抄本卷首。
⑤ （清）袁枚：《邛州知州杨君笠湖传》，《小仓山房文集》卷三四，《袁枚全集》（第二册），南京：江苏古籍出版社，1993年，第619页。

素月秋。想见家乐张,一串珍珠喉。乐哉元才子,而兼安昌侯。①

《无锡金匮县志》记载随园上演《吟风阁杂剧》,并博得了"一座倾倒"的美誉,所指或许就是这一次。在诗中,袁枚对杨氏剧作的"讽戒"主题和"感人"深情,给予了很高的评价,也反映了其戏剧思想的渐趋成熟。大约在杨潮观致仕回到无锡以后,进入晚年的两人交往频繁起来,而频繁的交往反而促成了彼此的交恶。事情起源于袁枚《子不语》卷三的《李香君荐卷》,在这个具有香艳色彩的故事中,杨潮观被描写成缺乏原则、留意青楼甚至有营私舞弊嫌疑的考官。这在袁枚本是常态②,却让一贯以循吏自居的杨潮观异常恼怒,于是彼此口诛笔伐,激烈中伤③,多年的友谊趋于破裂。此事影响甚巨,后来陈俍君序《吟风阁杂剧》,说杨潮观"尝与袁随园文字诘难,随园视为畏友"④,应该就是这件事的委婉表达。杨潮观逝世后,袁枚借为之作传表达了宽容的姿态:"古之人游、夏交相议,管、晏乃合传。虽异犹同,其即君与余之谓耶?"⑤《子不语》尾部另有一则故事,记载了杨潮观任河南令时赈灾"救难"的逸事⑥,或许也是为无心伤害了友人而特地进行的弥补。在与其侄杨芳灿的信中,袁枚则如是解释:"令叔晚年迂阔愈甚,要不失为古之闻人。殁后为作墓志一篇,交与方叔明府,世兄曾见遇否?"⑦这可视为他关于此事的基本态度。

蒋士铨(1725—1785),字心馀,又字苕生,号藏园、清容等,江西铅山人。他是乾嘉时期最著名的戏曲作家,著有杂剧《西江祝嘏》《一片石》《四弦秋》《第二碑》等。他与袁枚神交已久,但直到乾隆二十九年

---

① (清)袁枚:《喜杨九宏度从邛州来,即事有作》之二,《小仓山房诗集》卷二二,《袁枚全集》(第一册),南京:江苏古籍出版社,1993年,第452页。
② (清)王文治:《袁简斋前辈给假归娶图》:"公之艳福良难得,不仅房中乐琴瑟。青楼争欲嫁耆卿,逆旅无端到红拂。"见《梦楼诗集》卷二一,乾隆六十年(1795)刻本。
③ 详见拙文:《杨潮观生平创作若干问题考论》,《晋阳学刊》,2008年第3期。
④ (清)陈俍君:《〈吟风阁杂剧〉序》,杨潮观:《吟风阁杂剧》,胡士莹校注,上海:上海古籍出版社,1983年,第245页。
⑤ (清)袁枚:《邛州知州杨君笠湖传》,《小仓山房文集》卷三四,《袁枚全集》(第二册),南京:江苏古籍出版社,1993年,第619页。
⑥ (清)袁枚:《杨笠湖救难》,《子不语》卷二一,王英志编纂校点,《袁枚全集新编》(第十七册),杭州:浙江古籍出版社,2015年,第236页。
⑦ (清)杨芳灿辑:《芙蓉山馆师友尺牍》,宣统三年(1911)上海文明书局排印《尺牍丛刻》本。

（1764）始相见于南京，遂成知己："后来金陵，唱喁讲讨，相得益甚。"年长蒋士铨九岁的袁枚，将这位江西才子视为"奇才"："蒋君心余，奇才也！"①而蒋士铨始终视袁枚为前辈，引为"知己"，评价他："才大心细，识超学醇。"②推尊他"导师力可超群劫，仙吏才堪挽六朝"③。两人一度过从频繁，不仅"互相推许"④，而且彼此砥砺，有袁枚诗为证："君家一庭月，我家一壶酒。彼此间何阔，欣然二五偶。我因君而律严，君因我而吟苦。交易作严师，相期各千古。"⑤蒋士铨参与了袁枚诗、文、骈体文初集的校定工作，分别为作《读随园诗题辞》《读随园文题辞》《题随园骈体文》，袁枚相谢诗云："多君辛苦赐神针。"⑥袁枚则先后撰有《蒋太安人墓志铭》《赠编修蒋公适园传》⑦《蒋心余藏园诗序》《翰林院编修候补御史蒋公墓志铭》⑧等；蒋士铨编定自己的诗集后，亲手托付袁枚："知交遍海内，作序只托随园。"⑨凡此，可确证他们的友谊非同一般⑩。

袁枚与蒋士铨私交甚深，交往长达30多年；但二者性情气质并不同，

---

① （清）袁枚：《蒋心余藏园诗序》，《小仓山房文集》卷二八，《袁枚全集》（第二册），第489—490页。按：其实两人在当时并有"奇才"之誉，王文治《题朱海容明府忆园饯别图》之二："海内奇才近属谁，江南袁蒋记同时。"见《梦楼诗集》卷十六，乾隆六十年（1795）刻本。
② （清）蒋士铨：《答随园先生书》，袁枚：《袁枚全集》（第六册），南京：江苏古籍出版社，1993年，第292、293页。
③ （清）蒋士铨：《喜晤袁简斋前辈即次见怀旧韵》之二，《忠雅堂诗集》稿本"甲申"卷，《续修四库全书》本。
④ （清）袁枚：《随园诗话》卷八，第92条，《袁枚全集》（第三册），南京：江苏古籍出版社，1993年，第272页。
⑤ （清）袁枚：《相留行为苕生作》，《小仓山房诗集》卷二一，《袁枚全集》（第一册），南京：江苏古籍出版社，1993年，第434页。
⑥ （清）袁枚：《谢苕生校定拙集》，《小仓山房诗集》卷二十，《袁枚全集》（第一册），南京：江苏古籍出版社，1993年，第403页。
⑦ （清）袁枚：《小仓山房文集》卷五、卷六，《袁枚全集》（第二册），南京：江苏古籍出版社，1993年，第102、119页。
⑧ （清）袁枚：《小仓山房续文集》卷二八、卷二五，《袁枚全集》（第二册），南京：江苏古籍出版社，1993年，第489、442页。
⑨ （清）袁枚：《随园诗话》卷八，第8条，《袁枚全集》（第三册），南京：江苏古籍出版社，1993年，第242页。
⑩ 乾隆五十年（1750）蒋士铨去世后，袁枚哀痛不已，撰《哭蒋心余太史》云："西江风急水摇天，吹去人间老谪仙。名动九重官七品，诗吟一字响千年。空中香雨金棺掩，帐下奇儿玉笋联。如此才华埋地底，夜深宝剑恐腾烟。"见《小仓山房诗集》卷三一，《袁枚全集》（第一册），南京：江苏古籍出版社，1993年，第739页。

也决定了论诗作曲上的不同。论诗方面,袁枚自己曾如是评价:"蒋苕生与余互相推许,惟论诗不合者:余不喜黄山谷而喜杨诚斋,蒋不喜杨而喜黄:可谓和而不同。"①关于戏曲,据袁枚介绍,从二人相知而未见面开始,蒋"寄余词曲尤多"②,然"余不解词曲",以至于发生了"蒋心余强余观所撰曲本"的趣事③。蒋士铨在戏曲创作方面颇有卓识和才华,从乾隆十六年(1751)到乾隆四十六年(1781)的30年里,共创作杂剧、传奇16种。但袁枚对于蒋士铨的诗歌多有认可,叹赏其诗"摇笔措意,横出锐入,凡境为之一空"④,对他的戏曲则少有评价。《四弦秋》杂剧完成后,袁枚观看了江春德音班的首演,其诗有:"梨园人唤大排当,流管清丝韵最长。刚试翰林新制曲,依稀商女唱浔阳。"后有小注云:"苕生太史新制《秋江》一阕,演白司马故事。"⑤随后的诗句细致描写了演员的歌唱和演奏,对作品本身的评价则付之阙如。

王文治(1730—1802),字禹卿,号梦楼,江苏丹徒人。乾隆二十五年(1760)一甲三名探花,授编修,充考官,官至云南临安知府。杂剧家,作品有《饲蚕记》四种、《迎銮乐府》九种。袁枚对王文治十分欣赏,引之为同调,谈及"两人论诗,如石鼓扣铜鱼,声声皆应,而且至理名言,皆得古人所未有"⑥,指出:"裴晋公笑韩昌黎恃其逸足,往往奔放。近日才人,颇多此病。惟王太守梦楼能揉之使遒,炼之使警,篇外尚有余音。"⑦据不完全统计,《随园诗话》及其《补遗》中共提及王文治19处,其中引述其诗论三处、征引诗篇七题,频率之高,是很特殊的。王文治也很推许

---

① (清)袁枚:《随园诗话》卷八,第92条,《袁枚全集》(第二册),南京:江苏古籍出版社,1993年,第272页。
② (清)袁枚:《寄蒋苕生太史·序》,《小仓山房诗集》卷十四,《袁枚全集》(第一册),南京:江苏古籍出版社,1993年,第257页。
③ (清)袁枚:《随园诗话》卷十五,第82条,《袁枚全集》(第三册),南京:江苏古籍出版社,1993年,第517页。
④ (清)袁枚:《蒋心馀藏园诗序》,《小仓山房续文集》卷二八,《袁枚全集》(第二册),南京:江苏古籍出版社,1993年,第490页。
⑤ (清)袁枚:《扬州秋声馆即事寄江鹤亭方伯,兼简汪献西》之二,《小仓山房诗集》卷二三,《袁枚全集》(第一册),南京:江苏古籍出版社,1993年,第476页。
⑥ (清)袁枚:《答王梦楼侍讲》,《小仓山房尺牍》卷三,《袁枚全集》(第五册),南京:江苏古籍出版社,1993年,第63页。
⑦ (清)袁枚:《随园诗话》卷七,第24条,《袁枚全集》(第三册),南京:江苏古籍出版社,1993年,第212页。

袁枚之才"旷代稀"[1]，并有"四海风骚仗主盟"的高度评价[2]。王文治精研音律，喜爱戏曲，晚年更是"久耽禅悦，舍弃人事，独于声音结习，未能忘情"[3]，用于戏曲方面的精力尤多[4]。姚鼐说其自云南归后，"买僮教之度曲，行无远近，必以歌伶一部自随。其辨论音乐，穷极幽渺。客至君家，张乐共听，穷朝暮不倦。海内求君书者，岁有馈遗，率费于声伎。人或谏之，不听，其自喜顾弥甚也"[5]。他参与了不少审音定律、刊刻曲谱的工作，今知者有三：一是冰丝馆重刻《还魂记》，表达了赏读不已的喜爱；二是为友人叶怀庭的昆曲清唱曲集《纳书楹曲谱》审订宫商，显示了"辨论音乐"的功力；三是参校《纳书楹玉茗堂四梦曲谱》，发表了关于戏曲的言论。王文治对于戏曲的痴爱，袁枚非常了解，他们不止一次地共同观看戏曲演出，还就演员的名字进行讨论："王梦楼太守，精于音律。家中歌姬轻云、宝云，皆余所取名也。"[6]（王文治家伎主要为"五云"，其中"素云、宝云"为男性[7]。）在寄赠王文治的诗歌中，袁枚甚至有"关心手撰《钧天曲》，歌到云璈第几章"[8]的诗句，可见他对王文治戏曲创作的特殊关注。这一点，与他对蒋士铨戏曲的态度似乎形成了一定的反差，或许起作用的还是王文治拥有家班这一介质。

徐爔（1732—1807），字鼎和，号榆村，别署镜缘子、镜缘主人、种缘子等，江苏震泽（今吴江市）人。其所著戏曲多种，尤以《写心杂剧》

---

[1] （清）王文治：《袁简斋前辈给假归娶图》，《梦楼诗集》卷二一，乾隆六十年（1795）刻本。

[2] （清）王文治：《袁简斋前辈八十生辰四首》之二，《梦楼诗集》卷二三，乾隆六十年（1795）刻本。

[3] （清）王文治：《题袁箨庵遗像二首》序，《梦楼诗集》卷二一，乾隆六十年（1795）刻本。

[4] （清）佚名《〈批本随园诗话〉批语》："乾隆辛亥，余省亲福建，见梦楼于京口。留饭听戏，三日别则。其演戏用家乐约三十人，外有女子四人，所演《西楼记》《长生殿》俱精，而梦楼僧帽儒衣朱履，兴复不浅。"见《随园诗话》附录，《袁枚全集》（第三册），南京：江苏古籍出版社，1993年，第814页。

[5] （清）姚鼐：《中宪大夫云南临安府知府丹徒王君墓志铭并序》，《惜抱轩诗文集》，上海：上海古籍出版社，1992年，第345页。

[6] （清）袁枚：《随园诗话》卷二，第31条，《袁枚全集》（第三册），南京：江苏古籍出版社，1993年，第43页。

[7] （清）钱泳：《五云》，《履园丛话》卷二三，《清代笔记小说大观》（四），上海：上海古籍出版社，2007年，第3724页。

[8] （清）袁枚：《寄怀王梦楼太守》，《小仓山房诗集》卷二六，《袁枚全集》（第一册），南京：江苏古籍出版社，1993年，第561页。

最具特色，是乾嘉时期一位以医者闻于世的戏曲家。袁枚与徐爔的交往缘于其父徐大椿，乾隆三十一年（1766）秋，袁枚左臂忽短缩不能伸，诸医莫效，遂亲到吴江求医，从此与徐氏父子结下了良好的友谊。袁枚在为其父大椿写传时，对这位曾撰《乐府传声》的名医的"音律"造诣颇多好评①。徐爔拜会袁枚的时间，《随园诗话》明确记载为"甲寅八月"即乾隆五十九年（1794），当时送子赴金陵参加秋闱的徐爔，作道情一首赠袁枚，称颂其"奇才异质，风雅超殊"，并以"花月神仙，诗文宗主"②赞之。此际，徐爔将所撰杂剧作品送呈请教，袁枚很快回信表达"欣服之忱"③；其后，"时年八十有一"的袁枚再次题写绝句三首，中有"雁行飞去鸳鸯死，都付清平调几章""乞将八十年来事，谱入东山丝竹听"等诗句，包含了请徐爔将自己生平写入戏曲的意思，表明了袁枚对徐爔戏曲创作的首肯。徐爔的另一首道情也是为袁枚而作，叙说了自家两代与袁枚的友情："蒙先生不弃，念两世交情，一如子侄殷勤教。"④此篇【仙吕】乃贺袁枚80岁寿辰所作，当写于乾隆六十年（1795）三月初二生日之前。

除了以上几位来往密切、行迹可考者外，与袁枚有交往的杂剧作家还有很多。如陈德荣（1689—1747），字廷彦，号密山，安州（今河北安新）人。康熙五十年（1711）举人，连捷成进士。曾任湖北枝江县令、贵州、安徽布政使等。所著有《知稼轩文稿》《葵园诗集》，杂剧为《菩提棒》。他们年龄差距较大，正是在安徽布政使的任上，二人得以结识，时在乾隆十年至十二年间（1745—1747）⑤。当时布政使司随安徽省会寄治于江苏江宁府（乾隆二十五年始徙安庆），两人才有在金陵秦淮河畔瞻园中的一段友好过从。那时袁枚30岁左右，始任江宁知县，与陈官阶悬隔，故印象最深的是"每瞻园花开，必招余游赏，不以属吏待"⑥。同样的经历，在当时诗歌中则表现出对陈德荣礼贤下士、提携奖掖的感恩情怀："气厚如春云，

---

① （清）袁枚：《徐灵胎先生传》，《小仓山房文集》卷三四，《袁枚全集》（第二册），南京：江苏古籍出版社，1993年，第630页。
② （清）袁枚：《随园诗话补遗》卷八，第23条，《袁枚全集》（第三册），南京：江苏古籍出版社，1993年，第746页。
③ （清）袁枚：《题词》，徐爔《写心杂剧》卷首，嘉庆刻本。
④ （清）徐爔：《仙吕道情一阕》，《随园八十寿言》卷六，《袁枚全集》（第六册），南京：江苏古籍出版社，1993年，第114页。
⑤ 钱实甫：《清代职官年表》，北京：中华书局，1980年，第1830—1832页。
⑥ （清）袁枚：《随园诗话》卷六，第7条，《袁枚全集》（第三册），南京：江苏古籍出版社，1993年，第163页。

万物资润泽……多感国士知,大雅愿努力。"而"夫子学问大,是以契合切"[1]显然是他们交往的基础。

吴城(1701—1772),字敦复,号鸥亭,钱塘(今杭州)人。作为同乡,袁枚与他的交往较早,据其回忆:"予少时乞假归娶,饮于鸥亭之瓶花斋……"[2]应该是比较熟的朋友。袁枚归娶为乾隆四年(1739)事,当时吴城已是杭州城里有名的诗人,而袁枚以新进士的身份才刚刚进入这个圈子。14年后(1751),吴城与乡人厉鹗(1692—1752)分别撰写承应戏《群仙祝寿》和《百灵效瑞》杂剧(合刻名《迎銮新曲》)。这时袁枚已任职金陵多年,恐来往已疏了,但是对乡邦作家的关心却是其一生的情结。《随园诗话》云:"吾乡诗有浙派,好用替代字,盖始于宋人,而成于厉樊榭。……樊榭在扬州马秋玉家,所见说部书多,好用僻典及零碎故事。"不过,袁枚又指出:"先生之诗,佳处全不在是。"[3]表明瑕不掩瑜,厉鹗的诗自有其独特的价值,也显示出袁枚对乡人创作和行迹的关注和了解。

桂馥(1736—1805),字冬卉,号未谷,山东曲阜人。乾隆五十五年(1790)进士,官云南永平知县。精于说文之学,与段玉裁齐名;亦擅曲,有《后四声猿》杂剧四种。乾隆三十九年(1774),友人宋蒙泉将湖州淘井所得之"简斋"铜印赠与袁枚[4]。他曾请桂馥赏鉴,桂馥即写诗回复。其三有云:"简斋托我双铜印,便欲裁书报武林。"后有小注云:"随园得二铜印,皆简斋二字。"[5]袁枚乾隆四十七年(1782)为桂馥《缪篆分韵》写序,称赞他"借自然之声音,考当然之点画,可以分部就班,开卷有得"[6]。《子不语》亦记有桂馥早年以贡生任长山训导之逸事:"山东桂未谷广文,精篆

---

[1] (清)袁枚:《上方伯陈公德荣》,《小仓山房诗集补遗》卷一,《袁枚全集》(第一册),南京:江苏古籍出版社,1993年,第944页。

[2] (清)袁枚:《随园诗话》卷七,第13条,《袁枚全集》(第三册),南京:江苏古籍出版社,1993年,第206页。

[3] (清)袁枚:《随园诗话》卷九,第83条,《袁枚全集》(第三册),南京:江苏古籍出版社,1993年,第309页。

[4] (清)袁枚:《简斋印》:"湖州淘井得铜印,镌'简斋'二字,阳文,深一米许。宋蒙泉明府以余字偶同,远寄相遗。"见《小仓山房诗集》卷二四,《袁枚全集》(第一册),南京:江苏古籍出版社,1993年,第492页。按:宋弼(1703—1768),号蒙泉,德州人,乾隆十年进士,曾任翰林院编修、陕西提刑按察使等职。

[5] (清)桂馥:《题桂字铜印册子》,《未谷诗集》卷二,道光二十一年(1841)刻本。

[6] (清)桂馥:《缪篆分韵》卷首,光绪悶进斋重刻本。

隶之学，藏碑板文字甚多。每夜被鼠咬破，心恶之，设法擒鼠。以为鼠胆汁可以治聋，乃生剥之。果得一胆，如蚕大，两处有头，蠕蠕行动。鼠死半日，胆尚活也。卒不解其故，惧而弃之沟中，亦无他异。"① 其具体交往之记载，今仅见袁枚的透露："尝与同寓东阳官舍"，彼此或有书信来往，惜未见。

王昙（1760—1817），字仲瞿，后改名良士，号蠢舟，浙江秀水（今嘉兴市）人。所著杂剧有《归农乐》九折，未见传世。为袁枚弟子，舒位《瓶水斋诗话》："袁简斋以诗、古文主东南坛坫，海内争颂其集，然耳食者居多。惟王仲瞿游随园门下，谓先生诗惟七律为可贵，余体皆非造极。余读《小仓山房集》一过，始叹仲瞿为知言。"② 舒位是王昙姨父③，在肯定袁枚诗坛领袖地位的同时，不无褒扬自家姨甥诗学眼力之用意。

三、文人交往与袁枚的戏曲因缘

人往往要借助与他人的交往发展和丰富自身，某种当下的成功也得益于交往之助，从这一视角来审视袁枚也十分重要。他是一个非常注重人际交往的文人，前文已有所述。在晚年的有关自述中，他曾不止一次地表示过大致相类的意思："枚生平不喜佛法，而独于'因缘'二字，信之最真，以为足补圣贤语录之所未及"④，"仆平生不喜佛法，而独于'因缘'二字，信之最真，以为能补圣经贤书之缺"⑤，"余不喜佛法，而独取'因缘'二字，以为足补圣经贤传之缺。身在名场五十余年，或未识面而相憎，或未识面而相慕，皆有缘无缘故也"⑥。定居小仓山下后，袁枚曾精心打造了随园，以之为基地、平台或沙龙，广泛结交社会各层人士，其广大教化之风

---

① （清）袁枚：《鼠胆两头》，《子不语》卷二十，《袁枚全集》（第四册），南京：江苏古籍出版社，1993年，第392页。
② （清）舒位：《瓶水斋诗话》，《瓶水斋诗集》附录，光绪十七年（1891）刻本。
③ （清）王昙：《奉和舒铁云姨丈见赠之作》，《烟霞万古楼诗选》卷一，北京：中华书局，1985年，第1页。
④ （清）袁枚：《答明我斋参领》，《小仓山房尺牍》卷五，《袁枚全集》（第五册），南京：江苏古籍出版社，1993年，第92页。
⑤ （清）袁枚：《答张船山太史》，《小仓山房尺牍》卷五，《袁枚全集》（第五册），南京：江苏古籍出版社，1993年，第191页。
⑥ （清）袁枚：《随园诗话》卷三，第43条，《袁枚全集》（第三册），南京：江苏古籍出版社，1993年，第82页。

范、"山中宰相"之神采，也因之获得了实现。

袁枚的人格魅力首先来自于特出的才能。姚鼐说袁枚"为学自成"，"古文、四六体，皆能自发其思"，"于为诗尤纵，才力所至，世人心所欲出不能达者，悉为达之"；更得自于他的交往策略。他的结交对象很宽泛，可谓三教九流，无所不有；尤其是，"与人留连不倦，见人善，称之不容口。后进少年诗文，一言之美，君必能举其词，为人诵焉"①。不仅如此，他广招门生，甚至有女弟子（其中有杂剧家廖景文次女云锦）。还有意借助其他媒介打造声名，具体说有几种。

（一）搜集诗歌，创作诗话。袁枚晚年编写《随园诗话》十六卷、《补遗》十卷，充分阐释了他的性灵诗论，从有关的话语中发现，袁枚用心极其良苦。在大量采录性灵的诗歌作品中，不仅注意创作主体的多样，诸如公卿将军、布衣寒士、僧尼道士、命妇闺秀……三教九流，尽量网罗，而且注重收集地域的广泛。在寄给弟子杨芳灿的信中，他明确表示"《随园诗话》采录最富，十五省中只缺甘肃一省"，提出"到河西后，必有幽并老将之作，能寄我一读否"②的要求。如是，性灵诗迅速在全国普及开来，袁枚也声名远扬，甚至达到海外。他非常清楚自己的社会名流地位，一次次地揭示某某欲在其中受到援引的愿望，并说"自余作《诗话》，而四方以诗来求入者，如云而至"③。这无疑也是借此塑造自己诗坛领袖身份的一个策略。而据《随园诗话》佚名批语透露，当时有些人为附庸风雅，借诗话传名，贿赂袁枚的也很多④。袁枚可谓名利双收。

（二）为扩大知名度，袁枚很早就有意识地将自己的各种著作刻印发行。袁枚著作内容丰富、形式多样且涉及广泛，如《小仓山房外集》是骈体文集，《袁太史稿》是八股文集，《小仓山房尺牍》是书信集，《子不语》是文言小说集，《随园食单》则是一部实用性极强、读者面极广的菜谱，等

---

① （清）姚鼐：《袁随园君墓志铭》，《惜抱轩诗文集》卷十三，上海：上海古籍出版社，1992年，第202—203页。
② （清）杨芳灿：《芙蓉山馆师友尺牍》，宣统三年（1911）上海文明书局排印《尺牍丛刻》本。
③ （清）袁枚：《随园诗话补遗》卷五，第38条，《袁枚全集》（第三册），南京：江苏古籍出版社，1993年，第668页。
④ （清）佚名《批本随园诗话批语》："一部《诗话》……有替人求入选者，或十金或三五金不等；虽门生寒士，亦不免有饮食细微之敬。"见《随园诗话》附录，《袁枚全集》（第三册），南京：江苏古籍出版社，1993年，第828页。

其戏曲文本，结果却演绎为一个令人解颐的笑话：

> 余不解词曲，蒋心余强余观所撰曲本，且曰"先生只算小病一场，宠赐披览"。余不得已，为览数阕。次日心余来，问："其中可有得意语否？"余曰："只爱二句云：'任汝忒聪明，猜不出天情性。'"心余笑曰："先生毕竟是诗人，非曲客也。"余问何故？曰："商宝意《闻雷》诗云'造物岂凭翻覆手，窥天难用揣摹心'，此我十一个字之蓝本也。"①

也就是说，即便亲密交往者如蒋士铨，其戏曲作家的身份之于袁枚的影响也并不明显。比较而言，在观演与阅读两个层面，袁枚对于观演似乎更容易接受。袁枚观看的戏曲很多，从其笔下可知，他欣赏过《浣纱记》《长生殿》②《四弦秋》《罢宴》等作品的演出。作为一种交往活动，戏曲观演在日常交往中具有重要意义，用袁枚的话就是可以"接群居之欢"。在王文治等拥有家乐的朋友家中，袁枚谈笑谑戏，评点优伶，与主人之间的关系也更加和谐。王梦楼的家姬多是他取的名字，记载本身就彰显了一种轻松的交往关系。戏曲观演作为一种具有创造性的活动，包含了观演时的发表言论，也为宾主的亲密沟通提供了表达的机缘。

对于戏曲文本的阅读则是与观赏场上之曲截然不同的审美体验。尽管身处戏曲创作和演出尚未繁盛的时期，袁枚对案头之戏曲作品始终存在某种抵触。直到晚年，他才开始有意阅读一些戏曲作品，而表面原因则缘自仰慕者题诗作序的请求。或许是一种名人光环下无法推脱的责任感在发生作用，或者可以理解为文坛领袖的地位促使性情通脱放达的袁枚更愿意指点江山、包容万物，无论如何，这促进了袁枚对于戏曲的了解。从已知文献看，除了乾隆三十五年（1770）为杨潮观杂剧发出了"我偶终一曲，涕下不可收"的感喟，袁枚关于戏曲的评点和题词多发生在晚年，仅乾隆五十四年至嘉庆元年之间（1789—1796），就先后阅读了梅斋逸叟、潘炤、徐爔的戏曲作品，还对《西厢后传》进行详细的评点，其戏曲观念也在这

---

① （清）袁枚：《随园诗话》卷十五，第82条，《袁枚全集》（第三册），南京：江苏古籍出版社，1993年，第517—518页。

② （清）袁枚《席上赠杨华官》注云："方演《长生殿》。"见《小仓山房诗集》卷二三，《袁枚全集》（第一册），南京：江苏古籍出版社，1993年，第472页。

以后陆续表达出来。如约在乾隆五十四年,袁枚总结友人杨潮观一生爱好时说:"性无嗜好,惟耽音律……取古今可观感事制乐府数十剧,付梨园歌舞。"①"音律""可观感事""歌舞"等词体现的逻辑过程,昭示了他对戏曲创作特点和艺术流程的准确把握。这表明他的文学观念和文化态度有所转变,某种意义上也可理解为与戏曲作家的交往之于他的影响。也就是说,交往的实践显然也影响了他的兴趣好尚,促进了他对戏曲作品的了解和认知,乃至审美能力也获得了一定程度的改变、发展。以至于"不惮废寝忘餐,详加披阅"②王基的《西厢后传》,阅读徐爔《写心杂剧》时竟然产生了这样一种期待:"乞将八十年来事,谱入东山丝竹听。"③希望友人以杂剧的形式为自己一生作传,与十余年前他在《答戴敬咸进士论时文》中对戏曲代言体文学样式曾经极度漠视的态度相比,无疑改变了许多。凡此,显示了袁枚对自己戏曲观念的修正。或许可以这样推论,如果福寿延长,说不定袁枚也会投身于戏曲的创作。他临终前发出的"阿通词曲阿迟画,都替而翁补阙如"的慨叹,即在遗憾与慰藉的交织中透露出对于戏曲文体的认可。

袁枚释放出的影响辐射到了乾嘉文坛的方方面面。蒋士铨致袁枚信云:"读公来札数千言,如久痼之人,得和缓砭针,始而肌肉慄慄然,继则筋骨融融然,终之以畅然熙然,而疾霍然大起。"④形象地表达了袁枚之点拨所促成的茅塞顿开、柳暗花明之境。门人杨芳灿回想自己学诗之初摆脱模仿之路径,衷心感谢袁枚的指教:"向非公警而觉之,不知芒芥漠闭,将何所底。"⑤徐爔随任自然的生活态度与袁枚很相似,但对于自己"医者"的身份多有顾忌,袁枚不惜千言劝导其无须"薄医为小道"⑥,一定程度上化解了他的身份焦虑;在为袁枚80岁贺寿时,徐爔表达了"念两世交情,一

---

① (清)袁枚:《邛州知州杨君笠湖传》,《小仓山房文集》卷三四,《袁枚全集》(第二册),南京:江苏古籍出版社,1993年,第618—619页。
② (清)袁枚:《西厢记后传·序》,民国古吴莲勺庐抄本卷首。
③ (清)袁枚:《题词》,徐爔《写心杂剧》卷首,嘉庆刻本。
④ (清)蒋士铨:《答随园先生书》,袁枚:《续同人集》文类卷二,《袁枚全集》(第六册),南京:江苏古籍出版社,1993年,第292页。
⑤ (清)杨芳灿:《上随园先生书》,袁枚:《续同人集》文类卷一,《袁枚全集》(第六册),南京:江苏古籍出版社,1993年,第272页。
⑥ (清)袁枚:《寄徐榆村》,《小仓山房尺牍》卷十,《袁枚全集》(第五册),南京:江苏古籍出版社,1993年,第214—215页。

如子侄殷勤教"①的感恩心理,当与此有关。杂剧《瓶笙馆修箫谱》的作者舒位(1765—1815),虽平生与袁枚从未谋面,但十分推许他"同时人道诗无敌,异数天教笔有神"的才气,在拜读了《小仓山房全集》后喟叹:"独来独往平生履,无对无双绝世才。"②这岂止是表达对袁枚诗歌魅力的仰慕,更显示了对他独特的人生选择和丰富的生活方式的赞美。曲家沈起凤(1741—1802)在小说作品中塑造了"钱塘袁公"即袁枚救护初生婴儿的事迹③,令一位聪敏机智饱含仁爱之心的清官形象跃然而出;其传奇作品《伏虎韬》则直接取材于袁枚《子不语》之《医妒》,叙述了一个惧内之人在"有侠胆"的朋友帮助下,战胜妒妇娶妾生子的故事。凡此,皆表明了袁枚人生行为与文学创作之于戏曲作家的深刻影响。

袁枚曲学活动的影响同样是深远的。开始涉足戏曲题词、评点后,袁枚关于戏曲言情、结构等问题的许多见解反映了对戏曲相关问题的思考,也获得了很多文人的认可。钱泳《题曲目新编后》开首谈及"诗而至于词曲,不复能再变矣",实际上是许多明清文人关于戏曲文体的一致看法,但作者却以"随园先生"之语为尊。所引之言论,当是改写袁枚《答戴敬咸进士论时文》的文字而为己所用,来论证戏曲乃"泰平之有象"、时文乃"治世之良规"的文体观④,已与袁枚本意甚为抵牾了。但以一种断章取义或偷梁换柱的方式剪取名人之语佐证自己完全不同的观点,进一步说明了袁枚对戏曲创作与批评的影响力。另外,戏曲作家多以性情作为戏曲的创作指归,也在一定程度上有意无意地呼应了性灵理论,或者形成了与性灵理论的互证(尽管对性情的理解可能人言人殊)。这一点,梳理一下当时戏曲创作中的性情言论可以得到确证。如徐爔自叙其创作心迹云:"《写心》剧者,原以写我心也。心有所触则有所感,有所感则必有所言,言之不足,则手之舞之足之蹈之而不能自已者,此予剧之所由作也。"⑤再如

---

① (清)徐爔:《仙吕道情一阕》,《随园八十寿言》卷六,《袁枚全集》(第六册),南京:江苏古籍出版社,1993年,第114页。
② (清)舒位:《始读〈小仓山房全集〉竟各题其后》,《瓶水斋诗集》卷八,北京:中华书局,1985年,第189页。
③ (清)沈起凤:《片言保赤》,《谐铎》,乔雨舟校点,北京:人民文学出版社,1999年,第168—169页。
④ (清)钱泳:《题曲目新编后》,支丰宜《曲目新编》卷末,中国戏曲研究院编:《中国古典戏曲论著集成》(第九集),北京:中国戏剧出版社,1959年,第176页。
⑤ (清)徐爔:《写心杂剧·自序》,嘉庆刻本卷首。

以传奇《碧落缘》《鹦鹉媒》和《乞食图》留名戏曲史的钱维乔（1739—1806），介绍其《鹦鹉媒》创作的情感动因时说："情之至也，可以生而死之，可以死而生之；可以人而物之，可以物而人之，此《鹦鹉媒》一剧所以捉管而续吟也。"又云："情之大，在忠义孝烈，可以格天地，泣鬼神，回风雨，薄日月；而小之，在闺房燕昵离合欣戚之间。用不同，而其专于情，一也。"① 钱维乔诗主性灵，与袁枚关系密切，更容易接受他的影响。也就是说，作为一个文坛领袖人物，袁枚对于戏曲作家的影响是多方面的。

与袁枚未曾谋面的曲学家李调元（1734—1803）曾有如此感慨："或问袁子才何如人，余诵白乐天句云：'已为海内有名客，又占世间长命人。'"② 80寿辰时，钱维乔的贺诗亦有"独占林泉五十年，此身已证地行仙"③ 之句。二人的恭羡之情力透纸背，不约而同指向了寿命之永之于袁枚盛名这一重要前提。如是，尽管不擅戏曲："惟词曲则门外汉耳"④，袁枚却能借助持久而广泛的人际交往，逐渐深度地切入了当时的戏曲创作和演出活动，在一定程度上影响甚至推动了当时戏曲文化的发展。从袁枚与戏曲作家尤其是杂剧家的交往中，可以感受到"诗"或"诗人"身份的显赫地位，看到诗对于戏曲的强烈挤压，戏曲创作和演出则更加趋向于成为人际交往或遣兴娱宾的工具。无论是剧本卷首动辄十几人甚至数十人的题词，还是观戏咏剧诗对戏剧元素的淡漠，无不直接间接地在印证着这一点。譬如前者，袁枚所谈为徐大椿立传之语或可为解："为之立传，可与拙集中之王侯将相并传千秋；非徒不朽尊公，亦欲借尊公以不朽其自家之文也。"⑤ 剧作家希求名人题词，与其所谓"立传"心理何其相似耳！戏曲不是碑文，向被视为小道末技，题词之举尚能打动文人，吸引名士，蔚然成风，流为时尚，可见乾嘉时期之世风以及眼界。一种文体在向正统文学靠拢时未能如需登

---

① （清）钱维乔：《鹦鹉媒·自序》，蔡毅编著：《中国古典戏曲序跋汇编》，济南：齐鲁书社，1989年，第1954页。
② （清）李调元：《雨村诗话校正》，詹杭伦、沈时蓉校正，成都：巴蜀书社，2006年，第128页。
③ （清）钱维乔：《简斋八十寿屡索诗未应，今闻汇集嘏词付梓，补二章为殿》，《竹初诗文钞·诗钞》卷十五，嘉庆刻本。
④ （清）吴嵩梁：《石溪舫诗话》卷一，《香苏山馆全集》本，道光二十三年（1843）刻本。
⑤ （清）袁枚：《寄徐榆村》，《小仓山房尺牍》卷十，《袁枚全集》（第五册），南京：江苏古籍出版社，1993年，第214页。

上大雅之堂，反而在邀求名人题词造势中演变为交往的介质，这无论如何不能不归结为艺术本质的扭曲。袁枚的适时出现，其从排斥戏曲到对曲本"借读一过并题"①行为的自觉，与其文坛领袖地位的逐步互为因果，恰恰顺应、促进或成全了这一世俗需求。如是，戏曲尤其是杂剧，不可避免地纳入了交际化、世俗化、时尚化、游戏化的诸多元素，其衰歇过程中难以逆转的大势也得到了具体可感的彰显。

（载《学习与探索》2009 年第 6 期）

---

① （清）袁枚:《〈乌兰誓〉题词》，蔡毅编著:《中国古典戏曲序跋汇编》，济南：齐鲁书社，1989 年，第 1973 页。

后　记

　　三十四年前（1985年），当我开始以清代杂剧作为未来的研究工作时，绝没有想到戏曲与诗之间的关系如此密切，以及叙事对抒情的服从所导致的中国古典戏曲的诸多特点乃至缺憾。当时，是今已年逾九旬的导师袁世硕先生给定的硕士学位论文题目：乾嘉时期曲阜作家桂馥及其《后四声猿》研究。《后四声猿》杂剧洋溢着浓郁的诗的韵味、格调和风神，我一度无法下笔，不知道该如何面对这部本应以叙事为主的戏剧作品。"诗化的戏剧"是我在硕士论文定稿时的结论，但对如何诗化、诗化的特征如何形成一类的讨论肤浅而不得要领，有关文体方面的认知更没有涉及。后来，有了选择博士论文题目的机会。导师张锦池先生建议我接受袁世硕先生的意见，以清代杂剧的整体考察作为题目，深入这一领域的研究。最初接触到的当然是清初杂剧作家如吴伟业、尤侗、王夫之、嵇永仁、黄周星等，他们的作品呈现出的是杂剧的艺术形态，却以抒情言志为发生的动因，为摹写的根基，为创作的目的。也就是说，在这些戏曲作品中，诗歌文体不仅始终在场，且对戏曲文体的影响与左右已然超出了预期。于是，关于清初杂剧的研究，我有意引入了诗歌的视角，而且选择了"小道末技"之戏曲如何担当文人日常倾诉、表达主体心态甚至隐微、复杂的私人情感作为切入路径。从此出发，我发现，即便到了所谓的"衰微"时期，杂剧仍然是文人心态的特殊载体，且担负着更为繁杂的文体使命，而戏曲文体发展的基本路径与诗歌的关系不再扑朔隐约，其密切程度事实上超乎想象。诗歌传统如此强大，竟然以其独有的抒情言志功能为核心塑造着、影响着、规定着戏曲的发展，其结果是，中国古典戏曲不得不走了民间的路子以保留其当行本色的诸多元素，而在我们最为了解的所谓戏曲史的演进中，出于文人作家的特殊掌控，杂剧、传奇皆以渐行渐远的趋势运行着，后人看到的只能是"衰微"表征及其骨骼中戏剧本质的缺损。如今，因民间文献之缺乏，我们艰难找寻的古典戏曲的发展路径、重要节点乃至演变规律始终难以一一明晰起来,能够得到普遍认可的诸多因果链究竟如何接榫、契合的,其实还需要一个个饱满的论证过程。

所以,多数时候,我们研究的对象是文人创作的戏曲作品。在这些学问赅博、性情深邃的作家手上,戏曲文体表达的民间性日渐缺失,而其作为心灵映像特殊载体的特征则日渐昭彰,且具有了心态史的重要意义。如吴伟业,其诗歌作品中呈现的仕清心态,与戏曲文本表现出来的并不一致。其两部杂剧与一部传奇,专取易代之际的人物和故事构造戏剧情节,刻意通过相关人物在鼎革之初的心理变化和命运遭际,表达作者本人对其自身处境与现实人生的深刻思考。所透露出的则是传统家国观念的结构性松动,以及实现个人才能的强烈渴望。之所以仕清,则并非诗歌中提供的各方"敦迫"一个方面的问题,还有更为深层的另一个方面的原因,即其个人"彷徨感慕"的心理倾向所致的于"故国与浮名"之间的取舍,取的是"浮名",舍的是"故国",这是内因,而"荐剡牵连,逼迫万状"不过是外因而已。如是,杂剧以文体之微却可以代言体的形式表达那些复杂的、丰富的、隐秘的、不合时宜的情感和情绪,巧妙避开了"经国之大业"的功能与责任,正是戏曲作家获得了表达真正"自我"机缘的重要原因。也因此,以审慎的文献考证为前提,以剧作家个人心史的探问吸附文学类群的生态和社会心理,实现对一个时代心史的独特书写,成为我的博士论文《清初杂剧研究》的一个特色。

据此,我展开了有清一代的戏曲文学研究(即将出版专著《清代乾嘉时期杂剧研究》,有关晚清戏曲的学术论文正在陆续发表中),并上溯至明代乃至元代,主持完成了国家社科基金项目"明清戏曲宗元研究"(部分内容见《明清戏曲宗元问题论稿》,中国社会科学出版社 2018 年版)。在这个过程中,文体的相关问题逐渐凸显出来。有关诗歌之于戏曲文体的兴衰、演进和具体文本形态巨大作用的系列思考和相关成果,之于我的戏曲研究而言,可谓增加了视角、拓展了眼界、深化了境域,也廓清了曾经遮蔽我的种种学术迷雾。至于具体的研究,则主要采用"论""考"结合的结撰方式,追求"文心"探问与史实考索的互见效果,即通过对文献的慎用和智用,借助历史的、逻辑的思路甚至心灵的启迪,系统、全面地收集、筛选史料,勾连、激活其内在联系,以恰当的征引准确地探讨问题,放飞思想。我认为,这样一种研究是真正包含了主体自由性的实践活动,符合作为"人学"的文学研究的最高宗旨。

"文心"的投射对象不仅仅是文献，还有文献之汇流与集聚所形成的时代场、文化场、创作场，具体的场域则一定是立体的、深邃的、变动不居的，其内在各元素之间的勾连、运动也并非一定服从于某种规律，而文学文本就生成于这复杂的勾连、运动之中，并以一种难以窥视的姿态牵系着创作者。场域内各元素的运动不断形成张力，影响着文体的选择、题材的结撰方式，乃至创作时间、创作过程中之种种，而可能有的更为多元的阐释空间也让主题具有了复杂性、多义性。对于袁骏、孙默等文学史上小人物的研究，就得自于这种蓦然发现。原来，在钱谦益、吴伟业、王士禛、周亮工等领袖人物一呼百应的清初文坛表象之后，竟然还活跃着一批如袁、孙一类的穷窘文士或一介布衣，他们借助各种机缘如征集一个特定题目的系列诗文、编撰一部优秀的文学选本等，努力跻身于当代名流，并实际上产生了操持文柄的功能与功效，形成了对文学题材、主题、文体乃至文学作品生成机制等的巨大影响力。如是，我们以往形成的以名家名著为基本构成的文学史观念势必重建，才能不负那些与文坛领袖互为表里、共同架构起一代文学兴盛之巨厦的小人物以及今天少有关注而当时曾产生广泛影响的文学制作。这得益于文学生态理论的研究借鉴，也形成了我对文学生态研究的基本认知，即借助文学个案的解读以及有关文学史实的考证、辨析，文学文本的细读、还原，努力深入到文化场域的内部，揭示在生态链构成中各种文学和非文学因素的互动关系及其结构性运行，进而揭示文学现象生成的深层动因。窃以为，此类研究不同于传统研究，又立足于文献研究的雄厚基础；利用现代眼光打量古代文学世界，又坚守了还原古代文学生态的原则，当为相关研究打开了一个全新的视界，具有特殊的方法论意义。

　　本书收入的相关研究论文十四篇，即是来自以上思考与研究的初步结果。当与不当，还请学界师友多加指教、不吝批评。所谓"行思录"，是一边行走顾盼、一边思考探索之意——希望自己不断进步，不希望自己轻易止步，永远处于行走的过程中。前路漫漫，或许不会有如山阴道上那般迷人的风景，但行走着、思考着，本身就是一种快乐、收获。寄望自己行走顺利，思考有得，不负时代、师长和亲人的支持和付出。感谢一路同行的师友，感谢一路切磋的伙伴，感谢一路上与我共同成长的学生们！

杜桂萍

2019 年 12 月 1 日